Vorwort

W0338715

"Wie beginne ich mein erstes Buch?"

Diese Frage stellte ich der kleinen Marianna, ein sechsjähriges Mädchen aus meinem Bekanntenkreis. Ich bekam eine weise Antwort: *"Sag den Lesern, du möchtest ein Buch schreiben - und wenn es ihnen nicht gefällt, schreib ein neues Buch."* Unbefangen und unbeschwert an die Aufgabe heranzugehen, war ihre Botschaft an mich.

Es gibt eine Menge Botschaften, die auch ich gerne weitergeben möchte. In meinem bisherigen Leben gab es viele Erfahrungen, die ich machen durfte, inspirierende Situationen und Herausforderungen, aus denen ich gelernt habe, durch die ich wachsen durfte.

Viele dieser Botschaften habe ich in dieser Form hervorgehoben – diese können im Text fließend weiter gelesen oder als Anregung aufgeblättert und wieder gelesen werden.

Außerdem liebe ich weise Zitate,
welche sich in diesem Schriftzug durch mein Buch ziehen.

Wir Erwachsenen verlernen vieles, das wir als Kind beherrscht haben, das uns von Gott gegeben wurde. Im Laufe des Lebens ist auch die Intuition verloren gegangen, um den Weg, der uns dient, in die richtige Richtung einzuschlagen. Kinder haben eine bessere Intuition, Kinder sagen die Wahrheit, sie spüren, was richtig oder falsch ist. Sie sind unbefangen, ehrlich und unverdorben, zumindest in den ersten Jahren ihres Lebens. Auch Marianna verblüfft mich häufig mit ihren Weisheiten. Ich kann so viel von ihr lernen. Zuletzt fragte sie mich so aus freien Stücken heraus: *"Selina, was machst du für dein Leben gern?"* Ich überlegte, was mach' ich wirklich gern?

Endlich einmal rüttelte mich jemand wach und fragte mich ernsthaft und interessiert, sodass ich richtig zum Nachdenken herausgefordert wurde. Mir fiel einiges ein, das ich gerne mache, das ich oft mache, aber plötzlich dachte ich: *"Mach ich das wirklich gerne, oder mache ich es nur aus irgendeiner Motivation heraus?"* Zum Beispiel: Laufen gehen... ich mache es gerne, aber warum? Weil ich der Meinung bin, ich brauche dies für meine Figur, damit ich schlank bleibe (oder werde) und damit ich einen Ausgleich habe zum stressigen Alltag. Und damit ich in der frischen Luft bin. Aber kommt dies wirklich aus meinem tiefsten Herzen, aus der Seele, mit Liebe?

Jeder sieht die Welt mit anderen Augen!

Was du tust, muss für den anderen nicht richtig sein. Nicht mal für dich selbst. Was du tust oder was andere tun, ist jedenfalls weder richtig noch falsch. Es gibt kein Richtig und kein Falsch. Jeder handelt immer aus dem Modell heraus, wie er gerade in seiner derzeitigen Situation handeln kann. So können und dürfen „Fehler" entstehen, die einem nicht dienlich sind. Auch ich musste Fehler machen, aus denen ich lernen und wachsen durfte. Und ich lerne – wie wir alle – natürlich immer noch. Die Dinge, die einem dienen oder eben nicht dienen, darf jeder für sich selbst herausfinden. Jeder ist anders, wir sind alle unterschiedlich, auch wenn wir alle Eins sind, denn alles ist Energie. Wir alle stammen von einer höheren Macht, ich nenne sie Gott, ab. So sehe ich das jedenfalls.

Wir alle sind hier um die *Bedingungslose Liebe* zu leben. Deshalb ist mein Motto, keine Erwartungen zu haben, den anderen zu akzeptieren und zu lieben wie er ist. Er ist nur anders, er ist nicht falsch. Jeder Mensch hat sein Recht, so sein zu dürfen wie er ist. Mit Fehlern und Macken. Dick oder dünn. Groß oder klein. Dumm oder intelligent. Lieb oder wütend. Harmonisch oder aggressiv. Schön oder hässlich. All das ist subjektive Wahrnehmung. All das ist meine subjektive Meinung, die ebenso richtig wie falsch sein kann, die sich genauso wieder ändern kann. So wie sich mein Abenteuer Leben Tag für Tag ändert. Und auch der SINN darin.

Einleitung

Heute ist mein 45. Geburtstag.

Es ist ein friedlicher Samstag. Die Sonne im Löwen, der Mond im Löwen, und ich im Sternzeichen ein Löwe.
Ich bin froh, ein Löwe zu sein, die Eigenschaften eines Löwen passen zu mir: sowohl des königlich stolzen Tieres, als auch astrologisch gesehen. Was die Astrologie und die Sternzeichen betrifft, bin ich immer wieder auf Parallelen gestoßen, die stimmig waren. So sind die positiven Eigenschaften eines Löwen auf mich zugeschnitten: loyal, begeisterungsfähig, optimistisch, extrovertiert, gesellig.

Willst du recht haben oder glücklich sein?
(Marshall B. Rosenberg)

Hat ein Löwe auch negative Eigenschaften? Klar doch! Sie sind selbstsüchtig, verschwenderisch, kritikunfähig, eitel, autoritär, ausnützend, überheblich, materialistisch. Zum Glück bin ich Jungfrau im Aszendenten, der diese negativen Eigenschaften wahrhaftig auszugleichen scheint! Naja, wenn ich ehrlich zu mir selbst bin und darüber nachdenke, komme ich drauf, dass das eine oder andere sehr wohl auch mit mir zu tun hat. Selbstsüchtig bin ich ein wenig, eitel auch, und wer mag schon gerne kritisiert werden?

Doch habe ich gelernt, mit Kritik konstruktiv umzugehen - sowohl mit erhaltener als auch mit austeilender. Erst sollte man der zu tadelnden Person “Honig um das Maul” schmieren, also etwas Positives kundtun, hervorkehren, was ist gut gelaufen, was ist wertvoll an ihr, dann kommt die Kritik zum Ausdruck, danach wieder etwas Gutes im Menschen finden und ihn motivieren… darum geht es bei konstruktiver Kritik.

Auch bei der ***“Gewaltfreien Kommunikation”*** *nach* ***Dr. Marshall Rosenberg*** wird solches und ähnliches gelehrt. Kritik schmerzt vor allem dann sehr, wenn alte Muster hochkommen, heute weiß ich mehr und mehr, diese wahrzunehmen, hinzusehen, zuzulassen, daran zu wachsen, daraus zu lernen. Heute weiß ich es als Chance zur Veränderung zu sehen, wenn ich mich angegriffen fühle, ungerecht behandelt fühle, wenn ich verletzt oder gekränkt werde.

Zu meinen negativen Eigenschaften würde ich keinesfalls materialistisch, schon gar nicht autoritär zählen. Ergänzend würde ich als positive Eigenschaft meine Diplomatie anführen: ich bemühe mich, meinen Mitmenschen wertschätzend gegenüberzutreten, sie nicht zu verletzen, ihnen diplomatisch einen Weg aufzuzeigen, indem ich mich nicht auf meine Seite der Sichtweise stelle, sondern versuche, einen guten Mittelweg zu finden, mit dem beide Seiten gut leben können. Denn recht haben zu wollen, macht nicht glücklich. Das war und ist immer noch ein Lernprozess.

Heute ist mein Geburtstag – es kann nur ein „warmer“ Tag werden, wenn es auch recht kühl ist für Juli. Mein Mann hat mir schon eine sehr liebe SMS geschickt und mich noch schlafen lassen. Sogar meine Mama hält es bereits mit SMS und hat mir angekündigt, mich später anzurufen, um mich ausschlafen zu lassen. Und meine Oma hat mir soeben mit ihren 91 Jahren ein Ständchen am Telefon gesungen. Aurora, mein jüngeres Töchterlein, sie ist 12, schläft sich von einer anstrengenden Tennis-Camp-Woche aus. Meine ältere Tochter Cara, bald 18, ist heute für ihre Verhältnisse bereits früh aus dem Haus gegangen. Beinahe hätte sie vergessen, mir zum Geburtstag zu gratulieren. Dafür wusste sie gleich nach dem Aufstehen, dass ich ihr Geld borgen solle, um Sekt für ihren bald bevorstehenden Geburtstag zu besorgen. Es machte dennoch nicht gleich „Klick“ bei ihr, erst im Badezimmer kam sie drauf, und kam mit Bademantel zu mir auf die Loggia gelaufen um zu gratulieren.

Ich hab's mir heute nach langem miesen Wetter - und das mitten im Juli - endlich wieder einmal auf der Loggia gemütlich gemacht, mit Schlafgewand, Socken und im Bademantel bekleidet, habe ich bereits mein Frühstück genossen. Palatschinken-Toast mit Rohkost und Weintrauben, natürlich ein Häferl Kaffee und ein Glas Wasser dazu. Heute sind mir meine Kilos egal, ich hab ja Geburtstag!

Ich genieße die doch noch recht kühle Brise, ein wenig Sonne wagt sich aus den Wolken hervor, die gefiederten Blätter der beiden imposanten Eschen vor meiner Loggia rauschen in ihrem strahlenden Grün im Wind. Anmutig lasse ich mich so inspirieren, um dieses Buch zu schreiben. Es erzählt aus einem spannenden Leben, mein Abenteuer Leben… das mich durch die Lehren, die ich aus den Erlebnissen und Herausforderungen ziehen darf, spirituell wachsen hat lassen.

Meine Erzählungen sind Begebenheiten zwischen Fiktion und Wirklichkeit.
Sie sind aus meinen Erfahrungen entstanden, was nicht heißt, dass sie der Wahrheit entsprechen.
Sollte jemand meinen, sich wieder zu erkennen, dann handelt es sich dabei um reinen Zufall.

So lasst uns den **SINN** erkunden! Das **"abenteuer leben"** kann beginnen.

Inhaltsverzeichnis

Prägungen aus meiner Kindheit

Du kannst deinen Kindern deine Liebe geben, nicht aber deine Gedanken. Sie haben ihre eigenen. (Khalil Gibran)

Mein Papa Gotthard

Papa war der erste Gotthard, der in meinem Leben Bedeutung gefunden hatte. Er war mein "Löwen-Papa", wie ich ihn oft nannte. Auch er ist im Sternzeichen des Löwen geboren. Ich denke an Papa und sehe ihn vor mir mit seiner Mähne, wie im Film "König der Löwen" sitze ich stolz an seiner Seite. Papas Mähne mit seinem dichten braunen Haar hatte auch ein bisschen was von der Frisur wie Elvis Presley, dem "King of Rock'n Roll". Königlich eben. Leider hatte er ein sehr kurzes königliches Leben, denn Papa war schwer krank.
Mein Papa spielte Klavier. Eine Weile hatten wir einen echten Bösendorfer-Flügel in unserem Kinderzimmer stehen. Ich liebte es, seinen Klängen zuzuhören, am meisten gefiel mir das Musikstück ***"Ballade pour Adeline"*** von **Richard Clayderman**, das er oft spielte und das mich sehr an ihn erinnert. Oft muss ich weinen, wenn ich es höre. Dann spüre ich meinen Papa ganz nah bei mir.

Mein Papa war ein sehr fescher Mann, seine hübschen Gesichtszüge mit spitzer, geradliniger Nase, erinnern mich auch an den Schauspieler Richard Gere - heute ist er graumeliert - bekannt als "Offizier und Gentleman", hat er doch ähnliche Züge und eine Frisur wie mein Papa. Wer den Film kennt, hat ein Bild vor seinem Auge: weiße Uniform, korrekt, attraktiv, sympathisch, zuvorkommend, ein Gentleman eben und auch ein wenig unnahbar. Aber nicht nur Papas äußere Schönheit fiel auf.

Er war ein herzensguter, offener, geselliger Mensch, dem man vertrauen konnte. Diese positiven Eigenschaften habe ich von ihm geerbt. Wenn ich mir die alten Fotos und Dias ansehe, berührt es mich im Herzen. Meine Mama und mein Papa waren ein hübsches, glückliches Paar. Beim Ansehen der Bilder kommt aber auch eine gewisse Traurigkeit hoch: Einsamkeit, Entfernung, Trauer, Schmerz. Ein "Verlassenwordensein".

Meine Mama ist in Kroatien geboren. Sie ist und bleibt die große Stütze meines Lebens. Mama ist immer für mich da, wenn ich sie brauche, hilft mir in jeder Hinsicht und steht mir zur Seite. Wenn auch unsere Meinungen oft unterschiedlich sind, akzeptiert sie meine, sie bleibt aber voller Stolz auf ihrem Standpunkt. Ich bin sehr glücklich und dankbar, dass sie meine Mama ist. Sie ist der ausgleichende Typ, eine Waage im Sternzeichen. Will immer Frieden und schaut, dass alle zufrieden sind. Äußerlich sind wir uns ähnlich, ich habe von Mama die Statur geerbt, bis auf den großen Busen, der ist mir nicht gegönnt, er ist klein geblieben, aber ich bin zufrieden damit. Dafür hab ich die schlanke Gestalt, mit den Revolverknien von meiner Mama in die Wiege gelegt bekommen, aber umso älter ich wurde, kam auch der Bauch und der Hüftumfang zum Vorschein, wie meine Mama habe ich den typischen Körper in Birnenform.

Meine Mama liebte Musik von **Julio Iglesias**, so wuchsen wir mit diesen schmalzigen Tönen auf. Erst in der heutigen Zeit lernte ich die Klänge auch lieben, damals war es ohrenbetäubend für mich, Schlagermusik zu hören. Julio gilt durch seine hundert-millionenfach verkauften Tonträger als einer der erfolgreichsten Einzelinterpreten. Die **CD "Zärtlichkeiten"** auf deutsch gesungen lud ich mir später sogar selbst runter, weil ich offensichtlich doch positiv geprägt wurde von dieser Musik. Von **"Du bist mein erster Gedanke"** bis hin zu **"Mit Tränen in den Augen ist man blind"** - ein Lied schöner als das andere, einfach berührend.

Später wechselte Mama mit ihrer Musikvorliebe auf **Semino Rossi.** Sein **“Aber dich gibt’s nur einmal für mich”** - als Schlaflied gesungen - weckt ebenso meine Erinnerung an die gute alte Zeit.

Meine Eltern lernten sich in Mamas Heimat Kroatien kennen. Papa war mit meiner Oma und meinem Opa in Malinska auf Krk und machte eine Hautkur. Mama war mit der Schule mit einer Gruppe von Kindern dort, die auf Erholung waren. Mama wurde zur Lehrerin ausgebildet, für sie war es eine gute Möglichkeit, kostenlose Ferien am Meer zu machen. Während dieser Schulreise in den wunderschönen Gefilden Kroatiens hat sie Papa kennengelernt. Nach dem Kennenlernen musste sie noch ein Jahr in die Lehrerinnenschule gehen. Beinahe gab sie ihre Ausbildung auf, allerdings entschied sie sich zuletzt doch, diese zu beenden. Nach dieser musste sie noch ein Jahr als ausgebildete Lehrerin arbeiten, sie hatte von einem kleinen Dorf namens Belec – *“ein Nest wo niemand umsonst hin möchte”*, wie sie mir erzählte - ein Stipendium bekommen. In Belec hat Papa meine Mama einmal besucht. Sie verliebten sich ineinander und schrieben sich zwei Jahre lang Liebesbriefe, bis Mama nach Wien gekommen und zu Papa gezogen ist.

Die wenigen Jahre, Tage, Stunden, die ich mit meinem Papa mit Leib und Seele verbringen durfte, genoss ich sehr. Wir machten gerne Ausflüge ins Grüne, gingen Wandern, fuhren ins geliebte Gänsehäufel baden, in Kaisermühlen in Wien, wo meine Großeltern eine fixe Kabine hatten. Meine ein Jahr ältere Schwester Cornelia und ich liebten es, Mühle oder Schach im Großformat am Boden zu spielen. Gerne schwammen wir mit Omi fleißig in der Alten Donau von einem Ufer zum anderen, und Omi war stolz auf uns. Wir durften die Natur und das enorme Angebot an Sport und Spiel an diesem unvergleichlichen Ort nutzen.

Die ganze Familie - meine Schwester, meine Großeltern, meine Eltern und ich - machten häufig Urlaub am Bauernhof. In Kernhof hat es uns am besten gefallen, ein kleiner Ort Niederösterreichs, im Mostviertel in der Gemeinde St. Ägyd am Neuwalde, wo die Pilgerwege nach Mariazell führen und wo es heute ein einzigartiges Kameltheater und einen Weißen Zoo gibt. Meistens waren wir mit Omi und Opi im Sommer in dieser wunderschönen Gegend auf Urlaub. Es gab Kühe, Kälber, Katzen, Hasen, Meerschweinchen, die vielen Tiere des Bauernhofes erfreuten unsere Herzen. Cornelia war überaus tierlieb, ich war etwas zurückhaltender und vorsichtiger, vielleicht auch aus der beginnenden Allergieneigung heraus.

Dennoch kuschelte ich mich gerne an einem milden Sonnentag im Garten des Bauernhofes zu meinem Löwen-Papa, der es sich - schon geschwächt von seiner Krankheit, was mir damals nicht bewusst war - auf einem Liegestuhl bequem gemacht hatte. Mein Papa war besonders tierlieb, doch auch er musste auf seine Gesundheit achten, da er Allergiker war.

Unsere Atopie unbeachtet, was die Neigung zu Überempfindlichkeitsreaktionen auf Allergene wie Tiere oder sonstige Substanzen aus der Umwelt betrifft, kam ich mit einem kuscheligen Babykätzchen in der Hand auf ihn zu, setzte mich zu ihm, und wir streichelten glückselig lächelnd dieses kleine Etwas, **ohne Bewusstheit von Zeit und Raum**...

Angst vor Verlust

An einem der Tage, an dem mein Papa mal nicht im Krankenhaus war, trug sich etwas zu, das sich in mir eingeprägt hat. Meine Mama und mein Papa begannen zu streiten. Was ja nicht gleich Panik in mir ausgelöst hätte. Ich war in meinem Zimmer, ich lag in meinem Klappbett, das sich aus einem Kasten ein- und ausklappen ließ.

Cornelia war bei einer Freundin lernen. Ich ärgerte mich fürchterlich, weil ich am Abend zu einem lang ersehnten Konzert der britischen Popband ***"Supertramp"*** gehen wollte. Ich wollte ihr ***"Breakfast in America"*** live erleben. Doch ich bekam einen grippalen Infekt mit Fieber, es war unmöglich für mich, auf das Konzert zu gehen.

Nicht nur diesen Ärger musste ich runterschlucken. Die Auseinandersetzung zwischen meinen Eltern wurde lautstark, denn ich hörte von draußen die Worte, die aus dem Munde meiner Mama kamen: *"... Dann lassen wir uns eben scheiden!"*, konnte ich aus den spitzen Bemerkungen verstehen, das waren die Worte, die ich ganz genau verstand und sofort für bare Münze hielt.

Es war schockierend, denn nicht nur, dass mein Papa immer wieder krank war, und uns aufgrund der Krankenhaus-Aufenthalte oft für Tage oder Wochen verlassen musste, spürte ich eine Angst, ich könnte meinen Papa aufgrund einer Scheidung verlieren. Es gab mir einen Stich, ich fühlte einen Schmerz aufkommen, ein Gefühl der Angst vor dem endgültigen Verlassenwerden. *"Mein geliebter Löwen-Papa, bitte verlass mich nicht!"*, mit diesen und ähnlichen Sätzen im Kopf herumschwirrend, ließ mich mein Gedankenkarussell nicht mehr los. Dann wurde ich auf eine gewisse Art und Weise wütend, weil Mama und Papa es soweit kommen ließen, und überhaupt daran dachten, uns auseinander zu reißen, unsere Familie zu zerstören. Ich war starr vor Schreck, war nicht einmal fähig, später Cornelia darüber zu erzählen. Da diese Episode sich nicht wiederholte, verflog zum Glück nach einiger Zeit diese Angst. Mama und Papa blieben auch verheiratet.

Gesundheit ist nicht alles, aber ohne Gesundheit ist alles nichts.
(Arthur Schopenhauer)

Erbkrankheit

Mein geliebter Löwen-Papa war herzkrank, er hatte aber noch dazu ein Hautleiden, und er hatte mir nicht nur seine Löwen-Stärken mitgeliefert, denn nicht nur positive Seiten sind vererbbar. Leider erbte ich auch diese Hautkrankheit. Mein Papa hatte schon seit seiner Kindheit Neurodermitis, brauchte immer wieder Cortison und andere Medikamente. Umso mehr war ich wohl mit ihm seelisch und geistig verbunden, fühlte mich ihm nahe, auch wenn er fern war.

Die heutzutage immer häufiger auftretende, quälende Hautkrankheit Neurodermitis nennt sich auch atopische Dermatitis oder atopisches Ekzem. Hauptsymptome sind starker Juckreiz sowie rote, schuppende, manchmal auch nässende Ekzeme auf der Haut. Die Erkrankung verläuft schubweise und hat ein individuelles Erscheinungsbild. Auch die Ursachen und Auslöser der Schübe können sehr unterschiedlich sein. Das atopische Ekzem gilt als nicht heilbar, ist aber behandelbar. Papa litt schon als Kind sehr unter der Neurodermitis. Er war dennoch überaus tapfer, jammerte nicht, obwohl sein Juckreiz, seine Ausschläge ihn quälten und schmerzten. Überhaupt war Papa in keinster Weise wehleidig. Er machte gesundheitlich sehr viel mit und ließ alles mit einer bewundernswerten Gelassenheit über sich ergehen.

Ein weiteres Leid quälte meinen Papa. Er litt an starken Krampfadern, diese platzten manchmal plötzlich in der Nacht auf, das Bett war voller Blut. Mir war sicher nicht bewusst, was da passierte, doch was ich sah, war einprägsam genug für ein junges Mädchen. Das Sofa war bis tief in den Stoff hinein mit Blut vollgesogen. Ich sehe noch das cremefarbene Muster mit den schwarz-braun karierten Streifen vor mir, die lange Zeit blutgetränkt blieben, da trotz Reinigung diese Flecken nicht zu entfernen waren und nur mit einem Überwurf verdeckt wurden. Für ein neues Sofa war kein Geld da. Oder wollten meine Eltern erst abwarten, ob dies wieder passierte? Es passierte wieder. Immer wieder.

"Papa wird nicht wieder kommen!"

Ich wohnte mit meinen Eltern und meiner ein Jahr älteren Schwester Cornelia zu viert in unserem kleinen Domizil, einer Zweizimmerwohnung, in Simmering. Cornelia und ich teilten uns das Kinderzimmer, das sich im hinteren Teil der Wohnung befand. Mama und Papa hatten getrennte Betten im Wohnzimmer, beide Sofas waren ausziehbar und wurden nur für die Nacht ausgebreitet. Papa schlief immer in Fensternähe, Mamas Sofa stand an der Wand vis-a-vis vom Fenster.

Mama sagte mit gedämpfter, aber sanfter Stimme zu mir: *"Selina, komm her, setze dich zu mir! Ich möchte dir etwas sagen."* Sie deutete mit der Handfläche rechts neben sich, auf das Sofa, auf dem sie saß. Unbekümmert wie ich war, froh und sonnig im Herzen, setzte ich mich ein wenig zögernd zu ihr. Denn ohne zu ahnen, was jetzt kam, war ich leicht verwirrt, spürte im Unterbewusstsein eine Ernsthaftigkeit dieser Situation. Es war nicht gewöhnlich, wie Mama mich bat, mich zu ihr zu setzen. Es war der 6. Dezember. Nikolo. Mama zitterte in ihrer Stimme, es dauerte eine Weile, bis sie ihre Worte fand und ein *"Papa wird nicht wieder kommen!"* herausbrachte.

Ich hatte diesen Satz nicht verstanden. Erst schaute ich sie verständnislos an, ringend darum, meine innerlich aufkommenden Fragen *"Was meinst du damit? Hab ich dich richtig verstanden?"* zu beantworten. Sie wiederholte ihren Satz, da sie merkte, dass ihre jüngste Tochter sie nur verwirrt und stirnrunzelnd, die Augenbrauen zusammenziehend, fragend ansah. Ich war erstarrt.

Obwohl ich nun ahnte, den Satz wohl richtig vernommen zu haben, wollte ich nicht glauben, was ich gehört hatte. Meine Lippen begannen sich zu bewegen, brachten aber keine Silbe heraus. Erst als Mama ihren Satz mit Tränen in den Augen und in anderen Worten wiederholte, wurde mir bewusst, was sie mir sagen wollte. *"Papa ist von uns gegangen, er ist jetzt im Himmel."*

Eine Welt brach zusammen. Es war unwirklich für mich. Ich schüttelte nur den Kopf, Tränen brachen aus mir heraus, ich versuchte meine Gedanken zu ordnen. Ich konnte und wollte das nicht wahrhaben. Mama umarmte mich und hielt mich fest, bis ich mich wieder halbwegs entsinnen und beruhigen konnte.

Es war schrecklich und es ist jedes Mal schwierig für mich, meine Gedanken dorthin zu führen, als meine Mama versuchte mir beizubringen, dass Papa – mein Löwen-Papa - nun nicht mehr kommen wird. Jemand, der nicht Ähnliches erlebt hat, kann sich schwer vorstellen, was in einem zwölfjährigen Mädchen vorgeht, wenn es erfährt, dass der Papa nicht mehr von einem seiner vielen Spitalsaufenthalte zurückkommen wird. Er starb an einer Herzmuskelentzündung, eine übergangene Grippe war die Ursache, denn er ging trotz hohem Fieber in die Arbeit. Ich hatte es gar nicht mitbekommen, dass mein Papa ernsthaft krank war. Er war oft im Spital, doch dass es so gefährlich und ernst war, war mir nicht bewusst.

Papa war Anfang 30 als seine Krankheit begann, welche ihn sieben Jahre lang begleitete, mit zahlreichen stationären Spitalsbesuchen, Kur- sowie Rehabilitationsaufenthalten, dazwischen ging er immer wieder arbeiten. Er war in einer Teppichfirma als Verkäufer tätig, pflichtbewusst wie er war, wollte er nicht auf seine Ärzte hören, die ihm davon abrieten zu arbeiten. Meine Mama war nicht begeistert, dass er in Frühpension geschickt werden sollte, doch nach langen fünf Jahren Leid waren Papa und auch Mama bereit zu akzeptieren, dass die Zeit zur Frühpensionierung reif war.

Die zwei Jahre Pension vor seinem Tode konnte Papa nicht wirklich genießen. Nach etwa einem Jahr fiel er im Krankenhaus sogar einige Tage ins Koma. Er hatte ein Geschwulst am Hals, das operiert werden musste. Doch sein schwaches Herz hatte die Narkose nicht gut verarbeiten können.

Ein behandelnder Arzt machte meiner Oma, Papas Mutter, sogar den Vorwurf, sie hätte ja gewusst, dass er krank sei - als ob sie schuld gewesen wäre und wissen hätte müssen, dass dies passieren könnte. Omi regte dies fürchterlich auf, und stellte sich die Fragen: *"Wer ist hier der Arzt, der wissen müsste, dass ein schwaches Herz das nicht verträgt? Wer hat die Operation denn vorgeschlagen?"* Papa erzählte später seiner Mutter, er hätte im Koma mitbekommen, als der Alarm der Herzmaschine losging und alle Ärzte und Schwestern in sein Zimmer eilten. Ein weiteres Jahr später starb Papa im Krankenhaus. Er nahm im Laufe seiner Krankheit einiges an Gewicht zu, wahrscheinlich durch die vielen Medikamente und das Cortison, am Ende war er wieder abgemagert.

Jetzt, wo ich selbst zwei Töchter habe, wird mir erst richtig bewusst, wie jung mein Vater mit 37 Jahren war, als er starb. Auch wenn heutzutage seine Krankheit kein Grund mehr ist, so früh zu sterben, weil die Medizin so fortgeschritten ist, stimmt es mich nachdenklich und ich lebe zumindest zeitweise ein wenig bewusster... Demnächst wäre mein Löwen-Papa 70 Jahre alt geworden! Ich versuche ihn mir vorzustellen, wie er jetzt aussehen würde, wie sich das Verhältnis zu uns entwickelt hätte. Ich frag mich manchmal, ob er noch mit meiner Mama verheiratet wäre?

Wenn ich daran denke, dass meine Kinder jetzt so alt, vielmehr so jung sind, wie ich damals war, als mein Papa starb, schwirren mir Gedanken im Kopf herum: *„Was wäre, wenn ihr Papa sterben würde oder wenn ich nicht mehr da wäre für sie?"* Unvorstellbar... und doch hab ich es selbst erlebt.

Das Leben machte uns zu Schwestern.
Unsere Herzen machten uns zu Freundinnen.
(Autor unbekannt)

Schwesterherz

Meine Schwester war schon informiert, als Mama mir diese Hiobsbotschaft über den Tod unseres Papas an diesem besagten 6. Dezember mitteilte. Auch für Cornelia war es natürlich ein harter Schlag. Wir konnten das Geschehene kaum realisieren. Wir sprachen auch nicht viel darüber, wir versuchten uns mit anderen Dingen abzulenken. Mit Schule, mit Musik, mit unseren Freunden. Eine schwere Zeit begann für uns. Mama hatte es nicht leicht, mit zwei halbwüchsigen Mädchen, die nun zum Teenager wurden, zurechtzukommen. Sie musste sich Arbeit suchen, sie verfiel in Depressionen, was sie uns nie spüren hat lassen. Sie bekam zur Erleichterung Antidepressiva. Sie war und ist eine starke Mama, die tapfer durchhielt und uns wohlgesonnen großgezogen hat. *"Alle Achtung, liebe Mama, Hut ab, du kannst mächtig stolz auf dich sein, wie du das alles gemeistert hast!"*

Mein Schwesterherz hat mich als kleines Geschwisterl sehr unterstützt. Sie war stets besorgt um mich, ob beim Spielen, im Straßenverkehr, wenn ich weinte und mich nicht wohl fühlte oder bei Problemen in der Schule. Cornelia wusste, wie sie mich beschützen und beruhigen konnte. Cornelia und ich ähneln uns in gewisser Weise, dennoch sind wir grundverschieden. Was das Aussehen betrifft haben wir beide glatte braune Haare und braune Augen. Durch diesen gleichen Typus behaupten die meisten, wir sehen uns ähnlich. Cornelia war von der Statur her jedoch meistens stärker als ich, sie kämpft auch heute noch mit ihren Kilos, weit mehr als ich. Ich habe immer ein Bäuchlein gehabt, habe aber das Glück, die schlanken, langen Beine mit den knöchernen Revolverknien und die dünnen Hände und langen Finger von meiner Mama geerbt zu haben.

Cornelia hingegen konnte nie so schlank wirken aufgrund ihrer breiter gebauten Knie und festen Waden.

Als kleinere bzw. jüngere Schwester habe ich Cornelia im Laufe der Jahre von der Größe her um etwa zehn Zentimeter überholt. Auch in unserem Gemüt sind wir ungleich. Ich bin der aufgeweckte, quirlige, unkonventionelle, offene, herzliche, extrovertierte Typ. Cornelia ist ruhiger, bedacht, verantwortungsbewusst, zurückhaltend, zeigt nicht so gerne ihre Zuwendung, meidet eher Umarmungen und Nähe, geht nicht so sehr aus sich heraus. Obwohl sie ein sehr liebevoller Mensch ist, zeigt sie ihre Gefühle nach außen hin nicht.

Was uns zum Verwechseln ähnlich ist, ist unsere Stimme. Wir konnten damit unsere Mutter in späteren Jahren am Telefon sogar einmal austricksen. *"Hallo Mama, du der Cornelia ist heute in der Schule schlecht geworden und sie ist zum Schularzt gegangen. Ich warte auf sie, bis sie fertig ist und gehe mit ihr nach Hause."*, rief Cornelia sie von der Freundin an, um Mama zu prüfen, ob sie merkt, dass nicht ich mit ihr spreche. Mama hat uns nicht durchschaut. Sie wurde - uns biegend vor Lachen - mit einem *"Ätsch, 1. April"* von uns eines besseren belehrt. Mama ist nicht in Gelächter ausgebrochen, hat uns aber dennoch schmunzelnd unseren kleinen Scherz mit ihr nicht übel genommen.

Im Laufe der Kindheit waren auch Streitereien zwischen Cornelia und mir beinahe alltäglich geworden. Im Teenager-Alter fühlte ich mich benachteiligt, dass ich immer Cornelias Kleidung austragen musste, wenn sie ihr zu klein geworden ist. Und Cornelia bekam neue. Heutzutage ist es so, dass ich mich sehr darüber freue, wenn ich Cornelias "alte Sachen" tragen darf, die meistens wie neu und qualitativ hochwertig sind, die ihr - kaum getragen - oft nur zu eng geworden sind. Cornelia legt sich in ihrem Kaufrausch schon mal neue Sachen zu, die sie auch gar nicht getragen an mich weitergibt. So profitiere ich davon und kann Geld sparen. Dafür bin ich ihr sehr dankbar.

Was mir erst später bewusst wurde: Cornelia kam nach der Volksschule ins Gymnasium, wechselte aber nach einem Jahr in die Hauptschule. Und was war als ich nach der Volksschule wechselte? Ich wurde erst gar nicht gefragt, ob ich ins Gymnasium gehen möchte, ich wurde gleich in die Hauptschule geschickt... und dies wiederholte sich beim neuerlichen Schulwechsel: Cornelia kam von der Handelsakademie (HAK) nach einem nicht positiv abgeschlossenem Jahr in die Handelsschule (HAS), ich musste gleich in die HAS. Damals habe ich das einfach so hingenommen, erst in den letzten Jahren wurde mir bewusst, dass mich diese Situation geprägt hat. Unbewusst bekam ich das Programm mit in mein Leben geliefert, mich abgewertet zu fühlen, ohne dass ich hier jemandem einen Vorwurf machen möchte. Es macht mir den Anschein, mein Potential wurde nicht geweckt, weil man mich in den gleichen Pott gesteckt hat, wie meine Schwester. Weil man mich mit ihr verglichen hat, ohne zu schauen, welche Talente ich hätte.

Früher ist man eben so vorgegangen. Heute weiß man es besser, dass man Kinder unterschiedlich fördern sollte, weil jeder eben anders ist. Andererseits, wer weiß, ob ich die HAK mit Matura geschafft hätte. Meine Mama meinte, als ich sie Jahrzehnte später darauf ansprach, meine Noten waren nicht entsprechend gut, deshalb wollte sie mir das nicht antun. Obwohl ich sicher bin, dass sowohl Cornelia als auch ich das Potential gehabt hätten, wir waren eben zu dieser Zeit einfach nur zu faul zum Lernen. Cornelia hat es als Erstgeborene bestimmt auch nicht leicht gehabt. Diese werden oft strenger behandelt, dürfen vieles nicht, was den Jüngeren später sehr wohl gewährt wird.

Die Beziehung zu meiner Schwester hat sich im Laufe des Erwachsenwerdens in jeder Hinsicht gut entwickelt. Alles im Leben hat so seinen **SINN**.

Unsere Jugendprobleme und Kindheitsstreitereien haben seinen Lauf genommen und seit Cornelia und ich aus der Pubertät sind, ist meine Schwester gleichzeitig meine beste Freundin. Ich liebe sie über alles und ich möchte sie niemals missen! Sie ist ein so wertvoller Mensch, hilfsbereit, ehrlich, immer für einen da, wenn man ihn braucht, eine echte Freundin eben.

Sie und Mama haben mir durch die schwere Zeit ohne Papa sehr geholfen. Später kam noch Mamas neuer Mann an ihrer Seite hinzu, der immer für uns da war und vor allem Mama eine große Stütze war. Ferdinand, unser Stiefpapa. Er hat sich aber nie aufgespielt wie ein Papa, er war immer für uns "der Ferdi". Er hat sich nicht eingemischt, hat sich im Hintergrund gehalten und war eher ruhig und zurückhaltend. Wir mochten ihn von Anfang an sehr gerne. Ferdi war immer schlank und ist es geblieben und hat schon seit wir ihn kennen eine Glatze mit grauen Haaren rundherum. Er ist ein sehr großzügiger und liebenswerter Stiefpapa.

Tagebuch

Mein erstes Tagebuch erhielt ich zu Weihnachten 1978. Ich schrieb mir enthusiastisch alles von der Seele. Mein erster Eintrag war ein Nachtrag:

Was bis jetzt geschah:

Am 6.12.1978 (Mi) starb mein Papa. Es war sehr zeitig in der Früh. Er war herzkrank. Er schlief im Spital ein. Ich sah ihm am 4.12. das letzte Mal. Am Vortag schickte er mir und Cornelia noch viele Busserl, denn meine Mutter war bei ihm im Spital. Er starb dann zum Nikolaus.

Am 27.12.1978 (Fr): Ich machte meinen 1. Zungenroller. Mein Schulkollege Patrick war der Glückliche.

Ich war in einer finsteren Garage. Wir spielten "Mädchen suchen Buben und umgekehrt". Wer wem fand, gab dem ein Busserl. Patrick fand mich. Er nahm mich. Wir gaben uns nur Mund zu Mund, dann kam automatisch die Zunge raus. Das war so ein schönes Gefühl.
Seit dem habe ich leider keinen festen Freund. Einmal schmuste ich mit Anton, aber ohne Zungenroller. Patrick fragt mich seit dem Tag so oft. Ich sag meist nein. Einmal will ich ihn, dann wieder nicht.

24.12.1978 Weihnachten!
In der Früh war der Christbaum schon aufgeputzt. Er ist ca. 1m 10 cm hoch und steht am Klavier. Eine Doppeltanne. Am Nachmittag fuhren wir zum Grab meines Vaters, dann zu meinen Großeltern. Sie haben keinen Christbaum. Ich bekam nach der Jause die Geschenke: Slips, eine orange Adidas-Tasche, eine braune Handtasche, einen Stoffpinocchio, einen Ballograf (Kulli), Grease Kassette, 3 leere Kassetten, Stutzen, Rollkragen-Pullover, Feuerzeug mit Lederhülle, Schützer für Eislaufschuhe, Tagebuch (dieses), Kassettenständer, Digitaluhr-Weckerradio, Pullover mit V-Ausschnitt, 500 Schilling Guthaben, 1 dicken Block, Bundfaltenhose.

25.12.1978 Hab mit meiner Schwester 'nen Streit wegen der Grease Kassette gehabt. Mama hat zu mir geholfen.
Meine Oma und mein Opa kamen zum Mittagessen. Omi weinte beim Essen wegen Papa.

Ganz schön viele Geschenke haben wir bekommen, vielleicht umso mehr, weil Papa gestorben war. Ob es ein Trost war? Ich glaube nicht einmal, dass ich tatsächlich realisieren konnte, was passiert war.

Mutter: "Früher durften wir das auch nicht!"
Teenager: "Mama, es ist nicht mehr früher!"
(Quelle: mutterherzen.de)

Spannende Jugendzeit

Als Schulkind war ich ein Mädchen, das nicht wirklich auffiel. Schon gar nicht positiv. In meinem Tagebuch beschrieb ich mich so:
Augen: braun, groß, dunkel
Haarfarbe: braun und schulterlang
Stupsnase, schlank (eher dünn)
Besondere Kennzeichen: keine

Ich war etwas größer als der Durchschnitt und nicht unhübsch. Doch ich fühlte mich eher als Durchschnittstyp, oder sogar weniger als das, schlank oder sogar wirklich dünn ja, aber immer ein kleines Bäuchlein. Dafür keinen Busen, an dem ich sehr zu leiden hatte.

Komplexe

In der Hauptschule, als wir zum Teenager mutierten, dachte ich, mit Rauchen könne ich den Burschen cooler gegenübertreten. Was mir nicht wirklich gelang. Ich war nie das Mädchen, das von den Jungs angehimmelt wurde. Im Gegenteil. Da ich nicht besonders reif heranwuchs - meine Pubertät hinkte allen anderen Mädchen gewaltig hinterher - war ich ein Fressen für die Jungs, die mich als Opfer betrachteten.

Heute weiß ich, dass ich die Verantwortung selbst zu tragen habe. Denn jeder hat es selbst in der Hand, Opfer oder Täter zu sein, Täter im Sinne von handelnd.

Ich erinnere mich genau, als mich einige im Pausenhof lachend am nicht vorhandenen Busen ausgriffen und mich schimpften: *"Hint a Brettl, vorn a Brettl... Hahahahaha"*... Einmal hat mich ein Schulkollege sogar verteidigt, weil ich ihm leid tat. Er hatte Mitgefühl und gespürt, wie schlecht es mir dabei ging. Das fand ich echt süß von ihm.

In meinem Tagebuch ließ ich des öfteren meinen Frust über diese verbalen und körperlichen Attacken aus:
Mai 1979:
In der Schule zogen mich die Buben in die Klasse und griffen mich aus.
Patrick schimpfte mich einmal beim Turnen "Glatteis". Er sah es, weil ich den Turnanzug anhatte. Das kränkte mich.
Erik glaubt, mir gefällt das, wenn man mich ausgreift oder so. Der täuscht sich.
Rudi ist auch immer so gemein und macht sich lustig über mich.
Es gab Streit wegen mir, weil ich immer beim Kochen das Essen den Lehrern raufbringen durfte. Lisi drohte mir: "Heut gehst aber nicht du zum Lehrer, heute gehe ich!"
Die langen Kochdonnerstage sind immer deprimierend für mich. Da bin ich schlecht aufgelegt und könnte weinen.

Mit Patrick, mit dem ich meinen ersten Zungenkuss hatte, kristallisierte sich eine Art Hassliebe heraus. Mal schrieb ich in meinem Tagebuch: "Ich hasse Patrick!"
Dann wieder folgte ein, mein Interesse zeigender, Eintrag:
"Elfriede hat Jugendregeln eingeführt, z.B. "die Uhr unten tragen" heißt: man ist frei, "oben tragen": man ist vergeben. Ich trag sie jetzt unten. Patrick auch. Hat er mir gezeigt."
Das "Ausgreifen" und "Über-meinen-Busen-lustig-machen" schmerzte sehr und traf mich tief in meinem Herzen. Ich fühlte mich wertlos, nutzlos, unattraktiv, es kam immer wieder dieser Gedanke auf: *"Ich bin ein Nichtsnutz. Keiner will mich!"*. Ich musste heulen, jedes Mal wenn ich auf solche Art und Weise gehänselt wurde.

Seit dieser Zeit machten sich bei mir Komplexe breit, weil ich keinen Busen hatte und nicht wie die meisten der Mädchen im Alter von 13 oder 14 Jahren Rundungen und Kurven aufwies. Auch hatte ich noch keine Menstruation. Dadurch fühlte ich mich noch minderwertiger. Die anderen Mädchen waren stolz und sprachen darüber, dass sie ihre Tage bekamen. Ich gehörte nicht dazu. Ich konnte einfach nicht mitreden in dieser Unreife. Mein Selbstwert war arg angeknackst. Es gab mir das Gefühl, ich bin weniger wert als die anderen. Es fühlte sich an, als gehöre ich in eine andere Welt. Ich bemühte mich, meine Gefühle nicht zu zeigen, ich überspielte es mit einem Lächeln, wenn sich die Jungs wieder einmal lustig machten über mich. Doch was half das schon, meine Komplexe wurden umso größer.

Ich habe die Wahl, entweder ein Opfer der Welt zu sein oder eine Abenteurerin auf der Suche nach ihrem Schatz. Es ist alles nur eine Frage, wie ich mein Leben angehe. (Paulo Coelho)

Auch heutzutage werden Kinder auf ähnliche Art und Weise gehänselt, ein neues Wort wurde dafür erschaffen: **Mobbing**. Egal auf welche Weise man sich als Außenseiter sieht, ob man - wie bei mir - körperlich zu unreif ist, oder als Streber gilt, oder sich mit den Lehrern oder mit Außenseitern zu gut versteht, ob man zu ausgefallene Vorlieben hat, oder womöglich zu viele weibliche Züge als Junge oder zu männliche als Mädchen hat: mir scheint, man darf in unserer Gesellschaft einfach nicht anders sein, man sollte mit der Masse mitschwimmen, oder man geht unter. Man darf nicht sein, wie man ist.

Durch all diese gesammelten Traumen in der Kindheit werden die jungen Geschöpfe mit Prägungen, Komplexen und Mustern ausgestattet, die sie bis ins Erwachsenenalter in ihren immer schwerer werdenden Rucksack einpacken und mitnehmen. Und wenn sie sich dessen nicht bewusst werden im frühen oder späteren Leben, entstehen Krankheiten.

Man glaubt, man ist Opfer des Schicksals, obwohl man sein Schicksal selbst in der Hand hat, wenn man sich dessen bewusst ist. Es ist nur eine Frage der Entscheidung, dem Leid des Mobbings einen Schlussstrich zu ziehen. Keiner muss das mitansehen, mitmachen, mitleiden, es gibt Hilfe, jeder darf diese Hilfe auch suchen und annehmen.
Im Internet las ich den Aufruf in Form eines Spruches:

Schau nicht weg! Bei Mobbing gibt es keine Unbeteiligten! Bei Mobbing gibt es Möglichmacher!

Aber auch Mobber haben die Wahl - sie wissen es vielleicht nur nicht, sie haben es nicht gelernt, die Wahl zu haben. Zum Thema habe ich Jahre später eine Botschaft per Whats app erhalten, die ich hier festhalten möchte:

Ein 15-jähriges Mädchen hält die Hand ihres 1-jährigen Sohnes. Die Menschen nennen sie eine Schlampe, weil niemand weiß, dass sie mit 13 vergewaltigt wurde.
Die Menschen nennen ein anderes Kind fett. Niemand weiß, dass es eine Krankheit hat, die zu Übergewicht führt.
Die Menschen nennen einen Mann mit Narben hässlich. Niemand weiß, dass er vier Menschen aus einem brennenden Haus gerettet hat.
Wenn du auch gegen Mobbing bist, dann schicke das an 10 Leute weiter.

Ich mag grundsätzlich keine Kettenmails oder solche Nachrichten, die man weiterleiten soll. Am meisten mag ich diese nicht, die behaupten, mein Glück hänge davon ab, wie schnell und an wie viele Menschen ich die Nachricht weiterleite. So ein Unsinn! Mein Glück hängt von mir alleine ab, nicht von anderen, schon gar nicht von solchen unsinnigen Nachrichten. Darum leite ich solche prinzipiell nicht weiter. Doch bei dieser tat ich es. In der Hoffnung, dass vielleicht zumindest ein kleiner Prozentsatz der Mobber genauso berührt und zum Nachdenken angeregt werden.

Vielleicht erkennen sie, dass sie die Wahl haben und dass es ihnen womöglich genauso schicksalshaft ergehen hätte können. Diese Wahl steht jedem von uns frei. Auch für Gewalttäter, auch sie wissen es einfach nicht besser, denn wenn sie es wüssten, würden sie keine Gewalt anwenden.

Was weiß ein Mädchen schon von Fußball?

Wir gingen in die Handelsschule, meine Schwester Cornelia eine Klasse höher als ich, dort spielte ich in der Mädchenfußball-Mannschaft. Ich bekam sogar eine Medaille und eine Urkunde für den 3. Platz beim Sommerfest-Turnier. Es sollte erwähnt werden, dass ich mich nicht mehr erinnere, wie viele Mannschaften bei diesem Turnier mitspielten! Womöglich waren es nur drei?

Eines Tages landeten wir durch Zufall im Cafe City in Simmering. Es wurde unser Stammlokal, auch um – bitte nicht weitersagen! - Schule zu schwänzen. Der Kellner, der uns dort meistens betreute, hieß Gotthard! Bald waren wir mit ihm per Du. Wir kauften uns eine warme Milch mit Honig, als Schüler konnten wir uns nicht mehr leisten. Wir waren deshalb keine schlechteren Menschen, weder wegen dem Schwänzen (auch als Schülerinnen waren wir zumindest Durchschnitt), noch wegen den finanziellen Engpässen - dennoch wurde unser Rucksack fürs Erwachsenenalter weiter aufgefüllt und unser Dasein geprägt von dem Komplex *"Wir haben kein Geld"* und *"Wir sind nicht gescheit genug für die Matura"*.

Bereits Fußball-begeistert und angesteckt von Cornelias Freundin Marianne saßen wir drei im besagten Cafe, in welchem sich regelmäßig namhafte Fußballer aufhielten. Marianne war später ein großer **George Michael**-Fan, auch er begleitete uns in unserer Jugend mit Liedern wie **"I'm your Man"**, **"Careless Whisper"** oder **"Last Christmas"**.

Die Fußballer raubten uns jungen Girls gravierend den Verstand. Allen voran war da ein junger Mann namens Gotthard. Schon wieder ein Gotthard, wie mein Papa und der Kellner! Er war eine Koryphäe in dieser Zeit, ein Fußball-Gott, für uns jedenfalls. Ich schwärmte für seinen Fußballkollegen Heinzpeter und Cornelia noch viel mehr für Gotthard. Beim Gedankenspiel und der Frage in meinem Kopf *"Vielleicht gefalle ich ihm ja doch?"* wurde ich bereits rot, bei jedem Blick in seine Augen, wenn auch nur vorbeischweifend, wurde ich nervös. Damals war mir nicht bewusst, dass ich viel zu jung war für diese „Jungs". Ich hatte als jüngstes Girl in der Runde nicht den Hauch einer Chance, doch weiche Knie bekam ich jedes Mal, wenn er nur das Kaffeehaus betrat.
Das änderte sich mit den Monaten, plötzlich war ich doch interessant, wurde charmant von "Eiche", wie man Heinzpeter nannte, angelächelt, oder wenn ich auf dem Weg zur Toilette an ihm vorbeigehen musste, mit ein paar witzigen Gesten von ihm gestoppt.

Mein Tagebuch schildert den Pfingstmontag:
Eiche gambelte gerade hinten beim Klo. Ich wollte aufs Klo und natürlich ließ er mich nicht gleich durch. Dann, beim Zurückgehen, hielt er mich in seinen Armen fest und sagte: "Ich liebe Dich", das hat er natürlich nur gesagt, daß ich mir Hoffnungen mache, aber das weiß ich ja. Trotzdem baute mich das auf, weil er sagt so etwas nicht zu irgendjemanden, nicht zur Marianne und auch nicht zu anderen Freundinnen. Er sagt es zu mir!
Jetzt ist Urlaub bei den Fußballern und wir sehen sie lange nicht. Erst im August wieder. Wahnsinn!

Schon früh hatte ich große Zweifel an mir, hab nicht an mich geglaubt, dass mich jemand attraktiv finden könnte, dass mich jemand mag oder gar liebt. Warum nur hatte ich so gar nicht an mich glauben können?

Verbotene Substanzen

Im Jahre 1981, in der 2. Klasse Handelsschule - ich war erst 15 Jahre alt - war ich gerade ziemlich schlecht drauf und oft frustriert. Auf meine Schwester Cornelia war ich mehr und mehr eifersüchtig. Obwohl meine Wünsche erfüllt wurden, dass meine Freundinnen - nach dem Zusammenlegen der Klassen - mit mir in die Klasse gingen, da einige nach der 1. Klasse ausgestiegen waren, war ich oft traurig und musste viel weinen.

In dieser Phase war ich mit einem Toni zusammen. Ich lernte ihn auf einer Party kennen. Er war mein erster Freund, mit dem ich schon nach wenigen Tagen intim wurde, jedoch ohne Geschlechtsverkehr, also küssen und ein bisschen rumfummeln, mehr war es nicht. Ich erfand auch Zahlen-Kürzel für diese erwähnten Intimitäten, die ich im Tagebuch festhielt, sodass niemand wusste – sollte jemand mal mein Tagebuch lesen – was es bedeutete.
Schon bald gab es ständig Streit zwischen Toni und mir. Ich hatte ihn gern, dann wieder nicht.
In dieser schwierigen Zeit des Gefühlschaos schrieb ich Folgendes in meinem Tagebuch nieder:

Mama fuhr für 3 Tage nach Jugoslawien, als Toni bei mir daheim war, machte ich 4 mit ihm. Ich hoffe ich weiß noch was 4 ist, wenn ich das Tagebuch einmal lesen werde, aber das werde ich sicher nicht vergessen, da es das 1. Intime war, das ich mit einem Jungen machte. Toni fing die letzten zwei Wochen ständig zu streiten an. Er war wegen jedem Blödsinn angefressen. Nach einem Monat machte ich Schluss mit ihm. Jetzt wo wir nicht mehr zusammen sind, ist alles besser, wir lachen viel mehr. Heute waren wir in Schönbrunn mit einer ganzen Gruppe. Cornelia war andauernd bei Toni und sie redeten alleine miteinander. Das kränkte mich wahnsinnig, obwohl es mich überhaupt nichts mehr angeht. Entweder ich ärgere mich wegen Cornelia, ich vergönne ihr das nicht, oder ich habe Toni doch noch gern und bin auf Cornelia eifersüchtig.

Momentan bin ich nicht sehr glücklich. Traurig bin ich aber nicht nur wegen Toni. Ich habe ja öfters so eine Zeit, wo ich dauernd weinen könnte.

Eine Woche später schrieb ich weiter:
Toni und ich sind wieder zusammen. Heute sehe ich ihn Gottseidank nicht. Mir geht er schon so auf die Nerven. Ich kann aber jetzt noch nicht Schluß machen. Er sagte, wenn ich ihm nicht treu bin, bekäme ich eine, und derjenige auch, außerdem ist es dann aus. Das wäre meine Chance! Wenn er mich haut, haue ich zurück! Was geht ihm das noch an, wenn ich Schluss mache.
Was die Schule betrifft, haben sich meine Wünsche erfüllt. Ich hab meinen Wunsch-Klassenvorstand, Harry ist in meiner Klasse, meine Freundinnen auch. Ich bin jetzt ziemlich glücklich, bis auf Toni. Der macht mir zu schaffen. Ich habe ihn überhaupt nicht mehr gern. Ich kann nichts dagegen tun. Ich kann mich nicht zwingen, ihn gern zu haben.

Drei Tage später war es aus mit Toni. Einen Monat später, im Oktober 1981, schrieb ich:
Ich hasse Toni. Er ist sooo IRRE! Gestern waren wir auf einer Party, da schluckte er irgendwelche Pulver und war dann wie betrunken. Er tanzte ganz irre herum. Ich kann mir gar nicht vorstellen, daß ich mit so etwas einmal ging!

Meine Gefühlsschwankungen waren weiter an der Tagesordnung, ein paar Tage später notierte ich:
Momentan bin ich überhaupt nicht glücklich. Die Scheiß-Schule geht mich an. Ich sehe mich überhaupt nicht mehr raus. Dauernd gibt es Streit mit Cornelia, wegen des Schreibtisches und der Schreibmaschine. Geld habe ich auch keines. Alles ist Orsch.

Ich ließ mir die Haare kurz schneiden und Schneckerl machen, aber das gefällt mir nicht so richtig. Früher schauten mich mehr Buben an.

Ich wäre viel glücklicher, wenn ich ein eigenes Zimmer mit Schreibtisch und -maschine hätte, daher auch besser lernen könnte und besser in der Schule wäre... wenn ich mehr Geld hätte und mir was Schönes zum Anziehen kaufen könnte... und so weiter.
Gestern hatte mir Ferdinand auch so ein Pulver gegeben, aber ein Leichteres, aber ich nahm es nicht, ich haute es weg. Wer weiß, was das war!

Geholfen, nicht zu Drogen zu greifen, hat mir der Film *"Wir Kinder vom Bahnhof Zoo"*, die Geschichte von Christiane F. Ich habe mit etwa 14 das Buch gelesen und danach auch den Film gesehen. Der Song **"Heroes"** bzw. **"Helden"**, die deutsche Version von **David Bowie**, hat mich in dieser Zeit begleitet. Der Film war faszinierend und erschütternd genug für mich, um reichlich Ehrfurcht vor verbotenen Substanzen zu bekommen und nie so etwas zu nehmen.

Weniger erfreulich war eine andere Entwicklung. Wir wurden ausgeraubt. Bei uns zu Hause wurde eingebrochen. Über das gekippte Kinderzimmer-Fenster im Erdgeschoß unserer Zweizimmerwohnung wurde in dieselbe eingestiegen, alles was an Wertsachen im Kästchen, wo Mama diese aufbewahrte, so zu finden war, wurde entwendet. Goldmünzen, Geld, Schmuck. Wir waren alle schockiert. Monate später glaubten wir nicht, was wir hörten. Mama erzählte uns, dass die Polizei den Fall aufklären konnte. Toni war der Täter. Er wurde verurteilt.

Liebe ist die gemeinsame Freude an der wechselseitigen Unvollkommenheit. (Ludwig Börne)

Liebesgedichte

Nach der Toni-Episode schwärmte ich mit meiner damaligen Schulkollegin aus der Volks- und Hauptschule und bester Freundin Elfriede für einen Hans. Elfriede hörte nach der ersten Handelsschule auf, sie machte eine Juwelier-Ausbildung, wir verloren uns danach bald aus den Augen.
Lustigerweise gab es auch für Elfriede einen Hans, den sie sich gerade in dieser Zeit näherte.
Unsere "Hänse" lernten wir getrennt voneinander in einem Café im 3. Bezirk kennen. Mein Tagebuch erzählt im Juli 1982, als ich Hans zum ersten Mal sah:
"Dort sah ich einen mit einer schwarzen Lederhose, braunen Schneckerln, einem leichten Schnurrbart und stechenden funkelnden grünen Augen. Beim ersten Mal sah er mich noch nicht an. Bald setzte sich ein Mann vor mich, ich beugte mich nach hinten und merkte, daß auch er probiert, an dem Mann vorbeizusehen. Einmal schauten wir uns total in die Augen. Ich mußte dann wegschauen. Dieser Blick, ein Wahnsinn!"
Diese Augen hatten es mir angetan, wir sahen uns wieder im besagten Lokal, und so entstand eine Beziehung, wenn man das so nennen kann. Ich hatte keinen Sex mit ihm. Bald schon kamen die Probleme, er meldete sich nicht, wenn er es versprochen hatte.

Elfriede und ich entdeckten unsere poetische Ader und reimten, im Kaffeehaus sitzend, darauf los.

VON ZWEI GÄNSCHEN UND ZWEI HÄNSCHEN

Wir müssen immer an Euch denken,
warum wollt ihr uns eure Liebe nicht schenken?
Wenn ihr uns nie könnt verstehn,
wird es nimmer weiter gehn.

Wir sitzen und trinken Bier,
und keiner von Euch ist hier.
Ist es denn vielleicht schon aus?

Hans ließ mich nicht nur einmal sitzen, in mir brodelte es schon wieder. Er fehlte mir, doch ich kannte mich nicht aus. *"Was haben wir für eine Beziehung? Was ist das eigentlich?"*, fragte ich mich. Im Grunde war es eine kleine Liebelei, ein Küsschen, mehr war da nicht. Und ich glaubte schon wieder, es könnte die große Liebe sein! Was für eine Pein! So fiel mir wieder ein Gedicht ein:

Ich glaub Du magst mich nicht mehr, zumindest nicht mehr sehr.
Du wirst Dich wohl nicht mehr nach mir sehnen,
wenn ich nur daran denke, kommen mir schon die Tränen.
Ich liebe Dich noch immer, nun sitze ich in meinem Zimmer
und kann nur an Dich denken, warum willst Du mir Deine Liebe nicht mehr schenken?

Ich sehne mich so sehr nach Dir!
Wer weiß, wo Du jetzt bist, vielleicht dort oder hier?
Und Du denkst überhaupt nicht mehr an mich,
und lässt mich hier ganz einfach im Stich!
Ich hoffe, es wird alles wieder gut,
und Du hast auf mich keine Wut.
Vielleicht erlebe ichs noch, und du änderst dich,
das wäre das schönste Geschenk für mich!

Wie gutgläubig ich doch war! Ich dachte damals allen Ernstes, er solle sich ändern, damit sich alles ändert!

In der 2. Klasse der Handelsschule lernte ich Mino kennen. Er wurde in dieser Zeit mein Überschwarm. Er hatte so etwas Beruhigendes an sich, das mich faszinierte. Es waren innige Blicke, die wir austauschten, ohne uns anzunähern. Ich war zu schüchtern, um einen ersten Schritt zu wagen.

Er anscheinend auch. Er war ein Jahr älter und ging eine Klasse über mir zur Schule, so kam es, dass er die Schule am Ende des Schuljahres verließ. Die Vorstellung, ihn nie wieder zu sehen, war schmerzvoll. Ich hab mich in ihn verguckt, was sollte ich nur tun? Wenn ich mich schon nicht annähern konnte, so musste ich meine poetische Ader walten lassen und reimte mir meine Gefühle von der Seele:

Jetzt geht das schon zwei Jahre lang,
und es gab noch immer keinen Anfang.
Ich renn Dir nach die ganze lange Zeit,
aber jetzt ist es bald soweit,
daß wir uns nie wieder sehn,
danach wird es mir schlecht ergehn.
Warum gefällst du mir so sehr?

Schmerzvoll war die Zeit ohne Mino im Mai 1983:
Ich will und kann Dich nicht vergessen,
beim Lernen, schlafen und beim Essen
denke ich nur noch an Dich
Du denkst ganz sicher nicht an mich.
Ich wußte, ich würde Dich nie mehr sehn,
und war so dumm und ließ Dich gehn.
Ich sehe nur dein Bild vor mir
es wär so schön Du wärst jetzt hier.

Im Juni 1983 war die Welt wieder in Ordnung:
Du kannst Dir nicht vorstellen, wie glücklich ich jetzt bin!
Du riefst an, das Leben gab mir wieder ***Sinn.***
Vor lauter Freude kam mir eine Träne,
ich merke, wie sehr ich mich nach Dir sehne.

Ich war glücklich, dass er zurückgerufen hatte, als ich seine Telefonnummer recherchierte, seinen Bruder anrief, und diesen bat mich anzurufen. Er besuchte mich nach einigen Treffen überraschend zu Hause. Es war eine große Freude.

Wir waren eine zeitlang zusammen, jedoch war es ein Auf und Ab der Gefühlswelt, ein ständiges Weinen, Betrogen werden, Hoffen, Aufatmen, wieder Traurigkeit und Schmerz, bis es schließlich endgültig aus war. All das war nicht nur bei Mino so, es war eine Wiederholung bei den Freunden in meinem Leben, immer und immer wieder.

Das Herzklopfen um meine Schwärme, das erste Herantasten an kleine Liebeleien, all das war eine spannende Zeit, in der mir die Reime geholfen haben, einen Teil meiner Jugend festzuhalten.

Mein Komplex mit dem Busen setzte sich weiter fort. Auch in dieser Zeit hielt ich - mich minderwertig fühlend - folgende Worte im Tagebuch fest:
"Mit Ferdi schmuste ich auf einer KPÖ-Party. Bei einer Party von Michi traf ich ihn ein zweites Mal und schmuste mit ihm und er griff mich aus. Viel spürte er sicher nicht - Gottseidank mußte ich dann gleich gehen." Es war mir peinlich, ich schämte mich wieder, weil ich keinen Busen hatte.

Rumgeschmust hatte ich zu diesem Zeitpunkt mit einigen Typen, ich war auf der Suche nach einem Freund und nahm viele Gelegenheiten wahr. Mit meinen Freundinnen aus der Handelsschule war ich so oft ich konnte auf Partys, in den Diskotheken und in Lokalen, vom Turnverein, über das Wake up, bis hin zur Golden Gate. Ein Lied, das mich in dieser ersten Zeit der Liebeserfahrungen besonders geprägt hat, ist ***"Reality"*** von ***Richard Sanderson***, aus dem Film "**La Boum - Die Fete**", mit dem ich mich damals gut identifizieren konnte und der mich ebenso in meiner Seele berührt hat.

Kleine sonnige Fee

Im Cafe City spielte sich wirklich unsere Jugend ab. Ich lernte in dieser Zeit, ich war knapp 16 Jahre jung, einen Jungen kennen. Er gehörte in die Truppe der Fußballclique, war aber kein Fußballer. Pepe nannte er sich. Als er mich erblickte, machte er mir mit netten Worten den Hof: *„Meine kleine sonnige Fee“* kam immer aus seinem Munde, das gefiel mir und baute meine doch schwer angeschlagenen Minderwertigkeitskomplexe ein wenig auf. Pepe war viele Jahre älter als ich, sicher über 20, hatte braunes Haar, das glatt und ein wenig länger ohne einen besonderen Schnitt über die Ohren hing. Er hatte eine schlechte Haltung, war nicht besonders schlank und unsportlich. Pepe war ganz einfach nicht mein Typ! Aber er buhlte um mich.

In meinem Tagebuch fand immer wieder meine *“Rangliste der Schwärme”* Platz, die ständig wechselte, doch Pepe war in keinster Weise dort zu finden.

1. *Ferdi B.*
2. *Michi M.*
3. *Herbert B.*
4. *Schwarm*
5. *Geri S.*
6. *Walter St.*
7. *Patrick H.*
8. *Anton K.*

Obwohl auch Pepe und ich uns trafen und schließlich miteinander “gingen”, wie wir es früher nannten, wenn ein Paar zusammen kam, mochte ich Pepe im Grunde gar nicht. Mit seiner *“kleinen sonnigen Fee”* ging er mir schon bald auf die Nerven.

Doch da ich bei den Fußballern und meinen Schwärmen keine Chance sah, und einfach nur einen Freund wollte, machte ich einen Fehler, den ich bitter bereue. Ich hatte getrunken. Einen halben Liter Cola Rot.

Ich hatte zu viel davon getrunken und musste mich auf der Straße, in die frische Luft kommend, plötzlich übergeben. Es begann auch noch zu schütten, gute Gründe für Pepe, mich in dieser Nacht in seine Wohnung „zu schleppen" - naja, ich bin schon freiwillig mitgegangen, so klar war ich dann doch noch. Und Pepe war echt lieb zu mir und zuvorkommend und hat mich überhaupt nicht bedrängt.

Nachgedacht hatte ich jedoch nicht wirklich, was ich hier anrichte. Ich nahm mir etwas weg, was ich niemals im Leben wieder bekommen konnte. Ich war noch Jungfrau, und hätte mir ein solch wichtiges Ereignis im Leben eines Mädchens doch anders vorgestellt. Es sollte jemand sein, den ich liebe, der mich liebt, es sollte ein romantischer Augenblick sein, den ich genießen und zelebrieren wollte.

Mein Gefühl, ich müsste auch mitreden können, mein inneres Bild, ich versäume etwas, belastete mich. Ich bildete mir ein, ich wäre „spät" dran - ich war bereits 16 - weil alle meine Freundinnen von ihrem „ersten Mal" erzählten und damit prahlten. Der Wunsch, auch mitreden zu dürfen war größer, als dieses einmalige Lebensereignis etwas Besonderes werden zu lassen und noch zu warten, bis der "Richtige" kommt.

So ließ ich mich auf Pepe ein. Dieser junge Mann, den ich in keinster Weise begehrte, hat mich meines Jungfrau-Daseins beraubt. Es war "Mein erstes Mal". Es war fürchterlich. Eigentlich hätte ich nun stolz auf mich sein sollen, denn ich konnte endlich mitreden. Doch fühlte ich mich elend. In meinem Tagebuch schrieb ich folgende Sorge nieder: *"Ich war so blöd, ich schlief mit ihm, ohne was zur Verhütung zu nehmen. Die nächsten vier Tage hatte ich panische Angst. Aber zum Glück bekam ich am 5. Tag die Regel."* In der Zwischenzeit hatte ich mit Pepe Schluss gemacht.

Nicht einmal meiner Schwester konnte ich es erzählen. In dieser Nacht saß ich mit Cornelia am kleinen Esstisch in der Küche unserer Zweizimmerwohnung. Mit vorsichtig gewählten Worten fragte ich sie aus: *"Cornelia, du hast mir noch nicht erzählt, wie das so war bei dir? Wie war dein erstes Mal?"*

Typisch Cornelia erzählte sie mir nicht wirklich viel davon. Mit ihrer besorgten Schwesternliebe war es ihr jedoch sehr wichtig, mich zu warnen: *"Bitte überlege dir gut, bevor du dich mit jemandem einlässt, du könntest es bereuen! Lass dir Zeit, bis du den Richtigen findest!"* Später einmal, als ich mich nicht mehr so sehr dafür schämte, hab ich es ihr erzählt, was ich getan hatte, nur um „mitreden" zu können und dazuzugehören. Natürlich erinnerte sie mich an ihre Warnung, aber ändern konnte sie es ja nicht mehr und so verurteilte sie mich nicht dafür und beließ es dabei.

Die Musik ist die Sprache der Leidenschaft.
(Richard Wagner)

Fanatismus

Manche Menschen haben die Liebe zu Blumen und zur Gartenarbeit, andere zur klassischen Musik, manche lieben es Fußballspiele anzusehen oder sie mögen es, sich ihrer Liebe zu Sportautos hinzugeben. Bei mir war es eine andere, für mich besondere Liebe, die im Alter von 15 Jahren in mein Leben getreten war.

Bis heute lässt mich diese nicht los. Ich verfolge sie überall hin, wo ich nur kann, auch wenn ich ihr bisher nicht näher als ein paar Meter gekommen bin. Mit ihr zwei Stunden lang zu träumen, geben mir jedes Mal Berge. Dieses Gefühl der Nähe zu spüren, dieses Flair zu erleben, diese unglaublich wärmenden und wohlklingenden Klänge in meinen Ohren wahrzunehmen, ist für mich atemberaubend schön, ist Atmosphäre pur. Sobald der eine Augenblick zu Ende geht, freue ich mich sehnsüchtig auf den nächsten. Jeden dieser Momente sehe ich als einen Lichtblick meines Lebens, auch wenn dieser oft zwei bis drei Jahre auf sich warten lässt.

Wer ist dieser Lichtblick, wer ist diese "Grande Amore"? Meine platonische Liebe ist Italiener und heißt „Eros Luciano Walter Ramazzotti Molina". Er heißt zwar nicht Gotthard, aber er ist Skorpion, diese finden Löwen unglaublich reizvoll. Und hier schließt sich der Kreis, denn es haben mir nicht nur die Gotthards angetan, sondern auch die Skorpione. Sie wirken auf mich magisch anziehend, wie sich später herausstellen wird.

Mein erstes Eros Ramazzotti-Konzert war im Austria Center an der Wiener Donau.

Mit meinen jungen 15 Jahren wusste ich schon, dass ich wieder auf eines seiner Konzerte gehen werde. Dass er für mich unglaublich gut aussieht und Italiener ist, war eher nebensächlich. Eine viel größere Anziehungskraft übt er mit seiner unverwechselbaren Stimme auf mich aus, mit seinen italienischen Texten, die schon alleine der Sprache wegen für mich einfach Musik in den Ohren bedeuten. Ich weiß nicht mehr, was zuerst da war: die Affinität zu Italien, zur italienischen Sprache oder zu Eros. Jedenfalls hat mich das Italien-Fieber gepackt, und mit ihm auch die Freude, die italienische Sprache zu erlernen.

In seiner Musik war ich Italien nah. In Italien war ich Eros nah. In seinen Klängen geht mein Herz auf, sonnige Wärme steigt in mir hoch. Seine Liedertexte über die Liebe begeistern und faszinieren mich. So habe ich viele meiner Lieblingslieder von Eros selbst übersetzt.

Mein Fanatismus ist mit den Jahren und mit meinem Alter gestiegen, wobei dies milde ausgedrückt ist, denn er ist wahrhaftig ausgeartet. "Una Storia Importante" - meine Eros-Storia, die Geschichte "Selina und ihr geliebter Eros", setzt sich fort und lässt mich nicht los.

Liebe ist kein Gefühl, das kommt und geht, sondern ein Daseinszustand! (Autor unbekannt)

Jugendliebe

Paul lernte ich auf einer Party kennen. Nadjeschda, eine meiner Klassenkolleginnen aus der Handelsschule, feierte ihren Geburtstag im Haus ihrer Mutter in einer kleinen Ortschaft im Bezirk Tulln in Niederösterreich und lud mich als eines unserer 6er-Mädchen-Clique aus der Klasse ein. Alissia, Gabriella, Marlene, Nadjeschda, Selina und Simone - alias ALGAMANASESI, wie wir uns später, aus unseren Vornamen heraus entstanden, nannten - waren ein eingeschworenes Team, das im Laufe der Jahre in tiefer Freundschaft zusammenwuchs. Wir sechs waren alle auf die Party gekommen, und noch ein paar Freunde aus der Umgebung. Es war eine lustige Gartenparty, wir waren sehr ausgelassen. Viele der eingeladenen Burschen hatten bereits über ihren Durst getrunken und führten sich wie Idioten auf. Doch einer fiel mir positiv auf, denn er ließ sich nicht volllaufen wie die anderen. Er war zurückhaltender und ruhiger. Er machte auch keine plumpen Annäherungsversuche. Er war einfach süß. Dunkle, leicht gewellte, kurze Haare, Oberlippen-Schnauzbart, schöne dunkelbraune Augen, sommerlich gebräunte Haut, von einem gut gebauten Körper geziert. Paul lächelte mich an, seine Augen strahlten, ich lächelte schüchtern zurück. Und schon war es um uns geschehen. Wir verliebten uns. Ich war 16 Jahre jung, Paul war drei Jahre älter.

Nach unserer ersten Begegnung schrieb ich bereits mit Herzen in den Augen in mein Tagebuch:

"Die letzten Seiten meines Tagebuchs möchte ich jemandem widmen, in dem ich wahnsinnig verliebt bin. Ja, tatsächlich, ich bin schon wieder verliebt. In einen gewissen Paul. Ich bin so verliebt, aber leider unglücklich, aber nicht hoffnungslos, denn er hat eine Freundin, die hat jedoch einen Freund in Wien, also ist das Ganze mit Paul nicht so ernst.

Eine Woche später fuhr ich wieder raus zur Nadjeschda, wir wollten grillen und zelten. Paul schaute dauernd her, obwohl seine Freundin dabei war. Als wir allein waren, kamen wir ins Reden. Ich werde diese Nacht nie vergessen. Ich schlief dann bei ihm im Wohnzimmer und nicht im Zelt.
Nadjeschda will mich in zwei Wochen wieder zu sich einladen, und will Paul auf mich aufmerksam machen, wenn sie ihn sieht. Ich gebe die Hoffnung nicht so leicht auf. Alles geht irgendwie, wenn man es nur will. Und ich will es unbedingt."

Ich betete zum lieben Gott, dass er mir hilft, Paul wiederzusehen. Meine Gebete wurden erhört. Zwei Wochen später schrieb ich mir meine Dankbarkeit von der Seele:
"Ich weiß wirklich nicht mehr, wie ich Dir danken kann, lieber Gott! Es ist so gekommen, wie ich es mir so sehnlichst gewünscht habe. Ich bin mit Paul zusammen, alles ist super, die andere Freundin ist so gut wie vergessen. Jetzt bin ich drei Wochen und zwei Tage mit ihm zusammen.
Ich liebe ihn und ich bin mir sicher, daß er mich auch liebt und auf mich haltet. Ich liebe Dich, lieber Gott, danke für alles! (Hiermit beende ich mein 2. Tagebuch!)"

Wir gingen ins Kino, machten Ausflüge, lernten uns kennen. Ich hatte Nachholbedarf, denn noch immer hatte ich kaum sexuelle Erfahrungen wie die anderen Mädchen meines Alters, bis auf dieses zu vernachlässigende erste Mal. Mit unserem ersten Sex ließen wir uns nicht allzu lange Zeit. Es passierte in der Scheune wiederum bei Nadjeschdas Elterndomizil am Land, da Paul aus der Nachbargemeinde stammt. Diesmal habe ich eine schöne "erste" sexuelle Erinnerung, denn ich hatte mir mein erstes Mal so ausgemalt, wie mein zweites Mal dann war. Paul war sehr einfühlsam, es war romantisch und abenteuerlich zugleich. Wir verwendeten Verhütungszäpfchen, Kondome waren kein Thema, denn die Angst vor Aids gab es damals noch nicht. Paul, meine Jugendliebe, war wie ich im Sternzeichen Löwe und wir verstanden uns sehr gut.

Nach der Handelsschule - schon vor Pauls Zeit - begann ich erst bei einem bekannten Scheidungsanwalt in der Inneren Stadt zu arbeiten. Das hielt ich nur ein halbes Jahr aus, ich konnte zwar gut Stenographieren, doch diesem Chef konnte man es nicht gut und schnell genug machen. Der Druck war mir zu groß und ich kündigte, als ich einen Job in der PR-Branche, als Sekretärin in einer renommierten Public Relations-Agentur in meinem Wohnbezirk Simmering, fand.

Nachdem Paul und ich etwa zwei Jahre zusammen waren, zogen wir in eine gemeinsame Mietwohnung in seinen Heimatort im westlichen Niederösterreich. Was man nicht alles tut aus Liebe! Ich als geborene Städterin war nun in ländlichen Gefilden ansässig. Ich zog von meiner Heimat Simmering weg, wechselte den Job, nachdem ich einige Jahre dort zufrieden gearbeitet hatte und zur PR-Assistentin aufgestiegen war, zu deren Kunden in der Autozubehörbranche nach Klosterneuburg als Werbeassistentin. In dieser Zeit verband uns die Musik zu **Rod Stewart**, vor allem ***"Baby Jane"*** versetzt mich in Erinnerungen, wenn ich heute noch diesen Song höre. Wir haben es oft zusammen gesungen.

Im Februar 1984 schrieb ich Paul eine Glückwunschkarte mit einem selbst gedichteten Reim und zwei Marienkäfer auf einem Stein, darauf stand:

Das Leben besteht nicht aus vergangenen Tagen, sondern aus Tagen, an die man sich erinnert. (Autor unbekannt)

Für meinen Liebling zur Erinnerung an das erste (!) halbe Jahr.
Hoffentlich werden es noch mehr "halbe Jahre"!
Lieber Paul! Jetzt sind wir schon ein halbes Jahr
ein verliebtes und glückliches Paar.
Auch wenn wir uns ab und zu mal verkrachen,
werden wir wenig später wieder Späße machen.
Ich bin so glücklich mit Dir, wenn Du lieb zu mir bist,
doch oft habe ich die Liebe von Dir auch sehr vermißt.

Da habe ich immer Angst, daß ich Dich verlier',
denn ich hänge so sehr an Dir.
Ich kann mir nicht vorstellen, daß es einmal aus mit uns ist,
denn ich glaube nicht, daß Du anderer Meinung bist.
Wir halten zusammen und bleiben ein Paar,
wie das vergangene halbe Jahr.

Wir haben Angst vor dem Tod, wir haben Angst vor der Trennung, wir haben Angst vor dem Nichts. Wenn wir aber tief schauen, erkennen wir den unaufhörlichen Wandel der Dinge und verlieren allmählich unsere Angst. (Thich Nhat Hanh)

Meine Angst war oft gegenwärtig, Paul zu verlieren, da er gerne fortging und zu viel trank, mich abweisend behandelte, mir das Gefühl gab, ich wäre nicht sein einziges Mädchen, da er oft nicht wie angekündigt heimkam. Oft dichtete ich Paul - wie auch im September 1984 - einen Reim, der diesmal jedoch gespickt von Traurigkeit und Wut war:

Treue, Liebe und die Sehnsucht,
dies alles ist für Dich verflucht.
Du willst mich einfach nicht verstehen,
und möchtest doch nicht von mir gehen.
Doch wer Abwechslung braucht, der ist es nicht wert.
ein treues Mädchen zu haben, das Dich ehrt.
Darum sollten wir uns einigen,
und unsere Beziehung endlich bereinigen.
Wir müssen fest zueinanderstehen,
versteh' doch, so kann das nicht weitergehen.

Deine Untreue und der Alkohol,
zerstören mein ganzes Glück und Wohl.
Wir beide müßten nur brav sparen,
dann könnten wir bald ein neues Auto fahren.
In nächster Zeit nur selten fortgehen,
stattdessen uns um eine neue Wohnung umsehen.

Es könnte alles so super sein,
denk doch mal nach und sieh's doch ein!
Denn ohne Dich, da wär ich's nicht,
weil das "Schlimmste" ist: Ich liebe Dich!

Wir waren dennoch ein Herz und eine Seele. Ich liebte ihn. Er liebte mich. Wenn er lieb zu mir war, konnte ich alles vergessen. Im Februar 1985 verlobten wir uns. Wir hatten harmonische schöne Jahre, doch was den Alkoholkonsum betraf, hatte ich mich getäuscht, wie ich nach der ersten Verliebtheit und Blindheit feststellen musste. Damals auf der Party hatte Paul nur deshalb keinen Rausch wie die anderen, weil er am Vortag eine lange Nacht und ausgiebig gefeiert hatte. Es regte mich auf, wenn Paul sich regelmäßig mit seinen Freunden nächtens herumschlug und angetrunken heimkam.

Eines Tages war ich so wütend auf den Tischlermeister, bei dem mein Liebling arbeitete, dass ich diesen einen saftigen Brief schrieb, den ich mich aber nicht traute, tatsächlich abzuschicken. Er war voller Vorwürfe, dass er seine Mitarbeiter zum Alkohol verleiten würde. Ich hatte das Bedürfnis, ihn dafür anzuzeigen. Zwei Jahre lang hat sich dieser Frust auf den Chef in mir aufgestaut, mit diesem Brief konnte ich zumindest ein bisschen Dampf ablassen.

Paul war wieder auf Sauftour, diesmal schrieb er mir ein kurzes Briefchen:

"Liebes Mausi! Sei mir bitte nicht böse, wenn ich Dich nicht angerufen hab, da ich länger arbeiten mußte. Bin dann mit Fritz fortgefahren, komme aber bald, vielleicht noch vor Dir (sei nicht böse, aber allein kann ich nicht sein, ich muß halt fort, wenn Du nicht da bist. Dein Pips. PS: Ich liebe dich"

Seine Worte fand ich sehr rührend, wieder konnte ich ihm nicht böse sein. Die rote Rose, die er mir danach schenkte, trocknete ich und fand ich Jahrzehnte später in meinem Tagebuch.

Das Leben ist wie ein Traum. Der Tod ist das ERWACHEN aus diesem Traum. (Arthur Schopenhauer)

Nahtod-Erfahrung

Faszinierend fand ich Pauls Erzählung, was er erlebte, als er jünger war. Er war mit dem Fahrrad unterwegs, und hatte einen schlimmen Sturz. Er verletzte sich so stark, dass er am Kopf blutend heimkam. Seine Mutter verarztete ihn, er lag in seinem Bett im Stock seines Mansardenzimmers. Plötzlich konnte sich Paul über seinem Körper schwebend wahrnehmen, er blickte auf sich herab. Im nächsten Augenblick sah er ein Licht in der Ferne, konnte ein angenehmes Gefühl der Freude wahrnehmen, wollte zu diesem Licht. Er wurde vom Sanitäter zurückgeholt, nachdem die Rettung eintraf. Diese Nahtod-Erfahrung hat Paul geprägt. Er war überzeugt, es musste etwas geben nach dem Leben.

Kritiker meinen, Menschen, die so eine Nahtod-Erfahrung machen, sind beeinflusst von den gehörten Erzählungen und glauben deshalb, sie können dies so erleben. Doch: Paul war noch zu jung, um solche Geschichten bereits gekannt zu haben.

Natürlich werden wir alle von Kind auf sehr beeinflusst im Leben – wir bekommen viele Dinge gelehrt, die uns eine gewisse Einstellung verschafft. So entstehen soziale Konditionierungen, Muster und Prägungen. Wir bekommen Überzeugungen mit auf den Weg gelegt, die uns sagen, wie bestimmte Dinge gemacht oder nicht gemacht werden, was man tun und was man lieber lassen sollte.
Wir haben zum Glück alle die Möglichkeit, diese im Laufe des Lebens – in jedem Moment des Lebens – zu ändern, wenn wir erkennen, dass uns diese nicht gut tun!

Im Grunde ist es egal, was man glauben möchte. Wissen tun wir es alle nicht, was danach kommt. Für mich war es hilfreich und lebensverändernd im positiven Sinne, meine Einstellung zum Tod, zu Gesundheit und Krankheit, zu Religion und Kirche, zur Ursache von Glück und Unglück – Jahrzehnte später – zu ändern.

Heute bin ich fast überzeugt, dass es etwas gibt danach. Seit ich mich mehr mit dem **„Leben nach dem Leben"** beschäftige, seit ich „**Savitris Botschaft"** von **Margeaux Brandl** gelesen habe und seit ich mir Videos und Podcasts von **Pascal Voggenhuber** anschaue und anhöre sowie seine Bücher lese und ihn live erleben durfte, seit dem habe ich mehr und mehr das Gefühl, es gibt sie, die geistige Welt, die Engel, es gibt Gott und die Schöpferkraft des Universums.

Früher konnte ich mit dem Wort *„Erleuchtung"* nichts anfangen. Ich dachte, die spinnen alle, die dieses Wort nur in den Mund nehmen. Heute glaube ich zu wissen, was mit Erleuchtung gemeint ist. Niemand muss erleuchtet WERDEN, wir tragen das Licht bereits in uns. Es muss nur entdeckt werden. Bei mir dauerte es Jahrzehnte, bis ich dies erstmal verstand. Danach zu leben, war wieder eine andere Geschichte.

Höhen und Tiefen

Bei einem Urlaub mit Paul im kroatischen Umag verspürte ich Wehmut, die Spannungen und Sorgen der letzten Monate lagen in der Luft. Bewusst suchte ich nach melancholischen Liedern, die meine Traurigkeit verstärkten, wie bei den Klängen des Liedes **Lacrime di Gioventù** von meinem geliebten **Eros**.

Paul und ich hatten die Ehre, bei unserem Gran Canaria Urlaub von Herrn Niki Lauda höchstpersönlich im Flugzeug geflogen zu werden. Damals gab es die Lauda Air noch und ich durfte erstmals auch in ein Cockpit schauen, was sehr aufregend für mich war in meinen jungen Jahren.

Im Laufe unseres Zusammenlebens nahmen auch meine Hautprobleme zu. Ich hatte die Diagnose Neurodermitis nun nicht nur erblich gesehen auf meinen Schultern zu tragen, sondern vor allem auf meiner Haut und am ganzen Körper zu spüren und zu sehen.

Was unsere Aufs und Abs betrafen, lagen diese auch an der Tatsache, dass wir immer zu wenig Geld hatten. Die größere Herausforderung für mich war aber weiterhin die, dass er sehr oft und gerne über den Durst getrunken hatte. Er saß stundenlang mit seinen Freunden im Wirtshaus, dort war das so üblich. Am Land gibt es nicht so viele Möglichkeiten für Unternehmungen wie in der Stadt. Es kam einmal sogar soweit, dass er mit zu viel Alkohol im Blut und am Steuer von der Polizei beim Fahren erwischt wurde. Er kam ohne Führerschein von der Wirtshaustour nach Hause. Da er in der Familie einen Onkel als Polizisten hatte, musste er nicht allzu lange auf seinen Führerschein verzichten, denn dies beschleunigte den Behördenweg.

Eines Tages ließ er mich, wie so oft, alleine und hing wieder mit seinen Freunden herum, als ich mir einen Horrorfilm namens „Carrie“ nachts alleine anschaute.

Ich konnte danach nicht einschlafen und lag die ganze Nacht lang bei Licht, zitternd und starr vor Angst, auf dem Sofa im Wohnzimmer und hoffte jede Sekunde, dass Paul endlich heimkäme. Ob angesoffen oder nicht, Hauptsache ich würde endlich von meiner in Einsamkeit erstarrten Angst erlöst werden. Zwischendurch nickte ich vor lauter Müdigkeit ein und träumte unruhig dösend von blutigen Horrorszenarien. Es war fünf Uhr Früh als die Erlösung verbunden mit Alkoholfahne kam.

Nicht nur einmal rief ich meine Mama vor lauter Verzweiflung an, heulte ihr etwas vor, sie versuchte mich liebevoll zu beruhigen. Auch gab es eine Nacht, wo sie mich vom Bahnhof - in dem Kaff wo ich wohnte - schluchzend abholte, weil ich nicht mehr alleine sein wollte, weil ich mich wieder verlassen und einsam fühlte. Meine Mama war immer für mich da. Auch wenn sie oft nicht einverstanden war, weder mit meinem Freund, noch damit, wie ich mich diesbezüglich verhielt.

Von Beruf war Paul Tischler, sehr fleißig und gut in seinem Fach. Er war auch ein sehr liebevoller und herzensguter Mensch. Doch was half das schon, wenn er sich mit Alkohol das Leben schwer machte? Es störte mich sehr, dass Paul mit dem Alkoholproblem seinem alkoholkranken Vater nachkam und nicht vernünftiger war. Es machte mich traurig, dass er nicht daraus gelernt hatte.
Sein Vater führte sich in seiner Sucht fürchterlich auf, er machte mir Angst. Er hatte oft so einen eigenartigen starren Blick, war aggressiv und schrie wegen jeder Kleinigkeit herum. Paul erzählte mir, dass er in seiner Kindheit Knödel essen musste, die er nicht essen wollte. Es wurde ihm schlecht dabei. Seinem Vater zu sagen, er möchte dieses Knödel nicht essen, war undenkbar. So ließ er in einem unbeobachteten Augenblick das Knödel*) unter den Tisch fallen und tat so, als hätte er es gegessen.

**) das Knödel ist österreichisch, ansonsten der Knödel oder Kloß*

Seine liebevolle Mutter, die uns mit Leib und Seele mit ihren herrlichen Kochkünsten versorgte, litt sehr an der Sucht ihres Mannes, der ihr gegenüber regelmäßig gewalttätig wurde. Sie starb Jahre später an einem Gehirntumor. Pauls Vater starb danach an seiner Alkoholsucht. Schade, dass Paul sich dennoch auch dieser Gefahr aussetzte. Es war ihm wohl nicht bewusst.

Schicksal ist, wenn sich zwei finden, die sich niemals gesucht haben.
(Quelle: Pinterest.at)

Als ich knapp 22 Jahre jung war, waren wir etwa fünf Jahre zusammen. Das Schicksal hatte seinen Lauf genommen, denn ohne Paul wäre ich niemals in diese Gegend in Niederösterreich gezogen und hätte auch niemals in der Firma in Klosterneuburg gearbeitet, in der ich als Werbeassistentin tätig war. Der Werbeleiter in unserer Abteilung hieß Gotthard, er war mir hierarchisch übergeordnet. Es fing an zu knistern.

Mit Paul hatte ich mich auseinandergelebt, so bat ich um eine Auszeit. Wir wollten uns ein Monat lang nicht sehen. Er schlief nun in seinem Elternhaus. Ich erhielt Briefe und Karten von ihm:
Mit einer *"Mitteilung von Bedeutung"* in Form einer Karte, in der mir eine Brieftaube *"Du bedeutest mir sehr viel!"* schrieb, wollte mich *"Paul Mausi"*, wie er sich darin selbst nannte, zurückerobern. Mit vielen "LOVE" und Herzen stand darin in roten Buchstaben:

"Liebe Selina! Du darfst nicht glauben, daß ich Dich damit einfangen will, denn Du weißt, daß ich Dich sehr gerne hab. Ich dachte mir, weil wir im Kino waren, unter anderem auch Schuhe angeschaut haben, wollte ich Dir damit eine Freude machen! Du fehlst mir sehr, Selina, denn Du bedeutest mir sehr viel. Dein Mausi möchte mit Dir immer zusammen bleiben, auch wenn es Höhen und Tiefen gibt, die gibt es ja nicht nur bei uns, sondern bei anderen auch.

Wir haben was ich weiß immer zusammengehalten, darum liebes Mausi möchte ich, daß wir zwei uns wieder näher kommen. Verzeih meine scheußliche Schreibweise, Du weißt ja, daß ich kein Meister in Schrift bin. Ich liebe Dich Dein treues Paul Mausi
P.S. Please say yes, and ***Don't say no.***
(Aus einem gemeinsamen Lied von uns - von ***Hansi Dujmic*** *gesungen.)*

Eine Woche später kam der nächste Liebesbrief von ihm:
"Liebe Selina! Du sagtest, daß Du mich anrufen wirst, was ich gehofft habe, denn ich mache mir Sorgen um Dich. Ich kann Dir nicht sagen, wie sehr ich Dich liebe, aber ich glaube Du willst mich überhaupt nicht mehr. Deinen Grund dafür sagst Du mir auch nicht, Du sagst immer, wir haben darüber schon gesprochen. Liebe Selina, Du bist für mich alles auf der Welt. Ich kann es leider nicht so ausdrücken, aber du bist für mich alles, was ich habe, und auf die ich zählen kann. Bitte liebe Selina, sag mir doch, was Dir am Herzen liegt. Sag was ich falsch mache, ich bemühe mich, und mache, daß Du es gut bei mir hast, daß Du auch Geborgenheit hast, ich gebe sie Dir.

Falle nicht auf Typen herein, die Dir einen schönen Hof machen, die Du nicht einmal richtig kennst. Du kannst mir vertrauen, ich will nur das Beste für Dich. Ich habe Dich so wahnsinnig lieb, was Dir keiner so geben kann, ich kenne Dich immerhin fast fünf Jahre.
Deine neue Flamme, die du jetzt hast, kann Dir das nie geben, was ich Dir in fünf Jahren gab. Liebe Selina, vergiß mich bitte nicht, ich habe Dich so gern, liebe alles was an Dir ist.
In Liebe Dein Paul... (mit Herz: *Du bist eine begehrenswerte Frau für mich. LOVE)*
P.S: Rufe mich noch heute an ...
Please say yes, and don't say no.

Doch es half alles nichts. Meine Jugendliebe war Geschichte. Der "Typ", die neue Flamme, in Form des Werbeleiters, hatte mich bereits zu sehr beeindruckt.

Die unendliche Begebenheit

Jenseits von richtig oder falsch liegt ein Ort… dort treffen wir uns.
(Rumi)

Er war der Sonnyboy der Nation, würde ich sagen. Überall bei den Frauen beliebt und immer gab es neue Geschichten, die man so hörte, wen er wieder „abgeschleppt" haben soll. Er konnte jede Frau bekommen. Und scheinbar war es gerade das, was den lieben und netten Sunnyboy auch reizte. Warum konnte ich nur auf so einen Typen reinfallen? Aber wenn man ihn gesehen hat, fragt man sich nicht mehr warum. Vom Aussehen her war er für mich eine Augenweide. Ein richtiger „Feschak". Stechend auffallende blitzblaue Augen und blonde Haare, die durch sogenannte Ehestandswinkeln etwas schütter wirkten, aber das fiel nicht so ins Gewicht. Braun gebrannter, gut durchtrainierter Körper, Waschbrettbauch, gepflegtes Äußeres. Die pure Anziehung! Für mich jedenfalls. Und seine charmante und humoristische Art faszinierte mich ebenso. Ich musste ihn einfach „haben". Ich musste ihn erobern. Aber wie nur?

Zu diesem Zeitpunkt war ich nicht gerade eine starke Persönlichkeit, im Gegenteil, ich war nicht einmal selbst von mir überzeugt, fühlte mich nicht besonders hübsch, körperlich nicht wirklich attraktiv, hatte ein angeknackstes Selbstwertgefühl, obwohl schlank, hatte ich immer ein kleines Bäuchlein, das mich störte. Ich war weder fit noch trainiert, hatte kein besonderes Talent, war nur eine kleine Assistentin in der Werbeabteilung.

Wahrscheinlich reizte mich der Gedanke an ihn, weil er mir mit seiner Gestik und dem durchaus charmanten Lächeln, durch freche, zweideutige Bemerkungen zu verstehen gab, dass er in irgendeiner Form interessiert an mir war. Denn ansonsten wäre ich wohl niemals auf die Idee gekommen, ihn erobern zu wollen und hätte nie gedacht, bei ihm eine Chance zu haben.

"Verzeih, ich hab meine Telefonnummer verloren. Kannst du mir deine borgen?" oder *"Ich beobachte dich schon seit ein paar Tagen und frage mich, wie unsere Kinder wohl aussehen würden."* Oder eindeutig zweideutiger mit der Aufforderung: *"Lass uns zu mir gehen Pizza essen und dann wilden Sex haben! Mmhh, achso? Du magst keine Pizza?".*

An Anmachsprüchen wie diesen und ähnlichen war er nicht verlegen. Seine Andeutungen und Annäherungsversuche, wenn auch noch so plump, hatten Witz, er konnte einen wirklich schnell zum Schmunzeln bringen, verlegen werden lassen und mich damit um den Finger wickeln und dahin schmelzen lassen.

Die verhängnisvolle Nacht

Die zuständigen Mitarbeiter der Firma organisierten - wie jedes Jahr - das so beliebte Sommerfest. Es war ein großes Unternehmen mit einigen hunderten Mitarbeitern. Davor arbeitete ich fünf Jahre lang in der PR-Agentur des neuen Arbeitgebers. Es gab mehrere Tochterfirmen, die zu diesem Unternehmen gehörten, ich war im Bereich der Autozubehörbranche tätig. Aufgeregt erwartete ich nun den Event, denn ein paar Tage vor dem Sommerfest hatten wir ein Fotoshooting für eine Werbekampagne, für die ER - "mein Sonnyboy" - MICH als Model auswählte. Ich fühlte mich geehrt und freute mich riesig, dass ICH für unser Flugblatt für das Angebot "Sonnendach" fotografiert wurde. Dadurch kamen wir mehr ins Gespräch, nicht nur Geschäftliches wurde besprochen, wir flirteten sogar ein bisschen. So kam es dazu, dass ich auch mit der Organisation des Sommerfestes betraut wurde.

Wir in der Werbeabteilung Autozubehör besorgten alles für die Riesen-Bowle, mixten am Vorabend alle Zutaten zusammen und freuten uns auf die jährlich wiederkehrende Erdbeerbowle, die mit viel Zucker und viel Rum zubereitet wurde. Bei der Vorbereitung lernte ich auch eine neue Freundin kennen: Melissa. Und ihren Kollegen und Vorgesetzten Georg. Beide sehr liebe Menschen aus der EDV-Abteilung.

Aber nicht nur das Besorgen der Zutaten für die Bowle waren wichtig für ein gelungenes Sommerfest. Wir benötigten unter anderem auch Windlichter. Und so kam es, dass mein großer Schwarm ausgerechnet mit mir diese Windlichter besorgen gehen wollte. Wir fuhren in seinem flitzigen weißen Auto zu verschiedenen Geschäften nach Wien. Ich war total aufgeregt. Es prickelte, ich war voller Freude, dass ich mit ihm unterwegs sein durfte. Es war ein unbeschreiblich angenehmes Gefühl, dass sich wie frisch verliebt anfühlte. Mit Gotthard und den Klängen von ***a-ha*** im Auto, passierte etwas mit mir. Ich war so aufgeregt. Alleine der Gedanke an eine Annäherung erregte mich. In meiner Vorstellung waren wir uns bereits nähergekommen und berührten uns. Alles von meinen Oberschenkel aufwärts vibrierte.

Ich hoffte, er würde dies nicht bemerken und meine Vibrationen und geröteten Backen nicht sehen. Es war mir peinlich, ich schämte mich ein wenig. Dennoch war es ein wundervolles Gefühl. Umgarnt zu werden und dieses Prickeln wieder zu fühlen. Dann lud er mich zum Essen ein, wahrhaftig, nicht nur in meiner Vorstellung! In einen romantischen Schanigarten unter einer Weinlaube.

Die Windlichter waren nur noch nebensächlich. Das Essen auch. Er zeigte sein Interesse an mir und machte mir den Hof mit seinen gekonnten Komplimenten, auf die ich schüchtern und zurückhaltend, aber ohne weiter zu überlegen, welche Auswirkungen dies in meinem Leben haben könnte, einstieg.

Es war ein warmer Sommertag, es war alles so verlockend, reizvoll, sexy, hinreißend, faszinierend, unwiderstehlich… Noch heute kommen bei mir diese warmherzigen Erinnerungen der ersten Verliebtheit hoch. Ganz besonders wenn ich das Lied ***"Stay on these roads"*** von der Gruppe **a-ha** höre, so tief sitzen diese Gefühle, dass manchmal Tränen der Rührung aufkommen. Am nächsten Abend, eine laue Sommernacht, perfektes Wetter, war es soweit, das heiß begehrte Sommerfest konnte beginnen. Wir hatten viel Bowle getrunken und waren ausgelassen. Die Mitarbeiter auch der anderen Abteilungen gaben Vollgas in Sachen Spaß. Es war eine sehr schöne Gemeinschaft in dieser Firma. Wir verstanden uns alle sehr gut. Gotthard und ich ließen nicht mehr voneinander los.

Irgendwann verschwanden wir vom Fest. Wir fuhren irgendwo hin. Und hinter irgendeiner Hausmauer, auf irgendeinem kleinen Weg im 19. Bezirk, passierte es! Auf einer Seite waren Büsche, und einfach so, ohne darüber nachzudenken, was hier nun geschah, gaben wir der Erregung nach. Wir gaben uns unseren Trieben hin. Ich wollte es, und nun bekam ich es, ich bekam diesen Mann voller Charme, diesen knackigen Schönling, ich durfte ihn nun berühren, umarmen, küssen, spüren! Es war Leidenschaft pur. Der Akt selbst war schnell vorbei, doch fühlte ich innerlich, dass dies nicht alles war.

Liebesbriefe

Liebe ist. Um Liebe zu spüren, müssen wir sie nicht erschaffen, wir müssen nur aufhören sie zu verhindern! (Autor unbekannt)

Er hatte eine kleine Wohnung im 17. Bezirk, wo ich ihn immer besuchte. Wir hatten wahnsinnig tolle und lange Nächte und Tage im Sexrausch, wir liebten uns stundenlang, tagelang, wir bekamen nicht genug! Ich hatte noch nie so tollen Sex, gut ich war erst 22 Jahre jung. Doch diese Hingabe kannte ich einfach nicht. Skorpion und Löwe, es steht nicht umsonst in der Astrologie geschrieben, dass diese Vereinigung wie ein Raketenstart ist, der ewig zu dauern scheint.

Als wir noch zusammen arbeiteten - er verließ nach etwa einem Jahr die Firma - schrieb er mir kleine Liebesgeständnisse in Form von gelben Begleitnotizen:
Ich will gemeinsam mit Dir schönes Erleben, alles mit Dir ist schön. Du bist eine einzigartige Frau. Ich liebe Dich!

Ich merkte lange nicht, dass ich eigentlich nur eine Nummer, im wahrsten Sinne des Wortes, für ihn war, so wie all die anderen Mädchen, die er abschleppte. Ich war genauso eine bloße Eroberung, die er somit wieder abhaken konnte. Schon die erste Zeit der Verliebtheit war eher einseitig und seine schönen Worte nur "Larifari". Denn sehr oft versprach er anzurufen, doch er tat es nicht. Mein Leid in dieser Beziehung war groß. Ich war verliebt, wahrhaftig verrückt nach ihm. Er hatte es geschafft, mich in seinen Bann zu ziehen, sodass ich nicht mehr von ihm loskommen konnte. Ich schrieb ihm Liebesbriefe voller Traurigkeit und Leid, da ich mich sehr oft einsam und verlassen fühlte, weil er sich einfach nicht meldete. Es schmerzte fürchterlich, wenn ich voller Hoffnung - den Anruf von ihm ersehnend - das Läuten des Telefons hörte, und er es dann doch wieder nicht war. Der Funken an Hoffnung verglühte in eiserner Dunkelheit.

Eines abends als ich wieder einmal voller Freude bei ihm sein durfte, war meine Annahme, dass auch der nächste Tag gemeinsam verbracht werden sollte. Bis er mich abends belanglos fragte: *“Und, was wirst du morgen Nachmittag machen?”* Meine Freude zerplatzte wie ein Luftballon, in den man brutal hinein sticht. Ich ließ es mir aber nicht anmerken, auch wenn es mich zerfraß und meine Gedankenräder nur so rannten, weil ich nicht verstand, warum unsere Pläne nun anders aussehen würden. Ich wollte beim Einschlafen mit ihm darüber sprechen, doch ich bekam kein Wort heraus.

Mein denkenden Gedanken führten mich in ein Gefühlswirrwarr, soweit, dass ich mich verletzt fühlte und gleichzeitig sogar schuldig - ich fragte mich: “Hab ich etwas falsch gemacht?”. Dennoch schaffte ich es nicht, ihm meine Gefühle offen darzulegen. Wahrscheinlich hatte ich Angst vor der Antwort. Am nächsten Morgen bemerkte er jedoch, dass ich etwas am Herzen habe, ich war erfreut darüber, doch ich war immer noch nicht fähig, darüber zu reden. Ich überspielte die Situation, als wäre alles in Ordnung. So musste ich mein Leid weiter ertragen. Ich fuhr heim mit trauriger Miene und mit Herzschmerzen.

Tag für Tag, Woche für Woche, Monat für Monat, es war immer dasselbe: einerseits die Freude, dass wir uns sahen, dann die wieder zerplatzte Hoffnung, weil er keine Zeit fand und er tagelang oft nicht einmal anrief.

Du wartest auf ein Zeichen vom Universum? - Hier ist es!
(Quelle: pinterest.at)

Wir trafen uns weiter. Im Laufe der ersten Monate gab es verschiedene Hinweise, Zeichen im Leben, wie ich es heute nennen würde. Hätte ich diesen doch bloß mehr Beachtung geschenkt!

Zum Beispiel tauchte ein Foto auf, das er mir schenkte, auf dem er alleine in Wanderbekleidung stand, hinter ihm eine landschaftlich schöne Kulisse mit Wäldern und Felsgestein, worauf er lässig mit einem Bein auf dem Felsen stehend einen Kussmund derjenigen schenkte, welche dieses Foto wohl geschossen hatte. Der Kuss war also nicht an mich gerichtet. Sehr dreist würde ich sagen, dass er mir dieses Foto nun schenkte, und ich an dem darauf gedruckten Datum zu schließen wusste, dieses Foto wurde zu unserer Zeit geschossen, aber ich war nicht dabei! Ich hatte diese demütigende Situation hingenommen und nie danach gefragt, mit wem er dort wandern war. Eine Freundin fragte mich später, ob ich auch in Erwägung gezogen hatte, dass er mit einem Freund wandern war und das Foto für mich geschossen hatte. Doch darauf wäre ich nie im Leben gekommen, wohl weil ich wusste wie er war: ein Frauenheld, der keine wirklich guten Freunde hatte, die mit ihm wandern gingen. Wenn ich heute darüber nachdenke, könnte es aber seine Mutter gewesen sein. Vielleicht hatte ich ihn zu unrecht beschuldigt? Die Aufs und Abs waren mein ständiger Begleiter. Ich wusste einfach nicht, woran ich bei ihm war. Wenn ich schon keine Worte fand, die ich “Auge in Auge” mit ihm teilen konnte, war es mir ein wichtiges Unterfangen, ihm mit einem Brief meine Gefühlswelt zu vermitteln:

Langsam kommt mir unsere Beziehung komisch vor. Am Anfang warst Du immer so lieb zu mir. Jetzt merke ich überhaupt nichts mehr davon. Außer, wenn…! Ich frage mich, warum Du mit mir in den Urlaub fahren willst. Ich würde mich sehr darüber freuen, aber wenn ich so ein Gefühl habe, daß Du mich gar nicht gern hast, dann habe ich Angst davor. Ich kann nicht verstehen, warum wir uns nicht öfter sehen können. Jedes Wochenende ist es das gleiche. Du versprichst wunderschöne Dinge und dann wird nie was daraus. Und meldest Dich dann einfach nicht. Dass du das vergangene Wochenende nichts gemacht hast, glaube ich Dir nicht. Bitte lüge mich nicht an!

Von ihm kam eine mich alles vergessende Gesprächsnotiz. Ich schwelgte sofort wieder in seiner mir darstellenden Liebe:
Vorerst einmal, ich liebe Dich. Ich warte darauf, daß Du sagst: "Fahren wir nach Italien!". Es wäre sehr schön mit Dir nach Italien fahren zu dürfen. Ich will Dich nicht kränken, in keiner Art! Bitte glaub mir das! Du wirst schon sehen, daß ich alles zu Dir ehrlich meine!

Wir waren bereits ein Jahr in dieser eigenartigen Auf- und Ab-Beziehung. Des öfteren läutete seine Ex-Freundin bei ihm an. Da ich anwesend war, wollte er die junge Frau nicht hereinbitten. Er betonte: *"Nein, ich möchte nicht öffnen, es ist meine Ex-Freundin, die ist lästig"*. Mein Herz pochte, ich fragte verwirrt und erstaunt: *"Warum läutet sie überhaupt bei dir an?"* Er erklärte: *"Sie hat noch einen Pullover bei mir, den sie zurück haben möchte"*. Um gute Ausreden war er nie verlegen, diese und ähnliche kamen ohne mit den Wimpern zu zucken über seine Lippen. **Ich glaubte ihm, weil ich es glauben wollte.** Bis uns eines Tages besagte Ex-Freundin auf einer Messe gesehen hatte. Sie war ein sehr liebes, hübsches, junges Mädchen, sympathisch und ehrlich wirkte sie auf mich.
Sie fand meine Telefonnummer heraus, rief mich an und erklärte mir: *"Wir gehen seit zwei Jahren miteinander. Ich wusste erst nicht, was los ist mit ihm, in letzter Zeit hielt er mich hin, hatte weniger Zeit, doch waren wir immer noch zusammen. Bis ich merkte, dass es dich gibt, ich habe euch auf der Messe gesehen. Darum wollte ich dich nun sprechen, um dir, um uns, Klarheit zu verschaffen."* Ich glaubte nicht, was ich hörte. Tatsächlich fuhr er ein Jahr lang zweigleisig, ohne dass wir es merkten! Es war ein Stich ins Herz! Auch wenn ich im Innersten wusste, wie er war, habe ich niemals mit solch einem Tiefschlag, mit dieser Verletzung gerechnet. Die Tränen flossen, Herzschmerz und Liebeskummer übermannten mich. Ich fühlte mich gekränkt, betrogen und belogen.

Eine Welt brach zusammen.

Sie meinte es ehrlich, hatte ich das Gefühl. Nicht weil sie ihn nicht verlieren wollte, hatte sie mich eingeweiht, sie sah, was für ein "Arsch" er doch war und wie wir beide darauf hereinfielen. Ich war ihr dankbar, dass sie diesen Schritt wagte und mich kontaktierte, um mir die Augen zu öffnen. Die Konsequenz war: ich machte Schluss mit ihm.

Ich litt sehr darunter. Es dauerte nicht lange, dass ich Kontakt aufnahm, es war Oktober 1989:

Für mein Bärli - einfach zum Nachdenken...
Weißt Du, warum Liebe nur so weh tut? Hast du es selbst schon mal erlebt? Ich weiß, das klingt wie von einem enttäuschten Teenager-Girl aus einem kitschigen Liebesroman. Aber manchmal fühle ich mich auch so. Ich bin oft wie ein Kind - naiv, sensibel, leichtgläubig und hoffnungsvoll. Ich hoffe auf die Erfüllung meiner Träume, die so greifbar nahe sein könnten.
Es ist sogar schon soweit gekommen, daß ich mich selbst belüge. Ich rede mir einfach ein: ***Du bist halt so, man kann Dich nicht ändern****, und so schlimm ist es auch wieder nicht!*

Wie recht ich doch hatte in meiner Naivität. Denn man kann niemanden ändern! Man kann nur sich selbst ändern, um etwas zu verändern! Doch damals wusste ich dies noch nicht wirklich. Im Grunde wollte ich IHN ändern und konnte ihn nicht bedingungslos nehmen wie er ist.

Bumerang

Die Monate und Jahre vergingen. Es war ein Phänomen, Gotthard hatte mich in seinen Bann gezogen. Ich kam nicht los von ihm.

Er war nicht greifbar, doch hielt er mich immer irgendwie "warm". Es gab mal wochenlang kein Lebenszeichen, dann ab und zu wieder einen Anruf von ihm, in dem er mich im Glauben ließ, er gehöre zu mir, und doch war er nicht da, wenn ich ihn brauchte. Wir hatten uns länger nicht gesehen und gehört, es kam mir vor wie eine Ewigkeit. Ich hatte solche Sehnsucht nach ihm, dass es im Herzen brannte und im Magen schmerzte.

Ich hatte kein richtiges Zuhause in dieser Zeit. Eines Tages zog ich zu einer flüchtigen Bekannten, die ich über eine Freundin kennengelernt hatte. Sie hatte eine schöne Altbau-Wohnung im 3. Bezirk, ich hab mir bei ihr ein Zimmerchen gemietet. Es war eine vorübergehende Lösung. Die Klänge von **R.E.M.** mit dem Lied ***"Everybody hurts"*** ließen mich mit dem Walkman im Ohr heulend durch den grünen Stadtpark Wiens ziehen.

Es war wieder eine ganze Weile vergangen, dass ich nichts von Gotthard gehört hatte. Einsamkeit kam in mir auf. In meiner Magengegend spürte ich den schon altbekannten Liebeskummer. Es war eine harte, traurige Zeit für mich. Ich war verliebt. Unglücklich verliebt. Gotthard war in gewisser Weise da und doch so fern. Denn so schnell wie er hier war, war er wie ein in die falsche Richtung fliegender Bumerang wieder verschwunden…

Er wusste nichts von meinem Umzug. Durch Zufall - oder doch ein Zeichen des Schicksals - sah ich in einer Trafik eine gelbe Karte mit Mäusen drauf, die in einer Sprechblase sagten:
"Ich bin um(n)gezogen". Für mich passte dieser Spruch, denn ich fühlte mich "ungezogen", weil ich ihn sexuell begehrte.

Ich kaufte die Karte und überlegte tagelang, ob ich wirklich auf mich aufmerksam machen sollte, dann schickte ich sie ihm per Post. Tage vergingen, bis er sich meldete. Er kam tatsächlich, die Wiedersehensfreude war riesig - meinerseits jedenfalls. Es dauerte keine halbe Stunde und wir liebten uns innig, auch er zeigte mir damit seine sexuelle Begierde, die er für mich empfand. Irgendetwas schweißte uns wieder zusammen.

Als er sich eine neue Wohnung im schönen 13. Bezirk mietete, eine kleine Einzimmerwohnung mit Küche und herrlichem Fernblick auf Ober St. Veit, lud er mich nach einigen Monaten tatsächlich dazu ein, zu ihm zu ziehen. Meine Freude war groß und ich nahm an. Doch es änderte sich nicht viel an seinem Verhalten. Seine Freiheit war ihm immer noch wichtig. Mein Wunsch, ihn dadurch, dass wir zusammen wohnten, näher an mich zu binden, erfüllte sich nicht wirklich.

Dafür erfüllte ich mir einen anderen Wunsch: mein erstes eigenes Auto! Es war ein weißer, gebrauchter Toyota Corolla Hatchback. Ich nahm mir dazu meinen ersten Kredit auf. Es war ein erhabenes Gefühl, diese Freiheit genießen zu dürfen. Ich war mobil, ich traf meine Freundinnen, ich genoss so gut es ging die Zeit mit Gotthard, ich kochte uns was Schönes, wir machten auch Urlaube. Gotthard war sehr großzügig, doch glücklich war ich nicht ganz. Es fehlte etwas Entscheidendes in meinem Innersten. Es fehlt mir seine ehrliche Liebe und Zuneigung. Immer wieder stellte ich fest, dass er sich durch unsere Partnerschaft eingeengt fühlte. Ich stellte unsere Beziehung oft in Frage.

Sprache der Seele

Im Februar 1991 begann ich, mir meinen Schmerz in Form von Tagebuch-Einträgen von der Seele zu schreiben.

Dienstag, 26.2.1991

Gotthard und ich reden immer öfter von Trennung. Wenn ich versuche darüber zu reden, muß ich weinen und er fängt an zu streiten. "Was bist du für eine Mimose?", kommt aus seinem Munde. Ich versuche das Weinen zurückzuhalten, doch es gelingt mir nicht. Die ständigen Briefchen an Gotthard bringen auch nichts, obwohl es mir leichter fällt als reden.

Gestern kam es wieder zu einem Streit und er meinte plötzlich, ob er nicht im März, in seinem Urlaub, eine Woche alleine in den Süden fliegen kann. Es war wie ein Schlag ins Gesicht. Zuerst dachte ich, es wäre ein Scherz. Doch er meinte es tatsächlich ernst! Aus meiner Reaktion heraus konnte er feststellen, daß ich damit nicht einverstanden sein würde. So fragte er: "Dürfte ich dann zumindest einmal ein Wochenende wegfahren?" Gekränkt, ungeliebt und verlassen fühlte ich mich, mit verweinten Augen machte ich ihm klar: "Es ist nicht normal, so etwas zu fragen, es ist auch nicht normal, so ein Bedürfnis zu haben!" Daraufhin meinte er kühn: "Du kennst mich nicht genug, ich brauche nun auch mal meine Freiheit! Es ist ja ein Wunder, daß ich es in dieser kleinen Wohnung überhaupt mit dir zu zweit aushalte!" "Das hättest du dir früher überlegen müssen!", schrie ich ihn gekränkt von seinen Worten an. Ich verstehe, daß er seine Freiheit braucht, doch ich könnte dieses Leben nicht ertragen. An Trennung kann ich aber auch nicht denken. Ich würde verrückt werden, wenn ich ihn nicht mehr hätte.

Das Mißtrauen ihm gegenüber wird aber immer schlimmer. Es fühlt sich an, als hätte ich leichte Depressionen. Bei den ständigen Weinanfällen - und auch jetzt, wo ich im Krankenstand bin - habe ich so ein bedrückendes Gefühl im Brustraum und im Bauch.

Warum komme ich nur nicht von ihm los? Was mir an ihm gefällt ist - abgesehen von seiner Schönheit und dem unwiderstehlichen Körper, den ich wohl sehr vermissen würde:

- *seine Liebenswürdigkeit, Herzlichkeit*
- *es geht mir gut bei ihm*
- *der Sex ist toll (wenn auch nicht so wie zu Beginn)*
- *er liebt das Abenteuer*
- *er ist unternehmungslustig, unterhaltsam, witzig*
- *wenn er lieb ist, vergisst man all seine schlechten Seiten*

Seine negativen Seiten sind:

- *die Untreue*
- *er flirtet vor mir mit anderen, das ist erniedrigend und peinlich für mich!*
- *er nimmt sich alle Rechte und ich habe keine*
- *wenn er schlechte Laune hat, muß man es akzeptieren und den Mund halten*
- *ich kann nicht offen meine Meinung sagen, muß immer aufpassen was ich sage*
- *er mag es nicht, wenn ich ihn streichle - wo ich doch seinen Körper so liebe*
- *er geht lieber alleine oder mit anderen fort, als mit mir…*

Erkenntnis daraus - Jahre später: Komisch, bei Paul ging es mir in mancher Hinsicht ähnlich! Spiegelbild? Es fühlt sich fast so an, wie ein Déjà-vu!

Wie es so ist im Leben, wiederholt sich alles, bevor man sich dessen bewusst wird und bereit ist, es zu verändern.

Am letzten Freitag ist er mit seiner Sekretärin Essen gegangen. Das verletzte mich sehr, auch Cornelia meinte, das sei nicht normal. Er wurde ausfällig und unangenehm, als ich ihn darauf ansprach, da er in der Früh irgendwann heimkam. Er fuhr mich an: "Klar war ich noch wo anders auch. Ich habe langsam genug davon, überall Rechenschaft ablegen zu müssen."
Sein schlechtes Gewissen konnte er schwer verbergen. Was hat er mir nur verschwiegen?

Auch die Geschichte mit der Ex-Freundin lässt mir keine Ruhe. Nachdem sie in der Firma telefonierten, meinte er: "Die hat mich plötzlich angerufen." Bis dahin hielt ich mich in Schweigen, was unsere Plauderei von damals betraf. Bei dieser Gelegenheit ist mir der Vorfall rausgeplatzt, ich erzählte ihm alles: "Nur, daß du es weißt, deine Ex-Freundin hat mich, nachdem sie uns auf der Messe gesehen hat, angerufen. Sie gestand mir alles, daß ihr ein ganzes Jahr weiter zusammen ward, als wir auch schon zusammen gewesen sind." Er wollte mir einreden, daß sie sich nicht mehr für ihn interessiert. Ich weiß nicht, was ich glauben soll und was nun stimmt an der ganzen Sache. Ob ich mich hineinsteigere? Ich wünsche mir so sehr, daß wir glücklich sind!
Manchmal ist mir Gotthard richtig fremd, ich kann gar nicht aus mir heraus in seiner Gegenwart. Es ist alles so komisch. Ich möchte ihn lieben, über alles lieben, aber…

Mittwoch, 27.2.1991
Heute geht es mir wieder besser, da der gestrige Abend sehr schön war. Gotthard war sehr zärtlich zu mir. Wir liebten uns und ich hatte das Gefühl, er liebt mich auch. Ich war nicht so besonders in Form, aber es ist ein schönes Gefühl zu wissen, gebraucht und geliebt zu werden.
Jetzt werde ich den letzten Krankenstandstag noch genießen. Ich werde wieder mal nach draußen gehen, nach über einer Woche, die Sonne scheint und ich freue mich schon, wieder mit meinem Auto fahren zu dürfen.
Hoffentlich bleibt mein beglückendes Gefühl und es wird nichts geschehen, was dies ändern könnte.

Freitag, 1.3.1991
Heute Nacht bin ich wieder alleine. Gotthard ist mit seinem Chef und einem Kollegen fortgegangen. Ich glaube ihm das sogar. Der Clew an dem Ganzen ist, daß er den "Geburtstagsgruß" bei einer Frau spielen muß, eine Bekannte des Kollegen. Er soll mit einem Strauß Blumen vor der Türe gratulieren und ihr einen Kuß geben.

Wie schön, daß er mir das erzählt! Mich läßt das sogar kalt. Hauptsache, daß er brav bleibt.

In der Arbeit war heute nach meinem Krankenstand das Chaos perfekt. Mein Kollege ist früher gegangen und geht eine Woche auf Urlaub. Mir bleiben etliche Flugblatt-Korrekturen und überfällige Rechnungen. Aber auch das werde ich meistern.
Heute schwitzten Gotthard und ich gemeinsam im Sun-Club im Solarium im 1. Bezirk, danach beim Heurigen haben wir beschlossen, wir werden vom 18.3.-1.4. nach Sri Lanka mit der Lauda Air fliegen. Ich hoffe, wir bleiben nun endgültig dabei.
Ich mache mir jetzt einen gemütlichen Abend und hoffe, mein Liebling kommt nicht allzu spät. Gute Nacht!

Urlaub mit Hindernissen

Auf unserem Sterbebett werden wir nicht die Dinge bereuen, die wir getan haben – sondern die Dinge, die wir nicht getan haben.
(Randy Pausch)

Aus dem Urlaub nach Sri Lanka wurde nichts. Wie schon des öfteren waren seine Worte leere Versprechungen. Seine Ausrede war, dass es in dieser Gegend doch zu unsicher ist.
Trotz unserer eher einseitigen Liebe aber zumeist leidenschaftlichen Sexbeziehung unternahmen wir viel zusammen und verbrachten defacto auch gemeinsame Urlaube. In Kärnten am Wörthersee machten wir Velden unsicher, waren im Casino und in den In-Bars auf Schicki-Micki unterwegs. Er gestylt im feinen Giorgio Armani-Anzug, ich in Minikleid und hochhackigen Schuhen. Großzügig hatte er mir diese aufreizende Kleidung gekauft.

Unser erster gemeinsamer Urlaub ans Meer war nach Griechenland... mit dem Auto. Knapp 23 Stunden waren wir unterwegs! Endlich in sengender Hitze bei einer einsamen Bucht angekommen, stiegen wir nur in Badesachen die Felsen hinab. Ohne Badeschuhe sprangen wir nach den Strapazen der Reise freudig von einem Felsen in das uns - wie wir hofften - abkühlende Nass. Nicht nur, dass die Abkühlung auf sich warten ließ, bei 28 Grad viel zu warmen Meerwasser trat ich mir auch noch den Stachel eines Seeigels in meine Ferse ein. Enttäuscht, mit Schmerzen und Tränen in den Augen stieg ich mit Gotthard hoch zurück zum Auto. Dort wartete die nächste, weit schlimmere Überraschung auf uns. Splitter... überall Splitter... Das Auto aufgebrochen und ausgeraubt. Gotthard hatte das gesamte Urlaubsgeld in bar in seiner Geldbörse samt den Kreditkarten unter dem Fahrersitz versteckt. Anscheinend hat uns in dieser Einöde jemand beobachtet. Die Diebe konnten ungehindert davon kommen.

Wir mussten den Urlaub abbrechen, schliefen noch eine Nacht im kalten Auto - die Nächte waren für den Hochsommer überraschend kühl. Am nächsten Morgen blieb uns nichts anderes übrig, als die Heimreise anzutreten, ohne Geld und mit einem mit Plastik verklebten Fenster.

In unserer ersten Verliebtheit konnten wir all diese Hindernisse gut wegstecken. Wir ließen es uns nicht entgehen, spontan direkt von Griechenland auf den Attersee zu fahren, wo wir fantastische Tage genießen durften. Sex im Vordergrund. Aber auch die köstliche österreichische Küche und die wundervolle Gegend des Attergaus genossen wir sehr. Ich wagte es sogar, Weinbergschnecken zu probieren, das glitschige Zeug war nicht meines. Einmal, und nie wieder. Ich hielt mich lieber weiter an Forelle und Shrimpscocktail.

Ein Schicksalsschlag holte uns während des Urlaubs ein. Mein Opi wurde mit einer Lungenentzündung ins Krankenhaus gebracht, meine Schwester informierte mich darüber. Gotthard und ich verweilten dennoch weiter in unserer Unterkunft am See. Mein Opi starb. Ich konnte ihn nicht mehr besuchen. Nachträglich hatte ich ein schlechtes Gewissen. Vielleicht wurde mir dieses - wahrscheinlich gerechterweise - auch von meiner Familie vermittelt? Wie konnte ich mich nur amüsieren, während es meinem Opi schlecht ging und er von uns schritt? Heute weiß ich, Opi verzeiht es mir. Ich war jung, verliebt, ich konnte Opi auch so nicht retten, die Familie war für ihn da, ich fehlte halt, aber Opi weiß bestimmt, dass ich es nicht böse gemeint hatte.

Schiff ahoi

Wir hatten auch sehr schöne Zeiten, das darf man nicht wegretuschieren. Abgesehen von unserem sexuellen Verlangen, durften wir uns auf viele andere bewegende Momente entsinnen.

Gotthard machte den Motorboot-Schein, das 200-Seemeilen-Küstenpatent. Unsere erste gecharterte Bootsreise führte uns in die Türkei. Mit meiner Freundin Melissa und mit seiner Mutter reisten wir die türkische Riviera entlang und durften erstmals das Bootsleben kennen und lieben lernen.

Aurelia, die Mutter von Gotthard, war eine jung erhaltene, fesche Frau, kupferbraun gemeschte schulterlange Haare, die - frisch geföhnt - wunderschön wallend ihr hübsches Gesicht noch wärmer zeichneten. Sie ist kleiner als ich, hat schöne schlanke Beine, ihr Oberkörper ist ein wenig fester, denn sie ist - im Gegensatz zu mir - vollbusig. Wir verstanden uns von Anfang an prächtig.

Melissa lernte ich in der Firma in Klosterneuburg kennen. Wir waren keine unmittelbaren Kolleginnen, doch wurden wir seit dem Sommerfest dicke Freunde. Melissa war schlank, hat braune Augen und hellbraunes schulterlanges Haar. Sie ist eine erfrischende Persönlichkeit, immer gut drauf und positiv gestimmt, ein herzensguter und liebevoller Mensch.

Wir genossen unseren gemeinsamen Bootsurlaub in vollen Zügen. Ein einzigartiges atemberaubendes Erlebnis war, als wir mit dem Motorboot bei hoher Geschwindigkeit von Delphinen begleitet wurden, die vorne am Bug und an unserer Seite hoch aus dem Wasser sprangen und eine Weile neben uns her schwammen! So etwas erleben zu dürfen, war eine absolute Bereicherung. Wir konnten dieses Ereignis sogar mit unserer Kamera festhalten und reichten das Foto bei einem Fotowettbewerb ein.

Es war ein Bild wie von einer Fotoagentur, ein Delphin, der in voller Pracht vor unserer Linse aus dem Wasser sprang.

An Land wurde ich erstmals landkrank. Unter der Dusche im Hafen hatte ich das Gefühl, als wäre ich immer noch am Schiff. Ich spürte die Wellenbewegungen, es war mir schummrig und schwindlig im Kopf, der ganze Körper schien immer noch zu glauben, sich mit dem Ozean zu bewegen.

Unsere Lieder dieser Zeit waren **"Funky cold Medina"** von **Tone Loc**, und **Ice Ice Baby** von **Vanilla Ice**. Mit viel Enthusiasmus sangen wir diesen coolen Song Ende der 80er und Anfang der 90er mit. Sie müssen auf die Liste meiner Lieblingssongs meines Lebens.

Die nächste Bootsreise ging in die Karibik! Diesen Bootsurlaub planten wir schon Wochen davor akribisch, denn es hieß, dass die Karibik nur von erfahrenen Skippern auf Wasser bereist werden sollte. Wir planten jede einzelne Bootsfahrt von einer Insel zur anderen, schauten uns gewissenhaft jede Untiefe und jedes Riff an, welche Häfen wir anfahren und welche Behördengänge zu erledigen sein würden.

Ausgehend von Martinique, eine Insel der kleinen Antillen, unter französischer Flagge, planten wir, die karibischen Inseln per Motorboot bis zu den Tobago Keys zu bereisen. Wir hatten eine lange, anstrengende Reise hinter uns, erst ein Flug nach Frankfurt, danach mit einer Boing 747 der Air France auf die erste karibische Insel. Auf Martinique angekommen, ließen wir uns müde und abgeschlagen per Taxi zum Hafen bringen und wollten sofort unser gechartertes Boot übernehmen. Voller Vorfreude schritten wir in das Büro der Charterfirma im Yachthafen. Der zuständige Vermieter brachte uns zu unserem gecharterten Motorboot mit etwa zehn Metern Länge, doch es stand nicht im Wasser, sondern am Trockendock.

Naiv fragte Gotthard in englischer Sprache: *"Warum ist das Boot nicht im Wasser?"* Der Mann bemühte sich, in seinem englischen Dialekt, welcher schwer verständlich war und mehr französisch geklungen hatte, überzeugend aufzutreten:

"Die Bootsmieter davor hatten das Boot beinahe zum Kentern gebracht, sie fuhren gegen ein Riff und rissen beide Propeller ab." Ohne unsere Reaktion abzuwarten, erklärte der Mitarbeiter der Bootsvermietung weiter: *"Wir können das gecharterte Boot nun nicht vermieten, denn die Reparatur dauert einige Wochen… "*, dabei deutete er zu einem nahe im Wasser liegenden Boot und sprach ohne Pause weiter, *"...aber dieses hier können wir euch als Ersatz sofort zur Verfügung stellen."*

Gotthard und ich schauten uns fragend an und trauten unseren Augen und Ohren nicht. Wir konnten dieses freche Angebot nicht fassen. Man wollte uns irgendein fürchterliches, viel kleineres Boot als Ersatz geben! Eine Baracke, die gerade einmal eine Schlupfkajüte aufzuweisen hatte! Das kam für uns nicht in Frage! Wir waren fast 24 anstrengende Stunden hergereist, hatten drei Wochen Urlaub teuer bezahlt, waren fern der Heimat, in der wundervollen Karibik, wir wollten ganz sicher nicht in diesem Kahn hausen und uns diesen einzigartigen Urlaub damit versauen.

Wir sahen im Hafenbecken einen tollen Motorboot-Katamaran stehen, den wir als Ersatz forderten. *„Das ist undenkbar, diese Yacht darf man nur mit erfahrenem Skipper chartern!"*, bekamen wir als Antwort. Wir wollten aber keinesfalls mit irgendeinem fremden Skipper unseren teuren Karibik-Urlaub verbringen und bestanden darauf, dieses Boot alleine zu mieten. Es gehörte sehr viel Mut dazu, sich das zuzutrauen. Noch dazu hatten wir erst die Erfahrung eines einzigen Charterurlaubs. Als routiniert konnte man uns wirklich nicht bezeichnen und es war de facto verantwortungslos von uns, aber andererseits hatten wir uns wirklich sehr gut vorbereitet.

Ich selbst hatte zwar schon einiges an Ahnung, jedoch keinen Bootsschein, und ich konnte nicht wirklich abschätzen, in welche Gefahren wir uns hier begeben könnten.

Von den drei Wochen Urlaub hatten wir nun bereits eine knappe Woche lang – vorerst schlafend auf dem kaputten Boot im Trockendock – herum verhandelt. Viel Überzeugungsarbeit war notwendig, welche Gotthard zum Glück gekonnt meisterte. Die Vercharterer wussten bereits, wir ließen uns nicht so einfach ohne einer angemessenen Entschädigung abwimmeln. Am Morgen des 7. Tages kam der Chef der Charterfirma zu uns: *"Sie haben uns überzeugt, dass Sie genügend Erfahrung und Vorbereitung vorweisen, der Eigner stellt Ihnen die Motoryacht zur Verfügung."* Natürlich war dies alles mit Bedingungen und R siken verknüpft, die wir jedoch in Kauf nahmen und so willigten wir in einen englischen Vertrag ein, den Gotthard unterze chnen musste.

Wir durften tatsächlich diesen etwa 20 Meter langen Katamaran alleine nutzen. Die Yacht war unglaublich. Sie hatte auf jeder Seite, vorne und hinten, große Kajüten mit Doppelbetten, alles war in Kirschholz verarbeitet, auch die riesengroße offene Küche samt edlem Wohnraum, und jede der vier Kajüten hatte ein eigenes edles Bad. Es gab eine Flybridge, von der man alles übersichtlich sehen konnte. Das Schiff verfügte zum Glück über ein Bugstrahlruder und hochtechnische Steuerelemente, wodurch man es besser manövrieren konnte.

Wenn es sich auch super leicht fahren ließ, war alles sehr aufregend und ungewohnt, dieses vor allem sehr breite Boot zu steuern. Das An- und Ablegen war jedes Mal ein atemberaubendes Abenteuer. Voller Stolz, aber schweißgebadet aus dem Hafen ausgelaufen, sah man soweit das Auge reichte das gefürchtete, langgezogene Korallenriff und größere Felsen, denen man gekonnt ausweichen konnte, wenn man sich genau nach der Seekarte richtete.

Ebenso mussten die unterschiedlichen Wassertiefen und der Tidenhub - der Pegelstand-Unterschied zwischen Hochwasser und Niedrigwasser - berücksichtigt werden. Endlich die Riff-Herausforderung gemeistert, durften wir erstmals Gas geben, als Gotthard plötzlich einen Widerstand registrierte. Sofort vom Gas runter in neutrale Position zurück, bemerkte Gotthard nach einem Check der rotierenden Schiffsschraube, dass wir einen der unzähligen Leinen der ausgelegten Hummerkörbe in die Propeller eingezogen hatten. Das Meer war stark bewegt, was wir bei "Stillstand" - sofern man dies am Boot so nennen kann - sehr intensiv wahrgenommen hatten, denn da wir nicht mehr über die Wellen glitten, bewegte sich das Boot enorm in den Wellen auf und ab. Wir legten den Anker aus, was nichts an der Wellenbewegung änderte. Gotthard sah keine andere Möglichkeit: Er holte sich von der Küche ein großes scharfes Messer und schrie mir nervös zu: *"Ich muss sofort zu den Propellern runtertauchen und das Seil durchschneiden! Hol eine Leine, um mich am Fuß festzuzurren und am Boot anzubinden!"* Dies war unbedingt notwendig, damit er nicht von der Strömung mitgerissen und abdriften würde. Mutig wie er war sprang Gotthard mit seiner Taucherbrille ins klare Wasser.

Durch die starke Schaukelbewegung am Schiff wurde mir in der Zwischenzeit kotzübel. Rasch tauchte Gotthard mit freudiger Geste wieder auf: *"Geschafft, das Seil ist gekappt!"* Im gleichen Augenblick musste ich mich übergeben. Gotthard war sehr einfühlsam und hilfsbereit, hat alles weggeputzt, mich rasch wieder aufgepeppelt. Um uns von diesem ersten Schock zu erholen, fuhren wir in die nächstmögliche Hafeneinfahrt - noch immer nicht weggekommen von der Insel Martinique. Am nächsten Morgen ging es weiter mit unserer geplanten Tour, die nächsten Tage durchkreuzten wir die Inseln St. Lucia, Bequia bis nach Unique, die Woche danach bis hin zu den Tobago Keys. Einige Male waren wir in die Häfen eingelaufen und bekamen sogar Applaus von den umliegenden Bootseignern, weil wir uns beim Anlegen mit dem großen Katamaran so gut anstellten - und das nur zu Zweit und obwohl es uns Wind, Strömung und Wellengang oft erschwerten. Es war ein erbauendes Gefühl und stärkte unser Selbstvertrauen für die weitere Bootsreise.

Eine Herausforderung war auch die jeweilige Ein- und Ausklarierung sobald wir von französischer Seite in andere Hoheitsgebiete, wie das des Englischen Königreiches, kamen. Die Amtspersonen waren meistens Menschen mit dunkler Hautfarbe. Nicht immer waren wir gut auf diese Beamten zu sprechen. Man durfte kein falsches Wort verlieren, immer freundlich, immer geduldig sein, denn Wartezeiten waren hier an der Tagesordnung, alles demütig gefallen lassen, sonst hatte man keine Chance, auch wirklich das Hoheitsgebiet verlassen oder in ein anderes Gebiet einfahren zu dürfen. Bei einem Einklarierungs-Verfahren machten wir eine besondere Erfahrung. Gotthard ging ins Hafenbüro, der Hafenmeister gab ihm das Formular zum Ausfüllen, auf dessen Schreibtisch stand ein Becher mit Stiften. Gotthard bat den Mann: *"Could you be so kind and rent me your pencil"*, er bat um den Kugelschreiber und deutete auf den Stiftebecher. Der Farbige schaute ihn eindringlich und provozierend an, dann antwortete er: *"No, I can't"*. Die reine Machtausübung. Er bekam doch tatsächlich keinen Stift von ihm. Gotthard musste nochmals mit dem Dingi, unserem Beiboot, zurück zum Schiff, um einen Stift zu holen. Wir waren der Behörde ausgeliefert. Doch wir kamen gut damit zurecht. Dank sei Gott, es ging alles gut!

Alles in allem hatten wir einen Traumurlaub. Von Martinique weg, unterwegs über St. Lucia mit den zwei saftig grünen Berghügelspitzen, die uns die Küste entlang begleiteten, bis zu den Tobago Keys, wo wir Silvester, vor Anker liegend auf glasklarem, hellblauen Wasser verbringen durften. Fern der Heimat, ließen wir es uns nicht nehmen, wegen der Zeitverschiebung zweimal auf das Neue Jahr um Null-Uhr mit Sekt anzustoßen. Wir erlebten fantastische Wochen und, beinahe wie ein kleines Wunder, konnten wir diese Riesen-Yacht heil wieder zurückbringen.

Baby an Bord

Ein Jahr später machten wir - weil es so toll war - wieder eine Reise in die Karibik, die wir bereits gut ein halbes Jahr davor planten und buchten. Diesmal waren wir nicht alleine, denn meine Schwiegermutter Aurelia sowie Heinrich - Gotthards Freund aus der Autobranche, wo er zu dieser Zeit tätig war - und dessen Frau Iris waren mit an Bord einer "Prestige 41", eine Motoryacht von etwa 12 Metern Länge.

Aber noch jemand war mit an Bord. Denn ich war nicht alleine, ich trug mein Baby in meinem Leib! Ich war im dritten Monat schwanger! Endlich war es soweit, wir wurden Eltern. Mit meinen 26 Jahren habe ich mir viele Informationen geholt über das Eltern-Sein und die Schwangerschaft. Ich ging zum Schwangerschaftsturnen und abonnierte mir die Zeitschrift "Eltern". Wir wünschten uns beide ein gemeinsames Kind. Immerzu dachte ich, wenn wir Kinder haben würden, wird alles gut. Er wollte unbedingt ein Mädchen.

Nachdem wir erfuhren, dass es tatsächlich ein Mädchen werden wird, wollten wir es Sara nennen, doch dann kaufte ich - italophil wie wir sind - bei einem Kurzurlaub in Lignano ein italienisches Namensbuch. Cara - dieser Name fiel uns sofort auf, Cara war für unser Baby wie zugeschnitten, darüber waren wir uns einig. Oft hörten wir uns den wunderschönen Song **"Sara"** von **Antonello Venditti** an. Später sangen wir statt "Sara" einfach "Cara", und konnten ihr damit unser Lied widmen.

Die Ankunft am Ziel ist umso schöner, je mehr Stürme du erlebt hast!
(Quelle: VISUAL STATEMENTS®)

Bei diesem Yachturlaub mit Cara in meinem Bauch erlebten wir meterhohe Wellen, die wie Hausmauern auf uns zukamen und uns während der Fahrt auf offenem Meer zu Gott beten ließen, um ihn anzuflehen, wieder heil und lebendig zurückzukommen.

Aurelia und ich saßen mit angsterfüllten Augen, in Schwimmwesten gehüllt, zusammengekauert in einer Ecke des Bootes, wo wir uns halbwegs sicher fühlten, um nicht rausgeworfen zu werden. Wir gaben uns die Hände und beteten. Wir waren ausgeliefert, konnten unser Leben nur noch in Gotthards Hände legen und Gott vertrauen. Es ist unvorstellbar, wenn man das nicht selbst erlebt hat. Man stelle sich vor, es kommt eine Riesenwelle, die ohne Übertreibung meterhoch und um ein Vielfaches höher als das Boot war, auf einen zu. Wenn Gotthard hier nicht richtig reagiert hätte und nicht direkt in die Wellen gefahren wäre, wären wir mit Sicherheit gekentert. Danke Gotthard, dass du richtig gehandelt hast! Danke, dass unser Baby - bei diesem Wellengang, bei dem wir durch die Auf- und Abbewegungen oft ruckartig mit voller Wucht abgesackt sind - keinen Schaden erlitten hat.
Danke lieber Gott, dass wir das gut überstanden haben und du uns beschützt hast!

Diese einschneidenden Erfahrungen hielten uns nicht davon ab, unserem Hobby "Boot und das Meer" weiter zu frönen. Bald darauf, im Mai 1993, machte ich selbst den Bootsschein. Die Schwangerschaft war schon vorangeschritten, das ehemalige Bäuchlein war schon ein ziemlich großer Bauch geworden. Meine praktische Prüfung hatte ich auf der Insel Krk in Kroatien, zum Glück war es für mich ein Leichtes, diese Prüfung zu bestehen. Ich hatte viel gelernt, war dennoch nervös, doch der Prüfer hatte Nachsicht mit einer schwangeren Frau und quälte mich nicht unnötig mit schwierigen Fragen oder herausfordernden Fahrwassern. Bereits nach wenigen Minuten bekam ich die Bestätigung und durfte mich schon bald stolze Besitzerin eines 200-Seemeilen-Küstenpatents nennen.

Einschneidend

Im heißen Juli 1993 war die sorglose Zeit vorbei und es entwickelte sich ein einschneidendes, folgenreiches Ereignis. Ich war im 8. Monat schwanger. In dieser Zeit war Gotthard sehr wenig für mich da. Er war längst nicht mehr in dem Unternehmen tätig, in dem wir uns kennengelernt hatten und auch nicht mehr in der Autobranche, wo er mit Heinrich zusammenarbeitete. Er musste viel nach Deutschland fahren, weil er dort für einen Tankstellenkonzern die Waschstraßen erst in Österreich und nun auch in Teilen von Bayern leitete. Warum fühlte ich mich vernachlässigt von ihm? War er einfach nur ein gestresster Manager? Oder war er überfordert, weil er bald Vater wurde?

Ich erinnere mich, dass wir mit seiner Mutter und ihrer gerade erst gekauften Baby-Dobermann-Hündin beim Heurigen in Neustift saßen. Wir feierten meinen 27. Geburtstag. In unserer lustigen Runde platzte Gotthard plötzlich mit einer Selbstverständlichkeit mit einer Meldung heraus: *“Schatz, wir können heute nicht lange bleiben, ich muss morgen leider geschäftlich nach Salzburg fahren.”* Damit habe ich nicht gerechnet.
Warum tut er mir das an? Wir wollten doch meinen Geburtstag feiern! Diese Aktion enttäuschte mich sehr. *“Ich bin ihm egal”*, ging traurig durch meine Gedankenräder. Mein Misstrauen stieg in mir hoch und irgendetwas ließ in mir die Alarmglocken läuten. Intuitiv schaute ich bei der Heimfahrt auf seinen Kilometer-Zähler. Und, als er von seiner sogenannten Salzburg-Tour heimkam, siehe da, da waren nur ein paar zerquetschte Kilometer gefahren, nicht aber 600 km, die er hätte mindestens fahren müssen. Obwohl ich mit vielem gerechnet hatte, war ich schockiert. Doch diese Information war mir zu wenig. Ich wartete ab und stellte ihn nicht gleich zur Rede. Nach einem Telefonat mit Cornelia, die auch ziemlich entsetzt war, recherchierte ich erstmal weiter.

Mit pochendem Herzen, aufgeregt nicht erwischt zu werden, stöberte ich nachts, auf der versperrten Toilette sitzend, sogar sein Handy durch. Wir wohnten zu dieser Zeit in meiner alten Wohnung im 11. Bezirk. Auf seiner Anrufliste fand ich eine Telefonnummer, die er ständig wählte. Ich recherchierte weiter und konnte herausfinden, um wen es sich handelte. Sie war eine Mitarbeiterin eines Fitness-Studios, das ums Eck bei seiner Firma ihren Standort hatte. Ich konnte ihre Adresse herausfinden und fuhr – mit hochschwangerem Bauch – zu ihr. Meine Schwester Cornelia begleitete mich, da ich diese Aktion alleine nicht durchgestanden hätte.

Ich stand kurz vor dem Geburtstermin unseres ersten Kindes, diese Aufregung war nicht wirklich ideal für das Baby und mich. Ein Wunder, dass ich zu diesem Zeitpunkt nicht vorzeitige Wehen bekam. Nasse Hände, zitternde Knie, pochendes Herz, ich läutete an und stellte mir im gleichen Atemzug angsterfüllt die Frage: *"Was mache ich eigentlich hier? Welche Folgen wird diese Aktion haben?"* Egal, es war mir einfach danach zumute, diese Frau zur Rede zu stellen, die mir meinen "Mann" wegnehmen wollte, auch wenn wir nicht verheiratet waren, zu einem Zeitpunkt zu dem wir Vater und Mutter werden sollten. Die Tür ging auf. Ich fragte, ob ich bei der richtigen Person gelandet bin und es wurde mir von der Frau, die vor mir stand, bestätigt. Sie hatte lange, brünette Haare und ein kindliches, recht hübsches Gesicht. So zierlich sie war, in ihrer Art war sie eher derb. Innerlich wütend und aufgebracht, aber äußerlich ruhig und gelassen, erklärte ich mit ein wenig zittriger Stimme: *"Wie man sieht…"*, ich deutete auf meinen Bauch, *"erwarte ich ein Kind… es ist von Gotthard. Sie zerstören gerade eine Familie!"*

Wir standen zwischen Tür und Angel, ich zitterte nun am ganzen Leibe, war schweißüberströmt. Sie überlegte nicht lange. Die Antwort, die ich bekam, war einschneidend, ich bekam einen Stich ins Herz, der sich bis ins Knochenmark hindurch zog:

„Ich weiß, dass er ein Kind bekommt, aber es ist jetzt leider zu spät, wir haben uns verliebt.“ - Bombe! Damit hatte ich in keinster Weise gerechnet. Das war der Hammer, das mir so etwas passierte. Ich war am Boden zerstört. In diesem Moment aber packte mich am meisten die Wut. Schockiert und sprachlos verließ ich den Ort des Geschehens, während Cornelia ihr noch ihre Meinung sagte: *“Was denken Sie sich eigentlich dabei? Sie sollten sich schämen!”*

Wütend und heulend fuhr Cornelia mich nach Hause, und meine Wut galt komischerweise mehr ihr als ihm! Viele Fragen quälten mich: *Wie kann diese Frau nur so etwas sagen? Warum ist sie so unmenschlich und egoistisch! Wie kann er das seinem Kind gegenüber verantworten?*

Für mich war das alles nicht nachvollziehbar! Ich bekam keine Antworten auf meine Fragen.

Die Konsequenz aus der Situation war, dass ich ihn sofort - kurz vor der Geburt unserer Tochter Cara - aus meiner Wohnung hinaus warf. Es ging mir Scheiße. Auch wenn es andererseits eine Erleichterung war.

Glück kann man nicht kaufen, es wird geboren.
(Quelle: Pinterest.at)

Das Schönste, das einem passieren kann

Sechs Tage nach dem errechneten Geburtstermin begannen die Wehen einzusetzen. Ich fuhr zur Untersuchung ins Spital nach Hietzing. Meine Schwester Cornelia war bei der Geburt dabei. Ich saß gerade in der Badewanne im Kreißsaal, bemühte mich zwischen den Vorwehen um Entspannung, da platzte die Fruchtblase. Die Geburt war eingeleitet. Nach und nach wurden die Wehen stärker. Cornelia, die selbst schon Mutter eines Sohnes war und bereits mit 18 Jahren entbunden hatte, stand an meiner Seite und bemühte sich, mir zu helfen, die Schmerzen besser zu verkraften. Ich dachte in diesen Stunden keine Sekunde an ihn, an den Vater meiner Tochter. Denn gerade eben passierte mir das Wundervollste in meinem Leben, das passieren kann, als mir mein erstes Kind unmittelbar nach der Geburt auf meine Brust gelegt wurde.

Dieses kleine Geschöpf, dieses süße, noch mit Käseschmiere überzogene, entzückende, winzige Etwas, das unbeholfen und nichts ahnend in diese Welt geboren werden durfte. Unverdorben und rein. Alles rundherum war vergessen. Unbeschreibliche Gefühle kamen auf. All der Schmerz und die Pein waren verschwunden. Dieser Moment ist der Beste überhaupt, den eine Frau erleben darf.

Was gäbe ich darum, hätte ich schon damals - ohne mir deshalb Vorwürfe zu machen - gewusst, was ich als Mutter alles falsch machen würde. Da wären wir wieder bei dem Rätsel: was ist richtig und was ist falsch? Aber das hatten wir ja bereits. Es gibt kein Richtig und kein Falsch!

Im goldenen Käfig

Die ersten drei Monate wuchs Cara alleine bei mir in Simmering auf. Meine Freundinnen und meine Familie besuchten mich, es ging uns gut. Vom Vater meines Babys kamen bald regelmäßige Anrufe. Plötzlich war das Kind doch interessant und wichtig, plötzlich waren wir eine Familie, wie er meinte. Und er wollte uns besuchen. Mein verletzter Stolz war groß, ich wollte ihn gar nicht mehr sehen, wollte mir das nicht mehr antun, hatte mich endlich entwöhnt. Doch er ließ nicht locker, er verstand es, mich "einzulullen", mir Honig um den Mund zu schmieren, mir Komplimente zu machen, um mich so wieder um den Finger zu wickeln. Es brauchte nicht lange, ich ließ mich überrumpeln, sprang über meinen verletzten Schatten und gewährte ihm sein Recht als Vater, unser Kind zu sehen. Cara war zwei Monate jung, als er uns besuchen kam. Er verstand es, sich „zu verkaufen" und mich um den Verstand zu bringen.

Bereits vor dem Geburtstermin war er dabei, sich eine neue Eigentumswohnung zu kaufen. Nun kam er mit gut gewählten Worten und einem Blick, dem ich nur schwer widerstehen konnte, auf mich zu: *"Die Wohnung hab ich doch für uns drei gekauft. Wenn ihr nun schon nicht bei mir wohnen wollt, kommt ihr wenigstens mit und helft mir die Möbel dafür auszusuchen?",* bat er mich mit herzzerreißendem Augenaufschlag, auf Knien flehend. Ich hatte aufgrund unserer Trennung nicht vor, mit Cara zu ihm zu ziehen, wie es anfangs geplant war. So lehnte ich ab, die Möbelhäuser mit ihm abzuklappern, um ihm bei der Auswahl zu helfen.

Mit seinen gekonnten Überlistungsversuchen war ich doch schon bald - nach einem nicht allzu heftigen Kampf seinerseits - zum gemeinsamen Möbelkauf überredet. Dieser Kampf war ein guter Trick von ihm, denn es war der Anfang seiner Kür, uns zu überrumpeln, zu ihm zu ziehen.

Er sprach auch davon, sich ein Motorboot zu kaufen und wusste, damit könne er mich gut einfangen. Wer diesen Menschen kennt, weiß wie listig er sein kann, wie er herzzerreißend und mit den richtigen Worten Menschen manipulieren kann.

Meine Überlegung des Zusammenziehens war nicht nur der "Goldene Käfig", in dem er mich nach Strich und Faden verwöhnte, von Essenseinladungen, Kleidung kaufen, Komplimente machen, einen Autositz und Kinderspielzeug besorgen... es war einfach alles... er war der Vater meines Kindes, er war liebevoll, charmant, auch im Bett bin ich ihm bald wieder verfallen er schaffte es, mich auch mit einfachsten Mitteln dahinschmelzen zu lassen. Ich konnte ihm nicht böse sein.

Im Grunde war schnell wieder alles verziehen und vergessen, was passiert war. So zogen wir - Mutter, Vater und Kind - gemeinsam in seine neue Wohnung, die in Lanzenberg lag, ein, sie war zwar etwas ländlich gelegen, jedoch nur etwa 20 km von der Großstadt entfernt. Das Familienglück schien wieder perfekt zu sein. Er hat sich auch sehr liebevoll um Cara gekümmert, hat manchmal sogar beim Wickeln, lieber aber beim Füttern geholfen. Wir unternahmen Spaziergänge in der Umgebung, waren auf den Spielplätzen, machten Ausflüge ins Grüne und verbrachten friedvolle Weihnachten miteinander.

Viva Italia

Im nächsten Sommer waren wir Besitzer eines eigenen etwa 10 m langen, zweimotorigen Motorbootes mit zwei Kajüten, Küche, Waschraum und WC, das - wie konnte es anders sein - den Namen Cara erhielt und in Lignano, das nun unsere zweite Heimat wurde, stationiert war. Gotthards Mutter Aurelia hat diese Investition finanziell unterstützen können. Nun konnten wir beide den Motorbootschein nutzen.

Da ich in Karenz war, durfte ich den ganzen Sommer über mit Cara, Aurelia und ihrer Hündin in Lignano verbringen. Gotthard mietete uns ein Reihenhaus im Hafen, unser Boot lag direkt davor im Hafenbecken am Liegeplatz. Aurelia verwöhnte uns mit ihren herrlichen Kochkünsten. Manchmal gab es auch Pizza und wir gönnten uns gerne einen herrlichen "Vino Rosso" in einem unserer Lieblingsrestaurant oder eine Spaghetti-Pfanne in der "La Botte", wo man um wenig Geld eine Pfanne zu dritt verzerren konnte. Gotthard kam so oft er es beruflich einrichten konnte auch zu uns ans Meer. Wir machten gemeinsam Bootstouren nach Portoroz/Kroatien, nach Venedig, das wir einige Male besuchten, zur sogenannten Muschelinsel, um den Strand zu genießen und Muscheln zu sammeln, die Küste entlang nach Cavallino oder Chioggia, wir durften einiges an der Adria entdecken, was man sonst nicht so leicht in so kurzer Zeit sehen kann.

Viele italienische "Hadern" (Lieder) erinnern mich an diese schöne Zeit: neben meinem geliebten Eros waren es auch die gefühlvollen Lieder von **Antonello Vendittis CD "Prendilo tu questo frutto amaro"**. Das Lied **"Ogni Volta"** verursacht bei mir Gänsehaut vor Rührung, richtig laut gehört, geht es mir echt unter die Haut, und passend zum Sommer am Boot der Song **"Vento Selvaggio":** *"Wilder Wind" - "Der Himmel in einer Nacht im August..."*.

Es war ein überwältigendes Gefühl, im Hafen angekommen zu sein, im wahrsten Sinne des Wortes. Am Bootsdeck bei Sonnenuntergang liegend mit einem Buch in der Hand, die Musik im Hintergrund, die Bäume, die sich mit dem Wind bewegten, einfach das Hier und Jetzt genießen. *Fantastico!* Das mediterrane Essen, die herrlichen Weine, die italienische Luft und das Klima das italienische Flair, die Sprache, die Mentalität der Einheimischen, all das verzauberte mich. Cara war ein unkompliziertes Baby, das Leben in dem Haus, mit dem Boot, und auch Aurelia machten mir diese Zeit zu einer unvergesslichen.

Es war der schönste Sommer meines Lebens.

Gotthards verfolgen mich

Nicht nur, dass mein Papa Gotthard geheißen hat, und mein Lieblingsfußballer, so trat mit dem Vater meiner Tochter also ein weiterer Gotthard in mein Leben. Doch weit gefehlt zu glauben, dass dies alle Gotthards in diesem Leben waren. Spätestens in Lanzenberg lag es klar auf der Hand, dass ich etwas mit den "Gotthards" am Hut habe. Denn dort machte ich weitere Bekanntschaften mit zwei Gotthards. Sie wohnten im selben Stiegenhaus, sogar im selben Stock unserer Wohnhausanlage. Sie waren unsere Nachbarn. Einer lebte mit seiner Familie in der Wohnung rechts von uns, der andere mit seiner Frau links neben uns. Wir entwickelten eine angenehme Nachbarschaft. Besonders freundeten wir uns mit Gotthard und Saranda an. Sie hatten einen Sohn namens Lukas, der nur ein Jahr älter ist als Cara, die beiden spielten oft miteinander.

Ein Freund ist einer, der alles von dir weiß, und der dich trotzdem liebt. (Elbert G. Hubbard)

Mit Saranda bin ich auch heute noch sehr gut befreundet. Sie ist Serbin und ein entsprechend dunkelhäutiger Typ. Als Freundin nimmt sie dich so wie du bist. Und sie sagt dir ehrlich und liebevoll, wenn ihr etwas auffällt, woran du wachsen könntest. Sie ist ein so herzensguter Mensch mit so viel Liebe, die sie jedem entgegenbringt. Wir haben ähnliche Interessen, die sich im Laufe unserer Freundschaft verstärkt haben. Eine zeitlang hatten wir uns aus den Augen verloren, wir entwickelten im Laufe der Jahre aber eine sehr tiefe Freundschaft.

Bei unserem spirituellen Wachstum hilft uns - neben Büchern - ein mit Saranda befreundeter Arzt, der es mit Gottes und kinesiologischer Hilfe schafft, Menschen aus ihren negativen Gefühlen heraus zu helfen, etwas Positives zu verändern und daran zu wachsen.

Alte Muster und Prägungen, die unangenehme Gefühle auslösen, haben oft ihren Ursprung in der Kindheit.

Wir erlernen Dinge, die uns womöglich nicht dienen, die nicht unserer Wahrheit entsprechen, weil es unsere Erzieher ebenso gelernt haben und unbewusst weitergeben, weil es ihre Überzeugung geworden ist. So machen wir es dann wiederum mit unseren Kindern, wenn wir uns dies nicht irgendwann bewusst machen und ändern.

Saranda und ich entdeckten Möglichkeiten, unser Bewusstsein zu erweitern, um ein Leben in Liebe, in bedingungsloser Liebe zu leben. In Dankbarkeit und Liebe und mit dem Glauben und der Nähe zu Gott konnten wir auf unserem Weg vieles zum Guten verändern und wir arbeiten auch heute noch täglich daran. Saranda hat mir oft dabei geholfen, dafür bin ich ihr sehr dankbar. Sie ist im Laufe der Jahre wie eine Mentorin für mich geworden.

Noch ein Baby an Board?

Ich trage dich neun Monate im Bauch, zwei Jahre im Arm, aber ein Leben lang im Herzen. (Autor unbekannt, Quelle: Pinterest)

Als Cara ein Jahr alt war, planten Gotthard und ich ein zweites Kind. Es war ein großer Wunsch von mir, ein Geschwisterl für Cara zu bekommen. Doch es sollte nicht sein. Es vergingen die Monate, es vergingen die Jahre, ich wurde einfach nicht schwanger. Ich fragte mich, warum es so lief wie es lief. Warum wollte der liebe Gott nicht, dass ich schwanger werde? Ich fand keine Erklärung dafür, außer dass die Zeit wohl nicht reif dafür war.

Waren die Gründe, die wir hatten, nicht sinnvoll genug? Vielleicht wollte Caras Papa doch kein zweites Kind? Bevor Cara zur Welt kam, wollte er sehr wohl immer zwei Mädchen haben. Ich für mich gab jedenfalls nicht auf. Cara sollte eine Schwester bekommen, oder auch einen Bruder. Sie selbst sagte mal, bei der Frage, ob sie sich einen Bruder oder eine Schwester wünschen würde: *"Hauptsache kein Negerlein"*. Komisch, denn sie hatte sich später eine schwarze Puppe gewünscht und auch bekommen, ein Widerspruch, den ich nicht wirklich versucht habe zu analysieren.
Irgendwo in ihrem Umfeld nehmen Kinder leider auch Diskriminierung und Rassismus wahr. Zum Glück war es bei Cara nur eine vorübergehende Reaktion.

Obwohl der Wunsch nach einem zweiten Kind groß war, hatte ich auch Spaß am Flirten. Fremdgehen kam mir dabei nicht in den Sinn, doch Gotthard war an mir nicht besonders interessiert, so fand ich im Fitness-Studio die in meiner Beziehung fehlende Aufmerksamkeit. Im Studio, wo ich regelmäßig zur Aerobic ging, gab es einen Trainer namens Patrick, der es mir angetan hatte.

Seine Aerobic-Stunden zu besuchen, waren Pflicht für mich. Der Samstagvormittag wurde so gut es ging nie ausgelassen. Patrick hatte braune, leicht gewellte Haare, leuchtend blaue Augen und natürlich einen tollen durchtrainierten Körper. Sein Gesicht und sein Lächeln mit seinen vollen Lippen strahlte für mich so eine Wärme aus. Er war meine heimliche Liebe, platonisch halt nur, denn es ist nie zu mehr gekommen. Es hat geprickelt, meinerseits zumindest, doch es war gegenseitige Sympathie vorhanden.

Wir hatten uns gut verstanden, da wir beide ein kleines Kind hatten, oft sprachen wir über unsere Kinder und tauschten in kurzen Gesprächen unsere Erfahrungen aus. Jeder kleinste Akt der Aufmerksamkeit von Patrick, jedes Lächeln von der Aerobic-Bühne, das er mir schenkte, gab mir Berge. Der Song ***"The Bad Touch"*** von **"The Bloodhound Gang"** wird mich immer an seine sportlichen Stunden erinnern, ich höre noch seine Stimme, die während der Choreographie seiner Step-Aerobic mitgeklungen hat. Einmal hatte ich sogar die Möglichkeit, ihn mit meinem Auto zu führen, da er in die gleiche Richtung musste und ich ihn so an seinem Ziel absetzen durfte.

Der romantische Kuss im Auto blieb eine Fantasie in meinem Herzen. Patrick machte mir aber eine große Freude: Er war aufmerksam, er hat sich meine Liebe zur Musik von **"A-ha"** gemerkt und schenkte mir die extra für mich gebrannte **CD** ***"Minor Earth Major Sky"*** von meiner Lieblingsgruppe. Diese hat mich mein Leben lang begleitet, wenn ich diese Songs höre, geht mein Herz auf und ich schwelge in dieser schönen Zeit. Immer noch. Jahre später begegnete ich ihm im Möbelhaus Ikea. Er konnte sich sofort an mich erinnern. Er war nicht alleine dort, sprach mich dennoch an und wir plauderten kurz über die alten Zeiten im Fitnessclub. Er war mit seiner Frau dort, mit der er auch ein Kind hatte. Das zweite war unterwegs, erzählte er mir. Das hat mich gefreut für ihn, es war schön, ihn als glücklichen Familienvater zu erleben. Es war herzerwärmend, meine insgeheime Liebe wiederzusehen.

Lieber ein Ende mit Schrecken, als ein Schrecken ohne Ende
(Ferdinand von Schill)

Nach der Karenzzeit mit Cara übernahmen wir nach reiflicher Überlegung ein eigenes Lokal, denn Gotthards Mutter Aurelia brauchte einen neuen Job und wollte ihr Hobby "Kochen" zum Beruf machen. Durch Zufall wurden wir über eine Anzeige fündig und erwarben nach einigen Verhandlungen eine Pizzeria in Wien Margareten.

Gotthard kam aufgrund seines Jobs in Deutschland nur an den Wochenenden ins Lokal aushelfen. Er war wie immer nicht unterzukriegen, arbeitete engagiert im Waschstraßengeschäft und sobald er zurück war auch noch viele Stunden im Lokal, er putzte, servierte und hielt die Gäste mit seinem witzigen Schmäh bei Laune. Ich arbeitete unter der Woche tagsüber im Service, Cara wurde währenddessen im Sportkindergarten um die Ecke betreut. Aurelia hatte sowohl die Tag- als auch die Abenddienste zu bewältigen.

Aurelia war keine - so oft kritisierte - sogenannte böse, sondern eine sehr angenehme, liebenswerte Schwiegermutter, die ihre Familie mit Leib und Seele verwöhnte. Eine Oma, wie sie sich Kinder wünschen. Immer gut drauf, lustig, ein bisschen schräg, ohne Regeln, ohne Tadel. Sie bekochte uns schon vor unserem Einstieg in die Gastronomie immer von Herzen gerne und kreierte leckere, deftige Gerichte. Es machte uns Spaß, unsere Gäste zu bewirten. Aurelia bereitete in der Früh den Pizzateig zu und zauberte ihr Menü des Tages auf die Tische der Mittagsbesucher. Wir waren ein eingespieltes Team. Wir stellten auch eine gewerberechtliche Geschäftsführerin ein, die uns tatkräftig unterstützte. Neben meiner Serviertätigkeit und dem Ausschank machte ich auch die Pizzazubereitung. Im Wirrwarr des Multitaskings kam es auch mal vor, dass eine Pizza verbrannte. Es roch dann kurze Zeit fürchterlich und der Pizzaofen war schwer wieder sauber zu kriegen.

Als Pizzaprofis konnten wir uns nicht wirklich etablieren, so änderten wir nach ein paar Monaten unser Angebot auf reine österreichische Hausmannskost, da dies bei den Gästen besser ankam und Aurelia darauf spezialisiert war. Aurelia war nicht nur eine sehr fleißige Frau, die immer eifrig anpackte und schnell ihre Arbeit verrichtete, sie hatte auch den typischen Wiener Schmäh, der mit ihrer natürlichen, sympathischen Art gut angenommen wurde. Alle liebten Aurelia.

Als handelsrechtlicher Geschäftsführer unseres Lokals machte ich zwischenzeitlich auch die Gastronomiebefähigung. Doch unser Gastronomiebetrieb lief nicht besonders gut, trotz größter Bemühungen und diverser Veranstaltungen und Abendevents. Zu Mittag kamen unsere Stammgäste, die in unmittelbarer Umgebung arbeiteten, auf ein Mittagsmenü, woran wir wenig verdienten. Abends verweilten die Jugendlichen aus der Nachbarschaft "Bei uns", die bei einem Glas Wasser oder - wenn es gut ging - einem Glas Cola stundenlang den Schmäh von Aurelia genossen und sich mit ihren Freunden *"Bei uns"* - so nannten wir unser Lokal - trafen. Schon bald war alles ins Unternehmen gesteckte Eigenkapital ausgeschöpft. Nach eineinhalb Jahren entschlossen wir uns schweren Herzens, das Lokal zu schließen und verkauften es. Nach der Devise "*Lieber ein Ende mit Schrecken, als ein Schrecken ohne Ende*" wandten wir uns anderen Aufgaben zu.

(Haut)Veränderungen

Doch noch während unserer Lokalzeit trat ein lebensveränderndes Ereignis ein.

Es ging mir wieder schlecht mit der Haut und ich bekam - wie schon öfter im Laufe der Jahre - vom Hautarzt eine Cortisonspritze. Zur Mittagsstunde während meines Lokaldienstes bemerkte ich, dass mir bei verschiedenen Gerüchen, vor allem Zigarettenrauch, übel wurde und dass meine Brüste schmerzvoll zu ziehen begannen. Schnell verstand ich, was los war. Endlich! Es hat eingeschlagen! Es hat funktioniert! Es hat doch noch sein sollen! Nach viereinhalb Jahren war es soweit, ich war 31 Jahre alt und mit meinem zweiten Kind schwanger. Nach einem positiven Schwangerschaftstest zur Bestätigung fiel mir mit Schrecken gleich wieder die Cortisonspritze ein, wegen möglicher Schäden hatte ich Angst um mein Baby, aber zum Glück konnte mich mein Arzt beruhigen.

Ein paar Monate später beschlossen Gotthard und ich zu heiraten, standesamtlich. Unser zweites Kind sollte nicht auch noch unehelich zur Welt kommen. *"Ich heirate! Wer hätte das gedacht!"*, schoss es mir durch den Kopf und ich beschloss, diesen Schritt positiv zu sehen. Die Hochzeit am Standesamt war in den ersten Schwangerschaftswochen, Ende Mai, im Rathaus in Mandling. Bei herrlich warmen Frühlingswetter hielten wir im Freien eine Agape mit Sekt und Häppchen ab. Die ganze Familie war gekommen. In meinem hochwertigen hellgrauen Hosenanzug mit edlen Pumps in Schlangenleder-Optik schwitzte ich mich nass. Die Trauung wurde ebenso feucht-fröhlich mit Sekt begossen, wir wurden mit Kindersegen-bringendem Reis beworfen, was für uns, wo ich bereits das zweite Kind in mir trug, doch wohl etwas fehl am Platz war - der Reis brachte uns aber wunderschöne Fotos mit uns als Brautpaar.

Wir wurden beglückwünscht, doch innerlich fühlte ich nicht das große Glück. Das Wort "Trauung" kommt wohl nicht nur von "trauen", für mich kam es irgendwie auch von "trauern". Die Freude auf mein Baby - nach so langer Zeit des "Bastelns" - war groß, doch die Stimmung war es nicht, was sich auch am Zustand meiner Haut bemerkbar machte. Ich wurde bald Mutter meines zweiten Kindes, heiratete den Vater meiner Kinder, doch irgendetwas nicht wirklich Erfassbares lag spürbar in der Luft.

Noch während der Schwangerschaft, Cara war damals 5 Jahre jung, verschlechterte sich mein Hautzustand so massiv, dass ich eine Kur antrat, obwohl die Krankenkasse aufgrund meiner Schwangerschaft nicht bezahlte. Gotthard war wie immer sehr großzügig, er zahlte tausende Schilling dafür und ermöglichte mir somit, diese Kur anzutreten. Cara begleitete mich nach Bad Gleichenberg. Wir wohnten in einer alten Villa in der Nähe des Kurparks und der Kuranstalt. Auf Empfehlung der Kurärzte setzte ich die Cortisonsalben von einem Tag auf den anderen ab. Dadurch wurde meine Haut in einen Zustand versetzt, der jenseits von Gut und Böse war.

Um all jenen, die nicht wissen, wovon ich spreche, eine Vorstellung darüber zu geben, was es bedeutet, mit Neurodermitis leben zu müssen, hier einige Details zum Befinden und zu den Symptomen:

- *Entzündung der Haut, Juckreiz, Rötungen, Ausschlag, Risse, Wunden...*
- *Jucksucht - man beginnt zu kratzen und kann nicht mehr aufhören, und das oft am ganzen Körper, vor allem aber in den Beugen*
- *Schmerzen nach dem Kratzen, blutig, nässend...*
- *Nässendes Ekzem, pickt auf dem Gewand*
- *Haut so dünn, deshalb oft gleich blutend nach dem Kratzen, obwohl Nägel ganz kurz geschnitten und nachts Baumwoll-Handschuhe tragend...*

- *Geschwollenes Gesicht, verklebte und verschwollene Augen... Falten um die Augen*
- *Papierhaut: Haut schmerzt durch Trockenheit, Spannungsgefühl und Schuppen am ganzen Körper*
- *Lustlosigkeit, kleinste Aufgaben sind zu viel, man will nur aus der Haut fahren...*
- *In der Früh am liebsten nicht bewegen wollen, nicht aufstehen, nicht in den Spiegel sehen, sich nicht aufraffen können nur irgendwas zu tun, nur nach Therapiebad sehnend...*
- *Psychische Beeinträchtigung, weil man keine Kraft mehr hat das alles durchzustehen, Heulanfälle...*
- *Verzweiflung wie soll man das im Alltag nach der Kur schaffen, wie soll man in einem solchen Zustand überhaupt funktionieren können...*

Der Verlauf meiner Kur war leider alles andere als positiv. Doch dort scherte sich niemand darum, man konnte mir nicht helfen, außer mir zu empfehlen, die Therapien fortzusetzen und mir die Hoffnung zu machen: *"Es wird schon!"*. Cara tat mir leid, da sie mich leiden sehen musste. Ich konnte vor lauter Entzündungen und nässenden Ekzemen vor allem in den Kniebeugen nicht einmal mehr meine Beine abbiegen, geschweige denn mich ohne schlimmsten Schmerzen hinsetzen oder gar gehen. Die Haut klebte auf meinem Gewand, es tat höllisch weh und beim Ausziehen löste sich teilweise die Haut mit dem Gewand ab.

In diesem Zustand quälte ich mich von unserer Unterkunft in Richtung Kuranstalt, nahm die lange Treppe zum Eingang hinauf, da geschah es: Plötzlich stolperte ich über meine eigenen Füße und stürzte über die Stufen zu Boden. Da man nicht übersehen konnte, dass ich schwanger war - im 7. Monat nämlich - kamen zum Glück sofort Leute herbei gerannt. Sie holten Therapeuten der Kuranstalt herbei, diese wollten kein Risiko eingehen und empfahlen mir, ins Krankenhaus zu fahren.

So wurde ich mit der Rettung ins Feldbacher Krankenhaus gebracht und untersucht, ob mit mir und vor allem mit dem ungeborenen Kind alles in Ordnung sei. Cara wurde zwischenzeitlich in der Kuranstalt betreut, es waren ja auch genügend Kinder in Therapie und Cara konnte mit ihnen spielen.

Dieser Krankenhausaufenthalt löste ein Trauma in mir aus. Wir schrieben das Jahr 1998.
10 Jahre zuvor starb mein Opi, und wiederum 10 Jahre davor mein Papa. Nun dachte ich allen Ernstes, nach neuerlichen 10 Jahren könne wieder ein Familienmitglied sterben. Diesmal müsste mein Ungeborenes oder ich dran glauben, kam mir in den Sinn. Die ganze Schwangerschaft über machte ich mir darüber Sorgen und nun war es soweit, bildete ich mir ein. Zum Glück ist in Feldbach nichts Ärgeres passiert, doch ich hatte einen ziemlichen Schock erlitten. Und es ging mir ohnehin schon so schlecht, dass es kaum auszuhalten war. Da der Hautzustand von Tag zu Tag unerträglicher wurde, brach ich die Kur nach zwei Wochen ab und fuhr wieder heim. Cortison war mein Mittel der Linderung - zu diesem Zeitpunkt fand ich keinen anderen Ausweg.

Zu Silvester kam unsere Aurora zur Welt. Mein Nesthäkchen. Ich war 32 Jahre und nun stolze Mama von zwei Töchtern. So wie der Papa meiner Kinder sich das immer gewünscht hatte.

Das Jahr 1998 war zu Ende. Es ist kein weiteres Familienmitglied verstorben, auch nicht die nächsten zehn Jahre, auch nicht die weiteren Jahre... Gott sei Dank!

Doch Aurora wurde in eine nicht sehr harmonische Welt hineingeboren. Der Vater meiner Kinder und ich stritten immer öfter miteinander. Obwohl ich nach Kurabbruch gleich wieder zum Cortison griff, erholte ich mich nicht wirklich, denn meine Haut litt weiter mit mir mit und zeigte meinen körperlichen wie auch seelischen Zustand.

Perfektionismus

Schon während der Karenzzeit mit Cara und der Schwangerschaft mit Aurora ging der Streit oft wegen Belanglosigkeiten, wie ich es nennen würde, los. Gotthard kam heim und regte sich auf, weil der Lurch „rumläuft“:

“Wie sieht es denn hier aus? Du bist daheim, hast den ganzen Tag Zeit, kannst du es nicht schaffen, sauber zu machen? Du kriegst nichts auf die Reihe!”, schrie er mich an. Ich musste mir anhören, dass ich nichts wert bin, weil ich den Haushalt nicht im Griff hatte.

Gotthard ist Perfektionist. Die Ansprüche, die er an sich stellt, hat er auch an seine Mitmenschen. Caras Erwartungen spiegelten den Perfektionismus ihres Vaters wider, denn was diesen Punkt betraf, ist sie die Hochpotenz ihres Vaters geworden, was in späteren Jahren verstärkt zu spüren war. Für mich war das sehr belastend.

Der größere Problemträger unserer Beziehung und Ehe war jedoch nicht die perfektionistische Ader, sondern die Art, wie sich mein Ehemann mir gegenüber verhielt. Er behandelte mich und andere Mitmenschen von oben herab. Ich fühlte mich gedemütigt, wie ein Putzlappen, der am Boden getreten wird. Es war erniedrigend und entwürdigend, wie er mich und auch die Kinder behandelte. Er tat so, als wären wir nichts wert, und er selbst wäre perfekt. Und er glaubte man wäre sein Besitz. Nicht selten stellte er mir ernsthaft die Frage: *“Na, sag es, wem gehörst du?”*, auf die er tatsächlich eine ihn bestätigende Antwort erwartete.

Damals tat dies alles sehr weh und ich bemitleidete mich selbst. Ich hatte bei Auseinandersetzungen immer nur den anderen verurteilt.

Heute weiß ich, dass Gotthard nicht anders handeln konnte, weil er in seiner Kindheit - durch seinen Vater - so geprägt wurde. Und dass in einer Beziehung nicht nur einer Schuld an allem hat, jeder trägt einen Teil der Verantwortung - nämlich 50%. Meine Verantwortung war zumindest die, dass ich mir alles gefallen ließ und die Beziehung nicht längst beendet hatte.

Es war nur eine Frage der Entscheidung, für jeden von uns, einen Schritt der Veränderung zu gehen: Er den Schritt, sich zu entscheiden, nicht so zu werden, wie sein Vater, und ich, nicht das Opfer zu spielen, sondern meinen Weg zu gehen.

Das macht doch jeder Mann

Streitthemen, die unsere Beziehung auf die Probe stellten, gab es häufig. An eine Episode kann ich mich noch gut erinnern. Es entstand ein lautstarker Dialog zwischen Gotthard und mir, deren Ursprung die schlechte Laune meines Mannes war, als ich vom Training aus dem Fitness-Studio zurückkam. Eine Arbeit mit Silikon am Fenster gelang ihm nicht so, wie er es gerne gehabt hätte. Es folgte eine Debatte um das Abendessen: *„Fleischknödel esse ich nicht!“*.

Seine Wut färbte auf mich ab. In entsprechender Tonlage kam von mir zurück: *„Die wird's aber in den nächsten Tagen geben!“*. So ging es weiter mit der Diskussion, die heftiger wurde. Er wollte wissen, warum ich in letzter Zeit so aufmüpfig bin, worauf ich ihm erklärte, dass ich bisher viel ertragen musste und mir nichts mehr gefallen lassen möchte. Er erkannte eine Veränderung an mir und hatte meine Unzufriedenheit gespürt. So wollte er wissen: *“Warum bist du denn nicht zufrieden? Es geht dir doch gut bei mir, du hast doch alles!”*, kam verständnislos aus seinem Munde. *“Das Finanzielle ist mir nicht das Wichtigste”*, machte ich ihm klar. Er wies mich auf mein Leben vor ihm hin, mit den erniedrigenden Worten: *„Du kommst ja aus der Gosse, dann gehst halt wieder dort hin wo du hingehörst“*.

Er war überzeugt, dass es mir nur bei ihm gut ginge und dass ich vor ihm nichts hatte, denn ich kam ja aus Simmering, wie er es immer wieder abwertend betonte. Ich bekam zu hören, was ich für ein Nichtsnutz bin, weil ich sowieso nichts schaffe, und dass ich mit den Kindern völlig überlastet wäre. Er spielte darauf an, dass ich die Kinder nicht bekommen solle im Falle einer Trennung. Er wies auf meine zukünftige finanzielle Situation hin und drohte, dass er es so deichseln könne, dass ich gar nichts bekomme, keine Alimente, keinen Unterhalt.

Cara war zu diesem Zeitpunkt erst sechs Jahre und Aurora ein Baby, nicht mal ein Jahr jung.

"Mach die Kinder nur unglücklich, wenn du glaubst!", schrie ich ihn wütend an. Er drohte weiter, dass er nicht aus der Wohnung gehen wird, worauf ich ihn, als wäre es mir egal, hinwies, dass ich dann eben nach Simmering zurück ginge. Er bekam Bedenken, glaubte plötzlich, ich hätte eine neue Beziehung. Das ist wohl die Angst des Betrügers, selbst betrogen zu werden, dachte ich! Er verstand nicht, warum ich keinen Sex brauchte. Für einen Mann ist es wohl schwierig, sich in eine Frau zu versetzen, die eine zeitlang auch ohne Sex auskommen kann, wenn sie gerade in einer spannungsgeladenen Beziehung steckt.

Es war mir sehr unangenehm, dass wir immer lauter wurden und die Kinder die entzürnte Diskussion mitbekamen. *"Das macht nichts, die Kinder können das ruhig hören!"*, meinte er lautstark dazu. Ich bat ihn, in aller Ruhe eine Lösung zu finden.

Schon Tage vorher erkundigte ich mich zum Thema Trennung und wusste, dass ich bis Grundschulende der Kinder mit ihnen in Lanzenberg in der Wohnung bleiben dürfte, dass die Wohnung aber weiter ihm gehören würde.

Während unsere Auseinandersetzungen immer öfter auf das Thema Trennung kam, ging es bereits um mögliche Schritte. Er machte den absurden Vorschlag, dass ich alleine nach Simmering ginge und Aurelia mit Hund und Kindern bei ihm in Lanzenberg wohnen würden. Er bezog sogar Cara mit ein und fragte sie, was sie denn machen möchte. *"Die Kinder werde ich sicher nicht hergeben!"*, machte ich ihm klar. Cara kam zu mir gelaufen, kurz darauf rannte auch Aurora auf mich zu, um mich zu drücken. Sie zeigten mir, dass sie zu mir standen und mich nicht verlieren wollten. Sie taten mir so leid. Es war traurig, dass wir die Kinder auf diese Art und Weise in unseren Streit einbezogen.

In der immer deftigeren Diskussion warf er mir vor, dass ich lieber trainieren und laufen gehe und im Internet surfen würde, als mich mit den Kindern zu beschäftigen. Würde er mir nicht so einen Druck machen was den Haushalt angeht, könne ich mich mehr um die Kinder kümmern, verteidigte ich mich. Natürlich hatte er keine Ahnung, was ich den ganzen Tag über mit unseren Kindern machte. Ich winkte diesen Angriff mit einem Gegenangriff ab: *"Auch ich brauche Freizeit so wie es andere tun, die abends vorm Fernseher hocken und sich nicht um ihre Kinder kümmern!"* Er sollte sich einmal meinen Kalender ansehen, welche Wege ich so habe im Laufe der Woche. Überhaupt ist nichts für ihn messbar, was ich den ganzen Tag mache.

Da er nicht verstand, warum ich eine Trennung wollte, fragte ich ihn: *"Glaubst du denn eigentlich, dass es jemals wieder so werden könnte, wie es war?"*
"Abgesehen davon, dass ich dies eh nicht mehr wollte, müsste sich jedenfalls radikal etwas ändern zwischen uns, so könne ich einfach nicht mehr weitermachen", dachte ich.
Da gab es auch mein Hautproblem, und ihm war natürlich nicht klar, wie sehr ich litt und dass auch er etwas dazu beigetragen hatte.

Damals war mir noch nicht bewusst, dass ICH mich ändern muss, um etwas zu verändern!

Im Zuge dieses Gesprächs fragte er: *"Was ist eigentlich der ausschlaggebende Grund für deinen Trennungswunsch?"*, worauf ich ihm klar machte: *"Es hat sich in 12 Jahren einfach zu viel zusammen gestaut und der Berg droht jetzt einzustürzen."* Ich erklärte weiter: *"Ich habe dir unzählige Briefe geschrieben, in denen ich dir mein Leid erkläre, meine Gründe, warum ich diese Situation nicht mehr aushalte. Und außerdem möchte ich, dass meine Haut gesund wird."*

Kühl lächelnd entkamen ihm die verletzenden Worte: *"Diese Briefe sind doch nur Schwachsinn." "Hast du sie jemals gelesen?"*, fragte ich verletzt zurück. Es kam keine Antwort, stattdessen fragte er nochmals nach dem Grund: *„Das Fremdgehen kann ja nicht der Grund alleine sein, das macht doch eh jeder Mann!"*

Das war ein Geständnis! Das hat gesessen, wie ein Schlag ins Gesicht. Worte können viel mehr weh tun, als Taten! Ich war wie vom Blitz getroffen! Dass er jemals zugab, dass er fremdgeht, war mir neu. Endlich hatte ich es sozusagen, zumindest mündlich, "Schwarz auf Weiß". Ich wollte es ja nie wirklich glauben, jetzt bekam ich es von ihm persönlich aufs Tablett serviert. Was fange ich nun damit an? Ein Skorpion übt Rache aus, sagt man. Was macht eine Löwin? Ich wusste nicht so recht, was ich antworten soll, ich sagte nur klar, laut und aufgebracht:

"Ganz sicher geht nicht jeder Mann fremd und schon gar nicht ist jeder Mann ein notorischer Fremdgeher wie du!"

Er stritt nichts ab.

Italienischer Liebhaber

In dieser schwierigen Phase, in der ich betrogen und belogen wurde, fühlte ich mich, als wäre ich nichts wert. Was dadurch passierte, hätte ich mir selbst niemals zugetraut. Nach dem Motto *"Was du kannst, kann ich auch"* und auf der Suche nach Bestätigung, dass ich eine begehrenswerte Frau bin, ließ ich mich auf etwas ein, was mich heute fast schockiert. Heute würde ich mir anders helfen, als mit so einer hilflosen und unbedachten Aktion. Doch ich stehe dazu, damals für mich richtig gehandelt zu haben. Genauso wie auch Gotthard damals unbewusst dachte, richtig gehandelt zu haben, ohne mich bewusst verletzen zu wollen.

Ich lernte einen Italiener kennen. Er war viel jünger als ich. Wir begegneten uns in einer Tanzbar beim Wiener Prater. Er war aus Neapel, lebte aber in Österreich. Er machte mir Komplimente. Wissend, dass er mich damit einfangen könnte, sang er mir **"Adesso tu"** von meinem geliebten **Eros** ins Ohr, und schon schmolz ich dahin. Wir hatten in dieser Nacht im Vorgarten des Lokals spontanen, durchtriebenen Sex. Was mich damals zu so einer Aktion gebracht hat, kann ich kaum mehr nachvollziehen. Heute schäme ich mich fast dafür, dass ich mich auf so einen Seitensprung einließ. Er war liiert, hatte eine Freundin. Und ich betrog meinen Mann. Doch war dies alles eine Reaktion auf meine in die Brüche gehende Ehe. Es hat einfach so sein sollen. Es war eine neue Erfahrung für mich. *"Italiener haben auch nicht den besseren Sex"*, habe ich dadurch auch in Erfahrung gebracht.

Dieses Prickeln war endlich wieder zu spüren und hatte die Sache umso interessanter gemacht. Endlich bekam ich Bestätigung, begehrenswert zu sein. Dieses körperliche Begehren wurde mehr als nur ein One-Night-Stand.

Unglaublich aber wahr, ich habe Piedro, so hieß mein italienischer Liebhaber, einige Monate lang getroffen und vergnügte mich mit ihm, während mein Mann auf Geschäftsreisen war. Irgendwann hatte ich dann genug von diesem Nervenkitzel und meldete mich nicht mehr bei ihm.

Diese waghalsige Phase war für mich zum Glück abgeschlossen.

Heute würde ich dies nicht mehr tun.
Seitensprünge interessieren mich nicht.
Bedingungslose Liebe leben, keine Erwartungen an den anderen stellen, den Menschen so akzeptieren wie er ist, das ist meine Ansicht, die ich heute leben möchte.
Und zu dieser Ansicht gehört auch, niemanden zu verletzen.

Verraten

Während der anhaltenden Streitphase mit meinem Ex verlieh er wiederholt seinen Ängsten Ausdruck. Seine Vorstellungen, dass ich nach ihm, nach unserer Ehe, einen anderen Mann haben könnte, der womöglich besser ist als er, ließen ihm keine Ruhe. Mit lauter Stimme betonte er: *"Ich bin ja gespannt, wie dein zukünftiger Mann aussehen wird und wie der sein wird."*

Mit seinem abwertenden Ton wollte er mich spüren lassen, dass ich keinen besseren als ihn bekommen würde. *"Das ich nicht lache, er ist Superman, Highlander und Dschingiskhan in einer Person und bietet mir so wahnsinnig viel, das kann kein anderer!"*, ging in meinem gekränkten Gedankengang rum. Trotz meiner aufkommenden Wut ließ ich ihn wissen, dass ich kein Interesse an einer neuen Beziehung habe. Mein schlechtes Gewissen wollte ihn scheinbar beruhigen mit dieser Aussage. Er bohrte weiter: *"Wer wird dich dann unterstützen?"* Ich verwies auf meine Mama, die mir immer beisteht und für mich da ist, auch und vor allem in schwierigen Zeiten. Er ärgerte sich: *"Deine Mutter weiß also davon?"* Mit der Äußerung: *"Ich werde deiner Mutter alles erzählen, wie du so warst in den zwölf Jahren!"*, machte er sich ziemlich lächerlich. Sensationell, dass gerade er sich getraut hatte, eine solche Bemerkung zu machen.

Dennoch schaffte er es tatsächlich, mich bei meiner Mutter schlecht zu machen. Er hat mich verraten!

Er wusste, dass ich rauche und er wusste, dass meine Mutter dies nicht wusste. Es muss sicher komisch gewesen sein, als sie erfuhr, dass ihre 30-jährige Tochter raucht und nun von ihrem Mann verraten wird. Das war aber auch schon das einzige, was er "in der Hand hatte gegen mich", ihm war wohl klar, dass er meiner Mutter keine Lügen über mich erzählen konnte, sie hätte es ihm eh nicht geglaubt.

So kam er eben mit dieser Sache, weil er wusste, das mit dem Rauchen war mir eine Hürde, ich wollte meine Mama verschonen damit, denn als echte Raucherin konnte man mich sowieso nicht bezeichnen. Sie hat es verkraftet und hat weiter zu mir gehalten. Mama hatte ihn sowieso durchschaut. Das Thema ist somit rasch im Sand verlaufen, so wie auch unsere Ehe-Gespräche im Sand verliefen und wie so oft zu nichts geführt haben.

Die Jägerrunde

Es war Auroras zweiter Geburtstag, der geplant wurde. Und auch Weihnachten, das auf uns zukam. Cara war gerade 7 ½ Jahre, ich wollte ihr und Aurora eine schöne Adventzeit bereiten.

Ende November befand sich ein Brief im Postkasten, der mit der Aufschrift "Persönlich!" an mich gerichtet war und mir sehr eigenartig erschien. Der Absender war:

„Die Jägerrunde".

Kein weiterer Name, keine Adresse. Nur eine abgestempelte Briefmarke, dessen Herkunft man nicht erkennen konnte.
"Warum war dieser Brief mit eigenartigem Absender an mich persönlich gerichtet?", fragte ich mich neugierig und machte ihn vorsichtig auf.

Obwohl ich schon ziemlich abgestumpft war in solchen Dingen, hätte mich das, was drinnen stand, de facto umgehauen, wäre ich nicht gerade gesessen. Zum Glück aber saß ich beim Esstisch, ich war, wie so oft, alleine, Gotthard war nicht daheim, und die Kinder spielten gerade und waren mit ihrer Aufmerksamkeit woanders. So konnte ich den Brief ungestört lesen.

Ich musste mir die Worte mehrmals durchlesen, ich glaubte meinen Augen nicht zu trauen. Der Text des Briefes lautete:

„Liebe Selina, leider keine gute Nachricht. Gotthard betrügt dich mit einer gewissen 'Elvira'. Es ist uns Unangenehm und Peinlich. Trotzdem schöne Festtage. Die Jägerrunde".

Das Kuvert wurde am 22.11. abgestempelt, alles war in Maschinenschrift geschrieben.

Surreale Albträume

Ich war fassungslos und verwirrt, ich wusste im Moment echt nicht, was ich davon halten sollte.
In meinem Kopf rannte ein endloses spekulatives Gedankenkarussell ab, mit der großen Frage im Vordergrund, wer sich hier "Die Jägerrunde" nannte. War es jemand aus meiner Familie? Aus meinem Freundeskreis? War es jemand aus Gotthards Bekanntenkreis, der Mitgefühl mit mir hatte? War es jemand, der meiner Beziehung ein Ende setzen wollte, aus welchem Motiv auch immer?

Meine Gedanken beeinflussten auch nachts meine Träume, sie sollten mir wohl Antworten auf meine Fragen geben. Ich hatte einen sehr komischen Albtraum, aus dem ich schweißgebadet erwachte. Mein Geist blickte von oben herab auf die Gemäuer einer alten offenen Ruine. Mitten drinnen stand ein riesiger langgezogener Tisch aus dunkelgrauen Steinen. In der Mitte aufgereiht zierten sich alle 20 Zentimeter insgesamt 20 auf Ständer in einer Reihe aufgestellte Fackeln, das Feuer wärmte die auf Holzbänken um den Tisch herum sitzenden 20 Menschen in Ritterkleidung mit Helmen. Ich sah in die Gesichter dieser Menschen, die einen Rat bildeten. Die Gesichter der einen Hälfte erkannte ich, es war meine Mutter, sogar mein verstorbener Papa war mit dabei, meine Schwester, meine Oma, auch mein verstorbener Opa und meine fünf Freundinnen aus der Schule, die andere Hälfte waren streng aussehende, muskelbepackte Männer, die ich noch niemals zuvor gesehen hatte. Alle saßen mit fragenden Blicken, und berieten sich, wie sie mir schonend beibringen sollten, dass mein Mann mich betrügt. Einer der Männer nahm eine Feder und ein Stück Papier und schrieb "Die Jägerrunde" als Absender.

Ich wachte auf und fragte mich, was dieser Traum mir deuten möchte? Was hatte es mit der Zahl 20 auf sich? Noch dazu schrieben wir das Jahr 2000! Ich recherchierte im Internet nach der Bedeutung der Zahl 20.

In der Numerologie steht die Zahl 20 für die Wiedergeburt – das vollkommene Vertrauen in das Göttliche und deren Weisheit. Ihr zugeordnet ist der Mond.
Weitere erklärende Begriffe zur Zahl 20:
Schlüsselerlebnisse, karmische Wiederbegegnungen, tiefgreifender Wertewandel, Erwachen und geistiges Fortschreiten, Achtsamkeit, Seelenverbundenheit, Befreiung aber auch Gedankenlosigkeit, Selbsttäuschung und Begriffsstutzigkeit.
(Quelle: aus dem BLOG "www.herzvertrauen.de")

Da konnte ich mir einiges zusammenreimen, das auf mich zutraf, zum Beispiel der Wertewandel, die Begriffsstutzigkeit aber auch eine Art Erwachen, eine neue Klarheit, die als Folge "Der Jägerrunde" entstanden ist. Bis heute weiß ich nicht, wer die „Jägerrunde" ist oder war. Diese Runde hat sich bei mir nie geoutet, jedoch hat sich der Inhalt dieses Briefes bewahrheitet.

Der Vater meiner Kinder ließ sich nicht viel blicken, hatte "geschäftlich" viel zu tun. So konnte ich ihn nicht mit diesem Brief konfrontieren. Ich hätte auch nicht gewusst, wie ich dies anstellen sollte. Die Zweifel, was wahr an dieser Briefaussage war, beschäftigte mich täglich, stündlich, ohne Pause.

Zwischen Weihnachten und Silvester kam ein Anruf. Es war ein sehr merkwürdiger Moment für mich. Denn ich wusste nicht, ob ich vor Schadenfreude in die Höhe springen oder vor Trauer und Angst um den Vater meiner Kinder Sorge haben sollte. Man teilte mir mit, dass mein Mann zusammengeschlagen wurde. In Ungarn. Im Haus seiner Geliebten Elvira wie ich später erfuhr. Von einem Unbekannten. Mit einem Baseball-Schläger.

Der Täter war wohl sein Nebenbuhler. Im Nachhinein kam mir vor, als wäre es dieser Muskelmann in meinem Albtraum gewesen, der den Brief schrieb. Gotthard hatte nach diesem tätlichen Angriff ein entstelltes Gesicht, ich bekam es aber erst Tage später zu sehen, als die ärgsten Wunden schon am Verheilen waren. Er hatte Glück, dass diese Wunden sein schönes Gesicht nicht für immer zerstört hatten. Aber er hatte wohl seine Strafe erhalten.

Der Brief war das Tüpfelchen am „i“ am Ende unserer Beziehung und Ehe. Es gab in den 13 Jahren viele komische Geschichten, über die ich nicht lachen konnte, was Gotthards Untreue betraf. Die besagte “Jägerrunde” war schlussendlich der endgültige Auslöser unserer Scheidung.

Scheidung tut nicht immer weh

Bereits Monate davor, seit Auroras Schwangerschaft und Geburt, ging es meiner Haut immer schlechter. Auf Anraten von Ärzten, Familie und meinen Freundinnen sollte ich eine Psychotherapie beginnen. Doch ich hatte Angst, ich wollte das nicht, ich wollte nicht dorthin gehen, denn eines war für mich klar: wenn ich eine Therapie mache, zielt diese darauf hinaus, dass ich mich von meinem Mann trennen werde müssen. Ich wollte mich aber nicht trennen. Ich war ihm hörig. Ich wollte ihn immer nur ändern.
Es war mir damals noch nicht klar, dass ich einen Menschen nicht ändern kann. Ich wiederhole mich, weil es mir so wichtig ist:

> *Um etwas zu verändern, kann man sich nur selbst ändern!*
> *(Eine Weisheit von Mahatma Gandhi)*

So beschloss ich schweren Herzens und mit vielen Ängsten verbunden, einen Schritt zu unternehmen, um mich zu ändern und damit etwas zu verändern, ich wagte den Schritt, zu einer Psychotherapie zu gehen.

Ein Jahr lang ging ich zur Therapie, die vorwiegend aus Gesprächen bestand. Aber auch so manche Übungen mit Instrumenten, Entspannung, eine Art Schreitherapie und Aufstellungen waren Teil der Behandlung. Mein Selbstwertgefühl stieg. Meine Furcht, ich könne das alles nicht schaffen, ohne ihn, alleine mit den Kindern, wichen aus meiner Angstkiste.

Nach diesem Jahr hatte ich eine komplett neue Denkweise. Ich fühlte mich stark. Ich fühlte mich wertvoll. Die Erkenntnis daraus war, auf mich zu schauen, mich zu mögen, wie ich bin, an mich zu glauben. Die Entscheidung war: ich wollte die Scheidung.

Hätte man mir ein Jahr davor gesagt, dass ich eine solche Einstellung haben werde, ich hätte es niemals glauben können. Es ist wirklich nicht zu fassen, wie ich in kürzester Zeit meine Einstellung zu meinem Leben ändern konnte – und das durch eine Therapie, an der ich zuvor so gezweifelt hatte.

Unglaublich, wie sich meine Bedürfnisse veränderten und sich dadurch vieles zum Positiven wenden konnte. Ich bin sehr dankbar dafür, dass ich diese Chance bekommen und genützt und die Angst vor dem "neuen Leben" überwunden hatte.

Offiziell habe ich die Scheidung am 23.12.2000 eingereicht, einen Tag vor Weihnachten.

Sobald ich dies tat, fühlte ich mich frei.

Es war ein unglaubliches Gefühl, zu wissen, eine unabhängige Frau zu sein, die niemandem Rechenschaft ablegen musste. Endlich nicht mehr ärgern über mögliche betrügerische Aktionen, endlich sagen können, was man will, ohne Angst haben zu müssen, wie sein Gegenüber reagieren könnte. Es war ein befreiendes Gefühl, tun und lassen zu können, was ich will. Ich wollte es in die Welt schreien: "*Ich bin ein freier Mensch!*" Wie unglaublich erleichternd das war, kann ich kaum beschreiben.

Die Zahl 20 aus meinem Jägerrunden-Albtraum hatte nun seine Bedeutung bestätigt: *tiefgreifender Wertewandel, Erwachen und geistiges Fortschreiten...*

Ende Jänner des darauffolgenden Jahres, nur ein Monat später, waren wir geschieden. "*Mit meinen 34 Jahren schon eine Scheidung!*", dachte ich und fühlte ich mich ein wenig enttäuscht! Wir nahmen es jedoch nicht so schwer. Es war eben für uns ein notwendiges Übel.

Die Scheidung selbst war kurz und schmerzlos. Nach der Scheidungs-Zeremonie auf Gericht scherzten wir sogar und gingen danach noch etwas trinken, in aller Freundschaft. Ich denke, wir waren beide erleichtert, dass dieser Abschnitt unseres Lebens zu Ende war.

Meine Sorgen, wie ich das mit den Kindern vor allem finanziell alleine schaffen kann, waren nicht ganz verschwunden. Doch ich hatte so viel mehr Selbstwertgefühl gewonnen, dass ich einfach darauf vertraute, dass alles gutgehen würde. Ich war zumindest insofern abgesichert, dass ich ausreichend Alimente bekommen würde, um meine zwei süßen Girls und mich über die Runden zu bringen. Cara ließ ich zur Bewältigung der Situation zu den "Rainbows" gehen, einer Selbsthilfegruppe für Scheidungskinder. Aurora war noch zu klein dafür.

Ich fand mich damit ab, zurück nach Simmering in meine alte Wohnung zu müssen. Auf das Recht, in Lanzenberg bleiben zu dürfen, habe ich nicht gepocht. Da ich meine alte Wohnung noch zur Verfügung hatte - sie wurde in weiser Voraussicht nicht aufgegeben und war zwischenzeitlich einem Freund befristet als Notwohnung geliehen - war mir lieber, alles Alte aufzugeben. Hauptsache raus aus dem goldenen Käfig! Hauptsache endlich wieder ICH sein dürfen! Hauptsache, die Kinder mussten nicht mehr den Streit ihrer Eltern erleben. Hauptsache Frieden!

Sturm-und-Drang-Zeit

Schon vor meiner Scheidung - als diese für mich jedoch bereits feststand - es war im November 2000, registrierte ich mich in einem Chat namens ICQ, es war ein internationaler Chatroom, wo ich Menschen auch aus dem Ausland kontaktieren konnte, und diese ebenso mich. Ich forcierte so ein wenig meine Sprachkenntnisse. Bemühte mich, auf Englisch und Italienisch zu kommunizieren.

Mein Nachholbedarf in Sachen Frau-Sein war groß. Ich wollte Menschen kennenlernen. Das Bedürfnis, mich neuen Männern anzunähern stieg. Es machte mir Spaß, mit den Männern zu flirten und Erfahrungen aus ihrem Leben zu teilen. Meine Leidensgeschichte konnte ich so gut loswerden und besser verarbeiten. Ich fand Gehör, es war schön, Menschen zu finden, die sich für mich interessierten.

Im regionalen Fernsehen lief gerade eine neue Sendung, sie hieß "Taxi Orange". Bei Taxi Orange lebte eine Gruppe von jungen Menschen im "Kutscherhof" in Wien Hietzing. Als Taxifahrer verdienten sie ihren Lebensunterhalt, dafür hatten sie orangefarbene Taxis zur Verfügung. Das gesamte Leben der Taxi-Orange-Kandidaten wurde mit Kameras aufgezeichnet und in einer Zusammenfassung täglich ausgestrahlt. Einmal die Woche wählten die Zuschauer ihren Lieblingskandidaten, der dann nach kurzer Bedenkzeit einen seiner Mitbewohner aus der Sendung ausschloss. Der letzte im Haus verbliebene Kandidat erhielt 1 Million Schilling Preisgeld. Ich fand es witzig, zuzusehen, wie nach der Devise "Big Brother is watching you" Leute in Taxis chauffiert und dabei den ganzen Tag über öffentlich gefilmt wurden. Diese Reality-TV-Serie hatte auch eine Webseite mit einem Internet-Chat, der ebenfalls "Taxi Orange" hieß, in der man sich mit Fans über die Sendung auslassen oder auch über andere Dinge schreibend unterhalten konnte.

Es war für mich eine neue Welt zu chatten, ich gewann große Freude daran, ich wurde beinahe süchtig. Stundenlang bis in die späte Nacht hinein saß ich an meinem Computer. Mein damaliger "Noch-Mann" fragte sich ständig, was ich da andauernd tue. Doch es war mir egal. Es ging ihn nichts mehr an. Wir lebten zwar noch zusammen, aber bereits in Scheidung. Mein Interesse galt jetzt anderen Dingen.

Ich unterhielt mich mit einigen ausgesprochen netten männlichen Wesen. Teilweise kam ich ganz schön ins Schwitzen. Ich chattete oft mit mehreren Usern gleichzeitig, dabei ließ meine Konzentration nach, ich wusste oft nicht mehr, wer wer war, wie der eine oder der andere hieß, wie alt er war, woher er kam, was er so trieb, puh, verwirrend war das schon. Ich machte mir Notizen, um den Überblick zu bewahren. Einer nannte sich Armin. Er war etwas schüchtern. Es war angenehm, mit ihm zu plaudern, er war zurückhaltend, interessierte sich für den Menschen, der ihm schrieb, war ganz da, und doch nicht aufdringlich. Als wir uns gegenseitig unsere Fotos freigaben, wusste ich, dass er als Mann nicht in mein Beuteschema passte. Armin war schon älter und sah etwas verbraucht und müde aus, vielleicht auch ein bisschen ungepflegt, doch er war seriös und ein liebenswerter Mensch, soweit ich das aus unserer virtuellen Konversation feststellen konnte.

Gotthard2 erschien in meinem Leben

Eines November-Abends des Jahres 2000 klickte mich ein User namens “sene66” an. Er schrieb mir, dass “Armin”, mit dem ich bereits tagelang chattete, ein Freund von ihm sei. Er erzählte ihm, dass ich eine so nette Person sei und er mich anschreiben solle. *“Mmhh”*, dachte ich, *“soll ich dem wirklich antworten?”.* Sein Nickname klang nicht gerade vielversprechend, er hatte etwas “Sexistisches” an sich. Andererseits könnte diese Zahl am Ende doch auch eine Jahreszahl sein, wäre sogar mein Jahrgang. Meine innere Stimme sagte mir, Hände weg, eine andere Stimme in mir - es war wohl mein Ego - sagte: *“Ich bin neugierig!”* Der Reiz war groß und so ließ ich es zu, und begann eine Konversation per Tastatur. Der Typ mit dem Usernamen “sene66” war um einiges älter als ich, und er hieß - nur einmal darfst du raten! - Gotthard! Und nicht nur das, er war auch noch ein Skorpion im Sternzeichen, wie mein Ex-Gotthard.
Auweia, dachte ich, *das darf doch wirklich nicht wahr sein!? Warum treffe ich hier ausgerechnet auf einen zweiten Gotthard, der noch dazu ein Skorpion ist?* Ich dachte an ein Zeichen. Aber was will mir das Zeichen sagen? Der heißt auch Gotthard, den musst du kennenlernen? Oder, das hattest du doch schon, verbrenne dir die Finger nicht nochmal! Obwohl die Alarmglocken läuteten, konnte ich es nicht lassen. Die Anziehung und der Reiz des Kennenlernens war zu groß. Die Konversation wurde intensiver. Jeden Tag chatteten wir mehrere Stunden miteinander. Wir lernten uns sozusagen “online” kennen. Er erzählte mir, dass er verheiratet sei, jedoch getrennt von seiner Frau leben würde, und ich erklärte ihm, dass ich bereits in Scheidung lebe. Unsere Interessen lagen jedoch weniger in diesen Details, mehr in der Anziehung sexueller Art, die zwischen unseren Sternbildern Skorpion und Löwe deutlich spürbar war.

Er schrieb mir reizvolle, erotische Geschichten, vorstelbar wie eine schriftliche Telefonsex-Hotline. Unser Kopf-Kino lief auch auf ein sexuelles Abenteuer mit einer Frau hinaus. Diese Vorstellung reizte mich schon lange. Gotthard stachelte mich damit an, die Vorstellung womöglich in die Tat umzusetzen. Unsere intensiven Unterhaltungen im Netz verbanden uns mehr und mehr und der Wunsch, uns treffen zu wollen, um herauszufinden, ob diese Anziehung auch im realen Leben Bestand haben könnte, wurde stärker. Gotthard2 musste jedoch noch ein wenig auf ein erstes Date warten. In dieser Sturm-und-Drang-Zeit nach dem Vater meiner Kinder, der von nun an Gotthard1 genannt wurde, gab es noch viel für mich zu erleben, ich hatte einiges nachzuholen. Ich musste mich ausleben.

Im Chat lernte ich in dieser Zeit - noch bevor ich erstmals auf Gotthard2 gestoßen war - einen sehr jungen Mann kennen. Er wurde mein junger Lover namens Ferdi, er war um die 25 Jahre, war jung, knackig und sportlich, seine etwas längere Nase habe ich besonders in Erinnerung, er war ein dunkler, nicht allzu großer, doch recht hübscher Typ. Ferdi wohnte im 20. Bezirk. Er nahm mich bald in seine Junggesellenwohnung mit, wo wir, vor dem Feuer des alten Ofens, der in der Kochnische stand, Liebe machten. Es war sehr romantisch. Wir gingen Motorradfahren - er hatte eine Motocross-Maschine - und wir genossen vor allem auch in sexueller Hinsicht freie, unabhängige, reizvolle Stunden. Ich fühlte mich jung und attraktiv. Doch ich wusste, dass diese gemeinsame Zeit nur ein vergängliches Abenteuer war. Er mochte es nicht, wenn ich beim Geschlechtsverkehr auf ihm saß. Was schade war, denn diese Stellung war eine meiner Lieblingspositionen. Nach einigen Wochen verlor er den Reiz für mich, obwohl ich ihn gerne mochte. Doch da waren noch so viele andere tolle Typen, die sich anboten, und ich war nie ein Typ, der mehrere Männer "zugleich" wollte, das wäre Stress für mich. Wir sahen uns immer seltener und schon bald war unsere Liebelei vorbei.

Wie man sich als Geliebte fühlt

Ende Jänner 2001 war es soweit. Weil wir beide in der Innenstadt zu tun hatten, verabredeten Gotthard2 und ich uns für ein kurzes Beschnuppern zwischen "Auto-Tür und Angel". Mitten auf der Straße, in einer kleinen Gasse im 1. Bezirk, stiegen wir aus unseren Autos aus. Die Spannung war groß. Ich erspähte einen dunkelhaarigen, attraktiven, mittelgroßen Mann von etwas bulliger Statur, mit braunen vertrauensvollen Augen. Da stand er also live vor mir, "sene66" und Namensvetter meines Ex-Mannes Gotthard. Man sah ihm nicht an, dass er 18 Jahre älter war als ich, was ich damals nicht wusste, denn er machte sich 10 Jahre jünger bei seiner ersten Vorstellung im Chat, was man ihm durchaus abnehmen konnte. Sein Kleidungsstil war ein eleganter Business-Look, Anzughose, Hemd, Krawatte, schicke Schuhe, Mantel, alles dunkel. Sein glänzend dunkelbraunes Haar und seine Frisur erinnerten mich an meinen Papa, auch die Züge hatten eine gewisse Ähnlichkeit, ähnlich vom Typ her - mmhh, habe ich einen Vaterkomplex? Was ich noch viel aufregender fand, war seine verführerische Duftnote. Das Beschnuppern hatte ins Volle getroffen. Nicht nur, dass mir gefiel, was ich sah, am liebsten hätte ich mich gleich in seine Arme geworfen und sehnsüchtig an seiner Halsschlagader geschnuppert. Sein Duft war betörend für mich, es war A*Men, von Thierry Mugler.

Von "Liebe auf den ersten Blick" war ich aber weit entfernt, es war auch nicht meine Intention. Es war diese unbändige Anziehung, die ich fühlte. Einen starken Reiz, ihm näherzukommen, spürte ich deutlich. Ich war ungeduldig, wollte ihn bald wiedersehen. Es dauerte nur ein paar Tage, als wir uns in einem Hotel trafen, in der Bar vorerst einmal, auch wenn der Anreiz groß war, gleich ein Zimmer mit ihm aufzusuchen. Und schon wieder dieser verführerische intensive Engels-Duft, der meine Sinne vernebelte.

Doch es gab etwas, das mich sehr beschäftigte, an dem ich zu nagen hatte, das mich unruhig machte: meine Haut. Der Zustand war zwar in diesem Moment nicht so schlecht, sonst hätte er mich wohl nicht wieder treffen wollen, doch lag dies wohl an meinen Cortison-Dosen oder auch, weil es mir seit meiner Scheidung besser erging. Ich wollte ihm dennoch mein Leid berichten, aber ich brachte es einfach nicht heraus. Ich setzte vorsichtig darauf an, gab ihm zu verstehen, dass mich etwas bewegt, das ich gerne loswerden möchte, das er wissen sollte. Er fragte mich behutsam: *"Du kannst mir ruhig sagen, was dich so belastet. Ich weiß damit umzugehen. Ich mag dich sehr, und nichts kann dem hinderlich sein, es wird sich nichts ändern, es kann nicht so schlimm sein, dass ich dich hier sitzen lasse und gehe."* Mir fehlten einfach die Worte, weil ich nicht wusste, wie er darauf reagieren würde, wenn er erfährt, welche Krankheit mich quält. Ich schämte mich dafür. Es war eine unglaubliche Hürde für mich. Ich machte ihn neugierig, er blieb aber sehr gelassen, war in keinster Weise beunruhigt deshalb, wollte mir aber wirklich auf liebe Art und Weise helfen, es loszuwerden. Wir saßen stundenlang bei Kaffee, danach bei Wein in der Hotelbar und plauderten, erzählten von unserem Leben, von unseren Kindern, unseren Vorlieben, unseren Urlauben... die mehr oder weniger gescheiterten Ehen versuchten wir nicht in den Vordergrund zu stellen... es dauerte ewig lange bis ich es - auf seine Bitte hin - endlich rauskriegte, mich outete. Erst stotterte ich ein zögerndes *"Äähm"* heraus. Dann kam es über meine Lippen: *"Ich habe Neurodermitis. Sagt dir das etwas? Es ist eine nicht ansteckende, ziemlich quälende Hautkrankheit."* Er hatte davon schon mal gehört und war direkt erleichtert, als es endlich aus mir "rausplatzte". Lachend meldete er: *"Das war so schlimm für dich? Das tut mir leid, dass dich das so belastet, aber für uns hat das doch keinerlei Auswirkungen!"*

Ich war sicherlich weit mehr erleichtert als er. Am liebsten wäre ich ihm gleich um den Hals gefallen, mit ihm aufs Zimmer gegangen, hätte ihn allzu gern gleich verführt.

Vorbereitet war ich darauf. Ich hatte schöne Wäsche angezogen, und halterlose Strümpfe. Durch unsere eindeutig zweideutigen Chats der Vortage und Wochen war uns beiden sowieso klar, dass wir früher oder später im Bett landen würden. Das Kribbeln und die Vorfreude waren groß. Umso mehr wollte ich es noch weiter ausreizen und verfiel ihm noch nicht bei unserem ersten längeren Date.

Wir verabredeten uns schon bald wieder, in der gleichen Hotelbar. Da wir beide nicht alleine lebten, war ein Hotel eine gute Möglichkeit. Wir könnten uns bei "Stimmigkeit" jederzeit ein Zimmer nehmen. Keiner machte dem anderen "Druck". Das war nicht nötig. Er war ein Mann, der bestimmt sofort Ja sagen würde. Ich eine Frau, die immer noch Nachholbedarf hatte. An einem späten Nachmittag passierte es. Wir verfielen einander sexuell. Es war die Lust pur. Genau das, wonach ich mich in dieser Phase meines Lebens sehnte. Es war der 7. Februar 2001. Kurz nach meiner Scheidung, ließ ich mich auf ihn ein.

Von diesem Moment an war ich sozusagen seine Geliebte. Mein schlechtes Gewissen, womöglich seine Ehe zu zerstören, lag mir jedoch sehr im Magen. Er bemühte sich, mich zu beruhigen. Seine Ehe war schon zuvor zerrüttet gewesen, versicherte er mir überzeugend. Eine folgenschwere Familiengeschichte machte den beiden so zu schaffen, dass sie nicht mehr an einem Strang ziehen konnten und sich trennten.

Nach drei Jahren der Trennung zog er auf die Bitte seiner Frau und aus Liebe zu seinen beiden erwachsenen Söhnen, die unter der Situation sehr litten, in sein Haus und zu seiner Familie zurück, als er MICH im nächsten Augenblick kennenlernte - Schicksal?

Jedes Mal wenn wir uns sahen - meistens in unserem Hotel, auch mal im Auto oder im Motel auf einer Raststation, liebte ich es, danach seinen Geruch an mir wahrzunehmen.

Anfangs warst du ein Stern, einer von vielen an meinem Himmelszelt. Inzwischen bist du ein Mond geworden mit einer unheimlich starken Anziehungskraft. (Kristiane Allert-Wybranietz)

Ich schrieb ihm Sprüche, die ihm meine Gefühle vermitteln sollten, diese sagten am besten aus, was ich für ihn empfand.

Doch diese Zeit war nicht leicht, denn ich fühlte mich nicht richtig zugehörig. Ich war ja nur die Geliebte, es war ein eigenartiges Gefühl für mich. Plötzlich befand ich mich auf einer anderen Seite. Bisher war ich die Betrogene, nun stand ich auf der Seite der Betrüger! Ich fühlte mich schuldig. Ich hatte ein schlechtes Gewissen. *Zerreiße ich eine Ehe?*, fragte ich mich andauernd, obwohl mir klar war, dass die Ehe bereits vor Jahren kaputt geworden war. Dennoch schlichen sich Gedanken herein, wie: *"Könnte es sein, dass die beiden - wenn ich nicht dazwischen geraten wäre - doch wieder eine gute Ehe hätten führen können?"* Und mein Gewissen quälte mich stärker und meldete: *"Was für eine bist du denn? Erst regst du dich auf, deine Ehe geht in die Brüche, vorwiegend weil dein Mann dich betrügt, und jetzt, was machst du? Jetzt verletzt du eine Frau, in dem du dich mit ihrem Mann einlässt, und die Frau jetzt wegen dir die Betrogene wird?! Pfui, wie kannst du ihr das nur antun?"* Ich fragte mich: *"Warum stellt sich mein Leben nun auf die andere Seite, warum soll ich jetzt einem anderen Menschen den Schmerz antun, den ich ständig hatte? Welchen **SINN** hat das Ganze?"* Vielleicht war das meine Chance, die andere Seite besser verstehen zu lernen?

Ich bemühte mich, alle Seelen zu verstehen in dieser Dreiecksgeschichte und stellte mir auch die Frage: *"Was will Gotthard eigentlich?"* Er benahm sich, als würde er mich besitzen - wie Gotthard1 mit seinem *"Sag, wem du gehörst"* schon versuchte, mich einzuverleiben. Auch Gotthard2 besaß mich aber nicht, er "gehörte" einer anderen Frau, am Papier jedenfalls. Er gestand mir seine Liebe, doch für mich war es das nicht.

Wenn er mich liebt, will er mich nicht besitzen!
Und ich gehöre ihm auch nicht!

Von Liebe in unserer Beziehung, die wir nicht einmal so benennen durften, wagte ich nicht zu sprechen. Er hingegen sprach von Liebe auf den zweiten Blick, denn er hatte sich schon in mein Foto verliebt, das er anfangs von seinem Freund Armin erhalten hatte.

Unsere Liebesaffäre wurde intensiver, auch von meiner Seite. Ich fühlte mich einfach wohl in seiner Nähe. Ich habe unsere Liebe(lei) jedoch aus verschiedenen Gründen nicht so ernst genommen. Für mich war sie vergänglich. Ich habe sie als Affäre mit einem verheirateten Mann angesehen, dessen Geliebte ich war. Mehr Chance hatten wir nicht, wir hatten kaum Gelegenheit, uns wirklich näher kennenzulernen, höchstens im Bett oder bei diversen öffentlichen wie auch politischen Veranstaltungen, wie Bällen, wo wir uns sowieso nicht näherkommen durften.

Er gab mir zu verstehen, dass er sich niemals scheiden lassen würde. Er sprach auch niemals von einer ernsten Verbindung zwischen uns. Des öfteren kam die Aussage von ihm: *"Suche dir besser einen anderen Mann, der für dich gut ist, der ungebunden ist."* Er gab mir damit zu verstehen, dass unsere Beziehung keine Zukunft hatte. Was ich zum damaligen Zeitpunkt auch nicht wollte. Eine fixe Beziehung, die auf Jahre hinausläuft, so kurz nach der Scheidung, das war nicht meines. Deshalb kam mir eine Liebesaffäre gerade recht. Das wusste er genau.

Obwohl ich nur seine Geliebte war, bekam ich schon sehr früh seine Eifersucht zu spüren. Ein typisches Merkmal eines Skorpions. Wer ist da verheiratet? Wer geht da fremd? Wer müsste auf wen eifersüchtig sein? Es begann mit kleinen Dingen.

Liebe braucht keinen Besitz, Liebe braucht keine Erwartungen. Liebe ist. (Anonymus)

Er bildete sich ein, ich schaue andere Männer an. *"Du bist suchend"*, verlor er dazu und meinte wiederholend, ich solle mir einen anderen Mann suchen.

Wie ich erfuhr - so ehrlich war er zu mir - war ich nicht seine einzige Gefährtin. Er war in wirtschaftspolitischen Kreisen tätig, zusätzlich zu seinem Job als Geschäftsführer eines skandinavischen Konzerns. Er erzählte mir von einer Frau, die er in den drei Jahren der Trennung traf. Angeblich war sie das jetzt nicht mehr, sie wäre nur noch eine gute Freundin, meinte er. Dementsprechend war seine Einstellung zu solchen Dingen. *"Man kann niemandem vertrauen, alle gehen fremd, es gehören immer zwei dazu, es sind nicht nur die Männer, die so etwas tun, denn Männer gehen schließlich mit Frauen ins Bett."* Diese und ähnliche Sprüche musste ich mir anhören.

Zwar gestand er mir seine Liebe, er versuchte mir jedoch klarzumachen: "Wir haben keine fixe Beziehung!" Warum wohl? Weil er sich von seiner Frau nicht schon wieder trennen wollte? Weil er seinen Söhnen dies nicht wieder antun könnte? Weil er wusste, ich brauchte meine Freiheit, er konnte mir diese aber nicht geben, weil er mich "besitzen" musste? Weil er eifersüchtig war und es nicht ertragen konnte, mich mit jemand anderen zu teilen?

Eifersucht ist eine Leidenschaft, die mit Eifer sucht, was Leiden schafft. (Franz Grillparzer)

Sorry

Wir hatten eine Abmachung. Wenn wir jemand anderen kennenlernen oder sich etwas anbahnt, lassen wir das dem anderen sofort wissen. Es reicht eine kurze SMS mit dem Wörtchen: *"Sorry"*, dieses sogenannte "Code-Wort" hatte er ins Leben gerufen.

Seit Oktober 2000 arbeitete ich geringfügig im Fitness-Studio, wo ich auch trainierte - meistens ging ich zur Aerobic zu Patrick und Co. Ich betreute im Bambiniclub die Kinder, die mit ihren Eltern mitkamen. Während sie ihr Training absolvierten, spielte ich mit den Kleinen in einem Extra-Raum im Studio. So durfte ich in meiner Freizeit dort kostenlos trainieren.

Im Sommer 2001 begann ich zusätzlich mein Network-Marketing-Geschäft mit der Firma Amway aufzubauen. Ich fuhr zu Seminaren, ich kontaktierte alte Bekannte, um mein neues Geschäft vorzustellen und anzubieten, ebenfalls mitzumachen. Es machte mir Spaß, auch wenn es sehr zeitaufwendig war. Die Seminare halfen mir, mehr Selbstbewusstsein zu bekommen, ich begann hilfreiche Bücher zu lesen, wie ***"Denke groß und werde reich"*** oder ***"Einfach typisch - die vier Temperamente"***.

Auf meiner Liste standen auch meine Ex-Freunde und alte Bekannte. Auch Paul, meinen Jugendfreund, kontaktierte ich. Er lud mich zu ihm ins Haus ein, das damals seinen Eltern gehörte, er hatte zwischenzeitlich geheiratet und ein kleines Kind. Es war um die Mittagszeit und seine Familie war nicht zu Hause. Später kam seine Tochter hinzu und er stellte uns vor. Er kochte mir Kohlrouladen, Paul hatte schon immer gut kochen können.

Es war für uns beide eine große Freude uns wiederzusehen. Wir plauderten über alte Zeiten, spekulierten darüber, warum es mit uns nicht gehalten hat, und schauten uns Fotos an. Er verstand immer noch nicht, wie ich diesem "Sunnyboy" verfallen konnte. Traurig erzählte er mir von seinen Eltern und wie sie nacheinander tragisch verstorben waren. Ich erwähnte dies bereits im Kapitel "Jugendliebe". Dann erklärte ich ihm mein neues Geschäft, was ihn aber nicht bewog, einzusteigen. So verloren wir wieder den Kontakt und jeder ging seine eigenen Wege.

Als ich meinem Geliebten unbefangen und zugegebenerweise naiv von diesem Treffen erzählte, verstand er die Welt nicht mehr. Seine eifersüchtige Ader kam zum Vorschein. Er hielt mir vor, dass ich mir etwas mit meinem Ex anfangen will. Er konnte es nicht nachvollziehen, dass man auch nur einen freundschaftlichen Umgang pflegen könnte. Seine Gesellschaft, in der er lebte, spiegelte ihm etwas anderes. Er selbst war ja auch nicht besser, er hegte genauso noch Kontakt zu seiner Gefährtin und behauptete, dass da nichts mehr sei, nur eine Freundschaft. Dennoch konnte er es mir absolut nicht gönnen, da waren seine Ängste einfach zu groß, und er sah nicht, dass er selbst nicht anders war.

Ohne Schuldgefühle kontaktierte ich weiter meine alten Bekannten. Ich wollte ja mein Geschäft aufbauen. Darunter war ein gleichaltriger netter Mann, den ich zu meiner Lokalzeit kennengelernt hatte. Mit ihm hatte ich von Anfang an ein sehr harmonisches Verhältnis.
Er hieß Christoph, war ebenfalls wie Paul und Gotthard2 dunkelhaarig, doch seine Statur war anders. Er war sehr schlank, schon fast ein bisschen dünn, war ein wenig größer als ich, und hatte schöne dunkelbraune, treuherzig und liebevoll schauende Augen. Er kam damals zu Mittag immer zu uns auf ein Menü, da er um die Ecke arbeitete. Er plante Hubschrauber und ähnliche Gefährte am Computer und ließ diese Pläne bautechnisch konstruieren.

Wir unterhielten uns sehr intensiv miteinander. Da war ein gewisses Knistern zwischen uns damals. Doch niemals hätten wir es gewagt, auch nur annähernd mehr darüber nachzudenken oder gar danach zu handeln. Ich war verheiratet, sprich in fixen Händen, deshalb war mehr einfach tabu. Drei Jahre lang - seit dem Ende meiner Lokal-Zeit - hatten wir keinen Kontakt mehr. Nun rief ich ihn an. Er freute sich riesig, mich zu hören. Wir trafen uns. Wir gingen spazieren. Ich hatte mir absolut nichts dabei gedacht, als wir uns getroffen haben, es war nur Freude, dass wir uns wiedersehen, mehr nicht! Er gestand mir seine Liebe, die er damals für mich empfand, aber aus Respekt zu mir und meiner Ehe diese nie zugegeben hätte. Jetzt konnte er mir das mitteilen, da er von mir hörte, dass ich frisch geschieden sei und ich keine fixe Beziehung hatte - ich war schließlich nur die Liebesaffäre eines verheirateten Mannes, der sich nicht scheiden lassen würde. Und somit frei. Gotthard und ich hatten unsere Vereinbarung, wenn sich etwas anbahnt, kommt das Zauberwort "Sorry" zum Handkuss.

Die Sache mit Christoph spitzte sich zu, es wurde mehr als nur Sympathie, wir hatten dieselbe Wellenlänge. Ich bekam ein schlechtes Gewissen, für mich war klar, ich musste Gotthard reinen Wein einschenken, ihm sagen, dass da jemand in mein Leben getreten war, dass sich etwas anbahnen könnte. Gotthard war in dieser Zeit auf Urlaub, mit seiner Frau und den beiden Söhnen, in seinem Urlaubsdomizil in Griechenland. Sie hatten dort Jahre zuvor ein Haus gebaut, das sie nun gemeinsam nutzten. Als er zurückkam, erzählte ich ihm alles. Nach meiner Arbeit im Bambiniclub im Fitnesscenter trafen wir uns. Das Zauberwort kam zwar nicht direkt zum Einsatz, doch ich erklärte ihm, was sich bisher zugetragen hatte. Dass ich Christoph getroffen habe, woher ich ihn kenne und dass sich etwas anbahnen könnte. Abgesehen vom fehlenden "Sorry" verhielt ich mich genauso, wie wir es vereinbart hatten.

Es war ja noch nichts passiert, umso mehr war ich überrascht über Gotthards Reaktion. Scheinbar brach eine Welt für ihn zusammen. Damit hatte er wohl überhaupt nicht gerechnet. Er wollte sofort den Kontakt zu mir abbrechen. Ich war perplex, ich hoffte schon, wir könnten uns trotzdem weiter sehen, jedenfalls Freunde bleiben. Doch das konnte er nicht, er brach tatsächlich den Kontakt zu mir von einem Moment zum anderen komplett ab. **"Sorry seems to be the hardest word"** von **Elton John** - wohl um mich selbst zu quälen, legte ich mir den passenden Song im Auto auf. Ich hatte Tränen in den Augen. Mein Herz schmerzte. Ich wusste, ich hatte Gotthard mit dieser Aktion verletzt. Ich war traurig, dass ich ihn jetzt verlieren würde. Er fehlte mir sogleich. Auch am nächsten Tag nach meinem Outing, als kein Lebenszeichen von Gotthard kam, merkte ich, wie sehr ich ihn vermisste. Es war der 29. Juli 2001, mir war einfach danach, ich musste ihm meine Gefühle mitteilen.

Lieber Gotthard, mein Liebling,
verzeih bitte, dass ich dir schreibe, ich möchte dir noch einmal meine Gefühle vermitteln. Ich merke, wie sehr du mir fehlst. Ich bekomme Magenschmerzen, wenn ich daran denke, dich nicht sehen zu dürfen. Ich kann es nicht erklären, aber meine Liebe gehört immer noch dir.
Du bist sicher auch traurig und leidest innerlich und zerfrisst dich, du denkst, wenn du mich nicht siehst, wird die Zeit die Wunden schon heilen. Ich quäle mich anders, höre mir unsere Musik an, rufe mir die Bilder der Erinnerung ins Gedächtnis, die schönen Augenblicke mit dir, ich lese unsere Messagedialoge aus dem ICQ durch... Hörst du wohl auch gerade unser Lied von ***Anastacia, Not that kind****, im Radio? Ich möchte nicht so von heute auf morgen alles vergessen und unsere Liebe verleugnen. Die ganze Situation hat sich in den letzten paar Tagen zugespitzt.*

Ich spürte einfach, als ich im Bambiniclub gesessen bin, dass diese Bekanntschaft doch ernster ist, als ich vermutet hab.

Und als du mich fragtest, ob alles ok ist, wusste ich, jetzt ist es soweit! Natürlich kann man da nichts rückgängig machen, da hast du recht. Im Grunde ist es gut so wie es gekommen ist, doch ich kann nicht leugnen, dass du mir fehlst, deine beruhigende Art, deine Stimme, deine Wärme… verzeih, aber du sollst es einfach wissen, dass mir sehr viel an dir liegt. Jede SMS von dir während deines Urlaubs, jeder Anruf von dir, hat mein Herz erfreut.
Du hast immer gesagt, wir würden Freunde bleiben. Das hat mich umgehauen gestern, als du sagtest, dass du alles komplett abbrechen willst. Das tut mir sehr weh. Ich hätte gerne ab und zu ein Lebenszeichen von dir. Doch wenn du das nicht kannst, muss ich es auch akzeptieren. Ich wünsche deiner Ehe alles Gute, vielleicht wird es ja jetzt sogar besser zwischen euch, das würde ich euch von Herzen wünschen. Schade, dass ich deine Söhne nie näher kennenlernen durfte.
Ich küsse dich! Ciao Selina

Er oder Er?

Er schrieb mir wirklich zurück. Er machte mir klar, wie sehr er litt. Gotthard2, ein "g'standener" Mann im besten Alter, gute 50, verfällt einer 18 Jahre jüngeren Frau. Man kann es schwer nachvollziehen, wie es in seinem Inneren ausgesehen haben musste. Mir war das damals jedenfalls nicht so richtig klar, ich war zu sehr mit mir selbst beschäftigt und im Unreinen.

Hin- und hergerissen zwischen zwei Männern, wusste ich selbst gerade gar nicht, was ich eigentlich wollte. Erleichtert schrieb ich Gotthard meine Antwort nieder: *"Es war so ein Glücksgefühl, als du zurückgeschrieben hast, da ich überhaupt nicht damit gerechnet hab. Ich dachte, du wirst deine Gefühle abschalten und dich nicht mehr melden. Es tut mir leid, dass du leidest."*.
Voller Freude, dass er wieder mit mir kommunizierte, folgten unzählige, stundenlange ICQ Chat Sessions und obwohl Gotthard von Christoph wusste, war es bewundernswert, dass

er sich trotz seiner großen Eifersucht weiter zu mir hingezogen fühlte, mir seine Liebe tausende Male gestand, mich sogar zu einem gemeinsamen Wochenende einladen wollte. Doch womit ich gar nicht zurecht kam war, dass er mir vorhielt, ich hätte ihn betrogen. Was absurd war: Er war verheiratet, gerade eben von einem Urlaub mit seiner Frau und Familie zurückgekommen! Was wird er wohl dort gemacht haben? Sexlosen Urlaub? Kaum vorstellbar! Und da wirft er mir vor, ich hätte ihn betrogen? Wo nicht einmal irgendetwas lief zwischen Christoph und mir, keine körperliche Annäherung! Außerdem hatten wir eine Abmachung! Wusste Gotthard das nicht mehr? *"Wenn sich etwas anbahnt, dann sagen wir uns ein "Sorry!"* Ich hielt mich an diese Vereinbarung, ohne dem Wort "Sorry" halt! Ich spielte mit offenen Karten. Wir waren uns keine Rechenschaft schuldig. Ich konnte absolut nicht akzeptieren, dass er mir an den Kopf warf, ich hätte ihn betrogen!

Da waren nun zwei Männer, die mich mit Haut und Haaren für sich gewinnen wollten, die mich liebten, wie sie behaupteten. Eigentlich eine beeindruckende, mich erhebende Situation, die mir Auftrieb geben sollte. Doch ich war hin- und hergerissen und wusste, dass ich eine Entscheidung treffen musste, was mir jedoch sehr schwer fiel. Es konnte nur einen geben, doch welcher Mann war der richtige für mich?

Gotthard kämpfte um mich, gab mir zu verstehen, dass er mich so sehr liebte, laufend kam er mit seiner Mitleidsmasche, erklärte mir, dass er einen Kreislaufkollaps zu erwarten hätte, weil er das alles mitmachen musste. Er schaffte es, mir damit ein schlechtes Gewissen zu machen. Er wollte wissen, was "der andere" zu all dem sagte und ob der mich denn verstehen könnte. Ich machte ihm klar, dass derjenige alles so akzeptierte wie es war und er keinerlei Druck auf mich ausübte. Er bemerkte, ich wüsste nicht, was ich eigentlich wollte, welcher von ihnen beiden der Richtige für mich war. Das hatte er zumindest begriffen. Es war auch so wie ich es Gotthard beschrieb: Christoph war sehr geduldig und zurückhaltend.

Er hielt sich ziemlich heraus, blieb ruhig. Er vertraute darauf, dass sich alles so fügt, wie es sein sollte. Er hoffte zwar, dass ich mich für ihn entscheiden würde, doch er kämpfte im Gegensatz zu Gotthard nicht um mich wie auf einem Rodeo. Gotthard wollte mich mit Biegen und Brechen zurück, für sich alleine gewinnen. Er wollte unbedingt eine Nacht mit mir verbringen, am liebsten mit mir wegfahren. Er hatte die Hoffnung, dass ich dann nicht mit Christoph ins Bett gehen würde, in seinem Innersten hatte er aber doch bereits aufgegeben. Denn im Grunde wussten wir beide, dass es früher oder später passieren würde - denn ich konnte nicht anders, als mit Christoph zu schlafen, ich musste es so erfahren, anders ging es nicht, ich musste so Gewissheit bekommen, ob er der Richtige für mich sei. Deshalb wollte Gotthard die Zeit, bevor "es" passieren würde, noch dazu nutzen, mit mir wegzufahren, er wollte mir beweisen, dass er mich aufrichtig liebte, in dem Wissen, dass er mich danach verlieren wird. Bald darauf verbrachten wir tatsächlich die gewünschte Nacht miteinander. Es war auch sehr intensiv und innig, doch irgendwie war es auch ein Abschied und mit Traurigkeit verbunden.

Denn ich ließ mich schon kurz darauf auf Christoph ein, weil es einfach so kommen musste. Mit Christoph genoss ich die warmherzigen Stunden, die gemeinsame Unternehmungen, wir gingen Eis essen, schwimmen, zum Heurigen, oder verbrachten kuschelige Stunden in seiner kleinen Wohnung. Ich fühlte zu ihm eine Verbundenheit, die so vertraut war, dass er mir schon bald seine Tochter vorstellte und ich ihm meine Kinder, das war ein großer Schritt. Die Kinder verstanden sich gut. Doch wir beide machten uns nichts vor. Wir waren sehr ehrlich zueinander. Ich hielt nichts zurück und er wusste, welche Art von Beziehung ich zu Gotthard hatte. Es war immer noch alles offen geha ten.

Es kam eine Phase der Zerrissenheit auf mich zu. Die Entscheidung fiel mir alles andere als leicht. Doch eine Entscheidung musste fallen, das war mir klar.

Ich wusste aber immer noch nicht, zu wem ich gehörte. Sexuell fühlte ich mich von Gotthard mehr angezogen. Zu Christoph fühlte ich mich einerseits hingezogen, irgendwie seelenverwandt, doch ich spürte keine echte Verliebtheit. Und er kämpfte nicht um mich.

Gotthard wusste, dass ich mich mit Christoph traf und mittlerweile auch Sex mit ihm hatte. Dennoch konnte er mich nicht aufgeben. Er musste wirklich sehr verliebt in mich gewesen sein, denn sonst hätte er dies niemals ertragen. Wir chatteten regelmäßig. Höchst eigenartig sprach er über Rache, die er ausüben müsse, weil ich mit Christoph schlafe. Das war für mich schwer nachzuvollziehen. *"Ich kann diese verfangene Situation nur ertragen, wenn ich Sex mit jemandem anderen habe, ich muss mich in irgendeiner Form rächen, nur so kann ich diese Unruhe in mir aushalten.",* erklärte er mir. Ich bin nicht sicher, ob das nur Gerede war. Wenn man an Astrologie glaubt, ist Rachsucht aber ein typisches Merkmal eines Skorpions. Und nun behauptete er es sogar selbst. Da muss etwas dran sein.

Er teilte sein Leid mit einer sehr guten Freundin, die er aus der Wirtschaftspolitik kannte, bei der er sich - rein freundschaftlich, ohne mit ihr zu schlafen - aussprechen und sogar ausweinen konnte. Sie war die einzige, die er in sein Vertrauen zog. Er erzählte mir im Chat, was sie ihm riet:
"Gitti hat mir gesagt, ich soll mich wie ein ehrlicher freund zu dir verhalten. Aber sie weiß nicht, wie weh es tut zu wissen, wenn du mit einem anderen schläfst. das ist die hölle, das ist auch der einzige grund, warum ich mich rächen muss, sonst bin ich total unglücklich und zergehe vor schmerz." In Zusammenhang mit der Rache erwähnte er seine Ex, und tröstete mich damit, dass dies nur körperliche Entladung sei.

Gut ging es mir bei diesen Aussagen nicht, doch was hätte ich tun sollen, erpressen ließ ich mich nicht damit. Ob er es nun mit seiner Frau trieb oder mit seiner ehemaligen Gefährtin oder sonst mit wem, was konnte ich schon daran ändern?

Außerdem wäre es unfair von mir gewesen, hätte ich ihm seine angedrohte Rache übel genommen. Ich schlief ja selbst mit einem anderen. Ich nahm es also hin, wie es war. Eifersucht und Rache waren es, die unsere eigenartige Liebelei näher beschrieb.

Trotz allem zog es mich mehr und mehr zu Gotthard.

Die Leichtigkeit des Seins beginnt, wenn du aufhörst, etwas beweisen zu wollen und du dich von der Freude leiten lässt.
(Margeaux Brandl)

Tagebuch einer Chatbekanntschaft, aus der Liebe wurde

Gotthard und ich kannten uns nun ein halbes Jahr. So ließ ich unsere Geschichte unter dem Titel *"Tagebuch einer Chatbekanntschaft, aus der Liebe wurde"* Revue passieren. Mit einem passenden Lied von ***Roxy Music*** im Ohr erklang die Tastatur meines PCs im Gleichklang zum Text: *"I didn't want to hurt you... I'm sorry that I made you cry... I'm just a **Jealous Guy**..."*.

Geweint hat wohl eher er, als eifersüchtiger Guy, und verletzt haben wir uns gegenseitig, er mich mit seinen ungerechten Vorwürfen. Es tat so weh, als er wiederholte, ich hätte ihn betrogen! Das konnte ich nicht so leicht auf mir sitzen lassen. Ich war mir keiner Schuld bewusst, im Gegenteil, es war für mich ein ungerechtfertigter Angriff seinerseits. Deshalb war es mir ein großes Bedürfnis, ihm meine Beweggründe und Gefühle von unserer ersten Begegnung an darzulegen.

Ich ließ ihn wissen, dass ich anfangs seine erotische Anziehungskraft spürte, dass ich jedoch unsicher war, so kurz nach der Scheidung. Meine Entscheidung, mich auf ihn einzulassen, hätte ich jedoch nie bereut. Mein Wunsch, dass er mir vertraute und mich verstand, war gewaltig. In meiner Verzweiflung vermutete ich, dies mit einem solchen Tagebuch, in großen Lettern geschrieben, überzeugend rüberzubringen:

"ICH HABE MICH AN UNSER 'SORRY' GEHALTEN, ICH HABE DEIN VERTRAUEN NIEMALS MISSBRAUCHT, ICH HAB MICH NUR AN UNSERE ABMACHUNGEN GEHALTEN, ICH HABE DICH NIEMALS BETROGEN, ICH WAR IMMER EHRLICH UND AUFRICHTIG ZU DIR!!"

Andere zu beschuldigen befreit uns von nichts. (Louise Hay)

Zu diesem Zeitpunkt war mir in keinster Weise bewusst, dass ein solches Rechtfertigen sinnlos ist. Er hatte einfach andere Wertvorstellungen und ich konnte ihn nicht bekehren. Es war nicht möglich, ihm zu erklären, wie ich ticke und denke. Doch ich glaubte, er denkt falsch. Doch Menschen denken eben anders - das wollte ICH damals nicht verstehen. Ich wollte, dass er mir glaubt, dass ich eine treue Seele bin, dass man mir vertrauen kann. Ich wünschte mir, dass er das, was er an mir hat, schätzt. Er tat jedoch genau das Gegenteil. Wie sollte er denn meine Ehrlichkeit, Treue und Aufrichtigkeit schätzen? Er hatte ein komplett falsches Bild von mir erhalten, das überhaupt nicht übereinstimmte.

Es war anstrengend und kräfteraubend, dass ich mich ständig beweisen musste. Vielleicht habe ich als Kind solche Situationen erlebt, wo man mir keinen Glauben schenkte, oder man nicht an mich geglaubt hat, an meine Werte, an mein Anderssein - man steckte mich in eine Schublade und ich konnte mich nicht entfalten, weil ich nicht ICH sein konnte. Ich hatte das Gefühl, ich müsse mich ständig beweisen, um zu zeigen, dass ich ein wertvoller Mensch bin.

Es bringt nichts, Eltern, Lehrer oder andere Erzieher zu beschuldigen. Sie wussten es halt nicht anders, sie meinten es sicher gut mit mir.

„...Andere zu beschuldigen befreit uns von nichts.
Wir selbst können etwas ändern. Wir können gut zuhören, wenn wir etwas sagen oder denken. Wir können negative in positive Aussagen ändern.
Wir können auch aufhören, das Wort "SOLLTE" zu verwenden... Wir sagen damit, dass etwas, jemand oder wir selbst nicht gut genug sind. Versucht man das Wort "SOLLTE" mit "KÖNNTE" zu ersetzen, so hat man die Wahl, die Wahl haben, bedeutet Freiheit. Wir müssen gar nichts.
Wir haben immer die Möglichkeit, anders zu entscheiden.
Mit Achtsamkeit wird es uns leichter fallen, dass die Worte uns unterstützen und wir uns selbst lieben und uns heilen. Und dass wir den Ballast der Vergangenheit hinter uns lassen und in der Gegenwart leben..." (aus Louise Hay's Spiegelarbeit)

Mein Tagebuch, das ich an Gotthard richtete, ging weiter in die Tiefe:
"Ich war zerrissen, ich dachte, wenn ich Christoph jetzt gehen lasse, werde ich nie wissen, ob es damals schon Liebe war zwischen ihm und mir, ich musste es herausfinden, ich konnte ihn nicht einfach sausen lassen. ich wollte aber dich, mein lieber Gotthard, auch nicht verlieren, ich war wirklich arg im Zwiespalt und ich weiß, ich habe mich zu diesem Zeitpunkt wie ein A..... gefühlt und aufgeführt.

...Doch du warst da, mit deiner Hartnäckigkeit... ich bin sehr froh darüber, du hast mir die Augen geöffnet. Ich kann dir gar nicht beschreiben, wie herrlich es war, wieder mit dir zu schlafen, als du mich besuchen gekommen bist. Es war unglaublich schön mit dir, ich hab dich verschlungen, ich hab so intensiv meine Liebe zu dir verspürt...

...deshalb ist es natürlich unverständlich, dass ich dennoch mit ihm geschlafen habe, ich kann es selbst kaum verstehen, wie also solltest du es können!? ich glaube, ich war einfach dieser Überzeugung, dass ich meine Freiheit wollte, ich musste mir meine Freiheit nehmen.

Freundin Gitti dürfte wirklich großen Einfluss auf Gotthard2 gehabt haben. Sie führten stundenlange Gespräche, sie fühlte sich gut in mich als Frau hinein und konnte Gotthard so die perfekten Tipps geben, wie er sich mir gegenüber besser verhalten sollte. Er tat es auch. So besuchte Gotthard mich unerwartet im Fitness-Studio bei der Arbeit, und schon war es wieder um mich geschehen. Ich verfiel ihm auf gewisse Weise. Nach langer ausschließlich schriftlicher Kommunikation trafen wir uns wieder.

Man muss manchmal von einem Menschen fortgehen, um ihn zu finden (Heimito von Doderer)

Es war der 17.8.2001, der mir zum Verhängnis wurde. Am Nachmittag des gleichen Tages war ich noch mit Gotthard beisammen, wir hatten wunderschöne gemeinsame Stunden, vorwiegend sexueller Natur. Diese leidenschaftlichen Stunden, ausgelöst durch seinen Besuch im Studio, ließen mich meine Entscheidung fällen. Die Entscheidung, dass ich bei Gotthard bleiben werde, welche ich Gotthard sogleich mitteilte. Danach traf ich mich am Kirtag in Neustift mit meiner ALGAMANASESI-Mädels-Truppe aus der Schulzeit. Bereits Tage davor hatte ich mit Christoph ausgemacht, dass ich spätabends zu ihm komme. Gotthard wusste das ebenso. Trotz der neuen Ereignisse und meiner Entscheidung fuhr ich dennoch wie ausgemacht zu Christoph, mit einem komischen Gefühl im Bauch, da ich wusste, es wäre das letzte Mal, dass ich ihn treffe, und dass ich ihm reinen Wein einschenken musste.

Am nächsten Tag reagierte Gotthard mit völligem Unverständnis, obwohl er es wusste, verstand er nicht, warum ich noch zu Christoph gefahren war, er stellte mich wieder einmal hin, als hätte ich ihn betrogen und belogen.

Neuerlich gab es Erklärungsbedarf, den ich in besagtem Tagebuch fortsetzte:

"Meinen Mädels, mit denen ich dort zusammen war, hab ich an diesem Abend sofort freudig mitgeteilt, dass ich nun weiß, dass ich bei dir bleiben werde, und dass ich jetzt eigentlich gar nicht mehr zu Christoph fahren möchte, ich schwöre dir, so war es! ...Erst spät in der Nacht kam ich zu ihm, er war sehr müde, und da ich wusste, ich könnte dir und meinem Gewissen das nicht antun, täuschte ich Kopfweh und Müdigkeit vor, denn ich konnte ihn nicht mal anfassen.
ich hab dir gegenüber mit offenen Karten gespielt, du wusstest, ich fahre zu ihm und es könnte was passieren... er verstand zwar nicht, warum ich ihn abwehrte, aber er hat es akzeptiert... Es ist absolut nichts passiert!".

Ich hatte tatsächlich eine Sperre. Meine Entscheidung war getroffen und ich wusste, dass ich richtig entschieden habe. Deshalb hätte ich nicht mehr mit Christoph schlafen können. Und habe es auch nicht mehr getan. Konnte zwar nicht ehrlich sagen, was los ist und hab was vorgetäuscht und nichts erklärt, was auch nicht fair war, aber zu diesem Zeitpunkt schien mir dies die richtige Notlösung zu sein. Christoph spürte aber sicher bereits, was los ist.

Mein Tagebuch an Gotthard setzte sich fort:

"Verzeih mir, dass ich dir alles so genau schildere, doch ich möchte, dass du mich verstehst, dass du mir vertraust! An Caras Geburtstag wollte ich diesen speziellen Tag nur Cara zu Ehren widmen...

Doch ich hab mich so mies gefühlt, habe gehofft, du würdest uns im Prater über den Weg laufen, da ich wusste, du bist dort. Ich wusste endlich, dass ich zu dir gehöre, dass ich nur dich liebe. Und als ich dich sah, wäre ich dir am liebsten um den Hals gefallen.

Es war so schön für mich, dich in meiner Nähe zu wissen... und so ist es immer noch, mein Liebling, mein Schatz, mein Alles, ich möchte dich immer in meiner Nähe wissen, ich möchte dich bei mir haben und wünsche mir, dass du mir vertraust! Bitte vertraue mir!

Hoffentlich konnte ich dir verständlich machen, wie es mir ging in der Zeit und wie es mir jetzt geht! ICH BRAUCHE DICH! NUR DICH!
Ich freue mich so auf die nächsten zweisamen Stunden, Tage und Nächte mir dir! Hoffentlich werden es immer mehr! Ich liebe dich! DDSSLS"

Gotthard2 hatte also den Kampf gewonnen. Er hatte einfach mehr um mich gekämpft. Auch die sexuelle Anziehung war zwischen uns eindeutig die größere. Doch nun kämpfte ich um sein verlorenes Vertrauen, wenn er es überhaupt jemals hatte.

Christoph hat losgelassen und verloren. Er hat mir gesagt, er ist nicht der Typ, der kämpft, auch wenn es ihm genauso ein Anliegen war, meine Liebe nicht zu verlieren. Er akzeptierte meine Entscheidung wie ein Gentleman.

Was du liebst, lass frei, kommt es zurück, gehört es dir für immer.
(Konfuzius)

Die Liebe muss erst wachsen

Auch wenn ich mich für Gotthard entschieden hatte, war für mich von Anfang an klar spürbar: "*Die Liebe muss erst wachsen*", was ich ihm auch nicht verheimlichte. Doch ich spürte diese Anziehung und ich nannte sie Liebe, weil ich sie wohl so empfand, wobei vieles nicht ausgestanden war. Ich war immer noch seine Geliebte, denn es gab immer noch seine Frau. Mein Bemühen lohnte sich aber. Gerne brachte ich ihm eine Blume mit oder schrieb ihm eine Karte mit liebevollen Worten oder Sprüchen, zeigte ihm, dass er zu mir gehörte. Gotthard vermittelte mir seine Gefühle auch gerne per Mail, *"einfach so"* war sein Titel Ende August, als er schrieb:

kleines, mir ist einfach danach, dass ich dir noch ein paar zeilen schreibe. ich bin eigentlich unglaublich glücklich, weil ich immer mehr das gefühl bekomme, dass du mich auch gern hast. ich brauche es dir nicht mehr zu sagen, aber ich bin total in dich verliebt. ich würde wirklich alles für dich tun. genau so eine frau wie dich wollte ich immer haben.
ich hoffe es geht dir nicht auf die nerven, aber ich kann es dir nicht oft genug sagen. und noch eines: ich bin dir wirklich treu, und ich habe auch keinerlei verlangen nach einer anderen frau. du gibst mir alles was ich will. in jeder hinsicht. ich bin einfach gesagt glücklich mit dir.
ich liebe dich, und das wollte ich dir sagen.
bussi mein schatz auf bald

Es war schon seltsam und schwierig nachzuvollziehen, dass er mir treu war, schließlich war er verheiratet. Doch auch ich fühlte mich sehr glücklich und spürte eine gewisse Sicherheit. Gotthard verwöhnte mich sehr. Er gab mir Geborgenheit und Wärme. Meine Liebe wuchs.

Er bot mir einen geringfügigen Job in der Firma an, in der er Geschäftsführer war. Die meiste Zeit machte ich dort die Ablage. Den Job in der Kinderbetreuung im Bambiniclub beendete ich, vor allem weil ich wusste, dass meine neue Herausforderung, Manila, dort trainieren ging und ich es tunlichst vermeiden wollte, ihr zu begegnen. Wer ist Manila?... Dazu komm ich später noch!

So kam mir der Büroaushilfe-Job von Gotthard gerade richtig in die Quere. Als Chef hatte er mich dort gut unter Beobachtung, das war womöglich auch eine der Intentionen, warum er mir diesen anbot. Doch bald fand ich einen neuen Job. Ich begann in einer Papierfirma im Außendienst in der Kundenbetreuung geringfügig zu arbeiten, machte meine Büroarbeit im Homeoffice, was praktisch war während meiner Karenzzeit mit Aurora. Es war für mich komplett etwas anderes, die Branche war mir neu und auch im Verkauf hatte ich noch keine Erfahrungen gemacht. Ich wurde anfangs nach der Anzahl an Kundenbesuchen bezahlt. Die Werbebranche war mir bereits ein Begriff, jetzt war es ein wenig umgekehrt, ich machte Werbung für Designpapiere bei Werbeagenturen und Verlagen. Die Tätigkeit machte mir großen Spaß und ich wuchs schnell hinein. Auch wenn ich nach einer kurzen Einschulung sofort ins kalte Wasser gestoßen wurde, machte ich meinen Job recht gut und war beliebt bei den Kunden. Nach einer Einarbeitungszeit von etwa einem Jahr durfte ich sogar eine Kundenreise organisieren und mit nach Schweden kommen.

Abgesehen davon kam es auch vor, dass ich für mein aufzubauendes Network Marketing-Geschäft den einen oder anderen potentiellen Geschäftspartner daheim empfing. Es kamen nur Leute zu mir, die ich gut kannte. So nützte ich die Wohnung auch dahingehend als Homeoffice und war abends bei den Kindern, musste sie nicht alleine lassen, was sehr praktisch war.

Spannungen

Im September 2001 bekam Gotthard es mit der Angst zu tun, dass meine geschäftlichen Kontakte in irgendeiner Art und Weise außergeschäftlich werden könnten. Dies ließ er mich durch seine Reaktionen und seiner Eifersucht spüren, in dem er mir mit einer eisigen Kälte begegnete. Meine mündlichen und schriftlichen Versuche einzulenken, sein Vertrauen zu bekommen, scheiterten. *"Rede mit mir, was kann ich tun, um dir zu helfen, um deine Eifersucht in Grenzen zu halten? Ich bemühe mich, ich möchte dich glücklich machen und glücklich sehen!"* Mir war zu diesem Zeitpunkt wohl nicht bewusst, dass ich niemanden glücklich machen kann, nur mich selbst. Er wollte keine Kompromisse eingehen und - wie so oft - kamen meine Rechtfertigungen und Erklärungen nicht an. Er wollte auch nichts besprechen, er versuchte den Sorgen aus dem Weg zu gehen, in dem er durch "Reinfressen" und "Nicht-darüber-sprechen" Spannungen verursachte, die für mich unerträglich waren. *"Was hab ich denn schon wieder getan?"*, fragte sich mein schlechtes Gewissen, das unbegründet aufkam. Aber auch für ihn war es kaum erträglich, denn schon die Überschrift seines Mails vom 28.9.2001 an mich sagte mehr als tausend Worte:

Es ist nicht mehr auszuhalten!
Wie ich schon beschrieben habe, ist die situation echt beschissen für mich. ich komme immer mehr darauf, dass ich diese christoph-geschichte nicht verkrafte. schon gar nicht kann ich dir verzeihen. so leid es mir tut. ich weiß dass es damit unglaublich schwierig ist, diese beziehung mit dir aufrecht zu erhalten, aber es ist nunmal so, dass ich keinen weg finde, dir das zu verzeihen. ich bin nach wie vor der meinung, du hast nicht gewusst was du zu tun hattest. ich hätte es nie geschafft, am nachmittag mit einer zu schlafen und am abend zu einer anderen zu gehen. es ist für mich eine situation, die ich nie verstehen werde. ich möchte nicht immer wieder an diese sache erinnert werden.

ich komme immer mehr drauf, dass diese christoph-geschichte mich mehr belastet, als meine unglaublich große liebe zu dir. Ich weiß, dass diese sache für dich nicht so schlimm ist, und du es auch nicht als betrügen siehst - kannst du ja auch nicht, du kannst ja niemanden erklären, am nachmittag mit gotthard und in der früh dann mit christoph - das würde niemand verstehen. ich denke es kann für dich auch leichter sein, wenn du einmal einen partner bekommst, der nicht so eifersüchtig ist wie ich.

es kommt vielleicht für dich überraschend, warum gerade jetzt, wo so viele wochen und monate vergangen sind, diese christoph geschichte so hochkommt, aber sie schlummert seit damals immer in mir. sie wird unsere beziehung sowieso zerstören, entweder heute oder morgen oder übermorgen, er wird ständig zwischen uns stehen und wird mich niemals zur ruhe kommen lassen.

sei mir nicht böse kleines, ich meine es auch nicht böse, weil ich halt glaube, du musstest es machen, weil du eben einen nachholbedarf hast. leider geht es zu lasten meiner gesundheit. ich werde darüber nachdenken und werde mich bei dir melden, auch wenn meine entscheidung eine negative werden sollte. glaube mir eines, ich bin dir verfallen, ich finde du bist eine tolle frau in vielen hinsichten. nur einen einzigen fehler hättest du nicht machen sollen. der wird mir nun zum verhängnis.
bussi gotthard

Die empfundenen Spannungen, die zwischen uns in der Luft lagen, hatten also nicht nur mit meinen Geschäftsbeziehungen zu tun, die in seinen imaginären Vorstellungen zu mehr werden könnten. Aber vielleicht waren sie der Auslöser, der ihm bewusst machte, dass die Geschichte mit Christoph noch nicht abgehakt war für ihn. Obwohl ich mich für ihn entschieden hatte und längst alle Kontakte abgebrochen hatte für ihn, sowohl den direkten zu Christoph als auch den zu Paul, denn seine Eifersucht war auch hier unbegründet nicht zu bändigen.

Aber es war nicht nur für ihn nicht mehr auszuhalten. Im Radio spielte es gerade ***"One day I fly away, leave your love to yesterday"*** von **Randy Crawford** - warum mich gerade dieses Lied zu diesem Zeitpunkt so berührte, wird wohl daran liegen, dass ich manchmal das Gefühl hatte, er schickt mich mit seiner Eifersucht fort. Wenn nicht jetzt, dann irgendwann. Er hält mich wie an einer Leine. Immer wieder holt er mich mit seinen Vorwürfen zurück und ich bekomme Schuldgefühle und lasse mich einschränken.

Freundschaft

Beim Durchsehen seiner Mails, inklusive Kettenmails, stellte Gotthard fest, dass ich ein solches auch an Christoph geschickt hatte. Ein Wochenende des Grübelns ließ ihn am Dienstag zum Schluss kommen, mir unter dem Betreff *"Freundschaft"* das Ende unserer Beziehung mitzuteilen.
Er meinte, er sei enttäuscht und naiv gewesen und will nicht mehr über die Sache diskutieren. *"Vergiss mich halt nicht, und bleib brav. Jetzt hast du wieder die Möglichkeit frei zu sein, was du ja immer wolltest. gotthard k."* ... ziemlich verwirrend diese Aussagen - "bleib brav und sei frei" - passt ja unglaublich zusammen. Im ersten Moment hat mir seine Entscheidung einen Schlag versetzt, ich habe nicht so früh und vor allem nicht mit einer derartigen Entscheidung seinerseits gerechnet. Dann kam meine Wut. Ich fühlte mich so ungerecht behandelt von ihm. Die Details musste ich am nächsten Tag in einem Antwortmail klären:

Ich hab mich damals FÜR DICH entschieden, ich hab auch meine freiheit aufgegeben, weil ich dich liebe, und weil ich nach deinem ernsthaften liebesgeständnis wusste, dass ich zu dir gehöre. Ich habe mir sogar schon ein zusammenleben mit dir vorstellen können, sogar eine heirat und ein kind, ich hab uns gedanklich schon im reihenhaus gesehen, ja sogar ans verreisen und auswandern mit dir hab ich gedacht...

Doch was tust du? Du zerstörst alles mit deiner krankhaften eifersucht, mit deiner dich zurückziehenden art, meidest die direkte konfrontation, gehst einfach davon und resignierst!... Stattdessen verurteilst du mich, du hast wirklich keine ahnung, was du da getan hast!... Der grund warum du mich aufgibst ist absolut irrelevant. ich bin die treueste frau auf gottes erden, und es ist schade, dass du das nicht erkennen konntest, weil du mit der christoph-geschichte nicht fertig wirst... muss unsere beziehung wirklich auf solche art enden? wegen einem kettenmail, das ich an andere als nur an dich verschicke?
Christoph wollte nie das sogenannte "Zünglein an der Waage" sein, er wollte uns nie auseinander bringen, deshalb hat er sich auch nicht mehr eingemischt, als ich mich für dich entschieden hatte. Und jetzt lässt du es zu, dass es doch so ist, dass er der grund ist, der uns trennt?
Es ist sehr traurig für mich, denn ich bin kein schlechter mensch, aber du stellst mich so hin.
ich fühle mich in keinster weise schuldig an diesem beziehungsdesaster!
Und du? Du hast mit deiner früheren gefährtin weiterhin kontakt, du gehst immer noch zu ihr ins geschäft, anstatt woanders hinzugehen, du hast auch geschäftliche oder private kontakte mit anderen frauen, so ist das leben nunmal!

Zum besseren verständnis rufe ich dir noch einmal alles in erinnerung:

- *es war anfangs keine ernste beziehung zwischen uns in aussicht*
- *du hast vorgeschlagen, wenn wer anderer ins leben tritt, werden wir es uns mitteilen und sorry schreiben wenn es soweit ist*
- *ich hab mich in jeder hinsicht an unsere vereinbarungen gehalten*
- *ich war immer ehrlich und hab mit offenen karten gespielt, hab dir immer meinen freiheitswunsch vermittelt, du wusstest, dass ich durch meine scheidung, die ganz frisch war, noch nicht beziehungsfähig war, ich hatte auch das gefühl, dass dir das klar war*

Es war so ein Angriff auf mich, auf mein Herz, meine Seele, mich als Menschen, der aufrichtig, offen und ehrlich ist. Es war sinnlos, er sah das alles einfach nicht.

Ich schrieb ihm in wehmütiger Stimmung noch ein "*DANKE für die schöne Zeit*" und was ich noch alles gerne mit ihm gemacht hätte, wie Motorradfahren, die Shaolin-Mönche gemeinsam sehen, Boogie zu lernen, ich ließ ihm meinen Schmerz wissen, wenn ich unsere Leder hörte von **Anastacia** wie **"Cowboys and Kisses"** oder die **"Unchained Melody**" von den **Righteous Brothers**... Beim Erklingen des Textes *"I need your love"* kamen mir die Tränen, es schmerzte, so verlassen zu werden.

Ich konnte nicht aufgeben und einfach vergessen. Aber ich fand auch keine Lösung. Es war wie ein Ping Pong-Kampf. Verpuffte Anstrengungen, die zu nichts führten, was ich damals nicht wirklich erkennen konnte.

Es wurde still.

Eine halbe Ewigkeit verging. Ich lenkte mich mit Trainieren und Arbeit ab, um diese Stille zu ertragen. So viele Bundesländer-Touren wie möglich legte ich ein, so weit wie nur möglich, um einfach weg zu sein, um mich so gut es ging in meiner Arbeit zu verkriechen. In Vorarlberg fühlte ich mich so einsam wie noch nie. Es war so still, dass ich - es war knapp ein Monat vergangen - eine SMS, die ich an meine Schwester Cornelia verfasste, beinahe irrtümlich an ihn schickte. Es war wie eine Eingebung, ein Zeichen für mich, dass ich, ohne lange darüber nachzudenken, tatsächlich beabsichtigt, meinen Finger auf "Senden" klicken ließ. So sendete ich ihm die SMS, ohne dass diese ihm galt. Ich wollte wieder Leben in unsere Stille bringen. Doch es kam nichts zurück.

Dann schrieb ich ihm: *"Es geht mir schlecht… tut mir leid, das war nicht gewollt mit der SMS und ich wollte dich nicht belästigen oder alles noch schlimmer machen..., ich bin nicht so stark wie du, wie es scheint… in dem du nicht reagierst, scheint es eher, als lässt dich alles kalt… oder auch nicht?"*

Gut zwei Stunden später kam ein Lebenszeichen von ihm:
"Es tut mir leid, aber auch mir geht es sauschlecht. Ich bin total fertig. aber das ist der einzige weg von dir loszukommen. und ich weiß jetzt dass es sein muss, weil ich viele dinge nie verzeihen kann. ich liebe dich noch immer. leider G2"

Für mich war das alles nicht zu verstehen, warum gibt man jemanden auf, den man liebt? Warum will er uns keine Chance geben? Er wollte mir weismachen, dass er mich liebt und sich deshalb von mir lösen muss. Am 3. November 2001 trafen wir uns beim Merkur zum Einkaufen. Von einer Lösung waren wir jedoch weit entfernt. Wir kamen auf keinen grünen Zweig und scheiterten wieder kläglich an unseren Missverständnissen. Jeder hatte seine voreingenommene, festgefahrene Meinung, von der er nicht loskommen konnte.

Es wurde wieder still.

Schuldbekenntnis

Wider Erwarten erhielt ich am 26. November unter dem Betreff "*schade - schuldbekenntnis*" von Gotthard ehrlich geschriebene Worte, die mich verblüfften:

"ich gebe zu, dass ich einzig und alleine schuld daran habe, dass unsere freundschaft zerbrochen ist. es tut mir unglaublich weh und auch leid, ich will dir damit nur sagen, dass dich absolut keine schuld trifft. ich möchte auch nicht, dass du darüber nachdenkst warum die beziehung nicht gehalten hat. du kannst nichts dafür. ich bin wirklich der unmögliche. ich weiß es."

Wow, Einsicht ist der beste Weg zur Besserung möchte man meinen... ich war direkt baff aufgrund dieses Schuldbekenntnisses. Ob er wieder mit Gitti ein Gespräch hatte, die ihm die Augen öffnete, die sich in mich hineinfühlen konnte und ihm meine Gefühle vermittelte?

Das Mail setzte sich fort:

"ich weiß auch dass es mich innerlich zerfrisst, aber ich kann nicht anders. ich würde vielleicht vieles anders machen, aber ich weiß, es ist zu spät. ich kann dir nur eines sagen, du warst ein tolles mädchen, die mir sehr viel gegeben hat. ich wollte dich auch nie verletzen oder weh tun, dazu hast du mir viel zu viel bedeutet. du bist eine wirklich süße frau, auf die ein normaler mann sehr stolz sein kann. ich habe es halt mit meiner eifersucht zerstört. das alleine zeigt dir was ich für ein unmöglicher mensch bin. ich habe versucht dir meine liebe zu zeigen, und ich weiß nicht, ob du es verstanden hast. aber es war so. du hast mir unglaublich viel bedeutet. vielleicht war ich deshalb so eifersüchtig, weil meine liebe zu dir grenzenlos ist oder war.

ich werde wahrscheinlich ein leben lang an dich und die fantastischen stunden mit dir denken. es hat mir soviel gegeben, dass ich es mit worten nicht sagen kann.

ich liebe dich noch immer. alles gute mein liebling und viel glück in deinem weiteren leben und einen tollen partner, der nicht eifersüchtig ist und dich so liebt wie ich dich. und entschuldige alles was ich getan habe was dir weh getan hat. ich wollte es nicht glaube mir. ich wollte dich nur lieben so wie mir mein herz es gesagt hat. bussi von deinem gotthard 2 schade ich komme um vor liebe zu dir. du hattest recht es ist höllisch ohne dich."

Mir war danach, ihm ausführlich zu antworten und ihm klarzumachen, dass er nicht alleine die Schuld auf sich nehmen muss und er auch seine positiven Seiten hat, was ihm wiederum sehr beruhigte. Aber auch für ihn war noch nicht alles gesagt, was ihn belastet hat und zu dieser Trennung geführt hat. Schriftlich fand er weitere *"Worte zur Erklärung"*:

"Eigentlich bist du wirklich in ordnung wäre da nicht für mich der christoph und dein wunsch nach einer frau gewesen. ich fange nicht an mit den alten geschichten, aber du sollst wissen, was in wahrheit der hemmschuh war. das sind die einzigen gründe, die mich zweifeln lassen. ich will dir aber keine schuld zuweisen, weil ich das gerne auf mich nehme. ich bleibe ehrlich, ich denke auch daran mit der ex wieder zu schlafen, weil ich das als einzige chance sehe, mich von dir zu lösen. Viele dinge im leben sind vergänglich, ob ich dich jemals vergessen kann, weiß ich heute noch nicht, aber ich kann nicht vergessen wie wunderschön die zeit mir dir war. sie war die tollste zeit meines lebens. aber leider zu kurz und für mich getrübt durch den christoph und deinen wunsch nach einer frau. für mich ist es halt nie wieder gut zu machen. es wird nicht mehr funktionieren, so leid es mir tut. allerdings darf ich dich nicht mehr sehen, weil mir mein herz bricht. ich wollte dir niemals weh tun, wenn ich traurig war, hab ich mich zurückgezogen, um dich nicht zu belasten. ich bin es gewöhnt, dass ich alleine mit meinen sorgen dastehe. so muss ich nun lernen diese situation zu meistern.

ich war noch nie so verliebt in eine frau wie in dich. wir sollten freunde bleiben ist dein wunsch, aber ich schaffe es zunächst nicht, mit dir weiter kontakt zu haben.
es ist nun zeit mich zu verabschieden. ich bin neugierig ob wir uns im leben noch einmal begegnen. sei nicht böse auf mich, ich wollte dir eine schöne zeit bieten, habe leider vieles versaut. schau nur zurück auf die schönen stunden und verteufle mich nicht. ich heule wie ein kleines kind. alleine der gedanke dich aufgeben zu müssen ist fürchterlich. ich muss schluss machen weil ich vor lauter tränen nichts mehr sehe. ich hätte dich gerne als meine partnerin gehabt, aber es ist zu spät. bleib brav, lebe nach deinen grundsätzen und du wirst erfolg haben. vielleicht kommt der mann, der dir das gibt, was du bei mir nicht gefunden hast. ciao kleines noch immer lid.

Viele ehrliche und mir schmeichelnde Worte, doch abgesehen von seiner weiterhin ausgeprägten Mitleidsmasche fand ich es ziemlich dreist von ihm, mir den "Wunsch" nach einer Frau vorzuwerfen. Natürlich ist das grundsätzlich sehr wohl zu verstehen, wenn man die Hintergründe und die ganze Situation nicht kennt. Die Sache mit der Vorstellung, Sex mit einer Frau zu haben, hatte er vor Monaten selbst angezettelt!

Wieder rechtfertigte ich mich und verpuffte unnötige Energie:

"Du hast wohl wirklich vergessen, dass das ganze von dir entstanden ist, dies hat schon in unseren ersten chats begonnen, du hast solche szenen mit mir geistig weitergespielt, ... als du merktest, es wird mir ernst, wolltest du einen rückzieher machen.. , das ist ja eh ok, aber du hast mir nun den minuspunkt zugeschanzt und hast gemeint, ich würde dich betrügen, wenn ich das machen würde... also damit kommst du nicht durch bei mir! Ich hab aufgrund deiner Offenheit, was dieses thema betrifft, meine Fantasie ausleben wollen, doch es ist kein Bedürfnis, das unbedingt ausgelebt werden muss! und da du damit probleme hast, wäre es für mich klar, das thema als abgeschlossen zu betrachten."

Jeder spricht über Ehrlichkeit, doch nur sehr wenige vertragen die Wahrheit! (Autor unbekannt)

Vorgetäuscht?

Er wollte lieber leiden, als das Ganze zu sehen, die Situation, aus der wir uns kennengelernt hatten, sah er nicht. Er wollte nicht über Christoph und "Das mit der Frau wo gar nichts war" hinwegkommen, obwohl ich mich für ihn entschieden hatte und wir uns liebten. Mir kam vor, als müsse er leiden, anscheinend ein gelerntes Muster seiner Kindheit, das es ihm nicht ertragen lässt, wenn etwas gut und schön ist, und er dies gleich wieder zerstören muss und solche Situationen deshalb anzieht?

Wir waren nun tatsächlich getrennt - ich war nicht mehr seine Geliebte. In dieser Zeit gab es Probleme mit seiner Frau, sie merkte wohl, dass etwas mit ihm nicht stimmte, er zeigte kein Interesse für sie und die Familie, er hatte andere Dinge im Kopf, und durch unsere Trennung war er wohl noch mehr seelisch angeknackst. Aber er wollte es nicht anders. Es war nicht so, dass ich leicht darüber hinweggekommen wäre. Doch ich musste es wohl akzeptieren. Traurig hörte ich mir eines unserer Lieder an, **Alicia Keys' "Fallin'"**, es erinnert mich stark an diese traurige Zeit, in der wir einfach nicht zusammenfanden, wie wir es uns - beide auf eine andere Art - gewünscht hätten. Bei diesem Song sehe ich ein Bild der vergangenen Tage und Wochen vor mir, in meiner Wohnung, innig umschlungen auf Gotthards Schoß sitzend, spielte es diese Klänge: *"Sometimes I feel good ...at times I feel used... lovin' you darlin'...makes me so confused"* - der Text beschreibt gut meine Gefühle... und auch seine: *"I never loved someone... the way that I loved you".* Es war ein eigenartiger Abschnitt unseres Lebens, beide wussten wir, dass es schwer war zusammenzufinden, dass es zu viele trennende Gründe gab.
Und nun war er fort und ich ließ es geschehen. Was blieb mir anderes übrig?

Durch Ablenkung gelang es mir, Abstand zu gewinnen und so erlebte die Sturm- und Drang-Zeit ein neuerliches Aufleben. Wenn auch ich meinen Worten und Werten immer treu geblieben bin, näm ich treu zu sein, hatte ich nun den Drang, keine Pause entstehen zu lassen. Es war schließlich aus zwischen uns. Ich war ein freier Mensch. Ich hatte immer noch Nachholbedarf. Langsam war ich wieder auf der Suche nach Abenteuern.

Silvester bei der Euro-Umstellung vergnügte ich mich mit einem ziemlich jungen Fitness-Trainer namens Ralph aus dem Studio. Wir wurden aber nicht wirklich warm miteinander, es war nicht stimmig mit uns. Vielleicht war ich ihm auch zu autark als selbständige, unabhängige Frau, die noch dazu etwa 15 Jahre älter war als er. Und er hatte Komplexe und war ein wenig schüchtern. Andererseits lag es auch an mir, vielleicht hatte auch ich Gefühle der Minderwertigkeit mit so einem Jüngling, wo der Unterschied noch extremer war nach meiner Zeit mit einem älteren Mann? Es waren ein paar Stunden Vergnügen, die nicht wirklich befriedigend waren - für beide nicht. Er merkte, dass ich einen Orgasmus vortäuschte, in dem er mir danach fragend zu verstehen gab: *"Du bist nicht wirklich gekommen, oder!?"* Ich brachte es nicht übers Herz, ehrlich zu sein und ein *"Nein"* oszulassen. Warum nur? Warum können Frauen nicht dazu stehen, entweder gar nicht erst einen Orgasmus vorzutäuschen, oder zumindest zu sagen: *"Ja, du hast recht, ich hab ihn vorgetäuscht, weil..."*! In meinem Falle: *"... weil du sicher auch gemerkt hast, dass das mit uns zu schnell ging, dass wir nicht richtig warm geworden sind und ich es dir und mir leichter machen wollte!"*

Die Statistik sagt, dass Frauen zu einem relativ hohen Prozentsatz Orgasmen vortäuschen. Angeblich unglaubliche 90%! Zitat aus dem "Focus Online"-Interview mit Autorin Henriette Hell (Buch "Achtung, Ich komme"):

Männer glauben, Sex sei nur dann gut, wenn Frauen einen Orgasmus haben – nach dem Motto: ein guter Besorger ist ein guter Versorger. Die westliche Leistungsgesellschaft überträgt sich auch auf Sex. Total dumm! Wo bleibt denn da bitte die Leichtigkeit, der Spaß? Wussten Sie, dass 90 Prozent aller Frauen den Höhepunkt vortäuschen?

Ich hab das Buch selbst nicht gelesen, nur das Interview, aber werde ich bestimmt noch tun, denn es steckt ganz bestimmt viel Wahrheit in den Recherchen der Sexbuchautorin. Meine Meinung ist ähnlich, es ist überhaupt nicht schlimm, keinen Orgasmus zu haben.

> Das Vortäuschen ist wohl ein gewisser Selbstschutz und Schutz des Mannes, um ihn vor einer gefühlten Pleite zu bewahren, doch es gehören immer zwei dazu, ob es "funktioniert oder nicht funktioniert"! Was heißt überhaupt "funktionieren"? Kein Mensch sollte "funktionieren" müssen! Auch für die Frau ist es eine gefühlte Pleite, noch dazu gibt es Frauen, die grundsätzlich keinen Orgasmus haben können, sich nicht richtig gehen lassen können. Frauen fühlen sich schuldig, glauben, sie funktionieren nicht richtig, wenn sie keinen Orgasmus haben.

Und Frauen möchten auch nicht, dass er sich danach Vorwürfe macht, die Frau nicht zum Orgasmus geführt zu haben. Aber das ist nur eine Konditionierung unserer Leistungsgesellschaft! Mit Druck einen Orgasmus herbeizuführen kann nicht wirklich funktionieren. Frauen brauchen eben länger als Männer. Wie soll Frau kommen, wenn Mann einfach so schnell ist?! Wir brauchen Zeit! Wir brauchen Wohlfühlen! Wir brauchen auf keinen Fall Druck! Frauen müssen nicht immer zum Orgasmus kommen! Es sollte nicht das Ziel einer sexuellen Begegnung sein. Viel erfüllender ist es, sich im Hier und Jetzt wohlzufühlen, zu begegnen, ohne Erwartungen zu haben!

In meinem Fall war es nicht erfüllend, mit dem jungen Mann zu schlafen, aber es lag weder an mir noch an ihm, sondern es war einfach nicht der richtige Zeitpunkt. Auf Biegen und Brechen mal Sex zu haben, mit dem Kopf im Grunde ganz woanders, kann kaum zu einer Erfüllung führen. Da hat keiner Schuld daran. Es st auch nicht schlimm und keiner braucht sich etwas vorzuwerfen.

Meistens ist es so, dass man sich als Frau auf Sexualität nur einlassen möchte, wenn auch das Herz mitspielt. Und wenn mal ein Orgasmus ausfällt, macht das als Frau keine Tragödie, "frau" genießt es auch ohne "Happy End", "frau" genießt die Umarmung, das Küssen, "frau" genießt das Eindringen mit Erfüllung, "frau" lebt das "Ihn-in-sich-spüren", das pure Vereinigtsein, "frau" kann auch ohne Orgasmus Happy End empfinden. So geht es zumindest mir. Für mich als Frau fühlt es sich besser an, wenn "man(n)" einfach darauf schaut, dass es beiden gut dabei geht! Sich tief im Herzen begegnen, sich mit Gefühl vereinigen. Wichtig dabei ist auch, dass "frau" erregt und feucht ist, es soll ja nicht weh tun!

Erfüllung kommt, wenn man aus der Geborgenheit heraus, mit Hingabe - sich dem Partner "nackt" zeigend, fühlend wie ein hilfloser Säugling - in die Lust geht... seine Seele, sein Wesen sieht! So kommt es nicht nur zu reinem Sex sondern zu erfüllender Sexualität. Diese Weisheit habe ich viele Jahre später von meinem spirituellen Lebensbegleiter und mit Saranda befreundeten Arzt erhalten.

Diese Weisheiten umzusetzen ist immer noch ein Lernprozess für mich. Doch habe ich im Laufe der Jahre gemerkt, wie hilfreich eine solche Hingabe ist. Bücher wie ***"Denn Christus lebt in jedem von uns"*** und ***"Leben im Jetzt" von Eckhart Tolle*** haben mir geholfen zu entdecken, dass ein Leben in Liebe und Hingabe ein erfülltes, glückliches Leben bedeutet.

Wenn dir Menschen misstrauen, weil andere ihnen weh getan haben, ist das wie eine Rechnung zu bezahlen, für etwas, das nicht bestellt hast. (Quelle: Pinterest.at)

Misstrauen

Das Thema Gotthard2 war noch nicht abgeschlossen. Wir kamen nicht so recht voneinander los. Immer wieder entstand ein Kontakt, und kaum diskutierten wir über die "alten Dinge" namens "Christoph und Co", fiel bei Gotthard wieder alles zusammen. Die Sache mit den Mails ging ihm nicht aus dem Schädel, er machte sich immer noch Gedanken darüber, ob wir weiterhin Mailverkehr hatten. Ohne darüber nachzudenken wagte ich es am 22. Jänner 2002, ihm ein Kettenmail zu schicken, darauf musste er mir seinen Senf geben:

"Ich bin mir sicher, dass er auch noch emails von dir bekommt. drum hab ich auch wenig freude mit deinen kettenmails. ich bin mir auch sicher, du triffst ihn noch hie und da, aber ich habe auch das versucht zu unterdrücken. aber ich frage mich natürlich auch, welches recht habe ich eigentlich so zu reagieren. doch ich frag mich, was du in den energieferien tun wirst, wenn ich nicht da bin, dann wirst du deine freiheit ausleben, die mich nur krank macht. keiner kann mir sagen, ob du nicht christoph triffst, mit ihm ausgehst... ich denke halt immer daran.

warum tun wir uns das an? keiner versteht den anderen, wir halten eine freundschaft aufrecht, die eigentlich schon gescheitert ist, das wirst du auch zugeben müssen. es nützt auch nichts, wenn wir miteinander schlafen, in der hoffnung, man vergisst die unangenehmen dinge... ich hatte schon länger das gefühl dass du mit ihm noch immer kontakt hast, ich bin dir ja nicht böse, obwohl ich sehr traurig bin. warum gehen wir nicht den weg des innerlichen friedens? wir haben doch den kampf um unsere freundschaft in wirklichkeit längst verloren. ich musste es dir schreiben. nicht böse sein. G2"

Ja, das frage ich mich auch, welches Recht hat er, so zu reagieren? Wir haben keine Beziehung, wir schlafen zwar immer noch manchmal miteinander, weil das einfach ein Highlight ist für uns beide, aber wir haben uns nichts vorzuwerfen, jeder geht seinen Weg.

Immer noch versucht er auf eine gewisse Art und Weise, mein Leben zu manipulieren, mir schlechtes Gewissen einzureden. Er malt sich mein Leben aus, wie er denkt und liegt dabei völlig falsch. Doch es ist eh besser, er sieht meine Welt so wie er sie sieht und nicht wie sie tatsächlich derzeit läuft. Besser er denkt, ich treffe mich mit Christoph und maile ihm Kettenmails, als er weiß, was ich die letzten Wochen noch so getrieben habe, mit wem ich Silvester verbrachte, dass das Thema "Sex mit Frau" womöglich Aktualität bekam.

Sein Schreiben hat uns auch nicht weitergeholfen, im Gegenteil, er verspürte und vermittelte mir neuerliche Unsicherheit, die mich nur noch weiter weg von ihm brachte. Für mich war Gotthard, Christoph und Co schon abgeschrieben, ich spürte, dass beide nicht meine Traummänner sind. Ich hatte Sehnsucht nach der ehrlichen Liebe, Sehnsucht, nach einem Mann an meiner Seite, der mich akzeptiert und liebt wie ich bin, der mir vertraut, der meine Werte lebt, der wie ich gerne in der Natur ist, der sich gerne bewegt und Sport treibt, der unternehmungslustig ist, der positiv denkt, der kinderliebend ist, der Verständnis hat, tolerant ist, zuhören kann, der treu und zärtlich ist, mit dem ich mich auch ohne Worte verstehen kann, der auch mein Network-Marketing-Geschäft unterstützt oder Verständnis dafür aufbringt und es nicht nur schlecht macht, wie ich es bei Gotthard2 ständig erlebt habe. Das ist ziemlich viel Erwartungshaltung, ich weiß, das wichtigste ist, dass er mich nimmt wie ich bin und umgekehrt, ich ihn nehmen kann, wie er ist.

Es war unerträglich für mich, dieses Misstrauen, das Gotthard2 mir ständig entgegenbrachte, über mich ergehen lassen zu müssen. Er konnte sich einfach nicht vorstellen, dass er mit mir eine treue Seele gefunden hatte. Ja, vielleicht hat uns die Christoph-Geschichte einen solchen Knacks beschert, dass dieser nicht mehr reparabel war. Doch ich glaube, es wäre egal gewesen, was passiert wäre, er fand immer einen Grund zum Misstrauen, das hatte nichts mit mir und den aktuellen Umständen zu tun.

Es war auch nicht seine Schuld, und auch nicht meine. Die Verantwortung lag in gleichen Teilen bei uns.
Die "guten, alten" Prägungen aus der Kindheit ließen sich wieder blicken.

Er suchte das Leid, ich suchte das Drama.

Die höchste Form des Glücks ist ein Leben mit einem gewissen Grad an Verrücktheit. (Erasmus von Rotterdam)

Ver-rücken

Die Energieferien kamen, ich war alleine, die Kinder fuhren mit ihrem Papa zum Skifahren, Gotthard flog mit seiner Familie wieder einmal nach Griechenland.

In meinem Gefühl, ich müsse etwas nachholen und noch vieles erleben, kreiste dieser Frauen-Spleen fortwährend in meinem Kopf herum. Ich wollte es einmal erleben, mit einer Frau sexuellen Kontakt zu haben. Ich fühlte mich ganz und gar nicht von weiblichen Wesen sexuell angezogen, ich war in keinster Weise lesbisch. Aber "*ein bisserl Bi schadet doch nie*", oder?

Es ging mir einfach darum, dies einmal in meinem Leben auszuprobieren. Und wenn nicht jetzt, wann dann? Jetzt bin ich frei und unabhängig. Irgendetwas hat mich da geritten. Midlife Crisis oder so. Nach gescheiterter Ehe hatte ich echte Sehnsüchte, Neues zu erleben. Ich hatte Lust auf Nervenkitzel. Vielleicht war es auch eine gewisse Flucht vor dem Geschehenen. Beinahe glaube ich auch, dass Gotthard2 mit seinem Zweifeln an mir erst recht diesen Drang verstärkt hatte.

Doch ich konnte mir nicht vorstellen, wie ich das anstellen sollte. Ich konnte auch niemanden einweihen. Nicht einmal meinen engsten Freundinnen konnte ich von meinem Vorhaben erzählen. Ich kaufte mir Zeitungen und las den Inseratenteil. Irgendwo fand ich die Anzeige, die mich ansprach: "Österreichisches Ehepaar sucht gepflegte Frau für Sex in unserem Haus in Ungarn." Ich nahm Kontakt auf. Wir telefonierten miteinander, sie erzählte mir: "Wir suchen nach einer gepflegten Frau, die mit uns Sex haben möchte. Die einzige Regel ist, dass mein Mann nicht in diese Frau eindringen darf." Das war eine klare Ansage.

In unserem Gespräch spürte ich, dass die Sympathie auf Gegenseitigkeit beruhte, die Vorstellung, was hier gerade passierte, wollte ich aber nicht durchspielen, denn es war alles so "ver-rückt" im wahrsten Sinne des Wortes, dass es sich anfühlte, als wäre es ein absurder Traum. Ich fuhr nach Ungarn. Es war ein Abenteuer der Sonderklasse. Was in meinem Inneren und Äußeren passierte, war einfach nur verrückt. Was soll's, ein bisschen "ver-rücken" wird man wohl noch dürfen in so einer Scheidungsphase.

Weil ich ein doch sehr riskantes Manöver einleitete, wildfremde Menschen zu treffen und das im Ausland, habe ich letztendlich zumindest meine Schwester Cornelia in mein Vorhaben eingeweiht. Mich wundert es, dass mein Schwesterherz - die natürlich fragend den Kopf schüttelte - das überhaupt zugelassen hatte, dass ich tatsächlich fahre. Mich wundert es, dass ich wahrhaftig gefahren bin.

Wir Frauen trafen uns erst an einem neutralen Ort zum Kennenlernen. Die Chemie passte auch in natura. Sie war eine gepflegte Frau ähnlichen Alters, schlank, fast ein wenig dünn, schick gekleidet. Es war eine komische Situation, es war für uns beide neu. Für uns drei. Was gut war, so hatten wir alle drei eine ähnliche Ausgangsbasis. So fuhren wir in das Haus, wo er auf uns wartete. Ziemlich peinlicher Augenblick. Natürlich kam Alkohol ins Spiel, um unsere Hemmungen zu verlieren und lockerer zu werden. Wir hatten einen lustigen Abend, der nach ein, zwei Stunden auch sehr erotisch wurde. Diese Erfahrung werde ich wohl nie vergessen. Ich bereue sie auch nicht. Es war eine interessante Bereicherung meines Lebens. That's it! Mehr war es nicht.

Ertappt

Eine zeitlang danach konzentrierte ich mich stark auf mein Geschäft und auf meine Kinder, ich bemühte mich inständig, nicht mit Gotthard2 in Kontakt zu treten. Unsere unheimliche Anziehungskraft - sexuell gesehen - machte sich jedoch bald wieder breit. Wir chatteten in unserem ICQ, schrieben uns Sprüche, die auf uns zugeschnitten waren, “schmutzige” Gedanken wurden niedergeschrieben, auch eindeutige Liebeserklärungen waren dabei, die uns zum Verhängnis wurden, als Gotthards Frau, die irgendwie “Wind” davon bekam, es schaffte, mit Hilfe eines Bekannten unsere Kommunikation zu knacken. Sie sah schon seit längerem zu, dass ihr Mann sich mehr und mehr von ihr entfernte, und beobachtete, dass er ständig auf dem Computer saß. Nachdem sie unsere ziemlich eindeutig zweideutigen Schriften entgegennahm, knallte sie die ausgedruckten Blätter hysterisch auf seinen Schreibtisch. Sie war außer sich, wie konnte er nur, sie hasste mich…

“Nun war es soweit, ich habe endgültig diese Ehe zerstört.”, dachte ich, als ich davon erfuhr. Der Streit eskalierte derart, dass seine Frau ihm gegenüber sogar handgreiflich wurde. Sie bekam Tobsuchtsanfälle und Wutausbrüche, dass Gotthard es mit der Angst zu tun bekam. Drohungen in jedweder Form, ihrem Mann, aber auch mir gegenüber, waren an der Tagesordnung. Sie war sichtlich sehr verletzt und enttäuscht, was man ihr nicht verdenken konnte. Sie hatte wohl doch noch große Hoffnung in ihre zuvor zerstörte Ehe gesetzt, war der Ansicht, dass diese gerettet hätte werden können, als Gotthard nach ihrer dreijährigen Trennung wieder heim gezogen war.

Von dem Zeitpunkt an, als wir ertappt wurden, herrschte Stille zwischen Gotthard und mir. Vielleicht wollte er doch noch etwas kitten? Gefühle der Eifersucht und Verwirrung kamen in meinen Gedanken hoch, ich fragte mich:

“Was führte er nur für eine Beziehung mit seiner Frau? War es doch eine richtige Ehe geworden, weil sie so entsetzt reagierte? Hat er mit ihr regelmäßig Sex gehabt? Während er auch mit mir geschlafen hatte?!”

Ein Prozess war im Gange, der dazu führte, dass Gotthard, der sich von mir einfach nicht lösen konnte und die Eskapaden daheim nicht mehr aushielt, seine Frau wieder verließ. Er zog in eine Mietwohnung seines besten Freundes.

Sternennacht

Es dauerte nicht lange, da waren Gotthard und ich wieder getrennt, nachdem es während einer Geschäftsreise von mir - wie immer total unbegründet - Eifersuchtsszenen gab. Er spann sich erneut eine Geschichte zusammen, die irrelevant war.

Das Schlimmste war, dass ich ihn während meiner Reisen nicht einmal kontaktieren durfte! Er wollte nicht, dass er sich vorstellen müsse, dass ich womöglich beim Telefonieren gerade auf dem besten Stück eines anderen säße. Das hat er nicht direkt so gesagt, aber mit anderen Worten vermittelt.

Auf dieser Reise fiel es mir nicht so schwer wie sonst, mich nicht zu melden, da der Haussegen sowieso schief hing. Nach seinem neuerlichen Eifersuchtsdrama reichte es mir wirklich, ich hielt dieses Misstrauen nicht mehr aus. Ich machte Schluss.

So fuhr ich im Sommer 2002 als freier Mensch auf Urlaub. Meine Freundin Alissia und ich buchten in Kärnten am schönen Wörthersee ein Kinderhotel. Wir fuhren mit unseren Kindern dorthin. Es war erleichternd, dass ich mich nicht mit Gotthards Eifersucht und Misstrauen quälen musste, und ich genoss meine so sehr ersehnte Freiheit. Endlich durfte ich wieder ICH sein. An den Abenden im Hotel gab es Kinder-Animation und Musik. Der Alleinunterhalter, der für dieses Hotel nicht nur Musik machte, sondern tagsüber auch Bootsfahrten und Wasserski anbot, lächelte mich an, in den Pausen setzte er sich zu uns und unterhielt uns mit Witzen und lustigen Anekdoten. Er hieß Walter. Beim gegenseitigen Rätseln um unser Sternbild und dem Geburtsdatum riss es mich und ich verfiel in Verfolgungswahn. Er war am gleichen Tag geboren wie Gotthard2 - mit Jahrzehnten Altersunterschied. *"Schon wieder ein Skorpion, das glaub ich nicht!"*, stieß ich mit einem Schrei aus. Die Chemie zwischen uns war stimmig und prickelnd, die Anziehung war stark - wie konnte es anders sein!

An einem romantischen Abend gab es die berühmte Starnacht am Wörthersee. Er lud mich auf sein "Dienstboot" ein und wir machten diese fantastische laue Sternennacht unsicher. Alissia war so lieb und passte auf meine Kinder auf. Wir fuhren mit dem Boot ans andere Ufer des Sees und konnten die Bühne sehen und die Musik gut hören. Die kitschigen Klänge der Schlagermusik und ein Gläschen Wein am Boot machten die Romantik zu einem unvergesslichen Augenblick. Es kam zu einem Kuss, der sehr leidenschaftlich wurde. Es kam auch zu mehr, retour im Bootshaus überfiel uns die Lust. Es ging ganz schön heiß her. Bis der Urlaub zu Ende war, trafen wir uns fast täglich. Er lud mich in seine Mitarbeiter-Unterkunft ein, der Sex unter der Dusche war der beste, den ich je in einer solchen hatte. Wir waren beide traurig, als wir uns verabschieden mussten. Ich war - dachte ich - bestimmt nur eine Nummer für ihn, er würde sich sobald er sich umdrehte und ich weg war, gleich nach der nächsten umsehen und eine Neue aufreißen. Dennoch war es etwas Besonderes zwischen uns, wohl auch von ihm aus, denn wir hatten auch noch danach Kontakt und er wollte einmal nach Wien kommen und sich mit mir treffen. Es kam aber nie dazu.

Als ich nach dem Urlaub wieder mit Gotthard2 Kontakt aufnahm, erzählte ich unbefangen und nebenbei, dass wir dort jemanden kennenlernten, der am gleichen Tag Geburtstag hatte wie er. Ich fand es einfach witzig, deshalb dachte ich, er sollte dies ruhig wissen, ist ja nichts dabei. Womöglich spürte er, dass dieser Zufall nicht das einzige war, was mich an dem Typen interessierte. Denn es ließ ihn nicht los, er fragte nach, er reimte sich wieder etwas zusammen, vermutete, dass zwischen uns etwas war und glaubte zu wissen, dass der Typ auch Gotthard hieß. Was ja nicht stimmte. Dass es mehr gab zwischen ihm und mir, war zwar richtig, doch ich wollte Gotthard mit der Wahrheit verschonen, was hätte das denn gebracht, die Christoph-Geschichte war schon schlimm genug für ihn und wir waren schließlich nicht zusammen.

Ent-Scheidung

Gotthard2 und ich konnten dennoch nicht voneinander lassen, aber die Hürden, die wir uns stellten, hatten uns im Grunde längst voneinander entfernt. Es gab Spannungen, Trennungen, Versöhnungen, ein ewiges Hin und Her. Es war eine schwere Zeit für uns, energieraubend, mit viel Streit. Seine Frau wollte ihn nicht loslassen, sie war schwer getroffen, enttäuscht, traurig und voller Wut und Hass. Sie kämpfte um ihre Ehe, aber wollte nicht wahrhaben, dass sie den Kampf bereits verloren hatte. Es wurden viele Tränen vergossen, von allen Beteiligten. Auch wenn es für Außenstehende nicht einfach nachzuvollziehen war, war mir klar, was seine Frau durchmachen musste, habe ich doch Ähnliches mitgemacht. Im Laufe der Monate wurde immer eindeutiger, dass er sich scheiden lassen wollte. Ich konnte es noch nicht glauben, bevor es tatsächlich soweit war. Für mich war die Situation auch sehr schwierig, ich wollte Gotthard zwar schon gerne für mich gewinnen, hätte aber niemals mit Biegen und Brechen darauf gepocht. Die Entscheidung musste er fällen, mit ihr gemeinsam auf einen Nenner kommen, mit dem beide gut leben konnten, sich eingestehen, dass nichts mehr zu retten ist. Loslassen. Der Kampf wurde schließlich aufgegeben. Sie willigte in die Scheidung ein.

Die Tatsache, dass er sich von seiner Frau, mit der er über 30 Jahre verheiratet war, schlussendlich hat scheiden lassen, ließ mich von heute auf morgen ein anderes Gefühl zu Gotthard entwickeln. Ich verspürte eine intensive Bindung, ich wusste nun, wir gehören zusammen, wir können es schaffen. Ich entschied mich definitiv für ihn und ab diesem Zeitpunkt war auch mein Freiheitsdrang wie weggefegt. Auch diese plötzlich empfundene Klarheit, die ich davor nie hatte, hat mir sehr dabei geholfen. Demnach war dieser intensive Freiheitswunsch wohl auch eine Abwehr gegen das mögliche Zerstören einer Ehe.

Ich spürte nun die Ernsthaftigkeit unserer Beziehung und war frohen Mutes, dass wir es schaffen können, eine harmonische und liebevolle Partnerschaft zu führen. Nicht nur unsere Bindung wurde größer, auch zu meinen Kindern baute Gotthard2 eine liebevolle Stiefvater-Freundschaft auf. Anfangs verriet er noch nicht seinen richtigen Vornamen. Er wollte die Kinder nicht verwirren, da ihr Papa ebenfalls Gotthard heißt. So nannte er sich “Ossi”, aus seinem zweiten Namen Oswald heraus. Für Aurora und für meinen Neffen Raffael entwickelte sich der Name “Ossi, der Kitzelbär”, denn er kitzelte die Kinder immer bei seiner Begrüßung. Sie lachten sich krumm vor Kitzeln, und sie wussten, sobald sie das Codewort “Ossi Kitzelbär” sagten, erlöste er sie und hörte er mit dem Kitzeln auf. Die Kinder hatten großen Spaß dabei. So wurde jedes Wiedersehen mit diesem Ritual eingeleitet.

Als die “Nun-Ex-Frau” von Gotthard2 erfuhr, dass ich ein Kleinkind habe, vermutete sie fälschlich, dass Aurora unser gemeinsames Kind sei. Was sich rechnerisch nie hätte ausgehen können, aber theoretisch hätte es durchaus möglich sein können, hätten wir uns schon früher kennengelernt oder wäre Aurora noch etwas jünger gewesen. Gotthards Bindung zu Aurora wurde in der Tat intensiver, weil sie ihn akzeptierte wie er war. Cara gelang das anfangs nicht. Sie verurteilte ihn aufgrund seiner Körperfülle, denn Gotthard hatte, seit wir uns kannten, an Gewicht zugelegt. Cara steckte ihn so in eine Schublade, die er nicht verdient hatte, beeinflusst von ihrem leiblichen Vater, denn auch er konnte meinen neuen Partner nicht akzeptieren, schon gar nicht wie er ist.

Wenn Eltern sich scheiden lassen, leiden die Kinder, es ist nicht einfach für sie, einen neuen Partner der Eltern zu begrüßen. Gotthard2 hat sich aber keinesfalls in Erziehungsangelegenheiten eingemischt und war sehr zurückhaltend und tolerant was die Kinder betraf, dennoch hat er uns in jeder Hinsicht unterstützt, finanziell und in Entscheidungsfragen.

Und ich wollte noch Abschied nehmen

Nicht nur in meinem Leben, auch bei meiner Schwester Cornelia, gab es im Laufe der Jahre viele Entscheidungen zu treffen. Matteo, ihren ersten Sohn, bekam sie schon mit 18 Jahren. Von seinem Vater ließ sie sich als er vier Jahre jung war scheiden.

In der Zwischenzeit hatte sie Richy kennengelernt, er war wie der Vater von Matteo in der Gemeinde tätig. Richy war ein Herz von einer Seele. Er war wie ein Vater zu Matteo. Liebevoll und immer für ihn da. Er war ein so guter Kerl und ein lieber und braver Mann, er vergötterte Cornelia. Sie haben nie geheiratet. Leider verstarb er 2002 an Magen-Darmkrebs. Warum sich ein so herzensguter Mensch so vom Leben verabschiedete, war mir ein Rätsel. Ich will es auch gar nicht mehr analysieren, es ist nicht mehr änderbar. Es ist einfach nur traurig. *Lieber Richy, lass dich im Geiste umarmen, du bist ein so toller Mensch gewesen, ich bin sicher, dir geht es sehr gut im Himmel oder wo auch immer du gerade bist. Deine Seele hat sich das wohl ausgesucht in diesem Leben, dass du leiden musstest und so früh von uns gegangen bist.* Abschied genommen habe ich im Krankenhaus, als ich ihn gesehen hab, dachte ich nur noch:

"Lieber Richy, du darfst ruhig von uns gehen, du brauchst nicht mehr zu leiden!" Das Lied von **Xavier Naidoo "Abschied nehmen"** *wird mich immer an dich erinnern, oft kommen mir noch die Tränen und bin in Gedanken bei dir.*

Cornelia hatte eine schwere Zeit durchgemacht. Schon lange davor lernte sie Timon kennen. Im Grunde kannten sie sich schon Jahrzehnte, denn Cornelia arbeitet seit ich denken kann - naja nicht ganz so lange - in einer Elektroinstallationsfirma, in der Timon seine Lehre abgeschlossen hatte. Er arbeitet sich fleißig hinauf in die Chefetage. Timon und Cornelias Liebe wuchs langsam heran, denn Cornelia konnte das mit ihrem Gewissen nicht ganz vereinbaren und brauchte ihre Zeit.

Timon ist eine wahrhaftige Größe an Cornelias Seite und er ist eine große Stütze und eine Bereicherung für die ganze Familie. Auch für Matteo ist er wie ein Vater, der sich immer großartig um ihn gekümmert hat. Dann kam Raffael zur Welt, der als ihr gemeinsamer Sohn acht Wochen früher als zum Geburtstermin das Licht erblickte. Er hat sich auch als Frühchen prächtig entwickelt. Cornelia und Timon sind tolle Eltern, die sich - trotz eines sehr ausgefüllten Geschäftsalltags im Unternehmen - sehr verantwortungsvoll um ihr Kind kümmern.

Die Familie Stadler - also Cornelia, Timon und Raffael - sind mit Gotthard2 und mir sowie meinen Kindern gerne in unser geliebtes Urlaubsziel Lignano gefahren. Wir haben dort Ostern verbracht, in einer gemieteten Villa mit Garten. Cornelia hatte damals auch einen Hund namens Bodo, einen Cockerspaniel. Die Villa war nicht das was sie versprach, sehr einfach gehalten, typisch italienischer Stil im Sinne von etwas heruntergekommen. Aber wir waren zufrieden, hatten keine Erwartungen, es war für uns ok. Wir haben sauber gemacht und aufgeräumt, so fühlten wir uns auch wohl. Die Kinder hatten sowieso große Freude, als sie im Garten Ostereier suchen durften und ihre Osterkörbe fanden.

Bei einem Italien-Urlaub schenkte Gotthard2 mir die CD **"Ich kenne nichts" von XAVIER NAIDOO** mit der Bemerkung, dass der Text "Ich kenne nichts, das so schön ist wie du" seine Worte an mich wiedergibt. Er verstand auch nicht, wie Gotthard1 mich gehen lassen konnte und betonte dies immer wieder, wenn er die Herzen in den Augen hatte und mir seine Liebe vermitteln wollte. Dieser Song wurde UNSER Lied. Und Xavier Naidoo begleitet mich seither mit vielen seinen liebevollen Liedern und Texten.

“Lass die Finger von Emanuela...

... hau ab, sonst hast du alles verloren”

Dies sind Worte eines Liedertextes der deutschen Musikgruppe „Fettes Brot“ - mein Ex hätte sich damals lieber an diese Worte halten sollen: abhauen, bevor es zu spät ist!
Denn während sich die Lage von Gotthard2 und mir beruhigt hatte, wir mit den Kindern nach Lignano fuhren und alleine schöne Tage in Athen und auf der Insel Angistri, in seinem Haus, genießen durften, entwickelten sich spannende neue Erkenntnisse, was Gotthard1 betraf.

Es trat jemand in sein Leben, der unseres ganz schön durcheinander brachte: *Manila*. Sie war eine schleichende und verhängnisvolle „Errungenschaft“, die in dieser Phase in unser Leben getreten war. Meine vermeintliche Freundschaft zu Gotthard1 nach der Scheidung nahm ihr Ende, sobald Manila Teil seines Lebens war. Wir lebten zu dieser Zeit noch in Lanzenberg, da meine alte Wohnung in Simmering erst ab April verfügbar war.

Soweit ich in Erfahrung brachte, hatten sich die beiden noch während unserer Zeit auf einer Messe in Salzburg kennengelernt. Sie war wohl auch einer seiner Seitensprünge während unserer Ehe. Aber das konnte mir jetzt egal sein. Mir war aber nicht egal, dass Manila begann sich einzumischen.

Sie suchte einen reichen Mann, munkelte man in ihrem Umfeld, wo man sie - aufgrund ihrer übertrieben solariumgebräunten Haut - “Grillhühnchen” nannte. Bevor sie meinen Ex-Mann kennenlernte, war sie nicht verheiratet, auch nicht mit dem Vater ihrer Tochter Antonella, die zwei Jahre jünger als Cara ist.

Sie sah aus wie Michelle Hunziker, die Ex-Frau von meinem geliebten Eros. Wer Michelle kennt, kann sich ein Bild von Manila machen, obwohl Michelle weitaus weiblichere Körperformen aufweist. Ich muss zugeben, dass Manila eine recht hübsche Barbie-Puppen-ähnliche Erscheinung hatte. Abgesehen vom Abo im Solarium war Manila täglich im Fitness-Studio, aß keine Schokolade, dafür jede Menge Salat und Gemüse, dementsprechend dürr war sie. Sie war wie ich *„Hint a Brettl, vorn a Brettl“*. Im Gegensatz zu meinem, war auch ihr Bauch flach, was ich neidlos an ihr bewunderte, denn diesen Segen habe ich leider nicht in die Wiege gelegt bekommen.
Das mit dem Reichtum musste nun anders werden, war Manilas Ziel. Jetzt musste es ein Mann werden, der sie glücklich machen konnte, glücklich im Sinne von reich. Weit gefehlt bei meinem Ex-Mann, der sich zwar gerne aufspielte, als wäre er ein reicher Mann, der es aber bisher nicht geschafft hatte, in irgendeiner Weise diesen gewünschten Reichtum zu erzielen. Höchstens ein Reichtum an Chaos, ein ständiger Wechsel der Berufe und Ziele, wie auch ein ständiger Wechsel der Firmenstandorte. Ich hätte es ihm wirklich vergönnt, dass er große Erfolge erzielt, die auch noch nachhaltig sind. Doch das frisch verliebte Paar machte sich schon bald erstmal in der Sportzubehör-Branche selbständig, später fand wegen Misserfolge ein mehrmaliger Wechsel der Produktpalette statt. Durch Aufnahme von hohen Schulden auf der Bank erwarben sie nicht nur ein Geschäft, es begann auch unser Verhängnis. Sowohl für Manila, die deshalb nicht reich wurde, als auch für uns, da uns ab diesem Zeitpunkt die Hölle heiß gemacht wurde.

Bei der Scheidung wurden die Alimente in der Höhe von 800,- Euro (damals 11.000,- Schilling) für beide Kinder aufgrund seiner doch üppigen Entlohnung in der Sportwettenbranche berechnet. Doch Manila meinte schon wenig später, dass der Vater meiner Kinder diese Alimente herabsetzen solle, da durch die Selbständigkeit nun wenig Privatentnahmen flossen.

Von einem Monat auf den anderen reduzierte sich unser Einkommen erheblich, die Alimente wurden ohne mich darüber zu informieren auf gesamt 392,- Euro, für beide Kinder, also um mehr als die Hälfte gekürzt! *"Muss ich das akzeptieren?"*, fragte ich mich.

Als ob es nicht schon schwer genug für uns war nach der Scheidung: es folgte der Umzug, der Schulwechsel für Cara, die Eingewöhnung von Aurora in den Kindergarten, und nun auch noch diese enorme Reduktion der Alimente! Natürlich erkundigte ich mich bei den diversen Behörden wie auch beim Jugendamt, ob dies legitim sei. Man informierte mich dahingehend, dass er, wenn er sich gerade selbständig gemacht hat, grundsätzlich die Alimente reduzieren darf, er müsse jedoch einen Herabsetzungsantrag stellen. Was er aber nicht tat. Ich nahm das damals hin, da man mir die Hoffnung machte, dass sich nach etwa drei Jahren eine Verbesserung zur Ausgangssituation einstellen sollte. Was er jedoch nie von selbst deklarierte. Stattdessen war die Grundlage für diese Reduktion und Neuberechnung ein lächerlicher Auszahlungszettel über nur 1000,- Euro, den er als Einkommensnachweis vorlag, ausgedruckt vom Arbeitsamt auf Fax-Papier. Ich ließ ihn zwar wissen, dass ich mich damit nicht abspeisen lasse, da es unrealistisch war, dass dies - wie er vorgab - sein Einkommen als Selbständiger sei, doch erst nach zwei Jahren bestand ich endlich auf einen lange fälligen Herabsetzungsantrag. Die Alimente wurden daraufhin aufgrund des gestiegenen Alters der Kinder auf zusammen 449,- Euro, für beide Kinder, also um etwa 50,- Euro erhöht. Es war im Grunde immer noch lächerlich wenig. Ich war selbst schuld an der Situation, ich hätte längst einschreiten und mehr verlangen können, denn die Firma lief wie es schien nun doch beachtlich gut, von Jungunternehmertum war nicht mehr die Rede. Vielleicht wollte ich nicht hinsehen, um die Konfrontation zu vermeiden, um die Kinder und mich nicht noch mehr zu belasten?

Seit der Scheidung beteiligte sich mein Ex-Mann auch zur Hälfte an den Sonderkosten, sei es für die Gesundheit oder an diversen Schulkosten. Es war für ihn selbstverständlich und es war gesetzlich auch so geregelt, zumindest was die Gesundheit betraf, mussten die Kosten geteilt werden. Schon einige Monate danach, als Manila von ihrer Heimat zu meinem Ex nach Lanzenberg zog, gab es ständige Diskussionen ums Geld. Die Ausgaben der neuen Kinder-Pässe, die sie für ihre gemeinsame Reise mit den Kindern benötigten, wurden nicht bezahlt, nicht einmal geteilt. Versprochene Unterstützung für das Turnen der Kinder, wie auch für den Englischkurs und die Handykosten wurden nicht gewährt. Abgesehen von der eigenen Firma, der teuren Eigentumswohnung, dem Motorboot, das sie nach einiger Zeit sogar verkauften, um sich ein größeres anzuschaffen, machten sie teure Urlaube - sie flogen mit den Kindern nach Dubai, auch dieser Urlaub kostete eine Lawine. Ich sollte wohl dankbar sein dafür, dass die Kinder diese Möglichkeit bekommen hatten, doch unseren Lebensunterhalt zu verdienen lag mir mehr im Magen, denn anstelle dem teuren Urlaub wäre das Geld für höhere Alimente, die uns zugestanden wären, besser aufgehoben gewesen. Das machte mich wütend.

Wie wir später erfuhren, waren sie, ohne es den Kindern mitzuteilen, nach Mexiko gereist. Sie verheimlichten den Kindern so manche teuren Urlaub. *"Warum nur?"*, dachte ich mir, *"Wohl weil sie ein schlechtes Gewissen hatten, weil sie wussten, sie müssten längst mehr Alimente zahlen und gaben das Geld für exklusive Urlaube und das Bootsleben aus!"* Doch Social Media lässt grüßen, nach der Devise *"Big Brother is watching you"* kamen meine Kinder ihnen auf die Schliche. Sie fanden Urlaubsfotos mit einem für sie provokanten Lächeln, gepostet von ihrer verhassten Stiefschwester auf Facebook. Enttäuschung machte sich bei meinen Kindern breit. Sogar Aurelia, ihre geliebte Oma war mit nach Mexiko gereist und musste schweigen, durfte den Kindern nichts davon erzählen.

Manila mischte sich immer mehr, nicht nur in die finanziellen Angelegenheiten, ein, auch unseren Besuchszeiten-Plan warf sie durcheinander. Sie provozierte mich, indem sie forderte, ich solle die Kinder an den Papa-Wochenenden zu ihnen hinbringen bzw. abholen, obwohl das deren Part war. In letzter Minute, als die Kinder ihre Sachen schon gepackt hatten für das geplante gemeinsame Wochenende und dachten, der Papa hole sie ab, wurde dieses plötzlich abgesagt. Immer wieder wurde ihnen etwas versprochen und nicht eingehalten. Womöglich lag dies daran, weil ihr Papa geschäftlich so aktiv war, oder doch an Manila, die darauf bestand, dass ich die Kinder bringe? Ihr Vater stand jedenfalls unter einem schwerwiegenden Einfluss seiner neuen Frau. Sie war es, die ihn beeinflusste, seine Versprechen zu brechen. Sie wusste es nicht, sich anders zu helfen. Sie glaubte, sie müsse mir etwas heimzahlen, warum auch immer, weiß keiner. Sie wusste nicht, dass Kinderseelen dadurch verletzt werden. Doch wie erklärt man einem Kind, das sich freut, nach zwei Wochen endlich den Papa in seine Arme zu schließen und Zeit mit ihm zu verbringen, dass er doch nicht kommen kann? Die Kinder waren sehr oft traurig und äußerst enttäuscht.

"Da steht Manila drauf!"

Die Eigentumswohnung wurde schließlich Manilas wegen umgebaut. Nun war Antonella die Prinzessin, die das Kinderzimmer, das zuvor meine Kindern ihr eigen nannten, okkupierte und nach ihren Wünschen einrichten ließ. Es wurde keine Rücksicht darauf genommen, dass Gotthard1 auch Kinder hatte, die regelmäßig Teil seines Lebens waren. Wenn unsere Kinder dann mal beim Papa sein durften, weil er wieder mal Zeit fand, oder die beiden sich herabließen sie abzuholen, fühlten sie sich, als wären sie nur Besucher oder sogar wie nicht erbetene Gäste. Sie mussten in der begehbaren Garderobe ohne Fenster schlafen, auf einer aufklappbaren Matratze, die nicht viel dicker war als ein Sessel-Polster.

Schmerzvoll war es für meine beiden Mädchen zusehen zu müssen, dass in ihrem ehemaligen Zimmer nun das Töchterlein von Manila auf ihrem Prinzessinnen-Wasserbett schlafen durfte. In der Wohnung, die einmal ihr Zuhause war.
Zur Begrüßung oder Verabschiedung wurden meine Kinder gezwungen, Manila ein Bussi zu geben, obwohl sie das nicht wollten. Außerdem mussten sie sich zwanghaft bedanken, wenn Manila ihnen etwas gekocht hatte. Niemals hätte ich von meinen Kindern jemals verlangt oder erwartet, dass sie sich bei mir fürs Essen bedanken. Habe ich ihnen eine besondere Freude gemacht mit ihrer Lieblingsspeise, kam der Dank sowieso von alleine. Stattdessen bekamen sie die Erwartung von ihrem Papa präsentiert: *"Bedankt euch doch für das Essen bei Manila!"*. Ich kann verstehen, dass ihnen dies zuwider war, wo sie doch gar nicht wollten, dass ihre Stiefmutter für sie kocht, viel lieber hätten sie mit ihrem Papa alleine die Zeit genossen, mit oder ohne frisch gekochtem Essen. Wenn Manila ihnen mal ein T-Shirt oder ähnliches gekauft hat, dann erwarteten die beiden nicht nur von den Kindern, sondern sogar von mir, dass wir "auf die Knie fallen" und Danke sagen. Ich konnte da nicht mitmachen, mir stand es - wie auch den Kindern - bis zum Halse. Das ganze kotzte mich einfach nur an.

Eines Tages wollte Cara etwas aus dem Kühlschrank zum Trinken holen. Manila schritt vehement auf sie zu, fuchtelte mit ihren Händen herum, um ein *"Nein"* zu deuten und schrie lauthals heraus: *„Das darfst du nicht haben! Da steht Manila drauf!"* Cara verstand die Welt nicht mehr, noch nie hatte sie so etwas erleben müssen. Es war doch nur irgendeine Limonade, wahrscheinlich eine Diät-Limo, weil Kalorien hatte sie wohl nicht. Die kostete - ob Diät oder nicht - einen Pappenstiel, warum durfte sie sich nicht nehmen, was sie im Kühlschrank fand?! Wir lebten die Devise *"Meines ist Deines"*, jeder durfte sich jederzeit etwas zum Essen oder zum Trinken nehmen, ohne irgendjemanden fragen zu müssen. Dies war auch während des Zusammenlebens mit dem Papa und den Kindern immer so.

Am nächsten Papa-Wochenende kam dann die Retourkutsche von Cara: Sie nahm eine Limonadenflasche von zu Hause mit und schrieb provokant in fetten Buchstaben mit wasserfestem schwarzem Stift ***„CARA“*** auf das Flaschenetikett. Ich musste schmunzeln, als Cara mit dieser Idee kam, und fand es gut: sie schlug den Feind mit dessen eigenen Waffen. Die Reaktion von Manila hätte ich gerne miterlebt.

Die Kinder durften auch nicht auf die Fußmatte vor ihrer Wohnungstüre treten, geschweige denn sich ihre Schuhe darauf abwischen. Sie mussten sich die Füße auf der Nachbarsmatte reinigen, damit ihre nicht schmutzig wird. Dementsprechend war der Sauberkeitspegel auch in der Wohnung, die Designermöbel - die von Manila finanziert wurden, weil er ja offiziell behauptete, so gut wie "nichts" zu verdienen - mussten entsprechend behandelt werden.

Das war lange noch nicht alles. Cara erzählte mir, dass sie Manila erwischte, als sie die Badetücher meiner Kinder als Aufwischfetzen für die Badewanne verwendete. Weit gefehlt, dass diese danach gewaschen wurden, nein, sie mussten von den Kindern weiter benützt werden. Cara traute sich aber nichts zu sagen.

Wundert sich hier noch irgendjemand, dass die Kinder sich dort nicht wohl gefühlt haben?

Cara ist es auch bald vergangen und sie wollte nicht mehr zu den Besuchswochenenden zum Papa mitkommen. Es kam zu einem schlimmen Streit zwischen ihr und Manila, der in Handgreiflichkeiten ausartete. Seitdem zog Cara sich zurück und wollte Manila nie wieder sehen. Aurora war noch zu klein und musste das ganze Desaster noch ein Weilchen lang mitmachen.

Unser Leben war nur noch auf Streit fokussiert und auf einen Rosenkrieg ausgerichtet, den Manila auslöste und bei dem mein Ex-Mann mitspielte. Die Kinder waren erst etwa fünf und zehn Jahre jung und mussten schon solche Ablehnungen und Enttäuschungen hinnehmen. Es gelang mir leider nicht, meine Töchter aus all den Streitigkeiten herauszuhalten.

Damals war mir noch nicht bewusst, wie ich dies abwehren hätte können. Mir war auch nicht klar, dass immer zwei dazu gehören, die Verantwortung zu übernehmen haben bei einem derartigen Rosenkrieg. Ich fühlte mich nur angegriffen und ungerecht behandelt.

Es wurde mir alles zu viel. Denn auch die Alimente und Sonderzahlungen sind nicht in vereinbarter Höhe eingetroffen. Zumindest aber bemühte ich mich trotz meiner Verzweiflung, eine Email zu verfassen, in der ich konstruktiv Kritik ausübte und die Dinge - so gut es mir möglich war - sachlich und diplomatisch ansprach.

Lieber Gotthard!
Zunächst möchte ich dir sagen, dass ich dich als Vater unserer Kinder sehr achte, und ich weiß auch deine Leistungen für unsere Kinder zu schätzen. Dafür bin ich dir auch sehr dankbar. Jedoch leiden unsere Kinder an der momentanen Situation, und da die Harmonie zwischen deiner neuen Partnerin und uns nicht stimmig ist, denke ich, ist es für alle Beteiligten besser, wenn wir in Zukunft den Kontakt zwischen ihr und uns auf ein Minimum reduzieren.
Die Bring- bzw. Abholzeiten sollten den Kindern zuliebe zu einer regelmäßigen Gewohnheit werden.
Weiters bitte ich dich, die noch ausständigen Alimente aufgrund der Erhöhung zu überweisen. Die Zahnspange muss bezahlt werden, und ich ersuche dich, mir die halben Kosten ebenfalls zu überweisen. Da wir erwachsene Menschen sind, muss dafür nicht unbedingt das Jugendamt eingeschaltet werden.
Danke und liebe Grüße Selina

Verfahrene Zahnspange

Der Beginn des von mir benannten „After-Scheidung-Rosenkrieges“ war im Grunde bereits vorprogrammiert, seit dem Manila in unser Leben trat und sie begann, sich unverschämt und unerträglich in die Familienangelegenheiten einzumischen. Es kam noch dicker, denn aufgrund meiner Forderung nach den halben Kosten der Zahnspange hatte sie doch tatsächlich die erbarmungslose und hirnrissige Idee, unsere Zahnärztin anzurufen, um sie zu fragen, ob die Zahnspange für Cara wirklich notwendig wäre. Ich war empört, als mich die Ärztin selbst darüber informierte. Glaubte sie denn wirklich, Cara träge freiwillig eine Zahnspange, wenn diese nicht nötig wäre? Wenn der Papa meiner Kinder mich danach fragen würde, dann könnte ich das ja noch verstehen. Aber das Einmischen, die Rückfrage von Manila bei der Zahnärztin, war für mich das Tüpfelchen am „i“. Diese Tatsache war der Grund, warum ich mich entschied, mich nicht mehr weiter ärgern zu wollen. Es war der Zenit erreicht für mich. Ich war am Boden zerstört, hatte keine Kraft mehr, mich damit auseinanderzusetzen. Ab diesem Zeitpunkt hatte ich beschlossen, die finanziellen Angelegenheiten dem Jugendamt zu überlassen.

Mit folgendem Brief hat sich das Jugendamt an meinen Ex-Mann gewandt:
Um jeglichen weiteren Streit, vor allem auch der Kinder wegen, zu vermeiden, hat mich Ihre Ex-Ehefrau gebeten, in Zukunft alle finanziellen Dinge (Alimente, Sonderzahlungen etc.) direkt mit Ihnen abzuwickeln. Ich fordere Sie deshalb auf, den Rückstand der Alimente-Erhöhung zu begleichen und die monatlichen Alimente pünktlich einzubezahlen.
Wir hoffen, wir können so ein besseres Verhältnis schaffen, um Ihre Kinder nicht mehr in unnötigen Streit einzubeziehen und mehr Harmonie zwischen alle Beteiligten zu schaffen.
Mit freundlichen Grüßen

Es war sehr erleichternd für mich, ich musste mich nicht mehr um die Rückstände kümmern, die Streitereien über Gesundheitskosten wie Zahnspangen waren für mich kein Thema mehr. Das Jugendamt kümmerte sich darum, dass er seine Rückstände bezahlte.

Aufgrund der vielen Eskapaden war die Stimmung der Kinder von Mal zu Mal mehr getrübt. Sie merkten, dass ihre Stiefmutter sie nicht als ihre Stieftöchter akzeptieren wollte. Sie konnten deshalb umgekehrt ihre Stiefmutter nicht ausstehen. Manila war für uns eine Stiefmutter, wie man sich diese in einem Märchen als eine bissige, gemeine, boshafte Furie in Form einer Stiefmutter vorstellt. Sie tat nach außen hin immer liebevoll und nett und mit ihrer zierlichen Figur und der blonden Mähne sah sie im Grunde aus wie die Unschuld vom Lande. Doch hinter ihrer sonnengebräunten Grillhühnchen-Fassade steckte eine hasserfüllte, hinterhältige und geldgierige Bestie, die es anscheinend nicht anders gelernt hat, als so mit ihren Mitmenschen umzugehen.

Sie muss es wohl - wie auch mein Ex-Mann - sehr schwer gehabt haben in ihrem Leben, in ihrer Kindheit. Mir ist heute bewusst, dass sie aus ihrer momentanen Situation heraus nicht anders handeln konnten, so wie mir die Hände gebunden waren und ich durch meine Wut und Enttäuschung in diesem Lebensabschnitt keine andere Wahl hatte. Wir alle mussten da durchschreiten, weil wir nicht in Bewusstheit und Frieden lebten. Unsere Herzen waren zu und wir konnten nicht erkennen, was hier in eine Richtung lief, die uns allen nicht diente.

Musik wäscht den Staub des Alltags von der Seele.
(Berthold Auerbach)

Lichtblicke

Die Kindheit meiner zwei Mädels wurde geprägt durch die aufreibenden Szenarien der letzten Zeit. Wir benötigten eine Auszeit. Wir brauchten Lichtblicke. Die holte ICH mir am liebsten durch Musik. Musik von meinem geliebten **Eros Ramazzotti**. Auch Cara war bereits angesteckt worden von meiner Liebe zur italienischen Musik und wollte mit mir ein Eros-Konzert besuchen. Tag für Tag, Monat für Monat, Jahr für Jahr warte ich auch heute noch auf den nächsten Lichtblick, auf seine nächste Tournee, sein nächstes Konzert in meiner Nähe. Während der einen oder anderen Tournee erlebte ich auch so meine Abenteuer, wie die folgenden unvergesslichen Erlebnisse.

Seine Tour 2001 besuchte ich in Salzburg am Gaisberg, ich war mit meiner Schwester und meinem Schwager Timon dort. An diesem Tag wäre aufgrund des starken und langen Regens beinahe der ganze Berg samt uns im Schlamm versunken. Jovanotti hatte damals mit seiner Band als Vorgruppe spielen dürfen, es war ein fantastisches Konzert, und der Regen konnte uns nicht wirklich beeindrucken. Am Ende des Konzerts hatten wir jedoch Todesängste auszustehen, alle drängten rauszukommen, die Menschenmassen stürmten zum Ausgang. Es schüttete in Strömen, der Boden unter unseren Füßen gab nach. Ausschließlich ein schmaler Durchgang wurde geöffnet, die hohen Gitterabsperrungen rundherum wurden von der "Horde" beinahe eingedrückt. Bei einer Massenpanik wären wir alle zertrampelt worden.

Ängstlich, was uns noch erwarten könnte, stapften wir den Pfad unter der schlammigen Erde herab. Es wurde uns sehr mulmig, ernsthafte Ängste um unser Wohlergehen kamen hoch.

Wir waren heilfroh, als wir wieder festen Boden unter den Füßen hatten und aus dem Gelände heraußen waren.

In Udine - ein paar Jahre davor - war ich mit meinem Ex, Gotthard1, auf einem Konzert. Wir hatten das Pech, dass wir nur zwei oder drei Lieder hören und sehen durften, bevor plötzlich das Unwetter über uns herein brach, der Sturm hatte die Leinwände weggerissen und es dauerte nicht lange, dass Eros flüchten musste und das Konzert wurde abgebrochen.
Juli 2005: Auch wenn mir die Wetter-Risiken aufgrund meiner bisherigen Erlebnisse durchaus bewusst waren, war die großartige Atmosphäre bei einem Freiluft-Konzert von Eros unvergleichlich wertvoll. So fuhr ich mit Cara nach Pula/Kroatien und wir durften ihn in der Arena Open Air erleben. Wir nahmen unser Zelt mit und verbrachten einige Tage am Campingplatz.

Cara hatte zu dieser Zeit schlimme Magen-/Darmprobleme, sodass sie auf Anraten der Ärzte vieles nicht essen durfte. Ihre Geburtstagstorte zu ihrem 12. Geburtstag durfte weder Weizen noch Eier beinhalten.

Erst viele Jahre später war mir bewusst, dass dies bereits Anzeichen einer beginnenden Zöliakie und Eierunverträglichkeit sein konnten. Mir wurde mehr und mehr klar, dass diese Krankheit auch seelische Ursachen hat. Dies hört man verbreitet und kann man bereits in vielen Artikeln auch im Internet nachlesen.

Während der gesamten Sommerferien hatte sie diese Beschwerden. Sie war so arm und tat mir unheimlich leid. Sie nahm in den zwei Monaten einige Kilos ab, was nachträglich gesehen ein Vorteil war, denn Cara hatte ein bisschen zu viel auf den Rippen - sie war von Geburt an ein kleines “Wutzerl”. Nach diesen Bauchweh-Ferien war Cara rank und schlank, ihre wahre Schönheit kam noch mehr zur Geltung.

Ihre Beschwerden waren bestimmt psychosomatisch, denn organisch war zum Glück alles in Ordnung mit ihr. Mit Schulbeginn waren diese damals akuten Beschwerden wieder verschwunden.

Auch wenn es Cara zu diesem Zeitpunkt gesundheitlich ganz schlecht erging, haben wir versucht, diese Stunden mit Eros so gut es ging zu genießen. Mit Bauchweh und immer wieder starken Krämpfen, die dazu führten, dass Cara rasch auf der Toilette sein musste, stellten wir uns beim Konzert in der Arena ganz hinten beim Ausgang in WC-Nähe hin, damit nichts passierte. Cara war sehr tapfer und wollte mir den schönen Abend auch nicht verderben. Mit den wohltuenden Klängen von meinem Eros im Ohr und dieser atemberaubenden Kulisse der Arena von Pula bei Sonnenuntergang war alles leichter zu ertragen und wir konnten das Konzert trotz einiger Klopausen genießen.
Wir haben unseren Pula-Camping-Aufenthalt sogar um einen Tag verlängert, weil wir das musikalische und mediterrane Flair noch weiter in uns behalten wollten. Wir konnten uns nach diesem unvergesslichen musikalischen Ereignis nicht so schnell von diesen herrlichen Gefilden trennen und wollten weiter in diesen wundervollen Emotionen schwelgen.

Im Jahre 2006 war ich natürlich wie bei jeder seiner Touren beim Wien-Konzert mit dabei. Doch das war mir zu wenig. Ich musste ihn nochmal sehen, und sobald sich eine Möglichkeit ergab, nutzte ich diese. So konnte ich auch nach Graz reisen und meinen geliebten Eros live erleben, aber nicht nur das...
Ähnliches wie in Udine und am Gaisberg spielte sich wettermäßig bei Eros in Grado 2006 ab. Ein Unwetter mit Sandsturm brach über uns herein. **Eros** begann dieses Konzert am Klavier mit seinem gefühlvollen **„L'Equilibrista“** - auf Deutsch “Der Seiltänzer”, ich liebe diesen Song - als plötzlich ein unglaublich starker Sturm über uns fegte, so stark, dass der rote Saharasand uns “blind” werden ließ und wir nichts mehr sehen konnten.

Die Fans kreischten eher aus Angst als aus Begeisterung aufgrund der Musik. Mein Trost war, dass zumindest mein Lieblingslied dieser Tour meine Ohren erfreute. Denn kurz nach Erklingen des zweiten Liedes musste Eros sofort von der Bühne fliehen und wurde in Sicherheit gebracht. Das weitere Konzert wurde abgebrochen. Die Planen wurden abgerissen und zerfetzt, Boxen kippten vor der Bühne um. Wir flüchteten ebenso und hatten Angst, das Unwetter könnte auch für uns gefährlich werden. Ein Bild der Verwüstung machte sich breit, in der Atmosphäre lag eine Nebelschwade aus Wüstensand.

"Das kann doch nicht alles gewesen sein?", fragte ich mich enttäuscht und hatte eine Idee, um die Sehnsucht nach Eros zu stillen. Cara machte sofort mit, mit ihren 13 Jahren lechzte auch sie nach Abenteuern. Wir machten uns auf die Suche nach Eros, wo könnte er in Grado abgestiegen sein? Nach ein paar abgeklapperten Restaurants im Umkreis, in denen wir in unserem holprigen Italienisch nachfragten, bekamen wir einen „Tipp" von einem Kellner. Eros soll demnach im Hotel Astoria residieren. Da wir in einer Bruchbude von Hotel abgestiegen waren, opferten wir kurzerhand unser allerletztes Geld und buchten auf dieses Hotel um. Wir entflohen somit der entsetzlichen Absteige und fühlten uns dem Eros nahe. Wer's glaubt wird selig. So war es auch, selig waren wir, aber Eros bekamen wir nicht zu Gesicht. Das Hotel war sehr schick und wir fühlten uns pudelwohl. Das war es dann auch schon.

Rosenkrieg

Der Sandsturm kam einige Monate später auf eine andere Art über uns. Das Eros-Feeling war vergessen und der Albtraum eines Rosenkriegs begann. Gotthard1 hatte zwischenzeitlich, im September 2003, geheiratet, seit dem mischte sich seine Frau, diese Manila, noch intensiver in unsere Angelegenheiten ein und beeinflusste ihn negativ. Dieses Schreiben erhielt ich von meinem Ex im November 2006:

Liebe Selina,
nun ist es soweit, dass ich dir einiges schriftlich mitteilen muss und dringend ersuche, dein Leben, das dir anscheinend aus der Hand gleitet, entsprechend umzustellen.
Meine kleine Tochter Aurora hat jedes Mal so oft sie zu mir kommt (ca. alle 14 Tage) fettige Haare, verwachsene Fingernägel und Ausschläge im Gesicht. So oft ich dich darum ersuche, dem Kind die notwendige Pflege zu geben erwiderst du, dass du entweder keine Zeit hattest oder ich dies machen soll. Über die Gewichtsentwicklung von Aurora und über das, was die Kinder zu essen bekommen möchte ich hier nicht näher erläutern, respektive über das Benehmen von Aurora, die es leider nicht einmal schafft, mich, geschweige denn andere Leute nur zu begrüßen. Unsere große Tochter Cara hat seit geraumer Zeit immense Probleme in der Schule. So oft ich dich frage, ob du sie kontrollierst bzw. hinterfragst wie weit Sie den Lehrstoff durchgemacht hat erwiderst du, dass sie das selbst wissen muss. Obwohl du jahrelang irgendwelche Schulungen bzw. Seminare besucht hast, die anscheinend zwecklos gewesen sein dürften, muss dir doch klar sein, dass du zumindest die Kontrolle bzw. die Steuerung zu übernehmen hast.

Anhand dieser nur kurz dargestellten Fakten - hierbei möchte ich nicht wirklich näher auf weitere eingehen - sehe ich, dass du dein Leben mit den Kindern in keinster Weise im Griff hast.

Aus diesen leider sehr negativen Entwicklungen bzw. Zuständen möchte ich nun wissen, wie du meinst, dass es mit den Kindern weitergehen soll?
Wie mir scheint ist dein Focus nur auf deinen jetzigen Freund gerichtet und du möglicherweise dadurch deine Obsorgepflichten nicht wahrnehmen kannst bzw. möchtest.
Leider sind meine Bemühungen und Unterstützungen, auch in finanzieller Art ohne Erfolg, da ich leider die Kinder nur 14tägig sehe und die Zeit, die ich mit Ihnen verbringen kann zu wenig ist, um sie entsprechend weiter zu entwickeln und zu umsorgen, muss ich dich nun ernsthaft ersuchen, dein Leben auf die Kinder zu konzentrieren.
Ich ersuche dich um sofortige Beseitigung dieser Mängel, die die Kinder sehr negativ beeinflussen und um Information, wie du denkst dich mehr um die Kinder (in der notwendigen Art) zu kümmern. MfG. Gotthard

In gewisser Weise hatte er ja recht. Aurora (sie war 8 Jahre jung) grüßte nicht und Cara war - mit ein paar Dreiern und Vierern - schlecht in der Schule. Und wieder ließ ich mir die ganze Schuld aufbürden. Mein schlechtes Gewissen, das sich bekanntlich durch mein Leben zieht, hatte wieder Nahrung bekommen. Und meine Wut ebenso. Beim Lesen dieses Schreibens bekam ich WUT hoch drei. Es waren Verleumdungen dabei, die sich gewaschen hatten. Am meisten machte mich wütend, dass er auf mich und meinen Freund losging, insofern, dass er uns unsere Zweisamkeit nicht gönnt und meint, ich vernachlässige dadurch die Kinder!

Was hatte ich mir vorzuwerfen? Ich gab als alleinerziehende Mutter wirklich alles was ich nur konnte, ich war nur einfach nicht imstande, eine strenge, autoritäre Mutter zu mimen. Meine Inkonsequenz wirkte sich womöglich nicht so gut auf die Kinder aus. Ich wollte ihren Bedürfnissen nachkommen, vor allem aber auch die Konfrontation meiden, des lieben Friedens Willen. Und womöglich war ich auch energielos - es belastete mich alles zu sehr!

Doch ich wollte immer nur das Beste für meine Kinder. Wer will das nicht?! Ich handelte nach bestem Wissen und Gewissen. Verärgert hat mich auch sehr, dass er die Essgewohnheiten bekrittelte, da traf er einen wunden Punkt, denn es war unfair und unwahr. So ging ich beispielsweise mit meiner Schwester eine zeitlang zu den Kursen von Weight Watchers und lernte viel über ausgewogene Ernährung dazu. Ich sorgte immer für gesunde Kost, ein Essen ohne Salat, Gemüse, Rohkost oder Obst gab es bei mir und den Kindern nicht. Das Laufen gehörte bereits zu meinem Alltag, davor machte ich regelmäßig Aerobic. Eine ausgewogene Ernährung war eher für ihn ein Fremdwort. Die Kinder erzählten mir, dass sie jede Menge Schokolade von ihm bekamen.

Ich hatte keine Ahnung, wie er zu solchen Schlüssen kam, mich rechtzufertigen war ich jedoch auch nicht fähig. Ich wandte mich an das Jugendamt, welches einschreiten sollte, bevor er auf die Idee kam, dieses einzuschalten. So sendete ich der Behörde sein mit Vorwürfen gespicktes Schreiben und schrieb dazu, dass ich gerne bereit wäre, zu seinen Anschuldigungen Stellung zu nehmen.

Als Draufgabe legte ich eine Auflistung mit den Vorkommnissen der vergangenen Wochen und Monate samt der verletzenden Aussagen von Manila bei:

- Vor gut zwei Wochen kam eine Aussage von Manila, vor den Kindern: "Warum muss ich mich mit den depperten Kindern abgeben"!
- Aurora rief mich heulend wegen eines von mir vergessenen Pyjamas an und bat, dass ich sie holen soll, weil die beiden mit ihr und über mich so arg schimpften.
- Ein anderes mal hat der Papa die Kinder bei einer Freundin abgeholt, während der Heimfahrt wurde er wegen einer Kleinigkeit wütend und forderte Cara auf, sie solle - mitten auf der Straße während der Fahrt - aussteigen!
- Aufgrund tätlicher Angriffe auf seine Frau, gab es sogar einen Polizeieinsatz, den diese veranlasst hatte…

Zweitfamilie

Meine besten Freundinnen wussten über alles Bescheid. Wir, die Sechser-Mädels-Gruppe aus der Handelsschule, ALGAMANASESI, sechs Mädchen, die mittlerweile zu Frauen herangewachsen waren, die alle selbst schon Kinder bekommen hatten, sind zusammengewachsen, wie es nur selten vorkommt. Wir "Mädels" sind wie eine Zweitfamilie, seit dem 16. Lebensjahr gehen wir durch Dick und Dünn. Schon mit 18 – gerade aus der Schule ausgetreten - trafen wir uns in regelmäßigen Abständen.

Auch wenn wir grundverschieden sind, kann uns keiner trennen, wir verstehen uns nach mehr als 30 Jahren noch immer prächtig. Sobald wir unsere eigenen Kinder bekamen, veranstalteten wir sogenannte "Kindertreffen", alle 14 Tage. Seit der Großteil unserer Kinder aus dem Kindheitsalter raus ist, treffen wir uns ohne Kinder, so oft es geht zu sechst, und wer mal nicht kann, kommt eben beim nächsten Mal wieder.

Wir plaudern stundenlang, wir lachen, wir weinen, wir schmieden Pläne, wir machen gemeinsame Wellness-Urlaube, gehen gemeinsam Baden im Sommer und Punschen im Winter. Wir nehmen Anteil am Leben der anderen. Meist treffen wir uns abwechselnd bei einem der Mädels, eine Fressorgie findet statt, mit leckeren Mehlspeisen und Kaffee, zu späterer Stunde ein deftiges Abendmahl. Oft nimmt jeder etwas mit, sodass der Gastgeber nicht so viel Arbeit hat. Es gehen uns niemals die Gesprächsthemen aus, denn jeder hat sein Scherflein zu tragen und wir suchen gemeinsam nach Lösungen.

So auch bei meinen damals aktuellen Herausforderungen. Als ich den Mädels meine Sachlage per Email schilderte, antwortete Alissia mir sehr ehrlich:

Also nix für ungut liebe Selina, gehe in Dich, denke nach, WAS, UND OB ETWAS DAVON STIMMT.....ich denke mal DU TUST DEIN BESTES, so wie jede von uns!! Solltest du Dinge erkennen, in denen dein Ex recht haben könnte, dann arbeite daran.... ABER BITTE GEH NICHT DARAUF EIN.....die Vorwürfe sind natürlich schlimm.

Du stellst dich seit Jahren mit Gotthard1 hin, und nur weil Du Angst hast, wenn du zum Jugendamt gehst, es könnte schlimmer werden und er wird noch wütender auf dich.....na ich weiß nicht.....schlimmer als das Mail von ihm kann es wohl nicht mehr werden!

All diese Briefe und Vorwürfe gehören an die entsprechende Stelle......wenn die nichts davon wissen, können sie auch nicht handeln; bitte reg dich nicht auf und kränk dich nicht!
Bussal Alissia

Ich bedankte mich für die ehrliche Antwort und erklärte ihr, dass ich mich bereits ans Jugendamt gewandt hatte, in der Hoffnung, es werde einen friedlichen, für alle Beteiligten sinnvollen Ausgang geben.

Weihnachtliche Streit-Enten

Wir schreiben 2006, den 19. November.
Die Kinder sind über das Wochenende wieder bei ihrem Papa. Cara, 13 Jahre alt, hat Montag darauf Englisch Schularbeit, klagt mir am Samstag per Telefon, dass sie kaum zum Lernen gekommen ist, weil sie sich mit Oma Aurelia getroffen haben... fragt man sich da nicht, wer schuld daran ist, wenn eine schlechte Note rauskommt? Außerdem klagt Aurora, sie war zu dem Zeitpunkt knapp 8 Jahre alt, dass der Papa schon wieder so böse ist und schimpft. Cara rief sowohl Freitag Mitternacht als auch Samstag nach 23h bei mir an, dass sie nicht einschlafen konnte.

Am Sonntagabend um 17.40 Uhr kam ein Anruf von Cara. Ich dachte, sie wollte mir mitteilen, dass Papa sie jetzt heimbringt - die Zeit wäre ideal gewesen, nachdem sie um 19 Uhr daheim sein sollten. Mir war wichtig, dass ich mich mit den beiden noch ein wenig unterhalten konnte und die Kinder sich noch einleben konnten, sie waren oft ziemlich verstört nach einem Papa-Wochenende. Vor allem Aurora sollte außerdem rechtzeitig ins Bett kommen.

Leider war es anders: sie erklärten mir, dass sie jetzt noch auf den Christkindlmarkt fahren wollten, dass sie sich dort mit Aurelia treffen werden und Papa sie dann heimbringt. Ich war erstaunt und fragte, weil die Zeit mich nervös machte, auf welchen Christkindlmarkt sie denn fahren, *"...auf den Spittelberg"*, kam zurück. Vorsichtig und bemüht, ruhig zu bleiben, erwähnte ich, dass es schon zu spät wäre. Keiner reagierte auf meine Zweifel. Um keinen Streit zu provozieren, ließ ich es schließlich zu. Wenn es nach den Pflichten einer Mutter geht, hätte ich darauf bestehen sollen, dass er die Kinder gleich nach Hause bringt.
Knapp vor 20 Uhr war noch immer kein Fünkchen von meinen Kindern zu hören, daraufhin rief ich Cara nochmal an.

Sie sagte zögerlich, weil es ihr natürlich auch unangenehm war: *“Jaaaa... wir sind noch immer am Christkindlmarkt, äähm, aber.. Papa möchte jetzt eh grad weggehen!”* Mein Ärger und meine Wut steigerten sich.

20.40 Uhr: Es klingelte! Ich machte an der Sprechanlage auf, öffnete die Türe nur halb und ging gleich weg, sodass er mir ja nicht unter die Augen trat. Cara schrie: *„Hilf mir!“* und kämpfte sich mit der großen, schweren Tasche die Stufen hinauf. Ich schritt wieder zur Türe und bekam mit, dass sie alleine waren. Bereits in Rage geraten, zitterte ich mit lauter Stimme heraus: *„Ich bin um diese Zeit bereits im Pyjama, wenn der Papa euch nicht mit der Tasche hilft, müsst ihr es leider selber schaffen“* – ich war so wütend, und ich wusste sofort, es war nicht nötig, so zu reagieren. Es war nicht fein von mir, meinen Frust hier auf die Kinder auszulassen. Eine Entschuldigung kam mir dennoch in diesem Augenblick nicht in den Sinn.

“Ich will nie wieder zum Papa.”

Es dauerte noch gut 45 Minuten vom letzten Anruf am Spittelberg, als sie angeblich schon am Weg zum Auto waren, bis nach Simmering – normalerweise sollten sie um diese Uhrzeit in etwa 25 Minuten am Ziel sein. Aber was bringt mir jetzt noch diese Rechnerei und Kleinkrämerei? Cara erzählte mir daheim, dass es wieder Streit gab, weil Papa sauer war, als er so lange Parkplatz suchte und wegen einer Ente aus Kerzenwachs, die Aurora als Geschenk vom Papa bekam und mir weiter schenken wollte. Einen weiteren weihnachtlichen Streit gab an diesem Abend, als Papa ein Etui für Auroras Brille suchte. Er schimpfte sie, indirekt aber auf mich, und schrie die Kinder an: *“Welches Arschloch kann dieses Etui finden!?”* Damit hatte er es wieder geschafft, mich und die Kinder verbal zu attackieren. Wen wundert es da noch, wenn Aurora an diesem Abend voller Enttäuschung über ihre Lippen kam: *“Ich will nie wieder zum Papa”*.

Schicksal ist, wenn du etwas findest was du nie gesucht hast, und dann feststellst, dass du nie etwas anderes wolltest.
(Quelle. Pinterest.at)

Das Schicksal tut alles

Bei Gotthard2 suchte ich eine Fluchtmöglichkeit und fand sie auch. Bei ihm konnte ich entspannen, er gab mir Wärme und Frieden, er holte mich runter von meinen strapaziösen Eskapaden mit meinem Ex und den Kindersorgen, von meinem beruflichen Alltag und den vielen privaten Dingen, die ich mir selbst noch zusätzlich auferlegte. Bei ihm konnte ich endlich abschalten. Es war, als wäre ich ein anderer Mensch in seinen vier Wänden. Auch verwöhnte er mich in vielerlei Hinsicht und mit einer Selbstverständlichkeit, finanziell war Gotthard mir eine große Stütze, seine Großzügigkeit war immer enorm. Wir unternahmen gemeinsame Reisen, flogen nach Rom in mein geliebtes Italien, auch sein Haus in Griechenland durften wir noch einmal genießen, doch aufgrund seiner Scheidung musste er dieses leider schon bald verkaufen. Lignano war sozusagen unsere zweite Heimat geworden - wir kannten diesen uns lieb gewordenen Ort beide bereits aus erster Ehe wie unsere eigene Westentasche. Regelmäßig durften wir dort Kurzurlaube oder auch mehr verbringen, mal in einem schicken Hotel, dann in einem Bungalow, mal mit und mal ohne meine Kinder, oft mit meiner Schwester, meinem Schwager und meinem Neffen Raffael. Wir verbrachten unsere Zeit dort nicht nur im Sommer, auch zu Ostern und um die Weihnachtszeit reisten wir in unsere selbsternannte zweite Heimat. Gotthards Großzügigkeit war nicht nur im Urlaub grenzenlos, denn egal ob wir schick essen gingen, uns eine Pizza zustellen ließen oder auf den Christkindlmarkt gingen, er lud mich immer und überall ein. Wir liebten es, das Donauinselfest "Backstage" zu genießen, wo er als VIP-Gast eingeladen war, ebenso durfte ich ihn im VIP-Bereich bei feinem Buffet-Catering auf den Fußballplatz begleiten.

Weil es für ihn total okay war und er auch finanziell wesentlich stärker gestellt war, konnte ich dies auch annehmen, ohne ein schlechtes Gewissen zu haben. Unsere Partnerschaft war in vielen Belangen sehr harmonisch. Sexuell waren wir perfekt aufeinander abgestimmt. Solange wir in trauter Zweisamkeit waren und keiner um uns herum die Harmonie störte, waren wir ein Herz und eine Seele. Wir entschieden uns, ein gemeinsames Heim zu gründen. Fast zwei Jahre suchten wir nach einem Reihenhaus, doch irgendwie kam immer etwas dazwischen. Kaum entschieden wir uns für ein geplantes Hausprojekt, wurde dieses im Endeffekt doch nicht gebaut. Wir wollten ein Reihenhaus mieten, welches uns in letzter Minute von einem anderen Interessenten vor der Nase weggeschnappt wurde. Einige andere Projekte, die wir in die engere Wahl zogen, waren uns schlicht und einfach zu teuer.

Ich erinnere mich lebhaft an einen anstrengenden Tag, an dem wir abends mit den Kindern in eine Pizzeria essen gingen. Meine zwei Mädchen waren aufgeweckt, lustig und recht laut und sind für manche womöglich störend im Restaurant herumgehüpft. Gotthard wurde - ohne dass er es vielleicht wirklich zeigen wollte - ziemlich unruhig. Es nervte ihn. Es machte mich traurig und unsicher, dass meine Kinder ihn nervten. Die Stimmung war dahin. Spannung baute sich zwischen uns auf. Und plötzlich war mir eines sonnenklar: wir können nicht zusammen ziehen! Es war für mich ein Zeichen, ein Wink des Schicksals. Doch ich war verwirrt, denn ich wusste nicht, wie ich jetzt mit meiner gewonnenen Einsicht weitermachen sollte.

Ein paar Tage später, kam mir das Schicksal zu Hilfe. Wir wurden "zufällig" auf eine Wohnhausanlage aufmerksam. Als wir zur Besichtigung die Straße entlang fuhren, die trotz urbaner Nähe im Grünen lag, war ich sofort begeistert. Vor meinem geistigen Auge sah ich mich schon, den Bach entlang meine Laufrunden drehen.

Wir stellten fest, dass wir in dieser Straße während unserer Suche seinerzeit bereits ein Haus besichtigten, und damals schon verliebt in diese Gegend, in diese Straße waren.

War das auch Zufall? Ich glaube, es gibt keine zufälligen Zufälle! Dinge fallen auf uns zu, weil sie gerade richtig für uns sind. Dinge, die sich zweimal abspielen, oder Personen, die sich in kurzen Abständen ganz zufällig wieder treffen, oder das Gefühl ein "Dejavue" zu haben, genauso wie ein Bauchgefühl, eine Begeisterung für etwas, all diese scheinbaren Zufälle sind Zeichen im Leben, die wir uns zu Herzen nehmen können. Sie führen uns zu unserer Wahrheit, die wir im Grunde unseres Herzens leben wollen. Sie sind Botschaften, so wie auch jeder Mensch, der in unser Leben tritt, eine Botschaft für uns bereit hält. Selbst oder gerade auch unsere sogenannten Feinde oder Menschen, die uns in Aufruhr bringen. Wir müssen nur Augen und Ohren offen halten und vor allem unser Herz!

Damals war mir das noch nicht so bewusst, doch an Zeichen glaubte ich sehr wohl. Es war mir klar, dass die Tatsache, dass wir nach so langer Zeit immer noch kein Reihenhaus gefunden hatten, einen Grund hatte. Dieses nun entdeckte Wohnprojekt hatten wir sofort in unser Herz geschlossen, und wir wussten, was wir zu tun hatten. Auch wenn es irgendwie absurd und ungewöhnlich war, beschlossen wir ohne langem Nachdenken, uns jeder für sich eine eigene Wohnung zu nehmen, in der gleichen Anlage. Es war der wahre Ruf in unseren Herzen, der sich hier erfüllte. So nah und doch fern genug, sodass jeder seinen Freiraum hatte, seine Ruhe, die er brauchte und doch jederzeit nur einen "Hüpfer" zum anderen machen konnte. Moderne Zweierbeziehung! Dass ich damit mit höheren Belastungen in den monatlichen Kosten zu rechnen hatte, war mir zwar klar, doch Gotthard unterstützte mich sehr bei der Anschaffung und Einrichtung der Wohnung.

In meinem Berufsalltag reiste ich nicht nur auf Seminare für mein Network Marketing Geschäft, ich flog nun jährlich auf Kundenreise nach Schweden, die ich organisierte, und da ich im Außendienst für ganz Österreich zuständig war, hatte ich auch immer wieder die Bundesländer mit Übernachtungen anzufahren. Manchmal konnten Gotthard2 und ich dies sogar gemeinsam verbinden, so verbrachten wir ein paar wundervolle Tage in Gmunden am Traunsee, ich machte meine Termine, wir übernachteten in einem urigen 4-Sterne-Hotel mit Blick am See, wir genossen die wundervollen Stunden zu zweit.

Sobald ich alleine meine Wege ging, war die Stimmung in unserer sonst harmonischen Beziehung jedoch schnell getrübt. Obwohl er selbst oft geschäftlich in der Weltgeschichte rumflog - oder vielleicht gerade deshalb - liefen seine Gedankenräder auf und ab. Wie immer, wenn ich aufgrund von Seminaren oder Kundenreisen verreisen musste, wollte Gotthard nicht einmal, dass wir uns hören, ja nicht einmal schreiben, weil er in seiner mir unerklärlichen, absurden Vorstellung Angst hatte, ich könnte dort einen anderen Mann finden. Was für einen Verfolgungswahn er doch haben musste? Ich hatte mir wirklich nichts zu Schulden kommen lassen, es gab absolut keinen Grund für seine Eifersucht und Angst.
"Wie der Schelm denkt, so ist er!", kam mir dazu sehr oft in den Sinn. Denn so wie man von jemandem beurteilt wird, so kann man mit hoher Wahrscheinlichkeit davon ausgehen, dass derjenige selbst so ist. *Wie man denkt, so ist man!*

Die Situation eskalierte nach einer Schweden-Reise im Herbst 2006. Nach meiner Rückkehr war die Spannung unerträglich geworden. Er trat mir mit eisiger Kälte entgegen, er sprach kaum mit mir, interessierte sich nicht für mich, würdigte mich keines Blickes. Er verursachte damit, dass wir uns voneinander entfernten. Durch seine Reaktionen gab er mir zu verstehen, ich müsse etwas "kitten".

Ich verstand die Welt nicht mehr. *Was habe ich verbrochen? Ich bin nur meiner Arbeit nachgegangen und habe mich noch dazu an seinen Wunsch gehalten, mich während der Reise nicht bei ihm zu melden. War das nun doch falsch? Mich nicht zu melden, fiel mir jedes Mal verdammt schwer. Und nun passt ihm das auch nicht? Wie kann man es ihm denn recht machen?*

Ich fühlte mich ungerecht behandelt. Es war so schmerzvoll, dass er sich kalt und rücksichtslos verhielt, einfach kommentarlos blieb, wenn ich ihn fragte, worum es eigentlich geht. Ich hatte mir nichts zu Schulden kommen lassen! Ich musste nichts kitten! Die Spitze des Eisbergs war für mich, als ich spätabends noch zu ihm kommen wollte. Er erteilte mir mit der Aussage *"Du kennst mich ja, ich mag nicht, dass du so spät noch kommst"* eine klare Abfuhr. Das kränkte mich sehr, da ich einlenken wollte, um unsere Beziehung zu bessern, was auch immer zu verbessern war. *"Mit seiner Eiseskälte wird er mich noch in die Arme eines anderen schicken"*, dachte ich wiederholt.

Gedanken haben keine Macht über deine Gefühle. Es sei denn, du glaubst ihnen.
(ANSSI)

Was du denkst, wird wahr! Dieser Spruch könnte bald Wirklichkeit werden für ihn. Das von ihm Befürchtete wird eintreffen, wenn er sich so abweisend mir gegenüber verhält. Meine Gedankenräder drehten sich aber ebenfalls herum: "*ER könnte eine andere haben? ER WILL mich fortschicken. Er hat keine Liebe mehr für mich. Warum sagt er es dann nicht? Warum ist er nicht ehrlich und fair und sagt mit Klarheit, was er will?*"

Im Radio lief ein alter, deutscher "Hadern". Leidend sang ich bei den für mich passenden Passagen des Schlagers von **Christian Anders** mit:

Es fährt ein Zug nach nirgendwo*, mit mir allein als Passagier, mit jeder Stunde, die vergeht, führt er mich weiter weg von dir …*
Es fährt ein Zug nach nirgendwo und niemand stellt von Grün auf Rot das Licht, macht es dir wirklich gar nichts aus, dass unser Glück mit einem Mal zerbricht …
Es fährt ein Zug nach nirgendwo, bald bist auch du genau wie ich allein, sag doch ein Wort, sag nur ein Wort und es wird alles so wie früher sein…
Die Zeit verrinnt, die Stunden gehen, bald bricht ein neuer Tag heran, noch ist es nicht für uns zu spät, doch wenn die Tür sich schließt was dann...

Was Gotthard wollte, konnte ich ihm jedenfalls nicht bieten, nämlich dass ich mit Scheuklappen herumlaufe oder in der Burka, vielleicht auch unterirdisch im Keller, und ich konnte auch nicht akzeptieren, dass er mich als seinen Besitz sah und so behandelte. Ich wollte meine Freundinnen treffen, meinen Beruf ausüben und nicht alleine in einem Büro sitzen - oder wenn es nach ihm ging, am besten unter seiner Obhut als Chef oder im Homeoffice, wo ich keinen Männern begegnete.

Unser Schweigen hielt wochenlang an. Zu seinem Geburtstag sendete ich ihm Glückwünsche, meine Kinder schickten ihm Süßigkeiten. Es kam zumindest ein kurzes DANKE-Mail, er freute sich über die süßen Sachen von den *"Fröschen"*, wie er die Kinder bezeichnete, da er aber auf Diät war und bereits sieben Kilo abgenommen hatte, legte er diese vorerst in den Kühlschrank: *"...sie warten auf den Augenblick wo ich zuschlage. Danke vielmals G2"*, teilte er uns mit.

Zwischenzeitlich erholte ich mich mit meinen Freundinnen bei einem unserer alljährlichen Wellnessurlaube und genoss meine Freiheit. Diesmal musste ich mir wegen Gotthard keine Gedanken machen, ob ich mich melden solle oder nicht. Es herrschte sowieso Funkstille.

Willst du etwas verändern, dann ändere dich selbst.
(Weisheit von Mahatma Gandhi)

Mitte November konnte ich dieses Schweigen zwischen uns jedoch nicht mehr ertragen. Ich brach es kurz und bündig mit einem Mail an ihn, unter dem Betreff *"Chance"*:

Lieber Gotthard, da weniger bekanntlich mehr ist, möchte ich ohne große Umschweife meine Gedanken zum Ausdruck bringen und schlage vor, dass wir uns nochmal eine Chance geben und uns treffen! Als Zeitpunkt wäre der Freitag Abend denke ich gut? Den Ort können wir ja noch wählen. Sag mir bitte, ob du kannst! Liebe Grüße Selina

Er antwortete prompt, mit sehr ehrlichen und lieben Worten, wie ich sie nicht erwartet hätte: *"Ich wusste nicht wie innig und schmerzvoll liebe sein kann, ich liebe dich unvorstellbar - geradezu abnormal. nur die zeit kann hier hilfreich sein und wunden heilen, ein treffen wäre eigentlich kontraproduktiv. was kann nach vier wochen trennung anders sein. bei einem gespräch könnten die gefühle noch intensiver werden, ich habe angst davor. ich halte es schon fast nicht mehr aus, was erst wenn wir uns wiedersehen? es zeichnet dich auf jeden fall aus, dass du einen ersten schritt gesetzt hast. eines kannst du dir jedenfalls ins stammbuch schreiben: GOTTHARD2 WAR EIN MENSCH DER DICH WIRKLICH GELIEBT HAT."*

"Willst du etwas verändern, dann ändere dich selbst", schrieb ich den weisen Spruch nieder, der mich schon lange begeisterte. "*Nur dann hat ein Wiedersehen eine Chance*", meinte ich, "*wenn wir beide bereit sind etwas zu verändern*", ließ ich nicht locker und kämpfte Löwen-gemäß um eine Chance. Ich erklärte dazu: *"Wir besprechen einfach, was wir in unserem Leben gerne geändert haben möchten, vielleicht finden wir einen Weg, ohne Vorwürfe, ohne jeglichen Frust und Wut, nur mit unserer Liebe in uns. Ich glaube nicht, dass es sinnvoll ist zu leiden.*

Deshalb habe ich mich gemeldet, weil ich nicht aufgebe, sondern an Lösungen interessiert bin und jemand, den ich lieb habe, nicht so einfach gehen lassen möchte. Und da es uns beiden schwer fällt loszulassen, obwohl einige Zeit vergangen ist, glaube ich, wir haben eine Chance verdient."

Das Nicht-Aufgeben hatte sich gelohnt: *"Wenn es dir wirklich wichtig ist, können wir uns ja treffen."*. Er hegte dabei den Wunsch, dass ich den Versace-Anzug, den er mir kürzlich in Lignano gekauft hatte, tragen solle, da er sich daran noch nicht wirklich erfreuen konnte. *"Juhu... ich seh dich wieder! :)))"*, schrieb ich voller Freude. Wir arrangierten ein mögliches Treffen. Einerseits hatte er Bedenken, eine gemeinsame Zukunft anzustreben, weil auf beiden Seiten viel Porzellan zerschlagen wurde und er mit seinen Gefühlen in Zukunft vorsichtiger umgehen möchte, um weitere Enttäuschungen zu vermeiden, die er sich nicht mehr zumuten wollte. Andererseits war es ein großer Wunsch von ihm, gleich ins Blaue zu fahren, um in entspannter Atmosphäre reden zu können und Chancen auszuloten. Ein Hin und Her der Überlegungen, sollten wir uns auf dem bevorstehenden Wirtschaftsball treffen oder gleich nach Italien fahren, um dort einfach spazieren zu gehen, oder doch lieber irgendwo in Österreich wegfahren...

Per Mail erzählte ich ihm vorab schon vom Zoff mit meinem Ex und dass ich nicht sicher sein kann, ob und an welchem Wochenende er die Kinder haben wird. Wir tauschten Neuigkeiten aus, was unser Wohnungsvorhaben betraf, in ein paar Monaten sollte es soweit sein mit dem Umzug. Wir einigten uns und trafen uns bei einem Abendevent, zu dem er eingeladen war. Ihm zu Liebe trug ich den Versace-Anzug, den er mir geschenkt hatte. Ich spürte, wie er mich mit seinen Augen verschlang, bestimmt war er geistig bereits im Bett mit mir. Doch es dauerte ein paar Stunden, bis wir wieder warm wurden, bis das Eis der letzten Wochen - im wahrsten Sinne des Wortes - gebrochen war. Noch in der gleichen Nacht lag ich wieder in seinen Armen und es war um mich geschehen.

Abziehbild

13 Jahre lang musste ich mir das anhören von meinem Ex, Gotthard1:
„Da läuft schon wieder der Lurch herum, du bist den ganzen Tag zu Hause, bist in Karenz, hast nichts zu tun…“

In unseren 13 Jahren Beziehung, davon zwei Jahren Ehe, hatte ich viel durchgemacht was seinen Putzwahn betraf. Auch an eine überaus witzige Episode, was seine Putzlust betraf, erinnere ich mich noch gut. Die Vorgeschichte: Mein Ex-Mann hatte sehr viele Jobs, seit wir uns kennenlernten. Eigentlich waren es weniger tatsächliche Jobs, eher Ideen und Bewerbungen für diverse mögliche Tätigkeiten. Immer wieder kamen ihm neue Berufe oder Berufungen in den Sinn. Mal wollte er Pilot werden, dann wieder Croupier im Casino. Er war lange Zeit in der Mineralölwirtschaft für Autowaschanlagen verantwortlich, später war er in einem Sportwettbüro im Management tätig. Nach unserer Ehe hatte er sogar einmal den verrückten Einfall, eine Begleitagentur aufzumachen.

Zwischenzeitlich hatte er eine neue Idee geboren: er bewarb sich bei einer renommierten Bäckereikette als Franchisenehmer. Er kam in eine Filiale im ersten Bezirk, um sich vorzustellen. Und was machte er dort? Es ist kaum zu glauben, während er auf seinen Gesprächspartner wartete, schnappte er sich einen Besen und kehrte den Eingangsbereich des Ladens, bis dieser wieder passabel ausgesehen haben musste. Das ist wirklich typisch er und sein Putzwahn. Er hat jedoch diesen Berufswechsel als Bäcker und Franchisenehmer schlussendlich doch nicht durchgezogen. Ein Spleen weniger. Jedes Mal wenn er diese Episode erzählte, mussten wir herzlich lachen.

Der Gelassene nutzt seine Chance besser als der Getriebene.
(Thornton Wilder)

Und ich bekam diesen Putzwahn auch noch nach meiner Scheidung zu spüren. Nicht von meinem Ex-Mann, nein, von meiner lieben Tochter Cara, dem Abziehbild ihres Vaters in Sachen Sauberkeitswahn, Perfektionismus und Pedanterie.

Was will mir das Leben damit sagen? Ob das Spiegelbild mich hier widerspiegelt? Ich bin nicht gerade eine Putzheilige. Aber auch nicht unbedingt das Gegenteil. Sauberkeit und Ordnung sind mir schon sehr wichtig. Mein Leben hat mir aber so viele andere Prioritäten gezeigt, dass die Haushaltsführung und das Sauberhalten nicht den größten Stellenwert für mich hat. Ich bin eine Getriebene. Ich habe tausend Dinge im Kopf, tausend Dinge zu tun, tausend Dinge, die mich interessieren und ich gerne tun möchte. Da kommt der Haushalt oft zu kurz. Cara ist dagegen die Hochpotenz ihres Vaters in diesen Belangen und auch in anderen Eigenschaften, die sie übernahm. Da ist der Putzwahn im Grunde das kleinere Übel und positiv zu sehen, auch wenn er sehr nervig ist und nicht selten Streit auslöst.

Getriebenheit ist unser aller drei Leid, wir spiegeln uns. Wir haben alle viel zu hohe Erwartungen, eine zu hohe Latte, die wir uns selbst legen. Es ist nicht schaffbar, was wir uns vornehmen. Unzufriedenheit und Enttäuschung machen sich dadurch breit.

Meine Getriebenheit kommt womöglich aus meiner Kindheit - das erlernte "Ich bin es nicht wert"-Thema hat sich in dieser Form niedergeschlagen und in meinem schlechten Gewissen. Der Glaube, ich müsse mehr und mehr tun, macht sich breit. Bis zum Umfallen. Damit ich Anerkennung und Wertschätzung erhalte. Auch von mir selbst. Und Cara und ihr Papa sind die Hochpotenz davon.

Wenn ich noch heute in dieses Muster verfalle, weiß ich, wie ich diesem Strudel entrinnen kann:
Ich gehe einen Schritt zurück,
ich meditiere, ich entspanne mich,
ich mache etwas, das ich liebe und mich zur Ruhe bringt,
ich gehe in die Natur, ich esse bewusst und nehme mir Zeit dafür, ... und vor allem sehe ich die Fülle - statt den Mangel, ich rufe mir in Dankbarkeit alles vor Augen, das ich habe!
Ich mache mir bewusst, dass ich weder anderen noch mir selbst etwas beweisen brauche!
Ich habe alles, was ich brauche - in mir.

In meiner Network Marketing Zeit hörte ich auf einem meiner Seminare eine Geschichte, die mich geprägt hat - immer wieder kommt sie auf mich zu und ich erinnere mich. Ich möchte hier diese Geschichte aus dem Zen-Buddhismus gerne festhalten:

Ein Zen-Schüler fragt seinen Meister:
„Was unterscheidet den Zen-Meister von einem Zen-Schüler?“
Der Zen-Meister antwortet:
„Wenn ich gehe, dann gehe ich. Wenn ich esse, dann esse ich.
Wenn ich schlafe, dann schlafe ich.“
„Wieso? Das mache ich doch auch.“
Der Zen-Meister antwortet: „Wenn du gehst, denkst du ans Essen und wenn du isst, dann denkst du ans Schlafen.
Wenn du schlafen sollst, denkst du an alles Mögliche.
Das ist der Unterschied.“

Cara hatte - einige Jahre älter geworden, zwischen Lernwahn und sonstigen Pflichten - wieder der Putzwahn gepackt.

Anstatt dass sie mit ihren 13 Jahren eine Lernpause einlegt, Freundinnen trifft oder etwas macht, das ihr Spaß macht, saugt sie lieber die Wohnung und wird hysterisch dabei: *"Wie unordentlich und dreckig sieht es in dieser Wohnung wieder aus?"*

Laut schreiende Wortgefechte zwischen Cara und mir fanden aus unseren vier Wänden den Weg nach draußen, unsere Nachbarn konnten sich wieder einmal erfreuen, verbale Kino-Action pur:
Ich: *„Wenn du in fünf Jahren eine eigene Wohnung hast, kannst du sie gerne jeden Tag ablecken, wenn es dir Spaß macht!"*
Cara: *„Die Hose gehört in den Kasten!"*
Ich: *„Die Hose bleibt hier hängen, weil sie auslüften muss!"*
Cara wurde noch lauter: *„Ich haaaalte daaaas niiiicht aaaaus!"*
Sie fetzt die Hose wütend irgendwo hin. Die laut zugeworfene Tür ist nicht taub und lässt mich beim Rausgehen aus Caras Munde hören *„Gschissene"*!
Türe auf: *„Was höre ich da?!"... „Die Hose bleibt hier hängen, Schluss"*... Ohne Konsequenz, aber außer mir, wie meine Tochter mit mir spricht, flüchtete ich vor ihr.
Cara saugte weiter und fluchte unaufhörlich herum.

Wahrscheinlich hätte ich damals schon konsequenter sein müssen. Denn diese Schimpfwörter hätte ich niemals zulassen dürfen. Andererseits kann ich schon verstehen, dass es sie stört, wenn etwas rumliegt oder nicht sauber ist. Doch besser als ihre Reaktion wäre zu akzeptieren, dass nicht alle Menschen die gleichen Bedürfnisse haben. Deshalb wäre ein wenig Toleranz und Mitgefühl auch von ihrer Seite angebracht. Wenn der Boden mal eine Woche nicht gesaugt wird, weil es die Zeit einfach nicht zulassen möchte, weil die Prioritäten andere sind, ist das eben zu akzeptieren. Wenn man es ändern möchte, nimmt man, ohne ein Wort zu verlieren, den Staubsauger und hilft seiner Mutter, weil diese womöglich gerade hundemüde von der Arbeit heimkommt.

Die Arbeitstage waren oft sehr anstrengend, weil ich mich bemühte, so viele Kunden wie möglich in einen Tag zu quetschen. Ich präsentierte gern “mein” schönes Designpapier bei Verlagen, Werbeagenturen, Grafikbüros und Druckereien in ganz Österreich, doch die Touren verlangten auch einiges von mir ab.

Manchmal war meine Priorität womöglich auch, ein schönes Bad zur Entspannung zu nehmen, oder am Computer 148 Mails zu checken oder ganz einfach *"nur noch kurz die Welt zu retten"*... Damals gab es das Lied von **Tim Bendzko** noch nicht, aber als es herauskam, konnte ich mich voll damit identifizieren: „***Muss nur noch kurz die Welt retten****, noch 148.713 Mails checken, ... dann ... nehme ich mir vielleicht mal Zeit zum Staubsaugen...“*.

Auch den Kindern gegenüber machte sich oft mein schlechtes Gewissen breit, weil das Gefühl aufkam, mir zu wenig Zeit für sie zu nehmen. Der Alltag holt uns alle immer wieder ein. Denn abgesehen von den 148.713 Mails, die zu checken waren, sind neben meiner Arbeit mit den Touren unzählige andere Dinge zu tun. Als alleinerziehende Mutter bleibt vieles an mir allein hängen. Elternsprechtag, Schulsachen besorgen, Überweisungen erledigen, Einkäufe, Kochen, Arzttermine wahrnehmen, Geschenke besorgen, von Haushalt rede ich da noch gar nicht. Weil ich selbst das Gefühl habe, meine Kinder sollten mehr von mir haben und auch, weil sie es von mir forderten, machte ich ihnen Weihnachten 2006 ein ganz besonderes Geschenk.

MEIN GESCHENK AN DICH

ALS EURE MAMA MÖCHTE ICH EUCH EIN BESONDERES GESCHENK MACHEN: EIN GESCHENK, DAS MIR IN DIESER SCHNELLLEBIGEN ZEIT - OBWOHL ES EIGENTLICH SELBSTVERSTÄNDLICH IST - VIEL MEHR OPFER ABVERLANGT, DAS FÜR MICH VIEL KOSTBARER IST, ALS JEDES NOCH SO TEUER GEKAUFTE GESCHENK ...

AUS VOLLSTEM HERZEN UND MIT GROSSER FREUDE MÖCHTE ICH EUCH BEWUSST Z-E-I-T SCHENKEN!

EIN TAG MIT DER MAMA

EINFACH NUR ZUHÖREN, WAS DU MIR ZU ERZÄHLEN HAST; DIE NATUR GEMEINSAM GENIESSEN; SPAZIEREN GEHEN; TEE TRINKEN; INS KINO GEHEN; PIZZA ESSEN; ... OHNE UNTERBRECHUNGEN; OHNE COMPUTER; OHNE FERNSEHER; OHNE KUNDEN; OHNE ARBEIT; OHNE DEINE SCHWESTER ;-)...

NUR DU UND ICH ... DAS TUN WAS NICHT VIEL KOSTET ABER VIEL MEHR WERT IST UND EINFACH GUT TUT...

DICH BEI MIR ZU HABEN, DICH ZU UMARMEN, WANN DU ES MÖCHTEST, DICH LACHEN ZU SEHEN, ODER AUCH WEINEN, WENN DIR DANACH IST;

DICH ZU DRÜCKEN; DICH ZU GENIESSEN;

FÜR DICH DA ZU SEIN!

SUCHE DIR EINEN TAG MIT MIR AUS!

ICH FREUE MICH SCHON!

BUSSI DEINE MAMA

Die Kinder freuten sich riesig über dieses Geschenk und kosteten es auch gerne jeweils an ihrem später gewählten Wunschtag aus. Auch ich liebte diese Tage sehr. So war ich selbst mal bewusst dazu gezwungen, alle Ablenkungen des Alltags beiseite zu stellen, mich nur auf eines zu konzentrieren: mein geliebtes Kind!

Sie bekamen dieses Geschenk zu jedem möglichen Anlass - Ostern, Geburtstag, Weihnachten. Mit Cara war ich einmal auf ihren Wunsch im Foltermuseum, das war so die Zeit, wo das Gruseln entdeckt wurde. Mal waren wir Eislaufen oder im Haus des Meeres, beim "McDonalds" essen oder worauf wir gerade Gusto hatten, ein anderes Mal gingen wir ins Kino oder wir machten einen gemütlichen Fernsehabend bei Popcorn und Eistee mit einem Lieblingsfilm von uns - "*Findet Nemo*" war einer der Filme, die wir liebten und mehrmals anschauten, bei dem wir Passagen bereits auswendig mitsprechen konnten. Die Aussage "*Einfach schwimmen*" von "Dorie" hab ich mir als Kraftaussage in mein Leben mitgenommen. Wenn etwas schwierig wurde im Alltagsgeschehen, übertrug ich diese zwei Wörter in gewohnter "Dorie-Manier" in die Herausforderung, die ich gerade hatte, nach dem Motto "*Einfach tun*" oder "*Just do it*".
Aurora liebte es nicht nur an unserem Zeit-Geschenk-Tag, mit mir in der Badewanne Zeit zu genießen. Dabei ergriff sie die Chance, dass ich ihren Rücken streichelte, was sie sehr erfreute.

Ich bemühte mich, die Wünsche der Kinder - jeden für sich - so gut es ging zu erfüllen und mit ihnen einige Stunden genussvoll zu verbringen, mit ihnen zu reden, ihre Probleme zu hören, ein offenes Ohr für sie zu haben. Einige Jahre konnte ich die beiden mit diesem Zeit-Geschenk Jahr für Jahr erfreuen, und sie schätzten es sehr. Irgendwann kam der Umbruch, wo sie zum Teenager mutierten, und die "Mutter-Zeit" mit mir war ihnen nicht mehr so wichtig.

2007 - Das turbulenteste Jahr überhaupt

In diesem Jahr überschlugen sich die Ereignisse. Mein Glücksjahr sollte es werden, denn 7 ist und bleibt meine Glückszahl.

Rom, die ewige Stadt

Schon im Dezember 2005 hatten Gotthard2 und ich uns nach der wochenlangen Trennung eine Städtereise in die ewige Stadt gegönnt. Rom war für uns faszinierend: die beeindruckenden Kirchen und Bauwerke mit unterschiedlichem Lichteinfall, die überwältigenden Gemälde, Mosaike und Deckenfresken, die wunderbaren Statuen und vergoldeten Altäre zu bestaunen, aber auch um innezuhalten und unsere Gebete an den lieben Gott zu sprechen.

In Rom eine "Audienz" mit dem Papst zu erleben, war etwas ganz Besonderes und das Tüpfelchen auf dem i für uns. Da standen wir nun vor dem Petersdom, eine der größten, bedeutendsten und prunkvollsten Kirchen der Welt. Die Atmosphäre und die Stimmung auf dem Petersplatz war genial. Der gesamte Platz der Vatikanstadt - mit dem bombastischen halbrunden Säulengang und den riesengroßen Heiligenstatuen auf der Brüstung des Petersdoms - war rundherum mit tausenden Menschen gefüllt, aus aller Welt kommend. Wir waren ganz vorn dabei. Wir durften den deutschen Papst Benedikt XVI., der erst kürzlich das Amt übernahm, fast auf Tuchfühlung bei einer Generalaudienz erleben. Er fuhr mit seinem Papamobil direkt vor uns vorbei und winkte uns zu ... und noch ein paar anderen der tausend Menschen auf dem imposanten Petersplatz.

Den Papst aus nächster Nähe erleben zu dürfen und uns seinen Segen zu holen, war für uns das Highlight dieser Rom-Reise.

Es war Dezember und tiefster Winter in Wien. Der Rückflug aus Rom hatte deshalb sechs Stunden Verspätung. Ich hatte das Glück, in Eros Ramazzottis Biographie schmökern zu dürfen, die ich mir voller Freude druckfrisch in einem Buchladen in Rom besorgte. So konnte ich mir die Zeit gut vertreiben und dabei ein bisschen italienisch üben. Durch den Segen des Papstes und Dank Gottes haben wir trotz extremen winterlichen Bedingungen und einer Landung im meterhohen Schnee alles gut überstanden.

Zurück zum turbulenten Jahr 2007:

Einen Beitrag zu einem positiven 2007 konnte unsere zweite Rom-Reise in der Fastenzeit vor Ostern beitragen, diesmal mit den Stadlers. Auch während unserer zweiten Rom-Reise war alles sehr harmonisch.

Wir hatten wiederum die Ehre, den Segen unseres deutschsprachigen Papstes, Benedikt XVI., diesmal von der Kanzel seiner Residenz des Vatikans aus, zu empfangen. Es war wieder ein unbeschreiblich beeindruckender Moment. Dem Papst so nahe zu sein, ihn mit eigenen Augen zu sehen, ihm persönlich zuzuwinken und seinen Segen zu empfangen, gibt einem ein beruhigendes, beschützendes Gefühl. Noch heute steht mein kleines Marienbild aus dem Souvenir-Laden, das wir mit anderen Gegenständen bei dieser Audienz segnen ließen, auf meinem Nachtkästchen neben meinem Bett und lässt mich immer wieder an dieses bewegende Ereignis zurückblicken und erinnern.

Sakramente

Auch meine Kinder hatten ihren Beitrag zu einem turbulenten Jahr 2007 im positiven Sinne geleistet. Erst war die Erstkommunion von Aurora, danach die Firmung von Cara.

Aurora war bei ihrer Kommunion unglaublich hübsch in ihrem weißen, spitzenbesetzten Kleid und mit ihren verspielt gedrehten Löckchen. Bei ihrem herzlichen Lächeln kamen ihre Grübchen zum Vorschein, sie strahlte! Cara an ihrer Seite war ebenso in Weiß gekleidet und passte perfekt zu ihrer Schwester. So gelangen es uns, großartige Erinnerungsfotos zu schießen. Meine beiden Mädchen waren eine Augenweide, ich war voller Freude. Wir waren nach dem kirchlichen Ereignis im Wiener Wurstelprater. Mein zukünftiger Mann baute dort einen Kindererlebnispark auf, den er seit kurzer Zeit mit weiteren Geschäftspartnern sein Eigen nannte. So hatten die Kinder ihren Spaß und es war Glück pur. Wir waren seither sehr oft im Prater und genossen dieses für uns kostenlose Kinderparadies.

Zwischenzeitlich hatten meine Schwester und ihr Timon, sowie Gotthard und ich, beschlossen, uns Anfang Juli auf einer Doppelhochzeit das JA-Wort zu geben, unter dem Motto "Wir trauen uns". Jedoch ohne Sakrament. Denn eine kirchliche Trauung war nicht möglich, da Gotthard bereits einmal in der Kirche getraut wurde. Standesamtlich, und noch dazu im Rathaus, war dennoch ein gewagter Schritt, denn was unsere Beziehung betraf, hatten wir unsere "Aufs und Abs" seit fast sieben Jahren. Das Datum sollte uns Glück bringen, denn sowohl Gotthard als auch ich hatten die SIEBEN als Glückszahl.

Die Firmung von Cara ein Monat später konnte ich nicht wirklich genießen. Sie war überschattet von negativen Ereignissen.

Ich hatte Stress mit den vielen Hochzeitsvorbereitungen, die zu erledigen waren. Aber vor allem gab es Spannungen, die die Stimmung trübten. Der Vater meiner Kinder und seine Mutter Aurelia waren bei der Firmung anwesend, und so wollte mein zukünftiger Mann nicht daran teilnehmen.

Cara hatte Ferdi, ihren Stiefopa, als Firmpaten ausgewählt. Als Firmgeschenk, von allen gemeinsam mitfinanziert, bekam sie ihren lang ersehnten ersten Laptop, der wohl eine große Motivation war, die Firmung durchzuziehen.

Ich selbst bin nie gefirmt worden, ich habe keinen Bezug zur Sinnhaftigkeit einer Firmung. Es heißt, Sakramente bringen die Liebe und die Nähe Gottes zu uns Menschen zum Ausdruck. Für mich haben Kirche und Glaube nicht unbedingt einen Zusammenhang.

Gott ist mir auch so nahe und liebt mich wie ich bin, wie auch alle anderen Menschen, er ist auch kein strafender Gott!
Das ist meine Einstellung zu Gott.
Gott ist Energie wie alles Energie ist.
Somit ist das ganze Universum Eins,
somit sind wir selbst auch Gott.

In den Büchern von Neale Donald Walsch, die Trilogie "Gespräche mit Gott", wurde mir ein anderes Bild von Gott und der Welt vermittelt, mit dem ich viel mehr anfangen konnte und kann.
"Wir alle sind Eins" ist die Botschaft in diesen wundervollen Büchern meines Lieblingsautors.

„Moderne Ehe“

Weniger sanfte, aber durchaus freudige, Turbulenzen des Jahres 2007 machten sich durch unseren Umzug breit. Wie geplant, nahmen wir uns jeder eine eigene Wohnung im Süden Wiens. Unter dem Motto “Moderne Ehe”, auch wenn es noch keine Ehe war, denn der Umzug fand bereits im Februar statt, vor unserer geplanten Hochzeit.

Jeder, der schon ein- oder mehrmals umgezogen ist, weiß, wie energieraubend so ein Umzug ist. Unendlich viel Organisationstalent ist notwendig und Chaos liegt in der Luft - die Planung samt Änderungswünschen der Ausstattung, die Stunden, Tage und Wochen, die wir in Einrichtungshäusern verbracht haben, welche Fliesen, welche Küche, welcher Parkettboden anstelle des von der Genossenschaft günstig geplanten Teppichs, wie viele Steckdosen sollen wo angebracht werden, der Ärger mit den Professionisten, die Kosten von all dem, die einem im Magen liegen, abgesehen von Kisten packen, schleppen, und das Rumstehen derer, bis die Möbel endlich geliefert und aufgestellt waren. Doch wir haben es gemeistert.

Mit der Vorfreude auf die neuen Wohnungen waren selbst die größten Anstrengungen machbar und das Chaos ging vorüber. Wir waren so glücklich, als wir einziehen konnten. Die Wohnungen waren purer Luxus und Genuss für uns. Die Freifläche, die ich endlich mein Eigen nennen durfte, war das Tüpfelchen am i. Nun brauchte auch keiner mehr zum anderen mit dem Auto fahren. Wir liebten unseren Freiraum und die Möglichkeit, jederzeit unsere Nähe zu genießen, es war für uns die beste Entscheidung, dass wir uns diese Freiheit genommen haben.

Oft hatten wir überlegt, ob wir zusammenziehen könnten, doch kamen wir nie auf einen grünen Zweig, unser beider Egoismus war größer. Wahrscheinlich schwer vorstellbar für so manches Paar, doch für uns war es die richtige Entscheidung und einfach perfekt. Bei uns gab es keinen Streit über unverschlossene Zahnpastatuben, Haare im Bad, Klopapier-Rollen, die verkehrt aufgehängt werden, Geschirr, das in der Abwasch liegen bleibt, auch nicht über ungebügelte Wäsche - Gotthard bügelt sich seine Wäsche grundsätzlich selber. Und er hat eine Putzfrau, die ihm den Haushalt alle zwei Wochen auf Trab bringt. Es war beruhigend zu wissen, man muss keine Energie für diese Streit-vorprogrammierten Kleinigkeiten einer Lebensgemeinschaft verschwenden. Die Kehrseite der Medaille des Nicht-Zusammenlebens war trotz Nachbarschaft dennoch vorhanden: die fehlende Zweisamkeit. Das ist eine andere Geschichte, die uns viele Diskussionen und Überlegungen beschert hat.

Sehnsucht nach Papa

Der Freitagmorgen des 16. März in diesem besagten 2007er-Jahr fing im Grunde ganz gut an. Denn Aurora wachte von alleine auf, während ich noch in meinem Bett lag. Ich hörte jemanden auf die Toilette gehen und herumschwirren. So stand ich auf und meine kleine, süße Maus Aurora kam mir entgegen. Sie tapselte in ihrem gelben Nachthemd herum, drückte mich kurz und kuschelte sich in mein Bett. Als sie wenig später aufstand, ging sie zu ihrem Zimmer, um auf ihrer selbstgebastelten Gefühlsskala erstmals ein lachendes SONNENGESICHT zu markieren, um ihre heutige Laune an diesem Freitagmorgen bekannt zu geben.

Was kann es Schöneres geben? Aurora ging es in letzter Zeit nämlich nicht so gut, was ihr Gemüt betraf, deshalb ging sie nun auch - wie Cara damals nach der Scheidung - regelmäßig zu den „Rainbows“ - die Selbsthilfegruppe für Scheidungskinder, wo Aurora diese Smiley-Skala angefertigt hatte. Es tat den Kindern gut, sich mit Gleichgesinnten und kompetenten, ausgebildeten Therapeutinnen auszutauschen und ihr Leid mithilfe von Zeichnungen, Spielen und Gesprächen loszuwerden.

Seit dem letzten Wochenende mit Papa zeigte Aurora große Sehnsucht nach ihm. Anfang der Woche weinte sie öfters und sagte traurig: *„Ich will zu Papa.“*, und sie fragte mich, ob ich eh nicht böse sei, wenn sie zum Papa möchte, weil sie Sehnsucht nach ihm hatte. Ich beruhigte sie und war auch wirklich erfreut, dass sie, anders als all die Jahre davor, nun auch mal gerne beim Papa ist und sich dort wohlfühlt. So schien mir diese Phase von ihr auch völlig in Ordnung zu sein. Doch machte ich mir Sorgen, weil Aurora mir andeutete, dass sie mir einiges nicht erzählen konnte, was sie bedrückte. Sie weinte nicht nur aus Sehnsucht nach dem Papa, sondern weil andere Dinge sie auch belasteten, über die sie mit mir nicht sprechen wollte.

Ich mutmaßte, dass „man“ am Wochenende wieder schlecht über mich geredet hatte. Als ich Aurora vorsichtig darauf ansprach, verneinte sie nicht. Später packte sie aus und erzählte mir, dass Manila wieder über mich geschimpft hatte und ohne Auroras Ohren zu verschonen, zu Papa sagte, was für ein Idiot ihre Mama doch sei. Aurora konnte mir aber nicht sagen, warum diese Schimpftiraden stattgefunden hatten, es gab keinen offensichtlichen Grund. Manilas Gründe nachzuvollziehen fiel mir schwer: könnte es Eifersucht oder Neid sein? Möglicherweise auf unsere Kinder, weil mein Ex seine Kinder bevorzugt und ihre Tochter Antonella ihm egal ist? Er wurde nie so richtig mit Antonella warm, sie mochten sich nicht besonders. Naja, war ja umgekehrt nicht anders, Manila und unsere Kinder konnten ja auch nicht miteinander.

Eine sonnige Aurora an diesem Freitagmorgen war also schon etwas Besonderes. Sie freute sich auch sehr, weil der Papa ihr versprochen hatte, sie an diesem Freitag von der Schule abzuholen. Leider konnte man darauf nicht mehr wirklich vertrauen, denn wie schon sehr oft, war es auch in dieser Woche schon einige Male der Fall, dass er sein Versprechen, Aurora abzuholen, nicht eingehalten hatte. Obwohl er ihr den Vorschlag gemacht hatte. Er versicherte ihr, dass diesmal nichts dazwischen kommen werde.

Aurora fragte mich: *“Wenn Papa mich wieder nicht abholt, darf ich dann auf ihn böse sein?”* Mein kleiner Schatz tat sich schwer, meine Meinung anzunehmen: *“Aurora, verstehe bitte, dass der Papa sehr viel zu tun hat, der Papa möchte es ja gerne, doch seine Arbeit lässt ihn einfach oft nicht wegkommen...Ich finde es deshalb wichtig, auch in solchen Fällen zu verzeihen.”* Wie sehr oft entschuldigte ich sein Verhalten den Kindern gegenüber. *„Sag niemals nie“* habe ich Aurora erklärt, denn *“es kann immer etwas dazwischen kommen”*.

Deshalb verspreche ich niemals solche Dinge, sondern drücke es so aus, dass ich es mir fest vornehme, aber eben nichts versprechen kann. Denn ich weiß, wie verletzend es für Kinder sein kann, wenn Versprechen nicht eingehalten werden.

Meine Kinder und ich gingen an diesem Freitagmorgen aus dem Haus. Aurora verabschiedete sich, um sich mit ihren Mitschülerinnen auf den Schulweg zu machen. Sie war sehr tapfer, weil die beiden Schulkolleginnen in den letzten Tagen garstig zu ihr waren und sie ausgeschlossen haben oder ihr auf dem Schulweg weggelaufen sind. Wie Cara im Gymnasium hatte Aurora in der neuen Volksschule nun auch mit Mobbing zu kämpfen. Und es war ähnlich: da sie in der Klasse zwischen zwei anderen Freundinnen nur das dritte Rad am Wagen war, konnten beide meiner Mädchen nie so richtig Anschluss finden und wurden deshalb oft in ihren Gefühlen verletzt.

Der Freitagmorgen nahm seine Wende.

Cara wurde wie schon oft von mir in die Schule nach Simmering chauffiert. Wir überlegten seit unserem Umzug, ob Cara Schule wechseln sollte und wenn ja, wohin. Wir zogen viele Schulen in Erwägung, bei einigen hatte sich Cara um einen Platz beworben. Während wir auf dem Weg waren und überlegten, klingelte das Telefon. Der Papa. Cara erzählte ihm gleich, dass sie eine Absage von der angemeldeten Tourismusschule erhalten hatte. Er wusste von meinen Erzählungen, dass Gotthard2 interveniert hatte. Cara diskutierte mit Papa am Telefon das Thema Schule. Da wieder von einer HAK die Rede war, die bereits abgeHAKt war, übernahm ich das Gespräch. Wir waren uns quasi einig, dass Cara die Absage hinnehmen und ins Gym am neuen Wohnort wechseln sollte. Dann wurden wir uns im Gespräch uneinig. Beleidigend zog er über mich und Gotthard2 her, fragte mich in einem verletzenden Unterton *"Was führst du eigentlich auf mit den Schulen!?* und wies abwertend auf die wertlosen Interventionen von Gotthard2 hin.

Vorwurfsvoll schrie er mich an, dass ich mein Leben nicht im Griff habe. Ich verstand nicht, was in ihn gefahren war, warum er so aus der Haut fuhr, was ihm über die Leber gelaufen war.

Ich fragte mich, wer ihn so verletzt hatte, dass er andere verletzen musste.

Was machte ihn so wütend? Womöglich hatte er wieder Probleme mit Manila, suchte einen Sündenbock und musste es auf uns auslassen.

In gewisser Weise verständnisvoll, dennoch voller Wut aufgrund seiner Angriffe, sagte ich nur: *"Ich will nicht weiter diskutieren"* und übergab das Telefongespräch zurück an Cara. Innerlich brodelte es in mir, ich fühlte mich angegriffen, weil ich mir größte Mühe gab! Wie viel Zeit habe ich investiert, die richtige Schule zu finden für Cara?! Und dann wird mir alle Schuld zugewiesen und blöd daher geredet?! Man kann ja leicht reden, wenn man selbst nicht den Aufwand hat! Es tat sehr weh, meine Seele schrie!

Was wir zu diesem Zeitpunkt noch nicht wussten, war, dass Cara sehr wohl den gewünschten Schulplatz bekam, ob mit oder ohne Intervention von Gotthard2 sei dahingestellt. Hätten wir dies bereits gewusst, wäre wahrscheinlich alles anders ausgegangen. Denn dieses Telefonat hatte schlimmste Folgen, wie im nächsten Kapitel zu lesen ist.

Aurora hatte an diesem Freitag um zwölf Uhr Schule aus. Drei Minuten vor Zwölf rief mein Ex mich an, um zu fragen, ob Aurora auch wirklich um Zwölf aus hat. Etwas spät, dass er sich diese Frage stellt, nachdem er noch unterwegs und noch nicht bei der Schule war. Typisch eben! Diesmal kommt er zur Abwechslung zwar tatsächlich, um sie abzuholen, vergewissert sich aber nicht einmal rechtzeitig, wann Unterrichtsende für sie ist.

Schreiende Kinderseelen

Es war ein ganz normaler 21. März, der Frühling begann. Die ersten Blümchen sprossen aus der Erde. Die Sonne schien. Doch ein Anruf meines Ex-Mannes änderte unser aller Leben!

Da es in letzter Zeit diese Schuldiskussionen gab, wollte ich jedoch aus einem Bauchgefühl heraus nicht abheben. Die Mailbox schaltete sich ein. Die daraufhin von ihm hinterlassene und folgenschwere Nachricht hatte ich - in weiser Voraussicht - zu Beweiszwecken über Sprachaufzeichnung am Handy aufgenommen und gespeichert. Hier der genaue Wortlaut dieser Nachricht, bei der mir noch heute, wenn ich sie lese, der Atem stockt - weil sie so einschneidend war, drucke ich diese Passage ***FETT*** ab, :

also liebe selina, nachdem wir heute wieder einmal unser kleines gespräch zusammenfassen können, und du sagst, es ist eine besondere leistung für dich, die cara in die schule zu führen, weil du umgezogen bist zu deinen habschi, 20 km von der schule weg, wenn das eine besonderliche leistung ist für eine mutter, na dann gratulation dir und deinem lieben neuen mann, und wenn du sagst dass häusl putzen in einem eigenen haushalt auch was besonderes ist, entschuldige, liebe selina, dann muss ich dich und deinen lieben partner fragen, ... hobts ihr euer leben im griff, ihr zwa vollidioten, und ab heute selina, zeige ich dir, wo es lang geht, ab sofort hast du keine chance irgendwo kinder abzuschieben, umeinander zu mauscheln, deine flüge nach rom wahrzunehmen, weil des gonz wichtig ist für dich, egal wie die aurora daher kommt, egal wies der cara in der schule geht, ab heute kannst du mich am arsch lecken. so das ist hoffentlich aufgenommen und wast wos, ich wünsch dir einen schönen tag in deiner heilen welt, du volltrottel.

Ich höre seine hasserfüllte Stimme, ich höre seine unbändige Wut, und wie er voller Neid und Ärger seine Worte von sich gab. Ich war empört, schockiert und fühlte mich angegriffen. Im Grunde war ich mir keiner Schuld bewusst. Es war ein Angriff, der absolut deplatziert und voller Neid und Hass war. Meine Reaktion ihm gegenüber war erst mal keine. Zuerst musste ich meinen Schock verdauen. Ich hatte natürlich meine Familie und Freundinnen mit eingebunden und um Rat gefragt. Meine Mutter hat das auch sehr mitgenommen, sie hat deshalb sehr rasch mit einem persönlichen Brief an meinen Ex reagiert, der jedoch von ihm postwendend zurückkam. Meine Mama meinte, er hätte diesen sehr wohl geöffnet und gelesen, denn es sah so aus, als wäre er neu verklebt worden. Das waren ihre Worte, die sie ihm schrieb, die ihr und auch mir, als ich sie las, sehr am Herzen lagen:

Lieber Gotthard,
das was ich heute vom Tonband gehört habe - ich habe es fast nicht glauben können, dass es deine Stimme und deine Worte sind (übrigens das Jugendamt wird auch die Tonbandaufnahme bekommen).

Ich habe von dir immer eine gute Meinung gehabt, weil du zu den Kindern deine Liebe und Fürsorge gezeigt hast. Nun aber, so geht man nicht mit der Selina um.

Sie ist eine gute Mutter – das beweist auch, dass die Kinder immer gut versorgt sind und sie die Selina über alles lieben. Ihr vorzuwerfen, sie hat ihr Leben nicht im Griff, ist unfair. Selina hat genug zu tun. Es liegen alle Pflichten, was die Kinder anbelangt, an ihr. Es ist leicht zu kritisieren, wenn man die Kinder nur in der Freizeit hat, als den Alltag, die Schulproblematik und alle Termine und finanziellen Dinge zu bewältigen. Selina ist schließlich auch berufstätig. Sie hat es alleine geschafft, dass sie nun eine schöne Wohnung haben, was auch deinen Kindern gut tut. Das solltest du schätzen und sie nicht auf eine so vulgäre Art beschimpfen.

Du sprichst vielleicht mit deiner neuen Partnerin so, du kannst leben wie du willst, aber leider, die Kinder bekommen verschiedenes mit und erzählen uns. z.B. von eurer Scheidung Hin und Her, mit Beschimpfen und Schlagen. Ok – es sind eure Probleme, nur es ist nicht gut für die Kinder, dass sie das mitbekommen.

Was die Kinder noch erzählen: Deine Frau sagt, wie kommt sie dazu, deine depperten Kinder zu betreuen. Also, so etwas würde ich mir eventuell nur denken, aber nicht vor den Kindern aussprechen. Du (oder deine Frau) kritisieren, wie die Kinder zu euch kommen. Ein Nachthemd dürfen sie nicht vergessen (ev. Nachtgewand beim Vater in Reserve zu haben ist ungewöhnlich?). Die Nägel, wenn sie einmal etwas länger sind der Aurora zu schneiden, ist eine harte Arbeit für den Vater? Im Kühlschrank müssen beschriftete Sachen zum Trinken für deine Kinder sein? Die Kinder dürfen die Schuhe nicht auf dem Türabstreifer abwischen, weil der schmutzig werden würde. Also lieber Gotthard, du tust mir leid, denn ich bin überzeugt, dass du einiges anders machen würdest, aber nicht darfst. Es ist natürlich das Problem einer Patchwork-Familie.

Statt der Selina neidig zu sein, dass sie vielleicht eine harmonischere Beziehung zu ihrem zukünftigen Mann hat, solltest du dich der Kinder wegen freuen.

Der Selina vorzuschreiben, dass sie Cara in die Schule bringen soll und muss, ist reiner Unsinn. Ein Mädchen von fast 14 Jahren kann doch mit der U-Bahn in die Schule fahren. Es kommen Mädchen in ihrem Alter von der Provinz mit den Lokalzügen nach Wien.

Man kann sich einiges als geschiedene Leute sagen, aber in so einer – wenn du willst – „Proletaria"-Art, und so vulgär, das muss nicht sein. Einerseits bist du ein feiner Mensch – oder spielst du das den Leuten vor, oder kannst du dich so verstellen, dass es erschreckend ist. Schade für die Kinder.

So viele Partner lassen sich scheiden und gehen fein miteinander um. Warum könnt ihr zwei nicht auch so sein? Auf diese Art wirst du die Kinder verlieren, denn bald werden sie entscheiden, ob sie zu dir wollen oder nicht. Es wäre schade, wenn sie den Kontakt abbrechen, denn deine zweite Seite als Vater habe ich immer als wunderbar empfunden.

Was die Rom-Reise von Selina betrifft, das ist ein Vorwurf voller Neid von dir. Die Kinder wurden nicht abgeschoben! Sie waren bei mir und Ferdinand in ihrer schönen Wohnung gut aufgehoben (bei dir müssen sie leider immer noch – trotz anderer Versprechungen – auf der dünnen Klappmatratze schlafen und werden nur als Gäste behandelt). Selina hat sich auch ein bisschen Abwechslung vom Alltag verdient.

Du nennst sie und ihren neuen Partner „ihr zwei Vollidioten". Ich würde meinen, wer so etwas dem anderen sagt, der hat keine Manieren.

Übrigens solltest du Selina die Schulden bezahlen. Selina sagt, du hast kein Geld. Der Skikurs und die Zahnspange müssen bezahlt werden! Deine Frau verdient doppelt so viel wie du, natürlich wissen wir, dass diese finanzielle Lage nur gestellt ist, aber wenn Selinas neuer Partner, der einen eigenen Haushalt führt, Selina bei der Hausarbeit helfen soll, dann sollte dir erstmal deine Frau bei finanziellen Problemen helfen, um deine Hälfte für Skikurs und Zahnspange zu bezahlen, bevor das Jugendamt einschreitet.

Ich bin vielleicht eine Träumerin und habe mir nicht gedacht, dass du so vulgär und gemein mit der Selina umgehen kannst. Lass sie bitte in Ruhe leben und deine Kinder werden es dir einmal danken.

Ich erwarte von Selina auch, dass sie über dich nicht so spricht und dich beschimpft wie du sie!

Ich wünsche dir und deiner Frau ein harmonisches Zusammenleben und viel Glück!
Soraya Sporn
Anlage: die Aufzeichnung deines Gesprächs

Dieser Brief von meiner Mama hat mir mein Herz geöffnet, hat mir sehr gut getan, es ist schön zu hören, von seiner eigenen Mutter so hochgehoben zu werden, wenn man Jahrzehntelang von seinem Ex-Mann schlecht gemacht wird. Man verliert mehr und mehr an Selbstvertrauen und denkt schon selbst, man ist schlecht und eine Rabenmutter. Meine Mama hat mir hiermit bestätigt, dass ich eine gute Mutter bin.

Die Sprachaufzeichnung erging an das Jugendamt. Aus diesen beiden Gegebenheiten – die Reaktion meiner Mama und das Involvieren des Jugendamts – kam die doch sehr eigenwillige Abwehrreaktion meines Ex-Mannes, der damit nicht wirklich mich strafte, sondern sich selbst und unsere Kinder.

„Ich hasse den Papa"

Gefühlte hunderte Male erlebt, versprach er eines Mittwochnachmittags, Aurora am nächsten Tag von der Schule abzuholen. Es war der 28. März 2007. Das Wetter war traumhaft - frühlingshaft und ausgesprochen sonnig. Ich war gerade in der Perchtoldsdorfer Gegend laufen, nutzte die Zeit und genoss die hügelige Natur, während Aurora in ihrer "Rainbows" Scheidungskinder-Gruppe war, als folgende schmerzvolle SMS von meinem Ex in meinem Handy-Posteingang um 17.14 Uhr ertönte:

„ich hole morgen die aurora nicht ab,
ab heute darf sich deine familie darum kümmern!"
Gleich darauf kam eine weitere SMS:
„detto wochenende".

Er zog das tatsächlich durch, Aurora wurde nicht abgeholt. Er hatte nicht einmal den Mut, um ihr das persönlich am Telefon zu sagen. Ich holte sie an seiner Stelle um 12 Uhr Mittag von der Schule ab. Ich erzählte Aurora, dass Papa eine SMS geschrieben hatte, dass er leider nicht kommen könnte, weil er arbeiten müsse. Aurora zuliebe habe ich ihn wie immer geschützt. Aurora reagierte mit den Worten: *"Ich hasse den Papa!"*. Ich versuchte sie zu beruhigen, verstand natürlich ihre Reaktion und verwöhnte sie, sodass sie spüren konnte, dass es ihr trotzdem gut ging.

Wir waren am Nachmittag im Bogi-Park. Auch Gotthard2 hat sie mit Überraschungen verwöhnt, weil sie so traurig war.

Anfang April informierte ich das Jugendamt über diese Umstände, denn ich wartete sowieso noch auf deren Rückantwort. Mit nachfolgenden Worten erzählte ich der zuständigen Beraterin, wie es bei uns weiterging:

Aurora rief Papa verärgert und enttäuscht an. Auf ihre Frage, warum er sie nicht abgeholt hat, kam die bodenlose Frechheit als Antwort: ***„Deine Mama hat es mir nicht erlaubt."***
Auf das hinauf musste ich Aurora aufklären, das konnte ich nicht auf mir sitzen lassen, ich musste ihr die Wahrheit sagen, dass dies die reinste Lüge war und ich ihr gerne die SMS vom Papa zeigen kann - was ich doch nicht tat, um Aurora nicht noch mehr aufzuregen und ihren Papa nicht zu sehr bloß zu stellen. Aurora wusste nicht mehr, was sie glauben sollte.

Als Cara am nächsten Tag vom Skikurs zurückkam, redeten wir offen darüber und ich sagte den Kindern, dass ich mit dem Papa nichts mehr zu tun haben möchte, ich halte sie aber natürlich nicht auf, sich mit dem Papa zu treffen, sofern er das auch vereinbaren kann. Er ruft Aurora zwar seit ihrem Anruf jeden Tag an, sie wird aber immer wieder enttäuscht, weil er was verspricht und nicht hält.

Wann er sie wiedersehen möchte, weiß keiner, nicht die Kinder und auch ich nicht. Zu Ostern vorige Woche war er in Italien Boot putzen und sah die Kinder auch nicht. Cara erwähnte heute nebenbei, nächstes Wochenende sind sie bei ihm. Ob dies wieder leere Versprechungen waren?

Wie sehr ihre Kinderseelen wohl innerlich schreien, kann man nicht hören.

Bitte lassen Sie mich wissen, wie der aktuelle Stand Ihrerseits ist. Darf ich bitte auch eine Kopie des Schriftverkehrs zwischen Ihnen und meinem Ex-Mann bekommen?

Ich bringe Ihnen diese Woche die medizinischen Rechnungen vorbei, habe einiges zusammengesucht und in einer Übersicht niedergeschrieben.
Mit freundlichen Grüßen Selina L.

Nachdem Gotthard1 ein Schreiben vom Jugendamt erhielt, bekam ich folgende Worte per SMS:

"Ich habe noch nie so ein selbstgefälliges und egoistisches Arschloch wie dich getroffen!"

Einfach ignorieren, dachte ich, aber leider hatte er wieder erreicht, was er wollte, denn ich regte mich auf und musste mich innerlich ärgern.

Vom Regen in die Traufe?

16.3.07
Mein zukünftiger Mann war im Grunde seines Herzens immer sehr einfühlsam, mitfühlend, hilfsbereit, geduldig, ruhig, ja manchmal beinahe phlegmatisch. Er bewunderte mich, wie ich meinen Alltagsdruck mit den Kindern, der Arbeit, dem Haushalt und den ewigen Problemen mit G1*) bewältigte. Er schätzte sehr, was ich tat, auch wenn ich oft sehr hektisch und getrieben war, er hatte Verständnis für meine Situation. Wieder und wieder wunderte er sich, wie G1 mich nur aufgeben konnte, und vermittelte mir so Wert und Würde mir gegenüber.

*) *Für Gotthard1 und 2 benutzten wir mitunter die Kurzform G1 und G2*

Doch nun strömte etwas auf uns ein! Ich hatte plötzlich das Gefühl, meinen zukünftigen Mann, den ich in einigen Monaten heiraten will, nicht wirklich zu kennen. Seit er sein neues Geschäft im Prater plante, stand er selbst sehr unter Druck, da es auch ein großes finanzielles Unterfangen war, das Unternehmen zu gründen. Und leider bekam ich das auch zu spüren.

Er ließ seine Laune auf mich aus. Er war cholerisch und aggressiv im Umgang mit mir, sehr oft beim Telefonieren. Er machte mir Vorwürfe über Dinge, die ihn vorher nie tangiert hatten. Plötzlich wurde er ausfällig, weil er sechs Mal versucht hatte, mich telefonisch zu erreichen, ich aber aufgrund unserer Behördenwege für die Hochzeit mein Handy auf lautlos geschalten hatte.

Mir kamen bereits die Woche davor wieder Zweifel auf, ob ich den Mann an meiner Seite wirklich heiraten möchte. Ich war verletzt und traurig.

Ein seltenes Wochenende ohne Kinder stand bevor, und wir machten uns mit Spannungen das Leben schwer. Ausgerechnet zu diesem Zeitpunkt, als ich mit meiner Schwester und meinem zukünftigen Schwager einige Hochzeitsvorbereitungen erledigte, kamen große Zweifel auf!

Da Gotthard leider keine Zeit hatte, ging ich ohne meinen zukünftigen Mann mit Cornelia und Timon zu jener Standesbeamtin, die uns trauen sollte. Wir waren sehr froh, dass wir eine sehr nette, freundliche Dame antrafen, sie war sehr bemüht und machte ihren Job merklich gut und war mit dem Herzen dabei. Der Ablauf der standesamtlichen Trauung wurde besprochen und wir bekamen einige brauchbare Tipps. Danach ging es zur nächsten Behörde, zum Leiter der Traumhochzeiten im Rathaus, da wir dort zu einem Sondertermin heiraten wollten. Auch dort konnten wir einiges erfahren, was wir noch zu organisieren hatten, vom Blumenschmuck, über den Klavierspieler, bis hin zum Einzug der Brautpaare… wir erhielten weitere Telefonnummern, die für die Organisation unserer Hochzeit hilfreich waren.

Dazwischen waren wir in dem Geschäft, wo unsere Hochzeitslisten aufliegen würden, um die möglichen Hochzeitsgeschenke auszusuchen und festzuhalten. Dort erreichte mich seine Nachricht auf meiner Mobilbox: *„Wozu hast du ein Telefon? Sechsmal rufe ich dich nun schon an! Von dir darf man nichts brauchen, weil man dich nicht erreicht! Das ist zum Verzweifeln, das ist das letzte Mal, dass ich probiere dich anzurufen, es ist eh chancenlos!"*, fuhr er per Telefonnachricht über mich her. Ich fühlte mich angegriffen und ungerecht behandelt. Dass er mich am Vortag den ganzen Tag nicht angerufen hatte, obwohl ich versucht hatte, ihn zu erreichen und abends um Elf per SMS nochmals darum gebettelt hatte, dass er ein Lebenszeichen von sich gibt, das war scheinbar normal!

Als nächstes waren wir im Rathauskeller. Wir erkundigten uns nach dem Herrn Kommerzialrat, dessen Name Gotthard mir davor falsch buchstabierte. Wir erwähnten, dass wir von Gotthard K. kommen. Schwester, Schwager und ich warteten noch eine Weile, bis ein großer junger Mann zu uns kam und uns freundlich und doch etwas zerknirscht mitteilte, dass der Herr Kommerzialrat im Moment sehr beschäftigt wäre. Er fragte auf sehr nette Art, wie er uns helfen könne. So nahmen wir mit ihm vorlieb und er führte uns durch die möglichen Räumlichkeiten. Wir erklärten ihm, dass Herr Gotthard K. bereits alles vorbesprochen hatte. Wir fühlten uns sehr wohl, da der junge Mann uns sehr kompetent und geduldig alle Fragen über Räumlichkeiten, Essen, Trinken, Ablauf, Agape, Hochzeitstorte etc. beantwortete. Da wir gleich testweise zum Essen bleiben wollten, führte uns ein netter Kellner an einen Tisch und bediente uns sehr freundlich. Wir erhielten wenig später die versprochenen Buffetvorschläge von dem jungen Manager. Plötzlich eilte der Herr Kommerzialrat, der Chef des Restaurants, hektisch herbei, flog beinahe von einem Tisch zum anderen, blieb kurz bei uns stehen und lispelte uns unverständlich, Timon auf die Schulter klopfend, einige Worte zu… wir hatten alle drei nichts verstanden und nickten nur.

Als wir gerade fertig gegessen hatten, rief Gotthard uns an, doch wie es das Schicksal so will, gab mein Handy den Geist auf und stürzte ab, ich konnte gerade noch ein Wort sagen. So hat nicht nur das Handy gesponnen, sondern natürlich auch der liebe Gotthard. Nachdem ich ihn nach Bewältigung des Handy-Absturzes wieder zurück rief, fauchte er mich an. Als ich ihm mitteilte: *"Wir haben mit einem anderen jungen Mann gesprochen, da der Chef keine Zeit für uns hatte"*, war er außer sich. Es war sehr verletzend für mich, mir diese Vorwürfe anzuhören, ich wollte Cornelia oder Timon übergeben, doch da kam gerade der Kellner und teilte uns freundlicherweise mit, dass der junge Manager uns zum Essen einlädt, als wir die Rechnung verlangten.

Dies hatte ich Gotthard dann gleich berichtet. Ich war sehr wütend über seine Reaktionen, da er so tat, als hätten wir ohne ihn und ohne dem Chef nichts erreicht und wozu wir überhaupt da waren! Ich war so sauer.

Beim Weggehen schauten wir uns noch die Arkaden an, wo wir die Agape mit Sektempfang nach der Trauung machen könnten. Wir waren uns einig und beschlossen, den Empfang dort zu machen und nicht im Rathaus.

Im Auto angelangt, läutete das Telefon wieder, ich hatte noch immer auf lautlos, weil es im Restaurant so leise war und es unangenehm gewesen wäre, wenn es geläutet hätte. Das Szenario wiederholte sich, es war Gotthard, der sich nochmals aufregen musste, warum ich nicht gleich erreichbar bin, weil ich wieder nicht beim ersten Mal abgehoben hatte.
Aufgeregt teilte er uns mit, dass er auf dem Weg in den Rathauskeller sei. Plötzlich konnte er sich die Zeit nehmen und fuhr selbst dorthin, um alles direkt mit dem Chef zu klären.
Es ärgerte ihn fürchterlich, dass wir mit dem jungen Manager vorlieb nahmen. *"Wozu wart ihr überhaupt dort? Ihr habt überhaupt nichts weitergebracht!"*, warf er uns wiederholt vor.

Ich hielt es nicht mehr weiter aus, mit ihm zu telefonieren, ich übergab das Gespräch an Cornelia, sodass sie ihm alles mit Diplomatie und in Ruhe erklären konnte. Ich war zu aufgebracht, fühlte mich den ganzen Tag schon ständig mit seinen Vorwürfen konfrontiert und von ihm angegriffen. Wir verstanden Gotthards Aufregung nicht und diskutierten im Auto, was ihm eigentlich über die Leber gelaufen war? War es nur der Druck, den er beruflich hatte? Warum ließ er alles an mir aus? Fand er nicht genügend Anerkennung von uns, weil er die Leute kannte und kontaktierte und es störte ihn nun, dass er nicht mit dabei sein konnte, um zu zeigen, was er alles managen konnte? Warum wollte er uns klein machen und zeigen, was wir ohne ihn nicht schaffen konnten?

Mir kam der Gedanke, dass ich ihn vielleicht zu wenig unterstütze und helfe beim Geschäftsaufbau, vielleicht würde er sich dies wünschen und nicht, dass ich unsere „lächerliche“ Hochzeit organisiere? Vielleicht hätte ich anderes reagieren sollen, vielleicht hätte ich auch nicht den „fatalen“ Fehler machen sollen, das Handy auf lautlos zu stellen?...
Was auch immer, wir kamen alle zum Schluss, dass dies nicht seine Vorgehensweise und seine Art, mit mir umzuspringen, rechtfertigte! Er ignorierte mich an diesem Abend, es kam kein Lebenszeichen mehr von ihm. In mir war alles unrund, ich fühlte mich so ungerecht behandelt, war nervös, zweifelnd, wütend, traurig. Auch wenn ich versuchte, ihn zu verstehen, fand ich keinen Anlass, mich so behandeln zu lassen. Wie sollte es nur weitergehen?

Daheim konnte ich nur noch nachdenken, ich hätte so viel Zeit gehabt, ohne Kinder, ohne Partner, zum Walken gehen, Haushalt machen, Dateneingaben für die Firma erledigen. Ich fand keine Ruhe und brachte nichts weiter. Nachdem ich Cara nach einer Party bei Papa in einem Lokal abgeliefert hatte, hoffte ich beim Heimkommen, dass Gotthard sich entsinnt hätte und in meinem Bett liegen würde oder vor meinem Fernseher saß. Leider nur eine zerplatzte Luftblase. Er ist ein Macho. Er würde so etwas nie machen. Er kann einfach nicht über seinen Schatten springen.

Auf Anraten meiner Schwester und meines zukünftigen Schwagers kam ich auch nicht mehr bei ihm angekrochen. Am nächsten Tag wollte ich mit ihm reden, ich wollte wissen, ob ich ihm irgendwie helfen konnte, ob ich mich verändert hatte, weil er nun so anders war. Ich wollte wissen, ob wir überhaupt eine Zukunft miteinander sehen können. Ob überhaupt noch Liebe zwischen uns war. Was war nur passiert, dass unsere Beziehung so aus den Ufern geriet?

Es schien mir wirklich so, als würde alles anders werden, als hätte ich einen anderen Mann, den ich heiraten sollte!

Ich fragte mich: *"Will ich das wirklich? Macht dies einen SINN"*

Ist es der richtige Weg, zu heiraten, wenn man sich gar nicht sicher ist? Wenn man Zweifel hat? Wenn man so behandelt wird? Wenn so viel Misstrauen da ist? Hat das Zukunft?
Ist es eine Gratwanderung vom Regen in die Traufe?

Tupperparty

Ende März lud ich Freundinnen und ihre Begleitung zu einer Tupperparty in meine neue Wohnung ein. Aufgrund des Umzugs war die Gelegenheit günstig, alle in mein neues Reich einzuladen und ein paar neue Tupperware-Utensilien zu erstehen. Die Party war für *Freitag, den 13.* angesetzt. Ein Glückstag in dieser Kombination, wie ich auch heute noch behaupte.

Keine Party für Kinder

Es waren gut zwei Wochen vergangen, seitdem Gotthard1 die Kinder ablehnte, vertröstete, Dinge versprach und nicht hielt. Der Brief meiner Mutter an ihn kam - wie bereits erwähnt - „ungeöffnet" zurück an den Absender. Danach verweigerte er, die Kinder abzuholen.
Kurz darauf gab es eine Abmachung zwischen Cara und ihrem Papa, dass er die Kinder für das Wochenende wieder abholen wird. Cara bat ihren Papa, ob er sie erst am späteren Abend abholen kann, da sie mit einer Freundin noch lernen musste. Es war nur ein Vorwand. Es war der Tag der Tupperparty. Sie traute sich nicht zu sagen, dass sie auf der Tupperparty gerne dabei sein möchte. Wie immer durften die Kinder nicht äußern, was sie gerne hätten, weil sie wissen, wie aggressiv und unberechenbar der Papa oft reagierte.
Ihr Papa wurde auch in diesem Fall wütend: *"Warum musst du schon wieder lernen, wenn ich dich abholen will?"*, schrie er sie an, willigte aber zumindest ein, sie später abzuholen. Während der Tupperparty kam ein Anruf von Manila, sie wollte mich sprechen, was mir - nicht nur in Anbetracht der Gäste - gar nicht passte.

Widerwillig und zögernd nahm ich das Gespräch an, sie meinte provokant:

„Der Gotthard hat eine Besprechung in der Firma und kann die Kinder nicht holen.“
Mit einem Kloß im Hals antwortete ich verwundert und ebenso provokant:
„Das heißt also, er nimmt die Kinder am Wochenende nicht!?“
„Doch, aber er kann sie eben nicht abholen.“, gab sie schnippisch zurück.
Mein Einwand dazu war: *„Da ich Gäste habe, ist es mir auch nicht möglich und wenn nur sehr spät, nicht vor 21 Uhr.“* Was hat mich geritten, dass ich überhaupt anbiete, später könne ich die Kinder bringen?
Sie: *„Ist auch ok."* Und außerdem möchte sie mir sagen, “*dass Gotthard nicht mehr als bisher verdient und die Sache mit den Alimenten an den Steuerberater und Rechtsanwalt übergeben worden ist”... “und “...die Alimente sicher nicht erhöht werden!”*

Das Jugendamt hatte zwischenzeitlich höhere Alimente begehrt, weil die Kinder älter wurden und er mehr verdienen müsste. Und wieder mischte Manila sich ein!

Innerlich brodelte es in mir, ich bemühte mich ruhig zu bleiben und bemerkte kurz, dass mir das egal sei und das Jugendamt dies mit ihnen ausmachen solle. Sie gab hochnäsig zu verstehen, dass sie sich auch nicht mehr darum kümmern werden, sondern eben die Anwälte.
„Ist ok, die sollen sich das eben ausmachen!“, schloss ich dieses aufreibende Gespräch.

Anderen die Aufgaben abzunehmen heißt:
sie in ihrer Entwicklung zu behindern. (Else Pannek)

Die letzten Gäste der Tupperparty gingen erst nach 22h heim, so schrieb Cara kurz danach folgende SMS an Papa:
„bitte kannst du uns morgen so am vormittag abholen, aurora schläft schon, es ist heute schon zu spät. bussi cara.“

Erst am nächsten Tag kam eine Antwort:
„Arbeite wie immer am Samstag, kann dich somit nicht abholen. Ebenso muss dich deine Mutter abholen!“
Deutsch ist das nicht gerade, was heißt „ebenso“?
WUT WUT WUT!
Das ist auch das, was er erreichen wollte, mich auf die Palme zu bringen.
Dann kam noch das Tüpfelchen am „i“ mit dieser Meldung:

„Solltest du wie immer nur zum Lernen kommen, da deine Mutter es nicht schafft, so wäre es besser du lernst zu Hause!“

Aha, soll ICH also für meine Tochter LERNEN!? Ist ja ganz was Neues!
WUT WUT WUT!
Cara gab die richtige Antwort, die mit mir abgesprochen wurde:
„ich muss immer irgendwas lernen, egal ob bei dir oder zu hause, das ist im 4 gym eben so! aber du musst ja eh auch arbeiten und dann hast du ja jetzt eh keine zeit für uns! wenn du trotzdem zeit hast uns zu holen, dann kommen wir gerne! bussi cara“

Mit dieser Frechheit gab er mir den Rest: ***„Ich bin nicht der Chauffeur deiner Mutter!“***
Das ist ja die Höhe, jeder geschiedene Vater weiß, dass ER die Pflicht hat, die Kinder zu holen und zu bringen. Andere würden es als RECHT bezeichnen und nicht als Pflicht. Cara flehend und verzweifelnd:
„Du führst ja UNS und nicht die Mama! und willst uns ja sehen!“
Danach kam keine Antwort mehr. Unverständnis, Wut, Ärger und Traurigkeit machten sich bei den Kindern breit. Am frühen Nachmittag ließ Antonella per SMS Cara fragen, wann sie denn kommen würden, Cara schrieb sinngemäß zurück:
„Papa hat uns nicht abgeholt, jetzt haben wir schon anders verplant.“

Wahrscheinlich war diese Frage von Antonella im Auftrag von meinem Ex oder von Manila gestellt worden, die sich sicher wieder den Mund darüber zerriss.

Auch wenn der Vater meiner Kinder ein mündiger Mensch ist, der nach seinen Bedürfnissen handeln sollte, vermute ich stark, dass Manila wieder ihren Einfluss an der Entscheidung, die Kinder nicht zu holen, hatte.

Tupper-Mann

Bei einem Telefonat drei Tage davor sprachen Gotthard2 und ich über die bevorstehende Tupperparty. Ich fragte nochmal, ob er auch kommen möchte oder jemanden weiß. Er verneinte und verstand nicht, dass ich mir das antue. Während des Gesprächs erwähnte er „DIE" Präsentatorin der Party, daraufhin berichtigte ich naiv und ohne nachzudenken, dass es ein Mann sei, der die Tupperparty abhält. Kurze Pause seinerseits, als ob er schlucken müsste.
"Warum sagst du mir das erst jetzt?", kam im zweiten Augenblick verständnislos aus seinem erzürnten Munde. Ich verstand nicht, warum ich es ihm überhaupt hätte sagen müssen, was ich ihm auch klar machte. Es gab in keinster Weise einen Grund zu diesem Anlass. Ich schüttelte nur mehr den Kopf und mir war klar, das bedeutete Spannung, die auch sofort zu spüren war.

Es macht frei, seine Mitmenschen so zu lassen, wie sie sind.
(Else Pannek)

Ich schaffte es nicht, diese Attacken nicht persönlich zu nehmen. Ich hatte es noch nicht gelernt, Gotthard zu akzeptieren, wie er eben ist, mit all seiner Eifersucht, die von alten Mustern geprägt war. Es könnte alles so einfach sein, wenn einem das früher bewusst wäre und beide Beteiligten wüssten, was hier im Grunde vorgeht, dass es um ganz etwas anderes geht, wenn Streit entsteht.

Jede Begegnung im Leben hält eine Botschaft inne. Jeder hat vom anderen etwas zu lernen! Oft spiegelt der eine dem anderen etwas wider. Ein guter Ansatz bei Meinungsverschiedenheiten wäre es, dem Mitmenschen mit bedingungsloser Liebe entgegen zu treten, ihn nicht zu bewerten, den anderen so zu nehmen wie er ist, ohne Erwartungen.

Aber wer kann das schon? Wir haben es anders gelernt, woher sollten wir es wissen? Ich habe es damals nicht ändern können. Meine Reaktion auf solche plötzlichen Gemütsschwankungen seinerseits waren von meinen alten Mustern geprägt. Sofort fühlte ich mich angegriffen, verletzt, wertlos, nicht anerkannt, weil er mir nicht vertrauen konnte.

Seine Morgen-SMS war nur ein kühles "Bla Bla", ohne jegliches "Bussi", ohne lieben Gruß.
Ich schickte ihm Licht und Liebe, so gut es ging. Atmete tief durch. Daraufhin hatte ich den Drang, rüber zu ihm in seine Wohnung zu gehen, um nachzufragen was los sei. Nach viel bewusster, diplomatischer, verbaler "Arbeit" und Dank der Kraft des Lichtes, das ich ihm schickte, kamen endlich Worte über seine Lippen:

"Ich hab mich geärgert über dich, weil du mir im letzten Augenblick sagtest, dass es ein Mann ist, der diese Party leitet und weil du mir dies verschweigen wolltest."

Sein Unterton und seine Eifersucht ließen mich bitter aufstoßen, er warf mir Dinge an den Kopf und drehte die Sachlage so hin, als würde ich die Party nur machen, um diesen Mann zu mir einzuladen. Persönlich angegriffen flüchtete ich schon bald und warf die Türe aufgeregt hinter mir zu. Stille.

Die Aufmerksamkeit ist wie ein Lichtstrahl, dem die Energie folgt.
(Wolfgang Wieser)

Das mit dem

"Licht-Schicken"

(Näheres am Ende dieses Buches) hatte damals nur flüchtig funktioniert, aber immerhin. Daran musste ich wohl noch etwas mehr arbeiten, mehr mein Herz dabei öffnen, was mir noch nicht so gut gelang, vor allem im Augenblick des Frustes, des Angriffs, der Wut.

Ohne lange nachzudenken oder besser nachzufühlen, musste ich meine Meinung per SMS loswerden:

wenn du jetzt noch sagst, deine eifersucht ist nicht krankhaft, dann siehst du es wohl nie! ich würde jedenfalls sagen, eine entschuldigung deinerseits ist angebracht. du hast mich schon wieder sehr verletzt mit deinen aussagen und deiner verdrehenden wahrheit.

Wieder diese Erwartungshaltung meinerseits!
Damit war klar, dass ich nicht wirklich weiterkam.
Es waren Sätze vollgespickt mit Vorwürfen.
Also auch nicht besser als er!
So kommt man doch nicht voran, liebe Selina!

Es tat aber einfach weh in meiner Seele, weil ich mir nichts zu Schulden kommen hab' lassen.

Es kam kein Kommentar seinerseits.

Am frühen Nachmittag, ich war gerade im Büro, kam ein Anruf von ihm. Meine Freude war groß: *"Welch' Wunder, er ruft an!"*, waren meine spontanen Gedanken. Doch die Enttäuschung war groß, denn er meldete sich nicht, ich hörte nur ein Rauschen im Wind. Nach einigen *"Hallos"* legte ich wieder auf.

Möglicherweise versuchte er hiermit eine Annäherung und hoffte, dass ich zurückrufe. Das tat ich aber nicht. Später als ich ihn darauf ansprach, behauptete er, er hätte nicht angerufen. Nach einer Erklärung meinerseits, kam nichts mehr von ihm.

Es war wohl die Energie, die der Aufmerksamkeit folgte,
wie ein Lichtstrahl.

*(Mehr darüber in meiner **Bücherliste** am Ende dieses Buches unter „Wolfgang Wieser"!)*

Das Edelste an der Liebe ist das Vertrauen zueinander.
(Julius Grosse)

Der Kontakt brach ab. Zwei Tage später fuhr ich mit den Kindern in den Prater in sein Geschäft. So dachte ich, könnte ich ganz gut einlenken und mal sehen, wie seine Stimmung ist. Die Annäherung ging daneben, es gab wieder Streit.
Ich schrieb ihm am Abend, dass er jemanden ins Vertrauen ziehen sollte, und dass ich nicht verstehen konnte, warum er alles wegwirft. Ich musste ihm noch einiges mitteilen:

Verstehe bitte, dass du mich nicht einsperren kannst und ich überall mit männern in kontakt treten werde in meinem leben und sogar muss, denn auch mein job verlangt dies und du kannst nicht verlangen, dass ich dir jeden schritt nenne, auch wenn mir männer über den weg laufen. Ich verlange das auch nicht von dir! Ohne vertrauen kann es nicht gut gehen! Ich verstehe die welt wirklich nicht mehr, wo ist deine liebe hin? Können wir nicht endlich ein harmonisches leben miteinander führen? Jetzt haben wir doch unser ziel erreicht, wir wohnen in der nähe, haben unsere neuen wohnungen, in denen wir uns wohl fühlen, wir könnten uns auch viel öfter sehen.

Du weißt, ich strebe immer lösungen an, ich schmeiße nicht so leicht die flinte ins korn, doch meine energie ist am ende, da mich die G1-situation zusätzlich sehr belastet. wenn ich dir nicht egal bin, setze bitte einen kleinen schritt! Eine umarmung voller liebe wäre ein guter anfang. Deine selina

Cornelias Meinung war gefragt, ich bat sie um ihren Rat:
Es ist irgendwie so lächerlich, wenn man bedenkt, dass ihr in drei Monaten heiraten wollt und diese Streitereien schon fast an der Tagesordnung sind. Das würde nicht mal ein Paar mit 20 Jahren machen, geschweige denn in eurem Alter. Wobei du natürlich absolut keine Schuld daran hast. Aber man muss sich mal vor Augen führen (bzw. er) wie lächerlich das einfach ist!! In diesem (seinem) Alter, sollte es andere Prioritäten geben, als solche Blödheiten.

Für uns ist das ja auch ein Thema, abgesehen davon, dass du uns leid tust. Wir müssen jetzt einkalkulieren, dass ihr nicht heiratet, was für uns natürlich eine andere Organisation bedeutet und damit ein Zeitaufwand, der in kürzester Zeit bewältigt werden muss. Und: wie lange sollen wir warten, bis es fix ist, ob oder ob nicht? Eigentlich müssten wir in Hinblick auf die Situation sagen, wir heiraten alleine, weil wir das Risiko nicht eingehen können, dass vielleicht zwei Wochen vor der Hochzeit noch alles umgeändert wird. Das sollte ihm auch zu denken geben.
Ich bin ja auch stur, aber ich kann durchaus meine Fehler zugeben und mich entschuldigen.

Wenn er es nicht schafft, über seinen Schatten zu springen, wird er es nie schaffen. Dann gibt es nur zwei Möglichkeiten für dich (so sehe ich das halt): entweder du nimmst die Situation mit Humor, machst dich über ihn lustig, bist zynisch – aber ohne dich aufzuregen oder zu ärgern. Oder ihr trennt euch.

Cornelia beruhigte mich zwar mit der Aussage, ich hätte keine Schuld. Leider gab ich aber Gotthard die ganze Schuld, weil mir nicht klar war, dass ich auch selbst Verantwortung dafür zu tragen habe. Es gehören immer Zwei dazu, also gehört auch die Verantwortung Halbe-Halbe geteilt. Meine Verantwortung war zumindest die, nicht in die Opferrolle fallen zu müssen, ich könnte mich ja jederzeit dazu entscheiden, einen anderen Weg zu gehen.

Stattdessen bettelte ich wieder und wieder um seine Liebe. Wollte ihn ändern. Hatte Hoffnung, wir könnten das schaffen. Im nächsten Augenblick waren die Zweifel wieder so groß, dass ich mich am liebsten sofort trennen wollte. Ich war so verärgert, weil er so stur war. Ich wollte ihm mitteilen, dass ich eine Hochzeit nicht mehr in Erwägung ziehen kann, weil das Misstrauen für mich nicht mehr erträglich war.

Doch ich konnte mich nicht entscheiden. Ich holte mir Rat bei meiner Therapeutin bei den Kinderfreunden. Seit Aurora vor einigen Jahren dort in Behandlung war, weil sie im Kindergarten Puzzle-Teile unter dem Tisch zerrissen hatte, durften wir kostenlos diesen Therapieplatz nutzen, als Familientherapie. Dazwischen hatten wir eine Pause, doch seit einiger Zeit nutzte ich diese Gelegenheit wieder, weil ich einfach nicht mehr weiter wusste.

Die Therapie hat mir geholfen zu erkennen, dass mich mein schlechtes Gewissen zeitlebens begleitet hat. Ich sollte auch lernen, meine Gefühle besser wahrzunehmen, was mir noch nicht gelang.

Nach der Therapie gab ich mir einen Ruck. Während Aurora ihre wöchentliche Sitzung bei den "Rainbows" hatte, schickte ich eine SMS an Gotthard2: *"bin grad in perchtoldsdorf da aurora bei rainbows, willst mit mir spazieren gehen?"*.

Erst am Abend kam ein *„sorry hab bis jetzt geschlafen“. „Na dann ein andermal, bin ja jede woche da“*. Keine antwort mehr.

Am nächsten Tag versuchte ich neuerlich eine Annäherung und hab mich bei ihm bedankt, dass seine Putzfrau bei mir war und hab gefragt, was ich schuldig bin (er hat wie schon öfters den Schlüssel an sie weitergegeben). *“Ist schon gut, die Putzfrau hatte nicht so viel zu tun, so hat sie eben das gemacht”*, gab er lässig von sich. Das war alles, was ich von ihm hörte.

Wenn der Berg nicht zum Propheten kommen will, muss der Prophet zum Berg gehen. (Sprichwort aus Arabien, Autor unbekannt)

21.4.2007 - Kathi, meine Freundin aus meiner Kindheit, ging mit mir einige Male walken. Kathi war mir sehr ans Herz gewachsen. Sie ist drei Jahre jünger als ich, wir wuchsen in der gleichen Wohnhausanlage in Simmering auf und hatten eine schöne, gemeinsame Kindheit.

Ihre Mutter war mit meiner Mutter - aufgrund ihrer Herkunft - seit wir dort wohnten sehr gut befreundet.

Gerne entdeckten Kathi und ich damals die in unmittelbarer Nähe unserer Wohnhausanlage verlassene Ruine. Das war sehr abenteuerlich für uns. Im Fasching liebten wir es, uns lustig zu verkleiden. Wenn ich bei Kathi daheim war - wir mochten es, Barbie und Ken, mit Porsche, Pool und Campingbus, zu spielen - gab es immer herrlich leckere, saftige Wurstbrote mit Mayonnaise. Ich verschlang diese förmlich, einmal aß ich alles ratzeputz auf, lief in die Küche zu Kathis Mutter und rief: *“Bitte noch!”* Danach schämte ich mich dafür, weil ich so maßlos war. Ihre Mutter nahm es mir aber nicht übel, sie freute sich, dass es mir schmeckte.

Kathi ist weit größer als ich, sie ist schlank mit einem kräftigen Körper, und ebenso wie ich braunhaarig mit braunen Augen.

Auch sie kämpfte lange Zeit mit Komplexen, was ihren kleinen Busen betraf. Damit hatten wir ein gemeinsames Leid.

Wir gingen zwar in die gleiche Hauptschule, durch unseren Altersunterschied jedoch nur während meines letzten Schuljahres. Da hatte ich bereits viele andere Dinge im Kopf: Jungs, Jungs und nochmal Jungs... und so nebenbei auch meine in der Klasse gewonnenen Freundinnen, mit denen ich zusammengewachsen war. Und so verloren Kathi und ich uns in der Hauptschulzeit - als wir langsam aber sicher zu Teenager mutierten - aus den Augen.

Seit einigen Jahren treffen wir uns wieder regelmäßig. Kathi war entsetzt, als sie mich nach so langer Zeit wiedersah, da sie mich noch nie in einem so schlechten Hautzustand gesehen hatte. Sie ließ es mich jedoch nicht spüren, erst Jahre später erzählte sie mir, was sie empfand. Ich sah damals zehn Jahre älter aus, gab sie ihre geschockten Gedanken zu.

Im Laufe der Zeit entdeckten wir sportliche und spirituelle Gemeinsamkeiten. Auch stellten wir fest, dass wir am Frauenlauf regelmäßig teilnahmen, ohne zu wissen, dass auch die jeweils andere dabei war. Kathi hat ebenfalls zwei Töchter, die in ähnlichem Alter wie meine Töchter sind. Sie hat den Vater ihrer Kinder nie geheiratet, es hat nicht sein sollen, auch wenn sie seither zusammen lebten.

Mir wurde erst jetzt bewusst, wie wertvoll Kathi als Freundin für mich ist. Mit ihr hat man Spaß, sie hat ein sonniges Gemüt, sie ist ein Mensch, mit dem man durch das Leben gehen möchte, der einen positiven Einfluss bringt. Wir haben gemeinsame Werte und möchten an unseren Fehlern lernen und wachsen. Bei Kathi kann ich SO SEIN WIE ICH BIN!

In diesem Jahr konnte ich nicht am Frauenlauf teilnehmen, weil mir ein Fersensporn zu schaffen machte und ich mich mit Walken und Einlagen vom Orthopäden begnügen musste.

Doch in diesem aktiven Jahr 2007 wäre der Frauenlauf bestimmt an mir vorbei gegangen.

Ich zog Kathi auch hinsichtlich meiner Probleme mit G1 und G2 ins Vertrauen. Sie antwortete auf meine Tupperparty-Einladung, dass sie nicht kommen könnte. So schilderte ich ihr vorab per Email den aktuellen Stand meiner Sachlage:

Hallo liebe Kathi,
Tja, was meinen zukünftigen betrifft, hatte ich es wirklich nicht leicht die letzten tage. Ich war im prater, er freute sich und tat als ob nichts gewesen sei, bis er mich fragte, ob ich schon ausgesponnen hab. Da stieg's wieder in mir hoch, ich blieb aber ruhig.
Am abend war ich bei ihm fussball schauen, die letzten minuten des matches, dann ging es wieder los mit streit... ich wurde immer lauter, weil er so stur in seinem denken ist.
und so ging ich wieder mit zuknallender türe heim. Das war vor einer woche. Wir redeten seitdem nichts mehr und sahen uns auch nicht, bis gestern. ER hätte nichts unternommen, hätte ICH nicht wieder eingelenkt. Hab ihn per SMS zum essen eingeladen, er kam aber nicht ("ich habe schon gegessen", kam schroff zurück)... da schnappte ich ein tuppergeschirr (von meinem liebhaber, dem tupperberater - haha) und ging mit aurora und dem essen rüber... sozusagen als berg zum propheten, oder umgekehrt? Da aurora dabei war, konnte er weder berg noch propheten so einfach wegschicken. es hat aber auch nichts verändert.

wie dem auch sei, ich hab mich jedenfalls entschieden, meinen weg zu gehen... aber ich frage mich: Was passiert, wenn ich demnächst meine vorarlberg-geschäftsreise mache?
Was wird sein, wenn ich meine kur, die ich vorgestern eingereicht habe, bewilligt bekomme?
und soll ich auf ein eros konzert im ausland in zukunft verzichten? weil er ein problem hat, wenn ich ohne ihn unterwegs bin?

nachdem jetzigen desaster weiß ich, dass ein verzicht auch nichts bringt, denn er findet sowieso immer irgendetwas, worauf er mit dieser krankhaften eifersucht reagiert.

Ob es eine hochzeit tatsächlich geben wird, weiß ich nocht nicht. Man wird sehen, was wir beide daraus gelernt haben und wie wir in zukunft mit solchen dingen umgehen können.

Alles liebe und bis bald mal beim walken!
Bussi Selina

Kathi konnte mich immer sehr gut verstehen und aufbauen, wenn es mir schlecht ging. Sie schaffte es, eine positive Resonanz daraus zu ziehen. Ihre Meinung war jedoch, mir von diesem Mann - mit dem sie nie so richtig warm geworden war - abzuraten, denn er hat mir nie so richtig gut getan, er verursachte Leid in mir. Sie wollte mich aber auch nicht beeinflussen, sie ließ mich immer wie ich bin, und sie sagte auch nie etwas Schlechtes über ihn, auch wenn sie nicht so gut klar kam mit ihm. Doch riet sie mir von einer Hochzeit aufgrund des Leides, das sie bei mir sah, eher ab.

Nie endender Kampf um geregelte Besuchszeiten

In den letzten Monaten war alles ziemlich außer Kontrolle geraten, nun sollte dem leidigen Thema der nicht eingehaltenen Besuchszeiten ein Ende gesetzt werden. Es raubte uns so viel Energie, es war zermürbend für die Kinder genauso wie für mich. So entschied ich mich, nach eingehender Beratung beim Jugendamt und mit einer Sozialberaterin, das Besuchsrecht meiner Kinder gerichtlich regeln zu lassen und wandte mich an das zuständige Bezirksgericht.

Unglaublich, was ich alles schriftlich festhalten musste, sogar das Thema Reservewäsche wurde angeschnitten, um zu regeln, dass die Kinder Pflegeutensilien und Wäsche beim Vater zur Verfügung haben sollten, um diese nicht jedes Mal einpacken zu müssen... als hätte man es mit unmündigen Menschen zu tun, die keinen Hausverstand besitzen.
Auslöser für eine gerichtliche Regelung der Besuchszeiten war eine SMS vom Vater meiner Kinder, als die Kinder bei ihm waren.
"Kinder abholen, keine zeit zum bringen. Gotthard"
Da ich mir dies nicht gefallen ließ und auch keine Zeit hatte, die Kinder zu holen, gab es eine fortlaufende Konversation in Schriftform.
"Ich bringe die Kinder ca. 17.30 Uhr!", war schlussendlich seine Antwort. WOW, geht ja doch!

Die Diskussion, die er daheim mit seiner Manila hatte, war gut vorstellbar. Ein paar Wochen später mischte sich meine selbsternannte Erzfeindin Manila erneut direkt in unsere Angelegenheiten, mit einer SMS, mit der ich nicht gerechnet hatte:

"Wenn sie mit ihrem leben nicht zurechtkommen ist das ihr problem, lassen sie aber leute wie den kindesvater von meiner tochter antonella und mich in ruhe. Es gibt nämlich menschen die müssen im leben etwas leisten und diese menschen unterstützt man gerne, so auch den vater meiner tochter antonella. Es ist kein muss ich tue das gerne für mein kind und außerdem wird es obendrein noch sehr, sehr gut bezahlt. Die besten grüsse von manila v."
Sie hatte wohl Wind davon bekommen, dass die Sache nun bei Gericht gelandet war und auch sie persönlich von mir hineingezogen wurde. In meiner Aufregung hatte ich dem Jugendamt berichtet, dass Manila ihre Antonella an den Papa-Wochenenden immer selbst zu ihrem Vater brachte und abholte. Jetzt war zu verstehen, warum diese Frau der Meinung war, ICH solle es auch so machen, nämlich meine Kinder bringen und abholen. Doch, sie bekam Geld dafür, dieser kleine feine Unterschied kam erst jetzt heraus, als sie sich outete und damit prahlte. Mir ging es jedoch nicht ums Geld, ich würde kein Geld dafür verlangen wollen. Mir ging es ums Prinzip, um das Recht der Kinder und die Pflicht des Vaters, seine Kinder selbst zu sich zu holen und nicht andere mit seiner Pflicht zu belasten. Noch dazu auf diese gemeine Art und Weise. Und sich dann auch noch seine Frau einmischt, die das überhaupt nichts angeht. Wie man in den Wald hineinruft, so schallt es heraus.

Jeder hat die Wahl, in jedem Augenblick!
(Quelle: Kurt Tepperwein)

Am besten für mich und alle Beteiligten wäre wohl gewesen, dass ich diese SMS und diese Frau ignoriere, meine Bemühungen, dass mich das innerlich kalt ließ, scheiterten jedoch erneut.

Damals war ich zu Gelassenheit nicht fähig,
meine Wut ließ es nicht zu, mein Herz zu öffnen und aus Liebe zu meinen Kindern zu handeln.

Kaum fühlte ich mich angegriffen, musste ich zum Gegenangriff schreiten. Alles war auf Kampf ausgerichtet. Meine Reaktionen waren geprägt von meinen Mustern. Mein Energielevel war bereits am Boden und ich war unfähig, mit dem Herzen zu denken, geschweige denn aus bedingungsloser Liebe zu handeln. Wir hätten uns bestimmt viel Ärger, Frust und Leid ersparen können, wäre ich damals schon dazu fähig gewesen.

Im Herbst 2007 erhielt ich eine Äußerung - aufgesetzt von den Anwälten meines Ex-Mannes - zum von mir angefochtenen Besuchsrecht. In dieser behauptete er, dass er sich über meinen Antrag wundern würde, weil die Besuchsregelung der letzten Jahre doch so gut funktioniert hätte. Lächerlich, so eine Aussage zu tätigen, nach all dem was passiert war.

War ihm denn wirklich nicht bewusst, was die Kinder fühlten, wenn sie mit enttäuschten Gesichtern feststellen mussten, dass ihr Vater wieder keine Zeit für sie hatte, obwohl sie sich schon auf ein Wochenende mit ihm gefreut hatten? Dass ihr Vertrauen wieder und wieder gebrochen wurde? War ihm nicht klar, wie oft er Dinge versprochen und nicht gehalten hatte und wie die Kinderseelen dabei verletzt wurden? Bekam er nicht mit, wie es den Kindern dabei ging, wenn ihre (so verhasste) Stiefmutter auf sie aufpassen sollte, weil ihrem Vater Geschäftliches wichtiger war?

Nein, ihm war all dies nicht bewusst! Er dachte ja, er ist perfekt. So wie ich nicht besser zu handeln wusste, setzte er Erwartungen, die nicht stimmig waren.

Die von seinem Anwalt niedergeschriebene Äußerung war im Rechtskauderwelsch formuliert :

Die im Bedarfsfalle gelebte Flexibilität kam selbstverständlich auch dem Wohl der Kinder unzweifelhaft zugute.

Dies entsprechend den allgemein anerkannten psychologischen und soziologischen Erkenntnissen, dass die Aufrechterhaltung ausreichender persönlicher Kontakte zu beiden Elternteilen grundsätzlich für gedeihliche Entwicklung von Kindern erforderlich ist und damit auch im wohlverstandenen Interesse der Kinder liegt. Dementsprechend wäre es aus Sicht des Antragsgegners wünschenswert, dass allfällige persönliche Vorbehalte nicht in Form einer starren Besuchsrechtsregelung zu Lasten des Wohles der minderjährigen Kinder gehen.

Was mich wunderte, war, dass er - entgegen seiner Erklärung, dass die gelebte Flexibilität dem Wohle der Kinder zugute kommt - in vielerlei Hinsicht in meine geforderten Vereinbarungen einwilligte: Im Schriftstück festgehalten, zeigte er keinerlei Einwände gegen die Ausübung des Besuchsrechts im 14-tägigen Rhythmus, auch nicht gegen die von mir vorgeschlagenen Sonderregelungen für die Sommer- und Winterferien, an Muttertagen wie auch an Vatertagen, bei Familienfeiern und Festen und natürlich auch zu Weihnachten. Ebenso kam kein Widerstand gegen meine angebotenen Ausnahmeregelungen in Bezug auf den Tausch von zwei Besuchswochenenden.

Was ihm aber aus mir unerklärlichen Gründen wichtig und in dieser Äußerung festgehalten war:

Es möge allerdings der Antragstellerin aufgetragen werden, dass die minderjährigen Kinder während der Besuchszeit mit ausreichender persönlicher Wäsche und sonstigen erforderlichen Pflegeutensilien ausgestattet sind.

Wir mussten alles jedes Mal aufs Neue ein- und wieder auspacken: Wäsche, Pyjama, Schuhe, Pflegeprodukte, wie Shampoo, Duschgel, Haarbürste oder Zahnputzzeug…

Schwer zu verstehen, warum nicht ein paar Wäschestücke und Kosmetika beim Vater verbleiben durften, und warum das bisschen Wäsche dort nicht alle zwei Wochen einmal gewaschen, aufgehängt und in einen dafür vorgesehenen Schrank geräumt werden konnte. In einer 110 m2 Wohnung, die sie zu dritt nutzten, sollten derartige Ressourcen durchaus frei sein. Wobei scheinbar keinen Wert darauf gelegt wurde, für unsere Kinder in welcher Form auch immer Platz zu schaffen, wie man ja bereits aus der Tatsache weiß, dass die Kinder in der schmal angelegten, begehbaren Garderobe schlafen mussten. Nicht einmal dort fand man ein wenig Stauraum für ein paar Utensilien.

Bei dieser umständlichen Vorgehensweise glaubt man es kaum, dass die Handtücher und die Bettwäsche der Kinder nicht mitgenommen werden mussten. Dafür wurden ihre Duschtücher nach dem Duschen zum Reinigen der Badewanne verwendet. Wer glaubt, sie bekamen am nächsten Tag frische Handtücher wie im Hotel - was natürlich nicht erwartet wurde - der täuscht sich. Die zum Abwischen verwendeten Handtücher mussten auch am nächsten Tag von den Kindern weiter verwendet werden.

Ein Monat nach Erhalt dieser Äußerung gab es eine gemeinsame Vorladung beim Bezirksgericht, wo der neu festgelegte Besuchsrecht-Rhythmus gemeinsam diskutiert und niedergeschrieben wurde. Auch wurde die Kommunikation per E-Mail, die Abholung und das Bringen der Kinder vom Vater, wie auch die Grundausstattung für die Kinder beim Vater protokolliert und festgelegt.

All diese angesprochenen Rechte und Pflichten wurden von meinem Ex-Mann akzeptiert und schriftlich besiegelt. Nun mussten diese nur noch eingehalten werden.

Die verhängnisvolle Prüfung

Da mein Ex selbständig war, war es nicht so einfach, über einen Gehaltszettel den Jahreslohn und die Alimente zu berechnen. Man musste den Fall einem Wirtschaftsprüfer übergeben, der akribisch genau und mit großem Aufwand das Einkommen des Selbständigen beleuchtete. Warnungen meinerseits und schriftliche Aufforderungen des Jugendamtes gab es in den Monaten zuvor ausreichend. Da er diese nicht ernst nahm und immer noch nicht bezahlte, was uns zustand, kam es zu der vom Jugendamt begehrten, verhängnisvollen Wirtschaftsprüfung.

Obwohl meine Beweggründe auf der Hand lagen und mich das Jugendamt bestärkt hatte, fiel mir die Entscheidung alles andere als leicht. Als er von dieser Überprüfung seiner finanziellen Lage erfuhr, waren seine ersten Reaktionen im Minutentakt eintreffende Anrufe. Da ich nicht bereit war, diese anzunehmen, hinterließ er mir etliche Nachrichten auf meiner Mailbox, worauf ich vorerst nicht reagierte:

18. Dezember 2007, 08.59 Uhr:
Vielleicht kannst du ganz kurz zurückrufen, ich hab von einem Wirtschaftstreuhänder ein Schreiben bekommen, um 26 Punkte aufzulisten was mein Einkommen betrifft und und und, also eine Prüfung des gesamten Unternehmens, das kostet mich, wie ich mich erkundigt habe, mind. 1300,- Euro, wir sollten uns was einfallen lassen, wie wir weiterhin gemeinsam miteinander verkehren, denn ab heute möchte ich in keinster Weise kooperativ sein, du kannst dies gerne aufzeichnen usw, nur bald kann ich mir den ganzen Scheißdreck nicht mehr leisten, das ganze Affentheater. Vielleicht rufst du mich zurück, damit wir ganz kurz über das sprechen und einen gemeinsamen Weg abstimmen wie wir das machen.

Eine halbe Stunde später:
Vielleicht kannst du kurz zurückrufen, wie gesagt müssen wir die Weihnachtsfeiertage neuerlich abstimmen, weil ich ein Arbeitsprogramm bekommen habe, das ca. 40 Punkte umfasst vom Wirtschaftsprüfer, werde also keine Zeit haben für die Kinder die nächsten Wochen. Danke Grüß dich.

Am Abend - als ich noch immer nicht reagierte - kam eine "leise" Drohung:
Also eine E-Mail hab ich geschrieben, anscheinend reagierst du nicht darauf, wie gesagt, du kannst mich noch gerne anrufen, wenn du möchtest. Wenn du heute nicht reagierst, weder schriftlich noch telefonisch, dann weiß ich wie ich mich zu verhalten habe.

Nach Rücksprache des Familienrates - vor allem meine Mama, meine Schwester und mein zukünftiger Schwager halfen mir immer, Ruhe zu bewahren und nichts Unüberlegtes zu tun - mailte ich ihm Folgendes:

Hallo Gotthard,
jetzt beruhig dich erst einmal und reagiere bitte nicht unüberlegt, vor allem dass du die Kinder bestrafst, ist doch sicher der falsche Weg, und nicht in deinem Sinne!
Das Jugendamt hat mir vor vielen Wochen empfohlen, nicht auf deinen Vorschlag einzusteigen, weil den Kindern mehr zustehen würde. Was ich nicht wusste ist, dass diese Vorgehensweise für dich mit Kosten verbunden sein würde.
Ich bitte dich, nicht die Kinder mit hineinzuziehen und sie wie vereinbart nach Weihnachten zu dir zu nehmen. Es wäre für Aurora ein Stich ins Herz, wenn du ihr wieder absagen würdest!
Liebe Grüße Selina

Von ihm kam die Antwort:
Ich glaube grundsätzlich, dass wir nun an einem Punkt angelangt sind, der nicht mehr als normal einzureihen ist und nun jeder mit Folgen zu rechnen hat. Mir bleibt nichts mehr anderes über, als nun auch die Kinder uneingeschränkt hineinzuziehen und das mit allen Folgen, die daraus erwachsen können.
Ich denke, dass du die bereits vorliegende Firmenprüfung nicht mehr rückgängig machen kannst. Mein Steuerberater und Rechtsanwalt haben gemeint, ob ich ein Schwerverbrecher bin, da man solche Geschütze (deinerseits) noch nicht in einem solchen Fall hat auffahren sehen.
Ich bin derzeit außer mir vor Aggression, da ich für meine beiden Kinder bis dato alles getan habe, um ihnen Wohlwollen, Liebe und Aufmerksamkeit zukommen zu lassen. Ich habe für meine Kinder immer das Beste gewollt und zwar in allen Belangen, sowohl den Urlaub als auch sonstige Aufwendungen betreffend usw.
Ich weiß nicht, was für ein Mensch du geworden bist bzw. wer dich zu solchen Taten ermuntert, nur darf ich dir schon heute schriftlich garantieren, dass jeder davon Rechnung tragen wird und dies ohne zeitliches Limit und ohne Grenzen.
Solltest du die Möglichkeit haben, die Firmenprüfung prompt rückgängig zu machen, so bin ich zu den Alimenten gesprächsbereit, dafür gibt es immer eine Lösung.
Wenn es dir nicht gelingt, möchte ich ab sofort mit niemanden mehr verkehren, ausschließlich über meinen Rechtsanwalt, dies betrifft auch sämtliche Korrespondenz/Kommunikation mit den Kindern! Ich erwarte dazu deinen Anruf. Gotthard

Seine Liebe wird halt weniger

Ich wandte mich an eine Psychologin, bei der wir schon einmal waren, um mir einen Rat zu holen, wie ich mich den Kindern zuliebe verhalten sollte. Ich machte mir ernsthaften Sorgen um meine Kinder und bat um einen Termin.

Es war mir ein Bedürfnis, die Sachlage auch dem Jugendamt zur Kenntnis zu bringen. Ich erklärte, dass ich mich sehr bemühte, die Kinder so wenig wie möglich zu belasten, auch wenn dies oft schwer war. Doch nun ließ ihr Papa seine wütende Reaktion direkt an den Kindern aus, sodass alles Raushalten nutzlcs war. Ich ließ die Behörde unter anderem wissen, wie die Kinder auf seinen Anruf reagierten:

Zu Hause angekommen ließ ich die Kinder vorgehen und hörte mir seine letzte Box-Nachricht nochmal an. Wenig später kam Cara total verstört aus dem Zimmer gerannt, heulte verzweifelt und schrie mich an: „Was hast du nur angerichtet!" Sie tobte und schmiss mit allen ihr in die Quere kommenden Dingen herum. Ich wusste nun, dass Papa sie angerufen hatte und ihr erzählte, dass er sie nun nicht mehr sehen könne… Ich erklärte Cara die Situation und konnte sie ein wenig beruhigen, sie wirkte verständnisvoll, sagte mir aber, dass sie das ganze nicht mehr aushielt und dass sie Angst hat, ***dass der Papa mich umbringen könnte!*** *Ähnliches meinte auch meine Mutter, auch sie betonte,* ***er wäre zu allem fähig****, deshalb würde sie mir raten, das Verfahren einzustellen.*

Aurora, die alles mitbekommen hatte, stieß mich weg, verkroch sich in die Toilette und rief ihren Papa an, der ihr zu ihrem Leidwesen ebenso mitteilte, dass sie sich nicht mehr sehen werden… Für Aurora brach eine Welt zusammen. Sie war in letzter Zeit aufgrund seiner leeren Versprechungen immer verängstigter. Sie wollte weder in die Schule, noch in den Hort gehen, weil Papa sie immer wieder enttäuschte.

Den gesamten August nahm er schon die Kinder nicht, einfach so, weil er keine Zeit hatte. Was jetzt abläuft, das ist der Zenith: ihr Vater sagt ihr, er könne sie nicht wiedersehen! Kein Wunder, dass sie immer verstörter wurde.

Wenn ein Mensch seine Kinder liebt, kann er dann so eine Aussage tätigen? Meint er wirklich was er sagt? Wurde er so sehr in die Enge getrieben, dass er solche Handlungen setzen musste? Fühlte er sich in seiner Existenz gefährdet durch diese Wirtschaftsprüfung?

Aufgrund des Anratens der Behörden, entschied ich mich, das Prüfungsverfahren weiterlaufen zu lassen. Damals war mir nicht wirklich bewusst, was ich damit anrichten könnte. Ich hielt es einfach für die richtige Vorgehensweise. Ich konnte nicht anders. So wie der Vater meiner Kinder in seiner Situation nicht anders konnte. Ich möchte mich hier nicht rausnehmen aus der Verantwortung.

Nach den ersten Drohungen, die Kinder aufgrund der Wirtschaftsprüfung in nächster Zeit nicht wiedersehen zu können, kündigte mein Ex kurz vor Weihnachten an, sie am 25.12. doch abholen zu wollen. Es kam wieder die Diskussion auf, wer die Kinder bringt. Ich dachte, der Zenith an Gehässigkeiten war für meine beiden Töchter bereits erreicht, doch bei einem Anruf von ihrem Papa - aufgrund der "Wer bringt die Kinder"-Diskussion - machte er bei einem Telefonat mit Cara eine Bemerkung, die jenseits von Gut und Böse lag:

"...wenn die Mama euch nicht bringt, werde ich mich eben rächen und euch nicht mehr sehen, ich werd' mich schon irgendwann 'entwöhnen'... meine Liebe wird mit der Zeit schon weniger werden."

Die Kinder waren außer sich. Ich ebenso. Doch ich wurde hingestellt, als wäre ich die Rabenmutter, die den Kindern ihren Vater verwehrt. Ich konnte nicht anders, als den Kindern zu sagen:

"Ich lasse mich nicht erpressen. Papa hätte sich das Verfahren sparen können, hätte er gleich die Alimente und offenen Ausgaben, die fällig waren, bezahlt."

Ich ließ mich nicht als Sündenbock hinstellen! Ich erklärte ihnen, dass nicht ich schuld daran hätte, wenn sie jetzt nicht zum Papa kommen durften. Doch musste ich ihnen auch klar machen, dass es einige Wochen dauern kann, bis er wieder „gekrochen" käme," so wie es auch Cara zuletzt einmal ausgedrückt hatte.

Es kam sogar soweit, dass er zu seiner Mutter Aurelia sagte, sie solle die Kinder jetzt nicht nehmen, er verbot sogar der Oma, ihre Enkeltöchter zu treffen! Und Aurelia-Oma ließ es zu, sich von ihrem Sohn so in die Enge treiben zu lassen! Sie konnte auch nicht aus ihrer Haut, war ihrem Sohn ebenso hörig, wie ich in unserer Ehe.

Meiner ALGAMANASESI-Mädels-Truppe erzählte ich vom aktuellen Drama. Ich fragte mich, warum bin ich schon wieder die Böse? Es fehlten ihnen die Worte über diesen Liebesentzug des Vaters meiner Kinder, sie beruhigten mich, teilten mir mit, dass ich mein Bestes gebe. Sie bestärkten mich in meiner Entscheidung, dass ich bei der Wirtschaftsprüfung hart bleibe. Ich bedankte mich für ihre mutmachenden Worte und fühlte mich ein wenig von meiner Schuld befreit.

Dennoch fragte ich mich:

Konnten wir dies als Eltern verantworten, dass die Kinder so zu leiden hatten? Ist eine solche Vorgehensweise verzeihlich? Heute sage ich, es gibt nichts zu verzeihen. Denn wir hatten alle unsere Hürden und Herausforderungen, die uns keine andere Handlung und Lösung erkennen ließen. Wir alle bekamen jedoch die Chance, daran zu wachsen. Man kann die Vergangenheit nicht mehr ändern. Aber man kann sie als Chance sehen. Es hat auch keinen SINN, sich als Opfer der Umstände zu sehen. Jeder hat selbst die Verantwortung zu tragen. Jeder Mensch hat jederzeit die Möglichkeit zur Entscheidung, zur Veränderung, zur Vergebung. Jemanden zu vergeben bedeutet, sich selbst zu befreien.

Ängste... Tränen... Leid

Jeder, der mit seinem Verstand identifiziert ist statt mit seiner wahren Stärke, dem tieferen, im Sein verankerten Selbst, wird die Angst als ständigen Begleiter haben. (Eckhart Tolle)

"Hab Angst, Papa bringt mich nicht zurück"

Zwei Tage vor Jahresende hatten die Kinder ihren Papa immer noch nicht wiedergesehen. Aurora stand knapp vor ihrem 9. Geburtstag, Cara war im Sommer 14 Jahre alt geworden.
Um etwa 12 Uhr, wir wollten gerade mit Cornelia zum Großmarkt für Silvester einkaufen gehen, teilte er uns ohne jegliche Vorankündigung mit, dass er in der Nähe sei und Aurora zum Wandern abholen möchte. Aurora war schockiert und verwirrt, damit hatte niemand gerechnet.

Wir sollten also unsere Pläne einfach so "mir nichts dir nichts" über Bord werfen? Bei mir kam wieder Wut auf. Doch ich sah darin auch die Chance, dass die Kinder wieder Kontakt mit ihrem Papa hätten. Ein Nein-Sagen und damit Frust von allen Seiten wollte ich deshalb nicht riskieren. Wir entschieden, dass Aurora mit ihrem Vater mitkommen sollte, denn im Grunde wollte sie ihren Papa ja gerne wiedersehen. Cara packte schnell ein paar Sachen für ihre Schwester zusammen, ich stand im Vorzimmer fertig angezogen, wir wollten endlich gehen, doch Aurora schluchzte, Angst stand ihr zu Gesicht geschrieben. *"Warum weinst du denn, Aurora?"*, fragte ich sie besorgt. *"Ich will nicht zum Papa"*, heulte sie verunsichert. Mit weinerlicher Stimme erklärte sie ihre Ängste: *"Was ist, wenn der Papa mich nicht zurückbringt?"* Die Sorge war nicht unbegründet, nachdem wir es so oft erlebt hatten, dass der Papa die Kinder nicht bringen und holen wollte. Ihre Angst war durchaus nachvollziehbar. Sie tat mir so leid in ihrem emotionalen Chaos, in dem sie wohl in diesem Moment gefangen war.

Wir bemühten uns, sie zu beruhigen. Ich sagte ihr, dass ich das nie zulassen würde und sie, wenn nötig, abholen käme. Wir motivierten sie damit, dass sie froh sein kann, dass Papa sich nun Zeit für sie nehmen konnte. Wir konnten Aurora überzeugen mitzukommen.

Als am nächsten Tag mein Telefon läutete, hob ich ab, weil ich annahm, es wäre Aurora, die mich von Gotthards Handy aus anrief. Denn sie hatte bei ihm übernachtet. Doch es war tatsächlich G1 am Telefon und bat mich in einem milden Tonfall, nicht mehr so viel Druck wegen der Einkommensprüfung und den Alimenten zu machen, wir würden schon eine Lösung für alle Beteiligten finden, bestärkte er mich. Erst dachte ich, seine milde Bitte hatte ihm seine Mutter beim Besuch am Vorabend eingeredet. Doch dann kündigte er an, dass er nun seine Ehescheidung einreichen wollte und ihm dies viel Geld kosten würde. Manila hätte gekündigt, und mit Ende März sollte alles erledigt sein…

Da hatte sich wohl einiges zugetragen in dieser Nacht. Innerlich freudestrahlend und hüpfend bei dieser Nachricht - endlich wieder etwas Positives am Ende dieses turbulenten Jahres 2007 - teilte ich ihm mit, dass nun alles nicht mehr aufzuhalten sei, da das Jugendamt den Fall weiter verfolge und ich nichts mehr beeinflussen könne. *"Schau, wenn es nicht gerechtfertigt ist, wirst du auch nicht mehr zu zahlen haben"*, beruhigte ich ihn.

"Aurora warum weinst du immer?"

Dieses verrückte Jahr 2007 neigte sich dem Ende zu und es war nicht weiter verwunderlich, dass es um Auroras Befinden nicht wirklich gut stand. Monat für Monat war mehr und mehr spürbar, dass Aurora psychosomatische Beschwerden bekam. Sie hatte Ängste, dass sie mich auch verlieren könnte, war unsicher, wenn sie in der Früh weg ging, musste genau den Zeitpunkt der Abholung wissen.

Auch hatte sie oft Angst, dass der Papa sie zum falschen Zeitpunkt abholen und sie nicht finden würde. So hatte sie auch Probleme, wenn irgendetwas nicht Alltägliches geschah, z.B. Eislaufen gehen mit dem Hort. Sie war verunsichert, weil der genaue Zeitpunkt der Rückkehr nicht auf die Minute genau festgelegt werden konnte. So machte sie sich fürchterliche Sorgen, dass wir uns nicht finden würden.

Durch die Trennungssituation in der Früh weinte sie täglich, wenn sie sich verabschiedete, um zur Schule zu gehen, weil ihre Freundinnen - wie Aurora traurig erzählte - ihr am Schulweg immer wieder wegliefen. Sie hatte auch Albträume, in dem sie träumte, sie werde verrückt und schleuderte Kinder herum.

Eine weitere Phase, die Aurora durchlief, war ihr Wunsch, zu ihrem Papa zu ziehen um ihm näher zu sein. Ihre Lehrerin in der Schule war auch schon verzweifelt, weil Aurora häufig weinte, unkonzentriert und verwirrt war. Die Lehrerin bekam nur vage Antworten, ein schluchzendes: *"Ich will zum Papa, aber ich weiß nicht, ob er mich heute abholen wird!"*, kam von ihren mit Tränen überströmten Lippen.

Aurora hatte auch Angst vor ihrer Lehrerin, vorwiegend wegen fehlender Hausübungen und weil sie in der Schule nicht mehr mitkam. Sie war ein Traummännlein und konnte dadurch den Lernstoff oft nicht bewältigen.

Manche Schulkolleginnen von Aurora waren sehr mitfühlend, weil sie den Schmerz ihrer Kameradin spürten. Sie schrieben ihr Brieflein mit den Worten *„Aurora, warum weinst du immer?“*.

Ein Wechselbad der Gefühle, von himmelhochjauchzend bis zu Tode betrübt, war zu verfolgen. Ihre depressiven Phasen kamen vor allem aufgrund ihrer Ängste hoch.

Gotthard2 und Cara berichteten mir, dass sie Aurora dabei beobachtet hatten, wie sie innerhalb weniger Sekunden vom weinenden und schluchzenden Elend, beim Hinausgehen aus der Tür, in eine fröhliche, gut gelaunte Stimmung umschlug, sobald ihre Klassenkameradinnen in Sichtweite waren.

Auroras Lehrerin informierte ich über die aktuelle Situation, und ich bat sie um ihre schriftliche Stellungnahme, um diese bei Bedarf auch überzeugend dem Vater zu übermitteln. Sie hielt fest:
"Aus meiner Sicht ist für Aurora eine klare Regelung fast lebensnotwendig. Aurora ist jeden Montag und jeden Freitag seit September 2007 völlig verstört. Sie weint vor sich hin, weil sie nicht weiß, bei wem sie das Wochenende ist, bzw. zu wem sie nächstes Wochenende kommen wird. Es belastet sie sehr, dass keine Klarheit herrscht. Ich glaube, dass besonders so verunsicherte Kinder wie Aurora eine sehr klare Struktur brauchen, um sich daran festhalten zu können, einfach als Orientierungshilfe."

Körperlich machte sich die gesamte aufreibende Situation durch wöchentlich wechselnde Beschwerden wie Bauchweh, Kopfweh, Schwindel und Übelkeit bemerkbar, oft alles gleichzeitig. Ebenso waren Blasenentzündungen fast schon ein Dauerzustand. Nach dem Symptom-Buch *"Krankheit als Chance"* von **Rüdiger Dahlke** bedeutet dies: Angst haben loszulassen, Festhalten an alten Vorstellungen – was in ihr Krankheitsschema gut passte.

Zuletzt mussten wir zum Kinderarzt, weil Aurora Herzbeschwerden hatte, es wurde ein EKG gemacht, die Lunge untersucht, körperlich war alles in Ordnung. Es waren "nur" die üblichen psychosomatischen Beschwerden aufgrund der großen Belastungen, dem Vertrauensbruch des Vaters und den Streitereien zwischen ihrem Papa und mir. Ärzte, Lehrer und Psychologen waren sich einig, Aurora brauchte eine klare Struktur.

All diese Vorkommnisse waren mit ein Grund, warum ich die gerichtlichen Schritte einleitete und mir von außen helfen lassen musste. Eine Veränderung war dringend notwendig!.

Nicht nur Auroras Befinden war "zum aus der Haut fahren". Denn mein Hautzustand war es im wahrsten SINNE des Wortes. Kein Wunder, denn ich war mit meinen Nerven ziemlich am Ende.

Am Ende wird alles gut, und wenn es nicht gut wird,
dann ist es noch nicht das Ende. (Oscar Wilde)

Therapien, Behandlungen, Tests, Mediation…

Es war die bisher schwierigste Zeit unseres Lebens. Wir waren weit entfernt von meinem Wunsch nach Frieden, Harmonie, Leichtigkeit, Freude und Entspannung. Aufgrund der psychischen Belastungen mussten wir noch weitere körperliche Beschwerden in Kauf nehmen. Auch Cara klagte häufig über Kopfweh und Übelkeit, Aurora hatte dazu auch an Schwindel und Magenproblemen zu leiden. Im Laufe der Zeit mussten wir uns verschiedenster Behandlungen, Therapien und einer Reihe von Tests unterziehen. Mit Aurora waren wir im Institut für Erziehungsberatung zu einer Austestung, auch Cara war später dran. Bei Aurora kam heraus, dass sie dringend eine psychologische Kindertherapie benötige. Davor sei es noch wichtiger, teilte man mir bei der Befundbesprechung eindringlich mit, dass die Erwachsenen in ihrem Umfeld zur Ruhe kommen und dass der erste Schritt aus diesem Dilemma eine Mediation zwischen Mutter und Vater sei. Ich stimmte sofort zu und habe umgehend eine solche Mediation in die Wege geleitet.

Aufgrund meiner Sorge um Auroras Übelkeit und saurem Aufstoßen, wie auch Schwindel und Bauchweh, kommunizierte ich mit unserem Kinderarzt, bei dem wir regelmäßig in Behandlung waren.

Der Arzt antwortete prompt auf mein Mail und meinte, die Magenbeschwerden gehören untersucht, um eine mögliche Gastritis oder ein Magengeschwür ausschließen zu können.

Zum Thema Mediation entgegnete er, dass sich wohl auch der Vater, der gegen eine solche war, zugunsten der Kinder dazu bewegen lassen sollte. Er erachtete im sogenannten Rosenkrieg eine psychologische Hilfe jedenfalls als sinnvoll.

Seit Schulbeginn wurde Auroras Befinden schlimmer, deshalb wiederholten wir den therapeutischen Ansatz bei den "Rainbows", wo sie in der Gruppe mit anderen Kindern ähnliche Probleme aufarbeiten konnte. Auch pubertäre Symptome, von Brustschmerzen, Schwitzen, bis hin zu gewachsenen Härchen, nicht einmal neun Jahre war Aurora zu diesem Zeitpunkt, machten meinem Töchterlein hormonell und auch seelisch zu schaffen.

Man verwies mich auch auf "Die Boje" als Akuthilfe sowie auf ein Kriseninterventionszentrum, wie auch auf das Krankenhaus Rosenhügel, das ebenfalls Hilfe in psychosomatischen Angelegenheiten für Kinder anbot. Diese Empfehlungen wollte ich nicht in Anspruch nehmen, weil ich auf jene Rücksicht nehmen wollte, die auf eine solche kostenlose Nothilfe angewiesen waren. Was wir aber in Anspruch nahmen, war ein psychologisches Gespräch im Wilhelminenspital, wohin uns Auroras Kinderarzt verwiesen hatte, eine fortsetzende Therapie war jedoch aus finanziellen Gründen nicht möglich. Auch mit der Therapeutin, bei der Cara schon einmal war, hatten wir ein paar Gespräche. Die genutzten Therapien und Behandlungen haben meistens ein wenig Erleichterung gebracht, auch wenn Aurora wenig später wiederum Symptome zeigte, weil der Frieden und die Ruhe in unserem Leben immer wieder ausgeblieben sind und es neuerliche Aufregungen gab.

Es kotzte mich an, ständig Sorgen zu haben, sowohl um das körperliche als auch um das seelische Befinden meiner Kinder, und die Zeit und Energie, die wir dafür aufwenden mussten. Ich hatte das Gefühl, unser Leben dreht sich nur noch darum, unsere Beschwerden zu lindern, sich mit Behörden rumzuschlagen und dafür Wege in Kauf zu nehmen.

Es war mir nicht bewusst, dass ich mit jeder weiteren Eskalierung mehr und mehr in diesem Drama gefangen war. So war mir auch nicht bewusst, wie wir aus diesem Dilemma herauskommen könnten, denn ich konzentrierte mich immer nur auf das Drama selbst. Die Ereignisse überstürzten sich. Mir fehlte Gelassenheit und Mut, die Dinge zu akzeptieren wie sie sind, ich versuchte immer nur alles auf Biegen und Brechen zu ändern.

GOTT, gib mir die Gelassenheit, Dinge hinzunehmen,
die ich nicht ändern kann,
GOTT, gib mir den Mut, Dinge zu ändern,
die ich ändern kann,
GOTT, gib mir die Weisheit,
das eine vom anderen zu unterscheiden.
(Trostgebet aus der Stephanskirche)

Es muss einen anderen Weg geben

(Zitat aus "Kurs in Wundern")

Die Kämpfe, die Herausforderungen, der Rosenkrieg, all die Schmerzen, die entstandenen Wunden, die vielen Tränen, die Trauer, die Probleme, die Gerichtsverhandlungen, der Juckreiz, die Ausschläge, die Papierhaut, die zerplatzten Träume, das Misstrauen, die Eifersucht, die Getriebenheit, ... all das war in all den Jahren ganz bestimmt nicht umsonst.

Meine Herausforderungen **ab 2007** gingen weiter - und sie waren wirklich heftig - du kannst sie in meinem zweiten Buch **„SINN Part 2"** nachlesen.

Zu lesen wird sein, ob Gotthard2 und ich uns "getraut" haben am besagten Tag im Juli 2007. Bei meiner Suche nach dem **SINN** frage ich mich erneut: gibt es ein Richtig und ein Falsch? Auch erzähle ich über gerichtliche Schritte, die in Bezug auf den Vater meiner Kinder eingeleitet wurden, welche Auswirkungen diese auf meine Kinder und mich hatten und wie man eine zerstörte Kindheit verarbeiten kann, welch tiefe Wunden unsere Sorgen und Ängste hinterlassen haben - in einer Zeit, wo meine Mädchen zu "Pubertätern" geworden waren, die neue Herausforderungen mit sich brachte. Ich lernte in dieser Phase, Schritt für Schritt meine Prioritäten bewusster einzusetzen, und bin der Überzeugung: jede Krankheit ist heilbar. Wie ich durch Bewusstseinserweiterung und neuen Erkenntnissen eine Wende in meinem Abenteuer Leben herbeiführen konnte, all das lest ihr in meinem nächsten Buch:

„alles hat SINN im abenteuer leben - Part 2"!

Was ich jetzt schon verraten kann:

All diese schrecklich empfundenen Entwicklungen und Exzesse in meinem bisherigen Leben haben ihren Preis gehabt, und der Preis hat seinen Zweck erfüllt, er war es wert bezahlt zu werden. Denn jeder Augenblick ist ein Geschenk, hat seinen Sinn, damit man aufwacht und einen anderen Weg einschlägt, denn es muss auch einen anderen Weg geben!
Jeden Augenblick hat man die Wahl der Entscheidung, und man kann wählen, einen anderen Weg einzuschlagen.
Einen Weg, der sich einzuschlagen lohnt und den Mitmenschen, ja sogar der ganzen Welt, dient.

Die meisten von uns leben im Gefühl des Mangels, im Gefühl, zu wenig zu haben: zu wenig Zeit, zu wenig Geld, zu wenig Ruhe, zu wenig Frieden, zu wenig Liebe. Gleichzeitig scheint alles zu viel zu sein - zu viele Aktivitäten (ich bin ein Paradebeispiel dafür), zu viele Sorgen, zu viel Streit, zu viele Gedanken... Wen wundert es, dass man in diesem Spannungsfeld die Orientierung und den Mut verliert und den Blick für das Wesentliche?

Doch es gibt diese seltenen, aber wundervollen Augenblicke, in denen Stille einkehrt. Diese bewussten stillen Momente, an denen wir an uns selbst erinnert werden.
Finde diese Momente und verweile dort!
Das ist der Schlüssel zum "anderen Weg".
(Quelle: Vollmond-Info 11-2015)

Raus aus dem Denken

Unser Verstand, unser Denken, ruiniert unser Glück.
Meine Freundin Saranda - genauso wie meine Therapeuten - fragten mich oft, was ich fühle, doch immer waren nur Gedanken in meinem Kopf, ich versuchte in mich hineinzufühlen, jedoch kam nur achselzuckend ein:

"Ich weiß nicht, was ich fühle!?"

Beim Meditieren oder In-Mich-Gehen konnte ich lange Zeit nicht fühlen, was ich in mir versuchte zu fühlen. Vielleicht erwartete ich auch zu viel. Wenn auch ich meine inneren Gefühle im Laufe der Jahre mehr wahrnehmen konnte, kommen immer noch gerne die denkenden Gedanken.

Heute kann ich auch diese annehmen und verurteile mich nicht dafür.

"Du bereust jeden Tag, an dem du nicht fühlst."

Saranda hat mir diesen Satz mit auf meinen Weg gegeben, dieses Zitat habe ich verinnerlicht und verstehe nun besser, was damit gemeint ist, seit dem ich bewusster spüren kann, wie und was ich fühle. Ich glaube, es hatte mit meiner Angst vor dem Schmerz zu tun, dass ich meine Gefühle so lange nicht zulassen konnte.

Gefühle wollen "ge-fühlt" werden!

Ein Zitat aus einem Video vom Coach **Robert Betz,** den ich auch wärmstens empfehlen kann! Er erklärt klar und verständnisvoll, wie man rauskommt aus dem Unbewussten, aus der Opferrolle, aus dem Schmerz, aus dem - unbewusst selbst erschaffenen - Leid, aus dem unglücklichen Leben... rein in die Liebe und Freude deines Lebens!

Während meiner Fastenzeit - ich erzähle darüber in meinem nächsten Buch - konnte ich endlich fühlen. Der Schmerz war groß und die Tränen flossen - endlich - wie befreiend dies war!

Ich bin sehr dankbar dafür. Es hat einiges zu meiner positiven Veränderung in meinem Leben beigetragen.

Du brauchst dein Glück nicht zu FINDEN –
du brauchst es nur zu EMPFINDEN! – SK

Fühlst DU die FREUDE?

Ich war zwar auf einem guten Weg, mein Bewusstsein zu erweitern, doch an der Umsetzung der Dinge musste ich weiter arbeiten. Die Muster und Prägungen, die gemachten Erfahrungen, die erlernten Programme und Glaubenssätze aus der Kindheit, die sozialen Konditionierungen der Gesellschaft, sie waren nicht so leicht wegzuwischen. Obwohl es im Grunde nur eine Entscheidung ist: es sich bewusst zu machen und zu STOPPEN!

Ein Schritt zur Verwandlung heißt: Triff eine neue Wahl!
Entscheide dich für ein Leben in Freude!
Freude gehört zu unserer Urnatur! Unser Herz, unser inneres Kind will geliebt werden und Freude erleben!
(Zitate aus einem Video von Robert Betz)

Tagtäglich bemühe ich mich, bei mir zu sein, mich zu erinnern, WER ICH WIRKLICH BIN, die Freude meines inneren Kindes wiederzufinden, mir klar zu machen, ich bin nicht mein Körper, ich bin nicht mein Verstand, ich bin auch nicht meine Gedanken. Es geht um ganz andere Dinge, die der Verstand nicht begreift.

Gedanken schaffen Realität (Dieter Broers)

Sogar die neueste Entwicklung der Wissenschaft und der Quantenphysik bestätigen, dass Schöpferkraft physikalisch erklärbar ist. Einer von vielen weisen Köpfen, der diese beweisbare These propagiert, ist der Bio-Physiker Dieter Broers („Der Glückscode“), von dem ich einiges gelesen und You Tube-Videos gesehen habe.

Mir haben sehr viele Bücher geholfen zu wachsen und bewusster zu werden (im NACHWORT liste ich die wichtigsten auf). Vieles habe ich verinnerlicht, ich habe gelernt, dass es nur einen **SINN** hat, bei sich selbst zu beginnen.

Eine wichtige Botschaft aus all diesen Büchern ist mir ein großes Anliegen, so möchte ich es hinausschreien in die weite Welt:

DAS GLÜCK IST DA!

Es ist jeden Moment hier, wir können es sehen, wenn wir uns dafür entscheiden! Wir können jederzeit danach streben, es begreifen, es angreifen, es annehmen, es erkennen. Wir dürfen es spüren, daran glauben, es fühlen. Wir brauchen uns nur umzuschauen, die Zeichen des Lebens wahrnehmen, sehen, erkennen. Das Glück ist greifbar, im **HIER UND JETZT.**

Das Glück ist nicht nur nah,
es ist in jedem Moment da! - SK

Bis ich das begriff, ging auch mein Weg weiter mit vielen Steinen, die mir in den Weg gelegt wurden. Die ich mir selbst in den Weg gelegt habe. Viele Hürden waren noch zu bewältigen, bis auch ich es begriff und das Glück vollkommen erspüren konnte.

Auch wenn ich mich seit einigen Jahren mit der Bewusstseinsfindung beschäftige, ist die Umsetzung der vielen weisen Worte, die ich in den Büchern gelesen, in Filmen gesehen, in Hörbüchern gehört habe, immer wieder eine Herausforderung. Ich habe die Weisheit auch nicht "mit dem Löffel gegessen", wie man es so schön sagt. Doch trotz Hürden und Rückschlägen, die ich im Laufe der Jahre hatte, ist es mir gelungen, meinen Heilungsprozess in jeder Hinsicht spürbar einzuleiten.

Ich durfte lernen, die Welt besser zu verstehen, alles viel gelassener zu nehmen, all die Dinge, die sich in diesem für uns so unbekannten Universum abspielen, wurden im Laufe der Jahre klarer. Und es ist ein Prozess, der erst begonnen hat.

Ich freue mich, dir meinen Prozess in meinem Buch ***"SINN Part 2"*** weiter zu erzählen. Ich hoffe, dir mit **"SINN Part 1"** nicht nur (m)eine erlebnisreiche Geschichte dargestellt zu haben, sondern dass ich den einen oder anderen auch in eine bessere, sinnvollere Welt lenken konnte, in eine Welt voll Freude und Glück, das im HIER UND JETZT stattfindet.

Manche werden meiner Sichtweise nichts abgewinnen können. Was ich verstehen kann. Denn wozu das alles? Wozu spirituell wachsen? Wozu Bewusstseinserweiterung? Manchmal, wenn mein Leben wieder aus den Fugen gerät und mich sabotiert, habe ich auch Zweifel. Doch eine Einsicht habe ich jedenfalls gewonnen: Es fühlt sich anders an! Mein Leben fühlt sich anders an! Ich bin nicht mehr Opfer des Schicksals, ich weiß mit Freude mit den Herausforderungen umzugehen und daran zu wachsen und zu arbeiten.

Mein Leben fühlt sich besser an! Besser als je zuvor!
Es ist ein Leben voller Freude geworden!
Das kann ich mit Überzeugung behaupten.

Und wer es nicht glauben will, der soll es einfach selbst ausprobieren. Zum Beispiel mit einem Buch aus meiner

Bücherliste,

die du **am Ende dieses Buches** findest… wenn dort nichts Ansprechendes dabei ist, dann findest du ganz bestimmt intuitiv den für dich passenden nächsten Schritt, der dich zum Glück führt.

Das Leben führt einen immer zum nächsten Schritt,
es gibt immer Zeichen und Botschaften,
man muss nur hinhören und sich trauen.
So kann auch deine Freude im Leben wahrhaftig sein!

Manche Menschen brauchen auch gar keine Anleitung zum Glück, auch keine Bücher oder Lehrmeister, sie sind weise genug, um gesund, wahrhaftig glücklich und in Frieden zu leben.

Auch wenn ich zu diesem Zeitpunkt - 2007 - selbst noch weit davon entfernt war, weiß ich: Ich komme meinem Glück mit jedem Schritt ein Stückchen näher. Wie, beschreibe ich in meinem nächsten Buch. Und ich wünsche es jedem von euch, von Herzen!

Voller Freude, Eure Selina Leone

Ich hoffe du weißt jetzt: ALLES HAT SINN!

... E N D E „SINN Part 1“...
FORTSETZUNG FOLGT!

Nachworte

Anleitung zum Licht-Schicken

Das Licht-Schicken ist ein solches Phänomen, dass ich es gerne näher beschreiben möchte.
Es funktioniert wirklich! Probier es aus!

Stell dir eine Person vor, die du sehr liebst, dein Kind, das am Schulweg nervös ist, weil es gleich Schularbeit hat, oder jemand der gerade Unterstützung und Hilfe braucht, die du selbst so nicht geben kannst,... schicke Licht und Liebe an jemanden, der krank ist, sich nicht wohlfühlt, Liebeskummer hat, oder auch jemanden, mit dem du dich gerade nicht gut verträgst, es gab Streit, oder Wutanfälle, sogar Hass... oder schicke Licht einfach deinen Liebsten, deinen Kindern, deinem Partner, deinen Eltern, auch den bereits Verstorbenen, es ist wie ein Segen, den man gibt.

Nicht nur Pfarrer können segnen. Wir sind alle Eins. **Alles ist Energie. Alles ist Licht und Liebe.** Alles kommt von Gott. Alles ist Gott. Wer nicht an Gott glaubt, glaubt vielleicht an die Kraft des Universums, an eine höhere Macht, diese Macht ist Licht. Dieses Licht sind wir alle. Licht und Liebe sind Energie und immer vorhanden!

Stell dir nun vor, wie du dieses Licht, diese allumfassende positive Energie, von oben in deinen Scheitel aufnimmst! Spüre wie weißes Licht dich umhüllt, dich durchdringt. Stell dir vor, wie du strahlst, sag dir “Ich bin Licht”..., fühle es, und du wirst strahlen! Dieses Licht gibt auch dir selbst Kraft, Mut, Liebe, Zuversicht, Heilung!

Du kannst auch deine Hand auf dein Herz legen, das bewirkt nochmal mehr Energie, die fließen kann. So können sich Herz und Hirn ideal verbinden (aus einem Audio-Beitrag der **"flow-summit 2018"** von **Gregg Bradon**, man findet Videos von ihm im Internet, wie z.B. **"Die Wirkung der Gedanken auf Materie"** - er ist Wissenschaftler, Bestseller-Autor und spiritueller Lehrer).

Von deinem Herzen aus scheint dieses Licht in rosa-weiß-leuchtender Farbe weiter - die Farbe Rosa steht für die bedingungslose Liebe... schicke es an diesen Jemand, schicke es an alle, an die ganze Welt, spüre wie dein Herz sich öffnet und all deine Liebe und dein Licht weitergegeben werden an diejenigen, die es gerade brauchen. Stelle dir vor, dass das Licht - und wenn du willst der Segen Gottes - durch dich hindurchfließt – so wie das Wasser von der Quelle durch das Flussbett strömt, bis es an sein Ziel gelangt. Licht und Segen kommen von Gott, vom Universum, du musst sie nicht selbst „machen", wir brauchen dafür kein Amt und keine besondere Begabung (Quelle: www.simplify.de).

Nun schicke ich das Licht, die Liebe und die Kraft, die du gerade brauchst, in die weite Welt! Spüre es, nimm es auf! Es öffnet dein Herz! Es gibt dir Kraft. Es gibt dir Heilung. Es gibt dir Liebe. Allumfassende, bedingungslose Liebe.

Danksagung

Mein Dank gilt allen, die mich inspiriert haben, dieses Buch zu schreiben, umzuschreiben, wieder zu schreiben, neu zu schreiben und schlussendlich zu veröffentlichen. Danke an **“Bücher mit Herz”,** die mich unterstützen und mir helfen, “SINN” zu publizieren.

Danke meine **liebe Mama**, Worte alleine genügen nicht, um zu beschreiben, wie sehr ich dir dankbar bin für deine Liebe und Güte, Aufopferung und Geduld, für dein Verständnis und deine Großzügigkeit. Vielen Dank **meiner Familie**, die immer für mich da ist, wenn ich Hilfe brauche, vor allem **meiner Schwester**, die es ebenso immer nur gut mit mir gemeint hat!

Danke **meinen Kindern**, ich liebe euch so sehr und habe unglaublich viel Freude mit euch und mit eurer Entwicklung! Wir haben gemeinsam viele Stolpersteine und Hürden bewältigt, die uns stark gemacht haben und uns mehr und mehr zusammenwachsen ließen.

Lieben Dank auch **an meine Freundinnen** als meine mentalen Lebensbegleiterinnen! Ihr seid so unglaublich wertvoll für mein Leben, ich kann auf euch zählen in Stunden des Leids, wie auch in denen des Glücks.

Danke **liebe Margeaux** fürs oftmalige Lesen und Feedback zum Buch und Danke an meine Kinder fürs Korrekturlesen, es war sehr hilfreich für meine Buchüberarbeitung, genauso vielen Dank allen anderen **Testlesern** für eure Zeit, Geduld und eure Rückmeldungen, herzlichen Dank an Sabine, die nicht nur viele Fehler ausbessern konnte, sondern auch oft den richtigen Ausdruck gefunden hat, der mir beim Schreiben manchmal fehlte.

Danke mein lieber Arzt und Wegbegleiter in Sachen Gefühle aufarbeiten. **Dr. Aime Prosl** hat mir unglaublich zu meinem Glück und meiner Gesundheit verholfen, dass ich ihn hier nicht unerwähnt lassen möchte. Danke für deine Art der Bereicherung meines Lebens!

Danke **Hans H.**, du warst für mich ein Mensch mit besonderer Güte. Wie ein Engel! Wie herzlich du meinen Namen ausgerufen hast, jedes Mal wenn wir uns getroffen oder telefoniert haben, ich höre deine Stimme und den Klang deiner Worte immer noch. Es war etwas ganz Besonderes, mit dir zu arbeiten. Es ist mir eine Ehre, Teile deiner grafischen Layoutvorschläge und Ideen für mein Buch umzusetzen. Wir wollten zusammen ein **"Schönstes Buch Österreichs"** daraus werden lassen. Es wird mir eine Freude sein, es einzureichen, und dich damit hochleben zu lassen.

Danke all den **Autoren** der Bücher, die mir geholfen haben, mein Bewusstsein zu erweitern und meinen spirituellen Weg zu gehen.
Danke für die Bereicherung auch den Liedermachern der **"Songs meines Lebens"**, die mich berührt und inspiriert haben. Die bedeutendsten Lieder meines *"abenteuer leben"* habe ich deshalb im Buch erwähnt.

Danke unserem Herrn und Schöpfer, **dem lieben Gott**, danke **Jesus** und **meinen Engerln**, die mir immer zur Seite stehen, wenn ich sie rufe und da sind, wenn ich sie brauche. Danke, dass ich lernen durfte und darf, mit den Herausforderungen im "abenteuer leben" positiv umzugehen und zu erkunden, welcher **SINN** darin liegt, und zu wissen, was es heißt, bedingungslos zu lieben.

Wie der Baum im Wind

Als DANK und weil es mir sehr am Herzen liegt, möchte ich gerne einen Teil aus einem Kapitel meiner so wichtig gewordenen "Bibel" - aus dem Buch

"Denn Christus lebt in jedem von euch" **von Paul Ferrini**, in diesem Zusammenhang zitieren:

Ich bitte dich einfach zu erkennen, wie du dein Glück an Bedingungen geknüpft hast.

Wenn du verstehen willst, was Bedingungslosigkeit ist, schaue dir den im Wind tanzenden Baum an.

Er ist das beste Beispiel, das du finden kannst. Der Baum hat tief reichende Wurzeln und ausladende Äste. Er ist unten fest verwurzelt und oben ganz beweglich. Er ist ein Symbol für Kraft und Hingabe.
Du kannst die gleiche Charakterstärke entwickeln, indem du auf alle Situationen in deinem Leben flexibel reagierst. Stehe aufrecht und sei im gegenwärtigen Moment verwurzelt. Wisse um deine Bedürfnisse, aber lass zu, dass das Leben sie auf seine Weise erfüllt.

Bestehe nicht darauf, dass deine Bedürfnisse auf eine bestimmte Weise erfüllt werden. Wenn du das tust, bietest du unnötigen Widerstand. Der Stamm des Baumes zerbricht, wenn er versucht, sich dem Wind entgegen zu stellen.
Bewege dich mit dem Wind!

Dein Leben ist ein Tanz. Es ist weder gut noch schlecht. Es ist eine Bewegung. Ein Kontinuum. Du hast eine einfache Wahl zu treffen: Du kannst tanzen oder nicht. Deine Entscheidung, nicht zu tanzen, bedeutet nicht, dass du dich nicht mehr auf der Tanzfläche befindest. Der Tanz wird um dich herum fortgesetzt. Der Tanz wird weitergehen, und du bist Teil davon. Darin liegt eine natürliche Würde.

*Ich sage dir: freue dich einfach über die Gnade am Leben zu sein. Wenn du nach einem höheren **SINN** des Leben suchst, wirst du enttäuscht werden. Über den Tanz hinaus, gibt es keinen **SINN**. Alle Bedingungen erfüllen sich von selbst für das Bedingungslose.*

Sei einfach offen und präsent und du wirst in Gottes Arme fallen. Leiste aber nur einen Augenblick Widerstand, und du wirst dich in einem unnötigen Durcheinander verstricken, dass du selbst geschaffen hast...

"Wie der Baum im Wind" - diese Vorstellung hat mich fasziniert. Ich musste diese Passage wieder und wieder lesen, jedes Mal konnte ich diesen Zeilen mehr abgewinnen. Es hat jedoch Jahre gebraucht und viel selbst geschaffenes Durcheinander, Drama und Leid in meinem Abenteuer Leben, bis mir dieses Buch in meine Hände fiel, bis die Zeit reif für mich war. Bis ich den **SINN** meines Lebens erkannt hatte und etwas verändern konnte.

Dieses Buch möchte ich jedem von euch empfehlen! Das Buch und das Hörbuch sind wie MEINE BIBEL, sie sind mir eine tägliche Hilfe beim Weiterkommen und bei der Lösungsfindung in meinen Herausforderungen des Alltags.

Wachstum durch Bücher und Filme

Am Schluss komme ich zu meiner bereits erwähnten

Bücherliste:

Bücher und Filme, die mich bewegt und mir weitergeholfen haben in meiner Entwicklung und mir schlussendlich zu einer positiven Lebenswende verholfen haben.

Es sind lange nicht alle Bücher, die mir Kraft gaben, aber die wichtigsten möchte ich auflisten. Oft habe ich diese ein weiteres Mal gelesen oder Hörbücher mehrmals gehört. Nimm dir - wenn du das möchtest – das Buch heraus, was dich anspricht und inspiriert!

Das Leben hat mir immer wieder durch "Zufall" das richtige Buch zum richtigen Zeitpunkt geschickt. "ZUFALL" bedeutet ja, es fällt dir etwas zu, sprich, es hat seinen SINN, dass man es gerade jetzt in die Hände bekommt, das Leben sagt einem: "Mach was draus!".

"Denn Christus lebt in jedem von euch" von **Paul Ferrini**
Dieses bereits erwähnte Buch habe ich durch meine Freundin Saranda in meine Hände bekommen und sofort lieben gelernt. Einfach eine beliebige Seite aufgeschlagen, hilft und passt es immer perfekt gerade zu dem Thema, zu dem ich es brauche, wo ich gerade stehe, Herausforderungen erlebe, eine Entscheidung benötige, Situationen nicht richtig einschätze, mich zu erinnern habe... Das Hörbuch dazu habe ich umgehend auf ***Amazon Audible runtergeladen, ideal für unterwegs***.

“Bewusst leben - Dein Weg des Erkennens”
von **Wolfgang Wieser**
Das im Herbst 2017 im “Bücher mit Herz”-Verlag veröffentlichte Werk beschäftigt sich mit der Achtsamkeit und wie der Titel schon sagt, um BEWUSSTES LEBEN. Ein Buch, das für jeden eine Bereicherung darstellt, der sein Bewusstsein erweitern möchte.

Auszug aus dem BLOG von Wolfgang Wieser im Juni 2017:
Der Lebensweg eines bewussten Menschen führt ihn nicht an einen fernen Ort, sondern ins Hier und Jetzt. Er hat erkannt, dass sein Ziel nicht in der Zukunft liegt, sondern in seinem Innersten zu finden ist. Deshalb lässt er sich durch die Verlockungen dieser Welt nicht ablenken und geht diesen Weg, bis er sich seiner tiefsten Wurzeln und seiner wahren Natur bewusst wird.

Auch in unserem täglichen Leben ist der einzige Berührungspunkt mit der Wirklichkeit der jetzige Moment. Egal was wir erleben, es kann immer nur in der Gegenwart stattfinden. Lediglich unsere Gedanken sind der Grund dafür, weshalb wir diese Wahrheit nicht erkennen. Durch sie erschaffen wir in uns eine künstliche Welt, die einen großen Teil unseres Bewusstseins bindet und von der Realität der Gegenwart ablenkt. Unsere Erwartungen nennen wir Zukunft und unsere Erinnerungen nennen wir Vergangenheit, doch auch sie können wir nur im jetzigen Moment erschaffen. Es gibt nur diesen einen gegenwärtigen Augenblick, der zwar unentwegt neue Formen annimmt, aber dennoch immer das Jetzt bleibt. Die Bewusstwerdung dieser Tatsache ist der Weg, der uns nachhause führt.
Das bedeutendste geistige Werkzeug des bewussten Menschen ist die Achtsamkeit. Sie ist die gebündelte Energie des Bewusstseins. Mit der Kraft der Stille richtet er seine Aufmerksamkeit ins Zentrum seines Herzens, bis das Bewusstsein sich seiner selbst bewusst wird.

Auch in unserem täglichen Leben folgt die Energie unserer Aufmerksamkeit. Das, wohin wir unsere Achtsamkeit lenken, wird stärker. Richten wir unsere Achtsamkeit auf Gewalt, so werden wir diese stärken. Richten wir unsere Achtsamkeit auf Fürsorge, dann wird diese wachsen. In den seltensten Fällen lenken wir unsere Aufmerksamkeit bewusst, meist huscht sie in einer unkontrollierten, chaotischen Art von einem Objekt zum anderen. Genauso entwickeln sich dann auch unsere Lebensumstände. Wir sind rastlos, unzufrieden und kommen nirgends wirklich an. Darum ist es so wichtig, den Umgang mit diesem mächtigen, geistigen Werkzeug zu üben. Können wir dann unsere Aufmerksamkeit bewusst lenken, dann ist es uns auch möglich, die Achtsamkeit dem großen Ich zu widmen.

Ich nehme dieses zur Bewusstheit führende Buch immer wieder gerne zur Hand, dann öffne ich eine Seite und schon begebe ich mich wieder in meine Erinnerungswelt zum Glück.

Die Bücher von **Margeaux Brandl** (***Savitris Botschaft, Ramon und die Lilly Serie***) habe ich alle gelesen, jedes für sich enthält tolle Botschaften. Am meisten hat mich das ***KARTENSET*** (dieses ist bei ***"Bücher mit Herz"*** erhältlich) begeistert und die dazugehörende Buchserie ***"Aktiviere deinen Lichtkörper"***. Es ist ein hilfreicher Ratgeber in vielen Lebenslagen. Gerne ziehe ich mir eine Karte heraus und kann mir so die passende Botschaft für den Tag mitnehmen.

Die Prophezeiungen von Celestine

Im Jahr 2017 hab ich den Film gesehen, ein Jahr später hab ich das Hörbuch entdeckt, ***die Audible App von Amazon ist dafür echt super***, ich bin begeistert. Würden die Menschen nach den Erkenntnissen in diesem Buch leben, könnten wir uns auf dieser Welt viel Ärger und Unglück ersparen.

Pascal Voggenhuber

Obwohl ich immer wieder von ihm gehört bzw. gelesen hatte, bin ich erst 2018 mit der **flow summit** näher auf ihn aufmerksam geworden. Pascal Voggenhuber gilt heute als das bekannteste und erfolgreichste **Medium** der Schweiz und konnte mit seinen Bestseller-Büchern viele Menschen für die Medialität begeistern. Seine Jenseits-Kontakt-Sitzungen bringen den Menschen Trost und helfen, den Tod eines geliebten Menschen besser zu verarbeiten.

So traf er nun auch mich mitten ins Herz. Denn mehr und mehr beschäftige ich mich mit dem Tod und vor allem damit, was danach sein kann. Ich glaube auf jeden Fall an das Leben danach.

Pascal fasziniert mich insofern - vor allem in seinen vielen **Videos** - da er mit seinen jungen Jahren und in seiner offenen, aufrichtigen und ehrlichen Art und Weise eine andere Sicht der Welt näher bringen kann.

Im Mai 2018 gönnte ich mir erstmals, Pascal **LIVE** an einem Vortrags- und Heilerabend in Altlengbach/Österreich zu genießen. Es war bemerkenswert, wie authentisch und publikumsnahe er sich zeigte. Selbst für große Zweifler wie mich gilt: Ob es stimmt oder nicht, was er mitteilt, man spürt die Wahrheit darin, man weiß, dass seine Thesen zu einem glücklichen Leben führen können - im Sinne von ***"Enjoy this Life"***, wie seine Botschaft und sein Programm sich nennt. Bei mir kam es rüber: ***Genieße das Leben, nur das zählt!***

„Achtsamkeit als Weg aus der Stressfalle"

von **Katrine Hütterer**

Das Leben hat mir wieder einmal durch "Zufall" das richtige Buch zum rechten Zeitpunkt geschickt. Es beinhaltet **Achtsamkeitsübungen**, eine habe ich mir herausgepickt, da mir sofort klar war, diese Übung ist gerade jetzt die richtige für mich: es ist die Übung 9, das LANGSAM WERDEN! Ich möchte diese Übung gerne hier teilen, aus dem Buch zitieren:

ACHTSAMKEITS-ÜBUNG Nummer 9: Langsam werden

Die Achtsamkeitsübung für den 9. Monat soll uns dazu bringen, die Dinge um uns stärker wahrzunehmen. Du kennst das sicher: Wenn du mit deinem Auto schnell von A nach B fährst, hast du keine Zeit, um die Umgebung rundherum wahrzunehmen. Ähnlich geht es uns, wenn wir durch den Alltag hetzen. Ziel unserer neuen Übung ist es, den Ablauf von gewohnten Tätigkeiten bewusst zu verlangsamen. Am besten, du bremst für 10 Minuten das, was du tust. Setz dich langsamer hin als sonst, gehe langsamer, fülle dein Wasserglas langsamer, trinke langsamer und so weiter. Egal, was du tust, mache es langsamer als sonst. Als Erinnerung an diese Übung kannst du dir zum Beispiel eine Schnecke auf Post-its malen und in deiner Wohnung verteilen

Du kannst diese Übung täglich so oft durchführen, wie du möchtest. Je öfter, desto besser. Du wirst selbst merken, wie viel Spaß es macht, alltägliche Dinge gaaaanz laaangsaaam durchzuführen. Nachdem du ein Monat geübt hast, gehe weiter zur zehnten Übung in Achtsamkeit.

Ich persönlich habe mir eine Porzellan-Schildkröte aufs Fensterbrett gestellt, um immer wieder daran erinnert zu werden, laaaangsam zu gehen, zu handeln, zu tun.

Autorin Heidemarie Brosche

In der Buchhandlung Skybooks bin ich auf ihr Buch aufmerksam geworden:

"Mein Kind ist genau richtig, wie es ist".

Das Buch ist sowohl für Erwachsene als auch für die eigenen Kinder sinnvoll, aber auch für die menschliche Begegnung grundsätzlich.

ICH war als Kind ZU faul, ZU dürr, ZU flachbusig, ZU frech, ZU aufgeweckt, ZU spät entwickelt, ZU schlecht in der Schule... Nun wurde ich erinnert, dass ich WERTVOLL bin, so wie ich bin! :)

Das Buch ist ein wertvoller Ratgeber, und er ist genau richtig, wie er ist! *Danke Heidemarie Brosche! Nachdem ich Sie bei einem Vortrag zu Ihrem Buch auch noch persönlich kennenlernen durfte (Jänner 2018), bin ich noch mehr ermutigt, so weiterzumachen, so wie ich bin zu SEIN, im Hier und Jetzt meine Wahrheit zu leben.*

In seinem Buch ***"Werde, der du sein willst"*** erklärt **Robert Betz** auf klare, verständnisvolle Weise, wie man rauskommt aus dem Unbewussten, aus der Opferrolle, aus dem Schmerz, aus dem - unbewusst selbst erschaffenen - Leid, aus dem unglücklichen Leben... rein in die Liebe und Freude deines Lebens! Seine Botschaft, die sich bei mir eingeprägt hat, ist: *Triff eine neue Wahl! Entscheide dich für ein Leben in Freude!* (Zitate aus einem Video von **Robert Betz**)

Neale Donald Walsch
Er hat mich geprägt wie kein anderer ... angefangen hat es mit der Trilogie ***"Gespräche mit Gott"***, und viele seiner weiteren Bücher, die mich immer wieder aufs Neue inspirieren.
"Gespräche mit Gott für Jugendliche" möchte ich allen Eltern und ihren größer gewordenen Kindern sehr ans Herz legen.
"Ihr habt mich nicht verstanden" – hier geht es um Gottes Botschaft an die Welt, die wir Menschen womöglich nicht verstanden haben.
"Glücklicher als Gott" - Das Hörbuch von Neale Donald Walsch höre ich immer wieder aufs Neue gerne. Ich möchte es nicht missen!
„Ich bin das Licht - Die kleine Seele spricht mit Gott" von **Neale Donald Walsch** – Diese Geschichte erklärt für mich den **SINN** des Lebens, den sogenannten "Plan", der hier eine mögliche Fassung bekommt. Auch für Kinder sehr schön zum Lesen, Vorlesen oder Anhören. Ich hab sowohl das Buch und höre mir gerne auch das YouTube-Video mit dieser herzöffnenden Geschichte an.

Pierre Franckh
Die Bücher von Pierre haben mir sehr weitergeholfen in meiner Entwicklung.
"Das Gesetz der Resonanz" beschreibt, dass man nur das in sein Leben ziehen kann, womit man sich in Resonanz befindet, also das, was auf der gleichen energetischen Ebene schwingt wie man selbst. Über die neuesten Erkenntnisse von Quantenphysik, Epigenetik, Wissenschaft und die Kraft der menschlichen Überzeugungsmuster!
Es gibt davon auch ein **Dokumentations-Video auf YouTube**, das sehr zu empfehlen ist!

Pierre Franckh hat ebenso Wünsch- und Glückfindungs-Bücher herausgebracht, eines möchte ich erwähnen:
"Wünsch dich schlank". Man muss jedoch schon auch etwas tun, wenn man möchte, dass sich etwas verändert.
Sehr zu empfehlen ist auch die Reihe ***"Der 6 Minuten Coach",*** mit Übungen und Anleitungen: ***"Erfinde dich neu"***, ***"Finde deine wahre Liebe"***, ***"Schenke dir Selbstliebe"***, ich habe diese drei gelesen und auch daran gearbeitet.
Beim **"flow summit 2018**" haben mich die **Videos** von **Pierre** und seiner Frau **Michaela Mertens** besonders berührt und erinnert, wie man mit Leichtigkeit in den Fluss des Lebens eintaucht. Ich war sehr glücklich, als ich später die Videos inkl. schriftlicher Zusammenfassung als Geschenk erhalten durfte.

Mein LIEBLINGSBUCH: "***Die Hütte - ein Wochenende mit Gott***" von **William Paul Young** -
So wunderschön zu lesen, so herzöffnend! Um es auch unterwegs genießen zu können, habe ich mir später das Hörbuch runtergeladen. Auch der Film zum Buch, der 2017 im Kino lief, begeisterte mich sehr.
Das Tüpfelchen am i war das Nachfolgerbuch von William Paul Young: ***"Der Weg"*** - ich hab es als Hörbuch gehört, es zeigt so schön auf, ... das solltest du selbst herausfinden!

Eckhart Tolle - er hat mich geprägt, wie kein anderer, nach Neale Donald Walsch.

Mit seinem *"**Jetzt - Die Kraft der Gegenwart**"*. Vor allem das **Hörbuch *"Leben im Jetzt"*** habe ich für mich entdeckt, es ist jeden Tag aufs Neue hilfreich.
Auszug aus dem Hörbuch "Leben im Jetzt", CD 3, Einleitung Teil III Akzeptanz und Hingabe:

Wenn du dich dem hingibst was ist
Und auf diese Weise vollkommen bewusst bist
Verliert die Vergangenheit all ihre Macht
Dann erschließt sich dir das Reich des Seins
Das vom Denken bisher verborgen wurde

Plötzlich erfüllt dich eine tiefe Stille
Ein grenzenloses Gefühl des Friedens
Und in diesem Frieden ist große Freude
Und in dieser Freude ist Liebe
Und in ihrem innersten Kern ist das Heilige, das Unermessliche, das Namenlose.

„Frei von allen Sorgen" von **Susanne Hühn**... Wenn du ein Problem hast, für das du keine Lösung findest, wenn sich deine Gefühle im Kreise drehen, wenn du an deine Sorgen denkst, du alleine nicht weiter kommst, in einer Sackgasse gelandet bist, dann ist dieses Buch das richtige! Susanne Hühn zeigt liebevoll, wie man sich mit einem hochwirksamen Ritual neue Wege eröffnen kann. Dieses Büchlein hat mich tatsächlich von einem großen Leid befreit - mehr darüber in einem meiner weiteren Bände von ***"SINN"***.

„Hoffnung, die unter die Haut geht. Endlich frei von Neurodermitis“ von **Alexander Egger**
Gott hat dieses Buch zu mir geschickt, über einen Engel. Das wusste ich, sobald ich begann, die Seiten begierig zu lesen. Schon in kurzer Zeit hatte ich das Buch ausgelesen. Und es hatte große Auswirkungen auf mich. Es brachte mir neue Erkenntnisse. Ich wusste plötzlich, warum ich diesen Leidensweg mitmachen musste. Das alles seinen SINN hatte und hat.

Dieses Buch kann ich jedem empfehlen, der sein Leiden, welches auch immer, in den Griff bekommen möchte. Es hat mich sehr berührt und geprägt... Ich wusste nun, dass ich meine Neurodermitis heilen kann. Ich wusste es im Grunde meines Herzens schon immer, Meldungen der Schulmedizin „Neurodermitis ist nicht heilbar“ wollte ich sowieso nie akzeptieren. Dieses Buch hat meine Überzeugung bestärkt und mir den Weg gezeigt, wie man es schaffen kann. Mit Annehmen, Hoffen, Vertrauen, Glauben. Es wurde mir klar, warum ich unter dieser Krankheit leide und was ich tun kann, um dies zu ändern. Ich wusste plötzlich, was es heißt, einen guten Draht zu Gott zu haben. Ich spürte, dass ich den Zugang vertiefen konnte und dass ich Gott nun viel näher war als bisher. Und dass er mich auf meinem Weg leiten und mir zeigen wird, wie ich durch meinen Glauben, durch mein Vertrauen, die richtigen Schritte setzen werde.

Wu wei - Die Lebenskunst des Tao von **Theo Fischer**. Mir hat das Büchlein geholfen, zu lernen, aus meiner Getriebenheit herauszukommen. Es soll helfen, aus dem inneren Zentrum zu handeln, im Einklang mit dem Fluss des Lebens zu sein, aus dem Gedankenkarussell herauszukommen, nicht in dem man versucht, NICHT zu denken, sondern in dem man mit Achtsamkeit im Hier und Jetzt lebt.

Anastasia - Die Tochter der Taiga

Es ist schwer zu beschreiben, was es mit einem macht, wenn man die Anastasia-Bücher liest - ich selbst habe sie als Hörbücher gehört, soweit es diese bisher gibt. Es lässt einen nicht mehr los, man weiß, was Anastasia zu sagen hat, ist die Wahrheit!

Louise L. Hay hat mich bereichert mit dem Hörbuch ***"Heilende Gedanken für Körper & Seele"*** und andere tolle Werke...
Ebenso der **Kurs *"Spiegelarbeit - Liebe dich selbst"*.**

"Chakras für Anfänger" von **Alexander Janzer** hat mir mehr gegeben als nur Erklärungen zu den Chakras, das Hörbuch ist ein toller spiritueller Ratgeber. *„**Herzenswünsche** – Der Seele zuhören und die eigene Vorsehung erfüllen"* vom selben Autor hat mich ebenso inspiriert. Beide Hörbücher können mich immer wieder beseelen.

"Glück ist kein Zufall - Das große Lesebuch des positiven Denkens", das die Quintessenz herausholt von namhaften Autoren wie Murphy, Napoleon Hill u.v.m. - es zeigt auf, wie es kraft der eigenen Gedanken gelingt, das scheinbar Unmögliche möglich zu machen.

Die Gedanken eines Menschen sind seine Welt.
Was du denkst, das wirst du!

Dies ist ein Zitat aus dem **Hörbuch *"Heirate dich selbst"*** von **Veit Lindau**, das ich unbedingt empfehlen möchte! Dieses Hörbuch zum Thema „Selbstliebe" ist ausgesprochen aufschlussreich und für mich ein Dauerbrenner.

Deepak Chopra: seine ***Meditationsreihen*** "Fülle und Reichtum", "Vollkommene Gesundheit", "Wunsch und Schicksal", "Erhöhe deine Lebensenergie" und vor allem "Wundervolle Beziehungen" sowie „Wahrer Erfolg" sind unglaublich inspirierend und bereichernd und haben mir geholfen, zur Ruhe zu kommen.

Kein Mensch kann die in ihm angelegten Potentiale entfalten, wenn er in seiner Würde von anderen verletzt wird oder gar selbst seine eigene Würde verletzt. (Prof. Dr. Gerald Hüther)

Hirnforscher **Prof. Dr. Gerald Hüther**: Seine Bücher sind sehr lehrreich. ***„Was wir sind und was wir sein könnten...?“*** war mein erstes Buch, sein aktuelles Buch (2018) ***„Würde“*** durfte ich als Hörbuch genießen.

Kürzlich hat Gerald Hüther eine **„Würdekompass“-Initiative** ins Leben gerufen. Ziel ist die Herausbildung einer Bewegung, deren Anliegen es ist, das Gefühl, die Vorstellung und das Bewusstseins der Würde jedes Menschen zu stärken. Die Würdekompass-Gruppen verstehen sich als Keimzellen dieser Bewegung. Ihre Mitglieder helfen einander, sich ihrer eigenen Würde bewusst zu werden und versuchen, Würdeverletzungen in einzelnen Bereichen ihrer jeweiligen Regionen durch aufklärende und unterstützende Interventionen zu lindern – bestmöglich zu beseitigen.

Im Buch-Cafe „Skybooks“ in Mödling kann man in seinen Werken schmökern und sich auch zu organisierten Vorträgen und Veranstaltungen mit Gerald Hüther und anderen Autoren anmelden sowie sich einer Würdekompass-Gruppe anschließen – mehr über den Buchladen später.

Mehr unter:
www.wuerdekompass.de
www.skybooks.at

Lehrreiche Bücher habe ich angefangen zu lesen, als ich begonnen hatte, ein Network Marketing Geschäft aufzubauen. Es waren zumeist Bücher, die mein Selbstvertrauen stärkten. Um mein Bewusstsein zu erweitern, setzte ich mit einem Buch fort, das mir bei einem meiner Wellnessaufenthalte von einer Masseurin zur Beziehungsproblem-Bekämpfung empfohlen wurde:

"Liebe dich Selbst, dann ist es egal wen du heiratest" vom Ehepaar **Zurhorst**.

Die Bücherreihe von **Bärbel Mohr, *"Bestellungen beim Universum",*** fiel in dieser Zeit ebenfalls in meine Hände und prägte meine Sichtweise neu.

The Secret *von* **Rhonda Byrne** war ein Muss für mich, als ich begann, mich mit den Gesetzen der Anziehung näher zu befassen. Das Nachfolgewerk der Autorin ***„The Magic"*** lehrt über das Zauberwort **„Dankbarkeit".**

Auch im **FILM *„The Secret"*** geht es um das große Geheimnis des Universums, das man mit diesem Werk in Händen hält. Das Geheimnis kann dein Leben für immer positiv verändern.

Indigo-Erwachsene von **Kabir Jaffe** und **Ritama Davidson**. Eine neue Art Mensch tritt in Erscheinung, als nächster Schritt in der Entwicklung der Menschheit.

Kurs in Wundern - über 700 Seiten - ich habe ein bisschen über die Grundsätze der Wunder (50 gibt es davon) gelesen, eines möchte ich hier herausnehmen:
3. Wunder geschehen auf natürliche Weise, als Äußerungen der Liebe.
Das wirkliche Wunder ist die Liebe, die sie inspiriert.
In diesem Sinne ist alles, was aus der Liebe kommt, ein Wunder.

Chuck Spezzano - ***"Wenn es verletzt ist es keine Liebe"*** und ***"Wie Sie herausfinden wann Ihre Beziehung wirklich am Ende ist"***
Diese beiden Bücher waren für mich Ratgeber in Beziehungsfragen.

Was Beziehungen betrifft faszinierte mich später das Hörbuch ***"Herzenslust - Lieben lernen und die tantrische Kunst des Seins"*** von **Saleem Mathias Riek**.

Werner Ablass - ***"Leide nicht - liebe"*** habe ich ein weiteres Mal gelesen und konnte neue Erkenntnisse zu **"AGAPE, die Liebe ohne Objekt"** gewinnen.

Filme, die mich inspirierten

Die Hütte“ und ***„Die Prophezeihungen von Celestine“*** sowie ***„The Secret“*** habe ich bereits in meiner Bücherliste erwähnt.

“Gespräche mit Gott“ mit Neale Donald Walsch geht es um die Lebensgeschichte des Bestseller-Autors. Einen Satz habe ich mir besonders hervorgehoben und wende ihn oft an. Im Zweifelsfalle, bei Angst oder Sorge, stelle ich mir die einfache Frage:

“Was würde die Liebe jetzt tun?”.

“Indigo” mit Neale Donald Walsch: Durch die Augen eines Kindes kann die Welt ein magischer Ort sein. Durch die Augen eines Indigokindes kann sich ein neuer, weiserer Weg eröffnen.

“alphabeth” rechnet mit unserem Bildungssystem ab, packend und gnadenlos.

“What the Bleep do we (k)now!?” *(Ich weiß, dass ich nichts weiß!)* zeigt Beispiele in der Quantenphysik und beschäftigt sich mit Fragen wie: Woher kommen die Gedanken? Haben wir Einfluss auf das, was uns passiert oder sind wir Opfer der Umstände?

“Infinity” ebenso mit Neale Donald Walsch beantwortet Fragen zum Thema Leben nach dem Leben. Was geschieht, wenn wir diese Welt verlassen? Verschwinden wir einfach? Oder gibt es ein Leben danach? Wie und wann kehren wir zurück?

“e-motion” ist ein **unbedingtes Muss** für alle, die gesund werden oder bleiben möchten. Der Film dokumentiert eindrucksvoll, dass tiefsitzender, emotionaler Ballast die grundsätzliche Ursache von Krankheiten ist und dass nur durch die Aufarbeitung Gesundung möglich wird.

Kleinste Buchhandlung Österreichs

Viele meiner Lieblingsbücher, auch Hörbücher und DVDs, durfte ich in meiner Lieblings-Buchhandlung “Skybooks” am Freiheitsplatz in Mödling (südlich von Wien) entdecken. In der kleinsten Buchhandlung Österreichs erlebt man Lesevergnügen mit Liebe und Herz. Hier kann man gemütlich bei einem Kaffee oder Tee in seinen Lieblingsbüchern schmökern und in aller Ruhe die für sich passende Lektüre entdecken. Nicht lagernde Bücher können jederzeit bestellt werden.

Dieses kleine “Buch-Cafe” spezialisiert sich unter anderem auf den spirituellen Bereich, auf die Hirnforschung, Kräuterkunde, liebevolle Kinderbücher, Fantasy, Science Fiction wie Star Wars und einiges mehr.

Vor allem aber findet man in diesem kleinen „Buch-Cafe“ Bücher, die Botschaften beinhalten, ein Grund mehr, warum ich dort so gerne meine Zeit verbringe, in Büchern stöbere und immer eine für mich SINNvolle Lektüre finde.

Bei „Skybooks“ kann man sich weiters zu organisierten Vorträgen und Veranstaltungen mit namhaften Autoren anmelden, bei denen es auch Büchertische gibt. Seit Kurzem kann man sich sogar einer Würdekompass-Gruppe anschließen. Wie bereits in meiner Bücherliste erwähnt, hat Prof. Dr. Gerald Hüther eine „Würdekompass“-Initiative ins Leben gerufen.

Mehr unter:
www.wuerdekompass.de
www.skybooks.at

Gerne möchte ich mein erstes Buch mit meiner „Vater unser"-Eigenkomposition an dieser Stelle beenden!

Vater unser

Vater unser im Himmel wie auf Erden.
Du bist in uns. So wie wir in dir.
Wir sind alle EINS.
Wir ehren dich, wie auch alles auf Gottes Erden.

Lass uns in Dankbarkeit leben.
Lass uns die Dinge akzeptieren und daran wachsen.
Lass uns deine Zeichen und Botschaften erkennen.

Gib uns die Kraft und Intuition,
den Weg zu gehen, der uns dient
und Wege zu meiden, die uns nicht dienen.
Lass uns unsere Handlungen im Einklang mit der Kraft des Universums setzen.

Hilf uns unser Herz zu öffnen und bewusst zu leben,
in Licht und in bedingungsloser Liebe zu erstrahlen,
damit wir mit unseren Mitmenschen und unserer Erde
respekt- und würdevoll umgehen.
Lass uns im Jetzt das Leben genießen.
Lass Frieden auf Erden herrschen.

Danke Gott für unser aller schönes Reich
und seine Herrlichkeit.
In Ewigkeit Amen.

Namaste.

Verlagsprogramm

Das aktuelle **„Bücher mit Herz"**-Verlagsprogramm

findest du auf www.buechermitherz.org.

BÜCHER MIT HERZ

Ferdinand Fleischmanngasse 5/10
A-2340 Mödling
www.buechermitherz.org
info@buechermitherz.org

Wir sind eine Eigenverlag Gemeinschaft und immer auf der Suche nach einer guten Geschichte.

Buchempfehlungen von „Bücher mit Herz“

„Bewusst leben – Dein Weg des Erkennens“, von Wolfgang Wieser, ist ein liebevoll verfasster Ratgeber, der nichts für schwache Herzen ist. Es beginnt mit der Geschichte eines jungen Mannes, der sich auf den Weg macht, um eine große Prüfung zu bestehen. Dabei erkennt er einen Bewusstseinsbereich, der in jedem Menschen vorhanden, aber für den denkenden Verstand unbegreiflich ist. Im zweiten Teil des Buches beschreibt der Autor, was uns daran hindert, diese Quelle des Lebens zu erkennen und wie wir uns ihr öffnen können. Die Evolution folgt - vom Stein über Pflanze und Tier bis hin zum komplexen Wesen des Menschen - einem konsequenten Weg der Bewusstwerdung. So unscheinbar, still und bescheiden diese innere Transformation bei einem einzelnen Menschen auch sein mag: letztlich ist es ein gewaltiger Schritt, wenn sich das allen Erscheinungsformen zugrundeliegende Bewusstsein, sich seiner selbst bewusst wird.

Erschienen Herbst 2017 als **Hardcover**, ISBN 978-3-9503947-3-3
erhältlich über **www.buechermitherz.org**
E-Book und **Taschenbuch** erhältlich über **www.amazon.de**

In „**Savitris Botschaft**“ erzählt Margeaux Brandl ihre berührende Geschichte: von ihren Anfängen, die sie nach Frankreich und Kanada geführt haben, vom Hadern mit ihrem Schicksal, bis hin zur Hoffnung auf eine neue Liebe – und wie sie sich mit dem Tod und mit ihrem Schicksal ausgesöhnt hat. Ihre bewegende Botschaft: Jeder Schicksalsschlag bietet die Chance zu innerem Wachstum, man muss nur **sein Herz** dafür **öffnen**!

„Der Schuld und Sühne Unfug" von Kary Nowak

Das Betteln um Strafe eines älteren Kollegen führte den Autor zu der Entdeckung, dass Fehlverhalten und Strafe bei den meisten Menschen zusammen gehören wie Henne und Ei. Wenn die Strafe aber ausbleibt, dann staut sich tief in ihrem Inneren etwas auf, das sich früher oder später in Form einer Selbstbestrafung entlädt. Das können z.B. ein Unfall, eine Krankheit, der Verlust des Jobs oder auch des Partners sein.
Inspiriert durch einen Roman von Fjodor M. Dostojewski nannte der Autor diese zwingende Abfolge „Schuld- und Sühneprogramm."
Dieses Buch zeigt anhand von Geschichten aus dem Leben, sowie aus Büchern und Filmen, wie und warum dieses Programm entsteht und was es alles anrichten kann. Es verrät das Geheimnis, wie Sie ihr eigenes Schuld- und Sühneprogramm deaktivieren können. Und es zeigt, wie Sie Ihre Kinder und Enkel vor diesem Programm bewahren können.

Mit Herz und Verstand angewendet ist dieses Buch ein Schatz!
Erhältlich als **E-Book** und **Taschenbuch** über **www.amazon.de**

Aktiviere deinen Lichtkörper
Buch Krafttiere, Buch Spirituelle Karten, sowie Kartenset
In jedem von uns schlummern unentdeckte Kräfte und Fähigkeiten. Die Begegnung mit Dir selbst kann eine spannende Herausforderung sein! Lerne Dich besser kennen und bringe Dein inneres Potential zur Entfaltung. Erkenne einschränkende Muster und negative Programme und werde zum aktiven Gestalter Deines Lebens!
Ein Leben in Leichtigkeit ist möglich. Die Leichtigkeit des Seins beginnt, wenn Du aufhörst etwas beweisen zu wollen und Du Dich einfach von der Freude leiten lässt.
Die Symbole sollen Dir helfen:

- Kontakt zu Deiner inneren Kraft aufzunehmen,
- Deine Fähigkeiten und Talente zu mobilisieren,
- Krisen in Chancen zu verwandeln,
- Zugang zu Deinem inneren Kind zu finden,
- innere Einsichten zu gewinnen,
- mit Freude durchs Leben zu gehen und
- immer mehr in die Leichtigkeit des Seins zu kommen.

29223241R00171

Printed in Poland
by Amazon Fulfillment
Poland Sp. z o.o., Wrocław

Johann Hinrich Claussen

GOTTES HÄUSER

Johann Hinrich Claussen

GOTTES HÄUSER

oder

Die Kunst, Kirchen zu bauen und zu verstehen

Vom frühen Christentum bis heute

In Zusammenarbeit
mit Christof Jaeger

Verlag C.H.Beck

1. Auflage. 2010
Mit 48 Abbildungen

2., durchgesehene Auflage. 2012

Umschlaggestaltung: Uwe Göbel, München
Umschlagbild: Der Dom zu Speyer von Südwesten,
© Jochen Helle / www.bildarchiv-monheim.de
Gesetzt aus der Adobe Garamond
Druck und Bindung: Kösel, Altusried-Krugzell
Gedruckt auf säurefreiem, alterungsbeständigem Papier
(hergestellt aus chlorfrei gebleichtem Zellstoff)
Printed in Germany
ISBN 978 3 406 60718 9

www.beck.de

Für Carsten, Jakob und Marie-Theres

«Ein anderes Fundament kann niemand legen als das, das gelegt ist, welches ist Jesus Christus.»

Paulus, 1. Brief an die Korinther 3,11

Inhalt

Zum Eingang

Man kennt sie so gut, von Kindheit an sind sie einem vertraut. Sie stehen in der Mitte eines jeden Dorfes, einer jeden Stadt, eines jeden Quartiers – die Kirchen. Man überschlage einmal, wie häufig man auf seinen üblichen Alltagswegen an einer von ihnen vorbeikommt, Tag für Tag, mal mehr, meist aber weniger bewusst. Doch so sehr man sich an sie gewöhnt hat, haben die Kirchen ihre Faszination nicht verloren. Sie locken und reizen immer noch. Stehen sie offen, verleiten sie nicht wenige zu einem kleinen Besuch, einer eiligen Flucht aus dieser und zu einem Abstecher in eine ganz andere Welt. Äußerlich betrachtet, sind sie Gebäude wie andere auch, von Menschen und Maschinen gebaut, gefertigt aus Stein und Mörtel, Glas und Beton. Doch wer ihre Atmosphäre schmeckt, merkt schnell, dass sie Häuser einer höheren Ordnung sind, Gottes Häuser eben. Sie stehen auf der Erde, verweisen aber auf den, der Himmel und Erde gemacht hat. Sie sind nicht ganz von dieser Welt, sondern stellen eine Gegenwelt vor, ein Gegenbild zur Welt der modernen Wohn-, Büro- und Kaufhäuser. Selbst Menschen, die einen eigenen Zugang zum christlichen Glauben längst verloren oder nie erworben haben, fühlen sich zu ihnen hingezogen und genießen die besondere Schönheit und Stille, die hier zu finden sind.

Doch das Genießen ist ein flüchtiges Gefühl, wenn es nicht von einem Wissen begleitet wird. Wer nur in die Kirche geht, um einen Kontrastreiz zur Alltagswelt draußen zu erleben, aber nicht zu sagen weiß, wofür sie da ist, was ihre Geschichte und gegenwärtige Bedeutung, ihr Inhalt und Sinn ist, bei dem wird das anfängliche Staunen schnell in Ratlosigkeit und Langweile umschlagen. Zunächst hatte man Mund und Augen weit aufgemacht, war herumgeschlendert, ohne Ziel, Absicht oder tieferes Verständnis, hatte dann aber bald das Interesse verloren und war mit einem Achselzucken schnell wieder hinausgegangen. Viele

Zeitgenossen wissen sehr wenig darüber, was eine Kirche ist und was es in ihr zu sehen gibt. Sie brauchen eine Sehhilfe, damit sie mit ihren eigenen Augen all das aufnehmen können, was eine Kirche an Schönheiten und Bedeutsamkeiten zu bieten hat. Aber sie brauchen auch eine Gebrauchsanweisung. Denn eine Kirche ist dafür da, gebraucht und benutzt zu werden. Doch zu was? Noch folgenreicher also als der Mangel an architektonischer und kunstgeschichtlicher Allgemeinbildung erscheint die Unsicherheit vieler Zeitgenossen in Sachen Religion. Sie wissen nicht recht, was sie in einer Kirche zu tun hätten, worüber sie hier ganz für sich nachsinnen sollten und was sie hier gemeinsam mit anderen erleben könnten. So bleibt ihnen der tiefere Sinn und eigentliche Zweck dieses heiligen Raumes verschlossen. Es sei denn, ein Fremdenführer käme ihnen zu Hilfe, der ihnen nicht nur die berühmten Kathedralen europäischer Hauptstädte, sondern auch die Kirche in der eigenen Nachbarschaft erschließt.

Dieses Buch will beides sein: eine Sehhilfe und eine Gebrauchsanweisung. Um eine Ahnung davon zu vermitteln, was es in einer Kirche zu sehen und zu tun, zu erleben und zu genießen gibt, erzählt es die Geschichte des Kirchenbaus. Tief steigt es hinab in den Brunnen der Vergangenheit, zum Brunnengrund und den allerersten Anfängen christlicher Gemeindebildung, folgt der Entwicklung von den bescheidenen Hauskirchen zu den Basiliken der Antike, beobachtet, wie nach der verharmlosend «Völkerwanderung» genannten Katastrophe im Mittelalter die erstaunlichsten Kathedralen der Romanik und Gotik emporwachsen, verfolgt sodann, wie in der Neuzeit die katholische Kirche und die protestantischen Kirchen sich voneinander getrennt ausformen und die ihnen jeweils entsprechenden Gebäude bauen, und fragt sich angesichts des modernen Kirchenbaus, welche Zukunft die christliche Sakralarchitektur vor sich hat. Die Geschichte des Kirchenbaus birgt ungeheuerliche Schätze, Monumente einer Glaubens- und Gestaltungskraft, die Teil unserer kulturellen Identität und doch sehr fremd sind. So viel religiöse Inbrunst, theologische Klugheit, architektonische Raffinesse, bautechnische Anstrengung und finanzielle Opferbereitschaft sind in diese Kirchen geflossen, dass man nur staunen kann, gerade weil es sehr unwahrscheinlich ist, dass unsere Epoche etwas auch nur annähernd Vergleichbares hinterlassen wird.

Doch Vorsicht! Über dem Staunen darf man das Denken nicht vergessen. Es gibt nicht wenige Architekturbücher und *coffee-table-books*, die in ehrfürchtiger Prosa und weihevollen Fotografien den Eindruck vermitteln, Kirchen seien Orte einer unangefochtenen Ruhe und weltentrückten Heiligkeit. Dabei ist es doch selbst in den herrlichsten Kathedralen stets sehr menschlich zugegangen, also bunt und laut – und manchmal sogar böse und gemein. Deshalb erzählt dieses Buch auch Geschichten von Gewalt und Herrschaft, Glaubenshass und Kriegsgreueln. Genau darin liegt die besondere gedankliche Herausforderung, wenn man sich mit der Geschichte der christlichen Sakralarchitektur befasst: Kirchen sind Stein gewordene Paradoxien. Sie sind so vieles zugleich: Gebetsraum und architektonische Skulptur, Versammlungsort der Gemeinde und politisches Herrschaftszeichen, Erinnerungsort und Stätte des technischen Fortschritts, Asyl für Unglückselige und kunsthistorische Schatzkammer, Schutzraum des Heiligen und Volkstheater, Kampfarena und Friedenstempel. Über die Kirchen lassen sich so viele Geschichten erzählen, die einfach nicht zusammenpassen wollen. Sie sind schön und hässlich, geheimnisvoll und ernüchternd, erschreckend und erhebend. Es sind Geschichten von gut und böse, Glauben und Aberglauben. Die Geschichte des Kirchenbaus bedarf also auch einer religionskritischen Betrachtung. Und die Religionskritik ist nichts, was man Atheisten und Kirchenbauverächtern überlassen sollte, sondern gehört zu den ureigensten Aufgaben christlicher Theologie.

Die Geschichte und die Geschichten des Kirchenbaus lassen sich nicht auf einen Nenner bringen. Dieses Buch möchte das auch gar nicht versuchen. Es erhebt nicht den Anspruch, das große Ganze vorzustellen. Es will nur eine kleine Geschichte des Kirchenbaus bieten, darin aber eine Anleitung für die Kunst liefern, Kirchen zu verstehen und zu genießen. Dafür konzentriert es sich auf wenige große Linien. Jedes Kapitel stellt eine Epoche und eine Richtung des Kirchenbaus vor, indem es die Geschichte nur einer einzigen Kirche, einer besonderen Beispielkirche, erzählt. Vollständigkeit ist also nicht beabsichtigt. Das ist auch kein Nachteil, denn Vollständigkeit ist der Tod des Denkens und des Erzählens. Für Experten dürfte dieses Buch, das von einem Nichtexperten geschrieben wurde, kaum Neues bereithalten. Dafür versucht es, Geschichten zu erzählen, einfache Fragen zu stellen, Grundwissen bereitzustellen und unterschiedliche Aspekte zusammenzudenken – und dies auf eine allgemeinverständliche Weise. So ist dieses Buch eine Einladung an seine Leser, die christlichen Kirchenbauten neu zu entdecken, sie mit eigenen Augen zu sehen und mit eigenen Gedanken innerlich in Besitz zu nehmen. Damit es beim nächsten Besuch einer Kirche nicht wieder lediglich bei einem kurzen Staunen, einem flüchtigen «Ah» oder «Oh» bleibt.

Die Hauskirche

1. Die Hauskirche

und die Anfänge des Kirchenbaus

Das unbehauste Evangelium

Am Anfang war Jesus von Nazareth. Mit ihm fing alles an. Von Beruf war er Zimmermann oder – besser gesagt – Bautischler. Doch in dieser Profession hat er sich offenkundig keinen Namen gemacht. Dass er viele oder bedeutende Gebäude errichtet hätte, ist nicht überliefert. Von einer Beteiligung an Sakralbauten ganz zu schweigen. Im Gegenteil, für einen gelernten Bauhandwerker scheint er ein ungewöhnlich geringes Interesse an Architektur gehabt zu haben.

Sein Glaube benötigte keine feste Unterkunft. Zwischen vier gemauerten Wänden wurde es ihm schnell zu eng, und unter einem geschlossenen Dach hielt er es nicht lange aus. Sein erstes religiöses Erlebnis widerfuhr Jesus nicht in einem Tempel oder in einer Synagoge, sondern unter freiem, von keinem Ziegel verstelltem Himmel, nicht einmal auf festem Boden, sondern mitten in einem fließenden Gewässer. Im Jordan ließ er sich von Johannes, seinem schroffen und ebenfalls unbehausten Vorläufer, taufen, als der Himmel sich auftat, eine Taube hernieder flog und eine Stimme seine göttliche Sendung kundtat. Daraufhin ließ Jesus alles hinter sich. Er zog in die menschenleere und gebäudelose Wüste, um dort vierzig Tage lang mit dem Teufel zu kämpfen. Nach bestandener Probe kehrte er nach Nazareth zurück – doch nur, um endgültig alles hinter sich zu lassen. Er zog fort aus seinem Vaterhaus, seiner Werkstatt, seiner kleinen Stadt und schaute nicht mehr zurück. Von seiner Familie, der Mutter und den Geschwistern sowie den Nachbarn und Freunden wird er sich ohne Tränen und mit leichtem Herzen verabschiedet haben. Denn nun war er frei, ein Wanderer zwischen den Welten, ohne die Fesseln eines eigenen Zuhauses, losgelöst von den Bindungen seiner Herkunft.

Die Füchse haben Gruben und die Vögel haben Nester; aber der Gute Hirte hatte nichts, wo er sein Haupt hinlegen konnte. Auch seine Jünger blieben zunächst obdachlos. Sie kamen unter freiem Himmel, in Privathäusern oder in Katakomben zusammen. Wandgemälde in den Katakomben von Santa Priscilla in Rom.

So brach Jesus auf, obdachlos aus Überzeugung. Jungen Leuten, denen er auf seinem rastlosen Weg begegnete, rief er zu, sie sollten ebenfalls ihre Lebenszelte abbrechen und ihm in eine ganz andere Welt, das Reich Gottes, nachfolgen. In diesem neuen Reich würden die bisherigen Rücksichtnahmen nicht mehr gelten. Da würde keiner der alten Steine auf dem andern bleiben. Was frühere Generationen für heilig erachtet und architektonisch in eine dauerhafte Form gegossen hatten, hatte für Jesus radikal an Bedeutung verloren – all die ehrwürdigen Institutionen mit ihren Gebäuden: die Familie und ihre Wohnhäuser, die Obrigkeit und ihre Paläste, der Priesterkult und seine Tempel, die Rechtgläubigkeit und Rechtfrömmigkeit mitsamt ihren Versammlungshäusern und Schulungsräumen. Nicht einmal die letzte Ruhestätte – menschheitsgeschichtlich eine der ersten Formen von Architektur – bedachte er mit einem Rest von Pietät. Sollten sich die Toten doch selbst ihre Gräber bauen. Allen Gebäuden, diesen bürgerlichen Hüllen, sprach er ihr Recht und ihre Macht ab. Dabei waren es doch nicht zuletzt sie, durch die sich die Menschen von den Tieren unterschieden. Als Kulturwesen ist der Mensch ein Häuser-, Tempel- und Gräberbauer. Doch von dieser gesamten Baukultur wandte sich Jesus mit seiner Jüngerhorde ab und wählte das Leben der wilden Tiere. Schlimmer noch, er übertraf diese sogar an wohnlicher Bedürfnislosigkeit. Denn die Füchse haben immerhin Gruben und die Vögel Nester, aber der Gottessohn hatte gar keinen Zufluchtsort, nichts, wo er sein Haupt hätte hinlegen können. Und er scheint dies auch nicht sehr bedauert zu haben. Denn nichts zählte für ihn mehr als die strahlende Gotteszukunft, die in seinen eigenen Worten und Taten schon Gegenwart geworden war.

Auch wenn Jesus seelisch und gedanklich in einer anderen Welt lebte und von einer erheblichen, manchmal euphorischen, manchmal düsteren Unruhe getrieben war, brauchte er doch regelmäßig feste Orte, an denen er seinem neuen Beruf nachgehen konnte. Um Menschen seine Botschaft zu vermitteln, musste er mit ihnen zusammenkommen. Deshalb ging er häufig in die Synagogen oder in den Tempel, wo sich die besonders Religionsinteressierten versammelten. Er hatte nichts gegen diese traditionellen heiligen Räume, das heißt: Er empfand so wenig für sie, dass er nicht einmal mehr etwas gegen sie hatte. Jesus war kein Bilder- oder Tempelstürmer aus Prinzip. Dafür waren ihm die Kirchenbauten seiner Zeit zu gleichgültig. Sein Herz hing nicht an ihnen. Er musste sich nicht an ihnen abarbeiten. Aber er wusste sie zu nutzen. Es waren eben gute Treffpunkte. Nur einmal scheint ihm der Tempelbetrieb mit seiner frommen Geschäftemacherei und seiner lauten Opferwirtschaft so gegen die Natur gegangen zu sein, dass er dreinschlug und die Tische einiger verdutzter Händler umwarf. Im Tempel sollte gebetet und geheilt werden. Ansonsten lautete sein neues Evangelium: Jeder Flecken dieser Erde ist heilig, wenn auf ihm den Menschen die Liebe Gottes gepredigt wird, wenn sie zu Gott beten und Heilung erfahren. Dafür war Jesus jeder Ort gleich recht und lieb. Wo immer zwei oder drei oder auch fünftausend Menschen versammelt waren, um ihm zuzuhören und sich von ihm berühren zu lassen, da war für ihn ein heiliger Raum. Das konnte ein Tempel sein, ein offener Platz, ein Berg, ein Feld, ein Stück Seeufer oder ein gewöhnliches Wohnhaus. Und wenn es zu eng wurde, hatte er auch gegen Sachbeschädigungen nichts einzuwenden. Er lächelte, als einmal Männer, die keinen Einlass mehr in das Haus erhalten hatten, wo er seine Versammlung abhielt, das Dach aufhackten, um ihn zu hören und einen Kranken an Seilen zu ihm herunterzulassen. Die alte Grundunterscheidung in gute und schlechte Orte, sakrale und profane Architektur, reine und unreine Häuser erklärte er schlicht für aufgehoben. So konnte er in Synagogen ebenso wie in der Natur predigen, so wie er bedenkenlos in die von Unmoral verseuchten Häuser der Sünder und Zöllner gehen konnte, um dort zu speisen – eine damals ganz unerhörte Gleichgültigkeit.

So schweifte er durch Palästina, und seine Jünger zogen mit. Nur einmal äußerte einer von ihnen den Wunsch, eine Wohnstatt zu errichten, ein wenn auch nur zeitweiliges Zuhause zu bauen. Das war der wie stets ein wenig überforderte und leicht begriffsstutzige Petrus. Gemeinsam war er mit Jesus, Johannes und Jakobus zum Beten auf einen hohen Berg gestiegen. Als sie sich ins Gebet versenkt hatten, wurde Jesus verklärt. Er verwandelte sich vor ihren Augen. Sein Gesicht wurde hell, überhell. Es leuchtete wie die Sonne selbst. Seine Kleider strahlten auf wie weißes Licht. Visionen entzündeten sich vor ihren Augen. Plötzlich waren da Mose und Elia, die großen alten Propheten, und sie begannen mit Jesus zu sprechen. Dieser unglaubliche Augenblick dürfte nie vergehen, man müsste ihn einfangen, scheint sich Petrus gedacht zu haben. So unterbrach er die heilige Unterhaltung und fragte seinen blendenden Meister, ob sie nicht auf diesem Berg heimisch werden sollten. Denn hier ist gut sein. Hier ist gut bleiben. «Lass uns drei Hütten bauen, jeweils eine für dich, Mose und Elia.» Petrus redete, wie er es verstand, wie er wieder einmal nichts verstand. Da schon wurde sein kleines Bauvorhaben in den Schatten gestellt, denn auf einmal kam Gott selbst in einer strahlenden Wolke daher. Und Gott zeigte auf Jesus und verkündete: «Dies ist mein lieber Sohn, an dem ich Wohlgefallen habe: Den sollt ihr hören!» Wie lächerlich erschien da alles menschliche Bauen. Petrus und die anderen Jünger fielen in einem heiligen Schrecken zu Boden. Dann war alles vorbei. Und sie erhoben sich, gingen fort und zogen weiter, ohne je wieder einen Gedanken daran zu verschwenden, eine Unterkunft zu zimmern.

Jesus selbst scheint nur metaphorisch vom Häuserbauen gesprochen zu haben. Er trat seinen Hörern als Glaubensarchitekt entgegen. Sein Wort empfahl er ihnen als das feste Fundament, auf dem sie ihre Existenzgebäude errichten sollten. Dies wäre wie ein solider Fels, nicht wie der Sand der konventionellen Frömmigkeit. Es enthielte die richtige Bauanleitung für ein neues Leben in Gott. Alle steinernen Häuser und Tempel würden vergehen, aber sein Wort würde bleiben.

Mit dieser Gewissheit begann er seine letzte Reise nach Jerusalem. Ihm wurde ein prächtiger Einzug beschert, doch schnell sollte sich der Wind der öffentlichen Meinung drehen. Böses ahnend, kam Jesus im Haus eines Fremden zu einem letzten Mahl mit seinen Jüngern zusammen, aß und trank, zog sich dann in einen Garten zurück, um dort zu wachen, zu beten, zu weinen, bis sein langer Leidenszug durch die ganze große Stadt begann, dessen Ende seine Hinrichtung bildete, sein Tod am Kreuz, hoch über den Dächern Jerusalems.

Einige wenige hatten an ihrer Liebe zu ihm festgehalten. Sie lösten seinen Leib vom Kreuz und legten ihn in ein frisch in den Felsen gehauenes Grab. Sie rollten einen mächtigen Stein davor in der Hoffnung, dass er nun endlich eine bleibende Stätte haben und an einem sicheren Ort in Frieden ruhen würde. Aber sie sollten sich wundern. Denn am nächsten Morgen, als die Frauen kamen, um ihn zu salben, fanden sie den Stein fortgewälzt und die Grabstätte leer. Nicht einmal ein Grab also konnte ihn halten, fassen und binden. Seine Heimat war eben nicht von dieser Welt. Er war und blieb frei.

Tempelkult und Tempelkritik

Jesus hatte seinen Anhängern einen starken Glauben, einen heiligen Geist und Richtlinien für ein gutes Leben hinterlassen. Doch wichtige Detailfragen hatte er ihnen nicht beantwortet. Zum Beispiel, wie und wo sie zum Gottesdienst zusammenkommen sollten. Das mussten sie nun selbst klären. Es war ein langer Weg, den die frühe Christenheit zurücklegen musste, bis sie eine gültige Antwort gefunden hatte. Wie dieser Weg verlaufen ist, ist heute nur noch in Umrissen zu erkennen. Von den ersten baulichen Versuchen ist kaum etwas erhalten geblieben, und die wenigen Textquellen aus den ersten Jahrhunderten haben sich für dieses Thema nicht recht interessiert. Aber einige Wegstationen sind doch deutlich.

Den Anfang der Suche nach einer Heimat für den neuen Glauben bildete der Auszug aus den alten Gebäuden des Heils. Dieser erfolgte nicht auf einen Schlag, sondern zunächst eher zögernd und halb unbewusst. Zudem war er keineswegs eine überraschende Tat, sondern stand in einer altehrwürdigen Tradition. Wie jede Revolution hatte er eine lange Vorgeschichte. Im alten Israel hatte es zwei konkurrierende Trägergruppen der Religion gegeben. Da waren die Priester, die im heiligen und von der profanen Alltagswelt säuberlich abgetrennten Tempelbezirk den Opferdienst versahen. Mit der Ausnahme, dass sie an nur einen einzigen, unsichtbaren Gott glaubten und ihr Gotteshaus daher ohne Bilder oder Statuen auskommen musste, dürfte sich das, was sie unter einem «heiligen Raum» verstanden, wenig von dem unterschieden haben, was bei den umliegenden Völkerschaften ebenfalls gedacht wurde.

Doch außer den Priestern hatte der Gott des alten Israels noch eine zweite Personengruppe in seinen Dienst gerufen. Den Propheten war aufgetragen, den Glauben an den einen, allmächtigen und gerechten Gott zu wecken. Dazu traten sie auch im Tempel auf, aber mit der Zeit wurde ihnen die nur bedingte Heiligkeit dieses Ortes immer deutlicher. Sie argwöhnten, dass die Gläubigen lieber im Tempel schöne Gottesdienste genießen und in der Hoffnung auf reiche göttliche Gegenleistungen ihre Tieropfer bringen wollten, als dass sie sich der Anstrengung unterziehen würden, ihr Herz zu reinigen und ihr Leben zu ändern. So begannen sie, im Tempel gegen den Tempel zu predigen. «Bessert euer Leben und euer Tun», rief Jeremia seiner Gemeinde zu, «so will Gott bei euch wohnen an diesem Ort. Aber verlasst euch nicht auf die Lügenworte derer, die sagen: ‹Hier ist der Tempel des Herrn, hier ist der Tempel des Herrn, hier ist der Tempel des Herrn.› Sondern bessert euer Tun und Leben!» Wahrer Gottesdienst ist nicht, wenn die Priester nach allen Regeln ihrer Kunst den Kult vollziehen, sondern wenn das ganze Volk das Rechte glaubt und das Gute tut – und dies nicht nur im Tempel, sondern vor allem an den Orten des alltäglichen Lebens.

Als die Zeit der Propheten vorüber war, führten die Weisen und Lehrer des Gesetzes ihr Erbe fort. Sie unterwiesen ihre Gemeinden in dem, was in den heiligen Schriften als göttlicher Wille niedergelegt war. Dazu bauten sie eigene Häuser, in denen ein gemeinsames, konzentriertes Lernen und Beten möglich war und für die sich die Bezeichnung «Synagoge» – zu Deutsch schlicht: «Versammlung» – einbürgern sollte. Der Betrieb im Tempel lief weiter, aber er verlor erheblich an Bedeutung.

Die lange Tradition der Tempelkritik sollte sich als Glücksfall erweisen. Denn als das alte Israel seinen Tempel verlor, war es damit nicht seiner religiösen Kraftquelle beraubt. Die übrigen Völker des Alten Orients gingen allesamt unter, als nacheinander die assyrischen, babylonischen, persischen und römischen Eroberungswellen über sie kamen und ihre Tempel zerstörten. Nur Israel überstand den Verlust seines Tempels, weil es in seinen heiligen Büchern einen unzerstörbaren Glaubenshort und in seinen Synagogen Ersatzgebäude besaß. So konnte sich, als der Tempel unterging und keine Opfergottesdienste mehr gefeiert werden konnten, das alte Israel in das frühe Judentum verwandeln und weiterleben.

Das erste Mal wurde der Tempel zu Jerusalem im Jahr 587 vor Christus von den Babyloniern zerstört. Unter den Persern konnte er etwa siebzig Jahre später wiederaufgebaut werden. Doch dieser zweite Tempel war nur ein matter Abglanz früherer Herrlichkeiten, mit erheblich geringerer Bindungskraft. Dennoch wurde er nach dem Tod Jesu von seinen Jüngern wie selbstverständlich aufgesucht. Petrus und Johannes etwa – fromme Gewohnheitswesen, die sie waren – gingen regelmäßig zum Tempel, um zu beten und das neue Wort Gottes zu verkündigen. Doch die frühen Christen mussten bald einsehen, dass sie dort nicht sehr willkommen waren. Immer deutlicher wurde ihnen, was die alten Propheten und ihr Meister gelehrt hatten, dass nämlich Gott nicht bloß in Tempeln wohnt, die mit Händen gemacht worden sind. Sie wollten Gott «im Geist und in der Wahrheit» anbeten und taten dies immer weniger im engen Jerusalemer Tempelbezirk. Ja, ihnen ging – langsam zwar und mühsam – die ganz neuartige Universalität ihres Glaubens auf. Sie überwanden – vor allem mit Hilfe der neuartigen Lehren des Paulus – die Grenzen des frühjüdischen Erwählungsglaubens und zogen in die weite, damals bekannte Welt, um Menschen aller Völker zu bekehren. Als die Römer im Jahr 70 nach Christus Jerusalem belagerten, eroberten und schließlich die Stadt samt Tempel zerstörten, war dies auch für die junge christliche Gemeinde, die ja mehrheitlich aus Juden bestand, ein furchtbares Unglück. Zugleich beschleunigte diese Katastrophe ihre Abkehr vom hergebrachten Tempelkult. Sie fühlten sich nun an keinen heiligen Ort mehr gebunden und keinem ausgewählten Sakralgebäude verpflichtet. Statt dessen empfanden sie sich selbst, ihre eigenen Körper und Seelen als Gottes Tempel, in denen der heilige Geist wohnte.

Damit hatten die frühen Christen eine Entwicklung zu Ende geführt, die durch die Propheten und die Lehrer der Gesetzesfrömmigkeit eingeleitet worden war. Noch radikaler als diese widersprachen sie nun dem Grundkonsens antiker Religiosität, nach dem Gott an einem bestimmten, heiligen Ort wohnte und genau dort verehrt werden musste. Sie hoben die Unterscheidung von sakralen und profanen Räumen auf und entgrenzten den Gottesdienst in das alltägliche Leben hinein. «Wir haben keine Tempel, wir haben keine Altäre», war geradezu eine Parole, mit der die frühen Christen auf ihre Einzigartigkeit pochten. Selbstbewusst erklärte der Theologe Justin, der im Jahr 165 das Martyrium erlitt, einem römischen Präfekten auf dessen Frage, wo sich die Christen denn versammelten: «Dort, wo ein jeder will und kann, auch wenn du sicher meinst, wir würden alle an demselben Ort zusammenkommen. Denn der Gott der Christen ist nicht auf einen bestimmten Ort eingeschränkt. Unsichtbar ist er und erfüllt Erde und Himmel. Darum kann er von seinen Getreuen überall angebetet und verherrlicht werden.» Die Feinde des Christentums erkannten darin einen Beweis dafür, dass diese neue Religion eigentlich eine Form von Gottlosigkeit sei.

Der Kirchenvater Clemens von Alexandrien schrieb um 200: «Ist es nicht gut und richtig, dass wir den Unfassbaren nicht in einen Ort bannen und das allumfassende Wesen nicht in Heiligtümer von Menschenhand schließen wollen? Wie könnte überhaupt ein Werk der Baumeister, der Steinmetzen- und Handwerkskunst heilig sein? Stehen da nicht die höher, welche die Luft und ihren Umkreis oder vielmehr die ganze Welt und das All als der überragenden Größe Gottes allein würdig erachten? Wird aber der Begriff des Heiligen in doppeltem Sinne gebraucht, von Gott selbst und von dem zu seiner Ehre errichteten Werke, wie sollten wir da nicht in erster Linie die zu Ehren Gottes in heiliger Erkenntnis geschaffene Kirche ein Heiligtum Gottes nennen, das viel wert und nicht durch Handwerkskunst hergestellt, auch nicht durch Schwindlerhand ausgeschmückt, sondern durch den Willen Gottes zum Tempel geworden ist? Ich meine nämlich jetzt, wenn ich von der Kirche spreche, nicht den Ort, sondern die Gemeinschaft der Auserwählten. Das ist der beste Tempel zur Aufnahme der Größe und Würde Gottes.»

Jüdische und christliche Synagogen

Das griechische Wort «ekklesia», das für gewöhnlich mit «Kirche» übersetzt wird, bezeichnete im frühen Christentum eine Menschengruppe, nämlich die Gemeinde der Gläubigen, und nicht einen neuen Typ von Sakralgebäuden. Es entspricht damit dem griechischen Wort «Synagoge», das ursprünglich ebenfalls die «Zusammenkunft», also die Versammlung der Frommen, bezeichnete und kein Name für eine Art von Gotteshaus war. Doch die frühen Gemeinden konnten natürlich nicht ständig unter freiem Himmel oder auf offenen Plätzen zusammenkommen. Sie konnten die Obdachlosigkeit ihres Erlösers nicht einfach imitieren. Sie brauchten für ihre Versammlungen ein Dach über ihren Köpfen und fanden bei ihren jüdischen Verwandten ein Modell, um ihr Raumproblem zu lösen.

Heute ist die Synagoge ein Kultbau, der für Gottesdienste, Gebete und rituelle Handlungen reserviert ist. In der Zeit des frühen Judentums jedoch war die Synagoge ein profanes Haus, das viele verschiedene Funktionen zu erfüllen hatte. Es war nicht nur die Heimstatt des Gottesdienstes, sondern auch Gericht, Schule, Verwaltungszentrum und Sozialstation. Natürlich stand der Gottesdienst im Zentrum. Aber er war kein Kult im strengen Sinne. In ihm wurden Gott keine Opfer gebracht. Es gab keinen Altar und natürlich auch kein Gottesbild. Die Gemeinde kam einfach zusammen, um gemeinsam zu beten und Lesungen aus den heiligen Schriften zu hören. Aufgrund des unkultischen Charakters des Gottesdienstes und wegen der Einfügung vieler weltlicher Funktionen wurde die Synagoge zu einem neuen und paradoxen Typ religiöser Architektur. Sie ist kein Tempel, kein «heiliger Raum», sondern ein profanes Religionsgebäude.

Die ersten Christen ‹waren täglich einmütig beieinander, brachen das Brot hier und dort in den Häusern›. Sie bauten sich keine Tempel, sondern kamen in Privathäusern zusammen. Eine letzte Zeugin dieser Zeit ist die frühchristliche Hauskirche in Dura-Europos.

Die ersten Christen übernahmen diese Idee. Anfangs hatten sie selbst die Nähe zu den Synagogen gesucht. Gerade ihre Missionare hatten auf ihren ersten Reisen durch das Römische Reich die örtlichen Synagogen als Anlaufstationen gewählt. Doch mit der wachsenden Distanz zu den Juden wurde den Christen deutlich, dass sie eigene Versammlungsräume brauchten, eine christliche «Synagoge» also, die sie dann «ekklesia» nannten.

Diese «ekklesia» war zunächst einfach ein Privathaus. Schon Jesus war auf seinen Wanderungen häufig in den Häusern von Freunden und Sympathisanten eingekehrt, um dort zu lehren, zu diskutieren, zu heilen und zu speisen. In der Zeit der Apostel wurden die Häuser der Neubekehrten zu Stützpunkten der Mission und zu Zellen der Gemeindebildung. Die Apostel verließen ihre Herkunftshäuser, aber sie konnten sich mit der Zeit auf ein immer besser geknüpftes Netz von gastfreundlichen Häusern verlassen. Hier boten ihnen loyale Quartiermacher

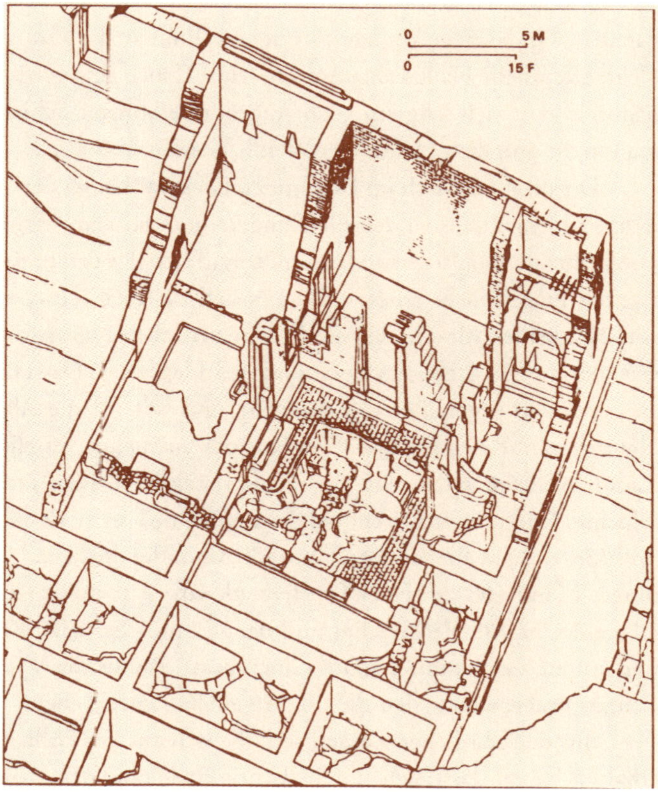

Unterkunft, Verpflegung, Kleidung, Schutz vor Verfolgung und ein Forum für ihre Missionsarbeit. Die ruhelos umherreisenden Apostel, Propheten und Charismatiker hatten keine Familien und keinen dauerhaften Wohnsitz. Sie führten ein Leben, das dem ihres Erlösers glich. Doch sie konnten dies nur tun, weil ihre Anhänger bereit waren, ihrer Geisteskraft dauerhafte soziale Orte, nämlich feste Häuser, zur Verfügung zu stellen. Und je mehr der ursprüngliche Enthusiasmus des neuen Glaubens abklang, umso wichtiger wurden diese Häuser, in denen die Kirche zusammenfand.

Dies waren zunächst einfache Privathäuser, die sehr unterschiedliche Formen haben konnten. Es gab das Atriumhaus oder die städtische Insula, ein mehrstöckiges Mietshaus mit einem Geschäft im Parterre. Die ersten Privathauskirchen boten im Durchschnitt Raum für ein bis zwei Dutzend Menschen. Das reichte schon bald nicht mehr aus. Mit zunehmendem Missionserfolg wuchs der Raumbedarf. Die Gemeinde eines Ortes war oft gezwungen, sich auf mehrere Hauskirchen aufzuteilen. Das aber gefährdete ihre innere Einheit. Es kam zu Parteiungen. Das Geld, öffentliche Hallen anzumieten, fehlte. Doch eine gewisse Abhilfe ergab sich dadurch, dass sich langsam auch Angehörige höherer Schichten bekehrten und man in die größeren Häuser der Wohlhabenden wechseln konnte.

Dort traf man sich im Esszimmer. Dies war häufig der einzige große Wohnraum, zudem stand bei den Gemeindetreffen das gemeinsame Mahl im Mittelpunkt. Bei den städtischen Häusern befand sich das Esszimmer in der ersten oder zweiten Etage. Nicht selten öffnete es sich zu einer Terrasse hin. Der Saal hatte zunächst keinen Altar und keinerlei künstlerische Ausgestaltung. Die Möblierung war sparsam. Es gab einen Tisch und drei Liegesofas. Das Hauptsofa befand sich an der Wand gegenüber vom Eingang und war für die Älteren reserviert, den Hausherrn und den Prediger. Der Rest der Gemeinde verteilte sich irgendwie im Raum. Manche saßen auf den Fensterbänken. Davon erzählt die Apostelgeschichte: Paulus besuchte einmal die Gemeinde von Troas an der kleinasiatischen Westküste. Beim abendlichen Gottesdienst in der dortigen Hauskirche wurde ein junger Mann, der auf einer Fensterbank saß, sehr müde – verständlich bei der Länge der nächtlichen Predigt und der Wärme der vielen Kerzen. Er schlief ein und stürzte tief hinunter. Zum Glück besaß Paulus die Wunderkraft der ersten Zeugen und erweckte den Jüngling zu einem neuen Leben.

Aus den spärlichen Zeugnissen, die sich aus der Frühzeit des Christentums erhalten haben, lässt sich nur in Umrissen herauslesen, wie es zugegangen ist, wenn die Gemeinde im Speisesaal eines Privathauses zusammenkam. Am Sonntagmorgen versammelte sich die Gemeinde gleich bei Sonnenaufgang, um der Auferstehung Christi zu gedenken und zu beten. Aber das eigentliche Ereignis war der abendliche Gottesdienst mit einer ausgedehnten «Agape», einem Mahl zur Vergewisserung der wechselseitigen gemeindlichen Liebe. Dieses Mahl begann damit, dass über dem gebrochenen Brot ein Segen gesprochen wurde. Es schloss mit einem zweiten Segen über dem Kelch. Dazwischen wurden Gebete gesprochen und Hymnen gesungen. Waren Wanderpropheten zu Gast, wurden Predigten gehalten. Solch eine Agape konnte sich bis tief in die Nacht hinein ziehen. Die Rituale waren noch sehr locker gefügt, und die Atmosphäre dürfte sehr intim gewesen sein. In einem vergleichsweise kleinen Kämmerlein kamen die Gläubigen zusammen, um eine eng verbundene Gemeinschaft zu genießen, sich geistlich zu orientieren, einander zu vergeben sowie leib-

Das urchristliche Gemeindezentrum von Dura-Europos. Seine Mitte bildet ein offener Hof. Links von ihm und über ihm schließen sich Säle an. Oben rechts befindet sich ein eigener Kultraum mit Taufbecken und Altaraufbau.

liche und geistliche Lebensmittel miteinander zu teilen. Wer mit der Gemeinde sympathisierte, aber noch nicht getauft war, durfte nur zu Beginn teilnehmen und musste dann sehr bald den Saal verlassen. Denn der Gottesdienst der frühen Christen war keine öffentliche Angelegenheit, sondern eine private Erlösungsfeier.

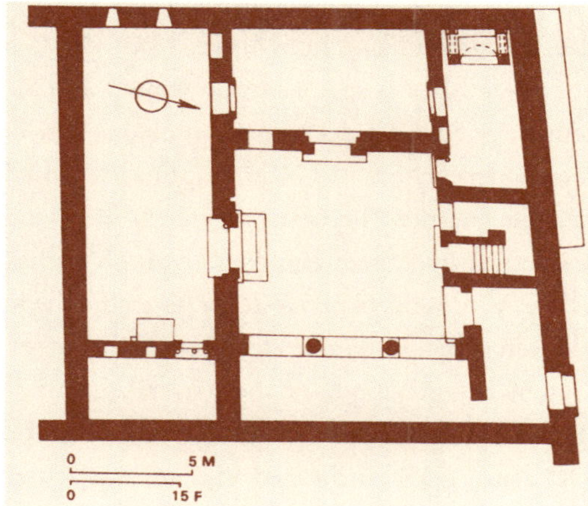

Das Tor zum Kern der Gemeinde war die Taufe. Sie wurde anfänglich unter freiem Himmel, in einem fließenden Wasser gefeiert. Mit der Zeit begann man aber auch private Badehäuser zu nutzen oder in den Hauskirchen eigene Taufräume mit größeren Wasserbecken einzurichten. Der Täufling – in der Regel wurden Erwachsene getauft, nur wenn ganze Familien der Gemeinde beitraten, wurden auch Kinder getauft – wurde drei Mal ganz untergetaucht, um seine Sünden abzuwaschen sowie um den Tod und die Auferstehung Christi an sich selbst nachzuvollziehen. Große Bedeutung hatte der Exorzismus. Der Täufling sagte dem Teufel ab. Er verließ das Herrschaftsgebiet der Dämonen und betrat eine neue Welt, das Reich des heiligen Geistes, die Gemeinde der Gläubigen.

Es ist nicht leicht, sich die Atmosphäre vorzustellen, die in den ersten Hauskirchen geherrscht haben mag. Die wenigen biblischen Berichte zeichnen ein sehr harmonisches Bild. Doch ob die Brüder und Schwestern stets in heiliger Liebe vereint beieinander saßen, sangen, beteten und frei von allen Eigeninteressen ihre Besitztümer teilten? Familiär wird es sicherlich zugegangen sein, das heißt vertraut, aber auch mit all den persönlichen Konflikten, die so nur in einer Familie entstehen können. Die antike Gesellschaft mit ihren Klassen und Schichten, ihren ethnischen und kulturellen Grenzen sollte außen vor bleiben. Ob einer Grieche oder Römer oder Jude oder Germane war, ob er frei und reich oder ein armer Sklave war, sollte in diesem Haus nicht zählen. Alle sollten sich als Geschwister von grundsätzlich gleichem Rang anerkennen. Natürlich konnte es nicht gelingen, die harten realen Unterschiede ganz auszuschalten, aber immerhin wurden sie gemildert. Die Gemeinde stand allen offen, sie war kein exklusiver Club wie mancher Mysterienverein. So traten zu Beginn vor allem Mitglieder aus der Unter- und unteren Mittelschicht der Gemeinde bei. Aber man kann sich vorstellen, dass es später für die Armen und Sklaven nicht immer leicht gewesen sein mag, als Gast bei einem wohlhabenden Bruder den Gottesdienst zu feiern. Sie werden Scheu und Neid empfunden haben. Auch darf man nicht vergessen, dass die Familie – besonders in der Antike – nicht allein eine Liebesgemeinschaft, sondern immer auch eine Form von Herrschaft ist. Damals besaß der Mann als Gatte, Vater und Hausvorsteher eine erhebliche Macht. Die Frau, die Kinder, die Sklaven galten im Vergleich zu ihm als lebendes Inventar. Das christliche Ideal der Geschwisterlichkeit hatte diese starre Autorität aufgebrochen, zumindest anfangs den Frauen größeren Einfluss verschafft und den Sklaven die Anerkennung als «Nächste» eingebracht. Jeder sollte ungeachtet seiner Herkunft und seines Geschlechts ein lebendiger Stein sein, aus dem das Haus Gottes, die Gemeinde, gebaut werden sollte. Zwar wirkten die sozialen Unterschiede weiter in die Gemeinde hinein. Aber sie wurden religiös relativiert. Mehr noch, es wurden keine neuen religiösen Rangunterschiede hinzugefügt. Selbstverständlich gab es in den ersten Gemeinden geistlich mehr oder weniger begabte Glieder. Paulus schreibt darüber im ersten Brief an die Korinther im 12. Kapitel. Manche besaßen ein Charisma, das anderen abging, zum Beispiel eine prophetische oder therapeutische Kraft. Aber daraus wurde keine grundsätzliche Unterscheidung abgeleitet, wie etwa die von Laien und Priestern. Eine klerikale Zweiklassengesellschaft gab es noch nicht. Kein Wunder, dass die frühen Hauskirchen besonders die Angehörigen der unteren Klassen anlockten. Sie dürften auf diese Menschen wie das Versprechen einer neuen, gerechteren Gesellschaft, wie eine Gegenwelt zur antiken Klassenordnung gewirkt haben.

Architekturgeschichtlich gesehen blieb das frühe Christentum jedoch ganz im Rahmen des Üblichen. Seine Bauten fielen nicht aus dem Rahmen der häuslichen Architektur der Antike. Durch nichts unterschieden sich die Hauskirchen äußerlich von den Wohngebäuden der unteren Mittelschicht. Die große, öffentliche Sakralarchitektur des Heidentums war eine andere Welt, zu der es keine Verbindungen gab. Als persönliche Erlösungsreligion brauchte das frühe Christentum keine geräumigen Kirchen. Es gab sich mit seinen Gebäuden ganz unpolitisch – in dem Sinne, dass es sich ganz auf das Private und die Kerngemeinde beschränkte und keinen Anspruch anmeldete, in die Öffentlichkeit zu wirken. Das hatten die ersten Gemeinden mit den jüdischen Synagogengemeinden und einigen Mysterienkulten gemein. Von diesen unterschieden sie sich jedoch dadurch, dass sie sich grundsätzlich der religionspolitischen Ordnung des Kaiserreichs verweigerten, wodurch sie ungewollt doch politisch wirksam wurden. Dafür mussten sie einen hohen Preis zahlen.

Die ersten Hauskirchen verschwanden mit der Zeit, ohne Spuren zu hinterlassen. Es ist ein Glücksfall, dass wenigstens eine von ihnen entdeckt, ausgegraben und erforscht wurde. In den dreißiger Jahren des vergangenen Jahrhunderts fand man in Dura-Europos am mittleren Euphrat – im heutigen Syrien – die Überreste einer antiken Hauskirche. Sie wurde etwa in den Jahren zwischen 240 und 245 auf älteren Fundamenten erbaut und befand sich gleich neben einer Haussynagoge und einem Haus des Mithraskultes am Rand einer römischen Garnisonsstadt – bezeichnend für die soziale Lage des Christentums. Eigentlich ist sie nichts anderes als ein geräumiges Privathaus, kaum von anderen Wohngebäuden zu unterscheiden, wenn nicht im Hauptraum biblische Fresken auf eine gottesdienstliche Nutzung hinweisen würden. Platz bot sie für etwa siebzig Menschen, die sich auf Matten im Raum verteilten. Dazu gab es noch einen Seitenraum mit einem Becken, der als Baptisterium, also als Taufraum, gedient hat. Das ist alles, was von den ungezählten Keimzellen des Christentums geblieben ist: Eine Ruine in Dura-Europos mit Bruchstücken eines Fundaments, einzelnen Mauerresten, wenigen Freskenfragmenten – mehr nicht.

Die Schmucklosigkeit der Hauskirchen und die Kunst der Katakomben

Die Gemeinden wuchsen und festigten sich. Sie erreichten im zweiten und dritten Jahrhundert an vielen Orten eine Größe, die es unmöglich machte, dass sich alle in einem größeren Saal treffen konnten. Sie mussten den Raum des rein Privaten überschreiten. So begannen viele Gemeinden, ihre Hauskirchen zu regelrechten Gemeindezentren auszubauen. Aus Wohnhäusern mit sonntäglichen Versammlungen wurden dauerhafte Gottesdienststätten. Da die Gemeinden jedoch bis ins vierte Jahrhundert hinein keine rechtsfähigen Korporationen waren, die als Grundeigentümerinnen hätten auftreten können, blieben die Häuser im Privatbesitz. Sie blieben Titularkirchen, weil Tafeln («tituli») am Eingang den Namen der Besitzer anzeigten. Architektonisch unterschieden sie sich nicht sehr von ihren Vorgängerinnen. Die private und gottesdienstliche Nutzung war allerdings um vielfältige gemeindliche Funktionen erweitert worden. Es gab nun Wohnungen für den Bischof und die Priester mitsamt ihren Familien, Unterrichtsräume, einen Speicher für die Armenspeisung, eine Sakristei, manchmal sogar eine Bibliothek und natürlich ein Baptisterium, also einen Taufraum, sowie einen Gottesdienstraum. Dieser jedoch war, wie bisher meist, nur ein langer, schmuckloser Saal.

In den Gemeindezentren, welche die ursprünglichen Hauskirchen ablösten, gab es eigentlich nur ein neues und erst in Ansätzen entwickeltes Gestaltungsprinzip, doch dieses sollte in der Geschichte des Christentums größte Bedeutung gewinnen: Laien und Klerus rückten räumlich auseinander. Seit dem 2. Jahrhundert hatte sich nämlich langsam ein eigener geistlicher Stand herausgebildet und mit ihm eine liturgische Gottesdienstordnung, welche die eher spontanen Gemeinschaftsmähler ablöste. Die Verantwortung für den Gottesdienst lag nicht mehr bei der Gemeinde insgesamt, sondern wurde von den Klerikern übernommen. Das alte Agape-Mahl wurde immer seltener gefeiert, bis es schließlich zu einer bloßen sozialen Tat, einer Armenspeisung, herabsank. Der eigentliche Gottesdienst wurde nun am Sonntagmorgen gefeiert und hatte seinen Mittelpunkt im Sakrament der Eucharistie, das zunehmend als eine Art «Opfer» verstanden wurde. Die gottesdienstliche Versammlung wurde also wieder stärker zu einem Kult im strengen Sinne.

Die Unterscheidung von Klerikern und Laien sollte von nun an die Innengestaltung christlicher Kirchenbauten prägen. Die Anfänge waren zwar noch sehr zurückhaltend, aber sie führten eine neue, soziale Differenzierung in den Kirchen ein. Der Bischof erhielt einen Armstuhl, wie er für den römischen Magistrat üblich war. Neben ihm saßen die Presbyter. Vor ihnen wurde – häufig durch einen Holzzaun abgegrenzt – die Gemeinde in eine feste Sitzordnung gebracht, über welche die Diakone wachten. Diese Ordnung variierte von Ort zu Ort. Zumeist saßen die Männer auf der einen und die Frauen auf der anderen Seite. Aber in Syrien zum Beispiel saßen die Kinder ganz vorn, hinter ihnen die Männer und am Ende des Saales die Frauen. Im Vorraum drängten sich schließlich zwei Personengruppen, die nur den Eingangsteil der Feier mitverfolgen durften. Das waren zum einen die Büßer, die als Strafe für ihre Sünden zeitweilig vom eigentlichen Gottesdienst ausgeschlossen waren, und zum anderen die Katechumenen, also diejenigen Sympathisanten, die eine – meist dreijährige – Zeit der Vorbereitung auf die Taufe durchliefen.

Als weitere Einrichtungsgegenstände gab es nur noch zwei Tische: einen am Eingang, auf dem die eucharistischen Gaben Brot und Wein lagen, und einen anderen an der Stirnseite des Saals gleich beim Bischofsstuhl, zu dem Gemeindeglieder diese Gaben in einer kleinen Prozession kurz vor der Eucharistie trugen. Ein Altar im eigentlichen Sinne fehlte noch sehr lange, er dürfte sich als sakraler Einrichtungsgegenstand erst im Laufe des 3. Jahrhunderts entwickelt haben.

Die Herausbildung des Priesterstandes und der Liturgie lässt sich nicht mehr in allen Einzelheiten rekonstruieren, auch verweigert sie sich einer eindeutigen Beurteilung. Natürlich kann man in ihr ein Abrücken von der ursprünglichen Gleichheit aller Gemeindeglieder und vom nicht sakramentalen Charakter der frühen Gottesdienste sehen oder eine Wiederannäherung an das alte Tempelwesen oder eine Anpassung an die zeitgenössischen Mysterienkulte. Doch ob man damit dieser Entwicklung gerecht wird? Es sprachen auch gute Gründe für diesen Weg. Wenn die Kirche wachsen und ihr Wachstum konsolidieren wollte, musste sie eine soziale und rituelle Ordnung einführen. Bei größeren Gruppen können nicht mehr alle gleichermaßen an der Gestaltung des Gottesdienstes beteiligt sein. Wenige professionelle Kräfte und ausgewiesene Autoritätspersonen müssen die Leitung übernehmen. Wollte die Kirche nicht eine lockere Sammlung von mehr oder weniger enthusiastischen Gruppen bleiben, musste sie sich zu einer Institution umformen. Als solche brauchte sie ein klares, legitimiertes Leitungsamt, das auch im Gottesdienst eine hervorgehobene Stellung für sich reservierte. Doch blieb diese Institutionalisierung im 2. und 3. Jahrhundert noch sehr unfertig. Die Verfolgungen durch die römische Obrigkeit, aber auch die materiellen und räumlichen Beschränkungen verhinderten eine volle Entfaltung des Priesterstandes und seiner Liturgie. Dies sollte sich erst im 4. Jahrhundert ändern. Noch blieb es also bei Ansätzen. Aber ein Anfang war gemacht.

Auch die erweiterten Gemeindezentren und größeren Kirchengebäude des dritten Jahrhunderts waren ästhetisch unscheinbare Gebilde. Sie waren ganz auf Nützlichkeit hin angelegt. Schönheit und Ausstrahlung brauchten sie nicht zu besitzen. Sie sollten nur helfen, die unterschiedlichen rituellen, sozialen, pädagogischen und administrativen Aufgaben der Gemeinde zu erfüllen. Ihre Unscheinbarkeit war zudem ein Vorteil in Zeiten der Verfolgung. Die Gemeindezentren sahen aus wie jedes andere Haus in der Nachbarschaft. Sie fielen nicht ins Auge und provozierten nicht. Mit dem Wachstum der Gemeinde hatte die Spannung zur Obrigkeit zugenommen. Die Weigerung der Christen, am Kaiserkult teilzunehmen, ließ sie als Staatsfeinde erscheinen. Dennoch wäre es falsch, zu meinen, die Christen wären einer Dauerverfolgung ausgesetzt gewesen. Vielmehr waren es drei, allerdings sehr mächtige Verfolgungswellen: unter Kaiser Decius von 249 bis 251, unter Kaiser Valerianus von 257 bis 258 und schließlich der Entscheidungskampf unter den Kaisern Diokletian, Galerius und Maximinus von 303 bis 311. In dieser letzten Phase wurden auch besonders viele Kirchen zerstört. Doch diese Katastrophen sollten nicht darüber hinwegtäuschen, dass die Gemeinden insgesamt ausgegrenzt, aber meist relativ unbehelligt lebten, weshalb sie auch nicht eigentlich an verborgenen, sondern nur sehr unauffälligen Orten zusammenkamen.

Neben diesen Zentren gab es noch andere Treffpunkte, die nicht nur in Verfolgungszeiten wichtig wurden, sondern die vor allem als Geburtsstätten christlicher Kunst dienten. Als solche kann man die ersten Hauskirchen und Gemeindezentren nicht betrachten. Sie waren weitgehend schmucklos und zeigen, dass es ein Christentum auch ohne Kunst und Kultur geben kann, zumindest für eine gewisse Anfangszeit. Diese Kunstlosigkeit hatte einen Grund in den materiellen Verhältnissen der Gemeinden: Sie waren arm, eher klein, marginalisiert, manchmal sogar verfolgt und ohne einen rechtlichen Status. Ihre Mitglieder entstammten bildungsfernen Schichten. Das ist kein Nährboden für bedeutende Kunstproduktion. Doch gab es auch theologische Gründe. Die frühe Christenheit lebte aus der Abgrenzung von der herrschenden religiösen Kunst, das heißt vom heidnischen Bilder- und Tempelkult. Die große Kunst der Antike erschien ihr als Gottlosigkeit. Die Kunst, die ja damals stets auch eine religiöse Funktion besaß, war kein Bereich des Schönen und des zweckfreien Genusses, sondern ein Ausdruck von Religion, dem das Christentum mit seinem Glauben an den einen, einzigen und undarstellbaren Gott widersprechen musste.

Andererseits vertrat das Christentum einen weniger strengen Monotheismus als das Judentum – und später der Islam – und besaß einen eigenen theologischen Zugang zu der Frage, ob und wie Gott bildlich dargestellt werden könnte. Es verkündete ja, dass Gott in Jesus Christus Mensch geworden war. Im Bild Christi also konnte ein Porträt Gottes geschaffen werden. Und je mehr Christus zum Fokus des Gottesdiensts wurde, umso größer wurde das Bedürfnis, ihn der Gemeinde auch bildlich vorzustellen.

Die ersten Ansätze einer christlichen Sakralkunst scheinen nun nicht in den eigentlichen Gemeinderäumen entstanden zu sein, sondern auf den Friedhöfen. Von dort stammen zumindest die frühesten erhaltenen Zeugnisse. Die Christen der ersten Jahrhunderte zog es sehr oft zu den Gräbern ihrer Verstorbenen. Diese lagen nicht – wie es ein romantisches Klischee nahe legt – vornehmlich in Katakomben, das heißt in unterirdischen Begräbnisstätten. Der Grundtyp waren offene Friedhöfe unter freiem Himmel. Dort versuchten die Christen, ihre Angehörigen in der Nähe zu Grabmälern von Märtyrern und ohne heidnische Nachbarn zu beerdigen, um sie häufig zu besuchen. Den Hintergrund hierfür bildet der antike Totenkult. Die heidnischen Römer pflegten regelmäßig an den Gräbern ihrer Verstorbenen Gedächtnismähler zu halten. Mit diesen Refrigerien wollten sie die armen, in der Finsternis schmachtenden Ahnen erquicken. Die Christen knüpften an diese Tradition an, nahmen aber nicht mehr den Geburtstag, sondern den Sterbetag zum Anlass einer pietätvoll-freudigen Zusammenkunft. Denn im Tod erkannten sie den Übergang zu einem neuen Leben. Noch waren die Toten allerdings nicht erlöst. Bis zum Jüngsten Tag, an dem sie auferstehen würden, mussten sie in einem Seelenschlaf verharren, einem durchaus gefährdeten Zustand. Darum bedurften sie der Gebete und des Beistands der Lebenden, bis sie dereinst aus ihren Gräbern auferstehen würden.

Das christliche Grab war mehr als nur ein Erinnerungsort. An dieser Stelle würde sich alles entscheiden und am Ende der Welt das größte aller Wunder geschehen. Diesem Anlass entsprechend musste es würdig und schön ausgeschmückt werden. Das konnten sich natürlich nicht alle leisten, weshalb die Gräber der reichen Christen und der höheren Geistlichkeit besondere Aufmerksamkeit erfuhren. Zugleich aber hatte der christliche Grabkult eine karitative Seite, sorgte die frühe Kirche doch auch für eine zumindest bescheidene Bestattung der Armen. Ein weiteres Motiv für eine besondere Gestaltung der Gräber zu gottesdienstlichen Orten entstand nach Zeiten der Verfolgung. Besonders im 3. Jahrhundert entstand eine kultische Verehrung der Märtyrer. Auch sie hatte heidnische Vorbilder, nämlich den Heroenkult, der auf der Vorstellung gründete, dass besondere Tote vergöttlicht werden könnten. Dieser Halbgötterkult gewann jedoch im Märtyrerkult ein eigenes, christliches Profil und wurde so zum Beginn der ungeheuer wirkmächtigen Heiligenverehrung.

Die meisten christlichen Grabanlagen gerieten spätestens im Mittelalter in Vergessenheit und wurden erst seit der Renaissance nach und nach wiederentdeckt. Es sind kostbare Orte, die nicht nur archäologischen Wert besitzen, sondern natürlich auch stark die fromme Phantasie anregen. Besonders reiche Entdeckungen gibt es in den Friedhöfen und Katakomben vor den Toren Roms zu machen. Die frühesten Bilder, die sich an christlichen Grabanlagen finden, lassen einen fast an archaische Höhlenmalereien denken. Gerade weil sie noch so primitiv und ungelenk sind, rühren sie an. Man kann sich vorstellen, wie die Gläubigen sie nicht aus einem Kunstwillen heraus, sondern aus Liebe zu ihren Verstorbenen und in einer inbrünstigen Auferstehungshoffnung gemalt haben. Ganz einfache und doch geheimnisvolle Bilder sind es. Sie zeigen den Erlöser als guten Hirten, den Fisch als

Christuszeichen oder zerbrochenes Geschirr und Vögel als Symbole der seelischen Befreiung von irdischen Lasten. Neben den Bildern finden sich zahlreiche Graffiti mit dem Fischzeichen oder roh in die Steine und Mauern geritzte Anrufungen der Apostel wie «Paulus und Petrus bittet für Victor».

Mit der Zeit wurden die Bilder schöner. Sie wurden nun von Berufskünstlern angefertigt. Es kamen aufwendige Fresken oder Mosaiken hinzu. Sie erinnern an biblische Geschichten, die von Todesangst, Glaubensgewissheit und Auferstehungshoffnung künden. Beliebt war die Figur des Propheten Jona, der ins Meer geworfen, von einem riesigen Fisch verschluckt und wieder an Land gespieen wurde, oder der Prophet Daniel, der in der Löwengrube mutig ausgeharrt hatte, oder Lazarus, den Jesus vom Tod auferweckt hatte. Manche Bilder jedoch können nicht eindeutig einem biblischen Motiv zugeordnet werden. Der Übergang zu heidnischen Bildprogrammen blieb vielfach fließend. Denn in der Grabkunst lebte sich keine theologisch regulierte, sondern eine ungebundene christliche Volksfrömmigkeit aus, an der noch manche vorchristliche Schalen hingen.

Mit wachsendem Wohlstand kamen zu den einfachen Bildern auch kostbare Gegenstände wie reich verzierte Sarkophage hinzu. Für die Märtyrer begann man Reliquienschreine und eigene Kapellen zu bauen. Diese wurden während der diokletianischen Verfolgung zum Ersatz für die zerstörten Gemeindekirchen. Sie müssen also eine gewisse Größe besessen haben. Zu ihrer Gestaltung griff man auf die monumentalen Bauformen der heidnischen Bautradition zurück. Das ist erstaunlich, weil man bei den regulären Kirchen bewusst sehr viel zurückhaltender gebaut hatte. Aber bei den Gräbern ließ man mehr Schmuck und Prunk zu und gestattete der heidnischen Monumentalarchitektur einen größeren Einfluss.

Kirchliches und häusliches Christentum

In den ersten drei Jahrhunderten hat die frühe Christenheit einen weiten Weg hinter sich gebracht. Als ursprünglich ganz unkultische Religion begnügte sie sich für ihre Zusammenkünfte zunächst mit privaten Wohnhäusern, aus denen mit der Zeit größere Gemeindezentren und regelrechte Kirchen wurden. Etwa seit dem Beginn des 3. Jahrhunderts wurde das Wort «Kirche» zum Doppelbegriff, der sowohl die versammelte Gemeinde als auch das Versammlungsgebäude bezeichnete. Die Kirche wuchs über die Hausgemeinde hinaus und schuf eigene Häuser. Mancherorts gab es noch eine Zeit lang eine gewisse Konkurrenz. Da die verbliebenen Hauskirchen sich dem Zugriff des mächtiger werdenden Klerus entzogen, Laien in ihnen selbständiger agierten und Irrlehrer hier eigene Quartiere aufbauen konnten, wurden sie von der Kirche zurückgedrängt, bis schließlich auf dem Konzil zu Laodicea (zwischen 360 und 370) die Feier der Eucharistie in Privathäusern ganz verboten wurde. Alles musste nun im offiziellen Kirchenraum und unter der Obhut des Klerus geschehen. Das war das Ende der frühen Hauskirchen.

Doch haben die Hauskirchen eine verborgene Fernwirkung gehabt. In der weiteren Kirchengeschichte geschah es immer wieder, dass Protestbewegungen neue Hauskirchen bildeten. Die besonders und eigenwillig Frommen, die sich der Befehlsgewalt der jeweiligen kirchlichen Obrigkeit nicht beugen und ein anderes, selbstbestimmtes Glaubensleben entfalten wollten, hielten sich von den offiziellen Kirchengebäuden fern und trafen sich statt dessen in Privathäusern – manchmal sogar in regelrechten «Dachbodenkirchen», wie die Katholiken im calvinistischen Holland des 17. Jahrhunderts. Damit suchten diese Abweichler – manchmal bewusst, manchmal unbewusst – den Anschluss an die Christen der ersten Zeit: die Ketzerbewegungen des Mittelalters, die ersten Anhänger der Reformation, die Puritaner des 16. und 17. Jahrhunderts, die Pietisten des 17. und 18. Jahrhunderts bis hin zu den sozial engagierten Basisgemeinden Südamerikas im vergangenen Jahrhundert. Gegenwärtig blüht in China eine weit verzweigte Hauskirchen-Bewegung auf. Die kommunistische Regierung hatte, als sie 1948 die Macht an sich gerissen hatte, alle christlichen Missionare vertrieben. Doch diese ließen bekehrte Christen im Lande zurück. Viele von ihnen mochten sich keiner der staatlich erlaubten und kontrollierten Kirchen anschließen. Sie überlebten in der Stille und Zurückgezogenheit privater Zirkel. Seit der Öffnung Chinas ist aus diesen Samenkörnern eine religiöse Szene mit etwa 80 Millionen Anhängern gewachsen. Sie treffen sich in privaten Räumen, kommen ohne Klerus oder ausgeformte Theologie aus und pflegen eine intensive, missionarische Frömmigkeit. Was wird sich hieraus entwickeln? Wird sich die chinesische Hauskirchen-Bewegung ihre Intimität und architektonische Bedürfnislosigkeit bewahren? Oder wird sie sich mit der Zeit zu einer festen Institution mit richtigen Kirchengebäuden entwickeln? Dann würde sie die Geschichte der frühen Christenheit auf ihre Weise wiederholen und zeigen, dass eine neue Religionsgemeinschaft zwar in der Anfangszeit ganz selbstverständlich ohne eine eigene Sakralarchitektur auskommen kann, aber nicht auf Dauer.

Die Grabeskirche zu Jerusalem

2. Die Grabeskirche zu Jerusalem

und die Basilika

Die Wiederentdeckung der heiligen Stätten

Im Jahr 326 brach eine alte Dame zu einem Besuch ins Heilige Land auf. Es war Helena, die Mutter des großen Kaisers Konstantin. Ihre Pilgerreise nach Jerusalem sollte für die Baugeschichte des Christentums folgenreich sein. Diese Reise aber hat einige Vorgeschichten.

Konstantin war vierzehn Jahre zuvor, also 312, an die Macht gekommen und hatte das Schicksal des Christentums gewendet. Schon 311 hatte Kaiser Galerius kurz vor seinem Tod und gegen seine eigentliche Überzeugung den Christen Toleranz gewährt. Doch erst Konstantin brachte der bis dahin verfolgten Minderheit die Religionsfreiheit. Nachdem er – «im Zeichen des Kreuzes» – die entscheidende Schlacht gegen seine Rivalen an der Milvischen Brücke für sich entschieden und die westliche Reichshälfte unter seine Gewalt gebracht hatte, verständigte er sich mit seinem östlichen Mitkaiser Licinius auf eine Konstitution, die den Christen eine nie gekannte Rechtssicherheit schenkte. Damit war das Christentum zwar noch nicht zur Staatsreligion erhoben – das sollte erst zum Ende des 4. Jahrhunderts geschehen –, aber es war auf dem besten Wege dorthin. Einen Schritt in diese Richtung stellte auch die Reise von Konstantins Mutter nach Palästina dar, denn sie diente nicht zuletzt der religiös-politischen Selbstdarstellung Konstantins. Zwei Jahre zuvor, im Jahr 324, hatte er auch seinen letzten Gegenspieler, Licinius, besiegt und war endlich zum Alleinherrscher über das gesamte Römische Weltreich aufgestiegen. Nun wollte er allen die Größe seiner Macht offenbaren und sich zugleich unter das Licht des neuen Glaubens stellen – auch mit Hilfe seiner pilgernden Mutter.

Hier soll der Ort der Grablegung und der Auferstehung Jesu Christi zu finden sein. Auf eine komplexe Baugeschichte folgt eine komplizierte Nutzung durch sechs Kirchen. Die Grabeskirche in Jerusalem ist Einheitspunkt und Zankapfel der Christen. Das historische Foto zeigt den Blick von Süden auf den Eingang.

Helena war von sehr niedriger Herkunft. Sie stammte aus Bithynien, einer Gegend im nordwestlichen Kleinasien am Schwarzen Meer. Dort hatte sie als Herbergswirtin gearbeitet, bis sie Konstantius Chlorus, einen späteren Teilkaiser, kennenlernte. Er machte sie zu seiner Konkubine. Ihm schenkte sie seinen ersten Sohn, nämlich Konstantin. Als Konstantius im Jahr 289 aber eine standesgemäße Braut namens Theodora heiratete, trennte er sich, wie es damals üblich war, von Helena. Daraufhin verlor sich für einige Jahre ihre Spur. Erst im Jahr 306 tauchte sie wieder auf. Ihr ehemaliger Geliebter war inzwischen gestorben. An seiner Stelle stieg ihr gemeinsamer Sohn in höchste politische Ämter auf, und sie begleitete ihn dabei. Es waren wilde, wirre Zeiten, in denen die unterschiedlichsten Kräfte in den verschiedensten Koalitionen um die Macht kämpften. Die Truppen im britischen York riefen Konstantin zum Kaiser aus. Er zog daraufhin nach Trier, das er sich zur Residenz erwählte. An seinen Hof holte er sogleich seine Mutter. Sie kam aus dem verborgenen Winkel, in dem sie hatte ausharren müssen, und zwar zusammen mit seinem ersten, ebenfalls unehelichen Sohn Crispus, den sie für ihn aufgezogen hatte. Nachdem Konstantin die westliche Hälfte des Reiches an sich gerissen hatte, zog er weiter nach Rom. Als er 324 schließlich das gesamte Reich unter seine Herrschaft gebracht hatte, wechselte er nach Byzanz, das er unter dem Namen «Konstantinopel», «Stadt des Konstantin», zur neuen Reichshauptstadt ausbauen ließ. Helena folgte ihm und gewann an seinem Hof immer größeren Einfluss. Sie verdrängte Theodora, die eigentlich rechtmäßige Erste Dame, und wurde zur Augusta ernannt. Eine ungeheure Karriere für eine Herbergswirtin aus der Provinz.

Doch ihre wichtigste Mission sollte Helena nicht am kaiserlichen Hofe, sondern in Palästina erfüllen. Helena scheint eine fromme Frau gewesen zu sein, auch wenn sie wahrscheinlich erst spät und unter dem Einfluss ihres Sohnes zum christlichen Glauben gefunden hatte. Die Pilgerreise wird für sie eine persönliche Frömmigkeitsübung gewesen sein. Doch darin erschöpfte sie sich nicht. Diese Fahrt war auch politisch motiviert, und dieser Reisezweck hatte mit dunklen, geheimnisvollen Ereignissen zu tun, die sich kurz zuvor zugetragen hatten.

Denn gerade erst hatte sich Konstantin auf schrecklichste Weise schuldig gemacht. Er hatte seinen Sohn Crispus und seine Ehefrau Fausta ums Leben gebracht. Wie es genau zu dieser entsetzlichen Tat gekommen war, lässt sich nicht mehr ermitteln. Konstantin hatte Crispus besonders geliebt und gefördert. So hatte er ihn zum Caesar von Gallien ernannt. Doch plötzlich ließ er ihn durch ein Gerichtsverfahren des Senats von Pola in Istrien zum Tode verurteilen, und wenig später veranlasste er, dass Fausta, seine geliebte Ehefrau, im Bad erstickt wurde. Was mag ihn dazu getrieben haben? Vielleicht hatte er Crispus im Verdacht, einen Umsturz zu planen, und ihn deshalb mit Hilfe eines Justizmordes aus dem Wege geräumt. Vielleicht hatte Fausta ihren Stiefsohn des Hochverrats bezichtigt und musste, nachdem dies als Verleumdung entlarvt worden war, dafür mit dem Tode büßen. Oder hatte Fausta etwa mit Crispus ein Verhältnis gehabt und die kaiserliche Ehe gebrochen? Ein Doppelmord aus Eifersucht also? Und welche Rolle mag Helena in diesen Intrigen gespielt haben? Ganz unbeteiligt dürfte sie nicht gewesen sein. Schließlich war sie eine mächtige Figur am Hofe, und Crispus war für sie wie ein leiblicher Sohn gewesen. Aber die Quellen schweigen. Wie es sich auch zugetragen haben mag, es war ein gewaltiger Skandal, der bei vielen Römern düstere Erinnerungen an mörderische und wahnsinnige Kaiser wie Nero oder Caligula wachrief. Anders als diese jedoch scheint Konstantin keineswegs von Natur aus zu grundlosen Gewaltausbrüchen geneigt zu haben. Trotzdem waren nun sein Hof und sein Name besudelt.

Kurz nach diesen Schrecknissen also ließ Konstantin seine damals deutlich über siebzig Jahre alte Mutter aufbrechen und in die Heimat Jesu pilgern. Helena sollte durch ihren Besuch im Heiligen Land das öffentliche Bild ihres Sohnes in ein helles Licht stellen. Es muss eine Prachtreise gewesen sein, eine Demonstration der Macht und eine Manifestation der Frömmigkeit. Mit großem Gefolge reiste die Kaisermutter über Land von Konstantinopel nach Palästina und zeigte sich auf allen Stationen als gütig und barmherzig, beschenkte die Armen, die Soldaten und die Kirchen. Den Gewaltexzess, der ihrer Reise vorausgegangen war, konnte sie nicht ganz vergessen machen. Aber ihr Pilgerzug bescherte Helena langfristig den Glorienschein einer Heiligen.

In Palästina nahm die Kaisermutter eine weitere Stufe ihrer unglaublichen Karriere. Denn diese Reise bot reichlich Anlässe, wundersame Geschichten über sie zu erzählen, so dass man sie später heilig sprechen konnte – die orthodoxe Christenheit verehrt sie noch heute als Heilige. In Palästina wurde Helena zu einer Spiegelgestalt Marias. Beide waren sie ursprünglich niedrige Mägde gewesen, hatten aber – und zwar unehelich – große Söhne geboren, waren die Mütter von Erlösergestalten geworden, hatten das Wachstum der christlichen Gemeinde befördert und sich schließlich selbst in Gegenstände der Verehrung verwandelt – mit dem nicht ganz unwesentlichen Unterschied jedoch, dass einer als wehrloses, unschuldiges Opfer gestorben war, der andere als schuldbeladener Machthaber.

Auf ihrer Reise durch Palästina versuchte Helena, die Verbindung zum geographischen Ursprung ihres neuen Glaubens wiederzugewinnen. Doch die Quellorte des Christentums waren schon vor langer Zeit in Vergessenheit geraten. In Palästina gab es im 4. Jahrhundert vergleichsweise wenige Christen, aber auch kaum Juden. Nach den verheerenden Judenkriegen im 1. und 2. nachchristlichen Jahrhundert waren die Reste des Volkes Israel aus ihrer alten Heimat vertrieben worden. Die jüdische und damit die frühchristliche Vergangenheit waren wie ausgelöscht. Die damaligen Palästinenser, Nachfahren römischer Neusiedler, scheinen von der besonderen Vergangenheit ihres Landes fast nichts gewusst zu haben. Aber auch die ersten Christen hatten sehr lange kein Interesse für die Orte aufgebracht, an denen Jesus gelebt, gewirkt und gelitten hatte. Die ersten Missionare waren in fremde und ferne Weltgegenden aufgebrochen, um neue Völker für ihren Glauben zu gewinnen, und sie kehrten kaum jemals in ihre alte Heimat zurück. Sie lebten unmittelbar im göttlichen Geist und brauchten keine heiligen Ortschaften. Jedes Land galt ihnen gleichermaßen als heilig.

Erst im 4. Jahrhundert kam ein neuartiges Interesse an den Stätten der Heilsgeschichte auf. Viele Christen verspürten nun das Bedürfnis, sich ihres Glaubens auch geographisch zu vergewissern und pilgerten zurück an die Ursprungsorte des Christentums, die allerdings erst einmal einer nach dem anderen wiederentdeckt – oder neu erfunden – werden mussten. Kritischen Theologen wie Hieronymus oder Gregor von Nyssa war dieses neumodische Pilgerwesen nicht geheuer. Sie beharrten darauf, dass es für den christlichen Glauben keine besonderen Orte geben könne und dürfe. Aber das fromme Bedürfnis war übermächtig. Und Kaiser Konstantin war klug genug, es mit aller Macht zu fördern und zu bedienen. In seiner Regierungszeit wurde aus Palästina wieder das Heilige Land und Jerusalem, das man vorher bloß Aelia Capitolina genannt hatte, wieder die Heilige Stadt. Etwa zweihundert Kirchen sollen auf sein Geheiß an biblischen Erinnerungsorten errichtet worden sein.

Helena half, dieses kaiserliche Programm durchzuführen. Sie spürte Stätten auf, an denen sich wichtige Jesusgeschichten abgespielt hatten, katalogisierte sie, reinigte sie von heidnischen Gebäuden und errichtete Kirchen auf ihnen. Ihr Engagement zeigte sich besonders beim Bau einer Kirche über der Grotte zu Bethlehem, in der Jesus geboren worden sein soll, und einer Kirche auf dem Ölberg zu Jerusalem, auf dem Jesus seine letzte Nacht vor der Kreuzigung verlebt hatte und von dem aus der auferstandene Christus seine Himmelfahrt angetreten hatte. Helenas Kirchenbauten markierten also Anfang und Ende des irdischen Wirkens Jesu Christi. Jedoch stieß sie nicht zu dem Ort vor, an dem sich die Erlösung zugetragen hatte. Diesem Mangel mussten spätere Generationen mit Hilfe einer frommen Erfindung abhelfen, nämlich der Legende von der Auffindung des Kreuzes.

Im Neuen Testament und den Schriften der frühen Kirchenväter spielt das Kreuz, an dem Jesus sein Leben für die Menschheit ließ, keine besondere Rolle. Doch für Konstantin besaß es eine enorme Bedeutung. Kurz vor der Entscheidungsschlacht an der Milvischen Brücke war es ihm in einem Traum erschienen: In diesem Zeichen sollte er siegen. Das Kreuz war für ihn also ein visionäres Siegeszeichen und Heerbanner. Sein Kampf um die Macht war gleichsam der erste Kreuzzug, in dem das Zeichen des unschuldigen Leidens des Gottessohnes sich in ein kaiserlich-soldatisches Machtsymbol verkehrte. Es musste in Konstantins Interesse liegen, seine Macht im Ort der Kreuzigung selbst zu gründen. So war es nur konsequent, dass er diesen Ort ausfindig machen und dort eine Kirche bauen ließ. Aber dieses Bauprojekt wäre nur halb so herrlich, wenn es nicht eine wunderbare Geschichte darüber zu erzählen gäbe.

Diese Geschichte kam gegen Ende des 4. Jahrhunderts auf, also etwa sechzig Jahre nach Helenas Tod. Sie zeigt uns die Kaisermutter als erste christliche Archäologin. In Jerusalem angekommen, fragte sie die Bewohner nach dem Ort der Kreuzigung, doch vergeblich; keiner wusste ihr etwas zu sagen. Da kam ihr eine göttliche Eingebung zu Hilfe und sie ließ dort, wo eine Venusstatue stand, Grabungen vornehmen. Und tatsächlich, drei Kreuze kamen zum Vorschein. Welches aber war das richtige? Der örtliche Bischof brachte eine todkranke, vornehme Frau. Der Reihe nach berührte er sie mit allen drei Kreuzen. Bei den ersten beiden geschah nichts. Doch das dritte brachte die ersehnte Spontanheilung und damit die erhoffte Klärung. Die Frau stand auf, war plötzlich vollkommen genesen, und alle lobten Gott. Auf diesen göttlichen Fingerzeig hin befahl Helena an diesem heiligen Ort den Bau einer Kirche. (In einer anderen, weit weniger erbaulichen Variante dieser Legende übrigens fand Helena das Kreuz, weil man einen Juden so lange gefoltert hatte, bis er verriet, wo es versteckt worden war.)

Helena hat tatsächlich gelebt. Sie ist nach Palästina gereist, hat dort heilige Stätten ausgekundschaftet und Kirchen gebaut. Aber die schönste Geschichte ihrer Pilgerreise ist nur eine fromme Erfindung. Der Bau der Grabeskirche ist in Wahrheit von ihrem Sohn initiiert worden. Aber die Legende von der Auffindung des heiligen Kreuzes zeigt eindrücklich, welche Macht die alten, vorher so missachteten Orte der Heilsgeschichte für die Christen des 4. Jahrhunderts und der entstehenden Staatskirche besaßen, welche Wunder sie ihnen zutrauten und warum sie sich genötigt sahen, mit Hilfe einer sehr spendablen Obrigkeit hier große Kirchen zu bauen – Kirchen, die eher für Pilger, also für vormoderne Glaubenstouristen, als für die vergleichsweise kleinen Gemeinden der Ortsansässigen gedacht waren.

Die Konstantinsche Wende in der Architekturgeschichte

Konstantin brachte die entscheidende religionspolitische Wende für das Christentum. Mit ihm begann der christliche Sakralbau im eigentlichen Sinn. Unter seiner Herrschaft und durch seine Förderung wurden große, zentral gelegene, prächtig ausgestattete und öffentlich wahrnehmbare Kirchen errichtet. Damit veränderten die Versammlungsorte der christlichen Gemeinden ihren Charakter und ihre Funktion. Sie gewannen eine bisher unbekannte ästhetische, aber auch politische Bedeutung. Hoftheologen haben Konstantin als den «dreizehnten Apostel» gefeiert. Aber er war ein Apostel der Macht. Indem er zum Eckstein eines neuartigen Kirchenbauprogramms wurde, verschob er die bisherigen Gewichtungen. Indem er sich des Kirchenbaus annahm, vereinnahmte er ihn auch für seine eigenen religionspolitischen Zwecke. Die Folgen waren zwiespältig. Mit Konstantin fand die intime Privatheit, aber auch die drückende Enge der urchristlichen Anfänge ein Ende. Für die Kirche und den Kirchenbau begann unwiderruflich eine neue Epoche.

In der Mailänder Vereinbarung von 313 hatte Konstantin sich mit seinem damaligen Mitkaiser Licinius auf ein Ende der Christenverfolgung verständigt. Das Christentum wurde nun eine erlaubte Religion. Und mehr noch – langsam, aber sicher wurde es unter Konstantin zum neuen Staatskult. Darum sah Konstantin sich in der Verantwortung, die christliche Kultpflege und Gebäudeausstattung zu fördern. Er gab den Kirchen den Status, den bisher die heidnischen Tempel innegehabt hatten. Diese fielen jetzt aus der kaiserlichen Huld heraus. Sie wurden nicht mehr unterstützt und langfristig dem Untergang anheimgegeben. Sie mussten gar nicht systematisch abgerissen werden. Ihre Zeit war auch so vorüber. Mochte an vielen Orten der alte Opferbetrieb noch weitergehen, eine Zukunft hatte er nicht mehr. Viele einstmals herrliche Tempel verfielen. Materi-

Eine imposante Gestalt, Einiger eines auseinanderfallenden Imperiums, Verteidiger der Kirche, Initiator der christlichen Sakralarchitektur: Kaiser Konstantin der Große (gestorben 337). Kopf einer Kolossalstatue aus Rom.

alien wurden aus ihnen herausgebrochen. Das große architektonische Erbe des antiken Heidentums verfiel.

Nach seinem Machtgewinn erließ Konstantin eine Anweisung an alle Bischöfe, zerstörte Kirchen wiederherzustellen und dort, wo ein Mangel an Gottesdiensträumen herrschte, neue bauen zu lassen. Die dafür benötigten Mittel konnten bei den staatlichen Stellen beantragt werden. Der Kirchenbau wurde damit zu einer obrigkeitlichen Angelegenheit, vom Kaiser gewollt und geplant, angeordnet und bezahlt. Diese Verstaatlichung des Kirchenbaus sollte eine lange Wirkungsgeschichte haben – bis hin zum großen Kirchenbauprogramm in Deutschland unter Wilhelm II., doch davon später.

Konstantins Herrschaft dauerte ein Vierteljahrhundert – genug Zeit, um ein höchst ehrgeiziges Bauprogramm aufzulegen und umzusetzen. Dabei konzentrierte sich der Kaiser vor allem auf die großen Städte des Reiches sowie die heiligen Stätten in Palästina. Sein offizieller Historiograph, Bischof Eusebius von Caesarea, schildert dieses kaiserliche Engagement ohne jeden Vorbehalt: «Fürwahr, auch den Kirchen Gottes erwies Konstantin in reichem Ausmaß seine Hilfe dadurch, dass er die Bet-Häuser vergrößerte und in die Höhe erhob sowie die erhabenen unter den der Kirche geweihten Bauten durch sehr viele aufgestellte Weihgeschenke erstrahlen ließ.» Ein weiteres Gesetz des Kaisers «gebot, die Bauten der Bet-Gebäude in die Höhe zu ziehen und die Kirchen Gottes an Breite und Länge zu vergrößern, wie wenn sozusagen alle im Begriff wären, sich künftig Gott anzuschließen, nachdem der Wahnsinn der Vielgötterei beseitigt sei.» Und Eusebius zitiert aus einem Brief, in dem Konstantin ihn zu Pflege, Erhalt und Neubau von Kirchen aufrief: «Da bis zur gegenwärtigen Zeit der unheilige Wille und die Tyrannis die Diener Gottes, des Retters, verfolgte, bin ich zu dem Glauben gelangt und habe mich genau davon überzeugt, dass die Bauwerke aller Kirchen entweder durch mangelnde Pflege verfallen sind oder aus Angst vor der bedrückenden Ungerechtigkeit unansehnlicher als ihre Würde es verlangt geworden sind, befreundetster Bruder! So vielen Kirchen du nun entweder selbst voranstehst oder die anderen – Bischöfe und Presbyter und Diakone – kennst, die ihnen an den einzelnen Plätzen voranstehen, so erinnere sie daran, ihren Eifer auf die Bauwerke der Kirchen zu verwenden: entweder die vorhandenen wiederzuerrichten oder an Größe zu erweitern oder, wo auch immer es der Bedarf verlangt, neue hinzustellen.»

Parallel zum politischen Machtwechsel fand auch innerhalb der Kirche eine Verschiebung der Herrschaftsverhältnisse statt. Dass der äußere religionspolitische Rahmen mit einem Schlag ausgetauscht worden war, konnte nicht ohne Folgen für die innere Struktur der Kirche bleiben. Mit der Umformung des Christentums zur Staatsreligion verband sich eine noch stärkere Klerikalisierung des kirchlichen Lebens. Zwar hatte sich diese Entwicklung schon seit langem angebahnt. Doch mit der Konstantinischen Wende empfing sie einen mächtigen Schub. Priester und Gemeinde traten weiter auseinander – beziehungsweise die Priester traten ihren Gemeinden noch mehr als Autoritätspersonen gegenüber. Dies wurde schon an ihrer Kleidung sichtbar, die an diejenige der kaiserlichen Beamten erinnerte. Vor allem für die Bischöfe bedeutete dies einen sozialen Aufstieg. Sie wurden nun den höchsten Regierungsbeamten gleichgestellt. Dies wiederum hatte Auswirkungen auf die Liturgie. Sie nahm immer mehr ein zeremonielles Gepräge an. Eine aktive Teilnahme der Laien war kaum mehr vorgesehen. Die Gemeinde wurde zu einem passiven Publikum, das dem Klerus bei der Verrichtung der Kulthandlung zusah. Die Grundelemente des Gottesdienstes blieben dieselben, aber das Ritual wurde strenger und fester gefasst. Sogar der geistliche Fokus des Gottesdienstes wurde von den großen Veränderungen tangiert. Das Christusbild näherte sich dem Kaiserbild an – und umgekehrt. Christus wurde nun weniger als persönlicher Erlöser, als Hirte der Gemeinde, als Freund der Armen und Entrechteten, der Sanftmütigen und Verfolgten betrachtet und angerufen, vielmehr sah man in ihm einen kosmischen Fürsten, den Allesbeherrscher dieser und der jenseitigen Welt.

All dies rief nach einem anderen ästhetischen Vokabular, einer neuen Architektursprache. Die Sakralbauten mussten von nun an mit ihrer Lage, Größe und Ausstattung dem gestiegenen gesellschaftlichen Renommee und der neuerlangten politischen Macht der Reichskirche entsprechen. Sie mussten die heidnische Konkurrenz übertrumpfen, schöner und größer sein als die alten Tempel. Sie mussten als dominante Kultorte und Kulturträger öffentlich in Erscheinung treten, also repräsentativ wirken. Damit war für den christlichen Sakralbau der entscheidende Paradigmenwechsel vollzogen: weg von der häuslichen und hin zur politischen Architektur, weg vom Privaten und hin zum Monumentalen. Die alten Hauskirchen und Gemeindezentren erschienen plötzlich als zu klein, zu unscheinbar. Sie entsprachen nicht mehr den sozialen und liturgischen Anforderungen an eine christliche Kirche. Sie lagen an den falschen Orten, am Rand, in den ärmeren Stadtteilen und konnten deshalb nicht dem Anspruch der Kirche gerecht werden, die gesamte antike Gesellschaft zu beherrschen. Auch waren sie allzu eng und schmucklos, um für die Darstellungsbedürfnisse des Klerus eine angemessene Bühne zu bieten.

Natürlich mussten auch aus praktischen Gründen größere Kirchen gebaut werden. Denn nachdem die Verfolgungen aufgehört hatten, wuchsen die Gemeinden so sehr, dass die alten Gebäude sie nicht mehr fassen konnten. Schließlich mussten die neuen Kirchen größer als die alten Tempel sein. Denn die Tempel waren keine Versammlungsorte, sondern hatten nur ein Götterbild zu beherbergen und etwas Raum für einige Priester vorzuhalten, die den Kult vollzogen. Kirchen aber mussten Platz für eine vielköpfige Gemeinde bieten.

Nur eine strahlende, beeindruckende und erhebende Bauweise konnte den neuen Machtanspruch der Kirche sichtbar machen. Was vorher nach bloßen Nützlichkeitserwägungen entschieden wurde, musste nun künstlerisch konzipiert und gestaltet werden. Jetzt erst drang die Kirche in den Bereich des Schönen und Zweckfreien vor, leistete sie sich Baukunst. Die Kirche des Konstantinischen Zeitalters war in der Lage, die Errichtung und den Unterhalt verschwenderisch großer und prächtig ausgestatteter Gebäude zu bezahlen beziehungsweise sich vom Kaiser bezahlen zu lassen. Allerdings bekam sie diese Pracht nicht umsonst. Sie musste Abschied von ihren evangelischen Ursprüngen nehmen und auf die Freiheit von politischer Vereinnahmung verzichten.

Angesichts dieses epochalen Umbruchs stellt sich die Frage, ob es in den christlichen Gemeinden eigentlich Debatten über das neue Kirchenbauwesen gegeben hat. Haben die Christen, die Laien wie die Priester, es einfach hingenommen, dass ihre alten Versammlungsorte nach und nach durch Großkirchen ganz anderen Zuschnitts ersetzt wurden? Haben sie ihren vertrauten Heimstätten nicht nachgetrauert? Oder hat es Proteste gegeben, Einsprüche derjenigen, denen die alte Armut ein Wert an sich war, die Distanz halten wollten zur kaiserlichen Macht? Gab es Freunde der früheren architektonischen Bescheidenheit? Zu Beginn ihrer Geschichte hatten die Christen doch so etwas wie einen heimlichen Stolz der Geringen gehegt, ein Ressentiment gegen die Prachttempel der Heiden, ein besonderes Selbstwertgefühl deshalb, weil sie als einzige in der damaligen Religionswelt eben keine Tempel und Altäre hatten, sie auch nicht brauchten, weil sie selbst Steine eines lebendigen, geisterfüllten Tempels waren.

Leider berichten uns die Quellen nichts von solchen Diskussionen und etwaigen Protesten. Vielleicht hat es sie gegeben, nur wurden sie nicht überliefert. Wahrscheinlicher jedoch ist, dass es zu solchen Auseinandersetzungen gar nicht gekommen ist, weil kaum jemand Anstoß an den kaiserlichen Bauinitiativen genommen hat. Vermutlich baute man ganz selbstverständlich große Kirchen, schlicht und einfach weil man es jetzt konnte. Endlich, nach drei Jahrhunderten erzwungener Beschränkung war es möglich, das zu tun, was man immer schon gern getan hätte. Dennoch, es bleibt erstaunlich, wie schnell die Christen sich auf die veränderten Verhältnisse einstellten und in den neuen Kirchen ihre Heimat erkannten.

Die Basilika

Die ersten Kirchenbaumeister der Konstantinischen Zeit standen vor einer gewaltigen Aufgabe. Sie mussten einer ganz neuen Idee von dem, was von nun an eine Kirche sein und leisten sollte, eine überzeugende steinerne Gestalt verleihen. Auf die alten Vorbilder der heidnischen Tempel konnten sie nicht zurückgreifen. Sie mussten sich ihre Anregung von ganz woanders her besorgen. Welche Art von Architektur sollten sie also wählen? Erstaunlicherweise scheinen sie nicht mühsam gesucht und lange herumexperimentiert zu haben. Anscheinend haben sie sehr schnell das richtige Grundmodell gefunden: die Basilika.

Basiliken waren schon in vorchristlicher Zeit im ganzen Römischen Reich gebaut worden. Sie basieren auf einer einfachen Idee: Ein großes Gebäude beherbergt einen einzigen, unzerteilten, aber in sich differenzierten Innenraum, der sich in ein Hauptschiff und ein oder zwei Seitenschiffe aufgliedert. Solch eine Halle mit Seitenschiffen oder Seitengalerien und eventuell mit einer Apsis – also einer erhöhten, halbrunden Nische – am Kopfende hatte viele Vorteile. Sie konnte eine vielköpfige Gemeinde aufnehmen. Sie richtete die Anwesenden gemeinsam aus, zog die Aufmerksamkeit nach vorn, zum Ort des Geschehens hin. Sie ließ an den Seiten viele Fenster zu, so dass der Innenraum tagsüber gut erhellt war. Und schließlich ließ sie viele unterschiedliche Ausgestaltungen zu, konnte also örtlichen Gegebenheiten und besonderen Bedürfnissen ohne größere Umstände angepasst werden. Wegen dieser Variationsbreite beschreibt «Basilika» weniger ein festes Gebäudemodell als eher eine Funktion, nämlich schlicht eine große Versammlungshalle. Sie konnte als Markthalle dienen oder als Börse, war der Treffpunkt der männlichen Bürger, vergleichbar der Agora, nur eben überdacht, also einem arabischen Basar nicht unähnlich. Die vorchristlichen Basiliken konnten viele Zwecke erfüllen. In ihnen wurde Handel getrieben oder Politik gemacht. Hier saß der Magistrat zu Gericht. Auch gab es Basiliken für das Militär. In ihnen wurde exerziert und geritten. Im Vergleich zu den Tempeln waren die vorchristlichen Basiliken schlichte Profangebäude. Doch ganz ohne einen sakralen Charakter waren auch sie nicht. Die Basiliken in den Herrscherpalästen dienten dem Kaiserkult, ebenso wie die Exerzierbasiliken, die mit Kaiserbildern ausgestattet waren. Auch in den Badebasiliken waren Götterstaturen aufgestellt, die mit kleineren Opfergaben versorgt werden mussten.

Doch die Christen machten die Basilika zum Haupt- und Grundmodell der Sakralarchitektur. Sie waren zwar nicht die ersten, welche die Basilika für neuartige religiöse Zwecke adaptierten. Vor ihnen waren schon einige Sekten auf diese Idee gekommen. Doch erst im Konstantinischen Christentum wurde die Basilika zu einem epochal prägenden Typ von Sakralarchitektur.

Die Durchschnittsbasilika war ein rechteckiger Hallenbau mit einem flachen Gebälk, auf dem ein einfaches Holzdach ruhte. Von außen waren die meisten noch recht schmucklose, unverputzte Ziegelbauten. Aber innen eröffneten sie einen weiten Raum. Zwei Säulenreihen strukturierten die Halle und wiesen die Besucher nach vorn. Dort – gegenüber dem Eingang – war die Apsis, die den Raum abschloss und den architektonischen und liturgischen Fluchtpunkt bildete. Hier stand der Altar, hier saß der Klerus. Relativ bald scheint man ein weiteres strukturierendes Element von hoher Symbolwirkung eingefügt zu haben. Vor die Apsis wurde ein Querschiff gesetzt, so dass der Grundriss die Form eines Kreuzes bildete. Damit war die Erlösungstat Christi – sein Tod für die vielen, die an ihn glauben – als Fundament der neuen Kirchen ausgewiesen. Noch waren nicht alle Kirchen «geostet». Die Apsis lag also noch nicht zwingend in östlicher Richtung, der aufgehenden Sonne zu, dem Sinnbild von Schöpfung und Auferstehung. Dennoch war von Beginn an die Beleuchtung sehr wichtig. Die Basiliken sollten licht sein. Darin mag man einen Einfluss imperialer Frömmigkeit sehen, denn schon im Kaiserkult spielte der «sol invictus», die unbesiegte Sonne, eine wichtige Rolle. Vor allem aber sollte in den Kirchen eine Idee des strahlenden Osterglaubens, eine Vorstellung davon, dass Christus das Licht der Welt ist, zu erahnen sein. Darum waren die großflächigen Fenster über den Säulen so wichtig.

In der weiteren Entwicklung wurde auch die Außenseite der Basiliken aufwendiger gestaltet. Die Kirchen erhielten nun richtige Fassaden. Die innere Struktur wurde schärfer markiert. Die Seitenschiffe wurden vom Hauptschiff abgetrennt und zu regelrechten Kolonnaden. Die Apsis wurde deutlicher ausgegrenzt und hervorgehoben. Noch im Lauf des 4. Jahrhunderts ersetzte ein fester, aufwendig gestalteter Altar die bisher eher schlichten Sakramentstische. Ein regelrechter Triumphbogen setzte die Apsis vom Rest des Innenraums ab. Denn sie wurde immer mehr zum eigentlich heiligen Ort innerhalb des heiligen Gesamtraums, zum Allerheiligsten. Der Raum, den die Gemeinde selbst einnahm, verlor entsprechend an Rang. Schließlich fand in der Apsis das sakramentale Geschehen statt. Hier war die Bühne, auf die alle Augen gerichtet waren. Dieser Effekt wurde auch durch die Mosaike auf den Fußböden verstärkt, welche die Aufmerksamkeit ebenfalls nach vorn ausrichteten.

Doch auch die christliche Basilika war kein Einheitsmodell. Obwohl der Kaiser die Planungen stark beeinflusste, gab es bei der Ausgestaltung Spielräume. Je nachdem, wie die lokalen Traditionen, Frömmigkeitsstile und Liturgien es vorsahen, konnten viele wichtige Einzelheiten frei variiert werden. Das betraf selbst die so wichtige Zuordnung von Klerus und Gemeinde. Mal saßen Bischof und Priester hoch über der Gemeinde, mal auf gleichem Niveau.

Vieles, was die ersten Basiliken ausgemacht haben muss, ist heute nicht mehr zu ermitteln. Denn von den ursprünglichen Gebäuden sind nur wenige Reste erhalten. So wüsste man gern, mit welchen Bildern die ersten Basiliken ausgestattet waren. Was genau hatten die Gemeinden vor Augen? Mit der Konstantinischen Wende scheint auch ein neues Bildprogramm eingeführt worden zu sein. Das ist – wie gesagt – nicht ohne Einfluss auf das Christus-Bild geblieben,

Die Grabeskirche zu Jerusalem

das nun immer mehr einen Herrscher, einen himmlischen Kaiser oder einen endzeitlich zu Gericht sitzenden Senator vorstellte. Auch wäre es interessant, zu wissen, wo die unterschiedlichen Teile des Gottesdienstes zelebriert wurden. Wo fand der Chorgesang und wo das Gemeindegebet statt? Von wo aus wurde gepredigt? Es dürfte kaum Kanzeln gegeben haben. Wahrscheinlich ging der Prediger einfach an die Schranke zwischen Apsis und Hauptschiff und wandte sich von dort aus an die Gemeinde.

Und wie hat die Gemeinde auf den Bau der nagelneuen großen Kirchenräume reagiert? Was haben die Christen empfunden und erwartet, als sie ihre fertiggestellte Basilika zum ersten Mal betraten, um dort den ersten gemeinsamen Gottesdienst zu feiern? Leider geben die Quellen darüber keine Auskunft. Zum Glück ist eine Predigt erhalten, die Bischof Eusebius von Caesarea im Jahr 317 in der neuen Basilika von Tyros gehalten hat. Eusebius bietet in seiner Kirchweihpredigt eine allegorische Deutung des Gebäudes. Die Kirche insgesamt und alle ihre wesentlichen Bestandteile verweisen sinnbildlich auf eine höhere Wirklichkeit und zeichnen einen geistlichen Weg vor. Die äußeren Umfangsmauern stehen für den einfachen, aber noch unbestimmten Glauben der Volksmenge. Die Türen entsprechen sodann denjenigen Gläubigen, die wie Türhüter das Volk in den wahren Glauben einführen. Die vier Eckpfeiler im Inneren der Atriumshallen weisen auf diejenigen hin, die durch die vier Evangelien eine erste inhaltliche Orientierung empfangen haben. Den Katechumenen, welche sich in der Vorbereitungszeit zur Taufe befinden, entspricht der Platz in den Seitenschiffen. Im hellen, lichtdurchströmten Hauptschiff stehen die Getauften. Weiter vorn weist der Triumphbogen an der Westwand der Apsis auf Gottvater, den Allmächtigen, hin. Der Thronsitz des Bischofs und die Bänke der Priester in der Apsis sind die Abbilder derjenigen, auf denen sich der heilige Geist niedergelassen hat. Alles läuft schließlich auf den Altar zu als denjenigen Ort, an dem Christus selbst anwesend ist und als der wahre Hohepriester seines Amtes waltet.

Die neue Kirche ist ein Versammlungsort der Gemeinde und doch viel mehr als ein Gemeindehaus. Sie ist das Abbild eines jenseitigen Urbildes, nämlich eine Nachbildung des himmlischen Jerusalems. Der Sakralraum ist ein Abglanz der Erlösung und ein Vorschein des Himmels, der den Gläubigen winkt. Er ist ein «Ander-Ort», eine Gegenwelt, geweiht, und damit ausgegrenzt aus dem profanen Diesseits, ein Heilsraum, ein Haus Gottes. «Das ist der große Tempel, welchen der große Schöpfer des Weltalls, der Logos, über den ganzen Erdkreis unter der Sonne errichtet und worin er hienieden zugleich ein geistiges Abbild dessen geschaffen hat, was jenseits des Himmelsgewölbes ist. Kein Sterblicher vermag nach Gebühr zu preisen das Land über den Himmeln, die dort ruhenden Urbilder der irdischen Dinge, das obere Jerusalem.»

Die Basilika als neuer Kirchentyp hat sich im ganzen Römischen Reich sehr schnell durchgesetzt. In ihm wurde heidnisch-antikes Erbe aufgenommen und zugleich christlich umgeformt. Die christliche Basilika ist also ohne ihre Vorbilder nicht zu denken, auch nicht ohne die Tempelsäulen, die in sie eingebaut wurden. Und zugleich ist sie etwas Neues, das nicht direkt aus der vorherigen Baugeschichte abgeleitet werden kann. Dieses Neue speist sich aus dem besonderen Inhalt, den zu fassen, zu bewahren und zu feiern ihre Aufgabe war. Dieses Neue war die Eucharistie, das heilige Abendmahl. Dieses Sakrament stellte kein Opfer im Sinne der heidnischen Religionen dar, vielmehr war es das Ende aller Opferungen, doch entwickelte es sich immer mehr zu einer Opferhandlung eigener Art, die von Priestern vor Gott und für Gott vollzogen wurde. Und dieses neue Opfer bestimmte die Gestalt und die Atmosphäre der neuen Basiliken, machte sie zu Sakralräumen im eigentlichen Sinne.

Der Bau der Grabeskirche

Vor allem in den Großstädten seines Reiches ließ Konstantin große Kirchen bauen – in Rom, Alexandria und natürlich in seiner neuen Hauptstadt Konstantinopel. Hier jedoch überdauerte sehr wenig von seinen architektonischen Leistungen die Zeit. Von ganz speziellem Symbolwert war der Bau der Grabeskirche in Jerusalem. Die Aura, welche dieses Unternehmen umgab, war so gewaltig, dass fromme Geschichten hinzuerfunden werden mussten, um es ins rechte Glaubenslicht zu setzen. In Wahrheit ist es jedoch nicht Konstantins Mutter gewesen, die dieses heiligste aller Vorhaben initiierte, sondern ihr Sohn. Als sie in Jerusalem erschien, hatte Konstantin dieses Werk schon längst in Auftrag gegeben. Im Jahr 325 hatte allem Anschein nach Makarios, der Bischof von Jerusalem, auf dem epochalen Konzil von Nicäa den Kaiser für die Idee gewonnen, am Ort der Kreuzigung und der Auferstehung Jesu Christi eine große Kirche zu bauen.

So dürfte der Grundriss der Gesamtanlage der Jerusalemer Grabeskirche in konstantinischer Zeit ausgesehen haben. Es waren zwei Kirchen, die gemeinsam ein Ganzes ergaben: zunächst die große Basilika, an die sich nach einem Gang über den Hof das Grab Christi in der Rotunde anschloss.

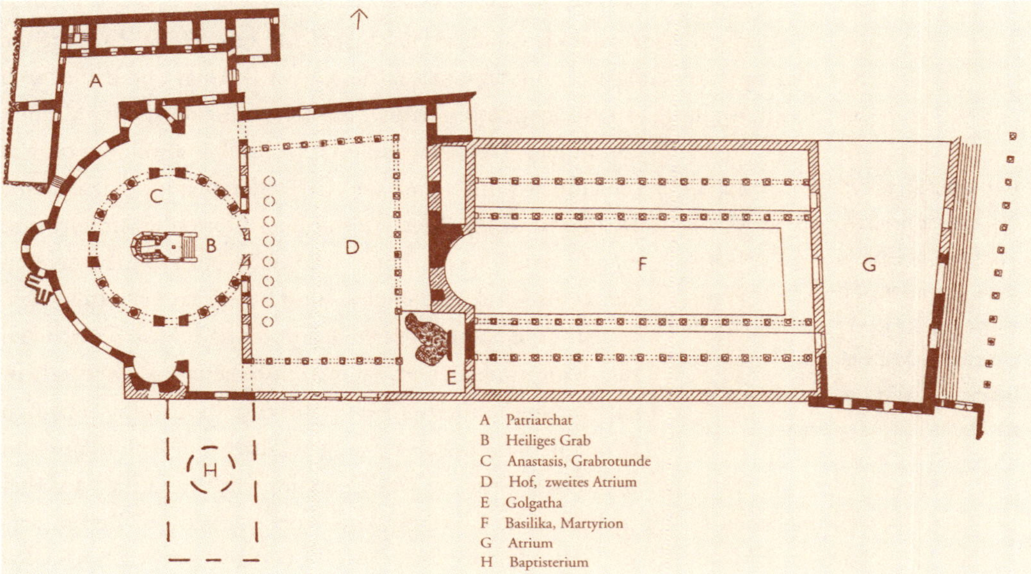

Auf jeden Fall verfasste Konstantin direkt nach dem Konzil einen Brief an Makarios, in dem er genaue Anweisungen gab, wie dort, wo man das heilige Grab Jesu Christi vermutete, eine angemessene Kirche gebaut werden sollte. Zunächst musste dafür ein Heiligtum der Liebesgöttin Aphrodite, das Kaiser Hadrian im 2. Jahrhundert schändlicherweise an dieser Stätte hatte errichten lassen, niedergerissen werden. Im Zuge dieser Zerstörungsarbeit fand man ein Grab, im dem man meinte, «das hochheilige Denkmal der Auferstehung» sehen zu können. So schrieb «der Sieger Konstantin, der Größte, der Erhabene» an Makarios, «dass wir jenen heiligen Platz – den ich auf Anordnung Gottes vom schimpflichsten Zusatz eines Götzenbildes wie von einem darauf lastenden Gewicht erleichtert habe, der von Anfang an durch Gottes Urteil heilig war, sich aber noch heiliger gezeigt hat, seitdem er den Glauben an das Leiden des Heilands ans Licht geführt hat – durch die Schönheit von Gebäuden ausschmücken. Die Basilika soll besser als die überall stehenden werden. Denn dass der wunderbarste Platz der Welt von Würde erstrahlt, ist berechtigt.»

Es sollte ein imperialer Kirchenbau werden. Konstantin sagte die nötigen Mittel zu. Er forderte regelmäßige Berichte über den Fortgang der Bauarbeiten. Er kümmerte sich sogar um Detailfragen wie die Auswahl der richtigen Deckentäfelung. Eine Eigentümlichkeit dieses Vorhabens bestand darin, dass gleich ein Ensemble aus mehreren Sakralgebäuden entstehen sollte, das die beiden wichtigsten Erinnerungsorte der christlichen Heilsgeschichte verknüpfte. Es sollte die Kreuzigungsstätte Golgatha und das Grab, in das Christus gelegt und das er nach seiner Auferstehung leer zurückgelassen hatte, zu einer architektonischen Einheit verbinden. Der Neubaukomplex sollte also zwei unterschiedliche Funktionen und Gebäudetypen integrieren: eine Basilika und ein Martyrion, einen Gottesdienstraum und eine Gedenkkapelle. Diese anspruchsvolle Aufgabe fiel den beiden Architekten Zenobius und Eustathios, einem Presbyter, zu. Eine besondere Herausforderung bildete der schwierige Baugrund, der mit seinen aufragenden Felsen erhebliche Niveauunterschiede aufwies. Deshalb mussten Fundamente zeitraubend aufgeschüttet und Felsen mühsam abgetragen werden. Was Zenobios und Eustathios auf diesen unebenen Grund gebaut haben, ist heute nur noch in wenigen Resten vorhanden. Ein Bild dieses Gebäudekomplexes muss also aus schriftlichen Quellen und archäologischen Funden rekonstruiert werden.

Das Grab Christi – das Allerheiligste des christlichen Glaubens, der eigentlich keine heiligen Räume kennt, aber doch besondere Orte der Vergegenwärtigung braucht. In der griechisch-orthodoxen Karfreitagsfeier umrunden Gläubige – wie in einem Leichenzug – mit Kerzen das heilige Grab.

Im Unterschied zur Zeit Jesu lag Golgatha in Konstantinischer Zeit nicht mehr vor den Toren der Stadt, sondern mitten im Zentrum. Man erreichte die Anlage von der Jerusalemer Hauptstraße, dem Cardo Maximus, aus. Sie maß 150 Meter in der Länge und 75 Meter in der Breite. Kam man vom Cardo Maximus, ging man durch die Propyläen, eine Vorhalle, in das Atrium, einen von Säulen umgebenen Innenhof. Von dort aus gelangte man in das Martyrion, eine fünfschiffige Basilika. Sie war 40 Meter lang und 13 Meter breit, im Vergleich mit anderen repräsentativen Sakralbauten also sehr klein, wenn auch recht hoch. Die Lateran-Basilika in Rom zum Beispiel war dreimal so groß. Diese geringe Größe war schlicht den beengten Raumverhältnissen geschuldet. Am Zuschnitt des Grundstücks lag es auch, dass die Grabeskirche nicht geostet war. Die Apsis lag im Westen und war auf das Grab hin ausgerichtet.

Von außen muss das Martyrion wie die meisten Basiliken der Konstantinischen Zeit sehr schlicht gewesen sein. Aber die Innenausstattung war ungewöhnlich prachtvoll. Das Kassettendach war vergoldet. Entlang der Apsis bildeten zwölf Säulen – als Erinnerung an die zwölf Apostel – einen Halbkreis. Jede dieser Säulen wurde von einer riesigen Silberschale gekrönt. Die Wände waren mit kostbarem Marmor oder anderen farbigen Steinsorten verblendet. Hinzu kamen viele kaiserliche Zustiftungen wie goldene oder silberne Lampen und Kerzenständer, kostbare Kelche und feinste, mit Edelsteinen besetzte Altartücher.

Hatte man sich an diesem luxuriösen Schmuck sattgesehen, ging man aus den Seitenschiffen des Martyrions hinaus und gelangte an der einen oder der anderen Längsseite der Kirche entlang zu einem zweiten Atrium, einem von Kolonnaden eingegrenzten Innenhof. An einer Ecke, gleich bei der Apsis, war der Felsen der Kreuzigung zu finden. Ihm gegenüber schloss sich im Westen die Anastasis an, die Gedenkstätte der Auferstehung und somit das wichtigste Ziel der anwachsenden Pilgerscharen. Die Anastasis war eine Rotunde, ein Rundbau mit einer Kuppel von etwa 10 Metern Durchmesser. Es war ein kompliziertes Stück Architektur mit feinen Proportionen, die auf einen hohen Kunstverstand und ein bemerkenswertes technisches Vermögen der Bauleiter schließen lassen. Die Rotunde ruhte auf zwölf Säulen von 7,15 Meter Höhe und 1,17 Meter Durchmesser auf, die wahrscheinlich aus dem Hadrianschen Aphroditetempel stammten, den man also in Teilen doch einem christlichen Recycling zugeführt hatte, obwohl man dieses «Teufelswerk» eigentlich ganz hatte auslöschen wollen. Diese Rotunde beherbergte den eigentlichen Geburtsort des Christentums, das leere Grab Jesu Christi.

Viele technische Probleme zogen die Bauarbeiten in die Länge. Doch zehn Jahre nach dem ursprünglichen Entschluss, also am 17. September 335, konnte die Kirche feierlich geweiht werden, obwohl die Rotunde noch nicht ganz fertig war. Der Kaiser wollte zu seinem 30. Regierungsjubiläum der Öffentlichkeit dieses «Weihegeschenk des Friedens», ein Denkmal der Herrlichkeit Gottes und der Macht des Kaisers, vorstellen. Zur Kirchweihe beorderte Konstantin die Bischöfe des Reiches, die im nahegelegenen Tyros ein Konzil abhielten, nach Jerusalem. Wieder fiel Eusebios die Aufgabe zu, die Weihepredigt zu halten. In ihr stellte er das neue christliche Jerusalem dem alten jüdischen gegenüber. Man mag ihm seine Freude über die herrliche Sakralanlage nicht verdenken. Sein klerikaler Triumphalismus aber hinterlässt einen bitteren Nachgeschmack: «So wurde beim heilbringenden Martyrion das neue Jerusalem errichtet, dem von altersher bekannten (d.h. jüdischen Jerusalem) gegenüber, das wegen der Befleckung durch den Gottesmord (der Juden an Jesus Christus) auf das äußerste verwüstet worden war und so die geschuldete Strafe der gottlosen Bewohner bezahlt hatte. Diesem gegenüber also verherrlichte der Kaiser den heilbringenden Sieg über den Tod mit reicher und verschwenderischer Großzügigkeit, so dass dies wohl das durch prophetische Gottesworte verkündete, das neue Jerusalem ist, worüber große, von göttlichem Geist eingegebene Weissagungen Unendliches künden.»

Doch auch diese kirchliche Selbstherrlichkeit sollte nicht von Dauer sein. Das neue Jerusalem teilte das Schicksal des alten. Im Jahr 638 wurde auch das neue Jerusalem von feindlichen Mächten erobert. Die Muslime ließen die Grabeskirche zunächst unberührt. Aber sie bauten am zentralen Ort des alten Jerusalems ein neues Heiligtum. Mitten auf dem Tempelberg errichteten sie den Felsendom als neuen Tempel. Für die Jerusalemer Christengemeinde begann eine schwere Zeit. In das Martyrion wurde eine Moschee gesetzt. Im 10. Jahrhundert kam es zu massiven Christenverfolgungen. Schließlich ließ ein fanatischer Kalif im Jahr 1009 den Anastasis-Komplex, Basilika und Rotunde, niederreißen. Das neue war damit dem alten Jerusalem auf dem Leidensweg gefolgt. Immerhin konnte zumindest die Grabeskirche wieder in Teilen aufgebaut werden. Neunzig Jahre später wendete sich das Schicksal ein weiteres Mal. Im Ersten Kreuzzug eroberten westeuropäische Ritter das Heilige Land. Nachdem sie unter der muslimischen und jüdischen Bevölkerung ein Blutbad angerichtet hatten, machten sie sich daran, die Grabeskirche neu aufzubauen. Sie veränderte sich dabei stark, blieb aber im Kern, was sie von Anfang an war: der wichtigste christliche Erinnerungsort und zugleich eine steinerne Machtdemonstration, eine Manifestation obrigkeitlicher Religionspolitik und zugleich der Nabel der Glaubenswelt, ein Ort der Gewalt und zugleich die Stätte, an welcher der Friedefürst sein Erlösungswerk vollendet hatte.

Der Gekreuzigte und Auferstandene gehört allen und keinem. Die Besitzverhältnisse im Zentrum der Grabeskirche sind minutiös geregelt. Der Mittelteil des Regals in der Grabkammer steht den griechischen Orthodoxen zu, der rechte Teil den Armeniern und der linke Teil der Lateinischen Kirche.

Der Gottesdienst in der Grabeskirche

Auch wenn die Basilika bisher unbekannte politische und gesellschaftliche Aufgaben erfüllen musste, war sie doch zunächst und vor allem das, was Kirchen immer schon waren und bleiben sollten, nämlich der Ort des Gottesdienstes. Wie sahen nun die Gottesdienste aus, die im 4. Jahrhundert in den alten, besonders aber in den neuen Kirchen gefeiert wurden?

In seiner Grundform, die jedoch in den verschiedenen Teilen des Römischen Reiches viele Variationen zuließ, hatte der damalige Gottesdienst zwei Teile. Der erste bot als Wortgottesdienst eine Fülle an Schriftlesungen. Diese scheinen anfangs relativ frei ausgewählt worden zu sein. Doch gestaltete man den Jahreszyklus immer weiter aus und gliederte ihn nach den Hauptstationen der christlichen Heilsgeschichte: Advent, Weihnachten, Epiphanias, Passionszeit, Ostern, Himmelfahrt und Pfingsten. Diesem Kirchenjahr entsprechend wurden zunehmend Reihen mit Lesungen erstellt, die zu den jeweiligen Sonntagen passten. Diese Lesungen wechselten mit Psalmgesängen und Hymnen. An sie schlossen sich gleich mehrere Predigten an. Die letzte Predigt hielt stets der Bischof selbst. Etwa zwei Stunden dürfte solch ein Wortgottesdienst gedauert haben. An seinem Ende wurden die Ungetauften vom Diakon zum Schlussgebet geführt, gesegnet und ebenso wie die Büßer aus dem Gottesdienstraum verabschiedet. Daraufhin wurden die Türen geschlossen, und die Gemeinde der Getauften kniete nieder zum Gebet.

Nun begann der zweite und eigentliche Gottesdienst, die Feier der Eucharistie. Er war keine öffentliche Angelegenheit, wie der Ruf des Diakons mehr als deutlich machte: «Kein Katechumen! Kein Ungetaufter! Kein Ungläubiger! Kein Falschgläubiger! Keiner in Hass gegen einen! Keiner in Heuchelei! Aufrecht lasst uns vor dem Herrn mit Furcht und Zittern stehen zum Opfern!» Der Ausgrenzung der Nichtgeladenen entsprach positiv die liebevolle Zuwendung der auserwählten Gottesdienstteilnehmer zueinander. Sie entboten sich gegenseitig den Friedengruß und Friedenskuss. Hatte sich die Gemeinde so der wechselseitigen Verbundenheit versichert, brachte sie in einer Prozession die Gaben zum Altar. Dort wurden sie von den Priestern zum Opfer, zum unblutigen Opfer, bereitet. Dafür wurden verschiedene, immer klarer ausgearbeitete Gebete gesprochen: eine Präfation zur Einleitung, ein Dank für die Geschichte des Heils, die Einsetzungsworte und die Konsekration zur Weihe von Brot und Wein. Dann trug der Bischof die Gaben mit dem Ruf «Das Heilige den Heiligen!» zur Gemeinde. Zuerst empfingen der Bischof und der Klerus das Sakrament, dann die Gemeinde, die an den Schranken des Altarraums stand. Dankgebet und Segen beschlossen den Gottesdienst. Viele seiner gesprochenen und gesungenen Bestandteile haben sich bis heute – in orthodoxen, katholischen und evangelischen Liturgien – erhalten.

Die Häufigkeit des Gottesdienstes scheint nicht einheitlich geregelt gewesen zu sein zu sein. Vielerorts wurde der Gottesdienst in beiden Teilen täglich gefeiert, sonst aber fand er zumindest am Freitag, Samstag und Sonntag sowie an besondern Festtagen, wie den Gedenktagen der Märtyrer, statt.

Die Grabeskirche zu Jerusalem

Neben dem Hauptgottesdienst entwickelte sich eine Reihung von Andachten, die als Stundengebete jeden Tag vom frühen bis zum späten Abend gliederten. Wie beides in der Grabeskirche gefeiert wurde, ist glücklicherweise überliefert worden. Egeria ist der Name einer vornehmen Dame, die gegen Ende des 4. Jahrhunderts aus dem fernen Westteil des Reiches über Konstantinopel nach Jerusalem und anschließend durch Palästina gepilgert war. Drei Jahre, wahrscheinlich von 381 bis 384, verbrachte sie in Jerusalem selbst. Ausführlich hat sie den Mitgliedern der asketischen Gemeinschaft, der sie angehörte, über ihre Jerusalemer Erlebnisse und Eindrücke berichtet. Dabei schildert sie die Sakralarchitektur der heiligen Stadt nur sehr beiläufig. Mit weitaus größerem Interesse erzählt Egeria ihren Schwestern vom gottesdienstlichen Leben im Anastasis-Komplex.

Noch in der Nacht, vor dem ersten Hahnenschrei, begann in der Auferstehungsrotunde die Frühandacht, die Matutin, mit Psalmengesang und Gebeten. Ihr folgten bei Sonnenaufgang die Laudes, an denen auch der Bischof mit seinem Klerikergefolge teilnahm und Getauften sowie Katechumenen den Segen spendete. Später leitete er auch die Sext, die Andacht am Mittag, sowie die Non um drei Uhr. Gegen vier Uhr begann die feierlich gestaltete Vesper. So ging es die ganze Woche hindurch.

Am Sonntag versammelte sich die Menschenmenge zur Matutin vor der verschlossenen Anastasis. Priester kamen heraus und beteten mit den Wartenden Psalmen. Beim Hahnenschrei – es gab ja noch keine Kirchenglocken – wurden die Tore geöffnet, und die Gläubigen traten in die hell erleuchtete Rotunde. Der Bischof las aus den Auferstehungsgeschichten des Neuen Testaments. Anschließend zog man in einer Prozession zum Kreuz, um des Leidens Christi zu gedenken. Danach ging der Bischof wie mancher andere auch nach Hause, um sich ein wenig auszuruhen. Bei Tagesanbruch fanden sich alle in der Basilika zum Hauptgottesdienst ein. Er dauerte zwischen drei und vier Stunden. Wie die Eucharistie im Martyrion gefeiert wurde, hat Egeria leider nicht im Detail beschrieben, weil die Liturgie sich wenig von derjenigen unterschieden haben wird, die sie und ihre Schwestern gewohnt waren.

Einen eigentümlichen Jerusalemer Ritus aber, der besonders für Pilger reizvoll gewesen sein muss, beschreibt Egeria sehr ausführlich, nämlich die Verehrung des Kreuzes: «Auf Golgatha wird für den Bischof hinter dem Kreuz, das jetzt dort steht, ein Sitz aufgestellt, und der Bischof lässt sich auf dem Sitz nieder. Vor ihn wird ein mit Leinen gedeckter Tisch gestellt, und die Diakone stehen um den

Tisch herum. Dann wird ein vergoldetes Silberkästchen gebracht, in dem sich das heilige Holz des Kreuzes befindet; es wird geöffnet, das Kreuzesholz wird herausgehoben und zusammen mit der Kreuzesinschrift auf den Tisch gelegt. Der Bischof hält im Sitzen die beiden Enden des heiligen Holzes mit den Händen fest: Die Diakone aber, die um den Tisch stehen, bewachen es. Es wird deshalb so bewacht, weil es üblich ist, dass das Volk, einer nach dem anderen, kommt. Sie verbeugen sich vor dem Tisch, küssen das heilige Holz und gehen weiter. Und weil irgendwann jemand zugebissen und einen Splitter vom Kreuz gestohlen haben soll, wird es nun von Diakonen so bewacht. So geht das ganze Volk vorüber – einer nach dem andern, alle verbeugen sich, berühren erst mit der Stirn, dann mit den Augen das Kreuz und die Inschrift, küssen das Kreuz und gehen weiter; aber niemand streckt die Hand aus, um es zu berühren.»

Detailliert geht Egeria auch auf das andere christliche Hauptsakrament, die Taufe, ein. Diese besaß im 4. Jahrhundert einen längeren Vorlauf und war an hohe Bedingungen geknüpft. Vor der vorösterlichen Fastenzeit mussten sich die Taufbewerber in eine Liste eintragen. Nach einer Prüfung wurden sie zum Unterricht zugelassen, der die 40 Tage der Fastenzeit dauerte. Jeden Tag kamen sie für jeweils drei Stunden im Martyrion zusammen, wo der Bischof ihnen die Bibel auslegte und das Glaubensbekenntnis erklärte. Die Taufe selbst fand in der Osternacht an den drei wichtigsten Orten des Anastasis-Komplexes statt. Dies besaß eine hohe Symbolkraft, war die Taufe doch nach der Lehre des Paulus ein geheimnisvoller Vorgang, bei dem der Gläubige den Tod und die Auferstehung Christi an sich selbst nachvollzog. Und wo konnte dies sinnfälliger erlebt werden als an den Orten seiner Kreuzigung und seiner Grablegung?

In der Osternacht versammelten sich die Täuflinge vor dem Taufhaus. Damals hatte nur der Bischof das Recht zu taufen. Folglich hatten nur die Bischofskirchen ein Baptisterium. In Jerusalem muss es nördlich an den eigentlichen Anastasis-Komplex angegrenzt haben. Es dürfte kein besonders aufwendiges, sondern ein schlichtes quadratisches Gebäude gewesen sein. In seiner Mitte wird sich ein etwa hüfttiefes Becken befunden haben. Von diesem Baptisterium ist nichts erhalten. Schon im 5. Jahrhundert wurden diese gesonderten Taufhäuser nicht mehr genutzt. Denn in der sich entfaltenden Staatskirche ersetzte zunehmend die Kinder- die Erwachsenentaufe. Für diese brauchte man keine eigenen Gebäude mit großen Becken mehr. Ein Taufstein im Eingangsbereich des Kirchgebäudes genügte. Erst als im Zuge der Reformation die Kindertaufe von radikalen Protestanten in Frage gestellt und die Erwachsenentaufe wieder eingeführt wurde, kam es zu einer Neuauflage der antiken Taufbecken. Sie wurden von den «Wiedertäufern» aber im Gottesdienstraum selbst, meist hinter dem Altar, eingebaut.

Die Täuflinge wurden zunächst in die Vorhalle des Baptisterium geführt und mit dem Gesicht nach Wesen aufgestellt, dem Land der Finsternis zu. Sie mussten nun die Hand ausstrecken und dem Teufel, so als wäre er tatsächlich anwesend, zurufen: «Ich sage dir ab, Satan, und allen deinen Werken und allem deinem Tross und allem deinem Dienst.» Hatten sie dem Teufel abgeschworen, wandten sie sich nach Osten, dem Licht zu, und bekannten: «Ich glaube an den Vater und an den Sohn und an den Heiligen Geist und an eine Taufe der Buße.» Nun öffnete sich die Tür des Baptisteriums. Die Täuflinge entkleideten sich. Von Kopf bis Fuß wurden sie mit geweihtem Öl gesalbt. Einzeln stiegen sie nacheinander in das Taufbecken und wurden drei Mal mit Wasser übergossen. Wie Neugeborene stiegen die Getauften aus dem Becken und wurden an Stirn, Ohren, Nase und Brust gesalbt. Jetzt waren sie im Wortsinne «Christen», das heißt «Gesalbte». Sie legten weiße Kleider an, die sie die ganze kommende Woche tragen sollten. Denn sie hatten soeben Christus «angezogen» wie ein neues Gewand. Anschließend gingen sie zum Bischof in die Anastasis. Dort am Ort der Auferstehung betete er für sie. Hatten sie sich so am eigenen Leib und eigener Seele den Tod und die Auferstehung Christi vergegenwärtigt, zogen sie zur Basilika, um dort mit der ganzen Gemeinde die Osternachtsliturgie zu feiern. Zum ersten Mal empfingen sie das heilige Abendmahl. Jetzt wurden sie nicht mehr hinausgeschickt. Jetzt gehörten sie zum neuen Gottesvolk.

Kaiser Konstantin übrigens wurde erst kurz vor seinem Tod getauft. Er hatte die Taufe sein Leben lang hinausgezögert. Denn wie viele Fromme damals glaubte er, dass die Sündenvergebung, welche die Taufe schenkte, nicht wiederholbar wäre. Wenn ein Getaufter also erneut Schuld auf sich laden würde, hätte er kaum noch eine Chance, vor Gott Gnade zu finden. Denn das Institut der Buße, das es dem getauften Sünder ermöglichte, seine Schuld beim Priester abladen und wieder neu zu beginnen, sollte erst im Mittelalter voll ausgebildet werden. Darum schoben viele, die durch ihren Stand und Beruf in der Gefahr schwebten, sich zu verunreinigen oder Gewalt auszuüben, die Taufe bis an ihr Lebensende auf. Streng genommen hätte Konstantin also in keiner der neuen Kirchen, die er hatte bauen lassen, am Eucharistie-Gottesdienst teilnehmen dürfen – wenn er nicht eben der Kaiser gewesen wäre.

Die ersten «richtigen» Kirchen

Die Basilika, welche das Konstantinische Christentum geschaffen hatte, sollte eines der wichtigsten Grundmodelle des Kirchenbaus werden. Es prägte die christliche Architektur bis in die frühe Neuzeit hinein. Große, großartige Kirchen wie San Giovanni in Laterano, die ursprüngliche Peterskirche oder San Paolo fuori le Mura in Rom zeugen von seiner Herrlichkeit.

Mindestens ebenso beeindruckend wie die architektonische Gestaltungsidee selbst waren der Wille und die Fähigkeit des Konstantinischen Christentums überhaupt, repräsentative Kirchen zu bauen. In vielem scheint – von heute aus betrachtet – die Wende hin zur Staatskirche als problematisch, auch wenn sie unter den damaligen Umständen ohne Alternative gewesen ist. Es wäre in der Antike undenkbar gewesen, Staat und Religion so voneinander zu unterscheiden, wie es heute in Westeuropa und Nordamerika üblich ist. Wenn das Christentum also tatsächlich Weltreligion sein und dem eigenen Missionsauftrag gerecht werden wollte, blieb ihm kaum etwas anderes übrig, als zur Religion des römischen Weltreichs zu werden. Natürlich hatte dies fatale Folgen. Der christliche Glaube wurde von der Obrigkeit funktionalisiert und war keine Sache einer freien Gewissensentscheidung mehr. Architektonisch gesehen aber war die Konstantinische Wende ein Segen.

Denn erst unter Konstantin entstand das, was wir heute als «richtige Kirchen» betrachten, also monumentale Sakralarchitekturen, ebenso schöne wie heilige Räume, die eine Aura besitzen, Ehrfurcht auslösen und Schaulust bereiten. Solche Kirchen repräsentieren etwas, das auf wunderbare Weise nutzlos ist. Sie zeugen davon, dass der christliche Glaube dafür einsteht, dass das Leben nicht in alltäglichen Funktionen und pragmatischem Handeln aufgeht, sondern dass das, was das Leben eigentlich wertvoll und kostbar macht, etwas überschwenglich Zweckfreies ist. Heutzutage, da die Lebenswelt weitgehend in ökonomischen, technischen und bürokratischen Funktionszusammenhängen aufgeht, suchen selbst unreligiöse Menschen diese «richtigen Kirchen» auf, weil sie einen zweckfreien Raum darstellen, reine Sehnsuchtsorte der Freiheit sind, Fluchtasyle, in denen die im stählernen Gehäuse der modernen Wirtschaftswelt eingeengte Seele aufatmen kann.

Diese Art von Sakralarchitektur wird heute von vielen Zeitgenossen geliebt und genossen, weil sie ein Gegenbild zur normierten, funktionalen Bauweise der

Moderne – all den Doppelhaushälften, Kaufhäusern, Flughäfen und Bürotürmen – darstellt. Aber die Voraussetzungen, die diese Kirchenbauten erst möglich gemacht haben, dürften ihnen aus guten Gründen zuwider sein. Denn die Staats- und Kleruskirche, die diese Gebäude geschaffen hat, ist eines der größten Hindernisse einer freien Kultur gewesen. Darum war das Ende der Staatskirche, die Trennung von Staat und die Kirche, die politische Entmachtung der Kirche und ihre Umwandlung in eine Institution der Freiwilligkeit eine der größten Errungenschaften der europäischen Neuzeit.

Doch zugleich muss man fragen, ob die europäische Neuzeit ähnlich grandiose und überzeugende Kirchenbauten geschaffen hat wie die vormoderne Staatskirche. Seltsam, obwohl diese Art von Kirche längst überwunden ist, prägen die Gebäude, die sie geschaffen hat, noch immer das innere Bild, das sich Zeitgenossen von einer «richtigen Kirche» machen. Wenn nicht alles täuscht, nimmt diese Zuneigung zu den alten Kirchengebäuden gegenwärtig sogar noch zu. Denn endlich kann man sie betreten und genießen, ohne Angst zu haben. Sie sind keine klerikalen Herrschaftszentralen mehr. Die Priester und Pastoren, die hier arbeiten, verfügen über keinerlei Macht. Den Gemeinden, die sich hier versammeln, kann man beitreten oder fernbleiben, wie man selbst möchte. Aller politischen und sozialen Gewalt beraubt, kann man die alten Kirchen nutzen, wie man mag, und in ihnen finden, was man nötig hat, zum Beispiel eine Gegenwelt zum kapitalistischen Produktions- und Konsumbetrieb, eine freie Fläche der ästhetischen Freude und der seelischen Erhebung.

Die Hagia Sophia

3. Die Hagia Sophia

und die Kirchen des Ostens

Phönix aus der Asche

«Nika! Nika!», schrie die zornige Menge. «Siege! Siege!» Schon seit Tagen erfüllte ihr Kampfruf die Hauptstadt. Konstantinopel war in Aufruhr, das Volk nicht mehr zu halten. Besonders die «Blauen» und die «Grünen» wurden gefährlich. So nannten sich die beiden Zirkusparteien, antike Vorläufer der modernen Fußball-Hooligans. Gerade sie hatte Kaiser Justinian gegen sich aufgebracht. Sie waren gewaltbereit, zudem gut organisiert und politisch gesteuert, so dass sich ihr kollektiver Wutausbruch schnell zu einer Revolte gegen den Kaiser auswuchs.

Das Römische Reich – besser gesagt der östliche Teil, der sich gegen den Ansturm der Barbaren gehalten hatte – hatte schon viele Unruhen überstanden. Aber der Nika-Aufstand des Jahres 532 stellte sie alle in den Schatten. Schon lange war das Volk mit Justinians harter Herrschaft unzufrieden gewesen. Um seine Kriege zu bezahlen, hatte er den Bürgern schwere Steuerlasten aufgeladen. Zum offenen Widerstand kam es, als Justinian es wagte, gegen die übermächtigen Zirkusparteien vorzugehen. Gleich mehrere führende Zirkus-Hooligans wollte er hinrichten lassen. Doch bei zweien misslang die Exekution. Das Volk sah darin ein Gotteszeichen. Es war verhängnisvoll, dass diese versehentlich Nicht-Hingerichteten je einer der beiden Zirkusparteien angehörten. Denn nun verbündeten sich die ansonsten verfeindeten «Blauen» und «Grünen». Es brodelte in der Metropole. Zwar fanden drei Tage später die seit langem angesetzten Zirkusspiele statt, aber diesmal interessierte sich die im Hippodrom versammelte Menge wenig für das sportliche Geschehen. Mit lauten Rufen forderte sie vom Kaiser die Freilassung der Gefangenen. Aber Justinian verweigerte ihnen eine Antwort. Dieses Schweigen ließ die Menge einen Schritt weiter gehen. Sie ließ die

Die Hagia Sophia erscheint wie ein kleines Gebirge, zusammengesetzt aus Kuppeln verschiedener Größe. Die Minarette, die später von den muslimischen Eroberern hinzugefügt wurden, sollte man sich wegdenken.

Zirkusparteien hochleben – eine direkte Provokation des Kaisers. «Den die Menschen liebenden Blauen und Grünen viele Jahre!» Die «Blauen» und «Grünen» hörten den Ruf und entfachten gemeinsam einen Aufruhr. Der Ruf «Nika!» diente ihnen dabei als Kennwort und gegenseitige Anfeuerung. Soldaten wurden angegriffen, öffentliche Gebäude in Brand gesteckt. Das massive Vorgehen der Sicherheitskräfte brachte ebenso wenig eine Beruhigung wie die Erfüllung einiger ihrer Forderungen. Sogar Teile des kaiserlichen Palastviertels wurden in Brand gesetzt.

Die Aufständischen schreckten nicht einmal davor zurück, die größte Kirche Konstantinopels, die Hagia Sophia, anzuzünden. Doch selbst diese Blasphemie war, so skandalös sie auch wirkte, eine Wiederholungstat. Denn die Hagia Sophia war 415, also etwas mehr als einhundert Jahre zuvor, am Ort der ebenfalls niedergebrannten «Megale Ekklesia», der Großen Kirche, errichtet worden. Diese war noch von Konstantin selbst geplant sowie von seinem Sohn und Nachfolger Konstantius gebaut worden. Im Jahr 360 hatte man die Weihe der «Megale Ekklesia» gefeiert. Doch bei Unruhen war sie in Brand gesteckt und völlig zerstört worden. Nun also hatte es auch ihre Nachfolgerin, die «Heilige Weisheit», getroffen. Und dies war kein Zufall. Vielmehr war der wiederholte Angriff auf die zentrale Kirche der Hauptstadt ein direkter Angriff auf denjenigen, der die politische und religiöse Ordnung des Reiches symbolisierte, den Kaiser.

Es war nur folgerichtig, dass die Aufrührer versuchten, Justinian durch einen Gegenkaiser zu ersetzen. Doch Justinian hatte treue Truppen auf seiner Seite. Nur konnten diese sich im Straßenkampf nicht entscheidend durchsetzen. Darum ließ er das Volk unter der Zusicherung von Straffreiheit ins Hippodrom rufen. Als sich die Menge dort versammelt hatte, rückten kaisertreue Truppen mit gezückten Schwertern ein. Ihr Morden und die einsetzende Panik sollen etwa 30 000 Menschen das Leben gekostet haben. Der Nika-Aufstand nahm ein schreckliches Ende. Es ist schwer, sich dies im einzelnen vorzustellen. Assoziationen an Massenmorde unserer Zeit wie in Ruanda stellen sich ein. So viele tote Menschen – im Hippodrom, auf den Straßen und öffentlichen Plätzen. Wie mögen die ungezählten Todesschreie und Wehklagen geklungen haben? Wie wird es gerochen haben, bei all den Bränden und der einsetzenden Verwesung? Und welche Gefühle wird die Stille ausgelöst haben, die nach dem Morden eintrat?

Der zweite Bewahrer von Reich und Kirche, ein harter Herrscher und begeisterter Kirchenbauer: Kaiser Justinian (ca. 482 bis 565). Von links nähert er sich Maria und dem Christuskind mit einem Modell der Hagia Sophia. Auf der rechten Seite sein Vorgänger im Geiste, Konstantin der Große.

Die Katastrophe wurde zur Voraussetzung einer grandiosen Neuschöpfung. Der Brand der Kathedrale war Anlass für den Bau einer weitaus schöneren Kirche. Das erinnert an den Sagenvogel Phönix, der in regelmäßigen Abständen verbrennt, um dann wie neu geboren aus seiner Asche emporzusteigen. Doch damit die Hagia Sophia dieses mythologische Muster nachvollziehen konnte, bedurfte es erheblicher Anstrengungen Justinians, der sich darin als – ja, doch – ein großer Kaiser erwies.

Justinian (482 bis 565) wurde nicht nur «der Große» genannt. Ein anderes Attribut war «der schlaflose Kaiser». In seiner unvorstellbar langen, fast vierzig Jahre dauernden Regierungszeit (527 bis 565) gönnte er sich kaum Ruhe, stand er doch vor immensen Aufgaben. Der westliche Teil des Römischen Reiches war zum Ende des 5. Jahrhunderts in den Strudeln der Völkerwanderung untergegangen. Ostrom hatte überlebt, weil es wirtschaftlich stabiler, dichter besiedelt, besser organisiert und militärisch erfolgreicher geführt wurde. Diese Stärken gaben Justinian die Chance, eine Generation nach der «Schlacht um Rom» westliche Reichsteile zurückzuerobern. Dem Ziel einer «Restauratio Imperii», einer Wiederherstellung des Reiches, kam er sehr nahe, als er den Vandalen Nordafrika und den Ostgoten Italien entriss. Da er sich aber zugleich im Osten der Perser und auf dem Balkan der Awaren, Slawen und Hunnen erwehren musste, überdehnte er auf die Dauer die wirtschaftlichen und militärischen Möglichkeiten seines Reiches. Als weitere Belastungen kamen wiederholt Seuchen und Hungersnöte hinzu. Dennoch gelang es Justinian, sein Reich zu erweitern und zu festigen. Das Klischee vom Niedergang des Römischen Reichs, von spätantiker Dekadenz und innerer Auszehrung trifft auf das Ostrom Justinians nicht zu. Sein Reich war stark und stabil, und zwar nicht allein wegen seiner militärischen Kraft. Zu seinen bedeutendsten Leistungen gehört das «Corpus Iuris Civilis», die Sammlung und Systematisierung des römischen Rechts. Natürlich erscheint Justinian, von heute aus betrachtet, als ein Gewaltherrscher und sein Reich nicht eben als Rechtsstaat. Aber dieser Codex gab dem gesellschaftlichen Leben und der kaiserlichen Herrschaft einen rechtlichen Rahmen und richtete das Reich auf eine Rechtsidee aus. Verglichen damit wirken die Feinde Ostroms, die Perser, Germanen oder Hunnen, nur wie riesige Räuberbanden.

Parallel zu dieser rechtlichen Ordnung versuchte Justinian seinem Reich eine religiöse Legitimität zu geben. Er verstand sich als christlicher Herrscher, der einem göttlichen Auftrag gehorchte, eine universale Idee vertrat und eine moralische Verpflichtung hatte. Sein Reich war nicht nur von dieser Welt. Es sollte ein Friedensreich sein, in dem sich – wenn auch verzerrt – der Friede Gottes widerspiegelte. Dies war keine nur übergestülpte Ideologie. Justinian war ein sehr glaubenstreuer Mann. Beides, sein religionspolitisches Programm wie seine persönliche Frömmigkeit, führte dazu, dass für ihn – mehr noch als für Konstantin – der Kirchenbau der Inbegriff kaiserlichen Bauens war, Herrschaftszeichen und Glaubensmonument in einem. Zudem muss Justinian, obwohl selbst ein sehr hässlicher Mensch, einen ausgeprägten ästhetischen Sinn besessen haben. Das zeigte nicht nur die Wahl seine Ehefrau, der legendär schönen Theodora, einer ehemaligen Tänzerin und Zirkusartistin. Das zeigen vor allem seine Kirchenbauten, ganz besonders die Hagia Sophia von Konstantinopel. Sie war schlicht ein Weltwunder. Wer sich in ihre Geschichte versenkt, erahnt etwas von der herrlichen Weisheit Gottes, dem ersten Prinzip der Schöpfung und dem eigentlichen Geheimnis der Welt.

Aber wie hat dieser Neubau damals auf das Volk von Konstantinopel gewirkt? Wohl kaum als ein Zeichen des Friedens und der Versöhnung, eher als Triumphmal einer weltlich-geistlichen Herrschaft, deren Härte es eben erst zu spüren bekommen hatte. Die Schönheit dieser Kirche wird die Erinnerung an den Brand der alten Kathedrale und an die vielen Toten nicht überstrahlt haben. Der Respekt vor der Leistung ihres Bauherrn dürfte die Angst vor dem harten Herrscher wenig gemildert haben. Wahrscheinlich aber wird sie auch die Hinterbliebenen überwältigt haben. Und in dieser Überwältigung dürfte Verschiedenes zusammengeklungen haben: die Furcht vor einer unüberwindlichen Macht, zitternde Ehrfurcht, aber vielleicht auch das Ergriffensein von unfassbarer Schönheit.

Das Schicksal eines jeden Gebäudes entscheidet sich an seinem Fundament, besonders wenn es – wie die Hagia Sophia – in einem Erdbebengebiet steht. Alles, was vor Augen steht, hängt letztlich von dem ab, was man nicht sehen kann: dem Untergrund. Deshalb hatte schon Jesus seinen Jüngern empfohlen, ihr Lebenshaus nicht auf Sand, sondern auf Fels zu bauen. Der härteste Fels aber ist das Wort Gottes, seine heilige Weisheit. Wer sich darauf gründet, den wird kein Sturm fortwehen. Was für das Leben der Christen gilt, trifft auch auf ihre großen Sakralbauten zu. Auch sie brauchen ein festes Fundament. Die Hagia Sophia steht nun im Wortsinne auf Felsen. Das ersparte aufwendige Planierungsarbeiten. Doch neben dem geologischen Untergrund braucht eine solche Kirche noch andere Fundamente, vor allem eine geistliche Grundlage, die sich zusammensetzt aus einer klaren Glaubenslehre, einer festen Gottesdienstordnung und einem starken kirchlichen Amt. Dies wurde ergänzt durch einen weltlichen Unterbau, der wiederum aus verschiedenen Schichten besteht, nämlich der Einbindung in eine politische Ordnung, den materiellen Zuwendungen der Obrigkeit, aber auch dem Zugriff auf eine leistungsfähige Technik und viele gut ausgebildete Arbeiter. Doch im Fall der Hagia Sophia – und das sollte nicht vergessen werden – war dieser weltliche Unterbau kontaminiert: ein Stück verbrannte Erde, durchtränkt von Blut und Tränen. Dennoch stand diese Kirche fest, hielt schwersten Stürmen stand, überlebte viele Katastrophen und strahlt weit aus, bis heute.

Die Idee der Hagia Sophia und ihre Verwirklichung

Die Baugeschichte der Hagia Sophia nachzuerzählen, ist kein leichtes Unterfangen. Denn der erste Bau ist längst verloren. Die heutige Hagia Sophia ist das Ergebnis verschiedenster Rekonstruktionen und Restaurationen. Zum Glück hat der Hofhistoriker Prokopios von Caesarea einen ausführlichen und plastischen Bericht verfasst, der die Grundzüge des ursprünglichen Baus sichtbar macht.

Die Hagia Sophia war etwas epochal Neues. Mit ihr begann plötzlich eine andere Zeit. Im Westen dominierte immer noch die Basilika, der Längsbau, der bis ins Mittelalter und weit darüber hinaus das Grundmodell des Sakralbaus darstellen sollte. Selbst so innovative Stile wie die Romanik und die Gotik blieben der Basilika verpflichtet. Dem stellte die Hagia Sophia eine Alternative entgegen. Das Neue war dabei nicht die Erfindung eines gänzlich unbekannten Gebäudetyps. Auch die Hagia Sophia folgt insofern der Grundidee der Basilika, als sie ein nach vorn zum Altar ausgerichteter, hallenartiger Längsbau ist. Indem sie aber ein einzelnes Bauelement hervorhebt und fast ins Unermessliche steigert, entsteht etwas Neues. Die innovative Idee der Hagia Sophia ist die gewaltige Kuppel, die den gesamten Kirchenraum beherrscht, die Aufmerksamkeit vom Altar abzieht, das Gewicht des Baus in die Mitte verlagert und die Blicke nach oben lenkt. Diese Kuppel verändert die gesamte architektonische Struktur und eröffnet den Weg zu einem neuen Gebäudetyp, dem Zentralbau. Dieser sollte für die Kirchen des Ostens prägend werden. Ohne es zu wollen, bereitete die Hagia Sophia architektonisch die Trennung der westlichen und der östlichen Christenheit vor, die fünfhundert Jahre später im Kirchen-Schisma von 1054 auch theologisch und kirchenrechtlich vollzogen werden sollte.

Die neue Bauidee der Hagia Sophia hatte keine nennenswerten Vorläufer. Sie greift auf keine etablierten Vorbilder zurück. Zwar kannte man in der Spätantike größere Kuppeln etwa vom römischen Pantheon her sowie die verschiedensten Zentralbauten von Grabmälern, Bädern, Gartenhäusern und vor allem von Martyrien. Aber die Hagia Sophia war kein Martyrion, sie beherbergte kein Heiligengrab und markierte keinen Ort der Heilsgeschichte. Konstantinopel war ja im Unterschied zu Jerusalem oder Rom keine heilige Stadt. Die Hagia Sophia ist also nicht aus einer längeren Entwicklungsgeschichte organisch erwachsen, sondern verdankt sich dem individuellen Einfall und der spontanen Entscheidung sehr weniger Menschen, nämlich des Kaisers und seiner beiden Baumeister. Sie ist etwas ganz Neues. Das ist deshalb bemerkenswert, weil sie zum architektonischen Leitbild der orthodoxen Kirchen wurde, welche sich selbst als besonders traditionstreu verstehen und Neuerungen grundsätzlich mit Skepsis begegnen.

Überhaupt ging bei der Hagia Sophia alles sehr schnell. Schon vierzig Tage nach der Brandstiftung wurde mit dem Neubau begonnen. Justinian hatte dafür zwei Baumeister engagiert, Anthemios von Tralles und Isidoros von Milet. Beide waren Architekten neuen Typs, nämlich akademische Statiker, Physiker und Mathematiker, also eher Gelehrte als handfeste Baumeister. Auch wenn die damaligen Berufsbezeichnungen nur bedingt aussagekräftig sind, scheinen Anthemios und Isidoros vor allem konzeptionelle Gedanken mitgebracht und das Handwerkliche erst beim Bauen gelernt zu haben. Der Historiker Prokopios beschreibt es so:

> Der Kaiser nun scheute keine Ausgaben, er machte sich mit allem Eifer ans Werk und berief sämtliche Fachleute aus der ganzen Welt. Anthemios von Tralles, mit Abstand der glänzendste Ingenieur nicht nur der Gegenwart, sondern auch der Vergangenheit, unterstützte den kaiserlichen Eifer, indem er den Bauleuten ihre Aufgaben zuwies und die Pläne für die neuen Schöpfungen entwarf; mit ihm arbeitete zusammen ein weiterer Ingenieur namens Isidoros von Milet, auch sonst ein kluger Kopf und wert, einem Kaiser Justinian zu dienen. Es war aber auch dies ein Zeichen der Gnade Gottes für unseren Kaiser, dass er ihm die zu seinen Unternehmungen geeignetsten Männer an die Hand gab. Und auch die Klugheit des Kaisers selbst dürfte natürlich Bewunderung finden, deshalb weil er aus der ganzen Menschenschar die passendsten Helfer für die wichtigsten Werke auszuwählen verstand.

Es ist nicht überliefert, wie die eingesessenen Baumeister auf diese Berufungen reagierten. Aber sie dürften die Stirn gerunzelt haben, als sie sahen, gegen wie viele Erfahrungsregeln die beiden Quereinsteiger verstießen, um ein architektonisch ganz neuartiges Gebäude zu errichten, das die bedeutendste Kirche der Orthodoxie werden sollte. Denn nach ihrem Kenntnisstand musste die Kuppel einstürzen, gingen Anthemios und Isidoros doch an die Grenzen des damals für möglich Gehaltenen und darüber hinaus. Justinian ging ein hohes Risiko ein.

Damit dieses Bauvorhaben in kürzester Zeit vollendet werden konnte, ließ Justinian aus dem ganzen Reich kostbare Materialien herbeischaffen: Säulen, Marmor und unterschiedlichste Spolien, also Bauteile und Skulpturreste aus früheren Tempeln. Das meiste kam aus dem östlichen Mittelmeerraum, manches aber sogar von fernen Atlantikküsten. Ein Heer von Arbeitern wurde angeheuert. Sie mussten eingeteilt und mit genauen Aufträgen versehen werden. Es erwies sich als sinnvoll, zwei Teams von je fünftausend Arbeitern zu bilden, die von jeweils fünfzig Meistern angeleitet wurden und die die beiden Seiten wie in einem Wettstreit hochzogen. Der Bau der Hagia Sophia war nicht nur eine architektonische, sondern auch eine organisatorische Meisterleistung. In der unglaublich kurzen Zeit von sechs Jahren, zwischen 532 bis 537, wurde das Werk geschaffen.

Normalerweise brauchte man in vormodernen Epochen für Gebäude dieser

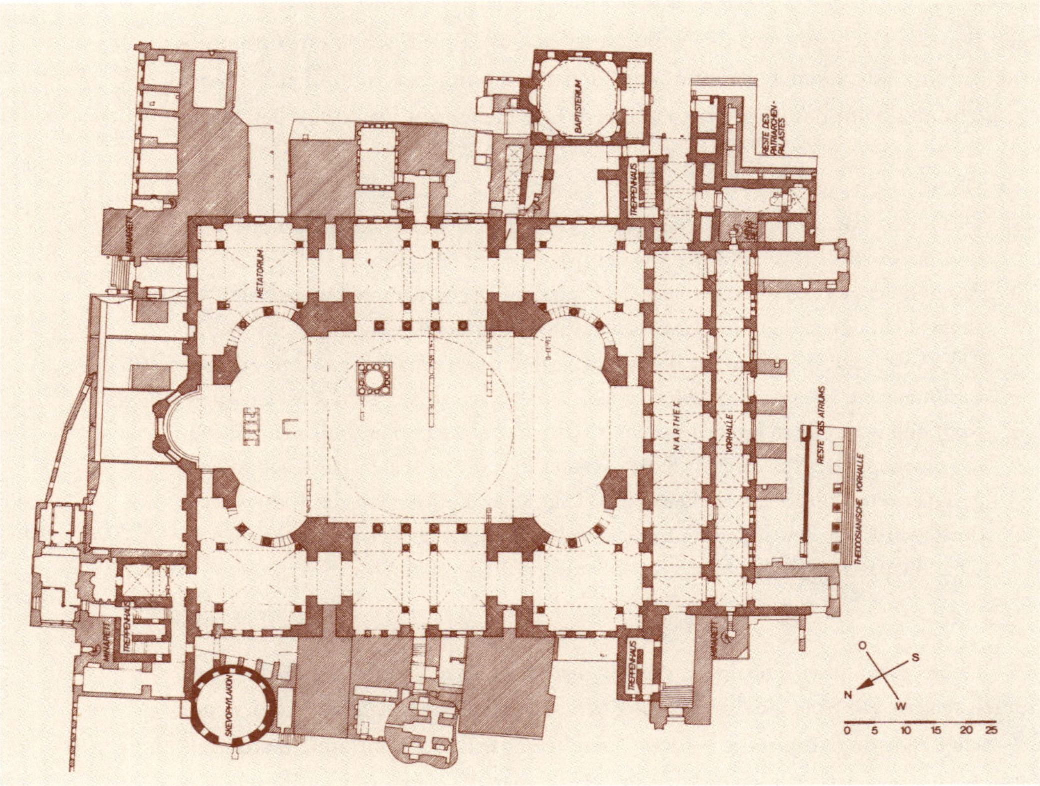

Art eine Bauzeit von mehr als einer Generation. Zum Vergleich: Die Kathedrale von Chartres wurde in zweiunddreißig Jahren gebaut, die Kathedrale von Salisbury benötigte sogar vierzig Jahre. Grund für diese Langsamkeit waren zum einen die eingeschränkten technischen Möglichkeiten, das Fehlen moderner Baumaschinen und Baumaterialien. Noch entscheidender aber war die Knappheit der finanziellen Mittel. Die Bauarbeiten mussten immer wieder für lange Zeit unterbrochen werden, weil das nötige Geld fehlte. Dass die Hagia Sophia so schnell hochgezogen werden konnte, lag vor allem daran, dass der Kaiser sein ganzes Reich für diesen Kirchenbau heranzog. Ein Historiker hat einmal versucht, die tatsächlichen Kosten zu überschlagen. Er kam auf eine Summe von umgerechnet 150 Millionen Dollar, die Justinian auf einen Schlag bereitstellte. Heute wäre dies etwa dreimal so viel, also 450 Millionen Dollar.

Die Grundidee der Hagia Sophia war vergleichsweise einfach. Sie bildet im Grundriss ein Rechteck von 70 mal 75 Metern, also etwa von der Größe eines heutigen Fußballfeldes. Über ihrer Mitte erhebt sich, getragen von vier riesigen Pfeilern, in etwa 56 Meter Höhe eine Kuppel von 31 Meter Durchmesser. Im Westen und Osten kommen weitere, deutlich kleinere Halbkuppeln hinzu. Wie bei der Basilika schließen an den Mittelraum Seitenschiffe mit Emporen an. Zwei Vorhallen im Westen öffnen den Weg in die Kirche. Doch diese nüchterne Aufzählung gibt nicht den Eindruck wieder, den vor allem die Kuppel hervorgerufen hat. Ihn schildert Prokopios:

> So bietet die Kirche den herrlichsten Anblick, überwältigend für den Betrachter, für diejenigen, die nur davon hören, ein Gegenstand ungläubigen Staunens; steigt doch das Gotteshaus fast zu himmlischer Höhe empor, und indem es sich wie von den übrigen Bauwerken fortschwebend löst, grüßt es von oben die übrige Stadt. Die Hagia Sophia ist deren Schmuck, da sie ihr zugehört, wird aber selbst auch von ihr verschönt, weil sie als Teil der Stadt und stolzer Höhepunkt so weit emporragt, dass man diese von hier wie von einer Warte aus überschauen kann. … Ihre Breite und Länge sind wohl aufeinander abgestimmt; man wird daher deren riesige Ausmaße nicht als störend bezeichnen können. In unaussprechlicher Schönheit bietet sie sich dar. Denn Glanz und Harmonie der Maße schmücken sie, kein Zuviel und kein Zuwenig ist an ihr festzustellen, da sie prunkvoller als das Gewohnte und zuchtvoller als das Maßlose ist; an Licht und Sonnengefunkel aber hat sie Überfluss. Man könnte nämlich meinen, der Innenraum werde nicht von außen her durch die Sonne erleuchtet, sondern empfange seine Helligkeit von sich aus, eine solche Lichtfülle ist über das Heiligtum ausgegossen.

Die Hagia Sophia ist schön. Aber diese Schönheit schenkt dem Betrachter keinen bloßen Schaugenuss, sondern raubt ihm den Atem. Diese Kirche ist bezaubernd und überwältigend. Sie löst Staunen aus, aber auch Schwindel. Sie weckt Ehrfurcht, das heißt sie erhebt in himmlische Sphären und flößt zugleich Furcht vor dem Heiligen ein. Diese doppelte Wirkung ist vor allem der Kuppel geschuldet – ihrer schieren Größe, aber auch ihrer besonderen Konstruktion. Denn sie scheint ohne Stützen auszukommen. Das ist natürlich nicht der Fall, nur sind die Stützen auf die Außenseite verlegt. Die Kuppel ruht nach Osten und Westen auf Halbkuppeln auf, die sich zu Apsen öffnen. Die übergroße Last der Kuppel wird von massiven äußeren Strebepfeilern getragen. Doch diese sind vom Innenraum aus nicht zu sehen. Zu sehen ist allein

Das Revolutionäre ist manchmal das Einfache, die radikale Konzentration auf eine einzige Idee. Dies ist bei der Hagia Sophia die große, zentrale Kuppel. Sie erhebt sich über einem rechteckigen Grundfeld, an das sich die weiteren Gebäudeteile anlagern.

die immense Kuppel und der Kranz aus Fenstern, der ihren Fuß bildet und durch den das Sonnenlicht hereinströmt. Diese Fenster erwecken den Eindruck, als leuchte die Kirche aus sich selbst, als bilde sie die Sonne der göttlichen Weisheit ab, als schwebe sie auf einer Wolke von Licht. Prokopios schildert es so:

Die riesige halbkugelige Kuppel ist wunderbar anzuschauen. Sie scheint gar nicht auf einem festen Unterbau aufzusitzen, sondern als goldene Kugel vom Himmel herabhängend den Raum zu überdecken. All das ist doch in der Luft scheinbar wider alle Vernunft zur Einheit zusammengefügt, hält sich gegenseitig in der Schwebe, indem es allein sich auf das nächste stützt, bewirkt eine einzige und außerordentliche Harmonie des Werks, lässt aber den Blick des Beschauers nicht lange bei Einzelheiten verweilen, sondern zieht das Auge immer wieder anderswohin, um es schließlich auf dasselbe zurückzuführen.

Gaspare Fossati war nicht nur – gemeinsam mit seinem Bruder Giuseppe – der wichtigste moderne Restaurator der Hagia Sophia. Mit seinen Lithographien hat er auch das kanonische Bild dieser Kirche geschaffen. Hier ein Blick in das Innere nach Osten aus dem Jahr 1852.

Wie Anthemios und Isidoros dies erreicht haben, wie sie auf diese Idee gekommen sind, wie sie die technischen Voraussetzungen dafür geschaffen, wie sie geplant und geprobt, gerechnet und gebaut haben, wie sie die unglaublichen Massen dieser Kuppel scheinbar widernatürlich in den Himmel gehoben haben, ist nicht mehr zu erfahren. Prokopios schreibt nur:

Mit vielen Kunstgriffen haben Kaiser Justinian und der Techniker Anthemios samt dem erwähnten Isidoros so erreicht, dass der Kirchenbau zugleich schwebt und auf gesicherter Grundlage ruht.

Im Vergleich zur Herrlichkeit der architektonischen Grundidee war die künstlerische Innenausgestaltung der Hagia Sophia zunächst bescheiden. Wahrscheinlich gab es keine gegenständlichen Wandmosaike, sondern nur Kreuze und Ornamente. Diese aber waren aus wertvollsten Materialien. Prokopios schreibt:

Reines Gold überzieht die ganze Decke, auf der sich Prunk und Schönheit vermählen, es überstrahlt aber der aus den Steinen kommende Glanz den des Goldes. … Was außerdem Kaiser Justinian in dieser Kirche alles an goldenen, silbernen und aus wertvollen Edelsteinen gefertigten Kostbarkeiten weihte, lässt sich nicht genau aufzählen; nur an einer einzigen Tatsache sollen es meine Leser ermessen. … Für das Allerheiligste in der Kirche, das allein die Priester betreten dürfen, den sogenannten Opferaltar, sind 40 000 Pfund Silber verwendet.

Das ursprüngliche Fehlen von Bildern dürfte den herrlichen Gesamteindruck verstärkt haben. Hier wirkt allein der Raum. Seine von Licht durchflutete

Leere, die Höhe und Weite der Kuppel schaffen einen Eindruck von Unendlichkeit – so als schwebe der Himmel auf die Besucher herab. Auf den ersten Blick können sie den Raum nicht ganz erfassen. Denn er präsentiert sich ihnen nur in Teilperspektiven und Ausschnitten. Man muss bedenken, dass die gewöhnlichen Christen damals nur die Seitenschiffe und Emporen betreten durften. Sie konnten sich in der Hagia Sophia nicht – wie moderne Museumsbesucher – frei bewegen. Dies aber wird bei ihnen das Gefühl der Unermesslichkeit nur verstärkt haben. Mit diesem Gebäude ist man so bald nicht fertig. Oder, wie Prokopios es ausdrückt:

> Wenn einer das Heiligtum zum Beten betritt, so wird ihm alsbald bewusst, dass nicht menschliche Kraft oder Kunst, sondern Gottes Hilfe dieses Werk gestaltet hat; sein Sinn aber erhebt sich zu Gott und wandelt in der Höhe und glaubt daran, dass der Herr nicht ferne ist, sondern am liebsten in den Räumen weilt, die er sich selbst ausgewählt hat. Und dies ist der Eindruck nicht nur beim ersten Anblick, sondern er widerfährt gleichermaßen jedem Menschen zu jeder Zeit, gleich als beginne das Schauen immer wieder von neuem… Noch niemand hat sich je an diesem Wunderwerke satt gesehen, im Gegenteil, während ihrer Anwesenheit im Heiligtum freuen sich die Menschen am Geschauten, beim Weggehen aber rühmen sie es in ihren Gesprächen.

Die äußere Wirkung der Hagia Sophia fällt dagegen ab. Zwar liegt die Kirche an einer exponierten Stelle. Auf einem Hügel erhebt sie sich weithin sichtbar über dem Marmarameer und markiert die Grenze zwischen Europa und Asien. Doch von außen betrachtet erscheint sie eher wie ein ungestalteter Berg, eine Wucherung aus Kuppeln, Stützmauern, Galerien und Anbauten. Keine Fassade, kein Turm – die Minarette sind späte, muslimische Zutaten – verkündet eine religiös-architektonische Botschaft. Die Botschaft dieses Gebäudes ist ganz im Innenraum verborgen.

Am 27. Januar 537 wurde die Hagia Sophia geweiht. Doch sie blieb ein ewiges Bauprojekt. Nach nur zwei Jahrzehnten, im Mai 558, stürzte die Kuppel ein. Der Kalkmörtel, der die Ziegelsteine der Stützmauern hielt, hatte sich verschoben. Vor allem aber war die Kuppel zu flach und darum ihr Seitenschub zu stark. Hinzu kamen Erdbeben. Die herrliche Kuppel brach ein. Als Justinian dies erfuhr, eilte er sofort herbei, ohne auf sein Gefolge zu warten, das sonst jeden seiner Schritte begleitete. Er untersuchte die Katastrophe und erteilte die nötigen

Befehle. Isidoros, ein Neffe des ersten Isidoros, leitete den Wiederaufbau. Er erhöhte den Scheitel der Kuppel um sieben Meter und verstärkte die Stützmauern sowie die Treppenhäuser im Norden und Süden. Wiederum nach nur fünf Jahren wurde die Hagia Sophia am Heiligabend 563 erneut geweiht.

Es folgten weitere geologisch und politisch bedingte Zerstörungen. Im Jahr 989 brachte wieder ein starkes Erdbeben Teile der Kuppel zum Einsturz – ebenso wie 1346. Zu besonders üblen Verwüstungen führte der 4. Kreuzzug. Die westeuropäischen Kreuzritter stürzten sich diesmal nicht auf das Heilige Land, sondern auf die Hauptstadt des christlichen Ostens. 1204 eroberten sie Byzanz, plünderten die Stadt und raubten dabei auch die Hagia Sophia aus. Ein Chronist berichtet:

> Was soll ich als erstes, was als letztes aufzählen von dem, was diese blutbesudelten Männer zu tun sich vermaßen? O welche Schändung, als sie die verehrten Ikonen zu Boden schleuderten, als sie die Reliquien derer, die für Christus gelitten, auf abscheuliche Orte warfen! Wovor einem schaudert, wenn man davon bloß hört, das musste man damals sehen: das göttliche Blut, ausgegossen auf die Erde, den Leib Christi, gestreut in den Staub! Diese Vorläufer und Vorboten des Antichrist, die damals schon die gotteslästerlichen Untaten verbrachen, die jener einst tun soll, raubten die wertvollen Gefäße und Behältnisse des Heiligen, zerbrachen sie und steckten sie in ihre Taschen oder stellten sie als Brotkörbe und Trinkbecher auf ihre eigenen Tische... Der Altartisch, aus lauter edlen, im Feuer aneinander gefügten Stoffen, ein einziger, vielfarbiger Gipfel der Schönheit, wurde von den Plünderern zerstückelt und verteilt.

Nachdem sie die Reichskirche geplündert hatten, führten die Kreuzritter in ihr die römisch-katholische Liturgie ein. Erst 1261 konnten die Einheimischen die Kirche für sich zurückgewinnen. Das Trauma aber, von den eigenen christlichen Brüdern bezwungen und geschändet worden zu sein, war fast noch größer als die Katastrophe der muslimischen Eroberung.

1453 konnte sich das dahingeschmolzene oströmische Restreich nicht mehr halten und musste sich den Osmanen geschlagen geben. Nach einer siebenwöchigen Belagerung nahm Sultan Mehmet II. die Stadt ein. Sein erster Gang führte ihn in die Hagia Sophia. Dort ließ er von der Kanzel aus das muslimische Glaubensbekenntnis verkünden, stieg dann selbst auf den Altar und sprach nach Mekka gewandt sein Gebet zu Allah. Er erlaubte die Plünderung der Kirche. Doch anders als bei anderen großen Kirchen befahl er nicht, sie zu zerstören und durch einen neuen Moscheebau zu ersetzen. Er tauschte lediglich die christlichen

Bilder und Symbole durch Koranverse und Ornamente aus und setzte als Zeichen seines Triumphs vier Minarette außen an den Bau. So wurde die größte christliche Kirche der Antike mit wenigen Veränderungen zur Moschee umfunktioniert.

Lange Zeit geschah wenig an der Hagia Sophia. Sie verfiel und wurde im westlichen Europa vergessen. Bis Mitte des 19. Jahrhunderts der junge Sultan Abdülmecid, ein kunstsinniger, aufgeschlossener Herrscher, beschloss, sie zu restaurieren. Es gab sehr viel zu tun. Unwetter hatten eines der Seitengewölbe einbrechen lassen. Wiederholte Erdbeben hatten die Auswärtsneigung der Seitenwände gefährlich verstärkt. Der Innenbau musste endlich gesichert werden. Auch war es dringend geboten, ihn zu reinigen, zu restaurieren und neu auszustatten. Schließlich sollten überflüssige Anbauten abgerissen werden. Der Auftrag für all diese Arbeiten ging nicht an einheimische Baumeister, sondern an die Schweizer Architekten Caspare und Guiseppe Fossati, die schon erfolgreich in der Türkei gebaut hatten. Nachdem der Sultan konservative Opponenten auf eine Pilgerreise nach Mekka geschickt hatte, begannen die beiden Brüder im Mai 1847. Schon zwei Jahre später konnte der Abschluss der Restauration feierlich begangen werden. Die Leistung der Fossati-Brüder erschöpfte sich nicht in einer architektonisch-denkmalpflegerischen Wiederherstellung eines antiken Bauwerks. Indem sie diesen Sakralbau vor dem Verfall bewahrten, brachten sie dem westlichen Europa seine architektonische und religiöse Bedeutung wieder zu Bewusstsein. Nicht zuletzt die Farblithographien von Caspare Fossati trugen dazu bei, dass das Bild dieses christlich-muslimischen Sakralbaus lebendig blieb.

Doch seine Tage als heiliger Raum waren gezählt. Nachdem Kemal Atatürk die Macht ergriffen, das Kalifat abgeschafft und die moderne, säkulare Türkei gegründet hatte, entwidmete er die Hagia Sophia. Seit 1934 ist sie nur noch ein Museum. Seither werden hier keine Gottesdienste mehr gefeiert, weder christliche noch muslimische. Ein trauriges Schicksal.

Große Einzüge

Ohne die Gottesdienste, die in ihr gefeiert wurden, ist die Hagia Sophia nicht zu verstehen. Sie war weit mehr als bloß eine architektonische Ausnahmeleistung, deren Wirkung sich in einem außergewöhnlichen Raumerlebnis, in der kurzfristigen ästhetischen Überwältigung ihrer Besucher erschöpfte. Sie war ein Gottesdiensthaus, ein liturgischer Ort. Auch wenn man es nicht mehr erleben kann, weil hier schon seit Jahrhunderten keine christlichen Gottesdienste mehr gefeiert werden dürfen, zeigt doch der Blick in die schriftlichen Überlieferungen, dass Architektur und Liturgie in der Hagia Sophia eine einzigartige Symbiose eingegangen sind. Dabei lässt sich nicht mehr klären, was zuerst da war – die architektonische oder die liturgische Idee. Man wird davon ausgehen müssen, dass sich beide gemeinsam, in intensiver Wechselwirkung, gebildet haben – ein Glücksfall, der einen Kirchenbau erst wirklich gelingen lässt.

Prozessionen hatte es in den Gottesdiensten der antiken Christenheit schon seit langem gegeben. So wurde das Abendmahl damit begonnen, dass die Gemeinde Brot und Wein in einem feierlichen Zug zum Altar brachte. Doch mit der Zeit wurde diese ehrenvolle Aufgabe der Gemeinde entzogen und den Priestern vorbehalten. Folglich – etwa seit dem beginnenden 5. Jahrhundert – wurde das Kirchenschiff, durch das diese Prozession verlief, für den Klerus reserviert und die Gemeinde an den Rand gedrängt. Das Kirchenschiff wurde dadurch als liturgischer Ort aufgewertet. Es war nun mehr als nur ein Raum, in dem die Gemeinde untergebracht wurde. Hier wurde der «Kleine Einzug» begangen, mit dem der Bischof zu Beginn des Gottesdienstes zum Altar geleitet wurde. Hier wurde der «Große Einzug» begangen, bei dem die sakramentalen Gaben zum Altar getragen wurden. Das Kirchenschiff blieb zwar die übrige Zeit des Gottesdienstes leer. Doch wenn in ihm etwas geschah, war es für die ganze Gemeinde gut sichtbar. Das war deshalb so wichtig, weil sich etwa gleichzeitig eine andere einschneidende Entwicklung vollzog: Der Altarbereich wurde immer stärker als ein Allerheiligstes verstanden, das man vor den Augen der Gemeinde schützen musste. Beides – die Aufwertung des Kirchenschiffs als Prozessionsort und die Verhüllung des Altarraums – verlagerte das Gewicht des Kirchraums von der Stirnseite im Osten in die Mitte. Diese Entwicklung, die sich im östlichen Mittelmeerraum angebahnt hatte, fand in der Hagia Sophia einen frühen, krönenden Abschluss.

Es fällt auf, dass Anthemios und Isidoros dem Altarraum erstaunlich wenig Aufmerksamkeit geschenkt haben. Natürlich hatten sie ihn eingeplant und ihn – wie es schon Tradition war – an der Ostseite in einer halbrunden Apsis verortet. Dort stand der Altar und waren die Sitze des Patriarchen und seiner Priester in einem Halbkreis angebracht. Ein Chorraum, der dem Rang des Hauptstadtklerus entsprochen hätte, hätte anders ausgesehen. Aber die geringe Ausgestaltung des Altarraums dürfte weniger Ausdruck der Bescheidenheit als Folge davon gewesen sein, dass als eigentlicher Ort der priesterlichen Darstellung nun das Kirchenschiff, genauer gesagt der Platz unter der Kuppel, vorgesehen war. Hier ist der Hauptschauplatz für das «geistige Theater» – wie der größte Prediger der Antike, Johannes Chrysostomos, den Gottesdienst bezeichnet hat.

Diese Verschiebung der räumlichen Gewichtung ist von hoher symbolischer Bedeutung. Der Kirchenraum war nicht mehr nach vorn, nach Osten hin orientiert. Er war nicht mehr «eschatologisch» gedacht, das heißt auf die «letzte Zeit» hin ausgerichtet, in der das Reich Gottes kommen soll. Vielmehr verkündigte er eine «präsentische» Theologie, nach der das Heil schon gekommen und das Reich Gottes «mitten unter uns» ist. So wie die Kuppel der Hagia Sophia den Himmel auf die Erde brachte, stellte die Liturgie die Gegenwart Gottes dar. Unter dieser Kuppel, in der von reinem Licht erfüllten, scheinbar unendlichen Mitte der Kirche, vollzogen sich die beiden Einzüge. Der Kleine Einzug eröffnete den ersten Teil des Gottesdienstes, welcher der Verkündigung diente. Der Bischof wurde hineingeführt, das Evangelienbuch hereingetragen. Der Große Einzug eröffnete die eigentliche Messfeier. Er nahm seinen Anfang und fand sein Ende im Altarraum. Priester trugen den Teller mit Brot und den Kelch mit Wein. Sie verließen die Apsis, durchschritten das Kirchenschiff und kehrten durch die Mitte zum Altar zurück. Diese mit Gesängen und Gebeten feierlich ausgestaltete Prozession bildete den Einzug Jesu Christi nach Jerusalem ab. So wie der Erlöser von Bethanien in die Heilige Stadt gegangen war, bejubelt und gepriesen vom Volk, um sich selbst zum Opfer zu geben, so zogen die Priester mit den noch ungewandelten eucharistischen Gaben durch die Gemeinde zum Altar, an dem dieses Opfer vergegenwärtigt werden sollte. Dieser Einzug war ein beglückendes Ereignis, weniger ein gravitätisches Schreiten als ein freudiges Tanzen. Mit ihm erreichten die Gläubigen die Sphäre der Erlösung. Nun berührten sie den Himmel und traten ein in die Gemeinschaft der Heiligen. Dieses Wunder besingt der «Cherubinische Hymnus», ein Lobgesang der Engel, der seit dem Ende des 6. Jahrhunderts den Kern der Gesänge beim Großen Einzug bildete:

> Die wir die Cherubim zeichenhaft darstellen
> Und der Leben spendenden Dreifaltigkeit
> Den dreifachen Lobpreis singen,
> Lasst uns nun alle Sorge um das Leben abtun,
> Da wir doch den König des Alls jetzt empfangen,
> Den nicht sichtbar die Speere tragenden Engelheere geleiten,
> Halleluja.

Die Tradition der Einzüge, die in der Hagia Sophia eine erste Vollendung erreicht hatte, prägt bis heute die Gottesdienste der orthodoxen Kirchen. Wer ihre Schönheit erfahren will, ist gut beraten, selbst einen orthodoxen Gottesdienst zu besuchen. Dann kann man mit eigenen Ohren die herrlichen Gesänge hören und mit eigenen Augen die Priester in prächtigen Gewändern umherziehen sehen. Durch die Zuwanderung vieler Südost- und Osteuropäer nach Deutschland gibt es inzwischen in fast jeder deutschen Großstadt orthodoxe – vor allem griechische und russische – Gemeinden, die diese Möglichkeit bieten.

Doch der Gottesdienst war in der Hagia Sophia nie eine rein religiöse Angelegenheit. Was in der Hauptkirche des Kaisers geschah, hatte immer auch eine politische Bedeutung. Für die Hagia Sophia trifft zu, was für alle großen Sakralbauten galt: eines ihrer Bauprinzipien war die Staatskirche. Die Hagia Sophia war einerseits ein Himmel auf Erden, also nicht von dieser Welt. Andererseits gehörte sie als Zentralkirche des Römischen Reichs dem Herrn dieser Welt. Der Gottesdienst wurde meist vom Patriarchen geleitet. Aber der Kaiser als Stellvertreter Gottes auf Erden war fast immer anwesend. Kaiser und Patriarch galten als die «beiden Hälften Gottes». Die politische Bedeutung der Hagia Sophia wurde nun ebenfalls bei den Einzügen besonders sinnfällig.

Wie ein kaiserlicher Einzug aussah, hat ein großes Zeremonienbuch aus dem 10. Jahrhundert überliefert. Geschrieben hat es Konstantin VII. Porphyrogennetus. Er war ein vollkommen machtloser Kaiser und hatte deshalb Zeit und Muße, das religiös-politische Zeremonienwesen des Byzantinischen Reiches akribisch zu dokumentieren. Am Morgen eines großen Kirchenfestes wurde der Kaiser in seinem Palast feierlich eingekleidet. Dies schon war ein eigenes Ritual. Anschließend bildete sich ein feierlicher Zug mit vielen hohen Beamten und Militärs. Auf einem fest vorgezeichneten Weg bewegte er sich langsam auf die Kirche zu. Immer wieder wurde er angehalten, damit das Volk den Kaiser ehren konnte. Bei der Kirche angekommen, wurde dem Kaiser die Krone abgenommen. Dann wurde er in die Vorhalle geführt. Dort erwartete ihn der Patriarch mit seinem Gefolge. Der Kaiser verneigte sich vor dem Evangelienbuch, das ihm der Archidiakon vorhielt, und begrüßte den Patriarchen mit dem Friedenskuss. Nach einem Gebet zog er mit Kerzen in der Hand durch die mittlere, die wichtigste der drei Eingangstüren in den Kirchenraum. Der Patriarch ging mit seinen Priestern in den abgegrenzten Altarbereich. Der Kaiser folgte ihm. Er war der einzige Laie, dem es erlaubt war, das Allerheiligste zu betreten. Dort angekommen erwiesen alle dem Altar die Ehre – mit Weihrauch und wiederholtem dreifachen Verneigen.

Anschließend verließ der Kaiser den Altarraum und begab sich mit seinem Gefolge zu seinem Platz, von dem aus er den weiteren Gottesdienst verfolgte. Wenn alles endlich zur Kommunion bereit war, benachrichtigte der Zeremonienmeister den Oberkammerherrn und dieser den Kaiser. Dieser ging nun nach vorn und empfing als erster vom Patriarchen Brot und Wein. Anschließend kehrte er wieder an seinen Platz zurück. Sehr präzise mussten all diese komplizierten Schrittfolgen absolviert werden. Dies war eine Kunst für sich. Schließlich wurde bei diesen Ein- und Umzügen die religiös-politische Ordnung des Reiches, das heißt der ganzen zivilisierten, christlichen Welt, gefeiert und im Lot gehalten. Andächtig und ehrfürchtig schaute die Gemeinde zu, wie Kaiser und Patriarch ihre Synergie liturgisch begingen.

Ein anderer zeitgenössischer Zeuge, der Araber Harun-Ibn-Yahya, hat geschildert, wie der Kaiser zur Hagia Sophia zog, um dort einen Dankgottesdienst für den Sieg gegen die Muslime zu feiern:

> Der Kaiser ordnet an, dass auf der Straße von dem Tor des Palastes zur Kirche für das ganze Volk Matten ausgebreitet werden und dass auf sie duftende Kräuter und grüne Zweige gestreut werden und dass zur Linken wie zur Rechten seines Weges die Mauern der Gebäude mit Brokat verkleidet werden. Dann ziehen ihm voraus zehntausend ältere Männer in Gewändern aus rotem Brokat. Hinter ihnen kommen in weißem Brokat zehntausend junge Männer. Dann kommen zehntausend Knaben in Gewändern aus grünem Brokat und darauf zehntausend Diener, die Kleider tragen von Brokat, der die Farbe des blauen Himmels hat. Ihnen folgen fünftausend Eunuchen, die persische Gewänder aus Halbseide tragen. Nach ihnen wieder kommen zehntausend türkische und persische Pagen mit gestreiften Brustplatten. Dann kommt die Gruppe der hundert sehr vornehmen Patrizier in Gewändern aus verschiedenfarbigem Brokat. Dann kommen die zwölf obersten Patrizier in golddurchwirkten Gewändern. Ihnen folgt eine Gruppe von hundert Pagen in purpurverbrämten, mit Perlen besetzten Gewändern. Schließlich unmittelbar vor dem Kaiser schreitet ein Mann, den man Silentiarius nennt, der dafür sorgt, dass das Volk ruhig ist, und der sagt: ‹Seid stille!› Dann kommt ein alter Mann, der in seinen Händen ein goldenes Waschbecken trägt und einen Krug, besetzt mit Perlen und Rubinen. Nun endlich kommt der Kaiser in seinem Festkleid, das sind seidene Gewänder, die mit Juwelen bestickt sind. Auf seinem Haupte trägt er eine Krone. Hinter ihm geht ein Minister. Immer, wenn der Kaiser zwei Schritte getan hat, sagt der Minister: ‹Denk an den Tod!› Vor der Kirche wäscht er wie Pilatus seine Hände in der Schüssel, die ihm der alte Mann hinhält.

Dieses luxuriöse Zeremonienwesen wurde bis zum bitteren Ende des Byzantinischen Reichs gepflegt. Ein russischer Pilger des 14. Jahrhunderts hat überliefert, wie die Krönung eines der letzten Kaiser begangen wurde. Hauptelement der Feier war ein unendlich langsamer Einzug. Fast drei Stunden soll es gedauert haben, bis der Kaiser von der großen Mitteltür der Hagia Sophia bis zu seinem Thron in der Kirche gelangte. Aber so aufwendig der Einzug, die Prozession mit den sakramentalen Gaben, die Segnung und Krönung des Kaisers im Allerheiligsten auch waren, so gab es doch auch Gegenmomente, die der weltlichen Macht eine Grenze aufzeigten. So beschwor der Patriarch den neuen Kaiser «die Rechtgläubigkeit und die kaiserlichen Rechte unwandelbar zu bewahren, nichts an den alten Gesetzen zu ändern, nichts zu nehmen, was ihm nicht gebühre, sondern Gott vor allem zu fürchten und des Todes zu gedenken.» Und nach dieser Mahnrede wurde der Kaiser sogleich von Steinmetzen und Grabbaumeistern umringt, die ihm Muster von Marmor und anderen Steinen vorlegten und ihn frech fragten: «Bei wem wird Ihre Majestät ihren Sarg bestellen?» Damit sollten sie ihn daran erinnern, dass auch der mächtigste aller Menschen, der politische Stellvertreter Gottes, ein sterbliches Wesen war, vergänglich, nur auf der Durchreise durch ein endliches, eitles armseliges Leben. Anschließend verließ der Kaiser die Kirche «in großer Demut, Milde und Gottesfurcht», während man Goldmünzen auf ihn herabregnen ließ, nach denen das Volk mit allen Händen griff.

Auch wenn einige orthodoxe Kirchen noch heute – besonders in Russland – eine für Westeuropäer befremdliche Nähe zur jeweiligen Staatsgewalt zu pflegen scheinen, gibt es eine solche liturgisch ausgeformte Verherrlichung der Obrigkeit nirgends mehr. Diese gottesdienstliche «Symphonie» von weltlicher und göttlicher Macht ist mit dem Byzantinischen Reich untergegangen. Es hat eine gewisse Logik, dass die Hagia Sophia nach dem Ende des christlichen Ostroms ihre ursprüngliche Bestimmung verloren und die Religionszugehörigkeit gewechselt hat. Und es ist nachvollziehbar, dass sie nach dem Eintritt der Türkei in die Moderne auch nicht mehr als Moschee genutzt werden konnte. Justinians Christentum, das in dieser Kirche seinen deutlichsten Ausdruck fand, ist Teil einer fernen, unwiederbringlichen Vergangenheit. Insofern ist es gut, dass die Hagia Sophia heute nur noch ein Museum ist.

Dennoch wurde in dieser Kirche ein gottesdienstliches Leben von einzigartiger ästhetischer Strahlkraft und von unvergleichlichem Frömmigkeitszauber ausgebildet, das bis heute die orthodoxen Nachfolgekirchen prägt und das immer noch westeuropäische Betrachter verzücken kann. Das geistliche Regiment Justinians ist erloschen, aber der Hymnus, den er für seine Kirche verfasst hat, klingt weiter:

O eingeborener Sohn, o Gottes ewiges Wort,
Unsterblich und von Urbeginn,
Der uns zu retten sich herabließ,
Fleisch zu werden aus Maria, der Gottesmutter,
Der ewig Jungfräulichen,
Unwandelbar zum Mensch geworden,
Gleichwohl gekreuzigt, Christus unser Gott,
Durch seinen Tod den Tod zertretend,
Zusammen mit dem Vater und dem heiligen Geist verehrt,
Errette uns!

Der Streit um die Bilder

Es ist eine Kunst, Gottesdienst zu feiern. Damit Menschen das Heilige erfahren können, genügt es nicht, sie über den Glauben an Gott zu belehren. Man muss diesen Glauben auch in Szene setzen. Dies war den Christen spätestens seit dem Bau der Basiliken bewusst. Doch erst die Architektur und die Liturgie der Hagia Sophia offenbarten den unerschöpflichen Kosmos ästhetischer Möglichkeiten, der in einem christlichen Gottesdienst Wirklichkeit werden kann.

In einem wesentlichen Punkt bot die Hagia Sophia nur vage Ansätze. Doch diese sollten in den Kirchenbauten, die ihrem Vorbild nacheiferten, breit und prächtig entfaltet werden. Der auffälligste Einrichtungsgegenstand in orthodoxen Kirchen ist die Ikonostase, die Bilderwand. Sie hat eine doppelte Aufgabe. Sie trennt den Altarraum vom Kirchenschiff, und sie schenkt eine Anschauung von der Erlösung. Eine solche Ikonostase gab es in der Hagia Sophia noch nicht. Die Apsis war lediglich durch schön ausgeschmückte Altarschranken abgegrenzt. Hinzu kam ein Vorhang. Dieser hing vom Architrav herab, dem mächtigen Querbalken, der die Säulen am linken und rechten Rand der Apsis verband. An diesem Vorhang waren Bilder angebracht. Damit folgte die Hagia Sophia einer Entwicklung, die sich seit dem Ende des 4. Jahrhunderts angebahnt hatte. Die eigentliche Ikonostase jedoch entstand erst im mittelalterlichen Russland. Hier wurde aus Chorschranke und Stoffvorhang eine regelrechte Prunkfassade. Auf einer gemauerten Wand oder einem Holzgerüst wurden nach einem ausgefeilten Muster die goldglänzenden Ikonen angebracht, die der Gemeinde die Urbilder des Heils vor Augen führten und zugleich ihrem Blick das Geschehen am Altar entzogen.

Wie schon ihre Vorläuferin, die Chorschranke, hat die Ikonostase für den orthodoxen Gottesdienst eine unverzichtbare Funktion: Sie sondert die Kleriker von den Laien ab. Zwar ist die altkirchliche Einteilung in getaufte Christen und Katechumenen aufgehoben. Inzwischen sind alle getauft und dürfen also nicht nur am Verkündigungsgottesdienst, sondern auch an der Messfeier teilnehmen. Doch die hinfällig gewordene Unterscheidung von Getauften und Nicht-Getauften wird nun ersetzt durch die Unterscheidung von Laienchristen und Priestern. Deren Weihe wird nun gegenüber der gewöhnlichen Taufe als exklusives Würdezeichen verstanden. Die Laien sinken fast auf den Stand der früheren Katechumenen herab. Sie dürfen zwar im Kirchengebäude bleiben, aber das eigentliche sakramentale Geschehen ist ihnen durch die Bilderwand verborgen. Sie können weder dabei zuschauen noch zuhören, wie die Priester das Abendmahl einsetzen.

Doch wäre es ungerecht, wenn man in der Ikone nur eine Trennwand sehen würde, die dem Klerus einen privilegierten Zugang zum Heiligen verschaffte. Während der Altarraum den Himmel symbolisch darstellt und das Kirchenschiff die Erde repräsentiert, ist die Ikonostase der Ort, an dem beide Sphären einander berühren. Die Ikonostase ist keine undurchlässige Grenzmauer, sondern wird von drei Türen durchbrochen. Durch diese Türen ziehen die Priester ein und aus. Wenn sie in den Altarbereich hineingehen, tragen sie die Bitten und die Erlösungsbedürftigkeit der Gläubigen vor Gott. Wenn sie heraustreten, bringen sie die frohe Botschaft und die köstlichen Heilsgaben Gottes zum Kirchenvolk. In ihren Einzügen und Auftritten – oder sollte man besser sagen: ihren Erscheinungen? – stellen sie die Engel und ihre Hierarchien dar.

Die Ein- und Auszüge der Priester geben der liturgischen Feier einen eigenen Rhythmus. Ihr Verschwinden hinter der Ikonostase und ihr feierliches Hervortreten aus ihr besitzen einen theatralischen Effekt. Das ist kein Zufall. Denn das Vorbild der Ikonostase dürfte die antike Theaterwand gewesen sein. Dieses «Proskenion» war eine Kulisse, die Vorder- und Hinterbühne voneinander trennte und durch die Chor und Schauspieler zu ihren Auftritten schritten. Dazu passt, dass die Ikonostasen bis heute eigentlich nie architektonisch in den orthodoxen Kirchenbau eingefügt worden sind. Vielmehr wirken sie immer noch so, als habe man sie wie eine Kulisse bloß aufgestellt. Dass orthodoxe Gottesdienste wegen der Ikonostase etwas Theatralisches an sich haben, spricht aber nicht gegen sie.

Auch wenn dies den vorgeblich so bescheidenen Protestanten nicht geheuer sein mag, ist der Gottesdienst doch ein Theater besonderer Art, ein heiliges Spiel.

Die Ikonostase hat also vor allem die Aufgabe, dem Gottesdienst eine dramatische Form zu verleihen. Ihre Hauptfunktion besteht nicht darin, dass Bilder an ihr befestigt werden können. Aber natürlich hat der Schmuck der Altarwand mit Bildern mit der Zeit eine große Wirkung entfaltet. Eine orthodoxe Kirche ist heute ohne Ikonen nicht denkbar. Doch dies war nicht immer so. In den ersten Jahrhunderten standen die Christen religiösen Bildern überaus skeptisch gegenüber. Theologen wie Eusebios von Caesarea hielten das Malen von Christusbildern für einen heidnischen Brauch. Doch seit dem 6. Jahrhundert verlangte die Volksfrömmigkeit immer mehr nach einer bildlichen Anschauung Christi und aller Heiligen. Das zeigt sich an Legenden, die zu dieser Zeit aufkamen und die davon erzählen, wie einige dieser begehrten Bilder auf wundersame Weise und ohne Zutun eines Malers entstanden und allerlei Wunder wirkten.

In der gesamten Christentumsgeschichte lassen sich immer wieder heftige Pendelbewegungen zwischen Bilderkult und Bildersturm beobachten. Regelmäßig kam es zu Konflikten zwischen denen, die Bilder in Kirchen ausstellen und verehren wollten, und denen, die dies strikt ablehnten. Diese Spannung hat ihren Grund im christlichen Glauben selbst. Für ihn ist nämlich einerseits das alttestamentliche Bilderverbot weiterhin gültig, weil der eine, ewige, unsichtbare Gott von keinem menschlichen Bild eingefangen werden kann. Andererseits erkennt der christliche Glaube in Jesus von Nazareth das Ebenbild Gottes. In Jesus Christus hat Gott menschliche Gestalt angenommen und kann deshalb bildlich dargestellt werden.

Die erbitterte Debatte, ob es eine rechtmäßige Bilderverehrung gibt, ist aus der westeuropäischen Reformationszeit gut bekannt. Im 16. Jahrhundert zeigte sich der Gegensatz zwischen Katholiken und Protestanten, aber auch zwischen den verschiedenen protestantischen Konfessionen nirgends so deutlich wie in dieser Frage. Fast noch schroffer aber wurde der Bilderstreit knapp acht Jahrhunderte früher im Byzantinischen Reich durchgefochten. In der Mitte des 8. Jahrhunderts kam es zum «Ikonoklasmus», zum Bilderstreit, einem furchtbaren Zerwürfnis innerhalb der östlichen Christenheit über den Wert oder Unwert der Ikonen. Fast ein Jahrhundert lang hat er getobt. Es begann damit, dass ein Kaiser der Isaurischen Dynastie mit Hilfe einiger Bischöfe aus der kleinasiatischen Provinz ein Bilderverbot erließ. Seine Motive lassen sich nicht mehr präzise benennen. In der

Tat war es im Volk häufig zum abergläubischen Missbrauch der Ikonen gekommen. So ist überliefert, dass manche Eltern zur Taufe ihrer Kinder Ikonen als Paten in die Kirche trugen. Es bestand also grundsätzlicher Klärungsbedarf. Er wurde noch dringlicher durch die Auseinandersetzung mit dem streng bilderlosen Islam, aber auch durch den Einfluss christlicher Sekten. Bei den Isaurischen Kaisern mag zudem eine gewisse Kunstfeindlichkeit, eine Antipathie gegen die hellenistische Hauptstadtkultur, eine Rolle gespielt haben. Vor allem aber war der Bilderstreit ein religionspolitischer Konflikt. In Ostrom waren weltliche und geistliche Obrigkeit seit langem miteinander verwoben. Dies bedeutete aber, dass nicht nur der Kaiser großen Einfluss in der Kirche besaß, sondern dass auch der Klerus erhebliche politische Macht hatte. Wahrscheinlich war der Bilderstreit auch ein Vorwand der Isaurischen Kaiser, um eine antiklerikale Reaktion einzuleiten und gegen Priester und Mönche vorzugehen.

In mehreren Wellen wurden von 726 an Christus-Standbilder von öffentlichen Plätzen und Ikonen aus Kirchen entfernt. Willfährige Synoden erlaubten barbarische Säuberungsaktionen, denen auch Buchmalereien und selbst Märtyrerreliquien zum Opfer fielen. Diese puritanische Raserei stieß auf den erbitterten Widerstand des Volkes und des Mönchtums. Um ihn zu brechen, verfiel die weltliche Obrigkeit auf die alte Methode der Christenverfolgung und wandte sie nun gegen fromme Bilderdiener an. Viele von diesen ließen im Kampf für die geliebten Ikonen ihr Leben.

Endlich aber kamen Kaiserinnen, die der Bilderstürmerei ein Ende setzten. Die erste trug den Namen Irene. Sie bewegte bilderfreundliche Bischöfe dazu, im Jahr 787 auf dem 2. Konzil von Nicäa eine prinzipielle theologische Verständigung zu erarbeiten. Zwar folgte ein Rückschlag der Bilderstürmer, der dadurch begünstigt wurde, dass die bilderfeindlichen Kaiser militärisch erfolgreicher waren als die bilderfreundlichen. Doch die Kaiserin Theodora gewährte den Bilderverehrern im Jahr 843 die volle Religionsfreiheit. Dieser Tat wird von den Ostkirchen am ersten Sonntag der Fastenzeit, dem «Fest der Orthodoxie», immer noch feierlich gedacht. Als Ergebnis der fast einhundertjährigen Auseinandersetzung wurde schließlich auf dem 4. Konzil von Konstantinopel (869/70) festgelegt:

> Die Ikone Jesu Christi, unseres Herrn, des Befreiers und Heilandes aller, ist in gleicher Weise wie das Buch der Heiligen Evangelien zu verehren. Denn wie durch die aus Silben gefügten Worte, die in dem Buche überliefert werden, alle das Heil er-

langen, so werden durch die darstellende Kraft der Farben alle, die Weisen und die Unweisen, in dem, was man vor Augen hat, zu ihrem Gewinn erfreut. Denn was die Rede in ihren Silben verkündet, das verkündet und empfiehlt auch die Schrift, die aus Farben besteht. So ist es richtig, den Ikonen, gemäß vernünftiger Einsicht und auf Grund ältester Überlieferung, um ihrer Würde willen, da sie sich ja auf die Urbilder beziehen, gleichsam abgeleitet Ehre und Verehrung zu erweisen, genauso wie dem heiligen Buch der Heiligen Evangelien und der Gestalt des kostbaren Kreuzes. Wer also die Ikone Christi, des Heilandes, nicht verehrt, der soll auch nicht seine Gestalt schauen, wenn er in der väterlichen Glorie wiederkehrt, verherrlicht zu werden und seine Heiligen zu verherrlichen, sondern er soll draußen bleiben, fern von seiner Gemeinschaft und seiner Klarheit.

Da ist es kaum noch nachzuvollziehen, wie die Hagia Sophia ursprünglich fast ohne Bilder auskommen konnte. Schon bald wurde sie Stück für Stück ausgemalt. Von diesen Bildern haben sich einige Prachtstücke erhalten. So viel aber weiß man, dass auf der Schranke des Altarraums Silberreliefs Christus zwischen Engeln, Propheten, Aposteln und seiner Mutter Maria zeigten, dass in den Altarvorhang Christus zwischen Petrus und Paulus sowie Christus und Maria mit dem Kaiserpaar eingewebt waren und dass die Kuppel in ihrem Zenit ein Bild Christi enthielt, das ihn als «Pantokrator», d. h. Allesherrscher, darstellte. Anfangs war die Kuppel nur mit einem Kreuz geschmückt gewesen. Der «Pantokrator» wurde eines der wichtigsten Bildelemente in den östlichen wie den westlichen Kirchen der Vormoderne. Mit seinem majestätisch unbewegten Richtergesicht wirkt er ungeheuer streng. Doch die Härte der Augen und des Mundes wird aufgewogen durch die Milde, die seine rechte, segnende Hand ausstrahlt. Leider ist von diesem und all den übrigen Bildern kaum etwas erhalten. Nachdem schon die Kreuzritter die Kunstwerke der Hagia Sophia geplündert hatten, zerstörten und übermalten die Muslime das, was übrig geblieben war. In der Hagia Sophia also haben am Ende die Bilderfeinde gesiegt.

Für die orthodoxen Kirchenbauten jedoch, die in der Tradition der Hagia Sophia stehen, ist die Bildausstattung fast ebenso wichtig wie die Architektur insgesamt. Sie beherbergen einen überwältigenden Bilderreichtum, der die wundergläubige Volksfrömmigkeit zufriedenstellt. Vor allem aber sind die Ikonen selbst eine Form der Verkündigung. Dass die Predigt in diesen Kirchen keinen großen Stellenwert hat, wird dadurch aufgewogen, dass die ausgestellten Ikonen ebenso tiefsinnig wie sinnfällig die Wahrheiten des Glaubens formulieren.

Für westeuropäische Betrachter haben die Ikonen der orthodoxen Christenheit einen exotischen Reiz. Aber sie sind für sie auch schwer verständlich. Mit einem modernen Verständnis von dem, was ein Kunstwerk ist, haben sie nichts zu tun. Denn eine Ikone ist nicht die originelle Kreation eines Künstlerindividuums, sondern ein Werk der Kirche, besser gesagt eine Schöpfung des Heiligen Geistes. Was eine Ikone zu zeigen und wie sie gestaltet zu sein hat, gibt eine strenge Tradition vor. Der Maler geht also ganz im Dienst an der Form auf.

Noch etwas kann ein heutiger Betrachter kaum nachvollziehen. Er selbst ist einer Flut von Bildern ausgesetzt. Medien aller Art überströmen ihn mit immer neuen visuellen Reizen. Das war in der Antike und im Mittelalter ganz anders. Damals sah ein Mensch vielleicht in seinem gesamten Leben so viele Bilder wie sein moderner Nachfahre an einem Tag. Damals waren die Kirchen fast die einzigen Orte, an denen es überhaupt Bilder anzuschauen gab. Wenn sie dann noch solch eine Schönheit und Aura besessen haben wie die Ikonen, dann müssen sie wie ein Vorgeschmack auf die Freuden des Paradieses gewirkt haben.

Was von einem Weltwunder bleibt

Die Theologie der Hagia Sophia ist heutigen Betrachtern ebenso fremd wie die Religion der Pyramiden. Allzu pharaonenhaft wirken der Kult um die religiös-politische Ordnung des Reiches, die Verehrung des Kaisers und die Heraushebung des Klerus. Dass der christliche Glaube alle Menschenmacht in Frage stellt, dass er ein zukünftiges Reich der Gerechtigkeit verheißt, dass er die Gleichheit aller Gotteskinder verkündet – viele seiner herrschaftskritischen Motive haben die Bauleute, die diese Kirche errichtet haben, und die Priester, die sie für ihre Gottesdienste nutzten, anscheinend nicht berücksichtigt.

Und doch kann man verstehen, dass Justinian bei seinem Besuch der fertiggestellten Kirche ausgerufen haben soll: «Ehre sei Gott, der mich für wert gehalten hat, dieses Werk zu vollenden. Salomo, ich habe dich übertroffen.» Diese Kirche ist ein Weltwunder. Sie zeugt von der Herrlichkeit des römischen Restreichs und von der Erlösungsfrömmigkeit der antiken Christenheit. In eine Welt voller furchtbarer Kriege, wütender Unruhen, schrecklicher Hungersnöte stellte sie eine Gegenwelt des Friedens, der Ordnung und der Schönheit. Wer sie betrat, war nicht mehr ganz in dieser Welt. Wer einen Gottesdienst in ihr feierte, hörte den Gesang der Engel, schaute das Licht der Ewigkeit und schmeckte die Gnade Gottes.

Wer will es den Abgesandten des Großfürsten Wladimir von Kiew verdenken, dass sie von einem Gottesdienst in der Hagia Sophia wie verzückt waren? Nach einer Legende hatte ihr Herrscher sie an der Wende vom 10. zum 11. Jahrhundert ausgesandt, um die beste Religion für sein Reich zu finden. Sie hatten die germanische Christenheit bereist, bei den muslimischen Ostbulgaren recherchiert, waren auch bei den jüdischen Chasaren zu Gast gewesen, aber erst in der Hauptkirche von Byzanz hatten sie einen Gottesdienst erlebt, der sie so hinriss, dass sie nicht mehr wussten, ob sie «im Himmel oder auf Erden» waren. Nach ihrem Bericht soll dem Großfürsten von Kiew die Glaubenswahl sehr leicht gefallen sein.

Für die orthodoxen Kirchen Süd- und Osteuropas wurde die Hagia Sophia architektonisch und liturgisch zum Modell. Besonders die Kirchenbauten in Griechenland und später in Russland folgten ihrem Vorbild. Aber auch nach Westen wirkte die Hagia Sophia. Bestes Beispiel hierfür ist der Markusdom in Venedig. Doch keiner der Nachfolgebauten war so riskant, so erstaunlich wie ihr Vorbild. Sie wirkten allesamt normaler, vernünftiger, konventioneller. Der zentral ausgelegte Grundriss wurde mit dem Aufriss des Kreuzes verknüpft. Die Kuppeln wurden deutlich kleiner, manchmal auch verspielter und mehr zu einem Element der Außengestaltung. Die Hagia Sophia setzte einen Standard und blieb selbst aber jenseits aller Standardisierung. Ihre gewagte Konstruktion und ihre schiere Größe wurden nie wieder erreicht.

Ohne Vergleich ist auch die Geschichte dieser Kirche. Wie keine andere war sie als Himmelshaus konzipiert und doch untrennbar mit der politischen Macht verschwistert und selbst Opfer böser Gewalt. Sie sollte ein Friedenstempel sein, wurde aber über den Trümmern des Nika-Aufstands errichtet. Sie sollte der sündigen Welt entrückt sein und wurde doch von irdischen Kaisern zur Selbstdarstellung genutzt. Sie sollte ein reines Abbild des himmlischen Jerusalems sein, musste aber ungezählte Schändungen erleben. Erlösung und Gewalt haben diese Kirche gleichermaßen bestimmt. Kaum nachvollziehbar, was die Gemeinde dieser Kirche bei der Eroberung durch die Kreuzritter durchgemacht hat. Und mit welchen Gefühlen mag sie am 29. Mai 1453 den letzten christlichen Gottesdienst gefeiert haben, bevor die Muslime die Stadt und ihre wichtigste Kirche in Besitz nahmen?

Aber seltsam, selbst die schlimmsten Zerstörungen hatten bei dieser Kirche auch fruchtbringende Nebenwirkungen. Die Plünderung durch die lateinischen Kreuzfahrer war eine grauenhafte Blasphemie. Doch der Kirchenraub führte auch dazu, dass die überlegene byzantinische Kunst nach West- und Nordeuropa kam und dort einen ästhetischen Fortschritt in Gang setzte. Und unter den Osmanen wurde die Hagia Sophia zum Maßstab, nach dem Moscheen gebaut wurden. Die bedeutenden Sakralbauten der neuen Herrscher in Istanbul, die Beyazit-Moschee oder die Suleymaniye-Moschee, zeugen davon. Mit einem ähnlichen Grundriss und einer großen Hauptkuppel folgen sie den Grundideen von Anthemios und Isidoros. Dabei ist die muslimische Moschee ein ganz anderer Architekturtyp als die orthodoxe Kirche, nämlich kein Sakralraum im strengen Sinne, sondern ein Multifunktionsgebäude mit einem zentralen Gebetsraum. Erst durch die Adaption der Hagia Sophia wurden auch Moscheen zu Sakralbauten mit religiöser Aura. Einige, wie die blaue Moschee gleich in der Nachbarschaft, reichen an die Schönheit und Größe der Hagia Sophia heran. Und doch bleibt diese in ihrer Imposanz ein Unikat.

Der Kampf der Kulturen ist das Schicksal der Hagia Sophia gewesen. So paradox es klingen mag, der Krieg und der Dialog der Religionen hängen enger zusammen, als man meinen sollte. Wäre es da nicht ein schönes Zeichen, wenn man die von Kemal Atatürk befohlene Zwangsmusealisierung dieser Kirche/Moschee einmal zurücknähme und wieder einen Gottesdienst in ihr feierte, zum Beispiel ein christlich-muslimisches Friedensgebet? Natürlich ist das ein ganz unrealistisches Gedankenspiel. Aber man wird ja noch Wünsche haben dürfen.

Der Dom zu Speyer

4. Der Dom zu Speyer

und die Romanik

Von Speyer nach Canossa und zurück

Einer der größten Sünder der Christentumsgeschichte war zugleich einer ihrer bedeutendsten Bauherren. Er musste büßen wie kein zweiter, schuf aber einen Dom, der alle Vergleiche übersteigen sollte. Wegen seines Gangs zur norditalienischen Burg Canossa ist der Name Heinrichs IV., des deutschen Königs und späteren Kaisers aus dem Haus der Salier, noch heute ein Begriff. Weniger bekannt ist, dass er seinen Bußzug in Speyer am Oberrhein begann und dort auch – nach einigen Umwegen – beendete. Für ihn führte der Weg zum Papst, ob dieser nun in Rom oder in Canossa weilte, immer über Speyer. Und stets kam Heinrich erst zur Ruhe, wenn er im Dom zu Speyer an den Gräbern seiner Vorfahren beten konnte. Wie er seine Buße in Canossa ableistete, ins Reich zurückkehrte, dort seine Feinde besiegte und endlich in Speyer den Dom zur größten und schönsten Kirche der Romanik vollenden ließ – das war ein langer, mühseliger Irrweg. Es lohnt sich, seine Etappen nachzuzeichnen, auch wenn die zeitgenössischen Berichte und späteren Erinnerungen an diese Reise von Feinden und Verehrern so hin und her gebogen wurden, dass man heute nicht mehr mit Gewissheit sagen kann, wie es eigentlich gewesen ist.

Eine Kirche wie ein friedvoller Berg, wie eine feste Burg. Man spürt heute bei ihrem Anblick nichts mehr von den schrecklichen Konflikten, die ihre Baugeschichte prägten und damals die Grundfesten der europäischen Christenheit erschütterten. Blick auf den Dom zu Speyer von Südosten.

Das 11. Jahrhundert war eine Wendezeit. In dramatischen Konflikten – zumeist als «Investiturstreit» zusammengefasst – wurde das Verhältnis zwischen Papst und Kaiser grundlegend verändert. Aber auch die Beziehung zwischen Papst und Bischöfen gestaltete sich ganz neu. In diesen revolutionsartigen Streitigkeiten ging es um weit mehr als um die Detailfrage, ob der Kaiser das Recht zur Bischofsinvestitur habe, also Bischöfe auswählen, ernennen und mit ihren

Amtsinsignien – Stab und Ring – ausstatten dürfe. Im Kern wurde um eine radikale Reform der Kirche gerungen und um eine ganz neue Zuordnung zur weltlichen Macht. Die Freiheit der Kirche sollte erstritten und dem König das Recht verwehrt werden, Einfluss auf die inneren Angelegenheiten der Kirche zu nehmen.

Die Geschichte begann mit Konrad II., Heinrichs Großvater. Dieser war der erste König und Kaiser aus dem Haus der Salier, das zu Beginn des 11. Jahrhunderts die Ottonen, Karolinger und Merowinger als nächste große Herrscherfamilie des Mittelalters ablöste, bevor die Staufer das Zepter übernahmen. Wie seine Vorgänger hatte Konrad die Kirche als integralen Teil seiner Herrschaft aufgefasst. Er war es, der die Konzilien einberief, und die Bischöfe behandelte er, als wären sie seine Beamten. Er suchte sie aus und setzte sie ein. Darin sah er sein selbstverständliches Recht. Nach dem damals üblichen Eigenkirchenrecht durfte ein Grundherr auf die Kirchen, die sich in seinem Gebiet befanden, Einfluss nehmen. Der Kaiser verstand sich als Eigentümer aller Kirchen im Reichsgebiet und nahm für sich folglich in Anspruch, bei allen wichtigen Personalentscheidungen mitzubestimmen.

Dies war auch Ausdruck einer eigentümlichen politischen Religiosität, die heute nicht mehr verständlich ist, aber für das frühe und hohe Mittelalter prägend war. Nach ihr war der König nicht bloß der Inhaber eines weltlichen Amts, sondern selbst Gegenstand religiöser Verehrung. Er galt als Heilsbringer, als Messias, das heißt als Gesalbter, als Stellvertreter Christi auf Erden. Es lässt sich nicht mehr klären, ob dieser Glaube an den König ein germanisches Relikt oder ein Erbe der christlichen Spätantike war. Wahrscheinlich war er beides. Deutlich aber ist, dass er einen starken Zauber entfaltete und große politische Wirkungen zeitigte. Man muss bedenken, dass die mittelalterliche Gesellschaft kaum stabile Institutionen besaß und darum sehr störungsanfällig war. Umso mehr brauchte sie die Integrationskraft, die vom Glauben an den König ausging. Zugleich aber war diese politische Religion von tiefen inneren Spannungen durchzogen. Das Kriegerethos verlangte einen mächtigen Herrscher, der vor allem Kriege führen und gewinnen sollte. Dem widersprach das christliche Ethos, das in einem frommen und demütigen Friedensbringer den idealen König sah. Nur selten gelang es einem Würdenträger, beide Ansprüche miteinander zu verbinden.

Konrad scheint ein recht unfrommer Messias gewesen zu sein. Obwohl es in seiner Macht gestanden hätte, die Kirche zu stärken und zu reformieren, duldete er, dass sie verfiel. Verkommene Päpste ließ er gewähren. Das Übel der Simonie, also des käuflichen Erwerbs von kirchlichen Weihen und Ämtern, ließ er nicht nur zu. Er beteiligte sich an dieser Unsitte, indem er selbst Bistümer verkaufte. Dass Priesterschaft und Hierarchie dramatisch an Respekt verloren, scheint ihn nicht bekümmert zu haben.

Sein Sohn und Nachfolger Heinrich III. war dagegen ein tiefreligiöser Mann. Er hatte sich das Reformprogramm der Mönche von Cluny zu eigen gemacht und bekämpfte entschlossen die Simonie, aber auch die Missachtung des Zölibats in der Priesterschaft. Mutig ging er gegen eine Wurzel des Übels vor: Gleich drei unwürdige Päpste setzte er ab und legte damit den Grundstein für ein gereinigtes, starkes Papsttum. Damit aber bereitete er ungewollt einen Konflikt vor, der die Herrschaft seines Sohnes schwer belasten sollte. Als Heinrich III. im Jahr 1056 plötzlich verstarb und sein erst sechsjähriger Sohn Heinrich IV. – von unfähigen und uneinigen Vormündern schlecht geführt – sein Erbe antrat, war das Papsttum zu einem Machtfaktor herangewachsen, dem das geschwächte Königtum wenig entgegenzusetzen hatte.

Das erneuerte Papsttum verfolgte nicht nur das Ziel einer Reform der Kirche an Haupt und Gliedern, sondern kämpfte auch für die Befreiung der Kirche aus königlicher Bevormundung. Beide Ziele verbanden sich im Kampf gegen die Einsetzung der Bischöfe durch König oder Kaiser. Diese sollte nun ein rein geistlicher Akt sein – ohne jede Mitwirkung des Kaisers. Die sogenannte Laieninvestitur wurde mit der Simonie gleichgesetzt. Damit aber sagte man dem Kaisertum, das doch ein Motor der Kirchenreform gewesen war, den Kampf an. Im Jahr 1075 – Heinrich IV. war inzwischen 25 Jahre alt – verbot Gregor VII., der neue und außergewöhnlich machtbewusste Papst, die kaiserliche Investitur. Dies konnte Heinrich nicht hinnehmen. Denn die Bischöfe leisteten ihm bei der Investitur auch den Lehenseid. Hätte er auf dieses Gewohnheitsrecht verzichtet, wären sie, die ja auch weltliche Fürsten war, seiner Kontrolle entglitten. Gerade hatte Heinrich seine wichtigsten Widersacher im Reich, die Sachsen, niedergeworfen. Endlich verfügte er über unbestrittene Macht. Da sah er den Moment gekommen, dem Papst entgegenzutreten und für seine kirchlichen Rechte zu streiten. Doch Gregor nahm den Fehdehandschuh auf und drohte dem jungen König mit dem Kirchenbann. Das ließ dieser sich nicht bieten und versammelte im Januar 1076 die Mehrheit der Bischöfe seines Reiches in Worms. Auf sein Drängen hin verdammten sie den Papst. Sie setzten ihn nicht förmlich ab, forderten aber seinen Rücktritt und kündigten ihm den Gehorsam auf. Schon einen Monat später antwortete Gregor darauf, indem er in Rom eine Fastensynode einberief und nun seinerseits den König absetzte und seine Untertanen von ihrem Treueeid entband: «So spreche ich König Heinrich, der sich gegen die Kirche mit unerhörtem Hochmut erhoben hat, die Herrschaft über Deutschland und Italien ab, und ich löse alle Christen vom Eid, den sie ihm geleistet haben, und untersage, ihm fürderhin als König zu dienen.» Dies war eine Revolution. Umgekehrt war es schon mehrfach vorgekommen, dass Kaiser – wie Konrad II. – Päpste abgesetzt hatten. Aber dass nun ein Papst sich umgekehrt dieses Recht herausnahm, war unerhört. Um dies zu legitimieren, stellte Gregor die Amtsenthebung des Königs als Folge seiner kirchlichen Exkommunikation dar. Denn ein Recht zu einer politischen Einflussnahme besaß er eigentlich nicht. Dennoch, wie immer er es begründen mochte, es war ein Aufruf zum Aufruhr.

Und Gregor hatte Erfolg. Die meisten seiner Bischöfe und Fürsten wandten sich einer nach dem anderen von Heinrich ab. Die Sachsen, die er eben erst unterworfen hatte, erhoben sich erneut zum Widerstand. Die Fürsten stellten Heinrich ein Ultimatum: Entweder es gelingt ihm, binnen eines Jahres den Papst dazu zu bewegen, den Bann zu lösen, oder es wird ein neuer König gewählt. Heinrich erkannte, dass er zu weit gegangen war. Was sollte er nun tun? Er überlegte. Dann entschloss er sich, alles auf eine Karte zu setzen.

Im Winter 1077 zog er von Speyer nach Burgund, von dort über die Alpen nach Italien. Sein Plan war es, dem Papst in einer direkten Begegnung seine Bußfertigkeit zu dokumentieren, um ihn dazu zu zwingen, ihn wieder in die Kirche aufzunehmen und als König anzuerkennen. Doch dem Papst war der herbeigeeilte Büßer nicht geheuer. Deshalb zog er sich nach Canossa, eine uneinnehmbare Burg in Oberitalien, zurück. Am 25. Januar 1077, dem Tag der Bekehrung des Paulus, erschien Heinrich vor den Toren der Burgsiedlung. Da stand er nun – ohne königliche Herrschaftszeichen, in einem wollenen Büßergewand, barfuss. Er klopfte an, rief die Mauer empor, flehte um Einlass, Gehör und Vergebung, den ganzen Tag lang. Doch das Tor wurde nicht geöffnet. Am nächsten Morgen wiederholte sich das Schauspiel. Der Büßer erschien morgens vor dem Tor und harrte dort klopfend und flehend den ganzen Tag über aus, ohne dass ihm aufgetan worden wäre. Am nächsten Tag unterzog er sich dieser bitteren Übung ein drittes Mal, wieder vergeblich. Wie mag er das durchgestanden haben? Drei Tage ohne wetterfeste Kleidung in Schnee und Eis, ohne zu essen und zu trinken? Die Quellen berichten nichts von gesundheitlichen Folgeschäden, einer schweren Erkältung oder gar Erfrierungen. Die Menschen müssen damals aus einem anderen Holz geschnitzt gewesen sein. Dafür aber waren sie auch näher am Wasser gebaut.

Denn es wurde viel geweint in diesen Tagen, am meisten von dem verlorenen König selbst – wenn man den Quellen trauen darf, was von einigen heutigen Historikern bestritten wird.

Während Heinrich am Tor ausharrte, führten seine Berater hektisch Verhandlungen mit den Burginsassen. Es wurden Bedingungen gestellt und akzeptiert sowie dem Papst etliche Sicherheiten gegeben. Dann war es am vierten Tag endlich so weit. Das Tor öffnete sich. Heinrich trat mit wenigen Begleitern in die Burg und warf sich – wieder unter Tränen – vor dem Papst zu Boden, mit ausgebreiteten Armen das Kreuz nachahmend. Er bekannte seine Schuld und zeigte seine Reue. Der Papst konnte nun gar nicht anders, als ihm die Vergebung zuzusprechen, den apostolischen Segen zu erteilen und ihn dann in die Burgkapelle zur Messe und anschließend zu einem gemeinsamen Mahl zu führen. Da Heinrich ihm nicht als König und politischer Kontrahent, sondern als büßender Christ entgegengetreten war, musste er ihm als Seelsorger begegnen. Er konnte gar nicht anders, selbst wenn er gewollt hätte. Er konnte den Coup des Königs nur dadurch beantworten, dass er diese – nun wiederum unerhörte – Buße öffentlich machte und propagandistisch ausschlachtete. Dies tat er mit einem Rundschreiben an die deutschen Fürsten: «Während dreier Tage harrte er vor dem Tor der Burg ohne jede königliche Pracht elendig aus, nämlich unbeschuht und in wollener Kleidung, und hörte nicht eher auf, unter zahlreichen Tränen Hilfe und Trost des apostolischen Erbarmens zu erflehen, als bis er alle, die dort anwesend waren und zu denen diese Kunde gelangte, zu solchem Sanftmut und solch mitfühlender Barmherzigkeit bewog, dass sich alle unter vielen Bitten und Tränen für ihn einsetzten ... Letztendlich wurden wir durch seine ständige Zerknirschung und solche Bitten aller Anwesenden besiegt, lösten die Fesseln des Banns und nahmen ihn wieder in die Gnade der Gemeinschaft und den Schoß der heiligen Mutter Kirche auf.»

Heinrich war nun zwar wieder in die Kirche aufgenommen und als rechtmäßiger König anerkannt, doch in der Zwischenzeit war im Reich ein Bürgerkrieg ausgebrochen und in Sachsen ein Gegenkönig ausgerufen worden. Heinrich sammelte seine Truppen und schlug zurück. Doch ein schneller Erfolg stellte sich nicht ein. Endlich bot sich am 15. Oktober 1080 die Gelegenheit zu einer entscheidenden Schlacht. Am Abend vorher versicherte sich Heinrich mit einer Stiftung an den Dom zu Speyer der Unterstützung der Gottesmutter Maria. Am nächsten Tag verließ er das Feld als Sieger. Er hatte sein Reich zurückgewonnen. Der Kampf mit dem Papst war zwar noch lange nicht zu Ende. Wieder wagte er,

eigenmächtig Bischöfe einzusetzen. Wieder wurde er exkommuniziert. Doch auch das schärfste Schwert wird stumpf, wenn man es zu oft gebraucht. Schon die zweite der insgesamt fünf Exkommunikationen, die Heinrich provozierte, hatte nicht mehr die Wirkung der ersten. Nun war es der Papst, der überzog und sich ins Unrecht setzte. Heinrich nutzte diese Schwäche und zog im Jahr 1084 – wieder von Speyer aus – nach Rom, nahm die heilige Stadt ein, setzte Gregor ab und den Gegenpapst Clemens III. ein und ließ sich von diesem zum Kaiser krönen. Als jedoch die Normannen, treue Anhänger Gregors, von Süden her anrückten, verließ Heinrich die Stadt fluchtartig. Anstatt aber den alten Papst wieder in sein

Recht zu setzen, plünderten und verwüsteten die Normannen Rom so furchtbar, dass Gregor sich dort nie wieder sehen lassen konnte. Er floh, um nicht mehr zurückzukehren. Am 5. Mai 1085 starb er. Aber auch das Siegesglück seines Lebensgegners hielt nicht ewig. Zwanzig Jahre später wurde Heinrich IV. von seinem eigenen Sohn, Heinrich V., entmachtet. Er musste sein Reich hergeben und verstarb im Jahr darauf.

Die Frage, wer den Investiturstreit gewonnen hat, lässt sich nur schwer beantworten. Der Papst hatte den König durch seinen Bann zur Buße gezwungen, der König aber hatte den Papst durch seine Bußfertigkeit zur Barmherzigkeit genötigt. Beide hatten sich durchgesetzt, aber um welchen Preis! Der Papst hatte die direkte Einmischung der weltlichen Obrigkeit in die inneren Angelegenheiten der Kirche unterbunden. Damit gehört er in die lange Vorgeschichte der Trennung von Staat und Kirche. Gregor aber hatte nicht nur für die Freiheit seiner Kirche, sondern darüber hinaus für die Weltherrschaft des Papsttums gekämpft. Damit hatte er den Bogen überspannt und die Idee des Papsttums als einer rein geistlichen Herrschaft unterminiert. Sein universalpolitischer Anspruch reizte zu Widerspruch und Widerstand. Insofern gehört er auch in die Vorgeschichte der Reformation und der Säkularisierung.

Der König dagegen mochte sich kurzfristig darüber freuen, dass seine fromme Erpressung des Papstes gelungen war. Dies rettete ihm persönlich die Herrschaft, schwächte aber das Königtum insgesamt. Zwar hatten sich Könige schon vor ihm öffentlichen Bußübungen unterzogen, aber was Heinrich in Canossa getan und erduldet hatte, war so krass, dass es das Königsbild umstürzte. Der Papst hatte ihm – und damit allen weltlichen Herrschern – den Anspruch auf eine besondere religiöse Würde genommen. Er hatte Heinrich – und allen seinen Nachfolgern – die Aura des Heiligen und Messianischen geraubt und ihn zu einem bloßen Laien degradiert. Der alte Königsglaube war damit im Prinzip an sein Ende gekommen. Canossa steht also für eine religionspolitische Revolution.

Erzsünder und großer Büßer, Kirchenkämpfer und Kirchenbauer: Kaiser Heinrich IV. (1050 bis 1106). Hier eine Darstellung aus dem Evangeliar Heinrichs V.: In der oberen Reihe steht der Salier-Kaiser in seltener Einmütigkeit zwischen seinen ungehorsamen Söhnen Heinrich V. und Konrad.

Heinrich scheint dies gespürt zu haben. Jedenfalls traf er bald danach einen architektonisch überaus anspruchsvollen Entschluss. Im Dezember 1080, unmittelbar nach der Entscheidungsschlacht gegen den sächsischen Gegenkönig, gab er den Auftrag, den Dom zu Speyer, in dem seine Vorfahren ihre Gräber hatten und in dem auch er bestattet werden wollte, in weiten Teilen einzureißen und neu zu errichten. Fast zwanzig Jahre dauerten die Arbeiten am größten Kirchenbau der Romanik, der größten Kirche nördlich der Alpen. Was mag Heinrichs Motiv dabei gewesen sein? Sollte der Dom zu Speyer ein Siegeszeichen sein? Oder wollte er mit diesem Monument seine Niederlagen zumindest architektonisch kompensieren? Fast trotzig, wie ein letztes Zeugnis des alten Königsglaubens kündet diese Kirche nicht nur von der Macht und dem Reichtum der Salier, sondern auch von ihrer besonderen Gottesnähe – so, als hätte es nie einen Kirchenkampf gegeben.

Der Wiederaufbau Europas aus dem Geist der Romanik

Das 11. Jahrhundert hat überraschend viele herrliche Kirchenbauten hervorgebracht, nicht nur den Dom zu Speyer. Schon im 9. und 10. Jahrhundert war eine große Zahl bedeutender Sakralbauten – wie der Aachener Kaiserdom – errichtet worden, doch nur wenige von ihnen sind erhalten geblieben. Von heute aus ist es schwer zu ermessen, was für eine Leistung diese früh- und hochmittelalterlichen Kirchenbauten darstellen, was für ein architektonisches Wunder sie sind. Man muss sich einmal ihre historischen Voraussetzungen vergegenwärtigen. Die Völkerwanderung, die das Römische Reich im 5. Jahrhundert unter sich begraben hatte, ist eine epochale Kulturkatastrophe gewesen. Das westliche Europa brauchte Jahrhunderte, um sich wie ein überaus schwerfälliger, flügellahmer Phönix aus der Asche der antiken Kultur zu erheben.

In einer schier endlosen Kette von Raubüberfällen und Kriegszügen hatten Germanen, Hunnen und Slawen die meisten Städte und Dörfer verwüstet. Weite Landstriche waren verwaist, weil die Bewohner entweder ermordet worden oder in die befestigten Siedlungen geflohen waren. Man schätzt, dass die Bevölkerung um ein Drittel sank. Kulturland wurde aufgegeben, Straßen und Brücken verfielen, Verkehr, auch Geldverkehr und Handel, kamen zum Erliegen. Industriebetriebe wie Steinbrüche, Ziegeleien und Erzgruben stellten den Betrieb ein. Die Menschen kehrten zu primitiver bäuerlicher Selbstversorgung zurück. Man kann sich das alltägliche Leben zur Zeit der Völkerwanderung und danach kaum vorstellen. Was für Massen an bedürftigen Menschen es damals gegeben haben muss: Arme und Hungernde, Witwen und Waisen, Verletzte und Versehrte, Traumatisierte und Wahnsinnige, die schreiend, stinkend und bettelnd umherzogen. Es muss so schlimm gewesen sein, dass sich sogar einige Bischöfe scharfe Hunde zugelegt haben sollen, um die Notleidenden auf Distanz zu halten.

In dieser apokalyptischen Welt war die Kirche fast die einzige Kraft, die einen gewissen Schutz gewährte, ein Mindestmaß an Ordnung herstellte, elementare Kulturtechniken vermittelte und Bruchstücke des antiken Erbes bewahrte. Aber auch sie war schwer beschädigt worden. Sie hatte ihren eigentlichen Nährboden – die Stadtkultur – verloren. Ihr fehlten Schulen, um den Priesternachwuchs auszubilden, aber auch ein Straßennetz und ein Postwesen, um die eigene Organisation aufrechtzuerhalten. Ja, es gab nicht einmal mehr Papyrus, um Bücher oder Briefe zu schreiben. Dennoch gelang es der Kirche, vor allem mit Hilfe des aufkommenden Mönchtums, eine europäische Zivilisation neu aufzubauen. Mit ihrer Mission gewann sie die fremden Völker für einen besseren Glauben, eine Hochreligion des Geistes und der Liebe. In den Klöstern und Kirchen wurde Bildung vermittelt, aber auch tätige Nächstenliebe geleistet. Es wurde überhaupt ein Bewusstsein dafür geweckt, dass es moralisch geboten sei, den Armen zu helfen und sich mit den Feinden zu versöhnen. Das waren Gedanken, die den Germanen – aber auch der heidnischen Antike – fremd gewesen sind.

Zu diesem Wiederaufbau gehörte auch die Errichtung von Kirchen. Diese waren nach der Zerstörung der alten Zivilisation die ersten großen Gebäude. Sie übernahmen deshalb häufig auch profane Aufgaben. Der Kirchenbau in der Zeit der Karolinger und Ottonen – also vom 8. bis zum 10. Jahrhundert – beschränkte sich nicht nur auf die Städte. Die meisten Menschen lebten ja auf dem Land. Endlich wurden auch in nennenswerter Zahl Landkirchen gebaut. Meist dürfte es sich dabei um ganz einfache Holzpfostenbauten gehandelt haben, etwa vier Meter breite und sechs Meter lange schlichte Säle, mit einer kleinen Absetzung des Altarbereichs. Architektonisch ganz unbedeutend, waren sie doch Keimzellen des dörflichen Lebens. Leider ist kaum etwas von ihnen erhalten geblieben. Diese Landkirchen entstanden anfangs wohl eher zufällig. Mit der Zeit folgte ihr Bau einem übergreifenden Plan. Eine der folgenreichsten Leistungen des Mittelalters bestand nämlich darin, dass die vielen Land- und Stadtkirchen in ein dichtes Netz von Pfarrgemeinden eingebunden wurden. Das kirchliche Europa wurde so aufgeteilt, dass es für jeden Ort und jeden Gläubigen eine zuständige Kirche mit einem Priester und einem Friedhof gab. Dieses «Parochial-System» gewährleistete, dass erstmals in der Christentumsgeschichte eine flächendeckende kirchliche Versorgung, aber auch Kontrolle der gesamten Bevölkerung gewährleistet war. Es fand seine Vollendung Anfang des 13. Jahrhunderts und bestimmt noch heute die kirchliche Organisation in Europa. Zudem war es natürlich eine entscheidende Voraussetzung für größere Kirchenbauprogramme.

So bewundernswert die Aufbauarbeit des frühen Mittelalters war, der Bau großer, schöner Kirchen begann erst im 11. Jahrhundert. Und dies gleich mit einer kaum überschaubaren Anzahl wunderbarster Gebäude, und zwar in zwei einander direkt folgenden Innovationsschüben: der Romanik und der Gotik. Für diesen rasanten Aufschwung gibt es Gründe.

Als erstes sind die materiellen Bedingungen zu nennen. Mit der Jahrtausendwende setzte ein milderes Klima ein. Das nutzte der Landwirtschaft, die sich auch technisch weiterentwickelt hatte. Die Produktivität stieg, zudem wuchsen die Chancen, die Erträge zu vermarkten. Der Handel erlebte einen merklichen Aufschwung, und mit ihm das Handwerk. Die Bevölkerung konnte sich besser und gesünder ernähren. Zudem blieben größere Seuchen aus. Viel mehr Menschen als bisher erreichten wieder das Erwachsenenalter. Der neue Wohlstand machte es möglich, dass die Menschen nicht mehr auf die Befriedigung ihrer unmittelbaren Bedürfnisse beschränkt blieben, sondern sich den Luxus leisten konnten, schöne und zweckfreie Gebäude zu errichten. Als zweites wirkten sich die politischen Fortschritte positiv aus. Zum Ende des 10. Jahrhunderts waren Friede und öffentliche Ordnung weitgehend wiederhergestellt. Die regelmäßigen Schreckensüberfälle der Ungarn, Sarazenen und Normannen gehörten endlich der Vergangenheit an. Die weltlichen Herren wollten ihre gesicherte Macht nun auch ausstellen, nicht zuletzt durch monumentale Sakralbauten. Als drittes muss die Entwicklung der Kirche selbst in Rechnung gestellt werden. Der allgemeine Aufschwung ging an ihr nicht vorbei. Auch sie verfügte jetzt über mehr Geld und über ein besser ausgebildetes Personal. Zudem brachte das Reformmönchtum von Cluny einen neuen Geist in die Kirche, der sich auch in neuen Sakralbauten Ausdruck verschaffte.

All die genannten Faktoren bewirkten, dass sich der architektonische Genius dieser Epoche in einer Fülle von Bauvorhaben ausleben konnte. Man fasst sie seit dem 19. Jahrhundert unter dem Stilbegriff «Romanik» zusammen. Doch nahe kommt man ihnen weniger mit Hilfe solch abstrakter Etiketten als dadurch, dass man ein einzelnes, individuelles Gebäude betrachtet, wie zum Beispiel den Dom zu Speyer.

Der Dom zu Speyer

Der erste Bau des Speyerer Doms

Speyer war eine kleine Stadt am Oberrhein. Doch die Salier erhoben ihren Heimatort zum Mittelpunkt des Reiches. Der neue Rang der Stadt musste sich natürlich in einer repräsentativen Kirche widerspiegeln. Konrad II. gab deshalb schon im zweiten Jahr seiner Herrschaft, also 1025, den Auftrag, einen Dom zu errichten. Dieser Bau durchzog das ganze Jahrhundert der Salier. Konrad sollte ebenso wenig wie sein Sohn Heinrich III. sein Ende erleben. Sein Enkel Heinrich IV. baute den Dom in weiten Teilen zurück und neu wieder auf, starb aber im Jahr der Fertigstellung. Es war ein gewaltiges Werk, eine riesige Kirche, die kaum in das Städtchen passte. Für diese Übergröße gab es Gründe. Der Dom wurde nicht etwa für die ungefähr 500 Einwohner Speyers oder gar für deren unbedeutenden Bischof gebaut, sondern für die salischen Kaiser und ihre Angehörigen, die hier ihre politische Macht und religiöse Würde zeigen, aber auch selbst Gottesdienst feiern und schließlich ihre letzte Ruhe finden wollten.

Die Baugeschichte gliedert sich in vier Etappen. Die erste, «Speyer I» genannt, ist eine frühromanische Anlage, die etwa von 1025 bis 1061 gebaut wurde. Ihr folgte «Speyer II», der hochromanische Bau Heinrichs IV., der sich etwa von 1080 bis 1106 hinzog. Im 17. Jahrhundert wurde der Dom sodann von französischen Truppen zerstört und musste wieder aufgebaut werden. Und im 19. Jahrhundert erfolgte eine umfassende neoromanische Restauration. Hier soll es nur um die ersten beiden Bauphasen gehen.

Wenn man ein hohes Gebäude betrachtet, geht der Blick normalerweise von oben nach unten. Speyer I aber erschließt sich nur, wenn man es von unten her betrachtet. Von unten wurde es gedacht, von unten wuchs es nach oben. Wie damals üblich, wurde der Bau im Osten begonnen, denn der Altarraum sollte als erstes fertig sein. Doch die eigentliche architektonische Idee lag unter dem Altar. Hier wurde eine unvergleichlich große, hohe und weite Hallenkrypta geschaffen. Sie besteht aus einer Vorkrypta, die zu einer Vierungskrypta führt, an die sich nach Norden und Süden hin jeweils ein Querarm sowie die Ostkrypta mit der Altarapsis anschließen. Um die ungeheuren Lasten zu tragen, wurde die Decke jedes dieser Segmente in drei mal drei Joche eingeteilt. Das sind quadratische Gewölbeabschnitte, die jeweils von vier Säulen oder Pfeilern getragen werden und durch sogenannte Gurtbögen miteinander verbunden sind. Diese Joche wurden als Kreuzgratgewölbe gestaltet. Die Decke der Krypta setzt sich also aus selb-

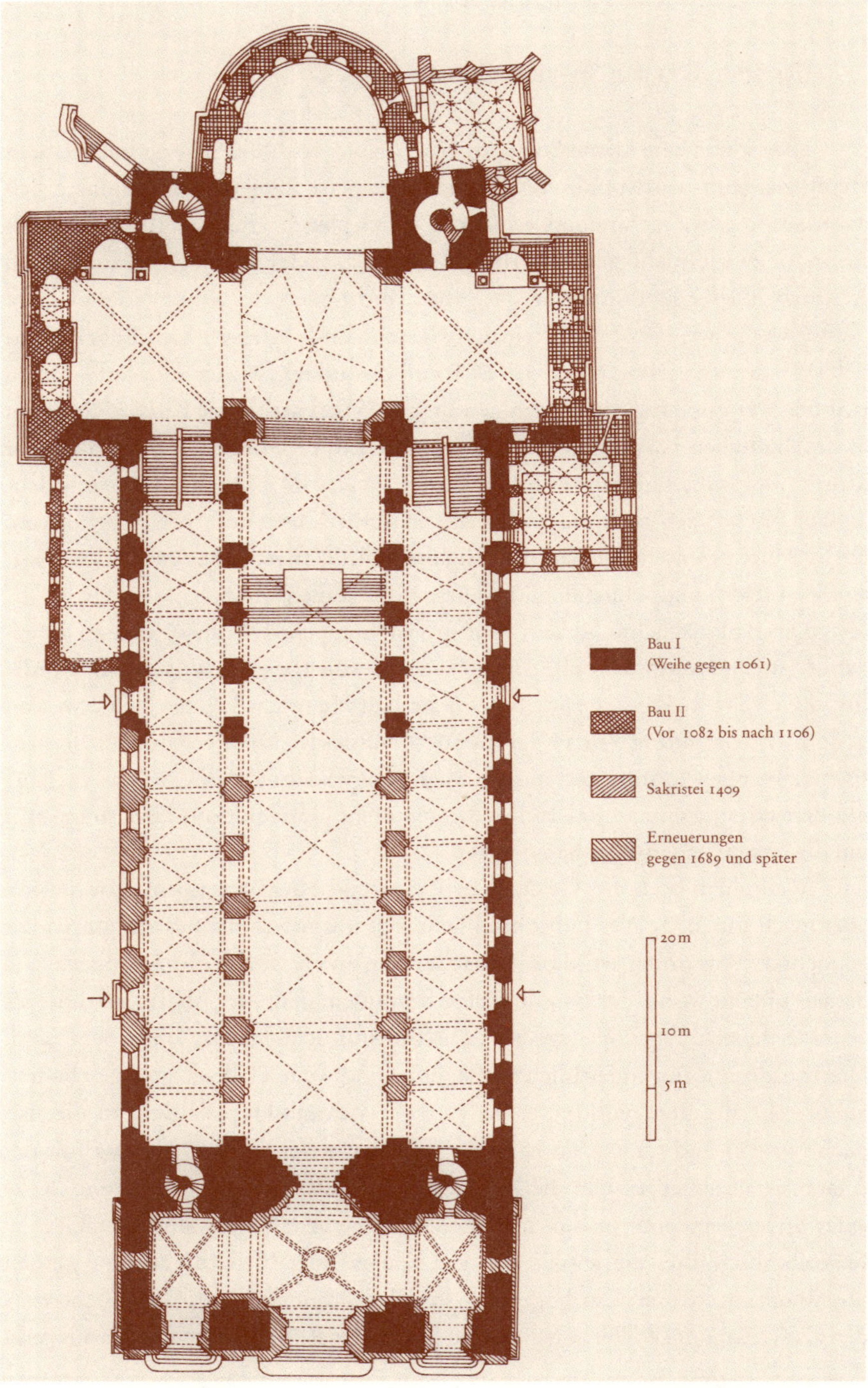

Der Dom zu Speyer

ständigen Einheiten zusammen, die jeweils ein eigenes Zentrum besitzen und doch gemeinsam ein Ganzes ergeben. Dieses vielgliedrige Gewölbe ist nicht nur eine statische Meisterleistung. Es ist auch ein ästhetischer Geniestreich. Denn das Wölbungssystem verleiht dem ausgedehnten unterirdischen Raum eine schöne, regelmäßige Geschlossenheit. Dieser harmonische Gesamteindruck wird durch das Runde der Bögen und Wölbungen noch verstärkt. Aber diese runde Einheitlichkeit wirkt nicht eintönig und abgeschlossen. Die Krypta besitzt einen besonderen Raum-Rhythmus. Diesen verdankt sie insbesondere auch der Anordnung der Deckenstützen. Eckige Pfeiler und runde Säulen wechseln nach einem durchgehenden Muster: Pfeiler – Säule – Säule – Pfeiler. Dies ergibt keine mathematische Gleichförmigkeit, sondern einen architektonischen Taktschlag, der den tiefen Raum belebt und ihn bei aller Massigkeit und Festigkeit beschwingt. So wirkt dieser unterirdische Raum nicht wie ein Keller. Vielmehr erinnert die Krypta an ein aufgespanntes Zelt, besser gesagt an eine ganze Zeltstadt.

Der Grundriss eines zwei Mal gebauten Doms. Heinrich IV. ließ die Gebäudeteile, die unter seinem Großvater entstanden waren, weitgehend abreißen und begann von neuem. «Speyer II» wurde trotz seiner immensen Größe ein mathematisch präzises, in sich ausgewogenes Gebäude.

Im Jahr 1041 wurde diese einmalige Krypta geweiht. Aber wofür? Erstaunlicherweise ist kaum bekannt, für welche Nutzung sie vorgesehen war. Klassischerweise besteht die Aufgabe einer Krypta darin, das Grab eines Heiligen oder Märtyrers zu beherbergen. Dies scheint in Speyer keine besondere Rolle gespielt zu haben. Hier wurde die Krypta wohl eher als eine Art Unterkirche geplant, die mit sieben Altären Raum für ein reiches liturgisches Leben geboten hat, über das aber kaum etwas bekannt ist. Auf jeden Fall scheint die Krypta weit mehr gewesen zu sein als eine gottesdienstliche Notbühne für die Zeit der Bauarbeiten.

Im Eingang zur Krypta finden sich die Kaisergräber. Konrad II. war 1039 gestorben und in der Vorkrypta, genau in der Mittelachse des Doms, beigesetzt worden. Vier Jahre später verschied auch seine Frau Gisela und wurde an seiner Seite bestattet. Als ihnen ihr Sohn Heinrich III. nachfolgte, war die Symmetrie wieder hergestellt. So ehrwürdig der Ort auch gewesen sein mag, man halte sich vor Augen, dass diese Salier ihr Grab auf einer offenen Baustelle fanden. Um sie herum wurde noch Jahrzehnte lang geschafft und geschuftet.

Über der Krypta erhebt sich der Ostteil der Oberkirche. Von ihm sind noch die beiden seitlichen Chorwinkeltürme – zumindest bis zur Traufhöhe – erhalten. Gemeinsam mit dem Vierungsturm, also dem kleineren Turm auf dem Dach über dem quadratischen Vorraum vor der Apsis, ergeben sie eine Turmgruppe, die das

Altarhaus flankiert. Wozu dienen sie? Das ist keine sinnlose Frage, auch wenn heute der Turm als selbstverständlicher Teil eines jeden Kirchenbaus gilt. Doch die alten Basiliken waren ursprünglich ganz ohne Türme ausgekommen, und dies mit gutem biblischem Grund. Denn der Turm ist – wie das berüchtigte Beispiel aus Babel zeigt – keineswegs ein architektonisches Zeichen der Frömmigkeit, sondern der Selbstüberhebung des Menschen, der in den Himmel greifen will und deshalb göttliche Strafen verdient hat. Diese Geschichte scheint im Mittelalter außer Acht gelassen worden zu sein. Denn jetzt kamen die ersten Kirchtürme auf. Wer sie erfunden hat, lässt sich natürlich nicht mehr herausfinden. Auch ist es gar nicht leicht, zu sagen, was ihre Funktion war. Wahrscheinlich waren sie Hoheitszeichen, steinerne Signale, die von der Würde dieses Hauses und dem Prestige seines Erbauers kündeten. Zudem werden sie als Wehr- und Wachtürme genutzt worden sein. Auch trugen die meisten Türme der Romanik Glocken, die zum Gottesdienst riefen. Darüber hinaus aber hatten die Türme keine echte liturgische Funktion. Ob man sie als Glaubenssymbole – etwa als Wegweiser zum Himmel – aufgefasst hat, ist schwer zu sagen. Ganz unumstritten scheinen sie nicht gewesen zu sein, denn in Italien und Südfrankreich wahrte man noch lange Distanz zu ihnen und baute Kirchen ohne Türme, ohne dass diese vermisst worden wären. In Nordeuropa aber setzten sich die Türme bald durch. Doch scheint man sie zunächst nur äußerlich an das Hauptgebäude angefügt zu haben. Speyer I war einer der ersten Kirchenbauten, bei denen die Türme wirklich zum Baukonzept gehörten. Sie hatten die Aufgabe, den Ostteil einzurahmen. Sie schlossen das Gebäude sichtbar nach außen ab. Zugleich stützten sie das hohe Mauerwerk, verliehen dem Ganzen also ästhetisch und statisch Festigkeit und Geschlossenheit. Der Vierungsturm setzte dem die Krone auf, indem er – ohne jeden praktischen Nutzen – die Mitte des Innenraums auch nach außen sichtbar werden ließ.

Das eigentliche architektonische Wunder des Doms zu Speyer befindet sich unter der Erde. Die weiträumige Hallenkrypta ist nicht nur statisch eine Meisterleistung. Sie erbringt darüber hinaus den Beweis, wie abwechslungsreich ein einheitlich konzipierter Raum wirken kann, wenn er einen Rhythmus besitzt.

Im Inneren des Ostteils bildete die Vierung mit ihren vier großen, gleich hohen Rundbögen das Zentrum. Sie führte nach Osten hin zur Apsis mit dem Altar und nach Westen zur lang gestreckten Basilika, einem Langhaus im Wortsinne. Die Wände der Seitenschiffe von Speyer I, die sich fast unverändert erhalten haben, waren wie diejenigen der Krypta durch einen Wechsel von Pfeilern und Säulen gekennzeichnet, aber weit weniger rhythmisch strukturiert als in der Unterkirche. Oben herrschte eher ein Eindruck abstrakter Flächigkeit vor, auch

wenn die Wände zum Dach hin von Arkaden und Fenstern durchbrochen wurden. Aber dieser Oberraum schien nicht zu schweben, sondern wirkte fest verankert und massig. Dies dürfte dadurch verstärkt worden sein, dass das Langhaus – im Unterschied zu den in seinen Jochen gewölbten Seitenschiffen – durch ein schlichtes, flaches Metalldach nach oben hin abgeschlossen wurde. Alles zusammen ergab einen kolossalen, zugleich hochkonzentrierten Raumkasten, technisch vielleicht wenig ambitioniert, dafür aber von einer besonders schönen Strenge.

Vom originalen Westbau ist nichts mehr erhalten geblieben. Er wurde von den Franzosen zerstört und sehr unbefriedigend wieder aufgebaut. Ursprünglich war er ein mächtiger, ganz ungegliederter Quader von jeweils 30 Meter Höhe und Länge, quer vor das Langhaus gesetzt. Drei große Bogentore führten hinein. Zwei zurückgesetzte Türme sicherten ihn ab. Eine der gewaltigsten Mauern dieser Zeit – sechs Meter dick, 30 Meter hoch und 30 Meter lang – verband ihn mit dem Langhaus, oder vielmehr: trennte ihn von diesem. Dieser Westbau war nach außen hin ganz ungegliedert. Er wirkte wie die Steilwand eines Bergmassivs. Warum so massig, so wehrhaft, so abweisend? Um als Abbild des göttlichen Wortes, das wie ein Fels allen Lebensstürmen trotzt, ein Gefühl der Glaubenssicherheit zu vermitteln? Oder um die Größe und Macht des salischen Kaisertums sichtbar auszustellen? 1061 wurde der Dom zu Speyer in seiner ersten Gestalt geweiht – in Anwesenheit des damals elfjährigen Heinrich IV.

Der zweite Bau des Speyerer Doms

Gerade einmal 19 Jahre lang hatte Speyer I Bestand. Dann wurden die Bauarbeiten wieder aufgenommen. Wirklich renovierungsbedürftig scheint das Gebäude aber nicht gewesen zu sein, auch wenn einzelne Teile wie das Tonnengewölbe des Altarhauses Schäden aufwiesen. Es wird der persönliche Wunsch Heinrichs IV. gewesen sein, das Werk seines Vaters und Großvaters fortzuführen und zu überbieten. Das neue Projekt dürfte für ihn – nach all den Kämpfen, vor allem nach der Demütigung von Canossa – ein Akt der Selbstbehauptung und ein Ausdruck seines christlichen Königsglaubens gewesen sein. Vielleicht waren es jedoch auch ästhetische Bedürfnisse, die ihn zu diesem großen Schritt bewogen. Denn der Ostteil von Speyer I war wenig gelungen. Der eigentliche Fluchtpunkt der Kirche, der heiligste Ort, dort wo am Altar die Eucharistie gefeiert wurde, fiel deutlich gegen das imposante Westwerk, das lange Mittelschiff und erst recht gegen die Krypta ab.

Mit der Bauleitung beauftragte Heinrich Bischof Benno von Osnabrück. Damit ist für Speyer II – anders als für Speyer I – der architektonisch Verantwortliche zumindest namentlich bekannt. Benno ließ sogleich ganze Bauteile abtragen und gab der Kirche vor allem durch zwei Innovationen ein neues Profil. Die erste große Veränderung betraf den Ostteil. Das alte Altarhaus wurde bis zu den Turmschäften abgerissen und in einer Weise neu gebaut, die vor allem auf eine gesteigerte Außenwirkung abzielte. Die Apsis wurde nun auch nach außen hin als Halbzylinder gestaltet. Durch die Türme, durch die Blendbögen, die vom Mittelschiff übertragen wurden, durch die Zwerggalerie – ein begehbarer Arkadengang unterhalb der Dachgaube der Apsis – sowie durch den nach außen geöffneten Laufgang auf der Höhe des Gewölbes erhielt der Ostteil eine reizvoll rhythmisierte Fassade. Sie strahlt weit über den Rhein hin aus. Umso mehr enttäuscht heute im Vergleich zu ihr der unbefriedigend restaurierte Westbau. Eigentlich müsste es umgekehrt sein. Der Westbau besitzt für den Gottesdienst keine besondere Funktion. Er ist nur Ein-, Aus- und Durchgang. Da er – anders als bei orthodoxen Kirchen – nicht die Bühne für prächtige Prozessionen ist, kann seine Innengestaltung vernachlässigt werden. Aber nach außen hin muss der Westbau wirken. Denn nach Westen hin öffnet sich die Kirche zur Stadt, präsentiert sie sich der Öffentlichkeit und wirbt um die Passanten. Der Ostteil dagegen beherbergt das Allerheiligste. Hier befindet sich die eigentliche gottesdienstliche Spielstätte. Also muss er auf eine großartige Innenwirkung hin gestaltet werden. Sein Äußeres jedoch besitzt keine größere Bedeutung. Mit seiner wunderbar gelungenen Ostfassade widerspricht Speyer II diesen Grundregeln. Der Speyerer Dom ist eine der wenigen Kirchen, deren Rückseite eine genauere Betrachtung verdient als ihre Vorderseite.

Die zweite entscheidende Veränderung vollzog sich im Innern: Das Mittelschiff wurde eingewölbt. Die alte Flachdecke wurde abgenommen und das Mittelschiff – ähnlich wie die Krypta – mit einem vielgliedrigen Gewölbesystem versehen. Ein Motiv hierfür mag die Angst vor Feuer gewesen sein. Flachdecken aus Holz und Metall waren viel brandgefährdeter als Steingewölbe. Der Gewinn an Feuerschutz war aber mit einem möglichen Verlust an Bausicherheit verknüpft. Denn ein Gewölbe stellte hohe statische Herausforderungen dar, besonders bei diesem Bau, der auf eine nachträgliche Einwölbung mit all den Lasten, die sie mit sich brachte, gar nicht eingerichtet war. Auch in ästhetischer Hinsicht gab es

Gründe gegen eine Einwölbung. Denn sie passte eigentlich nicht zu einer Basilika wie dem Speyerer Dom. Die klassische Basilika besaß eine flache Decke, das Gewölbe gehörte dagegen zum antiken und byzantinischen Zentralbau. Insofern war die Einwölbung eine ebenso riskante wie innovative Idee ohne direkte Vorbilder. Sie schien aber so verlockende ästhetische Möglichkeiten zu bieten, dass man das statische und ästhetische Wagnis auf sich nahm. Das neue Gewölbe stellt eine solch umwälzende Neuerung dar, dass manche in ihm schon einen Vorgriff auf die Gotik sehen wollten. Doch das wäre überinterpretiert, außerdem eine Verkennung und Missachtung des Genies, das es auch zu romanischer Zeit gab. Und dieses Genie bewirkte am Speyerer Dom – und nicht nur dort – einen Umschwung des Stilgefühls.

Wie wenig die üblichen Etiketten aussagen, zeigt der Blick ins Innere des Doms zu Speyer, hier durch das Mittelschiff zur Apsis. Das Weite, Hohe, in den Himmel Ausgreifende war nicht erst eine Erfindung der ‹Gotik›, sondern schon ein Kennzeichen der ‹Romanik›. Entscheidend hierfür war das neuartige Gewölbe.

Der romanische Kirchenbau beginnt mit flachen Decken über einem basilikalen Grundriss. Mit der Zeit kamen Gewölbebauten auf. Zunächst waren es Tonnengewölbe, die man erfand oder wiederfand – es ist ja nicht bekannt, welche antiken Bautraditionen sich durchgehalten hatten und wo das Mittelalter ganz neu und von vorn beginnen musste. Das Tonnengewölbe hatten schon die Römer gekannt, die es allerdings aus Beton gegossen hatten. Eine spätere Innovation war das Kreuzgratgewölbe. Es gliederte sich in Joche und bedurfte der Gurte und Stützen. Diese waren aber nicht nur Hilfen, die Lasten zu verteilen und zu tragen, sondern auch ästhetische Instrumente, die nicht nur der Decke, sondern dem ganzen Raum eine differenzierte Struktur, ein nuanciertes Profil gaben. Auch deshalb waren sie für Speyer II die gebotene Form. Ein einfaches Tonnengewölbe wäre zudem nicht in der Lage gewesen, eine mit 14 Metern ungewöhnlich breite Decke zu tragen.

So wie Speyer I sich von unten, von der Krypta her erklärt, so erschließt sich Speyer II von oben, vom neuen Gewölbe her. Es war nicht einfach eine neue Decke, die eingezogen wurde, sondern ein neues Gliederungsmodell, das auch die Wände veränderte. Im Unterschied zum Flachdach und zum Tonnengewölbe ist das Kreuzgratgewölbe nicht lediglich – wie ein Deckel oder eine Glocke – auf die Mauern aufgesetzt, sondern es wächst aus den Wänden, ihren Säulen und Pfeilern empor. Das Kastenartige verschwindet. Nun erobern die Rundbögen und die Joche, die schon die Krypta und die Seitenschiffe geprägt hatten, auch das Mittel- und Querschiff. Das Kircheninnere ist nicht mehr ein monotoner Block, sondern aus einer Vielzahl von Segmenten harmonisch zusammengefügt. Das Mittelschiff

wirkt jetzt leichter und eleganter, aber auch organischer, denn die seitlichen Mauern sind über das Dach, sein schweres Material und seine feine Struktur miteinander verbunden. Die Mauern selbst erhalten vom Gewölbe her ein Relief, sie werden plastisch geformt. Wegen der Pfeiler und Bögen müssen die Mauern zudem nicht ganz ausgegossen werden, sondern es eröffnet sich die Möglichkeit, Freiräume und Leerstellen auszusparen und mit großen Fenstern auszufüllen. Die Mauer ist keine geschlossene Steinanhäufung mehr, sondern eine Art Skelett. Das gibt weitere architektonische Chancen für neue Auflockerungen und Rhythmisierungen der Wände.

Das Mittelschiff mit seinen 72 Metern Länge, 14 Metern Breite und 33 Metern Höhe ist – wie schon gesagt – einer der größten Räume des Mittelalters gewesen. Durch das neue Gewölbe wurde es auch eines der ästhetisch erstaunlichsten. Das Gewicht des Materials hat sich verflüchtigt, die Steine haben ihre Schwere, das Dumpfe und Dunkle verloren. Speyer II ist dank der neuen Decke ein «gestufter Raum», «geformte und gegliederte Masse», beschwingt von einem «Elan des Vertikalen», eine «Architektur des Lichts» (Hans Erich Kubach). Es ist eines der großartigsten Gebäude der Romanik und übersteigt sie zugleich. Denn die meisten anderen Kirchenbauten des 11. und 12. Jahrhunderts bleiben bei der flachen Decke und der Idee des Raumkastens. Speyer II ist also ein exklusives, einsames Sonderstück kaiserlichen Bauens geblieben.

Im Kontrast zum Raum selbst dürfte die ursprüngliche Einrichtung der Kirche enttäuschend ausgefallen sein. Von bedeutenden Kunstgegenständen oder einem besonderen Bauschmuck ist kaum etwas bekannt oder bewahrt worden. Nur einige Wand- und Säulenverzierungen nach antiken Vorbildern aus Speyer II haben sich erhalten. Überhaupt scheint die deutsche Romanik wenig hervorgebracht zu haben, was einem Vergleich mit der Gotik standhielte. Die Altäre in Speyer dürften recht bescheiden ausgefallen sein. Selbst der Fußboden war nur ein bloßer Mörtelestrich. In französischen Kirchen vor allem der Hochromanik findet man dagegen schon prachtvoll entfaltete Bildprogramme. Man denke nur an die dortigen Tympana, die bogenförmigen Reliefbilder über den Kircheingängen. Etwas Ähnliches hat der Speyerer Dom nicht zu bieten.

Aus Bau I und Bau II ist der Dom zu Speyer erwachsen. Er gilt als die romanische Monumentalkirche schlechthin. Was hatte der Dom zu Speyer, dass er zum Sinnbild einer Epoche werden konnte? Sprichwörtlich ist das Runde der Romanik geworden. Es verbindet zweierlei: Schwere und Massivität einerseits sowie Harmonie und Erhabenheit andererseits. Das Wuchtige der Mauern und

Pfeiler fügt sich zu einem Schwung. Das nimmt der Monumentalität ihren Schrecken, verhindert, dass sie sich zur Monstrosität steigert. Zugleich ist diese Größe mit einer eigentümlichen Schlichtheit verbunden. Natürlich, die architektonischen Ideen sind ingeniös und ausgefeilt, keineswegs einfach. Aber der Dom entfaltet keine vordergründige Pracht. Radikal wurde auf Ornamente verzichtet. Man ließ den Bau für sich selbst sprechen. So bietet er etwas, das ganz modern erscheint: eine reine Architektur. Hölderlin prägte den Ausdruck «heilige Nüchternheit». Das passt, ebenso wie Rodins Wort vom «schweren Schweigen». Diese Reduktion auf das Wesentliche, diese formale Disziplin ist weit entfernt von inspirationsloser Monotonie oder puritanischer Geschmacksarmut. Die schmucklose Strenge ist verbunden mit einem runden Schwung und einem Taktschlag aus unterschiedlichen Raumgliedern. Die gewaltige Baumasse wird nicht versteckt. Sie ist sichtbar und fühlbar, wird aber zugleich geformt, akzentuiert und von der eigenen Last befreit. So erdrückt der Raum nicht, sondern erfüllt den Betrachter mit Ehrfurcht. Und diese Ehrfurcht ist ein gemischtes Gefühl. In ihr schwingt Furcht mit, ein Erschrecken vor dem Ewigen und der eigenen Begrenztheit. Doch diese Furcht hat nichts Beängstigendes. Sie euphorisiert, erhebt denjenigen, der sie empfindet, über sein alltägliches Leben hinaus und stellt ihn in einen unendlichen Zusammenhang hinein. Sie beglückt, denn in dieser besonderen Form der Furcht ist ein Genuss von Schönheit enthalten und die Erfahrung überweltlicher Liebe verborgen. Diese Ehrfrucht ist das Grundgefühl des christlichen Glaubens. Etwas von ihr vermittelt der Dom zu Speyer. Er ist eine große und feste Burg, aber ein Kastell ohne Kerker, ohne Kampf und Krieg, eine Friedensburg, das Abbild einer Ewigkeit, die ebenfalls groß und schwer ist, aber doch von einer inneren Harmonie bewegt und von einer unhörbaren Musik erfüllt. Da der Dom zu Speyer diese Ehrfurcht vor der Ewigkeit Gottes auf einzigartige Weise architektonisch Gestalt werden lässt, ist er – wie ein Humanist aus dem 15. Jahrhundert geschrieben hat – «die Krone aller Kirchen».

Die Kirche als Friedhof und als moralische Anstalt

Zeit seines Lebens hat Heinrich IV. den Speyerer Dom mit großer Regelmäßigkeit aufgesucht. Als er älter wurde, nahmen diese Kirchgänge noch weiter zu. Ein Motiv war die Fürsorge für die Gräber und die Seelen seiner Angehörigen. Er achtete darauf, dass ihre letzte Ruhestätte eine angemessene Gestalt gewann und dass für ihr ewiges Heil gebetet wurde. So bestimmte er zum Beispiel, dass für das Jahresgedächtnis seiner Großmutter, der Kaiserin Gisela, das gesamte Domkapitel Vigilien und die Morgenmesse lesen müsse, danach angemessen festlich beköstigt werden sollte und anschließend auch 200 Arme zu speisen seien. Der Dom zu Speyer war zunächst und vor allem keine Gemeindekirche, sondern eine Grablege. Ihn als «Pyramide der Salier» zu bezeichnen, mag übertrieben sein, schließlich fand hier ja auch ein normales gottesdienstliches Leben statt. Aber dass eine Kirche als Sammelgrab einer einzigen Dynastie errichtet wurde, war neu und ungewöhnlich. Es zeugt von dem besonderen Familienbewusstsein der Salier, aber auch von dem allgemein gestiegenen Bedürfnis, der Toten zu gedenken, und von dem besonderen Ewigkeitsglauben, der zu dieser Zeit an Einfluss gewann.

Die Verknüpfung von Kirche und Friedhof, die Bestattung von Toten in und um Kirchen war keine Erfindung der Romanik, sondern christliche Tradition. Die heidnische Antike hatte die Toten ausgesiedelt und in Friedhöfen untergebracht, die – zum Teil weit – vor den Toren der Stadt lagen. Die junge Christenheit dagegen pflegte ein vertrautes Verhältnis zu ihren Toten und suchte deren Nähe. Sie versammelte sich an den Gräbern der Märtyrer, später baute sie ihre Kirchen über diesen Gräbern, wobei sie den Altar meist genau über die Ruhestätte des Heiligen setzte, weil sie – wie Kirchenvater Ambrosius schrieb – glaubte, dass «die Seelen der Märtyrer am Fuße des himmlischen Altars ruhen». Der Tod hatte für die Christen seinen Schrecken vielleicht nicht ganz verloren. Doch hatten sie ihn im Glauben an die Auferstehung innerlich so überwunden, dass er ihnen fast wie eine Verheißung erschien, als ein Tor zum Heil. Da wäre es nicht sinnvoll gewesen, sich die Toten vom Leibe zu halten.

Seit dem Frühmittelalter wurden hochgestellte Personen in Kirchen bestattet. Zunächst natürlich die Bischöfe, dann aber auch die weltliche Obrigkeit. Dies war ein wichtiges Indiz dafür, dass sich das Christentum bei den germanischen Völkern durchsetzte: Die Adligen gaben ihre gesonderten Fürstengräber auf und ließen sich in den Kulträumen der neuen Religion beerdigen. Aber auch das gemeine Volk fand jetzt seine letzte Ruhestätte in geweihter Erde. Das Parochial-System sah vor, dass in jedem Dorf eine Kirche stand und diese von einem Friedhof umgeben war. Seit dem 8. Jahrhundert durften Beerdigungen nur noch bei den Kirchen stattfinden. So bildete sich – im Idealfall – eine Siedlungsform aus konzentrischen Kreisen: in der Mitte die Kirche, um sie herum das Gräberfeld, dann die Häuser und Höfe, Arbeitsstätten und Wege. In diesen konzentrischen Kreisen entstand eine intime Lebensgemeinschaft aus Verstorbenen und Lebenden. Jeder Gang zur Sonntagsmesse führte über den Friedhof. Um zum Festsaal des Glaubens zu gelangen, musste man zunächst den Ort des Todes durchschreiten. Bei jedem Gottesdienst waren die verblichenen Verwandten und Nachbarn gegenwärtig und in Rufweite. Sie feierten mit. Ihrer wurde gedacht, und für sie wurde gebetet. Der Glaube an das ewige Leben aus Gottes Hand war ein Band, das Tote und Lebende zu einer ungeteilten Gemeinde machte.

Doch diese anrührende Nähe zwischen Lebenden und Toten barg auch ein düsteres Moment in sich. Das Gebet für die Toten war auch ein Anzeichen von Angst. Dass sie der Fürsprache bedurften, zeigte, dass sie das ewige Heil nicht erlangt hatten, noch lange nicht zur Ruhe gekommen waren. Ihre Zukunft war unsicher, ihre Seele in Gefahr. Der Auferstehungsglaube hatte auch eine dunkle Seite. Denn Christus galt als ein gestrenger Herr, der von den ihm anvertrauten Menschen Wohlverhalten, gute Werke und innere Reinheit forderte. Und er prüfte, wenn sie zu ihm kamen, ob sie ihrer Bestimmung auch gerecht geworden oder ihm etwas schuldig geblieben waren. Wen er für zu leicht befand, den ließ er nicht in den himmlischen Festsaal emporsteigen, sondern hinab in die Hölle oder deren Vorraum, das Fegefeuer, fallen. Die Kirchen mit ihren Friedhöfen waren also nicht nur heilige Orte und Stätten des Glaubens, der Liebe und der Hoffnung, sondern auch Schulen der Angst.

Um diese Angst zu bändigen, beteten die Lebenden für die Seelen ihrer Toten, ein hingebungs- und verzweiflungsvoller Akt der Nächstenliebe und der menschlichen Solidarität gegenüber einem ungnädigen Gott. Nicht selten steigerte sich dies zu zwanghaften Gebetspraktiken. Theologen entwarfen minutiöse Bestimmungen, wie, was, wann, von wem und wie oft gebetet werden musste, um der Seele den steilen Weg zum Himmel zu ebnen. Priester protokollierten wie Buchhalter, ob die vorgeschriebenen, stellvertretenden Frömmigkeitsleistungen für die Toten ordnungsgemäß vollbracht worden waren. Hatte man den Moment des Ablebens abgepasst, am Beerdigungstag alles richtig gemacht, den Jahrestag des Todes bedacht, keinen einzelnen beim Sammelgedenken zu Allerseelen vergessen? Die Aufmerksamkeit der Priester wurde von den vielen Toten fast vollständig in Anspruch genommen. Die Sorge für die Seelen der Lebenden, die Tröstung der Trauernden, die Hilfe für die Hinterbliebenen musste da zurückstehen. In manchen Klöstern, wie etwa Cluny, nahm die Sorge um das Seelenheil der Toten zeitweise solche Ausmaße an, dass für einen normalen Gottesdienst kaum mehr Zeit war. Alles wurde überlagert von den Totenfürbitten, den Namenslesungen und Sondermessen. Eine erdrückende Gebetslast nahm den Lebenden die Luft zum Atmen. Die finstere Höllenfurcht schien die helle Auferstehungshoffnung manchmal ganz eingetrübt zu haben.

Wer darf hinein, wer muss draußen bleiben? Die Frage betraf nicht nur die ewige Bleibe. Sie stellte sich schon für das Diesseits. Wer durfte auf kirchlichem Grund, wer durfte gar in einer Kirche beerdigt werden? Niemand jedenfalls, der sich als unwürdig erwiesen hatte. Dazu gab es seit dem 9. Jahrhundert präzise kirchenrechtliche Bestimmungen. Interessant ist dabei, dass die weltlichen Herrscher meist nicht erwähnt wurden. Eigentlich hätte man erwarten können, dass der Innenraum der Kirche denen vorbehalten blieb, die ein heiliges Leben geführt hatten, also Geistlichen, die ihrer Aufgabe gerecht geworden waren. Aber ein archaischer Adelsgedanke ließ es als unmöglich erscheinen, dass die Hohen gleich neben den Niedrigen in demselben Grund und Boden bestattet wurden. Deshalb erhielten sie wie selbstverständlich ein Grab in der Kirche. Das sollte sich erst bei Heinrich IV. ändern.

Als Heinrich IV. am 7. August 1106 in Lüttich gestorben war, konnte er, da der Papst ihn gebannt hatte, nicht im Speyerer Dom beigesetzt werden. Dabei hatte er diese Kirche doch auch für diesen Zweck neu bauen lassen. Aber es gab eine Notlösung. Der Dom besaß eine Nebenkapelle. Diese Afra-Kapelle war noch nicht geweiht worden. Deshalb konnte der aus der Gemeinschaft der Gläubigen so oft verstoßene Kaiser in ihr beigesetzt werden. So belastet das Verhältnis zu seinem Sohn auch gewesen war, Heinrich V. bemühte sich darum, dass die Kirche den Bann nachträglich aufhob. Nach langen Verhandlungen gelang dies auch, und sein Vater konnte im Jahr 1111 endlich in die Mitte seines Doms verlegt werden.

Im Jahr 1125 starb auch Heinrich V., der letzte Kaiser aus dem Haus der Salier. Er wurde in die Grablege der Familie getragen und, weil der Platz dort begrenzt war, über seinen ungeliebten Vater gelegt. So hatten die Salier ihre letzte Stätte gefunden, mitten in einem großartigen Dom, an einem zentralen liturgischen Ort mit eigenem Altar und Chorgestühl. Eine sogenannte Stuhlbrüderschaft tat hier ihren Dienst eines täglichen, immerwährenden Gebets für das Seelenheil der verstorbenen Kaiser – noch viele Jahrhunderte lang. Vor allem Heinrich IV. wird diese unendliche Fürbitte nötig gehabt haben, hatten sich in seinem Leben und Wirken doch zwei Glaubensgedanken durchkreuzt: der alte, schützende Glaube an die religiöse Berufung und Heilsmacht des Königs sowie die neue, erschreckende Erfahrung, dass auch Könige einfache Sünder sind, die der Vergebung bitter bedürfen und dafür schwer büßen müssen.

Der Wechsel von Sünde und Vergebung, Bann und Buße, Exkommunikation und Wiederaufnahme gab dem Leben Heinrichs IV. einen verstörenden Rhythmus – sogar über den Tod hinaus. Auch damit markiert er eine neue Epoche des Christentums und seiner Kirchen. In der Alten Kirche war eine Buße eigentlich nicht vorgesehen. Denn die Taufe wurde als eine neue Geburt verstanden. Der alte Adam wurde ertränkt und ein neuer Adam geboren. Der Täufling entstieg dem heiligen Wasser rein gewaschen und bereit, ein Leben ganz im Geist zu führen. Doch mit der Zeit stellte sich der Kirche immer dringlicher die Aufgabe, zwei Gedanken miteinander zu verbinden: Zum einen musste sie an ihrem hohen moralischen Standard festhalten, zum anderen durfte sie ihre Botschaft von der Vergebung nicht vernachlässigen. Sie musste die Menschen zur moralischen Besserung anhalten und zugleich deren schwache Natur berücksichtigen. Es war ein schmaler Grat, der zwischen Überforderung und Nachgiebigkeit hindurchführte. Dieser Grat war die Buße. Sie bot die Möglichkeit, die eigene Schuld vor Gott und sich selbst einzugestehen, sie zu bearbeiten, um Vergebung zu erfahren und ein besseres Leben beginnen zu können.

Dieses Instrument wurde in der Antike noch sehr zurückhaltend eingesetzt. Nur nach schweren Vergehen wie einem Sakrileg oder Mord, einem Ehebruch oder Raub gab es eine einmalige Chance, sich wieder mit Gott und der Kirche zu versöhnen. Und dies geschah so: Der Sünder wurde öffentlich in der Kirche bloßgestellt, indem man ihn in den Büßerstand versetzte. Vor dem eigentlichen Hauptgottesdienst, der Eucharistie, wurde er mit den Taufbewerbern des Kirchraums verwiesen. Damit war er exkommuniziert. Er durfte nicht mehr mit Gott «kommunizieren», das heißt am Abendmahl teilnehmen. Ein erster Schritt zurück in die Gemeinschaft der Gläubigen war das Bekenntnis der Sünde. Dieses geschah geheim. In einem seelsorgerlich geschützten Raum legte der Sünder vor dem Bischof sein Geständnis ab. Das Abbüßen jedoch geschah in der Gemeindeöffentlichkeit und war deshalb besonders schmerzlich. Manchen wurden lange – jahrelange – Strafen auferlegt, asketische Einschränkungen oder soziale Pflichten. War die auferlegte Bußstrafe überstanden, wurde dem Sünder, der echte Reue gezeigt und durch gute Taten seinen Willen zum Guten bewiesen hatte, die Vergebung zugesprochen. Dieses Verfahren war nicht wiederholbar. Die Folge war – wie am Beispiel Kaiser Konstantins schon gezeigt – der Taufaufschub.

Die altkirchliche Buße war so etwas wie eine zweite Bekehrung oder wie eine Therapie, die den Sünder von einer schweren Krankheit heilte und in eine ganz neue Gesundheit entließ. Dieses starke Medikament wirkte langfristig eigentlich nur bei Mönchen. Denn nur weil sie Armut, Keuschheit und Gehorsam gelobt hatten, besaßen sie die Aussicht auf ein Leben ohne Sünde. Was aber machte man mit den übrigen Christen? Man entwickelte im frühen Mittelalter die Buße weiter. Die erste Neuerung: Die Buße ließ sich beliebig oft wiederholen. Sie wurde zu einer regelmäßigen Übung. Die zweite Neuerung: Die Buße wurde im Geheimen vollzogen; vor der Öffentlichkeit verborgen, bekannte der Sünder dem priesterlichen Ohr seine Schuld, erhielt vom Kleriker insgeheim ein Bußwerk auferlegt und die Vergebung zugesprochen. Die dritte Neuerung: Die Bußleistungen wurden nach einem festen Tarif bemessen, wie er in eigenen Rechnungsbüchern verzeichnet war. Der Sünder sollte mit Gebeten, Fasten und Almosen «Böses durch das gute Gegenteil heilen». Doch mindestens so stark wie das Motiv der Besserung war der Strafcharakter dieser Werke. Denn: «Bei Gott bleibt keine Sünde ungestraft.»

Diese neue Form der Buße war ursprünglich von irischen Mönchen entwickelt und dann von Irland nach Kontinentaleuropa importiert worden, in die Klöster und Gemeindekirchen. So bildete sich diese Beichtordnung heraus: Der Sünder legt vor dem Priester – anfangs in einem privaten Raum des Priesters, dann aber in der Kirche vor dem Altar, erst viel später in einem Beichtstuhl – ein ausführliches und geheimes Bekenntnis ab; dabei unterstützt und prüft der Priester ihn, indem er ihm einen Sündenkatalog vorliest; daraufhin spricht der Priester – je nach Schwere der Schuld, aber auch unter Berücksichtigung der Umstände – ein Urteil und setzt das Strafpensum fest; schließlich sagt er unter Handauflegung die Versöhnung zu und spricht ein Gebet. Das verlorene Schaf ist wieder in die Herde zurückgeführt. Aber es muss noch lange drückende Lasten tragen. Doch dabei hilft ihm der Priester, indem er Fürbitten spricht und seelsorgerliche Begleitung anbietet. Darüber hinaus gibt es zwei Erleichterungen. Zum einen die Kommutation, das heißt die Abkürzung der Bußzeit durch Sonderleistungen. Einen Fastentag konnte ein Büßer zum Beispiel durch 70 Psalmengebete oder durch 50 Psalmen mit zusätzlichen Kniebeugen ersetzen. Die andere Hilfe war die Redemption, das heißt die Stellvertretung durch andere. So konnte ein Büßer gegen eine Gebühr seine Strafarbeiten an einen Mönch abgeben, der sie dann für ihn erbrachte.

So fremd diese Praxis heute anmutet, stellte sie doch eine große Leistung dar. Zum einen gab sie eine Antwort auf die theologisch-seelsorgerliche Meisterfrage, wie man die Reinheit der göttlichen Gebote bewahren und zugleich Rücksicht auf die Schwäche der menschlichen Natur nehmen kann. Zum anderen war die Buße ein unschätzbares Instrument zur moralischen Erziehung der Völker und ihrer Könige. Das letzte Ziel war die Besserung, nicht die Demütigung des Menschen. Zugegeben, es war eine harte Schule, aber in ihr lernte man die Bedeutung moralischer Prinzipien kennen und übte sich in der Kunst der moralischen Selbstbeobachtung, Selbstkritik, Selbstkontrolle und Selbststeuerung. In einer nur teilweise christianisierten Kultur und in einer sehr unzivilen Gesellschaft war die kirchliche Bußordnung ein wichtiger Faktor der Besserung und des Fortschritts. Sie half, die Lebensführung des einzelnen zu stabilisieren und das Wachsen einer europäischen Zivilisation zu fördern.

Aber die mittelalterliche Bußpraxis hatte auch ihre Schattenseiten. Dazu gehört ihr veräußerlichter Charakter. Die Buße lenkte den Blick fort von den inneren Voraussetzungen des Bösen wie des Guten und fokussierte sich viel zu sehr auf die äußeren Taten. Das mag für primitive Frömmigkeitskulturen typisch sein, stellt aber gegenüber dem Neuen Testament und seiner Frage nach der Gesinnung des Menschen einen Rückschritt dar. Düster wirken auch die Härte der Strafen und die rigide Leistungsmoral dieser Bußpraxis. Fast noch schlimmer aber ist die damit verbundene Doppelmoral. Es wurden hohe Strafen ausgeteilt, aber man konnte sie sich gegen Geldzahlungen abnehmen lassen. Darin zeigt sich eine bedenkliche Inkonsequenz. Vielleicht aber war diese Inkonsequenz auch gewollt. Denn diese Buße war schließlich auch ein Herrschaftsinstrument, beförderte und befestigte sie doch die Herrschaft der Priester über die Laien.

Die neue Bußpraxis blieb nicht ohne Folgen für die Kirchengebäude, auch deren Funktion veränderte sich. Die Kirchen erschienen nun in einem anderen Licht. Sie waren nicht allein Räume des Gebets, Stätten eines – unblutigen – Opfers, Bühnen eines heiligen Spiels, sondern auch Erziehungseinrichtungen und Besserungsanstalten, Schulen für ein gutes Leben, aber eben auch Gerichtssäle, Häuser der Scham und der Schmerzen. Am Ende aber waren sie hoffentlich doch vor allem Orte, an denen Menschen Vergebung und Ruhe erfahren konnten, so wie Heinrich IV. schließlich seinen ewigen Frieden im Dom zu Speyer gefunden hat.

Kirchen als Ausdruck ihrer Zeit

Hegel hat von seinem Fach gesagt, die Philosophie sei «ihre Zeit in Gedanken gefasst». Entsprechend könnte man sagen, Kirchen sind «ihre Zeit in Stein gebaut». Denn Kirchen sind Ausdruck ihrer Zeit, dies aber in einem doppelten Sinn. Ein Kirchenbau offenbart zum einen die technischen und geistigen Möglichkeiten einer Epoche. Er zeigt, welche konstruktiven, ästhetischen und religiösen Leistungen sie zu vollbringen vermag. Insofern gibt der Dom zu Speyer in seiner Größe und Genialität einen Eindruck davon, welche Herrlichkeit und Dynamik im mittleren Mittelalter angelegt war. Man täusche sich nicht, die Zeit der Romanik war keineswegs weniger als die so fortschrittsbewegte Neuzeit eine Epoche großer europäischer Erfindungsfreude und Innovationskraft. Und zu dieser Fortschrittlichkeit gehören auch die Streitigkeiten, welche die Entstehung dieses Dom begleitet haben. Dass sich mit der Romanik das Gravitationszentrum der architektonischen Innovation von Süden und Osten nach Norden und Westen, von Italien und Byzanz nach Nordeuropa verschob, hing auch mit den Konflikten zusammen, die damals dort herrschten. Denn diese hatten nicht nur etwas Zerstörerisches, sondern waren auch eine Kraftquelle. Wäre Heinrich IV. wohl auf die Idee gekommen, dieses Bauvorhaben zu wagen, wenn er sich nicht im Kampf gegen den Papst auch religiös hätte behaupten müssen?

Ein Kirchenbau ist aber auch deshalb Ausdruck seiner Zeit, weil er offenlegt, was diese sich gewünscht und ersehnt, aber nicht besessen hat. Er legt unfreiwillig davon Zeugnis ab, was dieser Epoche fehlte. Insofern ist der Dom zu Speyer ein Abbild der unerfüllten Bedürfnisse seiner Zeit. Er steht so groß und fest da, überwältigt durch seine Massivität und Raffinesse, strahlt solch eine Harmonie und Ruhe aus. Doch man vergesse nicht, unter welchen Umständen er entstanden ist. Das 11. Jahrhundert war voller Auf- und Umbrüche, erschüttert durch religiöse Revolutionen und unlösbare Konflikte. Vielleicht stellt er gerade deswegen das Bild einer Gegenwelt vor, in welcher die Macht und der Glaube miteinander versöhnt sind.

Ein Kirchenbau ist «seine Zeit in Steine gefasst». Aber er geht nicht in ihr auf. Ein bedeutender Kirchenbau entwickelt ein eigenes Leben. Er wächst über die Gegenwart seiner Entstehung, die doch bald vergangen ist, hinaus und löst sich von den Motiven, aus denen er geplant und errichtet wurde. Wenn alle gestorben sind, die an ihm gebaut und um ihn herum gestritten haben, wenn ihre

Namen verweht sind, wenn die Konflikte, die diesen Bau eingerahmt haben, ganz vergessen sind oder nur ein leises Nachbeben von ihnen geblieben ist, dann steht er noch immer da und spricht für sich selbst: als Denkmal einer Überwelt, als Zeugnis des christlichen Glaubens, als Sinnbild der göttlichen Ewigkeit.

Die Kathedrale von Amiens

5. Die Kathedrale von Amiens

und die Gotik

Sie bauten viele Kathedralen

Das Mittelalter durchlitt viele Epidemien. Zumeist waren dies schreckliche Krankheiten und Pestilenzen, die ungezählten Menschen das Leben verdarben und raubten. Aber das Mittelalter erlebte auch Seuchen in einem übertragenen Sinn: rauschhafte Massenaufwallungen, religiöse Begeisterungsfluten, höchst ansteckende Frömmigkeitsbewegungen. Man denke nur an die Pilgerscharen und Kreuzfahrerheere, die Büßer und Geißler, die Katharer und Liebhaber der Armut, die Ablasskäufer und Reliquienfetischisten, die mystischen Bruder- und Schwesternschaften, die Judenmörder und Ketzerjäger. Neben diesen rätselhaften religiösen Epidemien, die dem Mittelalter eine finstere Faszination verleihen, gab es noch eine weitere, höchst erstaunliche Krankheit. Sie kam gegen Ende des 12. Jahrhunderts in Frankreich auf, erlebte dort im 13. Jahrhundert ihre Blüte und breitete sich sodann fast über den ganzen Kontinent aus. Zu einer kurzen Atempause kam es in der zweiten Hälfte des 14. Jahrhunderts, denn andere Schrecken drängten sie zurück: der Hundertjährige Krieg zwischen Frankreich und England, die große Pest, der Ansturm der Türken und Tartaren. Dann aber flammte die Krankheit im 15. Jahrhundert wieder auf und wirkte weiter, bis sie im 17. Jahrhundert langsam abklang.

Höher, größer, weiter! Ein Gipfel christlichen Kirchenbaus findet sich in einem heute fast vergessenen Städtchen in Nordfrankreich. Die Kathedrale von Amiens, der immer noch größte Sakralbau des Landes, zeugt von vergangenem Reichtum und verflossener Frömmigkeit, hat aber seine Strahlkraft nicht verloren.

Die Symptome wurden sehr früh in Chartres beobachtet, wie der Chronist Robert von Mont-Saint-Michel berichtet:

> In diesem Jahr (1144) sah man zum ersten Mal zu Chartres die Gläubigen sich vor Karren spannen, die mit Steinen, Holz, Getreide und wessen man sonst bei den

> Arbeiten an der Kathedrale bedurfte, beladen waren. Wie durch Zaubermacht wuchsen ihre Türme in die Höhe. So geschah es nicht nur hier, sondern fast allenthalben in Franken und der Normandie und andernorts. Überall demütigten sich die Menschen, überall taten sie Buße, überall vergaben sie ihren Feinden. Männer und Frauen sah man schwere Lasten durch Sümpfe schleppen und unter Gesängen die Wunder Gottes preisen, die er vor ihren Augen verrichtete.

Selbst Angehörige der Oberschicht waren infiziert, wie ein Abt in einem Brief mitteilte:

> Wer sah jemals, wer hörte von vergangenen Generationen, dass Tyrannen, Fürsten, Mächtige, die in dieser Welt an Reichtümern und Ehren ganz aufgebläht sind, dass Frauen und Männer adliger Geburt ihre stolzen und von Einbildung geschwollenen Häupter gebeugt und sich vor die Riemen der Karren gespannt haben und sie, beladen mit Wein, Getreide, Öl, Kalk, Steinen, Holz und anderen zum Leben oder zum Bauen nützlichen Dingen, zum Zufluchtsort Christi wie Zugtiere gezogen?

Zeitgenossen, denen dieses Treiben unheimlich war, gaben ihm den Namen «morbus aedificandi» – Kirchenbau-Krankheit. Sie nahm im 13. Jahrhundert fürwahr epidemische Ausmaße an. Schon vorher waren in Europa viele Kirchen gebaut worden. Doch nun kam es zu einer regelrechten Bauexplosion. Innerhalb von einhundert Jahren wurden im französischen Kronland fast zwanzig riesige Kathedralen gebaut. Im Umkreis von nur 150 Kilometern, also von fünf – damaligen – Tagesreisen, entstanden in Paris, Chartres, Rouen, Amiens, Beauvais, Soissons, Reims, Troyes, Sens und Orléans monumentale Sakralbauten. Hinzu kamen Hunderte von Abtei- und Stiftskirchen sowie Tausende von kleineren Kirchen. Die etwa 1300 Kirchen, die sich aus dem 12. und 13. Jahrhundert im ehemaligen französischen Kronland erhalten haben, stellen nicht einmal die Hälfte des damals Gebauten dar.

Alle Schichten des Volkes scheinen von einer historisch einmaligen Lust am Kirchenbau gepackt worden zu sein, der König und seine Fürsten, die Bischöfe und ihre Domkapitel, die Bürger und das einfache Volk. Aus Auxerre berichtete man:

> Zu dieser Zeit brannte die Frömmigkeit des Volkes darauf, neue Kirchen zu errichten. Als nun der Bischof von Auxerre sah, dass seine Kathedrale von alter und wenig

> geordneter Architektur an Schmutz und Altersschwäche litt, während rundherum andere Kathedralen ihr Haupt in wunderbarer Schönheit erhoben, beschloss er, seine Kirche mit einem neuen Bau und der höchsten Kunst der in der Baukunst Kundigen zu schmücken, damit sie den anderen Kirchenbauten nicht an Aussehen und Bemühung ungleich sei. Er ließ sie abreißen, damit sie nach Ablegung des Schmutzes ihrer Altertümlichkeit zu einer eleganteren und neueren Art verjüngt werde.

Es kamen viele, zum Teil widersprüchliche Motive zusammen, um eine Stadt zu solch einem Bauvorhaben anzutreiben. Zum einen war der Kirchenbau genuiner Ausdruck christlicher Frömmigkeit. Er war eine Bußleistung, aber auch ein Lob Gottes, ein Dankopfer sowie der Versuch, dem Gottesdienst einen möglichst angemessen Raum zu schenken. Zugleich wirkte in der Baubegeisterung eine ungeheure Lust am Neuen. Man war der alten, hinfälligen Kirchen überdrüssig. Man sehnte sich nach frischen, jungen Sakralgebäuden, die nicht mehr Zeugen einer dunklen, überwundenen Vergangenheit waren, sondern öffentlich ausstellten, welche lichtvollen Perspektiven die eigene Gegenwart besaß und zu welchen Leistungen sie in der Lage war. Das eigene technische, künstlerische und wirtschaftliche Vermögen sollte vorgezeigt werden. Und schließlich wollte man auf eine religiös erlaubte Weise Schönheit, künstlerische Eleganz und architektonische Raffinesse genießen. Fromme und weniger fromme Absichten spielten also zusammen. Die Demut vor Gott schuf gemeinsam mit dem Stolz auf eigene Fähigkeiten die Triebkraft, die es brauchte, um ein ganzes Volk zu fast übermenschlichen Anstrengungen anzustacheln. Auch wenn sich die Bauarbeiten über viele Jahrzehnte hinzogen, ließ man nicht ab, zahlte und zahlte und zahlte und legte selbst mit Hand an. Allerdings wurde letzteres zunehmend schwieriger, weil die Arbeitsteilung und die Professionalisierung im Baugewerbe mit der Zeit sehr an Bedeutung gewannen.

Es gab auch Kritik am «morbus aedificandi». Der Pariser Domdekan Petrus Cantor sprach sogar von einer «libido aedificandi», einer sündigen Bau-Wollust. Wer so große und prächtige Kirchen baue, habe zu wenig Interesse an einfacher Frömmigkeit und schlichter Nächstenliebe, sei unwillig, den Armen zu helfen, wie es einem Christen eigentlich aufgetragen sei. Die Bauwollust sei ein bedenkliches Anzeichen dafür, dass die Christen nicht mehr nach der wahren Glückseligkeit im Jenseits strebten, sondern sich allzu sehr darauf konzentrierten, sich in dieser endlichen Welt schön und prächtig einzurichten: «Wenn die Erbauer

glaubten, dass die Welt ein Ende nehmen wird, würden sie nicht so hohe Steinmassen bis in den Himmel auftürmen, würden sie auch nicht die Fundamente bis in solche Abgründe, bis zur Hölle senken.» Doch solche Kritik drang nicht durch. Zu groß war diese Wollust. Krankhaft an ihr war, dass sie zu einem geradezu suchtähnlichen Verhalten führte. Denn sie wurde «durch das Bauen nicht behoben, sondern gesteigert». Die Gier nach herrlicheren Kathedralen ließ sich nicht stillen. Jede neue Großkirche stachelte zu noch größeren, teureren, gewagteren Bauvorhaben an. Was in der Nachbarstadt gebaut wurde, musste man unbedingt übertrumpfen, und indem man es tat, gab man wiederum der nächsten Stadt Anlass zu Neid und Überbietungsgelüsten.

Wie man in vormodernen Zeiten Kirchen baute, zeigt ein französisches Bild aus dem Jahr 1448. Man beginnt im Osten mit dem Altarbereich. Ist dieser fertiggestellt, wird er in Betrieb genommen, während im Westen weitergearbeitet werden muss – dies aber schon in einem ausgefeilten arbeitsteiligen Verfahren.

Den Wettstreit, den der «morbus aedificandi» auslöste, nennt man für gewöhnlich «Gotik». Sie nahm ihren Anfang in der Mitte des 12. Jahrhunderts in einer Kleinstadt nördlich von Paris. Abt Suger baute die Abteikirche von Saint-Denis auf eine höchst innovative Weise neu und gab damit das Startzeichen für eine neue Epoche der Architekturgeschichte. Die sogenannte Frühgotik entfaltete sich dann in der zweiten Hälfte des 12. Jahrhunderts nördlich der Loire. Vielerorts wurden die alten Holzkirchen ersetzt und große Kathedralen gebaut, wie in Senlis, Noyon, Laon oder Paris. Das 13. Jahrhundert wurde dann die klassische Periode, in der sich der gotische Stil voll entfaltete. In Chartres wurden neue Maßstäbe gesetzt, die in Soissons, Reims und Amiens übernommen und überboten wurden. Jede Kirche nahm die Einflüsse der vorherigen Kirche auf und versuchte zugleich, sie zu übertreffen. Als der Chor von Chartres fertig gestellt war und die Bauarbeiten in Reims in vollem Gange waren, wurde in Amiens wieder ein größerer Schritt gewagt. Das Gewölbe des Hauptschiffs von Chartres war 38 Meter hoch, das des Langhauses von Reims sogar 40 Meter, das von Amiens sollte nun 42,5 Meter messen. In Beauvais aber wollte man den Menschen von Amiens nicht das Glück gönnen, die größte Kirche des Landes zu besitzen. Man baute noch höher. 48 Meter Gewölbehöhe wollte man erreichen, und dies mit Hilfe ausgesprochen schlanker Pfeiler. Doch als man im Jahr 1284 in der noch unfertigen Kirche den Ostergottesdienst feierte, hörte man ein bedenkliches Knirschen und Rumpeln im Gewölbe. Die Chorpfeiler begannen zu schwanken, das Gewölbe stürzte auf die Gläubigen, die nicht schnell genug geflohen waren. Dies war der Höhe- und Endpunkt eines Wettkampfes, den Beauvais nun verloren hatte. Die dortige Kathedrale war am eigenen Anspruch gescheitert und ist eine Ruine geblieben.

Doch auch nach diesem «Ikarusflug der Gotik» (Georg Dehio) war die Geschichte der Gotik noch nicht zu Ende. Die Sehnsucht nach einer Steigerung der Ausmaße, das «Höher-Größer-Weiter» wurde abgelöst durch einen zunehmenden ornamentalen Reichtum und mehr Raffinesse. Dabei übernahm England um 1300 von Frankreich die Führungsrolle. Aber auch in Deutschland, Böhmen, Spanien und Portugal kam es zu Weiterentwicklungen, die den ursprünglich französischen Stil den eigenen Vorstellungen und Gegebenheiten anpassten und ihn so zu einem europäischen Allgemeingut machten. Nur Italien scheint – warum auch immer – gegen die gotische Krankheit weitgehend immun gewesen zu sein. Der gotische Stil war so überzeugend und dazu so wandlungsfähig, dass er die Baubedürfnisse in den unterschiedlichsten Regionen Europas sehr lange zu befriedigen vermochte und deshalb auch von neuen Stilen wie der Renaissance nicht verdrängt werden konnte. Erst die Gegenreformation machte ihm ein Ende.

Der «morbus aedificandi» war eine seltsame Krankheit. Er muss ungeheure Finanzmittel verschlungen und ganze Landstriche über Generationen hinweg gebunden haben. Aber er war eine Krankheit, welche die schönsten Blüten trieb und die herrlichsten Früchte hervorbrachte. Die Gotik war der wunderbare Versuch, Häuser zu bauen, in denen Menschen sich zu Gott erheben können und in denen Gott bei ihnen wohnt. Sie war vom Wunsch beseelt, Orte reiner Christlichkeit zu schaffen – und dies nur mit den Mitteln der Schönheit, also ganz ohne Zwang und Waffengewalt. Vergleicht man den gotischen Morbus mit den anderen religiösen Epidemien dieser Zeit – dem finsteren, natur- und kulturfeindlichen Glauben der Katharer oder dem schwarzen, blutig-brutalen Gewaltfanatismus der Kreuzritter –, zeigt sich, wie licht, wie strahlend hell das Mittelalter auch sein konnte.

Eine gotische Kathedrale ist keine fromme Herzensergießung, sondern ein Triumph der Geometrie, der Sieg reiner Konstruktivität über die Erdenschwere des Baumaterials – zur Ehre Gottes und zum Ruhm der Stadt. Grundriss der Kathedrale von Amiens.

Vorsprung durch Technik

Aus der Konkurrenz der Kathedralen ging also Amiens als Siegerin hervor. Die Bischofskirche dieser kleinen nordfranzösischen Stadt übertraf an Länge, Höhe und Breite alle anderen gotischen Bauten. Nur die dritte Abteikirche von Cluny, das Monument der französischen Romanik, war größer, aber eben nicht höher. Vom Boden bis zum Schlussstein des Gewölbes sind es in Amiens 42,3 Meter. Das entspricht ungefähr der Höhe eines fünfzehnstöckigen Hauses. Nur der Kölner Dom, der dem Vorbild von Amiens nachgebildet ist, ist noch höher. Zur

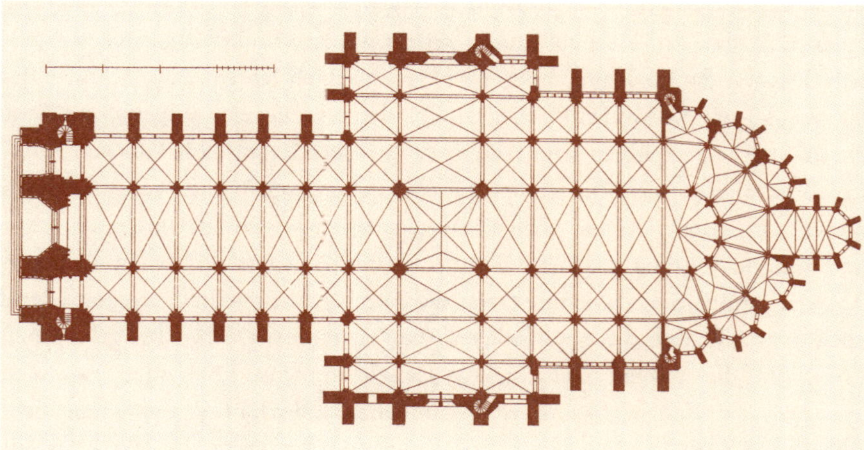

Zeit ihrer Erbauung war die Kathedrale von Amiens also das höchste Gebäude der bekannten Welt, ein sakraler Wolkenkratzer, ein Himmelshochhaus. Niemand sollte es wagen, diese bautechnische Spitzenleistung zu überbieten, diesen architektonischen Höhenrausch zu wiederholen. Der Einsturz von Beauvais war Abschreckung genug. Aber nicht nur wegen seiner Ausmaße ist Amiens ein Inbegriff gotischen Bauens. Diese Kathedrale weist eine besondere stilistische Geschlossenheit auf, was auch der kurzen Bauzeit von nur 44 Jahren geschuldet ist.

Das heute unscheinbare Amiens war im Mittelalter ein Zentrum der Textilwirtschaft und eine der reichsten Städte des Königreichs. Im Jahr 1218 hatte es in der Kathedrale gebrannt, die – wiederum nach einem Brand – erst 1137 erbaut worden war. «Aufgrund unserer Sünden erlaubte Gott die Zerstörung unserer Kirche durch einen Brand, zu unserer Besserung, wie wir glauben», heißt es in einer alten Urkunde. Doch diese Himmelsstrafe scheint den Menschen in Amiens ganz willkommen gewesen zu sein. Denn wahrscheinlich war die vergleichsweise neue Kirche gar nicht völlig ausgebrannt. Man hätte sie sanieren können. Aber die Bauprojekte in Reims und Chartres waren in Amiens nicht unbemerkt geblieben. Wahrscheinlich hatte man für einen Neubau im gotischen Stil sogar schon Pläne gemacht und Geld angespart.

Recht schnell, zwei Jahre später, konnte nach den notwendigen Aufräumarbeiten und Ausschachtungen der Grundstein gelegt werden. Wiederum zwei Jahre später, 1222, waren die riesigen Fundamente fertiggestellt. Nun wurde mit dem Langhaus und der Westfassade begonnen. Das ist ungewöhnlich, fing man doch gewöhnlich mit dem Chor an. Doch in Amiens war der Bauplatz im Osten noch nicht frei. Ein Hospital musste verlegt werden, und die Insassen wehrten sich. Das war damals kaum anders als heute. Nach elf Jahren, 1233, standen das Langhaus sowie die westlichen Teile des Querhauses. Die reich ausgestaltete Westfassade war nach weiteren zehn Jahren, 1243, vollendet, und die Glocken konnten aufgehängt werden. Bis hierher war alles gut gegangen. Nun traten Geldprobleme auf. Ludwig IX., der heilige König, bereitete seinen fatalen Kreuzzug vor und forderte Abgaben ein. Der Bischof von Amiens, Gérard de Conchy, wollte an der Kriegsexpedition teilnehmen, was die Angelegenheit weiter verteuerte. Und nach dem Scheitern dieses unheiligen Abenteuers mussten für den gefangenen König und die anderen hochgestellten Geiseln immense Lösegelder gesammelt werden. Es ist erstaunlich, dass der Bau der Kathedrale nicht eingestellt, sondern nur verzögert wurde. Im Jahr 1264 war es endlich so weit: Die Kathedrale war vollendet. Die Altäre konnten geweiht werden. Die eigentliche Weihe der ganzen Kirche aber wurde zunächst verschoben, dann lange Zeit vergessen und schließlich 1483 nachgeholt.

Erhabener kann man nicht bauen. Die Decke ist in lichte Höhen gezogen, die Wände sind aufgelöst zugunsten einer freien, offenen Konstruktion. Eine Architektur von symbolischem Tiefsinn und paradiesischer Eleganz. Das Innere der Kathedrale von Amiens, Blick nach Westen.

Das vergleichsweise zügige Bauen war nur möglich, weil die ganze Stadt sich engagierte. Die Initiative dürfte vom Bischof ausgegangen sein, allerdings in enger Abstimmung mit dem Domkapitel, dem leitenden Gremium der Bischofskirche. Dieses hatte eine erhebliche Macht und hätte diese auch gegen den Bischof ausspielen können. Finanzierung und Durchführung von Bauvorhaben unterstanden ihm. Aber nicht nur Bischof und Domkapitel mussten eng zusammenarbeiten. Auch die Bürger der Stadt mussten sich beteiligen. Und sie scheinen es gern und großzügig getan zu haben. Erhebliche Summen wurden von ihnen bereitgestellt, wie man zum Beispiel an den Fenstern sehen kann, die zumeist von Bürgermeister und Zunftmeistern gestiftet wurden. Auch der König leistete einen Beitrag, dessen Höhe aber nicht belegt ist. Amiens war ein königliches Bistum. Zudem war der König den Bürgern und der Kirche ein Verbündeter gegen die übermächtigen Feudalherren. Diese Kirche war also ein Gemeinschaftswerk der Kirche, der Stadt sowie des Königreiches.

Worin aber bestand die architektonische Leistung – jenseits der ungeheuren Ausmaße? Was ist das Gotische an der Kathedrale von Amiens? In dem neuen Stil verbanden sich drei Grundideen. Die erste ist das spitz nach oben zulaufende Kreuzrippengewölbe. Die Decke ist untergliedert in eine Vielzahl von Jochen. Jedes von ihnen wird von zwei spitzbogigen Rippen getragen, die sich im Schei-

telpunkt des Gewölbes überschneiden. Diese Gewölbeform entfaltet eine besondere ästhetische Wirkung, indem sie wie von selbst den Betrachter nach oben, zum Himmel emporzieht. Zudem stellt sie eine statische Innovation mit großen Auswirkungen dar. Die beiden Rippen leiten den Druck von oben sehr präzise auf die vier Pfeiler nach unten ab, auf die sie an ihren Enden zulaufen. Der Schub eines jeden Gewölbejochs muss also kaum noch von den Außenmauern mitgetragen werden. Das eröffnet dem Architekten eine ungeahnte Gestaltungsfreiheit, denn er muss, wenn er in die Höhe bauen will, nicht mehr massive Wände hochmauern lassen.

Das Kreuzrippengewölbe selbst war keine Erfindung der Gotik. Auch wenn man mit dem Vorläufer-Stil, der Romanik, gemeinhin den runden Bogen verbindet, wurden Spitzbogen und Kreuzrippengewölbe schon in Cluny und Speyer virtuos eingesetzt. Dass das Gewölbe nicht aus einem Kreis entwickelt wird, sondern aus zwei sich überschneidenden Bögen, war im Orient sogar schon sehr viel länger bekannt. Auch dass die Raumlogik sich durch das Joch definiert, war schon bei den großen romanischen Kirchen zu beobachten gewesen. Speyer II ist ein klassisches Beispiel dafür, wie das Joch als Grundelement in vielfachen Wiederholungen das Raumganze bildet. So wurde schon in den besten romanischen Bauten die Kirche von oben, vom Gewölbe her gestaltet. Aber große Erfindungen bestehen selten darin, dass sie etwas in die Welt setzen, das es vorher nirgends gegeben hätte. Vielmehr nehmen sie vorgegebene Ideen auf und formen sie um, vereinfachen und radikalisieren sie, setzen sie besser und konsequenter ein und um. Deshalb spricht es nicht gegen den Erfindungsgeist der gotischen Baumeister, dass das Kreuzrippengewölbe schon lange vor ihrer Zeit gebaut wurde. Ihr Ingenium zeigt sich darin, wie sie mit seiner Hilfe ganz neue, so noch nie gesehene Räume schufen.

Dieser Schnitt zeigt die konstruktive Genialität gotischer Architektur. Die massiven Mauern sind ersetzt durch eine feine gedoppelte Struktur, die den Druck über Strebebögen und Strebepfeiler ableitet. Rekonstruktion von Eugène-Emmanuel Viollet-le-Duc, einem der ersten Gotik-Forscher.

In der Gestaltung des Innenraums zeigt sich die zweite Grundidee der Gotik: Die Wände werden zu feinsinnig durchgliederten Lichtflächen. Die Fenster sind nicht mehr bloße Maueröffnungen und Wandlücken, die für das benötigte Licht sorgen sollen, aber nicht zu groß werden dürfen, um die Gebäudesicherheit nicht zu gefährden. Jetzt ersetzen sie weite Teile der Wand und werden zu einem Raumelement ganz eigener Qualität. Diese Möglichkeit, große Fensterflächen zu schaffen, verbindet sich in der Gotik mit einem genauen Gespür für die Dramaturgie eines Innenraums. Die gotischen Wände

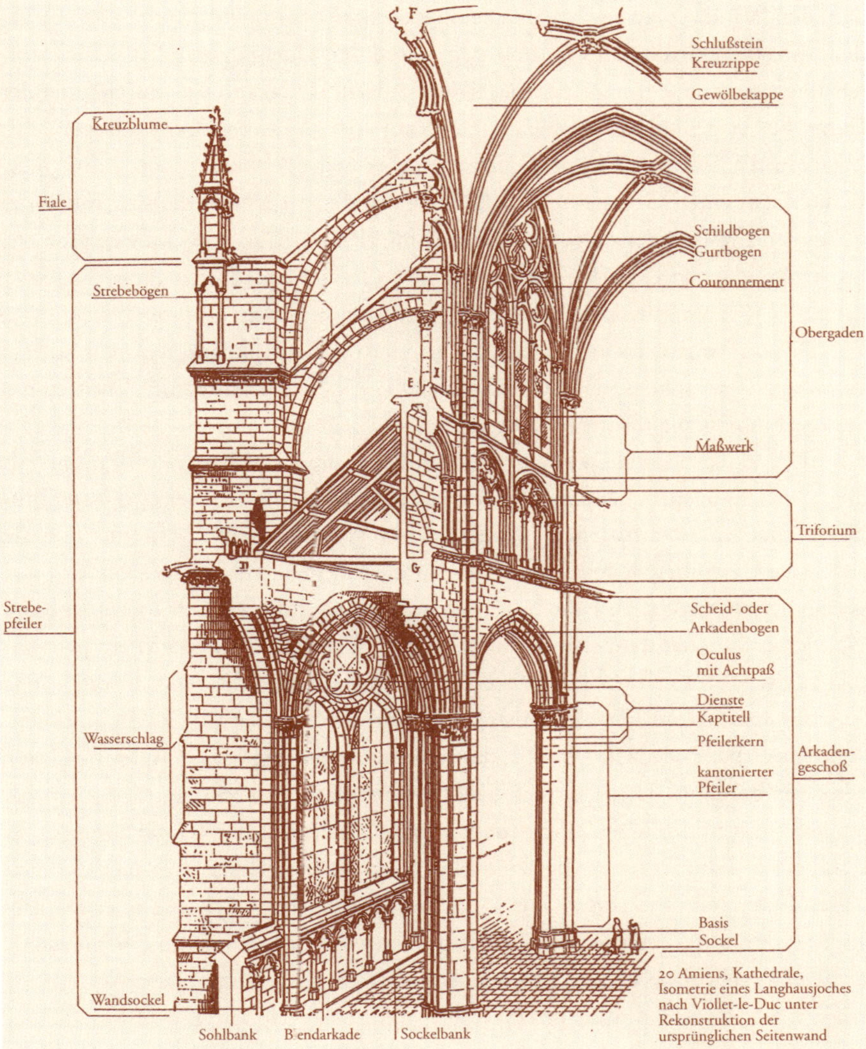

20 Amiens, Kathedrale, Isometrie eines Langhausjoches nach Viollet-le-Duc unter Rekonstruktion der ursprünglichen Seitenwand

überfluteten die Betrachter nicht einfach mit Licht und führten sie nicht direkt in schwindelnde Höhen. Wie in Amiens gut zu sehen ist, ist die gotische Wand gegliedert und gestuft. Echte Geschosse und Etagen sind bautechnisch nicht mehr notwendig, dennoch kann aus ästhetischen Gründen nicht darauf verzichtet werden, den Wandaufbau zu rhythmisieren. Zu unterst befinden sich die Pfeilerarkaden, die einen Großteil der Lasten tragen und den Übergang zu den Seitenschiffen markieren. Auf ihnen ruht das Triforium auf. Dieses ist ein durchlaufender Gang, besser gesagt ein durchgängiges Band von kleineren Dreifachbögen, den sogenannten Triforen. Eigentlich hätte man es nicht gebraucht, aber es ist unerlässlich, um einen Gegenakzent zu den Obergaden zu setzen, die sich mit ihren hohen und weiten Fensterflächen über ihm erheben. Das Triforium ist eine Art Lichtschranke zwischen Pfeilerarkaden und Obergaden. Durch diese Skelettierung und rhythmische Durchgliederung der Wände wirken gotische Innenräume wie der von Amiens nicht nur leichter, sondern auch strukturierter, man könnte auch sagen grafischer. Sie sind nicht mehr – wie in der Romanik – mit einem breiten Pinsel gemalt, sondern mit spitzem Bleistift gezeichnet.

Die Umsetzung dieser beiden Grundideen der Gewölbe- und Wandgestaltung war sehr anspruchvoll. Nicht nur galt es, extrem hohe Pfeiler und durchbrochene Mauern hochzuziehen, sondern in waghalsigen Manövern mussten sie durch die Gewölbeteile miteinander verbunden werden. Besonders schwierig war es, die Seitengewölbe zu bauen, weil sie die Mittelschiffe einzudrücken drohten. Wahrscheinlich hat man sich damit beholfen, über dem Mittelschiff ein provisorisches Zwischendach aus Holz einzuziehen, um während des Baus für die nötige Stabilität zu sorgen. Um das Mittelschiff und die Seitenschiffe zu stabilisieren, hatte man aber zudem festgestellt, dass man nicht weniger, sondern mehr Druck von oben brauchte. Dies lässt sich leicht nachvollziehen, wenn man selbst einmal versucht, mit Holzklötzen einen Turm zu bauen. Hat man die Klötze aufeinander gestapelt und drückt sie mit der Hand fest nach unten, steht der Turm erstaunlich sicher. Diese stabilisierende Kraft der Auflast nutzte man auch in Amiens. Allerdings wirkte hier – anders als beim Holzklotzturm – der Druck des Obergewichts nicht senkrecht nach unten. Der Schub verlief schräg seitlich. Dieser Winkel ergab sich aus der Krümmung des Gewölbes und seiner Rippen. Ein Mittel, diesem Seitendruck entgegenzuwirken, war es, die Spitzbögen der Seitenschiffe steiler nach oben zu ziehen als diejenigen des Mittelschiffes. Dadurch näherten sie die Drucklinien der Senkrechte an. Dieses Prinzip der Auflast und ihrer Steuerung hatte man zuerst in Chartres angewandt. In Amiens wurde es weiter ausgefeilt.

Aber das Streben in die höchsten Höhen musste durch eine weitere Maßnahme abgesichert werden. Sie stellt die dritte Grundidee der Gotik dar: An die hohen Außenmauern des Mittelschiffs wurden Stützen angebracht, und diese

Stützen wurden durch zwei Strebebögen mit der Mauer verbunden. Obwohl selbst relativ dünn, sorgen Stützen und zweifacher Strebebogen für die nötige Absicherung. Anders als in der Romanik wurde die Standfestigkeit des Gebäudes nicht dadurch gewährleistet, dass man mehr Masse einsetzte, sondern indem man feinere, aber dafür gedoppelte Strukturen einfügte. Dieses doppelte Strebewerk ist die dritte große Idee der Gotik. Es erlaubt, durch bloßes «Auswägen und Ausgleichen von Kräften» (Kimpel/Suckale) hohe und große Gebäude zu errichten, ohne noch mehr Steine aufeinanderzutürmen. Nicht, dass es den gotischen Baumeistern gelingen sollte, die Schwerkraft ganz zu überwinden. Aber ihre Kathedralen sind hoch und mächtig und haben dennoch etwas sehr Leichtes, fast Schwebendes. So wirken sie wie eine Architektur der Erlösung.

Doch gotische Kathedralen sind alles andere als unmittelbarer Ausdruck eines religiösen Gefühls, einer frommen Aufwallung. Sie sind vor allem und zunächst bautechnische Meisterleistungen und Höhepunkte gelingender Geometrie und aufgehender Berechnung. Gotische Kathedralen sind beides zugleich: technischer Fortschritt und künstlerische Vollendung. Das zeigt sich auch in ihrer inneren Durchgliederung. Die viereckigen Grundflächen des Gewölbes und die drei Stufen der Wände teilen den Innenraum in Raumzellen auf, die zusammen ein reich differenziertes System bilden. Das Raumganze ist keine schlichte Einheit, sondern die Summe vieler, vielfältiger Teile. Das gab es so vorher noch nicht, weder im frühen Mittelalter noch in der Antike.

Es ist immer gut, sich zu vergegenwärtigen, was man damals alles in Amiens noch nicht zur Verfügung hatte. Immerhin, es gab schon ausgereifte Werkzeuge zum Bearbeiten der Steine, auch Winden und große Laufräder zum Heben der schweren Lasten. Auch gab es ausgebildete und spezialisierte Handwerker sowie Bauhütten, in denen sie sich organisieren sowie ihre Arbeit ganzjährig tun konnten. Unentbehrlich waren die Steinmetze, welche die Steine zunächst mit der Steinaxt grob zurechtschlugen und anschließend mit dem Meißel passgenau zuschnitten. Unter ihnen wiederum gab es Spezialisten für einfache Quader, Gesimse oder Skulpturen. Was sie in Serie vorbereitet hatten, wurde anschließend von den Maurern aufeinandergeschichtet. Die serielle Fertigung sorgte für deutlich mehr Gleichmäßigkeit des Baumaterials, und die Arbeitsteilung steigerte die Effizienz. Doch sie veränderte auch das Leben auf der Großbaustelle. Hierarchien bildeten sich nun heraus. Einige Handwerker verwandelten sich in wahre Künstler, die ein größeres Prestige und einen höheren Lohn für sich beanspruchten. Andere dagegen, wie die Maurer und einfachen Steinhauer, mussten fast im Akkord schuften. Der Qualität und dem Tempo jedoch kamen diese Veränderungen zugute. Aber noch einmal: Was hatte man damals nicht? Keine der modernen Baumaschinen, keines der modernen Baumaterialien, keines der modernen Bauverfahren. Wie schwer muss das Arbeiten für die Steinmetze und Maurer gewesen sein – und wie gefährlich! Man denke auch an die Zimmerleute, die in schwindelnden Höhen die Gewölbe und Strebebögen zu errichten hatten. Vollgerüste, die von unten bis nach oben führten, waren nicht zu bezahlen. Holz war kostbar und knapp. Zudem wäre es für diese Höhen zu labil gewesen. So mussten die Zimmerleute die Lehrbögen von schwankenden Teilgerüsten aus anbringen, die sie am Boden skizziert, gebaut und zusammengesetzt hatten, damit auf ihnen die Kreuzrippen, Gewölbekappen und Strebewerke gebaut werden konnten. Das war eine ebenso gefährliche wie anspruchsvolle Arbeit, die jeden Fehlgriff und jeden Planungsfehler hart bestrafte.

So schwer es schon ist, die Leistung der Bauarbeiter präzise zu würdigen, so ist es fast unmöglich, sich auch nur ein ungefähres Bild davon zu machen, wie es den Architekten gelingen konnte, den immensen Anforderungen gerecht zu werden, ohne auf das zurückgreifen zu können, was ihren heutigen Nachfolgern selbstverständlich ist. Wer brachte ihnen bei, die Drucklinien zu berechnen? Wer klärte sie darüber auf, welche Windverhältnisse in 40 Metern Höhe herrschen? An den wenigen Universitäten, die es damals gab und die sie nicht besucht hatten, wurde natürlich noch keine Architektur gelehrt. Grundkenntnisse in Geometrie mochten sie erworben haben, aber es fehlte an Forschungs- und Ausbildungsstätten, die sie angemessen auf ihre Projekte hätten vorbereiten können. Deshalb mussten die Baustellen selbst Weiterbildungseinrichtungen werden. Die Baumeister scheinen sich intensiv untereinander ausgetauscht zu haben. Im 13. Jahrhundert konnten sie vergleichsweise gut und sicher reisen. Sie konnten also viele Baustellen aufsuchen, entweder um dort selbst zu arbeiten oder um Beobachtungen und neue Ideen zu sammeln. Besonders anziehend waren für sie eingestürzte Gebäude. An ihnen ließ sich lernen, wie man es nicht machen sollte. Die Baumeister der gotischen Kathedralen mussten zugleich Universalgenies und Autodidakten sein. Wie sie diesen Spagat bewältigten, liegt ebenso im Dunkeln wie ihre Lebensläufe und Persönlichkeiten. Man kennt die Namen der Baumeister von Amiens. Aber über das technische und konzeptionelle Wissen, das Robert de Luzarches sowie seine Nachfolger Thomas und Regnault de Cormont für diesen Bau mitbrachten, weiß man viel zu wenig.

Die Kathedrale von Amiens

Mehr Licht

Auch die gotische Kathedrale ist primär – wie könnte es anders sein – dafür da, dem Gottesdienst einen angemessenen Ort und der Eucharistie eine prächtige Bühne zu bereiten. Um diese liturgische Aufgabe zu erfüllen, lenkt und reizt sie den Besucher. Sie zieht seine Aufmerksamkeit nach vorn und nach oben. Sie überwältigt und begeistert ihn, weckt Empfindungen von Ehrfurcht und Andacht, berührt ihn emotional, versucht aber auch, ihn gedanklich zu packen und in eine geistliche Ordnung einzufügen. Man hat die gotische Kathedrale deshalb auch als «anagogische Architektur» bezeichnet, weil sie den Betrachter in eine andere Welt, eine höhere Wahrheit hinaufführen will.

Aber die gotische Kathedrale will nicht nur hinführen, sondern selbst etwas darstellen. Wie die Hagia Sophia ist sie ein Abbild des himmlischen Jerusalems, also die symbolische Verkörperung einer geistlichen Wirklichkeit, selbst eine Stadt Gottes auf Erden. Das Überirdische, Himmelsstürmende an ihr, das Phantastische und Exorbitante ist kein bloßer Luxus, sondern hat die Aufgabe, die Grenze zwischen Erde und Himmel zu überwinden und den Gläubigen eine Ahnung davon zu schenken, was es heißen könnte, Gott zu schauen. Darum ist alles auf das Schauen ausgerichtet.

Abt Suger hatte den neuen Stil in Saint Denis aus der Taufe gehoben. Der Name dieser Stadt und ihrer wichtigsten Kirche hat – zufälligerweise – eine tiefere Bedeutung. «Saint Denis» – das ist die französische Variante von «Dionysius». Die Kirche dieser Stadt war Dionysius, dem ersten Bischof von Paris, gewidmet, der im 3. Jahrhundert das Martyrium erlitten hatte. Es gab aber noch einen anderen Dionysius, der für diesen Kirchenbau und alle, die ihm nachfolgten, bestimmender gewesen sein dürfte: Dionysius Areopagita. Mit diesem Namen bezeichnete man den – eigentlich anonymen – Autor philosophisch-theologischer Schriften, die zu Beginn des sechsten Jahrhunderts im Nahen Osten, vielleicht in Syrien, entstanden sind. In seinen Büchern hatte er eine religiös-philosophische Lehre vom Licht entfaltet, die – nachdem sie im 9. Jahrhundert wiederentdeckt worden waren – zu einem Brunnen wurde, aus dem die Mystiker des Mittelalters, vielleicht aber auch gotische Bauherrn wie Abt Suger, begierig schöpften.

Die Lehren des Dionysius sind fremdartig und klingen paradox. Es ist nicht leicht, sie zusammenzufassen. Vielleicht geht es so: Gott ist das Gute an sich, ein reines Sein jenseits allen Seins. Er manifestiert sich als Licht, als ein geistig-geistliches Licht. Aus diesem Licht ist alles geschaffen, an diesem Licht hat jede Kreatur Anteil, aber nicht gleichermaßen, sondern abgestuft nach einer Hierarchie der Schöpfung, in einer Stufenleiter des Seins. An ihrer Spitze befindet sich Gott als ein überfließendes Licht, das sich wie ein römischer Brunnen ergießt, herabfließt in tiefer liegende Schalen, bis es ganz unten, auf der Stufe der bloßen Materie, angelangt ist. Ziel allen geistigen Lebens muss es sein, zum obersten, reinen Licht zurückzukehren und in diesem Licht Erleuchtung und Erlösung zu finden.

Wenn Abt Suger – was aber natürlich umstritten ist – die Schriften des Dionysius gelesen und sich zu Herzen genommen hat, dann dürften sie ihm die hohe symbolische Bedeutung des Lichts für den Glauben, den Gottesdienst und den Kirchenbau aufgewiesen haben. Gott ist unsichtbar, und doch sehnen sich die Gläubigen danach, ihn zu schauen. Wie und wo soll das möglich sein? Doch nur im Licht, aber in einem besonderen Licht, nicht dem natürlichen Sonnenlicht, sondern einem Symbollicht, das kein Bestandteil dieser Welt ist, diese aber erleuchtet und durchläutert. Dieses Licht ist strahlend hell, zugleich aber auch das Gegenteil davon, nämlich abgründig und dunkel. Denn es ist ein Licht jenseits allen Lichts, ein Licht, das man eigentlich nur mit inneren Augen schauen kann.

Einige dieser Grundmotive dürften Abt Suger schon aus der Bibel vertraut gewesen sein. Die erste Tat Gottes, von der die Heilige Schrift berichtet, ist sein Ruf in die Dunkelheit: «Es werde Licht». Aus dem Licht und mit dem Licht hat Gott alles Leben erschaffen. Das Johannes-Evangelium nimmt dies auf und bezieht es auf den Erlöser: Jesus Christus ist das Licht der Welt. Er ist eins mit dem göttlichen Schöpfungswort am Anfang der Zeiten und zugleich das Licht, das Tod, Sünde und Unheil überwindet und alle Menschen, die an ihn glauben, in ein ewiges, unendlich lichtes Leben in Gott führt. Zugleich aber findet sich in der Bibel auch das Gegenteil zu diesem Lichtglauben, nämlich die Vorstellung, dass Gott im Dunkeln wohnen und sich in der tiefsten Finsternis, dem Kreuzestod, offenbaren will. Aus beidem, der Einsicht in die Heilsbedeutung des Lichts wie der Dunkelheit, haben Abt Suger und seine Nachfolger die Inspiration für eine einzigartige architektonisch-theologische Lichtführung gewonnen.

Die gotische Auflösung der Wände schuf die einmalige Gelegenheit, das Kircheninnere in einem bisher ungeahnten Maße mit Licht zu füllen. Natürlich gibt es noch Wände, aber sie sind kaum noch zu sehen, so groß und dominant sind die Maueröffnungen – jetzt wahre Lichtschleusen – geworden. Doch konnte es nicht allein darum gehen, einfach mehr Helligkeit hineinzulassen. Ziel war es, das Licht als eigenständiges Gestaltungselement einzusetzen. Dazu musste man es selbst gestalten, also Lichttöne, Lichtfarben und Lichtbilder in die Kirche einbauen. Diese Aufgabe fiel den Fenstern zu. Sie führen die Bilderpredigten fort, welche die Portale mit ihren wunderbaren Reliefs und Skulpturen dem Gottesdienstbesucher vor dem Eintreten in die Kathedrale hielten, und steigern sie durch überwältigende Lichteffekte und Farbenspiele.

Um die Bedeutung dieser Erfindung auch nur halbwegs einzuschätzen, muss man bedenken, dass Glas damals noch keineswegs ein übliches Baumaterial war. Die Fenster der meisten Häuser waren einfache Lüftungsspalten mit Holzläden davor, die bei Regen oder Kälte geschlossen waren. Entsprechend dunkel muss es drinnen gewesen sein. Die Reichen hatten immerhin Fensterscheiben aus poliertem Horn oder Gitterrahmen, die mit einem harzgetränkten Leinen bespannt waren. Aber auch sie werden nur einen trüben Lichteinfall genossen haben. Demgegenüber müssen die neuen Kathedralen wie Lichterdome gewirkt haben. Auch hier scheint es einen Wettbewerb zwischen den Kathedralen gegeben zu haben. Jede wollte mit noch größeren und prächtigeren Fenstern prunken. Chartres führte die Konkurrenz lange Zeit mit 2600 Quadratmetern Fensterfläche an. Doch war es nicht allein die ungeheure Menge an Licht, die Staunen erregte. Das neue Gestaltungsmittel musste auch präzise eingesetzt werden. Und dies gelang, indem man das Licht wohl dosierte und genau lenkte. So gaben die Obergaden viel mehr Licht als die Seitenschiffe. Denn die Kirche sollte nach oben hin heller werden, und der Blick sollte nach oben und nach vorn gezogen werden. Das Querhaus wiederum, das den Übergang vom Mittelschiff zum Altarraum bildet, war oft dunkler gehalten. Es diente als eine Art Licht-Lücke, so dass das Chorhaus als das eigentliche Zentrum umso kräftiger erstrahlte. Hier traf den Kirchgänger das Licht frontal und mit großer Macht. Sogar das Triforium war hier mit Fenstern durchsetzt. Diese besondere Helligkeit hatte natürlich auch den praktischen Grund, die Messfeier gut auszuleuchten. Aber sie steht darüber hinaus für eine neue Theologie des Lichts und eine Sakralität des Sehens, in der das Schauen und Zuschauen zu einem Glaubensakt wird.

Das steinerne Maßwerk – eine gotische Erfindung – gliedert die Fenster in kleinteilige, geometrisch ausgefeilte Raster. Dies sorgt nicht nur für die nötige Stabilität, sondern ermöglicht es auch, die Fensterflächen zu Kompositionen auszugestalten. Die Fenster sollen nicht bloß Helligkeit einlassen, sie sollen das natürliche Sonnenlicht brechen und formen, es zu einem Bedeutungsträger machen. Darum sind die Fenster immer farbig und zumeist recht dunkel. Sie brechen und dämpfen das Licht. Aber dabei – und das ist ein besonderes Wunder – schwächen sie es nicht ab, sondern intensivieren es. Die Folge ist, dass die gotischen Fenster weniger leuchten als vielmehr glühen. Niemals wieder wurde ein so warmes Blau geschaffen wie damals in Chartres. Leider kann man dies heute kaum noch erleben. Die zahlreichen Aufhellungen, die seit der Zeit der Aufklärung vorgenommen wurden, verhindern dies. Zudem wurden viele Fenster in Nordfrankreich und Flandern während der letzten beiden Weltkriege durch deutsche Bombardements zerstört.

Wie Abt Suger, Leiter der Abtei Saint-Denis bei Paris, wirklich aussah und was er genau zur Erfindung der Gotik beigetragen hat, wird niemand mehr herausfinden. Auf diesem bunten Fenster der Kathedrale von Saint-Denis präsentiert der Theologe des Lichts ein ganz weißes, hell leuchtendes Kirchenfenster.

Dennoch lässt sich der Zauber der gotischen Fenster – ihre geometrische Konstruktion, ihre einzigartige Farbigkeit und ihre geheimnisvolle Sinnbotschaft – immer noch an vielen der großen «Rosen» genannten Rundfenster anschauen und genießen. Besonders prachtvoll – und verhältnismäßig gut erhalten – sind die Rosen von Reims und Chartres. Ursprünglich nannte man sie nur «Rad» oder «O». Sie spielen auf unterschiedliche Bedeutungen an: auf das heidnische Glücksrad der Fortuna, auf den Kreis als Inbegriff geometrischer Vollendung, auf die Rose als Sinnbild der Liebe und als Mariensymbol. Ebenso vielfältig sind auch die bildlichen Anspielungen. Manche Rosen stellen die Zyklen des Lebens dar, die Jahreszeiten, die Himmelsrichtungen, die Planeten und feiern die Harmonie des Kosmos. Andere präsentieren in Allegorien die menschliche Weisheit, ihre Künste und Wissenschaften oder die christlichen Tugenden. Andere preisen Christus als das Licht der Welt und die Sonne des Heils. Sie zeigen die Stufen seines Lebens, die zugleich die Stationen der Erlösung sind. Dabei fällt auf, dass relativ wenige Christus als Gekreuzigten, deutlich mehr ihn aber als den Richter des Jüngsten Gerichts vorstellen. Da in der Gotik auch die Marienfrömmigkeit einen Höhepunkt erreichte, sind viele Fensterrosen der Himmelsrose und Gottesmutter gewidmet. Andere schließlich wirken in ihrer kaum zu überschauenden Struktur wie Labyrinthe, wie verschlungene Pfade in die Ewigkeit. Sie lassen sich aus der Ferne nur schwer überblicken und deuten, scheinen kaum noch eine Botschaft zu verkünden, sondern erscheinen wie freie Ornamente, die sich selbst genug sind. Das sollte man nicht kritisieren, eröffnen diese virtuosen Wanddekorationen und flamboyanten Glaskreationen doch den Weg zu einer reinen Kunst, wie es sie damals sonst nur in der islamischen und – sehr viel später – im 20. Jahrhundert in der abstrakten Kunst gab.

Die Kathedrale von Amiens

Offenkundig war ein Motiv der gotischen Lichtbegeisterung und Fensterkunst auch die Lust an Pracht und Prunk, die Freude am reinen Luxus. Ihr entsprechen die herrlichen Reliquienschreine, die aus purem Gold gemacht und mit Edelsteinen übersät sind. Sie verwandeln die Kirchen in zauberhafte, berauschende Schatzkammern. In den strahlenden Farben von oben und den funkelnden Juwelen von unten kommen zwei Tendenzen der damaligen Zeit zusammen, die sich eigentlich widersprechen müssten. Die Reliquienfrömmigkeit – ebenso wie die Verehrung der Hostie – steht für eine Verdinglichung des Glaubens, in der das Göttliche als materialer Gegenstand, geradezu handgreiflich, erfahren wird. Die Fensterkunst der gotischen Kathedralen dagegen steht für eine Sublimierung des Glaubens, in der das Göttliche nur symbolisch vorgestellt und rein geistlich geschaut wird. Die Spannung zwischen diesen beiden Tendenzen kann man nicht dadurch auflösen, dass man erklärt, die verdinglichte Darstellungsform sei für die ungebildeten Massen bestimmt und die sublime Darstellung sei den Theologen und höheren Geistlichen vorbehalten gewesen. Wahrscheinlicher ist es, dass man damals beides – relativ problemlos – zugleich gewollt und genossen hat, unbekümmert darum, ob dies in späteren Zeiten als Widerspruch empfunden werden könnte.

Wenn man sich heute die farbdurchfluteten Kathedralen mit ihren edelsteinverzierten Schreinen vorstellt, braucht man sich nicht unbedingt in die Schriften des Pseudo-Dionysius mit ihrer neuplatonischen, halbchristianisierten Erlösungslehre zu vertiefen, um den religiösen Sinn dieser Gesamtkunstwerke zu erahnen. Ein Blick in das letzte Buch der Bibel täte es auch. Dort berichtet der Seher Johannes, wie ihm ein Bild des himmlischen Jerusalems offenbart wurde. Seine Vision ist eine überreiche Tröstung aller Mühseligen und Beladenen, das überschwängliche Versprechen, dass die Gläubigen erlöst werden sollen von allen Bosheiten und Hässlichkeiten dieser Welt. Wie eine geschmückte Braut, so stellt es sich Johannes dar, wird das himmlische Jerusalem herabkommen, eine Hütte Gottes bei den Menschen, in der es kein Leid mehr geben wird noch Geschrei oder Schmerz. Alle Tränen werden hier abgewischt und alle Dunkelheiten vertrieben. Diese Stadt erstrahlt in einem reinen Licht, das dem Glanz der edelsten Juwelen gleicht. Das Mauerwerk ist nicht aus dumpfem Stein, sondern aus Jaspis gebaut. Die Grundsteine sind geschmückt mit Jaspis, Saphir, Chalzedon, Smaragd, Sardonyx, Sarder, Chryolith, Beryll, Topas, Chrysopras, Hyazinth und Amethyst. Die Tore sind aus Perlen. Diese Stadt braucht keine Sonne und keinen Mond über sich, in ihr ist alle Finsternis vertrieben, denn die Herrlichkeit des Herrn beleuchtet und erleuchtet sie. In ihr scheint das Licht dieser und jener Welt auf: Jesus Christus, das Lamm Gottes.

Dieser Vision des Sehers Johannes eifern die gotischen Kathedralen nach und bekennen: Gott ist Licht, Gott ist Farbe, Gott ist schön, Gott ist da.

Heiliges und unheiliges Treiben

Der Wirkung einer gotischen Kathedrale wie derjenigen von Amiens kann man sich nicht entziehen. Sie überwältigt und erfreut, lässt einen staunen und Ehrfurcht empfinden. Zugleich ist die Gefahr groß, der gotischen Kathedrale mit einer einseitigen, übertriebenen Ehrfurcht zu begegnen. Deshalb sollte man sich stets vor Augen halten, dass sie früher keineswegs ein ausgesonderter Ort reiner Frömmigkeit oder ein Sonderbezirk abstrakter Heiligkeit gewesen ist.

Man bedenke nur, was für eine kleine Stadt zum Beispiel Amiens war. Mitten in sie hinein wurde dieses gewaltige Gebäude gesetzt. Von allen Seiten war sie von Häusern aller Art umgeben, in denen Menschen ihr profanes Leben führten, also wohnten und arbeiteten, schliefen und aßen, sich liebten und hassten, Geschäfte machten und Freundschaften pflegten. Die Kirche stand mitten im Leben, fast mehr, als gut für sie war. Wie hätte es angesichts der drangvollen Enge, die in einer mittelalterlichen Stadt nun eben herrschte, auch anders sein können, als dass der Alltag tief in die Kirche eindrang. Es war ganz unmöglich, dass die Kathedrale ein Raum der Stille geblieben wäre, in dem Menschen sich selbst hätten völlig vergessen und ganz in Gott versenken können, in dem nur das «Heilig, Heilig, Heilig» frommer Sänger zu hören gewesen wäre. Mitten in die Stadt hineingebaut, konnte die gotische Kathedrale kein Asyl für fromme Weltflüchtlinge sein. Sie war eher wie ein Jahrmarkt. Hier wurde gehandelt und gefeilscht, gekauft und weiterverkauft. Auch im übertragenen Sinn war die Kathedrale wie ein Marktplatz, ein Basar sozialer Beziehungen, ein Jahrmarkt der Eitelkeiten, ein Treffpunkt für alle Bürger, nicht zuletzt einer der Orte, an denen Männer und Frauen sich relativ frei begegnen konnten, weshalb die Kathedrale neben ihren religiösen, wirtschaftlichen, politischen und gesellschaftlichen Funktionen auch eine erotische Dimension besaß.

Noch gab es keine strikte Trennung des Sakralen vom Profanen. Beides ging munter durcheinander. Das Heilige und die Heiligen waren nicht in der Kirche eingesperrt, um nur am Sonntag den Menschen zu begegnen. Sie waren im Alltag allgegenwärtig. Ihnen waren die Städte und Straßen, die Häuser, Märkte und Feste zugeeignet. Alles war vom Heiligen durchsäuert. Das Profane war immer für das Sakrale offen, so wie die Kirche stets geöffnet war. Jeden Tag und auch nachts. Es wurden viele Gottesdienste gefeiert, tags wie nachts. Über die Hälfte des Jahres bestand aus Festtagen, die Anlass für Messfeiern boten. So war die Kirche fast ununterbrochen in Betrieb. Ihre Tore mussten aufgesperrt bleiben. Wer die Kirche aber so weit öffnet, darf sich nicht wundern, wenn vielerlei in sie hineinströmt.

Natürlich war die Hauptfunktion der Kathedrale eine liturgische. Sie war der Ort, an dem Messfeiern zelebriert, die Festtage begangen, die Stundengebete gebetet wurden und die Prozessionen ihr Ziel fanden. Doch die vielen Menschen, die zu diesen Anlässen in die Kathedrale kamen, schleppten auch ihre profanen Bedürfnisse in das Heiligtum hinein. Viele Gottesdienstbesucher, die von weit hergewandert waren, wollten in der Kirche nachts schlafen. In Chartres gab es vorn beim Lettner, der Schranke vor dem Altarbereich, sogar Schlafkabinen. Eine wirkliche Lösung war dies nicht. Zu hohen Festtagen war die Kirche voll mit Familien, die hier aßen, schliefen und spielten, schreienden Kindern und stillenden Müttern. Manchmal kam es sogar zu Schlägereien, weil jeder am nächsten beim Altar schlafen wollte. Dies galt nämlich als heilswirksam und gesundheitsfördernd. Außer den Pilgern hatten auch Asylsuchende und Kranke in der Kirche ihr Quartier aufgeschlagen, weil sie Schutz oder Heilung suchten. Es war also durchaus sinnvoll, dass in die Kirche ein Lettner eingezogen wurde, der die Leute vom Hochaltar fernhielt.

Eine stille Andacht war kaum möglich. Die Gottesdienste waren auch viel zu lang, als dass die Menschen nicht ins Schwätzen gekommen wären, die Kleriker ebenso wie die Laien. Viele promenierten währenddessen frei umher. Adlige ergingen sich mit ihren Hunden und Falken. Manche kürzten ihre Gänge zum oder vom Markt ab und trieben ihre Schweine, Hühner und Schafe quer durch die Kirche, unbekümmert darüber, ob gerade ein Gottesdienst stattfand. Bei schlechtem Wetter zogen die Händler, die ihre Stände vor dem Portal hatten, in die Kirche und betrieben ihre Geschäfte nun im Trockenen. Auch die Prostituierten boten sich lieber im Schutz der Kirchmauern an. Nicht selten zankten sie sich lautstark um die besten Stehplätze. Und wenn ihre Geschäfte gut liefen, spendeten sie einen guten Teil ihres sündigen Lohns – zur nicht geringen Verlegenheit der Geistlichen.

Bevor man darüber die Nase rümpft, sollte man bedenken, dass auch diese Auswüchse ein Zeichen dafür waren, dass die Kathedrale sich damals – nicht nur räumlich – in der Mitte der Gesellschaft befand. Sie besaß nicht allein religiöse Funktionen, war nicht bloß den Klerikern und besonders Frommen vorbehalten, sondern bildete das Zentrum des ganzen Lebens. Auch darin blieb sie dem Grundmodell der Basilika verpflichtet, die ja ursprünglich eine Markthalle gewesen war.

Die Kathedrale von Amiens

In der Kathedrale ging es lebhaft zu, laut und bunt. Wenn Menschen zum Gottesdienst kamen, waren sie nicht darauf eingestellt, still zu sitzen und fromme Gehirnarbeit zu leisten. Sie erwarteten Wunder und Spektakel. Sie wollten Spiele. Und die bekamen sie auch. Es gab nicht nur etwas zu hören, sondern auch zu sehen. Zu Pfingsten etwa wurde brennendes Werg vom Gewölbe geworfen, um die Ausgießung des Heiligen Geistes zu versinnbildlichen. Und zu Himmelfahrt schüttete man Körbe mit Blütenblättern über der Gemeinde aus. Geheimnisvolle Labyrinthe waren – in Amiens oder Chartres – kunstvoll in den Boden eingelassen. Dasjenige von Sens bot bei einem Durchmesser von nur zehn Metern eine Wegstrecke von fast 2000 Metern. Wer sie – auf Knien rutschend und dabei Psalmen singend – entlangkroch, konnte die Pilgerfahrt nach Jerusalem nachstellen. Auch die Kleriker wollten nicht nur sitzen und beten. Sie tanzten mit körperlicher Lust und frommer Inbrunst, im Kreuzgang, aber auch in der Kirche. Dass diese liturgischen Tänze von Kirchenführern und Theologen heftig bekämpft wurden, zeigt nur, wie verbreitet und beliebt sie waren.

Die Kathedrale war eine Bühne. Hier wurden – da es sonst kein Theater gab – Schauspiele aufgeführt. Diese waren die eigentliche Armenbibel – weit mehr als die Altarbilder, die durch den Lettner abgeschirmt wurden, weit mehr auch als die Rosenfenster, die zu hoch angebracht und zu verästelt gestaltet waren, als dass das ungebildete Volk sie hätte gut anschauen und wirklich verstehen können. Im Unterschied zu ihnen waren die Mysterienspiele für die einfache Gemeinde gedacht und gemacht. Zunächst waren es «Lebende Bilder». Zum Beispiel beim Epiphaniasfest, wenn drei Kanoniker die Anbetung des Jesuskindes durch Könige aus dem Morgenland nachstellten: in farbigen Gewändern, mit Palmzweigen und goldenen Kronen, manchmal auch mit einer kurzen Prozession durch die Kirche und mit einem Silberstern im Chor, der den Königen den Weg zum Christuskind wies. So wurden zu Weihnachten, in der Passionszeit und zu Ostern die Stationen des Lebens- und Leidensweges Jesu bildhaft dargestellt. Aber auch Marienlegenden waren sehr beliebt. Die «Lebenden Bilder» waren ein gutes pädagogisches Mittel, um – wie heute im Kindergottesdienst – den Menschen, die nicht lesen konnten, die Heilsgeschichten so vorzuführen, dass sie sie verstehen konnten und von ihnen ergriffen wurden. In der damaligen, visuell so reizarmen Welt boten diese Mysterienbilder reichlich Stoff zum Staunen und Erschrecken, Lachen und Weinen.

Mit der Zeit lernten die «Lebenden Bilder» laufen und wurden im 15. Jahrhundert zu groß angelegten Mysterienspielen. Sie beschränkten sich nicht mehr darauf, als Hilfsmittel für die Predigt einzelne Szenen abzubilden, sondern arbeiteten die biblischen Geschichten und Heiligen-Legenden zu regelrechten Theaterstücken mit langen Dialogen und neu hinzuerfundenen Figuren aus. Immer ausgefeilter wurden die Textvorlagen, immer raffinierter die Inszenierungen, immer größer der Aufwand. Manche Mysterienspiele bildeten Zyklen, deren Aufführung vier bis fünf Tage in Anspruch nahm. Die Kathedrale wurde den Schauspielern zu eng, so verlagerten sie große Teile ihrer Stücke auf den Kirchhof und durchzogen anschließend in Prozessionen die Plätze, Straßen und Gassen. Die Mysterienspiele eroberten die Stadt. Um einen möglichst intensiven Eindruck zu erzielen, wurden viele Register gezogen. Damit das fromme Spektakel nicht allzu ernst wurde, baute man lustige Figuren und derben Humor ein. Aber auch dunkle Gefühle wollte man erzeugen. Theatermaschinen stellten Teufel, Dämonen und Feuer speiende Drachen dar, um den Zuschauern Höllenangst einzujagen. Und um die rechte Anteilnahme am Leiden Jesu hervorzurufen, ließ man mit Hilfe eines *special effect* aus der Seite des Schauspielers, der den Gekreuzigten gab, unaufhörlich eine blutrote Flüssigkeit fließen.

Für die Organisation und Finanzierung dieser Spiele sorgten oft besondere Bruder- und Schwesternschaften. Zum Beispiel die Puy-Gesellschaften, religiös-literarische Zirkel, die neben den Passionsmysterien auch Poesie-Wettbewerbe zu Marias Ehren veranstalteten. Auch in Amiens gab es solch einen Puy. Sein Oberhaupt trug die Verantwortung dafür, dass zu besonderen Ereignissen Balladen auf die Gottesmutter gedichtet und vorgetragen wurden. Außerdem musste er die «Brotversammlung» vorbereiten und leiten. Dies war eine Kirmes, bei der man Nahrungsmittel an das Volk verschenkte und ein «Schönredner» ausgezeichnet wurde. Schließlich hatte das Puy-Oberhaupt an Maria Lichtmess ein Festmahl auszurichten, in dessen Rahmen ein Mysterienspiel geboten wurde. Von diesem Stück wurde ein Gemälde angefertigt, das dann in der Kathedrale von Amiens ein Jahr lang ausgestellt wurde.

Billig wird all dies nicht gewesen sein. Deshalb brauchte man städtische Subventionen. So ist belegt, dass die Stadt Amiens der Bruderschaft vom heiligen Sakrament im Jahr 1413 drei Livres bewilligte, um ihren Mitgliedern zu helfen, «die hohen Ausgaben zu tragen, die ihnen durch die Vorbereitung der Feste zur Passion und Auferstehung unseres Herrn entstanden sind, desgleichen auch die Kosten bei der Errichtung von Estraden, auf denen die Amtmänner, der Bürgermeister und Gemeinderäte der Stadt ihre Plätze hatten». Manchmal war es unumgänglich, Sondersteuern zu erheben. Im Jahr 1451 zahlten die Magistraten der

Stadt Amiens sogar zweihundert Livres aus, damit «dem Volk das Mysterium der Passion unseres Herrn Jesus Christus sowie die hohen Ereignisse des Pfingstfestes dargestellt werden, auf dass man nicht sage noch wider sie raune, sie wären schuld, dass es nicht gespielt und dem Volk nicht gezeigt würde, sondern alle froh sind, dass es statthaben kann». Natürlich kam es auch bei den Mysterienspielen zu einem frommen Wettstreit der Städte und Kathedralen, weil jeder die schönsten, längsten und teuersten Spiele bieten wollte.

Die Spielfreude war kaum zu bändigen. Neben die ernsthaften Mysterienspiele gesellten sich höchst unernste Ableger: die Narrenfeste. Es mag Zufall sein oder auch nicht, aber sie erlebten ungefähr zur selben Zeit und im selben Gebiet wie die Gotik ihre größte Verbreitung: im Nordfrankreich des 13. und 14. Jahrhunderts. Besonders beliebt und ausgestaltet waren die Narrenfeste zum Jahresende, in der frohen Weihnachtszeit. Das passte nicht schlecht, denn zu Weihnachten feierte die Kirche das Jesuskind und stellte – in ihm – alle Kinder, alle Schwachen und Schutzlosen in den Mittelpunkt. Das Weihnachtsfest proklamiert eine Umwertung aller Werte, es stürzt die weltlichen und geistlichen Hierarchien und erhöht die Demütigen, die kleinen Leute. Dieses gut biblische Motiv griffen vor allem die unzähligen kleinen Kleriker, die Chorknaben und Kanoniker auf und nahmen es als Freibrief, großen und manchmal auch groben Schabernack zu treiben.

Am 28. Dezember, dem Tag der Unschuldigen Kinder, der an den Kindermord zu Bethlehem erinnert, nahmen sich die Chorknaben das Recht, die Rollen zu tauschen. Sie übernahmen die Gewänder und die Sitzplätze der Älteren und Ranghöheren. An diesem Tag beschränkten sie sich nicht darauf, niedere liturgische Hilfsdienste zu leisten, sondern lasen selbst die Messe. Besonders bunt muss es zugegangen sein, wenn der Kinderbischof inthronisiert wurde. Man führte einen kleinen Knaben in den Chor, setzte ihm feierlich eine Mitra auf den Kopf, reichte ihm weitere bischöfliche Insignien wie Krummstab und Ring und erteilte ihm den Segen. Anschließend zogen alle mit ihm durch die Stadt – nicht selten unter Absingen schmutziger Lieder. Was anfangs ein unschuldiges Spiel gewesen sein mag, wurde mancherorts zur pietätlosen Verhöhnung des Heiligen und zum Anlass, mitten in der Kathedrale Grillfeste zu geben.

Über Jahrhunderte kämpfte die kirchliche Obrigkeit vergeblich gegen die Narrenfeste und Kinderbischöfe. Doch der niedere Klerus und der geistliche Nachwuchs konnten ihr Recht verteidigen, diese Satyrspiele zu feiern. Erst im 17. Jahrhundert endeten diese unfrommen Belustigungen in den Kathedralen.

Denn die Gegenreformation bekämpfte nicht nur die protestantische Konkurrenz, sondern setzte auch innerhalb der katholischen Kirche eine Reinigung durch und sorgte für eine strengere Scheidung des Sakralen vom Profanen, des Kultus vom Alltag, des Ernsten vom Heiteren.

Auf dem Gipfel

Die großen Krankheiten des Mittelalters sind längst vergessen, verweht – wie die Menschen, die ihnen zum Opfer fielen. Die Erinnerung an die eine oder andere Seuche – die Kreuzzüge, das Ketzermorden, den «schwarzen Tod» – mag noch von ferne einen leisen Schauer auslösen. Doch sie sind besiegt, versiegt oder durch andere Epidemien, Ideologien und Todsünden ersetzt. Von ihnen ist nichts geblieben. Nur der «morbus aedificandi» hat etwas hinterlassen, das immer noch Bestand hat. Gott sei Dank, denn die großen Kathedralen, welche die wundersame Bau-Wut der Gotik geschafftten hat, stellen den Höhepunkt in der Geschichte des Kirchenbaus dar.

Die gotische Kathedrale ist der Gipfel des Kirchenbaus. Natürlich ist diese Einschätzung selbst wiederum historisch. Es gab auch Zeiten, als man sich in einer modischen Gotik-Verachtung gefiel. Die Italiener der Renaissance spotten im 16. Jahrhundert über die «maniera tedesca», diesen barbarischen Stil, den sie zugunsten einer Wiedergeburt der Antike überwinden wollten, und auch die Aufklärer des 18. Jahrhunderts konnten sich für diese Ausgeburten des finsteren Mittelalters nicht begeistern. Erst im 19. Jahrhundert lernte man die gotischen Kathedralen wieder lieben. Ganz rein und ungetrübt war diese Liebe bedauerlicherweise nicht, meinte man doch vor allem in Deutschland, die Gotik für einen übersteigerten Nationalismus und einen klerikalen Antimodernismus in Dienst nehmen zu können. Aber sowohl die klassizistisch-rationalistische Gotik-Verachtung wie auch die chauvinistische Gotik-Verherrlichung sind inzwischen Vergangenheit. Geblieben ist die Einschätzung, dass die Gotik – als ein gesamteuropäisches Phänomen – den Gipfel christlicher Sakralarchitektur bildet. Wenn man dies sagt, muss man allerdings die Metapher ernst nehmen: Ein Gipfel ist Teil eines Gebirges, bezogen auf weite, allmählich sich entwickelnde Höhezüge, aus denen er langsam erwächst und auf die er dann in seiner voll entfalteten Herrlichkeit ausstrahlt. Ohne die vielen vorbereitenden Hügelketten, die weiten Hochplateaus und die ersten Aufgipfelungen wäre er nichts. Ohne ihn jedoch würden dem ganzen Gebirge das Ziel und der Abschluss fehlen.

Aber man sollte nicht vergessen, dass schon im Mittelalter nicht alle gipfelsüchtig waren. In der Zeit, als in Nordfrankreich die ersten gotischen Kathedralen entstanden, bildeten sich in anderen Teilen Europas radikale Gegenbewegungen: In Südfrankreich und Norditalien kehrten die Katharer und die Waldenser den Großkirchen den Rücken und versammelten sich wieder in privaten Hauskirchen. Sie verweigerten sich der gesamten Fortschrittsgeschichte des Kirchenbaus und fingen noch einmal dort an, wo alles begonnen hatte.

Der Petersdom zu Rom

6. Der Petersdom zu Rom

und die katholische Kirche

Der Grundstein

Am 18. April 1506 machte sich eine glänzende Prozession mit dem Papst und über dreißig Kardinälen auf den Weg. Sie hatten an diesem «weißen Sonntag», dem ersten Sonntag nach Ostern, in der alten Basilika Sankt Peter, der wichtigsten Kirche Roms und damit der ganzen westlichen Christenheit, die Messe gefeiert. Nun zogen sie durch die Kapelle der heiligen Petronilla hindurch und hinaus, bis sie an den Rand einer gewaltigen Grube kamen. Hier blieben die Kardinäle mit ihrem heiligen Tross stehen. Papst Julius II., ein damals immerhin schon alter Mann von 62 Jahren, stieg aus seinem Tragesessel und kletterte in den Abgrund hinunter. Das war kein ungefährliches Unterfangen, denn immer wieder schoss Grundwasser in die Grube ein. Aber der Papst war entschlossen, die wichtigste Zeremonie seiner Amtszeit selbst zu vollziehen, nämlich den Grundstein für den Neubau der Peterskirche zu weihen. Mit diesem Stein wurde das Fundament für den neuen südwestlichen Vierungspfeiler gelegt. Er stellte also gewissermaßen die Wurzel eines jener vier riesigen Pfeiler dar, die hoch in den Himmel wachsen sollten, um eine Kuppel von bisher ungekannter Größe, Kraft und Herrlichkeit zu tragen. Es dürfte Julius II. nicht leicht gefallen sein, die Weihe dieses Grundsteins würdig zu vollziehen. Während er in der dunklen und feuchten Tiefe diesen Akt, dem eine komplizierte und erregte Debatte über das richtige Zeremoniell vorausgegangen war, vollzog, und ihm dabei von oben die Kardinäle und all die anderen Schaulustigen zusahen, musste beständig das Grundwasser mühsam abgepumpt werden. Doch trotz dieser befremdlichen und gefährlichen Umstände muss es für Julius II. dort unten erhebend gewesen sein, das bisher größte Bauvorhaben der Christen-

Wie groß darf eine Kirche sein? Als Grabstätte des ersten Apostels, als Kathedrale des Papstes, als Mittelpunkt einer Weltkirche kann der Petersdom eigentlich gar nicht groß genug sein. Aber gibt es in der Architektur nicht auch einen Punkt, an dem das Monumentale ins Monströse kippen kann?

heit mit seinen eigenen Händen zu beginnen. Vielleicht dachte er dabei an die alte Legende, wonach Kaiser Konstantin der Große es beim Vorgängerbau ebenso gehalten hatte. Als dieser elf Jahrhunderte zuvor über dem vermeintlichen Grab des heiligen Petrus eine Basilika bauen ließ, soll er eigenhändig mit der Spitzhacke den Baugrund freigelegt und zwölf Körbe Erde – für jeden Apostel einen – auf den eigenen kaiserlichen Schultern fortgetragen haben. Das Ritual der Grundsteinweihe war damals offenkundig noch unbekannt gewesen.

Dabei bot gerade das Wort vom «Grundstein» Anlass für bedeutsame biblische Assoziationen. Diese muss Julius II. im Sinn gehabt haben, als er ausgerechnet den «weißen Sonntag» des Jahres 1506 zum Datum für die Feierstunde bestimmte. Denn an diesem Sonntag wurden in allen Kirchen nach alter Sitte Verse aus dem 1. Brief des Petrus verlesen, die wie geschaffen waren für den Anlass. Dort heißt es nämlich, dass Christus der «lebendige Stein» sei, der von den Menschen als «Stein des Anstoßes» verworfen, von Gott aber auserwählt wurde, um der «Eckstein» eines neuen Gotteshauses zu werden. Auf ihn sollten sich alle Gläubigen gründen, die selbst «lebendige Steine» seien, aus denen das geistliche Haus der Kirche erbaut werde. Dies also ist die wichtigste Bau-Metapher des Neuen Testaments: Die Kirche ist ein aus lebendigen Steinen, den Gläubigen, erbautes Haus, dessen Grundstein Christus ist. Dieses Sprachbild zog Julius II. heran, um alle Glieder seiner Kirche auf sein gigantisches Bauvorhaben einzuschwören und von ihnen einen enormen finanziellen Beitrag einzufordern. Dafür borgte er sich die Autorität des heiligen Petrus, für dessen legitimen Nachfolger er sich hielt und auf dessen Thron er zu sitzen meinte. Alle Christen des Westens sollten als «lebendige Steine» mithelfen, den Petersdom neu zu bauen, um dem Grab des Apostels einen würdigen Rahmen zu geben und um die Wiederauferstehung des Papsttums nach langen Jahren der Ohnmacht zu feiern – sowie nicht zuletzt, um den Ruhm des Bauherrn zu mehren.

Julius II. war mehr ein Kaiser als ein Papst, mehr ein Imperator als ein Hirte. Martin Luther sah in ihm schlicht einen «Blutsäufer», einen von christlichen Skrupeln freien Kriegsherrn. Dieses Urteil war nicht ungerecht. Aber vielleicht wurde damals gerade solch ein Gewaltpapst gebraucht. Nach dem Borgia-Papst Alexander VI., dem schamlosesten aller Nachfolger Petri, musste einer kommen, der fähig war, entschlossen zu handeln. Die verlorenen Gebiete des Kirchenstaats mussten zurückerobert, fremde Mächte vertrieben und innere Feinde unschädlich gemacht werden. Als kämpferischer, cholerischer Territorialherr war Julius II. der richtige Mann für diese Aufgaben. Als Kirchenfürst aber wusste er zugleich um die Macht der Symbole und darum, dass sein Reich eine sakrale Seite hatte, die öffentlich zur Schau gestellt werden musste. Deshalb ging er ein Vorhaben an, das verschiedene seiner Vorgänger zwar geplant, aber nie begonnen hatten. Julius II. verstand sich nicht nur als Nachfahr der antiken Kaiser, sondern auch als ein neuer Salomo, der berufen war, den Tempel aller Tempel zu bauen. Zum Glück war er nicht nur ein brutaler Krieger, der über Leichen gehen konnte, sondern auch ein kunstsinniger Mäzen, der die bedeutendsten Künstler für seine Vorhaben zu gewinnen vermochte. So war er es, der endlich den Anstoß zu einem Kirchenbau gab, welcher der Größe der römischen Kirche angemessen sein sollte. Ohne Julius II. würde die alte, damals schon baufällige Petersbasilika Kaiser Konstantins wahrscheinlich immer noch stehen.

Also konnte am Tag der Grundsteinweihe das größte und problematischste Bauvorhaben der gesamten Kirchengeschichte feierlich eröffnet werden. Zu diesem historischen Augenblick hatten sich viele hochgestellte Persönlichkeiten versammelt. Nur einer fehlte – und zwar genau derjenige Künstler-Architekt, dem trotz seines jungen Alters die Ehre zuteil geworden war, an den ersten Überlegungen zu diesem Projekt beteiligt zu werden, und dem es nach vielen Jahren und ungezählten Verzögerungen gelingen sollte, den entscheidenden Anstoß zur Vollendung des neuen Petersdoms zu geben. Aber am Vorabend des Festaktes war Michelangelo Buonarroti nach einem Zerwürfnis mit Julius II. aus Rom in seine Heimatstadt Florenz geflohen.

Die größte Baustelle der Welt

Die Petersbasilika Kaiser Konstantins aus dem 4. Jahrhundert war die größte antike Kirche Roms: ein fünfschiffiges Langhaus von immerhin 90 Metern Länge. Diese Ausmaße spiegelten die Bedeutung Petri, dessen Grab man nach einer alten Legende an der Grenze zur Apsis zu beherbergen glaubte. Über dem Grab erhob sich ein Hochaltar. Das Petrusgrab war – wenn man von der Jerusalemer Grabeskirche absieht – das bedeutendste Martyrium der westlichen Christenheit, die Erinnerungsstätte des allerverehrtesten Apostels, Ziel ungezählter Pilger. Zugleich war es ein Machtzentrum. Denn an das Grab schloss sich unmittelbar ein Podium an, auf dem sich der Thron des Papstes befand, des Bischofs, der den Anspruch erhob, mehr als alle anderen Bischöfe in der Nachfolge Petri zu stehen. Beide Orte

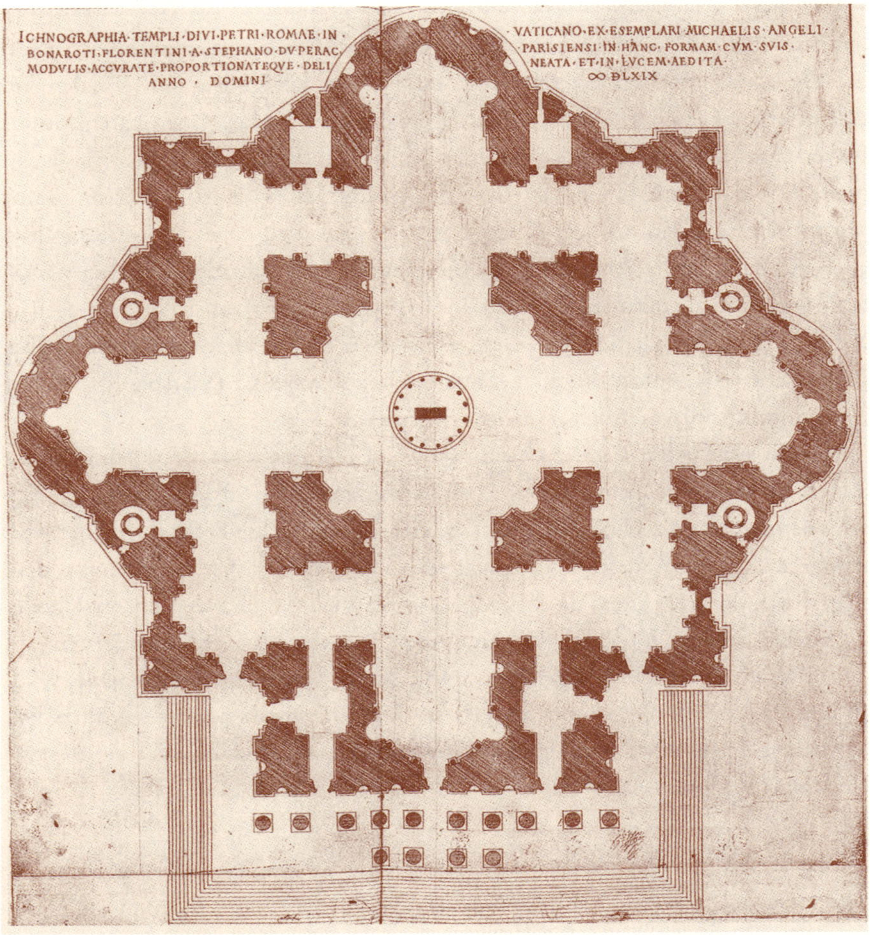

– Petrusgrab und Papstthron – verwiesen aufeinander und bildeten gemeinsam den spirituellen und politischen Schwerpunkt der Kirche.

Das Papsttum durchlief in den Jahrhunderten nach Konstantin eine rasante Entwicklung. Aus dem Bischof von Rom wurde mehr und mehr ein Monarch der Christenheit, ein geistlicher Herrscher Europas. Die Petersbasilika aber spiegelte dies kaum wider. Zwar wurde sie um viele prächtige Altäre, Grabmäler und Kunstschätze angereichert. Zudem musste sie immer wieder nach Beschädigungen restauriert werden. Ansonsten aber blieb sie so, wie sie ursprünglich gedacht und gebaut worden war. Diese Kontinuität ist umso erstaunlicher, wenn man bedenkt, wie viele antike Kirchen diesseits und jenseits der Alpen entweder den Katastrophen der Völkerwanderung oder den Innovationsschüben des hohen Mittelalters zum Opfer fielen und durch Neubauten ersetzt wurden. In Rom aber blieb man konservativ und hielt an der Konstantinischen Basilika fest, so lange es ging.

Doch seit der Mitte des 15. Jahrhunderts kamen Pläne für einen Neubau auf. Vor allem Papst Nikolaus V. überlegte, wie er die Kirche und ihren Vorplatz so umgestalten könnte, dass sie den Bedürfnissen der Stadt und seines Amtes entsprächen. Doch auch er lehnte sich noch vergleichsweise treu an das Alte an. Er strebte eine Regulierung des Petersplatzes und eine Korrektur einiger wenig gelungener Anbauten an. Darüber hinaus wollte er das Petrusgrab architektonisch hervorheben und zu diesem Zweck das niedrige und schmale Querhaus durch einen größeren, von einer Kuppel bekrönten Teilneubau ersetzen und die Querarme verlängern. Sein Plan war ein konservativer Neuansatz, der den Bestand um frische Ideen erweiterte. Es ist reizvoll, sich vorzustellen, zu welchem Ergebnis diese schleichende Umformung geführt hätte. Leider starb Nikolaus V. über den Vorplanungen, und keiner seiner Nachfolger hatte den Mut oder die Möglichkeit, sein Vorhaben weiterzuverfolgen.

Erst Julius II. besaß die Energie, die Peterskirche ganz neu und unerhört groß zu denken. Mit provozierender Bedenkenlosigkeit verlangte er nach Grandiosität und Innovation. In dem 62-jährigen Donato Bramante fand er den dafür geeigneten Architekten. Auch Bramante sah sich durch Rücksichten auf altehrwürdige Baubestände nicht in seinem Streben nach einer zeitgenössischen Monumentalität gehindert. Er wollte eine neuartige Ästhetik der Größe, die den Pilgern und Kirchgängern einen frommen Schauder einflößte. Für den Neubau des Petersdoms hatte er eine wunderbare, ausgesprochen passende Grundidee: Eine riesige Kuppel sollte entstehen. Sie war ebenso revolutionär wie konservativ gedacht. Aus ihr sollte sich etwas bisher ungeahnt Großes, ein ganz neuartiges Raumzentrum entwickeln. Zugleich verwies sie auf ein uraltes Vorbild, das Pantheon in Rom. Dieser von Kaiser Hadrian gebaute Tempel war der Inbegriff eines monumentalen Kuppelbaus. Mit geradezu unverschämter Direktheit fasste Bramante sein Konzept für den neuen Petersdom so zusammen: «Ich will die Pantheonskuppel auf die Konstantinsbasilika setzen!»

Michelangelo kam mit seinem Plan für einen Zentralbau auf die entscheidende Grundidee von Donato Bramantes Pergamentplan zurück: die große Kuppel, von der aus sich alles Weitere des Neubaus entwickeln sollte. Nach Michelangelos Tod wurde der Hochaltar in die Planung eingefügt. Er sollte, umgeben von einem Säulenkranz, im Zentrum stehen und damit die Kuppel widerspiegeln.

Ihm war wohl bewusst, dass die alte Basilika diese Last nicht würde tragen können. Mit der Kuppel erfand er ein ganz neues Gebäude, dem die 1200 Jahre alte Basilika zu weichen hatte. Sie war ein genialer ästhetischer Wurf, der das Alte umstürzte. Ihre Eleganz und Grandiosität sicherte ihm die Bewunderung nicht nur des Papstes. Die Leichtigkeit jedoch, mit der er die konstantinische Basilika opferte, bescherte ihm den Spitznamen «Ruinante». Mit einer gewissen Lässigkeit scheint Bramante auch die architektonischen Folgeprobleme behandelt zu haben, die sich aus der Kuppel ergaben. Die Dimensionen für die anderen Gebäudeteile, besonders für den Chorraum, mussten doch nun ebenfalls ins Riesenhafte wachsen. Vor allem aber stellte sich die Frage, ob durch die Kuppel der neue Petersdom nicht einem ganz anderen Gebäudetyp zugeordnet werden musste. Denn nun gab nicht mehr – wie bei der alten Basilika – das Kreuz aus Lang- und Querhaus die Form vor, sondern aus der Kuppel folgte das Modell eines Zentralbaus. Allerdings hätte dieser Zentralbau kaum ausreichend Platz für das von Michelangelo ebenso monumental geplante Juliusgrab geboten. Zudem hätte das Petrusgrab verschoben werden müssen. Ersteres musste zu diplomatischen Verwicklungen führen, letzteres war selbst für Julius II. undenkbar. Schließlich hätte der Wechsel vom Langhaus zum Zentralbau zu einer ganz anderen gottesdienstlichen Nutzung, wenn nicht gar zu einer Einschränkung der bisherigen Nutzung geführt. Die Idee des Zentralbaus, so verlockend sie war, schien kaum durchführbar zu sein.

Es lässt sich nicht mehr ermitteln, wie sich Bramante den Neubau im Detail vorstellte. Dachte er wirklich an einen reinen Zentralbau oder an eine Mischform, also einen Zentralbau, an den sich ein Langhaus anschloss? Bramantes Skizzen legen fast den Verdacht nahe, als hätte er den Bau gar nicht zu Ende gedacht, sondern sich damit begnügt, mit seiner Riesenkuppel nur eine Ausgangsidee vorzustellen, von der aus sich alles weitere schon entwickeln würde. Was Bramante zeichnete, verrät einen inspirierten Schwung, der sich über alle Gegebenheiten hinwegsetzte und etwas atemberaubend Neues schuf. Übrigens war Bramante einer der ersten Architekten, der seine Planungen auf Papier zeichnete. Vor ihm hatten die Planer noch mit hölzernen Tafeln gearbeitet. Ebenso wie Leonardo da Vinci aber war Bramante als Architekt immer auch ein Maler und Zeichner. Und indem er seine Ideen mit freier Hand auf Papier zeichnete, veränderte sich das Planen. Es wurde freier, flexibler, offener.

In der Tat, Bramantes Planung war zur Zukunft hin weit geöffnet. Auch nur die Andeutung eines fixierten Gesamtplans sucht man bei ihm vergeblich. Wahrscheinlich hatte Bramante solch einen Plan gar nicht, sondern eben nur eine Grundintuition. Damit niemand sie zerredete und zurechtstutzte, schuf er sehr schnell Fakten. So trieb er mit der Grundsteinlegung seinen ersten Vierungspfeiler mitten in die alte Basilika hinein. In den folgenden sieben Jahren ließ er die

Kuppelpfeiler hochziehen. Damit hatte er den Kern seines Konzepts in einer Weise Stein werden lassen, dass weder der gegenwärtige Papst noch einer seiner Nachfolger hinter seinen Kuppelplan würden zurückgehen können.

Eine Legende erzählt, Bramante habe kurz vor seinem Tod verfügt, dass über die exakte Lage der Fassade des Petersdoms keine Entscheidung getroffen werden dürfe, weil er die Zeit, die er nun vor sich habe, für genauere Planungen nutzen wolle. Das Ergebnis werde er dann am Jüngsten Tag, bei seiner Auferstehung von den Toten, verkünden. Eine andere Legende berichtet, dass Bramante leider nicht in den Himmel gekommen sei. Denn an der Himmelpforte hätte Petrus ihm ernste Vorhaltungen gemacht, weil er die alte Basilika zerstört habe. Bramante jedoch blieb unbeeindruckt und unterbreitete dem Apostel sogleich einige bauliche Verbesserungsvorschläge: Die steile Himmelstreppe könnte man durch eine breite Spiralrampe ersetzen, damit man nicht mehr mühsam in den Himmel klettern müsse, sondern bequem hinaufreiten könne. Überhaupt solle Petrus darüber nachdenken, das Paradies insgesamt abzureißen und durch ihn neu bauen zu lassen.

Als Julius II. 1513 und Bramante ein Jahr darauf starben, hinterließen sie etwas, das eher wie eine gigantische Ruine als wie eine zukunftsträchtige Großbaustelle wirkte. Daraus ein fertiges, funktionsfähiges Gebäude zu machen, sollte in den folgenden hundert Jahren viele Architekten und Bauleute, Päpste und Kirchenbeamte bis aufs Äußerste fordern – und natürlich unglaubliche Geldsummen verschlingen.

Wer sollte den Neubau eigentlich bezahlen? Julius II. setzte alle ihm verfügbaren Mittel für dieses Vorhaben ein. Der Petersdom sollte doch sichtbarer Ausdruck seiner absoluten Herrschaft sein. Aber so mächtig war er nicht, dass er diesen Bau allein hätte bezahlen können. Auch der Ablasshandel, der indirekt in Deutschland die Reformation auslöste und die kirchliche Einheit in Westeuropa auflöste, brachte viel zu wenig ein. Das Geld musste also von einem anderen Herrscher beigesteuert werden. Es kam weder aus Deutschland noch aus Frankreich oder England. Neben den päpstlichen Besitzungen in Italien war es vor allem Spanien mitsamt seinen italienischen Besitzungen, das den Bau bezahlte. Deshalb spiegelt sich in der Baugeschichte des Petersdoms das jeweilige politische Verhältnis der Päpste zu Spanien. War man verbündet, floss das Geld, und der Bau schritt voran. Gab es Streit, stockte die Arbeit. So ist der Petersdom zwar – was den symbolischen Überbau angeht – ein Denkmal päpstlicher Herrlichkeiten, zugleich aber – was den finanziellen Unterbau angeht – ein Werk des spanischen Imperialismus.

Wege und Umwege zum Ziel

Der Nachfolger von Julius II. war Leo X., mit nur 38 Jahren ein unerhört junger Papst. Er beauftragte den noch jüngeren, nämlich erst 30-jährigen Raffael mit der Bauleitung. Aber den beiden Jungen sollte es nicht gelingen, das Werk ihrer so viel älteren Vorgänger auszuführen. Über visionäre Skizzen für ein Gesamtkonzept war Raffael nicht hinausgekommen, als er 1520 starb. Im Jahr darauf verschied auch Leo X. Ihm folgte der Niederländer Hadrian VI., ein ausnahmsweise frommer Papst, dessen Demut jedoch zu stark ausgeprägt war, als dass er sich für diesen Bau besonders engagiert hätte. Auch er verstarb nach nur einem Jahr. Ihm folgte Clemens VII., ein unehelicher Medici-Sohn. Unter ihm sollte Antonio da Sangallo das Regiment auf der Baustelle übernehmen. Dieser war dort schon seit längerem zu Hause. Bramante hatte ihn zu einem seiner wichtigsten Helfer gemacht. 1520 wurde er zum Leiter der Bauhütte erhoben. Eher ein Handwerker als ein Künstler, strich er die hochfliegenden Pläne von Bramante und Raffael auf ein ihm vernünftig erscheinendes Maß zusammen und versuchte wieder zum Grundgedanken des Langhauses zurückzukehren. Doch auch unter seiner Führung kam der Bau nicht recht voran. Schuld daran waren die politischen Umstände. Clemens VII. nämlich führte die ewige Stadt in eine der größten Katastrophen ihrer Geschichte, den «Sacco di Roma». Mit seiner unklugen Politik hatte er nicht nur viele Großmächte gegen sich aufgebracht. Er hatte vor allem die deutschen und spanischen Söldner des Kaisers so erzürnt, dass sie durch nichts, auch durch ihre Heerführer nicht, zurückzuhalten waren. 1527 stürmten sie das wehrlose Rom und richteten ein großes Grauen an. Fast die Hälfte der Bevölkerung sollen sie ermordet und etwa 90 Prozent der Kunstschätze geraubt haben. Dieser Massenraubmord ist nur mit der Plünderung Konstantinopels durch die Ritter des 4. Kreuzzuges zu vergleichen. Die Zerstörung war so gewaltig, dass an die Fortführung ehrgeiziger Bauprojekte lange nicht zu denken war.

Erst 1534, als Paul III. den Thron bestieg, eröffnete sich die Perspektive auf eine planmäßige Weiterarbeit. Der neue Papst sanierte die Finanzen und unternahm mit Sangallo einen «Neuaufbruch zu alten Ufern» (Georg Satzinger). Die Baustelle wurde vom Rest des alten Langhauses getrennt. Nachdem man das Langhaus lange einfach offen gelassen hatte, wurde nun eine Trennmauer hochgezogen, so dass das Langhaus geschützt war und für Gottesdienste genutzt werden konnte. Bramantes Pfeiler, die immer noch einsam und verloren in den Himmel ragten, wurden stabilisiert. Aber erst 1546, als Sangallo starb, konnte ein Baumeister eingesetzt werden, der das Format für diese übermenschliche Aufgabe besaß. Im darauf folgenden Jahr übernahm der inzwischen 72-jährige Michelangelo, der als junger Mann noch am Tag vor der Grundsteinlegung aus Rom geflohen war, die Gesamtleitung. Er brachte den entscheidenden Anstoß zur Vollendung der Kirche ein.

Das war eine fast schon bizarre Wendung der Geschichte. Ausgerechnet Michelangelo! Vor vierzig Jahren hatte Julius II. ihn mit einer großen Aufgabe betraut. Dieser Papst hatte mit dem Neubau des Petersdoms nämlich ein doppeltes Anliegen verfolgt. Nicht nur wollte er eine neue Papstkirche bauen, sondern er wollte dort auch für sich eine Grabstätte errichten. Diese sollte so grandios ausfallen, dass sie alle bisherigen Maßstäbe gesprengt und nie in die alte Basilika gepasst hätte. Es lässt sich nicht mehr klären, welche der beiden Ideen am Anfang stand. Gab der Wunsch, sich ein riesiges Monument zu schaffen, die Initialzündung für den Angriff auf die alte Basilika? Oder waren beide Ideen unabhängig voneinander entstanden? Ihre konzeptionelle Verknüpfung jedoch scheint von Beginn an schwierig gewesen zu sein. Für den Kirchenbau hatte Julius II. Bramante gewonnen. Den Auftrag für sein Grab aber hatte er an den halb so alten Michelangelo vergeben.

An Michelangelo war alles groß, übergroß: sein Genie, aber auch sein Geiz, seine Kraft wie seine Unverschämtheit, sein Vollbringen und sein Scheitern. Persönlich rau und ungeschliffen wie ein unbehauener Steinklotz, konnte er als Bildhauer harten, kalten Marmor zum Schmelzen bringen und die zartesten, fließendsten Skulpturen schaffen. Ihn wollte Julius II. unter allen Umständen für sein persönlichstes Vorhaben gewinnen. So schickte er ihm am 25. Februar 1505 die Summe von 100 Dukaten – so viel verdiente damals ein guter Künstler etwa in zehn Monaten – Reisespesen, damit er nach Rom käme. Im März erschien der Künstler, um sich nach nur zwei Monaten der Planung und Verhandlung mit dem Papst endgültig zu einigen. Es schien, als hätten sich zwei Giganten getroffen, die gemeinsam Berge versetzen konnten. Doch der Eindruck täuschte. Julius II. gewährte Michelangelo einen Vorschuss von 1000 Dukaten, damit er den benötigten Marmor erwerben sollte. Doch stattdessen «investierte» Michelangelo das Geld, indem er für seine Familie ein Landgut kaufte. Man könnte auch von einer Unterschlagung sprechen. Im April 1506 scheint der Konflikt zwischen Auftraggeber und Auftragnehmer eskaliert zu sein. Der unausgesetzten imperti-

nenten Geldforderungen überdrüssig, verweigerte Julius II. weitere Zahlungen und Gespräche. Vielleicht hatte der Papst aber auch bemerkt, dass er sich mit seinem Doppelvorhaben übernommen hatte, dass er den Grabbau zurückstellen musste, um seine finanziellen Kräfte auf den Kirchenbau zu konzentrieren. Ob Michelangelo diesen Verdacht geschöpft hatte oder ob er aus Angst und schlechtem Gewissen einen Sicherheitsabstand zum Papst einlegen wollte, lässt sich nicht mehr ausmachen. Jedenfalls verließ der Bildhauer am Abend vor der Grundsteinlegung fluchtartig die heilige Stadt.

Erstaunlicherweise hat Julius II. ihm dies nicht verübelt. Gegen seine Gewohnheit reagierte er auf diesen Akt des Ungehorsams nicht cholerisch, sondern milde. Er rief Michelangelo nach Rom zurück, nicht um ihn zu bestrafen oder damit er das Grabmal baute, sondern damit er ein anderes, wiederum mehr als großzügig bezahltes Jahrtausendprojekt übernähme: die Ausmalung der Decke der Sixtinischen Kapelle. Und tatsächlich kam Michelangelo im Winter 1508 nach Rom zurück und machte sich an die Arbeit. Und diesmal gelang es ihm, den Auftrag fristgerecht innerhalb von nur vier Jahren auszuführen.

Als nun Michelangelo vier lange Jahrzehnte später als neuer Chefarchitekt vor dem ungeheuren Modell des Petersdoms gestanden hat, das Sangallo hatte bauen lassen, wird er wenig erfreut gewesen sein. Fast acht Meter war es lang und fünf Meter hoch. Man konnte es begehen. Mit seinen Baukosten hätte man eine kleine Kirche errichten können. Natürlich war dieses Modell ein Fortschritt gegenüber den Skizzen gewesen, die es vorher gab. Es hatte der Planung eine bisher vermisste Festigkeit gegeben. Aber Michelangelo konnte ihm nichts abgewinnen. Es wirkte auf ihn eher wie eine «opera todesca», ein barbarisch-gotisches Monstrum, als wie ein Werk, das sowohl dem antiken Erbe wie der architektonischen Neuzeit gerecht wurde. Viel zu dunkel, überladen und kleinteilig erschien es ihm. Die einzelnen Elemente besaßen kein Verhältnis zueinander. So groß das Modell auch war, aus der Summe der Teile wurde kein Ganzes. Für Michelangelo lag dies daran, dass Sangallo die Grundideen Bramantes verraten hatte. Zu seinem Vorvorvorgänger aber wollte er zurückkehren. Denn: «Wer von Bramante abweicht, weicht von der Wahrheit ab.» Deshalb schuf Michelangelo gleich nach Dienstantritt ein neues Modell, das leider nicht erhalten ist. Es war nicht einmal ein Viertel so groß wie Sangallos Modell und doch um vieles eindrucksvoller als dieses. Seine Kraft lag in der Reduktion und in der Fokussierung auf wenige Grundideen. Um dieses Modell zu verwirklichen, ließ Michelangelo zunächst Falsches und Unnötiges – wie Tribünen- und Chorumgänge sowie Nebenräume – abreißen, so, als hätte er eine «Lizenz zum Zerstören» (Horst Bredekamp).

Grandios im Vollbringen wie im Scheitern, unverschämt in seiner Geldgier, aber unbedingt in seiner Hingabe an die künstlerische Aufgabe, der eigentliche Vollender des Petersdoms: Michelangelo Buonarotti (1475 bis 1564). Das unvollendete Porträt von Jacopino del Conte aus dem Jahr 1545 zeigt den Künstler im Alter von siebzig Jahren.

Natürlich stieß Michelangelo dabei auf starken Widerstand. Die Baustelle war bisher fest in der Hand des Sangallo-Clans und für diesen über Jahre hin eine fette Weide gewesen. Damit machte Michelangelo Schluss. Vom Papst ließ er sich eine ungeahnte Machtfülle zuteilen und Vollmachten geben, wie sie kein Architekt je wieder erhalten sollte. Die Baukommission, die ursprünglich Julius II. eingerichtet hatte und in der nun die Sangallo-Anhänger das Sagen hatten, wurde entmachtet. Michelangelo sollte niemandem, was Planung, Durchführung und Finanzierung des Baus anging, Rechenschaft schulden. Wie es ihm beliebte, konnte er Menschen entlassen und einstellen. Wie ein Diktator konnte er – der bedingungslosen Unterstützung von Paul III. sowie seiner Nachfolger Julius III., Paul IV. und Pius IV. gewiss – durchregieren. Und er nutzte diese Machtfülle, um dem neuen Petersdom eine überzeugende Gestalt zu geben und den Bauarbeiten den notwendigen Schwung zu verleihen. Dass er dabei auch die Baukosten halbwegs ins Lot brachte, versteht sich keineswegs von selbst, dass er selbst phantastisch verdiente – mehr als manches Staatsoberhaupt – dagegen schon.

Ab 1556 versiegte jedoch wieder das Geld wegen eines neuerlichen Streits mit Spanien. Dennoch arbeitete Michelangelo wie ein Getriebener weiter. 1558 war der Südarm fertiggestellt und der Nordarm weit fortgeschritten, bei den Grundmauern des Westarms zumindest ein guter Anfang gemacht. Wichtiger als alles andere aber war für Michelangelo die Kuppel. Er scheint geahnt zu haben, dass er sie nie vollenden würde. So wollte er wenigstens ein Modell schaffen, das sein inneres Bild von ihr festhielt und seinen Nachfolgern überlieferte. Von 1558 bis 1561 arbeitete er daran, zunächst in Ton, dann in Holz. Wie ein Bildhauer, der er ja eigentlich war, arbeitete er diese Zentralidee aus und gab ihr die ersehnte Form. Eine strenge Säulenordnung, ein klassisch anmutendes Rippensystem akzentuierte die Vertikale. Ein hoher Tambour, also eine zylinderförmige und mit Fenstern durchsetzte Mauer, auf der die Kuppel aufruhte, sorgte für eine einzigartige Verbindung von Höhe und Helligkeit. Michelangelos Kuppel war zugleich majestätisch und leicht, monumental und licht. In ihr verwirklichte sich die Idee eines Ganzen, von dem jeder einzelne Raumteil seinen Ort, seine Funktion, seine Schönheit und sein Licht erhielt. Unter dieser Kuppel war alles eins, durchsichtig und hell.

Selbst das Modell, das Michelangelo für die Kuppel des Petersdoms entwarf, war ein gigantisches Projekt. Drei Jahre dauerte die Anfertigung dieser Großskulptur aus Lindenholz im Maßstab 1:15. Aber diese Anstrengung war nötig, um seine Gestaltungsideen über seinen zu erwartenden Tod hinaus festzuhalten.

Als Michelangelo 1564, kurz vor seinem 89. Geburtstag, starb, war der Tambour immerhin bis zum Gebälk hochgezogen. Das Entscheidende war auf den Weg gebracht, vieles – wie zum Beispiel die Fassade – aber noch offen gelassen. Als alter Mann hatte Michelangelo die Arbeit am Petersdom begonnen, 17 Jahre seines Lebens an sie gegeben, noch als gebeugter Greis hatte er sie kraftvoll befördert. Nur sein wichtigstes Ziel, die Vollendung der Kuppel, durfte er nicht erleben.

Es sollte lange dauern, bis die Kuppel, eines der anspruchsvollsten architektonischen Vorhaben aller Zeiten, fertiggestellt werden konnte. Nach dem Tod des Meisters trat zunächst wieder eine Erschöpfungspause ein. Im Zentrum des Neubaus klaffte ein Krater von vierzig Metern Durchmesser, umgeben von einem

Pfeilergeviert von 75 Metern Höhe, das nun schon siebzig Jahre alt war und dessen Tragfähigkeit langsam zweifelhaft wurde. Das Ganze wirkte wie ein babylonischer Turm. Bis der neue Papst Sixtus V. im Jahr 1585 die Initiative ergriff. In Giacomo della Porta fand er den geeigneten Architekten. Dieser begnügte sich nicht mit Michelangelos Modell, sondern zeichnete auf dem Fußboden der Basilika San Paolo fuori le Mura im Maßstab eins zu eins einen Querschnitt der Kuppel, die er in einer logistischen Meisterleistung umsetzte. Sie unterschied sich von Michelangelos Entwurf dadurch, dass sie steiler und schlanker war, dadurch an majestätischer Ruhe verlor, aber an Dynamik gewann. Am 14. Mai 1590 wurde feierlich der letzte Stein gesetzt – 84 Jahre nach der Weihe des ersten Grundsteins und ein Vierteljahrhundert nach dem Tod Michelangelos. Diese Kuppel übertraf alles, was vorher gebaut worden war. In ihr triumphierte das

christliche über das heidnische Rom, überstrahlte das westliche das östliche Rom, das inzwischen in türkische Hand gefallen und dessen Hauptkirche, die Hagia Sophia, in eine Moschee verwandelt worden war.

Jetzt kam ein gutes Ende der Bauarbeiten in Sicht. Der neue Petersdom war nun kein größenwahnsinniges Prestigeprojekt, keine katastrophische Fata Morgana mehr, sondern verwandelte sich Stück für Stück in eine funktionstüchtige Kirche. Am vierten Sonntag nach Pfingsten 1594 weihte Clemens VIII. den neuen, großflächigen Hochaltar – mit Hingabe und sechs statt der üblichen zwei Kannen Öl.

Doch mit Fertigstellung der Kuppel und damit des zentralen Bauabschnitts wurde die alte Frage wieder lebendig, was aus der Idee des Langhauses und damit aus dem Erbe der Basilika werden sollte. Hierauf eine Antwort zu finden, war die Mission Papst Pauls V., der 1605 die Regierung übernahm. Er setzte Carlo Maderno als neuen leitenden Architekten ein. Dieser ließ sogleich das alte Langhaus, das es ja immer noch gab, abbrechen, um ein neues vor den Zentralbau zu setzen. Es war ein notwendiger Abschied, aber eben auch ein brutaler Abriss. Nun war das Ende der konstantinischen Basilika besiegelt. Der Neubau des Langhauses erfolgte vergleichsweise zügig. 1612 war die Fassade fertig. Maderno bemühte sich zwar darum, den ästhetischen Leitlinien Michelangelos treu zu bleiben. Aber selbst wenn er es gewollt hätte, konnte er nicht verhindern, dass er an einem entscheidenden Punkt den großen Wurf des Meisters verschattete. Der neue, ebenfalls sehr große und hohe Längsbau verstellte nämlich den Blick auf die Kuppel. Wer sich dem Petersdom näherte, bekam sie nicht mehr in ihrer ganzen Grandiosität zu Gesicht. Fassade und Langhaus hatten sich davor gestellt. Und wer in den Petersdom hineinging, betrat nicht mehr sofort den gewaltigen und lichten, erhebenden und Ehrfurcht gebietenden Zentralbau, sondern musste erst die überdimensionierte Vorkirche durchqueren. So verlor die Kuppel von außen wie von innen an Bedeutung und wurde fast zu einem bloßen Endstück der Basilika, war jedenfalls nicht mehr die organisierende Mitte des Ganzen. Im Vergleich zur Hagia Sophia, dem anderen christlichen Kuppelbau, war der Petersdom insofern ein Rückschritt.

Als der Petersdom endlich fertiggestellt war, bot er einen grandiosen Eindruck. Aber nicht alle sahen in ihm einen Ort der stillen Andacht. Giovanni Paolo Panninis Gemälde «Das Innere der Peterskirche in Rom» (1755) stellt eher das Bild einer großartigen Bühne des gesellschaftlichen Lebens dar.

Als die äußere Gestalt des Doms endlich, endlich vollendet war, musste das Kircheninnere angemessen ausgestattet werden. Auch dies sollte viel Zeit in Anspruch nehmen. Aber wieder war es einer der größten Meister seiner Zeit, ein «neuer Michelangelo», der die Ausstattungsstücke beisteuerte. Als erst 25-Jähriger erhielt Gian Lorenzo Bernini 1624 den Auftrag, mit einem ersten Werk dafür zu sorgen, dass die beiden wichtigsten Orte im Petersdom eine würdige Gestalt fanden und miteinander ein Gesamtbild ergaben. Das Petrusgrab und der Petrusthron waren durch die Größe des neuen Raums weit auseinander gerückt worden. Von 1624 bis 1633 schuf Bernini zunächst das Ziborium, einen kolossalen Baldachin, der mit seinen vier fast dreißig Meter hohen Säulen alle Blicke auf das Grab des Apostels ausrichtete. Es war dies das größte Bronzemonument seit der Antike. Zwanzig Jahre später fügte Bernini in der Apsis die Cathedra des Petrus hinzu. Beide Stücke wirken – für sich genommen – barock im schlechten Sinne, nämlich überproportioniert und exzessiv. In jeder anderen Kirche hätten sie den Rahmen des Möglichen und Geschmackvollen gesprengt. Nur für den Petersdom waren sie genau richtig, denn sie besaßen eine skulpturale Form, die diesem extremen Raum standhielt.

Bernini war auch der richtige Mann, dem neuen Dom einen angemessenen Vorplatz zu verschaffen. Bei den Kathedralen früher Zeit war diese Aufgabe zumeist vernachlässigt worden. Schließlich wurde in den beengten Städten des Mittelalters meist bis an die Kirchenmauern gebaut. Der Petersdom aber brauchte, um sich zu entfalten, einen Platz vor sich. Dieser sollte aus zwei Elementen bestehen: zunächst einem abschüssigen Trapez direkt vor dem Eingang der Kirche. Ihm schloss sich eine Ellipse an, die von beiden Seiten durch Kolonnaden eingehegt wurde. Diese gestaltete Bernini als elegant geschwungene, dreischiffige Säulengänge. Mit diesem Platz griff der Petersdom machtvoll in den öffentlichen Raum aus. Bernini wollte zeigen, dass die Kirche Petri die Mutter aller anderen Kirchen sei. Daher müsse sie Kolonnaden haben, die wie mütterlich ausgebreitete Arme die Gläubigen aufnähmen und die Irrgläubigen der Kirche zuführten. In der Tat, der Petersplatz muss damals treue Katholiken begeistert, Protestanten und andere Ketzer aber mit gemischten Gefühlen erfüllt haben. Heute ist er der bekannteste Teil des Petersdoms. Ungezählte Fernsehberichte von Open-Air-Messen, päpstlichen Audienzen und Segensspendungen, Aufnahmen von sterbenden und neu eingeführten Päpsten haben sein Bild in alle Welt gesandt, so dass das Gebäude hinter ihm, vor allem dessen Kuppel, fast tragisch an Eindruck verloren hat.

Ein Grab für den Papst

Der Petersdom ist vor allem eins, nämlich groß. Wer ihn beschreiben will, kommt kaum daran vorbei, eine furchtbar beeindruckende, aber im letzten langweilige, weil nichtssagende Zahlenkolonne nachzubeten: die 187 Meter Länge und 27,5 Meter Breite des Langhauses, die 138 Meter Breite des Querschiffes, die Außenmaße mit ihren 211,5 Metern Länge und 132,5 Metern Breite, die 15 160 Quadratmeter Innenfläche, das Fassungsvermögen von 60 000 Menschen, die Kuppel mit ihrem Durchmesser von 42,34 Metern als größtes freitragendes Ziegelbauwerk der Welt, davor der Platz mit 240 Metern Breite und 340 Metern Tiefe, mit den Kolonnaden aus 284 jeweils fünfzehn Meter hohen Säulen sowie den 144 jeweils 3,2 Meter großen Heiligenstatuen. Lauter Rekorde, doch wer sich dem inneren Charakter, dem Geheimnis und der Problematik dieses Bauwerks nähern will, sollte all diese Zahlen beiseite schieben und ein einzelnes, vergleichsweise verschwindend kleines Kunstwerk betrachten, das ursprünglich für den Petersdom gedacht war, am Ende dort aber keine Heimat fand.

Der Petersdom beherbergt ungezählte Kunstwerke. Er ist mindestens ebenso sehr eine Schatzkammer wie eine Kirche. Dies ist gewollt, und zwar nicht allein aus reiner Freude am Schönen, aus der absichtslosen Lust, dieses Haus für Gott zu schmücken und den Gläubigen einen Abglanz seiner ewigen Herrlichkeiten vor Augen zu stellen. Dahinter steckt auch ein politisches Kalkül. All diese Kunstwerke sind nicht nur ästhetische Artefakte, sondern zugleich Instrumente klerikaler Herrschaft. Deren Glorie suchen sie zu demonstrieren und zu zementieren. Darum entfalten sie – man denke an die kalte Brillanz der Werke Berninis – eine Pracht der Macht. Sie lassen dem Betrachter kaum eine Wahl. Er soll nicht so sehr einen leisen Zauber, einen stillen Genuss, eine feine Anrührung empfinden, als überwältigt und eingeschüchtert werden. Er soll in die Knie gezwungen werden. Natürlich ist dieses Urteil nicht ganz gerecht. So sei zumindest eine große Ausnahme genannt: Michelangelos Pietà. Es gibt kaum eine andere aus Stein gehauene Skulptur, die solch eine Anmutung von Zartheit auslöst wie dieses Bild der Maria: eine junge Frau, die ihren großen Sohn auf dem Schoß hält, ihn birgt, ihn vorzeigt, seinen feingliedrigen Körper, leblos und gelöst, erschlafft und erhaben, in den Tod gegeben, als wäre er in den Schlaf enthoben, als träumte er einen Traum, in dem Trauer und Liebe, Melancholie und Hoffung, Leiden und Erlösung zusammenfließen. Wer dieses Bild anschaut, gewinnt eine Ahnung davon, warum der christliche Glaube eine Religion des Schmerzes und der Niedrigkeit ist und warum er nicht die Könige und Hohepriester selig preist, sondern die Sanftmütigen, die Friedfertigen und die, die um der Gerechtigkeit willen verfolgt werden. Doch im Petersdom, mitten in diesem Tresor kunstgeschichtlicher Reichtümer, wirkt diese Pietà fast deplatziert.

Noch ein zweites Werk hatte Michelangelo für den neuen Dom geplant: das Grabmahl für Papst Julius II. Es sollte ganz anders als seine Pietà ein Monument päpstlicher Macht werden. Doch es kam anders. Über Jahre hinweg mühte sich Michelangelo vergeblich an diesem Riesenwerk, bis es kleiner und immer kleiner wurde und er es schließlich an einem ganz anderen Ort unterbringen musste. Das ist eine lange Geschichte, aber sie erzählt mehr über den Petersdom als die meisten der barocken Kunstwerke, die dort heute zu bestaunen sind.

In seinem Grabmal wollte Papst Julius II. sich, seiner Herrschaft und seiner Familie ein Denkmal setzen. Das war keineswegs ungewöhnlich, denn das Papsttum war damals weniger ein geistliches Leitungsamt als eine nepotistische Wahlmonarchie. Das Ausmaß jedoch, das dieses Grab annehmen sollte, sprengte das damals Übliche. Die ursprüngliche Planung lässt sich nicht mehr genau rekonstruieren. Deutlich aber ist, dass es ein gewaltiges Herrschergrab werden sollte, ein Mausoleum wie für mächtige Kaiser und siegreiche Feldherrn. Sein Vorbild war das Mausoleum von Halikarnassos, eines der sieben Weltwunder der Antike. Es sollte ein regelrechter Tempel im Tempel, ein «templum Iulium», werden. Etwa sieben Meter breit und zehn Meter lang sollte es werden, mit einem Untergeschoss von fast vier Metern Höhe, auf dem sich eine Art Stufenpyramide erhob, deren Spitze eine alles bekrönende Sitzstatue des Papstes bildete. Das Bildprogramm aus vierzig überlebensgroßen Statuen kann kaum noch christlich genannt werden. Heilige und Engel scheinen nicht vorgesehen gewesen zu sein. Immerhin war an eine Madonna gedacht, vielleicht auch an eine Petrus-Figur. Doch wie immer die Einzelheiten konzipiert waren, allein durch seine Massivität wollte dieses Monument das Petrusgrab aus dem Zentrum der Aufmerksamkeit verdrängen. Es ist nicht abwegig, in diesen Planungen die Ursünde der «superbia», also des Hochmuts, am Werke zu sehen.

1505 hatte Michelangelo den ersten Vertrag über das Julius-Grab unterzeichnet. Fünf Jahre Bauzeit waren darin vorgesehen. Anschließend war er nach Carrara gereist, um dort geeignete Steinblöcke auszusuchen. Im Januar 1506 war er in Rom, um die ersten Blöcke in Empfang zu nehmen. Doch der Papst hatte das Projekt inzwischen unter Vorbehalt gestellt. Er scheint die Verwirklichung für die Zeit nach seinem Tod aufgeschoben zu haben. Dazu dürften ihn verschiedene Gründe bewegt haben, vor allem finanzielle Schwierigkeiten, aber auch die Rücksicht auf die öffentliche Meinung. Als Julius II. 1513 starb, wurde er – vorübergehend, wie man hoffte – in der Sixtinischen Kapelle beerdigt. Michelangelo schloss mit den Testamentsvollstreckern einen neuen Vertrag. Die Idee eines freistehenden Grabes wurde aufgegeben. Auch als Wandgrab aber behielt das Monument gewaltige Ausmaße. Darum wurden dem Bildhauer wieder ungeheure Summen zugesprochen. Im Gegenzug verpflichtete sich Michelangelo, nur für das Grabmal zu arbeiten. Natürlich tat er dies nicht. Lediglich zwei Figuren schuf er. Man nennt sie für gewöhnlich «Sklaven», auch wenn ihre Deutung umstritten ist. Die beiden gefesselten jungen Männer könnten Allegorien für die von Julius II. unterworfenen Provinzen und damit für seinen Feldherrnruhm sein. Man könnte in ihnen aber auch Sinnbilder der vom Papst so reichlich geförderten freien Künste sehen. Doch beide Interpretationen erklären noch nicht die homoerotische Laszivität der gefesselten Jünglinge.

Drei Jahre später, 1516, konnte Michelangelo gerade einmal das Rahmenwerk für eine Seite des Untergeschosses und zwei beinahe fertige Statuen vorweisen. Wieder wurde eine neue Vereinbarung getroffen, der Entwurf weiter reduziert, die Anzahl der zu liefernden Skulpturen auf die Hälfte verringert, das Projekt verlängert. Das Honorar aber blieb gleich. Michelangelo reiste wieder nach Carrara, um neuen Marmor auszusuchen, sich mit den Steinbrechern zu beraten und die heiklen Transportfragen zu klären. Doch dann wollte er die Lieferanten wechseln und zog zum Steinbruch von Pietrasanta. Das war ein folgenschwerer Fehler. Denn in Pietrasanta waren die Arbeiter bei weitem nicht so erfahren wie in Carrara, und die mühsam gehauenen Steine gingen beim Transport zu Bruch. Monatelang hatte Michelangelo in den Steinbrüchen, einer wilden Männerwelt, auf eisigen Feldlagern und in ärmlichsten Verschlägen gehaust, hatte sich in der Suche nach den richtigen Steinen aufgerieben und stand nun am Ende mit leeren Händen da. Zudem zeigten die Päpste, die nach Julius II. den Petrusthron bestiegen, und die Baumeister, die auf Bramante folgten, kein sonderliches Interesse daran, ihn anzutreiben oder zu unterstützen.

Aber nicht nur die fatalen äußeren Umstände machten es unmöglich, dass Michelangelo die ursprünglichen Pläne für das Julius-Grab verwirklichte. Seit etwa dem Ende der dreißiger Jahre hatte Michelangelo eine Freundschaft geschlossen, die ihn innerlich verändern sollte. Vittoria Colonna war ihm zur Seelenfreundin geworden. Sie war eine dichtende und denkende Witwe, entstammte einer alten Adelsfamilie und hatte religiös hochinteressierte Intellektuelle um sich geschart, die sogenannten «Spirituali». Vieles an der Freundschaft Michelangelos zu Vittoria Colonna und seiner Verbindung zu ihrem Zirkel lässt sich nicht mehr rekonstruieren. So viel aber ist klar, dass die Spirituali so etwas wie einen italienischen Weg der Reformation zu finden suchten. Humanistisch gebildet und mystisch durchglüht, sehnten sie sich nach einer Erneuerung des Glaubens, nach einer Erlösung allein aus dem Glauben. So pflegten sie eine religiöse Innerlichkeit, die der amtlichen Kirche verdächtig erscheinen musste. Denn die katholische Werkgerechtigkeit, nach der die Teilnahme an den rituellen Pflichtveranstaltungen der Kirche über Heil und Unheil entschieden, lehnten sie ab. Auf Michelangelo muss diese fast lutherisch anmutende Glaubensfrömmigkeit faszinierend gewirkt haben. Diese neue Frömmigkeit sollte auch seine Arbeit am Julius-Grab beeinflussen.

1541 machte Michelangelo sich endlich daran, das Julius-Grab zu vollenden. Neun Jahre zuvor, 1532, war zum ersten Mal ein alternativer Standort ins

Spiel gebracht worden: die Kirche San Pietro in Vincoli. Dort sollt ein Wandgrab entstehen, das durch geschickte Lichteffekte den Eindruck eines dreidimensionalen, freistehenden Grabs erweckte. Sechs Figuren waren fertig: eine Sibylle und ein Prophet, welche die heidnische und alttestamentliche Vorgeschichte Christi repräsentierten, eine Madonna mit Jesuskind, die beiden nun schon zwanzig Jahre alten «Sklaven» sowie eine Liegefigur des Papstes. Eigentlich hätte Michelangelo – ganz pragmatisch – mit dem, was er hatte, das Grab irgendwie zum Abschluss bringen müssen. Doch er entschied sich für einen konzeptionellen Neuanfang und entwarf – unter großen Mühen – ein ganz anderes Bildprogramm. Die «Sklaven» hatten ihre Funktion längst verloren. Sie hatten in dem reduzierten, von allem militärischen Triumphalismus gereinigten Julius-Grab keinen sinnvollen Platz mehr. Darum sonderte Michelangelo diese herrlichen Figuren aus und ersetzte sie durch zwei neue Frauenfiguren. Diese stellte er links und rechts hinter einen überlebensgroßen Moses, der als Vorläufer Christi die Mitte des Sockelgeschosses besetzte. Die beiden Frauenfiguren, die Michelangelo wahrscheinlich im Frühjahr 1542 geschaffen hatte, symbolisierten die beiden Wege zu Christus. Die linke Figur stellt die «vita contemplativa» dar, das Leben der stillen religiösen Betrachtung. Die Augen zum Himmel gewandt und den Körper aufwärts gedreht, ist sie ganz auf die Erlösung ausgerichtet. Sie hat nichts in der Hand, denn für sie gibt es keine eigenen Werke und äußeren Heilsmittel mehr. Die rechte Figur dagegen stellt die «vita activa» vor, das Leben der christlichen Liebestätigkeit. Sie blickt, den Kopf leicht geneigt, demütig nach vorn. In der linken Hand hält sie einen Lorbeerkranz, das Symbol immer grünender Liebe. In der rechten Hand trägt sie – ja, was eigentlich? In der Literatur kann man sehr Unterschiedliches lesen. Es könnte eine Öllampe sein, deren Flamme sich aus ihren Haaren speist, denn die guten Gedanken, die aus ihrem Kopf hervorgehen, führen zur christlichen Liebe und nähren sie. Es könnte sich aber auch um einen Spiegel handeln oder um ein Diadem oder um eine runde Spange. Doch die «vita activa» ist nicht nur an sich rätselhaft. Erklärungsbedürftig ist vor allem ihr Verhältnis zur «vita contemplativa». Täuscht es, oder ist die kontemplative Figur nicht viel dynamischer als die vermeintlich aktive Figur, die vergleichsweise ermattet und melancholisch wirkt? Wollte Michelangelo also das Plädoyer für eine Hierarchie der Lebensweisen halten, nach der die «vita contemplativa» über der «vita activa» zu stehen käme? Oder sah er in ihnen zwei Schwestern, die sich ergänzen sollten,

Es hatte ursprünglich ein neues Weltwunder werden sollen. Doch es wurde unfreiwillig zu einem anrührenden Inbild christlicher Demut und Ergebung: Michelangelos Grabmal für Julius II. in San Pietro in Vincoli, Rom.

weil sie nur gemeinsam ein vollständiges Bild des christlichen Lebens ergäben? Inwiefern also sind diese beiden Frauenfiguren ein Echo auf seine spirituellen Gespräche mit Vittoria Colonna, inwiefern stellen sie Michelangelos Protestantismus vor?

Noch verwunderlicher ist das Bildnis des Papstes. Es befindet sich in der Mitte des Obergeschosses, zwischen der Sibylle und dem Propheten, unter der

Madonna mit dem Christuskind. Es ist eine Liegefigur. Auch wenn es für diese Haltung Vorbilder gab, erscheint es doch als eine etwas peinliche Verlegenheitslösung, die der beengten Raumsituation geschuldet ist. Der Papst kann sich hier nicht groß entfalten. Ja, er fällt aus dem Ganzen heraus, so als passte er nicht recht ins Bild. So liegt er da, den Oberkörper nach vorn gedreht, die Miene so schlicht wie das Gewand. Nichts an ihm fordert Unterwerfung oder Bewunderung. Er wirkt nicht mehr wie ein Kirchenkaiser, wie der Stellvertreter Gottes auf Erden, sondern wie ein resignierter alter Mann, der vor sich hin grübelt. Worüber? Denkt er über seine Taten und Untaten nach, über all seine Werke, mit denen er sich kein Heil erworben, sondern nur Schuld auf sich geladen hat? Wohin schaut er? Blickt er in sich hinein oder schaut er ins Leere oder sieht er auf das Kreuz, das auf dem Manipel, dem am linken Unterarm getragenen Band seines Messgewands, angebracht ist? Und was tun seine Hände? Sie sind so erschreckend leer. Sie halten nichts mehr fest, greifen nach nichts, teilen aber auch nichts aus, keinen Gruß, keinen Segen. Als hätten sie alles hinter sich gelassen. Als hätte Julius eingesehen: Alles ist eitel, alles ist vergeblich.

Am Ende dieses unendlichen Projekts also liegt der einstmals übermächtige Papst da – ein geschlagener Mann ohne Reich und Kraft und Herrlichkeit. Und plötzlich gibt dieser zu Lebzeiten so weltliche Papst fast ein liebenswertes Sinnbild christlicher Frömmigkeit ab. Der wirkliche Julius II. wird sich ein anderes Bild seiner selbst gewünscht haben. Er wäre über das kümmerliche Endergebnis seines Auftrags enttäuscht oder erzürnt gewesen: ein bloßes Wandgrab, mit nur einer Handvoll Skulpturen, die meisten davon nicht einmal von der Hand des Meisters selbst, sondern von seinen Assistenten vollendet, er selbst eine Mitleid erregende Liegefigur, das alles in einer Nebenkirche untergebracht, in die keine Pilgermassen strömten, und wenn schon Besucher kamen, dann waren es römische Juden, die am Sabbat dem Moses – und nicht ihm – ihre Aufwartung machten. In Michelangelos Augen aber könnte dieses Grab eine sinnvolle und insgeheim auch frohe Botschaft enthalten haben: Die Werke des Menschen sind wie Gras und wie eine Blume auf dem Feld. Am Morgen sprießt das Gras, und die Blume blüht auf. Aber schon am Abend verdorrt das Gras, und die Blume verwelkt. Nur das Wort Gottes bleibt ewiglich.

1544 vollendete Michelangelo das Grabmal Julius II. in San Pietro in Vincoli, fast vierzig Jahre nach Beginn der ersten Planungen. Der Leichnam des Papstes aber ist nicht umgebettet worden. Er hat seinen Bestimmungsort nie erreicht.

Der Petersdom zu Rom

Wie groß darf eine Kirche sein?

Rom ist die Mitte der christlichen Welt. Keine andere Stadt darf so wie diese den Anspruch auf Ewigkeit erheben. In ihr entspringen einige der Quellen der antiken Kultur und wird die Erinnerung daran bewahrt, wie das Christentum zur Weltreligion aufstieg. Und natürlich ist sie die Hauptstadt derjenigen Kirche, die man seit der Reformation die «katholische» nennt. In der zweiten Hälfte des 16. Jahrhunderts war Rom nicht mehr unbedingt das Zentrum der Kirchenpolitik. Das war Trient. Hier fand das Konzil statt, das die Gegenreformation einleitete und damit erst die «katholische» Kirche schuf. Aber Rom war der Heimathafen der großen Orden, Ausgangspunkt vieler missionarischer Aktivitäten, wichtigster Umschlagplatz theologischer Gedanken und vor allem der Amtssitz des Papstes. Wer hier die Zentralkirche bauen wollte, konnte gar nicht groß genug denken.

Es war nur folgerichtig, dass der neue Petersdom die bekannten Epochengrenzen überschritt und die gängigen Stilbegriffe sprengte. Er begann unter den Vorzeichen der Renaissance und wurde als Krone des Barock vollendet. Doch was sagen diese beiden Etiketten schon aus? Dem inneren Charakter dieses Bauwerks nähert man sich besser dadurch, dass man sich vor Augen führt, mit welcher Wucht es das zerstörte, was ihm vorausging. Die Renaissance gilt als die Zeit, in der das klassische Erbe der Antike wiederentdeckt wurde. Aber diese Wiedergeburt des Altertums war zugleich der Aufbruch in eine schlechthin neue Zeit. Der Petersdom erinnerte an die monumentalen Bauten des Römerreiches und war zugleich Schauplatz ungeheurer Innovationen. Auf die altehrwürdige Petersbasilika wurde keine Rücksicht genommen. Sie sollte abgerissen, zerstört und vergessen werden. Der Neubau sollte ihre Grundstruktur, ihre wichtigsten Ausstattungsstücke nicht aufnehmen, sondern etwas ganz anderes an ihre Stelle setzen. Nur das Grab des Apostels durfte seinen Platz behalten, ansonsten blieb kein Stein auf dem anderen. Das Neue verzehrte das Alte. So vollzog der neue Petersdom einen doppelten Abschied: vom Mittelalter, das außerhalb Italiens der Gotik verpflichtet war, und von der christlichen Antike, welche den Vorgängerbau geschaffen hatte. Dass dies einen tiefen, epochalen Bruch darstellte, zeigt sich nicht erst im Rückblick. Schon die Zeitgenossen in Rom kritisierten die pietätlose Entsorgung der alten Basilika. Für sie war dies ein größerer Skandal als der Ablasshandel, der das neue Bauvorhaben finanzieren sollte. «Instauratio templi Petri» –

«Erneuerung des Tempels Petri» – hatte Julius II. auf die Gedenkmünze prägen lassen, die an den Tag der Grundsteinweihe erinnern sollte. Das war sicherlich eine Verharmlosung. Statt von «Erneuerung» sollte man besser von «Ersetzung» sprechen.

Natürlich konnte der neue Petersdom von Julius II. nur begonnen, aber nicht vollendet werden. Er war dann eben doch kein Imperator wie Justinian, der mit einem Wink ein ganzes Weltreich vor den Karren seiner Bauherrlichkeit spannen konnte, um den alten Tempel niederzulegen und sogleich durch einen neuen zu ersetzen. So dauerte es über ein Jahrhundert, bis alles stand. Die Fertigstellung der Innenausstattung zog sich sogar bis ins 18. Jahrhundert hin. Aber es hat auch einen tieferen Sinn, dass der Petersdom kein in sich geschlossener Bau wurde. Es entspricht seinem neuzeitlichen Charakter, dass er nicht aus einem Guss, sondern voller Neuanfänge, Abbrüche, Kompromisse, Unstimmigkeiten und Spannungen ist. Es stand nicht von Anfang fest, was er werden sollte. Darum war seine Baugeschichte in jeder Phase eine Konfliktgeschichte, voller Streitigkeiten über den jeweils nächsten Planungsschritt. Dass es so schwierig ist, diese Baugeschichte Schritt für Schritt zu rekonstruieren und sinnvoll nachzuerzählen, hat weniger damit zu tun, dass es so wenige verlässliche Quellen gibt, die darüber Auskunft geben, sondern ist eher in dem Umstand begründet, dass es einen festen Ursprungsplan wohl gar nicht gab. Auch darin erkennt man die Neuzeitlichkeit des Petersdoms, dass sein Bau von Beginn an eine Fahrt ins Offene und Unbekannte war, die Innovation an sich also das eigentliche Bauprinzip darstellte.

Das radikal Revolutionäre und aggressiv Umstürzlerische des Petersdoms zeigte sich schließlich auch in dem, was man als «barock» bezeichnet: das Bauen außer Rand und Band, die exzessive Prachtentfaltung des Bilderrausches. Nie zuvor und nie danach konnten sich geniale Künstler so ungehemmt selbst verwirklichen wie bei diesem Projekt. Sie genossen eine absolut erscheinende Freiheit. Ungebunden und ungehemmt durch die Gesetze der Tradition konnten sie sich in ein ästhetisches Übermenschentum steigern, das kaum mehr Grenzen kannte und in dem sich ein entfesselter, künstlerischer Individualismus ausleben konnte.

Der Petersdom ist so groß, dass es sich schon verbietet, eine ganz einfache Frage an ihn zu richten, die man eigentlich an jedes Bauwerk stellt, nämlich die Frage: Ist er schön? Aber kann man das fragen? Ist er nicht schon jenseits von schön oder hässlich? Will man ein Urteil über ihn fällen, erscheint es angemessener, nicht den Grad seiner Schönheit zu messen, sondern die Qualität seiner Größe zu bestimmen. Was für eine Art von Größe ist dies, und wie ist sie zu beurteilen? Ist sie angemessen oder übertrieben? Das ist nicht leicht zu beantworten. Einerseits kann ein Haus für den ewigen, unendlichen Gott gar nicht groß genug sein. Andererseits kann eine Kirche, deren Fundament ein Heiland ist, dessen Kraft in den Schwachen mächtig ist, gar nicht klein genug sein. Es ist schwer, die Grenze zwischen Größe und Übergröße, rechtem Maß und Maßlosigkeit festzulegen und zu bestimmen, wo genau das Monumentale ins Monströse kippt. Denn ein Urteil darüber hängt nicht zuletzt von der religiösen Lebensposition des Betrachters ab. Ein katholischer Römer würde zu einem anderen Ergebnis kommen als ein deutscher Protestant oder gar eine norditalienische Waldenserin. Doch lassen sich zwei kritische Fingerzeige benennen, ein ästhetischer und ein theologischer.

Ästhetisch lässt sich fragen, ob nicht ab einer gewissen Größe das Verhältnis des Ganzen zu seinen Teilen grundsätzlich gestört ist. Auf den Petersdom angewandt hieße dies: Er hat ein Ausmaß angenommen, das es unmöglich macht, einen Gesamteindruck von ihm zu gewinnen. Seine architektonische Zentralidee zum Beispiel, Michelangelos Kuppel, ist von außen nur in Bruchstücken zu sehen und von innen nicht sogleich, also beim ersten Schritt hinein, zu erfassen. Sie prägt nicht – wie ursprünglich gewünscht – den ganzen Bau, sondern ist bloß ein – wenn auch riesiges – Detail neben anderen. Bei einem Bauwerk, das wie der Petersdom den Anspruch erhebt, ein Gesamtkunstwerk zu sein, ist dieser Verlust des Überblicks über das Ganze und seine Teile ein echter Makel. Er hat zudem die Folge, dass sich keine harmonische Beziehung zwischen dem Gebäude und den Menschen, die es aufsuchen, entwickeln kann. Der Betrachter kann sich in kein rechtes Verhältnis zum Petersdom setzen. Er wird von ihm überwältigt. Er verirrt sich in ihm. Er verschwindet in ihm. Dies gilt nicht nur für den armen Pilger, sondern sogar für den mächtigen Amtsträger. Es bedarf deshalb einer ausgeklügelten liturgischen Inszenierung, damit nicht selbst der Papst bei seinen gottesdienstlichen Auftritten von dieser Kirche verschluckt wird.

Neben der architektonischen Kritik bedarf der Petersdom – wie jeder Sakralbau – auch einer theologischen Beurteilung. Der Petersdom macht, dass Menschen sich wundern. Er lässt sie staunen. Er lehrt sie Ehrfurcht. Mit seiner überbordenden Sinnenpracht befriedigt er ihre Sehnsucht nach einer sichtbaren Überwelt und einer greifbaren absoluten Autorität. Auch wenn es Protestanten schwer zu vermitteln sein mag, so sind dies doch genuin religiöse Empfindungen. In ihnen wird ein legitimes religiöses Bedürfnis befriedigt. Aber kann man diese Erfahrungen von überirdischer Macht auch christlich nennen? Natürlich geht es auch im christlichen Glauben darum, sich einer Übermacht zu unterwerfen. Doch soll dies dem Gewinn einer neuen Freiheit dienen. Indem der Gläubige sich Gott hingibt, wird er über sich selbst hinaus erhoben. Er ist nun nicht mehr Knecht, sondern Bürger in Gottes ewigem Reich. Die christliche Ehrfurcht ist also – recht betrachtet – ein Freiheitsgefühl. Wie ist es beim Petersdom? Weckt er bei seinen Betrachtern eine Ehrfurcht, die in die Freiheit des Geistes oder in die Unterwerfung unter die Kirche führt? Man wird diese Alternative nur dann für unzulässig erklären können, wenn man den Standpunkt vertritt, dass die Kirche die Stellvertreterin Gottes auf Erden ist.

Genau in diesem Anspruch, als Institution Gott selbst zu vertreten, hatte Martin Luther den antichristlichen Charakter des Papsttums erkannt. Für ihn wäre folglich der neue Petersdom, wenn er ihn in Augenschein hätte nehmen können, eine Architektur gewordene Antichristlichkeit gewesen. Doch «Antichrist» ist ein grobes Wort. Angemessener wäre es, auf den Begriff des «Dämonischen» zurückzugreifen. Ihn hat Paul Tillich, einer der bedeutendsten evangelischen Theologen des 20. Jahrhunderts, geprägt. Als «dämonisch» bezeichnet es Tillich, wenn das menschliche, bedingte Sein sich an die Stelle des göttlichen, unbedingten Seins zu setzen versucht. In Tillichs Perspektive wäre der Petersdom darin «dämonisch», dass er mit seiner Übergröße den Blick auf die Ewigkeit verstellt, auf die er hinweisen sollte. Doch das «Dämonische» ist für Tillich nicht nur widergöttlich, es besitzt auch eine ungeheure vitale Kraft. So war der Petersdom das Atelier und Experimentierlabor ungezählter Künstler. Er bot ausreichend Raum, damit große Kunst entstehen konnte. Man kann nur darüber staunen, welche Entfaltungsfreiheit die päpstlichen Bauherren den bedeutendsten Künstlern ihrer Zeit zugestanden haben. Und diese verliehen der Kirche einen Glanz, der heute noch weit ausstrahlt und die vielen Großereignisse, die dort stattfinden, all die Heiligen Jahre, Pilgerfahrten und Bischofsversammlungen, Trauerfeiern und Inthronisationen, Weihnachtsbotschaften, moralischen Appelle und Segensspendungen in das rechte, helle Licht setzt. So zieht der Petersdom immer noch Menschen aus aller Welt an und schlägt sie in Bann – wenn auch andere sich von ihm erschreckt und abgestoßen fühlen.

Dadurch aber hat er eines seiner wichtigsten Ziele verfehlt. Der Petersdom sollte die Einheit der Kirche unter päpstlicher Oberherrschaft sichtbar machen, aber er wurde zum Anstoß einer weiteren Aufsplitterung der westlichen Christenheit. So wurde er wider Willen zum Boten einer neuen Zeit, die nicht durch Einheit, sondern durch Vielheit gekennzeichnet ist.

Der Petersdom ist das Werk einer neuen Epoche. Doch seine Größe macht es ihm nicht leicht, seinen Platz in der Moderne zu bestimmen. Einerseits passt er nicht mehr in eine demokratisierte Welt. Er ist so monumental, dass er wie erstarrt wirkt. Andererseits wird gerade diese Immobilität von vielen geschätzt, die in ihm eine heilvolle Gegenwelt, ein Bollwerk gegen die ökonomisierte, technisierte und bürokratisierte Welt der Gegenwart sehen. Doch mit seinem Streben nach Höhe und Weite ist er eben doch immer ein Stück dieser Welt geblieben und hat sich in einen Wettlauf begeben, den er über Jahrhunderte beherrschte, in dem er aber letztlich unterlegen ist.

Zum Ende des 20. Jahrhunderts wurde der Geschichte dieser Kirche in Westafrika ein seltsames Nachspiel angefügt. Der Diktator der Elfenbeinküste, Félix Houphouet-Boigny, ließ 1985 in seinem Heimatort Yamoussoukro, den er soeben zur neuen Hauptstadt erhoben hatte, den Grundstein für einen getreuen, aber vergrößerten Nachbau des Petersdoms legen. Drei Jahre später war Notre Dame de la Paix, die größte Kirche der Welt, fertiggestellt. Etwa 200 Millionen Euro soll dieses imposante, unoriginelle Bauwerk gekostet haben. Zur Beschwichtigung seiner Kritiker erklärte der Diktator, er habe alles aus seinem Privatkonto bezahlt und die laufenden Kosten würden aus den Zinsen eines Schweizer Sperrkontos beglichen. Das ist ein geringer Trost. Denn wer solche Summen aufzubringen vermag, muss ein schlimmer Räuber sein. Nach dem Bau dieser Kirche war das Land jedenfalls bankrott. Für den Vatikan ergab sich eine peinliche Situation. So kam Johannes Paul II. erst 1990, also zwei Jahre nach der Fertigstellung, um diese Kirche zu weihen. Er tat dies widerwillig und unter der Bedingung, dass in der Nähe der Kirche ein Krankenhaus gebaut würde. Doch dieses karitative Feigenblatt konnte nicht die Schändlichkeit dieses Kirchenbaus verdecken.

Der Petersdom hatte eine weit verzweigte Wirkungsgeschichte. Ein Zweig – und das ist nicht bloß ein böser Zufall – führte in eine Weltgegend, die heute nach vielen Bürgerkriegen an das Rom nach dem verheerenden «Sacco» erinnert, in ein bitterarmes Land, dessen Mehrheit nicht einmal Katholiken, sondern Muslime und Anhänger angestammter Religionen sind, in ein westafrikanisches Provinznest, das sich mit dieser unfreiwilligen Parodie einer Monumentalkirche nicht geschmückt, sondern lächerlich gemacht hat.

Die Dresdner Frauenkirche

7. Die Dresdner Frauenkirche

und der protestantische Kirchenbau

Ungleiche Nachbarinnen

Zweihundert Jahre lang war wenig passiert. Das heißt, natürlich war sehr viel geschehen. Die Reformation hatte Europa verwandelt, neue Kirchen hatten sich gebildet, das war der Aufbruch in eine neue Zeit gewesen, Auslöser vieler Erneuerungen, Erfindungen und Entdeckungen, verbunden aber auch mit heftigen Konflikten, die in einen der furchtbarsten Kriege, den Dreißigjährigen Krieg, gemündet hatten. Es war also allerhand geschehen, nur auf dem Gebiet des Kirchenbaus hatte sich vergleichsweise wenig getan. Vor allem das deutsche Luthertum, dessen Kirchenvater doch all diese religiösen, kulturellen, gesellschaftlichen und politischen Umwälzungen mit ausgelöst hatte, hatte sich nicht mit architektonischen Innovationen hervorgetan. Es hatte einfach die Kirchen von den Altgläubigen übernommen, sie gesäubert und neu eingerichtet, ansonsten aber den Wein der neue Lehre in den Schlauch der alten Gebäude gefüllt. Eine Reformation des Kirchenbaus war ausgeblieben.

Imposant, aber nicht kolossal. Grandios, aber nicht schwer. Barock, aber nicht überdreht. Die Frauenkirche zu Dresden zeigt, wie schön der Protestantismus – besonders in seiner barocken Spielart – auch sein konnte.

Dann aber, zweihundert Jahre nach der Reformation Martin Luthers, waren in kurzer zeitlicher Abfolge und großer räumlicher Nähe zwei sehr erstaunliche protestantische Neubauten entstanden. Sie hätten nicht unterschiedlicher sein können. Die eine groß, die andere klein, die eine in der Mitte einer europäischen Metropole, die andere eingehegt in eine dorfähnliche Gemeinschaft, die eine prachtvoll, die andere auf das Nötigste beschränkt – auf den ersten Blick waren zwischen diesen beiden Nachbarinnen keine Gemeinsamkeiten zu erkennen. Dennoch zeigen beide an, welche neuen Möglichkeiten die Reformation auch der Sakralarchitektur eröffnet hat.

Am 26. August 1726 wurde in Dresden der Grundstein für den Neubau der

Frauenkirche gelegt. Schon um sechs Uhr zogen einhundert Bewaffnete der Bürgerwehr auf, um die öffentliche Ordnung zu gewährleisten. Unter dem Geläut aller Kirchenglocken der Stadt brach eine lange Prozession vom Rathaus auf: Geheime Räte, Hofräte, Bürgermeister und Senatoren, Oberkonsistorialräte und Pastoren, Vertreter der Zünfte und Innungen, alle in feierliches Schwarz gekleidet, zogen zur Baustelle. Eine zehntausendköpfige Menge bildete Spalier. Die Zeremonie vollzog der Wirkliche Geheime Rat Gottlob Hieronymus von Leipziger. Der Landesherr, August II., genannt der Starke und in Personalunion Kurfürst von Sachsen und König von Polen, war verreist. Er dürfte nicht vermisst worden sein, denn um sein neues Königreich entgegenzunehmen, war er zur katholischen Kirche konvertiert. Bei dieser lutherischen Grundsteinlegung hätte seine Anwesenheit nur für Komplikationen gesorgt. So brauchte Superintendent Valentin Löscher, der «Prophet von Kursachsen», in seiner Festpredigt keine Rücksichten zu nehmen, konnte die Wahrheit des evangelischen Glaubens feiern, die Konversion des Königs kritisch kommentieren und die Unterdrückung der Protestanten in katholischen Ländern beklagen – gerade erst waren fromme Böhmen nach Sachsen geflohen. So schloss er mit den Worten: «Ach! Lieber Vater, du wollest uns auch an diesem Tage und ferner gönnen, dass wir unter den zwei Ölzweigen der Religionsfreiheit und Ruhe im Lande sicher in aller Gottseligkeit und Ehrbarkeit sitzen und in dir fröhlich sein mögen.» Dann warf von Leipziger mit einer Kelle dreimal Kalk unter den Grundstein, legte in den ausgehöhlten Grundstein eine Kupferkassette, die das Augsburger Bekenntnis – das Grundbuch des deutschen Protestantismus –, einen Erinnerungstext des Stadtrates sowie eine Gedächtnismedaille enthielt, und die Errichtung der erfindungsreichsten und erfreulichsten Kirche des Luthertums konnte beginnen – ein verspäteter Beleg dafür, dass der deutsche Protestantismus auch einen Beitrag zur europäischen Architekturgeschichte zu leisten vermochte.

Ihr Tempel sollte ein Bethaus sein und sonst nichts. Deshalb wandten sie sich von den Kathedralen ab und kehrten zum Modell der urchristlichen Hauskirche zurück. In einfachen Sälen kamen sie «einmütig zum Gebet» oder – wie hier – zur «Agape», dem Liebesmahl, zusammen. Betsaal der Herrnhuter Brüder.

Drei Monate vorher, am 12. Mai 1726, war nur neunzig Kilometer nordöstlich von Dresden, in Herrnhut auf Gut Berthelsdorf, ein ganz anderer Kirchenbau eingeweiht worden. Es war ein vergleichsweise stilles und intimes Fest, ohne den Aufmarsch versammelter Obrigkeiten. Die böhmischen Brüder und Schwestern blieben unter sich und feierten diesen Tag mit unablässigem Beten und Singen, mit Predigten und einem feierlichen «Festliebesmahl» aus Tee und Brötchen.

Vor vier Jahren hatte der Gutsherr, Graf Zinzendorf, diese Auswanderer bei sich aufgenommen. Sie hatten vor der Gegenreformation über die Grenze nach Sachsen fliehen müssen. Zum Glück hatten sie in Herrnhut eine neue Heimat gefunden. In ihnen lebte das Erbe von Jan Hus, dem böhmischen Reformator vor der Reformation, weiter, verbunden mit calvinistischen Einflüssen und einer intensiven, pietistischen Herzensfrömmigkeit. Als Herrnhuter Brüdergemeine waren sie keine Filiale der Amtskirche, von der politischen Obrigkeit regiert und finanziert, sondern eine fromme Lebensgemeinschaft, in welcher der Geist des Urchristentums wehte.

Die Herrnhuter brauchten keine Kirche, denn zum sonntäglichen Hauptgottesdienst gingen sie damals noch zur lutherischen Gemeindekirche nach Berthelsdorf. Aber sie benötigten einen Raum für ihre frommen Versammlungen. Ihr neuer Betsaal stand nicht für sich, sondern war Teil eines breiten, schlichten Gemeindehauses, das von außen gar nicht wie eine Kirche, sondern wie ein Gutshaus wirkte. Durch zwei Eingänge rechts und links gingen Männer und Frauen getrennt hinein, vorbei an Räumen und Wohnungen für die Mitarbeiter, und über zwei getrennte Treppen hinauf in das Obergeschoss. Dort war der Betsaal, ein eingeschossiger, rechteckiger Raum mit einer einfachen Holzdecke, großen Fenstern und ganz weiß, darum ungewöhnlich hell, dafür ohne jeden Schmuck.

Es gab hier keine Bilder, keinen Altar, nicht einmal eine Kanzel, nur einen «Liturgus-Tisch» in der Mitte der Längsseite. Hinter ihm saß der Prediger, wenn er die Bibel auslegte, die Gemeinde unterwies und das gemeinsame Gebet anleitete. Die Gemeinde saß auf einfachen Holzbänken ohne Lehne. Rechts die Männer, links die Frauen. An beiden Schmalseiten gab es Logen, eine für die Ortsherrschaft, eine andere für die Orgel. Der Betsaal wirkte wie eine Schulaula, rein auf Zweckmäßigkeit hin gebaut. Man konnte hier sehr gut hören und sehen, als Gemeinde beisammen sein. Aber mit seiner radikalen Schlichtheit eröffnete der Betsaal fast ungewollt auch eine ästhetische Erfahrung, das Erlebnis eines reinen Raumes, in dem sich alle Aufmerksamkeit von außen nach innen wendet. So ist der Betsaal eine Rückkehr zu den Anfängen der christlichen Gemeinde und zugleich eine architektonische Neuerung gewesen, sozusagen eine Hauskirche unter den Bedingungen des Barock.

Der Herrnhuter Betsaal und die Dresdner Frauenkirche markieren die ungeheure Spannbreite dessen, was als protestantischer Kirchenbau gelten kann. Was ist das Verbindende, sozusagen das protestantische Prinzip, dem diese so gegensätzlich wirkenden Bauten gemeinsam verpflichtet sind? Dieses protestantische Kirchenbau-Prinzip lässt sich am leichtesten negativ beschreiben. Protestantische Kirchen sind keine Gotteshäuser, keine Sakralbauten. Sie sind nicht an und für sich heilig, sondern nur dann, wenn in ihnen Heiliges geschieht, also das Evangelium gepredigt wird und die Gemeinde in der rechten Andacht betet und die Sakramente feiert. So erneuerte Martin Luther die uralte prophetische Kritik am priesterlichen Kult und seinen Tempeln:

> Es liegt fürwahr nicht an Stätten oder Gebäuden, wo wir zusammenkommen, sondern allein an diesem unüberwindlichen Gebet, dass wir dasselbe recht zusammen tun und vor Gott kommen lassen.

Oder:

> Wo Gott redet, da wohnt er. Wo das Wort klingt, da ist Gott, da ist sein Haus, und wo er aufhört zu reden, da ist auch nimmer sein Haus da.

Oder:

Beten, Danken, Wort hören ist der rechte Gottesdienst. Dazu brauchen wir keine besondere Kirche noch Tempel zu bauen, mit großer Kost und Beschwerung, und an keine Stätte noch Haus notwendig gebunden zu sein, sondern Gott gönnt uns die Freiheit, dass wir solches tun mögen, wenn, wo und wie oft wir können.

Aus dieser radikalen Versachlichung und Säkularisierung der Kirchenbauten folgte aber keine Ablehnung von monumentalen und schönen Kirchen überhaupt. Nur im Fall der Verfolgung zogen sich die Anhänger der Reformation in Privathäuser zurück. Ansonsten nutzten sie die vorhandenen Kirchen weiter, maßen ihnen allerdings einen anderen Wert zu. Sie nahmen ihnen den sakralen Charakter und schrieben ihnen dafür eine neue soziale Funktion zu. Kirchenbauten waren keine Heiligtümer mehr, sondern Gemeindehäuser. Das zeigte sich besonders im Inneren. Es gab nur einen Raum, in dem die Gemeinde zusammenkam. Nebenaltäre und Seitenkapellen hatten keine Berechtigung mehr, denn es gab nur einen Gottesdienst, den alle gemeinsam vollzogen. Private Messen oder individuelle Riten waren nicht mehr vorgesehen. Deshalb konnte die protestantische Kirche außerhalb der Gottesdienstzeiten geschlossen bleiben.

So weit das Prinzip des protestantischen Kirchenbaus. Aber es dauerte in Deutschland lange, bis es in eigenen Bauprojekten umgesetzt wurde – anders als bei den Schweizer Calvinisten oder den französischen Hugenotten. Das lag daran, dass die deutschen Lutheraner im 16. Jahrhundert dies nicht nötig hatten – sie übernahmen die bestehenden Kirchen vor Ort – und dass es ihnen im 17. Jahrhundert auch nicht möglich war – der Dreißigjährige Krieg ließ es nicht zu. Nach Kriegsende aber mussten überall neue Kirchen gebaut werden. Nachdem sich das Land langsam und mühsam aus den Trümmern erhoben hatte, konnte man sich zu Beginn des 18. Jahrhunderts endlich an ein eigenes protestantisches Kirchenbauprogramm wagen.

Den Programmentwurf dafür lieferte 1712 der Hamburger Baumeister und Architekturtheoretiker Leonhard Christoph Sturm. Er entwickelte eine protestantische Raumidee aus den drei Hauptteilen des evangelischen Gottesdienstes: der Predigt, dem Abendmahl und dem Gemeindegesang. Ein zentraler Raum sollte geschaffen werden, in dem die ganze Gemeinde Platz fand und gemeinsam Gottesdienst feiern konnte. Diese Gemeinsamkeit konnte nur entstehen, wenn alle gleichermaßen gut sehen und hören konnten. «Ein Hauptrequisitum der Kirche ist, dass jedermann die Funktionen des Gotteshauses, sonderlich aber den Prediger auf der Kanzel, sehen könne.»

Die konsequente Umsetzung dieses protestantischen Bauprinzips war der Herrnhuter Betsaal: ein multifunktionales Gemeindehaus mit einem großen Raum zur gottesdienstlichen Nutzung. Doch wie meist im Leben wird es erst richtig interessant und kreativ, wenn Prinzipien nicht allzu streng befolgt werden – wie im Fall der Dresdner Frauenkirche. Sie ist ein protestantischer Bau, aber nicht nur dies. Insofern steht sie stellvertretend für das deutsche Luthertum überhaupt, das ja eine Kompromiss-Konfession ist. Es ist eine Frucht der Reformation, hat sich aber vorreformatorische Reste bewahrt, zum Beispiel die Vorliebe für liturgisch ausgestaltete Gottesdienste. Mit guten Gründen hat das Luthertum übertriebene Prinzipientreue vermieden. Das zeigt sich besonders in seinen Kirchenbauten. Sie sind funktional gedacht und vor allem auf die Predigt ausgerichtet. Aber sie hüten sich vor aller Bilderstürmerei, jeder gewaltsamen Selbstverarmung. Sie suchen einen einfachen, natürlichen Ausdruck. Zugleich aber wollen sie auch dem Auge etwas zu schauen und zu staunen geben. Sie nehmen ihr Maß an der Gemeinde, bemühen sich um humane, überschaubare Größenverhältnisse. Da aber Architektur immer auch von Größe lebt, verstecken sie sich nicht, sondern stellen sich weithin sichtbar dar. Sie wollen als besonderer geistlicher Ort zu erkennen und darüber hinaus auch schön sein. Und darin können sie sich mit Recht auf Martin Luther beziehen, der es – trotz seiner Abneigung gegenüber der altgläubigen Prunksucht – nur «billig» fand, dass der «Gottesdienst auf das Zierlichste gehalten wird». Und die zierlichste aller lutherischen Kirchenbauten ist die Dresdner Frauenkirche.

Evangelisches Barock

Es gehört zu den Seltsamkeiten des Luthertums, dass es in einer Epoche seine künstlerische Blüte erlebte, die heute entweder ganz vergessen ist oder – wo ihrer überhaupt noch gedacht wird – keinen guten Ruf genießt. Das alte Luthertum des späten 17. und frühen 18. Jahrhunderts wirkt mit seiner strengen, streitsüchtigen Theologie wenig anziehend. Aber in seiner Kirchenkunst beweist es einen Schönheitssinn, wie er bei den Protestanten der späteren Jahrhunderte nicht mehr zu finden ist. Am leichtesten lässt sich dies nachvollziehen, wenn man heute die Gemeindechoräle singt, die damals geschaffen wurden, oder wenn man die großen Oratorien von Johann Sebastian Bach hört. Aber auch wer die Frauenkirche betrachtet, erkennt schnell, dass man das alte Luthertum nicht mit einer starren Orthodoxie und rigiden Amtskirchlichkeit gleichsetzen darf, weil es einen eigenen und zwar besonders beglückenden und beschwingten Typus religiöser Kunst geschaffen hat: das evangelische Barock. Es gibt eben nicht nur das katholische Barock, sondern auch eine evangelische Spielart. Ihr schönstes Beispiel ist der «Petersdom der Reformation» in Dresden. Von der fast monströsen Papstkirche zu Rom unterscheidet er sich schon durch seine humanen Ausmaße. Die Frauenkirche ist zwar auch ein Monument, aber eines der leichten und heiteren Sorte, darin das Zeugnis eines ebenso glaubensgewissen wie musikalischen Protestantismus – «evangelisch» im Wortsinne, nämlich eine «gute Botschaft» verkündigend, nicht überwältigend, sondern befreiend.

Die Frauenkirche hat nichts Aggressives an sich, obwohl sie in einer konfessionspolitisch immer noch aufgeheizten Atmosphäre entstanden ist. Sie ist ein Denkmal des lutherischen Christentums, aber keine feste Burg des Antikatholizismus oder gar des deutschen Nationalismus. Man vergleiche sie nur mit dem hartleibigen Luther-Standbild, das 1885 – einer fatalen Mode dieser Zeit folgend – vor ihr aufgestellt wurde. Bei seiner Einweihung erklärte der damalige Superintendent mit hohlem Pathos:

> Fest die Bibel in der Hand und die starke, männliche Rechte darauf ruhend – so steht er da, der teure Gottesmann, der Mann von Stahl und Eisen mit der Weihe des Glaubens und der Kraft, mit dem Felsenherzen eines Johannes des Täufers und mit dem Feuergeist eines Paulus, jeder Zoll an ihm ein Deutscher und ein Christ, ein deutscher Christenmensch aus einem Guss, mit dem kühnen großen Blick des Glaubens nach oben, hinauf zum alten Gott.

Diese nationalprotestantische Selbstvergötzung passt so gar nicht zu der Kirche, die durch dieses Denkmal weniger geschmückt als verunziert wurde. Zu der dumpfdeutschen Männlichkeitspose des Luther-Bildes wie seiner Einweihungspredigt hält die Frauenkirche mit ihrer damenhaften Eleganz, ihrer italienischen Leichtigkeit souverän Distanz und bewahrt damit die Erinnerung an die weltoffene Haltung, die in Dresden zur Zeit des Starken August herrschte.

Die Frauenkirche ist eine Bürgerkirche mitten in einer königlichen Stadt. Das entspricht dem Selbstverständnis einer protestantischen Kirche: Sie will zugleich ein herausgehobenes Gebäude und Teil des städtischen Lebens sein. Man kann die Frauenkirche also nicht isoliert betrachten, sondern muss sie immer als Teil ihrer städtischen Umgebung sehen. Ihre Wirkung erzielt sie erst, wenn sie

nicht für sich bewundert, sondern als Mosaikstein in einer Gesamtanlage genossen wird. Einer der wichtigsten Impulse, der die Barock-Architektur prägte, war, dass sie städtebaulich und städteplanerisch dachte. Einzelne Gebäude wurden nicht isoliert, sondern im Rahmen eines Gesamtplans entworfen. Was dadurch möglich wurde, bezeugen die vielen Stadtbilder des alten Dresden, eines schöner als das andere. Da sieht man sie von der Elbe aus: die Augustusbrücke, die Terrasse mit der Brühlschen Galerie, das Palais Fürstenberg, die Kreuzkirche und die katholische Hofkirche, dazwischen barocke Bürgerhäuser, dahinter dann der Altmarkt und der Neumarkt – und mitten hinein eingefügt die Frauenkirche, eingebettet in ein Gesamtkunstwerk. Wer dieses Stück bebauten Elbstrand betrachtet, kommt schnell ins Träumen und fühlt sich wie am Canale Grande von Venedig.

Doch es war ein langer Weg, bis dieses Werk vollendet war. Eine seltene Glückszeit half dabei. Dresden war vergleichsweise gut durch den Dreißigjährigen Krieg gekommen, hatte sich langsam entwickelt und hatte unter August dem Starken sogar den Rang einer europäischen Metropole erlangt, bevor es nach der Niederlage Sachsens gegen die Preußen und der Beschießung der Stadt 1760 durch die Soldaten Friedrichs des Großen wieder zur Provinz herabsank. Es war also nur eine kurze, günstige Zwischenzeit. Doch sie wurde genutzt – für präzise Planungen, konfliktreiche Debatten und schließlich den Neubau der Frauenkirche.

Dieser war nötig geworden, weil die alte Frauenkirche nicht nur beengt, sondern auch baufällig war. Der Rat der Stadt Dresden beschloss darum 1722, dem Ratszimmermann George Bähr den Auftrag für einen Neubau zu erteilen. Über Bähr selbst ist kaum etwas bekannt. Als wäre er ein Baumeister des Mittelalters, so ist kein Bild von ihm, kein Eindruck seiner Persönlichkeit überliefert. Von ihm zeugen nur seine Bauten. Sie aber zeigen, dass er kein Provinzarchitekt war. Für seinen wichtigsten Bau hatte er eine klare Vision, theoretisch fundiert und feinsinnig geplant. Um sie zu verwirklichen, musste er lange und gegen viele Widerstände kämpfen.

Am Anfang seiner Überlegungen stand ein lokales Vorbild, die kleine Kirche von Carlsfeld: ein schlanker Zentralbau, der sich über einem achteckigen Grundriss erhebt, in eine Kuppel mündet, die von einer Laterne abgeschlossen wird. Dieses Modell wollte Bähr ins Monumentale steigern. Ihm schwebte ein Zentralbau vor, der turmartig in eine weithin sichtbare Laternenkuppel gipfelte. Solch eine Kuppel zu bauen war wagemutig und kostspielig. Wer sollte das bezahlen? Der König nahm zwar als Kunstliebhaber und Architekturkenner Anteil am Bau, wollte sich aber finanziell nicht besonders beteiligen. Der Rat forderte darum von Bähr einen Kostenvoranschlag. Den reichte der Baumeister im folgenden Jahr ein. Er belief sich exakt auf 103 075 Taler, 3 Groschen und 3 Pfennige. Es dauerte ein halbes Jahr, bis der Rat sich ein Urteil gebildet hatte. Er stimmte zu, aber nur unter der Bedingung, dass die Kosten halbiert würden. Bähr erreichte dies, indem er vor allem den Grundriss verkleinerte. 1724 erging der revidierte Auftrag an ihn. Die Ausschachtungsarbeiten konnten beginnen, das Baumaterial angeliefert werden.

> Venedig liegt an der Elbe. In Dresden entstand eine Architektur, die vieles verbindet: menschliches Maß und himmlische Schönheit, traumhafte Solitäre und städteplanerische Gesamtidee, Urbanität und idyllische Landschaft. Die Frauenkirche setzt all dem mit ihrer steinernen Glocke die Krone auf.

Doch die Diskussionen waren damit noch längst nicht beendet. Im Jahr darauf legte der sächsische Landbaumeister Johann Christoph Knöffel, einer der wichtigsten Architekten des augusteischen Dresden, einen Gegenentwurf vor. Er nahm Bährs Grundidee eines Zentralbaus auf, führte ihn aber konzentrierter aus. Vier neue Ecktürme und eine höhere Wölbung der Kuppel gaben dem Bau eine größere statische Sicherheit und erzeugten einen leichteren, harmonischeren, sozusagen höfischeren Gesamteindruck. Es folgten lange Debatten, welcher Entwurf nun realisiert werden sollte. Am Ende setzte sich Bähr durch. Aber er nahm wichtige Anregungen Knöffels auf, die sich auf den Außenbau bezogen. Was die Innengestaltung anging, blieb Bähr bei seinen Vorstellungen. Dem Außenbau hatten die Kontroversen genutzt. Im endgültigen Entwurf wirkt die Kirche nun, als sei sie »von Grund auf bis oben hinauf gleichsam nur ein einziger Stein». Als wäre sie eine Skulptur, eine Pyramide oder ein Obelisk, aber lebendiger, organischer als diese. Dieser Eindruck des Leichten und Beschwingenden wird durch ein Leitmotiv unterstützt, das die Gestaltung des Außenbaus durchzieht. Nicht nur die Kuppel, auch die Türme und die Giebel weisen einen «konkaven Aufschwung» auf, ziehen das Gebäude gleichsam in die Höhe. Seine Konzentriertheit wie seine Vitalität verdankt der Entwurf vor allem aber der Kuppel. Sie hat auch von Knöffels statischen Anregungen profitiert. Großartig ist der Gedanke, die Lasten der Kuppel – immer noch als Holzkonstruktion mit Kupferüberzug gedacht – nicht durch die Außenmauern tragen zu lassen. Das hätte ein allzu massiges Mauerwerk nötig gemacht. Vielmehr sollten hauptsächlich die acht Hauptpfeiler das Gewicht der Kuppel tragen und ihren Druck tief in den Erdgrund ableiten. Die vier Ecktürme dienen zudem als Widerlager für die Kuppel. Doch würde dies eine dauerhafte Standfestigkeit gewährleisten?

Im Jahr 1726 konnte nun endlich mit dem Bau begonnen werden. Nachdem man den Vorgängerbau abgerissen hatte, wuchs die Kirche schnell in die Höhe. Die Kuppel aber bereitete weiterhin Kopfzerbrechen. Nach drei Jahren leitete Bähr einen Kurswechsel ein. Da das benötigte Kupfer nicht zu bezahlen war, baute er die Kuppel nicht aus Holz, sondern aus Stein. Das aber veränderte die statischen Planungen. Neue Gutachten und Kostenschätzungen mussten erstellt werden. Ab 1732 konnte auch der Innenausbau vorangetrieben werden, so dass im Jahr darauf erste Akustikproben durchgeführt werden konnten. Sogleich wurde mit dem berühmten Gottfried Silbermann ein Vertrag über den Bau einer Orgel ausgehandelt und unterzeichnet. Dafür kamen neue Finanzprobleme auf. August der Starke starb. Mit neuen Kostenvoranschlägen wurde der Rat bei seinem Nachfolger August III. vorstellig. Der Sohn hatte nicht das Format des Vaters, wie schon sein Beiname «der Fette» anzeigte. Aber für die Frauenkirche wurde er ein wichtiger Förderer. Ein neuer Finanzplan ermöglichte die Fertigstellung des Baus. Allerdings wurde dabei ein Trick angewendet. Spendengelder, die für die Protestanten gesammelt worden waren, die aus dem gegenreformatorischen Salzburg hatten fliehen müssen, wurden für den Kirchenbau umgeleitet. Das war sachlich nicht ganz falsch, weil viele Flüchtlinge inzwischen halbwegs versorgt waren. Die Verletzung des Spenderwillens war aber schon damals anrüchig, fast ein kleines Sakrileg.

So konnte 1734 die Kirche eingeweiht werden, obwohl der Kuppelbau immer noch nicht abgeschlossen war. Zwei Jahre später wurde auch die Orgel geweiht. Weitere zwei Jahre später, 1738, starb George Bähr. Als Nachfolger wurde der Ratszimmermeister George Friedrich Winkler bestimmt. Er brauchte noch fünf Jahre, bis die Kirche endlich vollendet war. Als 1743 aber die letzten Gerüste abgebaut wurden und die Bauarbeiter abzogen waren, stand die Kirche wirklich als ein formvollendetes Kunstwerk da. Dies verdankte sie natürlich vor allem ihrer Kuppel. Wenn doch George Bähr noch erlebt hätte, dass sein schönstes Werk nicht nur technisch möglich war, sondern auch so wirkte, wie er es sich gewünscht hatte! Im Volksmund wurde sie bald »die steinerne Glocke» genannt. Doch das trifft es eigentlich nicht. Bähr hatte seine Kuppel als «Turm» bezeichnet. Zu Recht, denn sie strebt trotz ihrer Rundung steil nach oben, weist direkt gen Himmel wie ein Turm – ein weithin sichtbares Signal, eine architektonische Fanfare, die über die Dächer der Stadt und in das ganze Land hinaus klingt.

Die Freude aber war mit Sorge vermischt. Es blieb die Frage nach der dauerhaften Haltbarkeit der Kuppel. Umso erstaunlicher war es, dass sie – anders als viele andere augusteische – Bauten den ersten schweren Angriff sehr gut überstand. Als die feindlichen Preußen im Siebenjährigen Krieg Dresden unter einen barbarischen Beschuss nahmen und viele barocke Herrlichkeiten zerstörten, trotzte allein die Kuppel der Frauenkirche den Kanonen, so als wäre ihre Schönheit ein unsichtbarer Schutzschirm gewesen.

Inneneinrichtungen

Mindestens ebenso anspruchvoll wie der Bau der äußeren Hülle war die Gestaltung des Inneren. Auch der Innenraum der neuen Frauenkirche sollte dem paradoxen Ideal eines evangelischen Barock genügen, also zugleich prachtvoll und einfach, harmonisch und überwältigend, kunstvoll und natürlich wirken. Vor

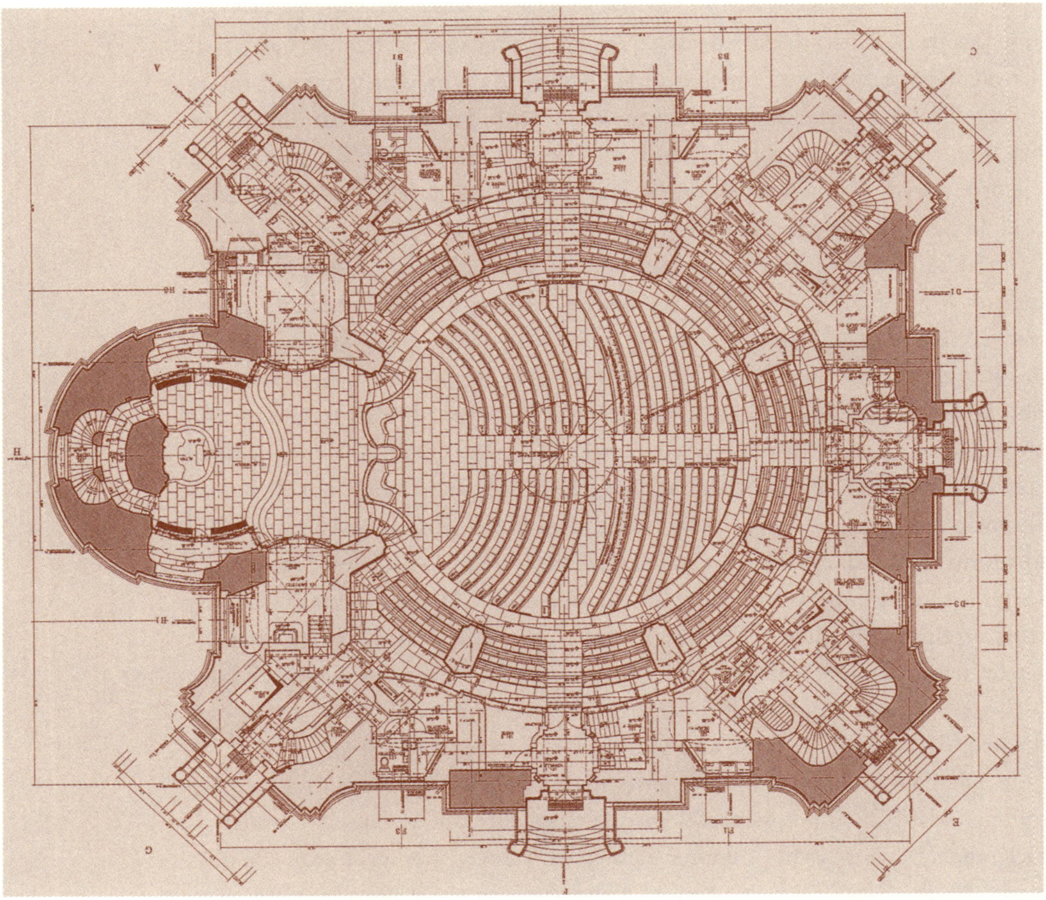

allem aber musste er aus dem protestantischen Prinzip heraus ganz neu gedacht werden. Ein neuer Typus des Kirchraums war von seinen gottesdienstlichen Funktionen und den Bedürfnissen der Gemeinde her zu entwerfen. Dies tat George Bähr zunächst damit, dass er dem Innenraum einen anderen Grundriss als dem Außenbau gab. Letzterer bildete auf dem Muster eines griechischen Kreuzes – also eines Kreuzes mit vier gleich langen Armen – ein Quadrat. In dieses Viereck setzte Bähr einen runden Saal. Diese Rundung gewährleistete nicht nur eine maximale Raumausnutzung – die Kirche bietet Platz für 3500 Menschen –, sondern auch die Einheitlichkeit des Inneren. In diesem weiten Rund gibt es keine Nischen mehr für separate Kapellen, private Altäre und Sondermessen, sondern hier findet die Gemeinde zum Gottesdienst zusammen, hier versammelt sich eine geeinte Gemeinschaft.

Aber auch eine Einheit braucht Struktur, Gliederung, Rhythmus. Bähr war zum Glück kein protestantischer Prinzipienreiter, sondern wusste, dass Räume ihrer eigenen Logik folgen. Obwohl am Gedanken des Einheitsraums ausgerichtet, wollte er eine starre Einförmigkeit vermeiden. Die Rundung sollte ihm nicht zu einem uniformen Kreis verkommen. So schuf er einen Innenraum, in dem die große Einheit sich als schwungvolles Wechselspiel verschiedener Raumteile darstellt. Die alte, durch die Reformation überholte Zweiteilung in einen Versammlungsraum für das Laienpublikum einerseits und einen für die Kleriker reservierten Altarbereich andererseits ließ er dabei aber nicht wieder aufleben. Vielmehr unterschied er drei Zonen, die durch elegante Durchgänge miteinander verbunden waren. Unten in der Mitte liegt der zentrale Gemeinderaum. Über ihn erheben sich die fünf Emporengeschosse, vor ihm öffnet sich der Chorraum. Dieser ist durch eine steinerne Balustrade vom Gemeinderaum nicht abgetrennt, sondern nur optisch abgesetzt. Denn der Zugang zu ihm ist keineswegs den Würdenträgern vorbehalten. Bei der Feier des Abendmahls zieht die Gemeinde wie in einer kleinen Prozession über eine linke Seitentreppe in den Chorraum, tritt links an die Altarschranke, empfängt das Brot und zieht dann weiter zur rechten Kelchseite, empfängt den Wein und geht dann über eine rechte Seitentreppe zurück zum Gemeinderaum. Der Chorraum ist also kein sakraler Bereich im strengen Sinne, aber dennoch von den Sitzplätzen der Gemeinde abgehoben. Er ist weder sakral noch profan. Er schwebt dazwischen. Zusammengehalten werden diese unterschiedlichen Raumteile und Raumcharaktere durch die alles überwölbende Kuppel. Sie verleiht dem Ganzen den Eindruck einer überweltlichen Einheit und zugleich einer befreienden, verschwenderischen Großzügigkeit.

Endlich hat der deutsche Protestantismus die ihm gemäße architektonische Form gefunden. So sieht der Grundriss einer idealen evangelischen Kirche aus. Das Zentrum bildet die Gemeinde. Sie ist gleichermaßen auf Kanzel und Altar ausgerichtet. Der Liturg und der Prediger sind von überall gut zu sehen und zu hören.

Neben dieser Aufgliederung und Zusammenfügung des Innenraums und seiner Teile stand George Bähr noch vor einer zweiten Herausforderung. Er musste den wichtigsten Einrichtungsgegenständen ihren Ort zuweisen. Das aber war mit Fragen verbunden, deren Beantwortung der lutherischen Kirche schwerer fiel als anderen Konfessionen. Denn sie konnte nicht mit der gleichen Eindeutigkeit erklären, was im Gottesdienst eigentlich die Hauptsache ist. Bei den Katholiken, mehr noch bei den Orthodoxen, ist dies die Feier der Eucharistie. Alles muss also auf den Altar ausgerichtet sein. Die Predigt ist im Vergleich dazu eine Nebensache. Die Kanzel muss folglich mit einem Platz am Rande vorlieb nehmen, wenn man nicht – wie gelegentlich die Orthodoxen – ganz auf sie verzichtet. Bei den Reformierten sowie den protestantischen Freikirchen dagegen steht die Predigt und damit die Kanzel im Zentrum der Aufmerksamkeit. Der Altar schrumpft zu einem bloßen Tisch, über dessen Ort man sich keine allzu großen Gedanken zu machen brauchte. Als der Konfession des Kompromisses aber liegen der lutherischen Kirche Predigt und Abendmahl gleichermaßen am Herzen. Deshalb steht sie vor der heiklen Aufgabe, Kanzel und Altar den gleichen Rang zuzuweisen, im Innenraum also zwei Hauptausrichtungen vorzusehen, ohne dass dadurch die Einheit des Raumes insgesamt verloren ginge.

Die Tradition des Kirchenbaus hielt dafür keine Vorbilder bereit. In der Alten Kirche gab es für die Predigt noch gar keinen festen Ort. Zunächst stand der Prediger einfach irgendwo innerhalb der entstehenden Altarschranken. Häufig wurde die Predigt auch von der Kathedra, dem Sitz des Bischofs, aus gehalten. Für die Lesungen gab es ein Pult, den sogenannten Ambon. Aus ihm entwickelte sich langsam die Kanzel. Doch in der ausgehenden Antike und im frühen Mittelalter verfiel die Predigtkultur. Alles konzentrierte sich auf die Feier der Eucharistie, der Kanzel wurde keine Aufmerksamkeit zuteil. Das änderte sich erst im Hochmittelalter, als die Bettelorden die Predigt neu zu Ehren brachten und auch für die Kanzel neue Lösungen suchten. Häufig wurde der Ambon im Mittelschiff nah an die Gemeinde herangerückt, oft aber auch an eine Säule oder einen Pfeiler angelehnt. Es gab aber auch größere Podeste, auf denen die Prediger gut sichtbar auftreten und sogar frei hin- und hergehen konnten. In der Spätgotik des 15. Jahrhunderts setzte sich die Kanzel als eigener gottesdienstlicher Einrichtungsgegenstand durch. Künstlerisch reich gestaltete Exemplare aus dieser Zeit geben davon Zeugnis. Doch einen rechten Ort konnte man ihr immer noch nicht zuweisen. Zumeist wurde die Kanzel an einer Längsseite des Kirchraums aufgestellt. Zur Predigt also musste sich die Gemeinde neu ausrichten und aufstellen. Das störte die Einheit des gottesdienstlichen Erlebens. Die Lutheraner nun erklärten die Kanzel zu einem Hauptstück und versuchten sie möglichst nahe an den Altar heranzurücken. Das führte jedoch häufig zu halbgaren Kompromissen. Eine eindeutige Lösung versprach da eine sehr originelle Erfindung des lutherischen Kirchenbaus, der «Kanzelaltar». Er verband beide bisher getrennten Elemente zu einem einzigen Stück. Innerhalb eines geschlossenen Rahmenwerks befanden sich unten der Altar und direkt darüber die Kanzel. Zu

So, wie es war, sollte es wieder werden. Wer einen Blick in die wieder aufgebaute Frauenkirche wirft, dem wird kaum mehr das Klischee über die Lippen kommen, dass im Protestantismus nur das Wort zähle und alles sich bloß um das Hören drehe.

ihr gelangte man über eine Treppe, die sich auf der Rückseite befand. Dieser Kanzelaltar war eine Erfindung der Orthodoxie, die den gleichen Rang von Abendmahl und Predigt festschreiben und garantieren sollte, dass die Gemeinde während des gesamten Gottesdienstes stets auf denselben Fluchtpunkt ausgerichtet blieb. Auf Dauer konnte sich diese Innovation aber nicht durchsetzen. Der Kanzelredner stand nicht selten viel zu hoch über der Gemeinde. Auch drohte die Kanzel den Altar zu unterdrücken.

Für die Ausstattung der Frauenkirche griff Bähr nicht auf den Kanzelaltar zurück, obwohl er ihn sonst eigentlich bevorzugte. Der Grund dafür dürfte darin gelegen haben, dass bei der Frauenkirche der Prediger dann viel zu weit von der Gemeinde entfernt gewesen wäre. Stattdessen ordnete Bähr alle Hauptstücke – also neben der Kanzel und dem Altar auch den Taufstein und die Orgel – in einer Linie nacheinander auf der Mittelachse an. Das ergab eine durchgängig einheitliche Ausrichtung der Gemeinde. An der Wand des Chorraums steht der Altar. Über ihm erhebt sich die Orgel. Vor ihnen befindet sich die Taufe, und davor ragte die Kanzel – wie ein Bootssteg – über die Chorbalustrade hinaus und in den Gemeinderaum hinein. Diese Kanzel wahrte die Verbindung zu den beiden Sakramenten – der Taufe und dem Abendmahl – und suchte zugleich die Nähe der Gemeinde. Sie markierte die Mitte zwischen den göttlichen Gnadengaben und den versammelten Menschen, zwischen Erlösung und alltäglicher Lebensführung. Dem entsprach ihre geringe Höhe. Wer von dieser Kanzel predigte, konnte sich nicht autoritär über seine Gemeinde erheben, sondern musste das Gespräch mit ihr suchen. Dazu passt, dass diese Kanzel nicht nur für Predigtmonologe, sondern auch für Unterhaltungen und Debatten genutzt wurde. Unter ihr waren Bänke für die «Examina» aufgestellt, die nach den Mittagspredigten gehalten wurden, also für Religionsunterricht, Glaubensprüfung, aber auch für religiös-moralische Diskussionen. Insofern war diese Kanzel schon so etwas wie eine kleine evangelische Akademie. Leider blieb sie keine Dauereinrichtung. Schon 1738 musste aus akustischen und optischen Gründen eine neue Hauptkanzel am nordöstlichen Pfeiler angebracht werden.

Nachdem die Anordnung und Gestaltung der beiden Hauptstücke gelungen war, musste ein dritter Einrichtungsgegenstand bedacht werden. Er ist weit profaner als Kanzel und Altar, aber keineswegs banal, denn er stellt den eigentlichen und besonderen Beitrag des Protestantismus zur Geschichte des Kirchenbaus dar. Dieser Beitrag ist weniger künstlerischer Natur. Von den ersten Exemplaren dieses Kirchenmöbels hat sich kaum etwas erhalten. Doch das ist kein großer Kulturverlust. Denn die Erfindung war weniger eine ästhetische als eine soziale, welche die Art veränderte, wie die Gemeinde im Gottesdienst gegenwärtig ist. Die Rede ist vom Gestühl. Auch wenn schon im Spätmittelalter vermehrt feste Sitzgelegenheiten in das Kirchenschiff eingebaut worden waren, so gewann die Bestuhlung der Kirche doch erst mit der Reformation eine grundsätzliche Bedeutung.

Warum wurden nun Sitzplätze notwendig? Eine offenkundige Ursache waren die langen Predigten. Im Unterschied zu den manchmal überlangen Sakramentsfeiern, bei denen sich die Gemeinde aber im Kirchraum frei bewegen oder gar – wie heute noch im orthodoxen Christentum – zwischendurch vor die Tür gehen konnte, sollten jetzt Predigten von Anfang bis Ende aufmerksam gehört werden. Dies ist im Stehen natürlich nur schwer möglich. Doch der Hauptgrund für eine flächendeckende Bestuhlung, die ja den Charakter der Kirchräume erheblich veränderte, kann dies nicht gewesen sein. Denn lange Predigtgottesdienste hatte es auch in vorreformatorischer Zeit gegeben, ohne dass dies zur Bestuhlung der Kirchen geführt hätte.

Das eigentliche Motiv dürfte ein gesellschaftliches gewesen sein. Sitzen ist nicht nur bequemer als Stehen, es ist auch ein Ausdruck von Macht. Wer sitzt, besitzt. In einer evangelischen Kirche sollte jeder seinen festen Ort im Gottesdienst besitzen, diesen aber auch deutlich vorzeigen. Mit einem Stuhl konnte jeder seinen Platz in der Gemeinde und der Gesellschaft markieren und präsentieren. Es gab nur noch einen Gottesdienst, in dem die ganze Gemeinde anwesend sein sollte. Und diese kirchliche Gemeinde war damals noch mit der bürgerlichen Gesellschaft identisch. Wenn also die Gemeinde in der Kirche anwesend sein sollte, dann musste sie es unter den damals herrschenden gesellschaftlichen Bedingungen tun. Es konnte deshalb keine freie Platzwahl geben. Manche mussten hinten, andere durften vorne sitzen. Alle mussten sich als Teil einer ständischen Ordnung darstellen. Es ging beim protestantischen Kirchengestühl nicht nur darum, dass jeder sitzen konnte, sondern vor allem darum, wo er sitzen durfte.

Zunächst war mit den Stühlen eine gewisse Demokratisierung verbunden. In vorreformatorischen Kirchen hatten nur Klerus und Obrigkeit Sitzplätze. In der frühen Neuzeit erstritten sich in den Städten die Zünfte und Magistrate das Sitzrecht. Sie orientierten sich am Chorgestühl. Ihre Stühle waren meist mit der Wand verbunden, hatten kleine Türen und Baldachine, waren zudem nicht auf den Hauptaltar oder die Kanzel, sondern auf die eigengestifteten Nebenaltäre ausgerichtet. Der gemeine Mann und die gemeine Frau durften froh sein, wenn sie ein Plätzchen auf einem Steinsockel entlang der Wände oder Pfeiler fanden oder einen mitgebrachten Klappstuhl aufstellen konnten. Dass die ganze Gemeinde im Kirchenschiff mit Blick auf Kanzel und Altar neben- und hintereinander sitzt, ist eine Erfindung der Reformation. Zuerst wurde sie von den Mächtigen und Reichen angenommen, dann von fast jedermann umgesetzt. Nur die Mittellosen gingen leer aus und mussten im hinteren Kirchenschiff stehen. Dies scheint damals auch niemand als anstößig empfunden zu haben. Es galt als selbstverständlich, dass die Gemeinde in der Kirche ebenso nach Stand und Wohlstand geordnet war wie die Gesellschaft vor der Kirchentür.

Es ging bei den Kirchstühlen immer auch um Prestige. Der Anspruch der Bürger, eigene Stühle aufzustellen, war auch der Versuch, die Kirche parzellenweise in privaten Besitz zu überführen. Das führte leicht zu Streitereien. Ehrgeizige Familien richteten sich kastenartige Gestühle ein, stellten sie auf Podeste, gaben ihnen feste Rückwände und hohe Baldachine, die den Hinteren den Weg und die Sicht versperrten. Nicht selten wehrten sich diese, indem sie die Bänke der Vorderen in einem unbeobachteten Moment einrissen oder an die Seite schoben. Um des lieben Friedens willen, aber auch um Herren im eigenen Haus zu bleiben, mussten die Kirchenoberen einschreiten. Sie gewährten einerseits – anders als in katholischen Kirchen – ein allgemeines Sitzrecht, fassten dieses aber in komplizierte Einzelgesetze. Das «ius subselliorum templorum», das «Kirchstuhlrecht» wurde zu einer eigenen juristischen Disziplin. Mit seiner Hilfe versuchte man, Missstände zu beheben, «dass hin und wider in die Kirchen Stühle gebauet, dadurch die Leute verhindert werden, dass sie weder den Prediger auf der Kanzel, noch zu dem Altar, wenn das hochwürdige Sakrament ausgetheilet wird, sehen können, desgleichen auch oftmals solche Stühle in den gemeinen Gängen aufgerichtet werden, das die Leute für denselben nicht wohl hin und wieder gehen können», wie es in einer Quelle heißt. Man musste sich seinen Stuhlbau genehmigen, nummerieren und in ein Register eintragen lassen. Die Bestuhlung hatte natürlich auch einen disziplinarischen Effekt. Gerade in kleineren Kirchen ließ sich mit ihrer Hilfe die Gottesdienstpräsenz viel besser kontrollieren. Man sah auf einen Blick, welcher Platz frei blieb, weil sein Eigentümer sich etwas anderes vorgenommen hatte. Da hatten nun die Armen, die sich keinen eigenen Sitz leisten konnten, einen kleinen Vorteil.

Wichtig waren die Stühle aber nicht nur in sozialer Hinsicht. Sie wurden auch zu einer wesentlichen Einnahmequelle der Kirchen. Die Stuhl-Gebühren traten an die Stelle anderer Finanzquellen, die mit der Reformation verloren gegangen waren, und kamen der Erhaltung und der Armenpflege zugute. Im Fall der Frauenkirche etwa wurden, als die Höhe der Kosten deutlich wurde, mehr Stuhlreihen eingeplant.

Es blieb George Bähr vorbehalten, den Beweis dafür zu liefern, dass die Bestuhlung einer Kirche nicht nur eine schnöde Angelegenheit, sondern auch ein Mittel ist, einem Innenraum Schönheit zu verleihen. Das zeigt sich bei den Emporen, die er für die Frauenkirche schuf. Viele Emporen einzurichten, war zunächst ein Gebot der Zweckmäßigkeit. Wenn man eine große Menschenmenge in der Kirche so unterbringen wollte, dass alle gut hören, sehen und sitzen konnten, dann musste man – angesichts der begrenzten Grundfläche – in die Höhe gehen. Zugleich aber boten die Emporen die Chance, den Kirchenraum auch in vertikaler Richtung zu gestalten, zu schichten, ihm auch in die Höhe hinein eine gegliederte Form, einen Rhythmus zu geben. So wiederholten und variierten Bährs Emporen die Rundungen und konkaven Aufschwünge, die den Kirchensaal schon in der Horizontalen bestimmten.

Zeitzeugen fühlten sich beim Anblick dieser schönen Emporen an ein antikes Amphitheater erinnert. In der Tat, die Emporen verleihen dem Kirchenraum einen theaterhaften Charakter. Vergeblich predigte Superintendent Valentin Ernst Löscher in seiner Einweihungspredigt:

> Die Kirchen sollen nicht sein Theatra, dahin man gehet, eitle Repräsentationes und große Processiones zu sehen, sondern sie sind Auditoria, da man zusammen kommt, Gottes Wort zu hören und die Sakramente zu gebrauchen, sie sind Lehr- und Hör-Häuser.

Andere Konfessionen scheinen ein entspannteres Verhältnis zum Theater zu pflegen. In den Kirchen des Ostens und im Katholizismus werden Gottesdienste wie selbstverständlich auch als heilige Schauspiele verstanden und entsprechend inszeniert. Bei Protestanten dagegen begegnet man häufig einem antitheatralischen Affekt, obwohl ihnen bekannt sein müsste, dass alle guten Prediger über ein dramatisches, aber auch komödiantisches Talent verfügen. Zudem kommt ein protestantischer Kirchenbau, wenn er seine Aufgabe erfüllen will, gar nicht umhin, genauso wie ein Theater, eine Oper oder ein Konzertsaal eine Bühne für den Prediger und den Liturgen sowie ausreichend Sitzplätze für das Publikum bereitzustellen.

Gerade an diesen Sitzplätzen zeigt sich wiederum die soziologische Nähe zum neuzeitlichen Theater. Die Aufgliederung der Sitzplätze in Parkett, Loge, Rang und Oberränge entspricht derjenigen in den damals entstehenden Schauspielhäusern. In dieser Parallele zeigte sich noch, wie sehr die neuen protestantischen Kirchenbauten soziale Orte waren, in denen nicht nur eine kirchliche Gemeinschaft zusammenkam, sondern in denen sich auch eine hierarchisch gegliederte Gesellschaft darstellte. Aus heutiger Perspektive mag es einen stören, dass es damals nicht so egalitär und herrschaftsfrei zuging, wie man es jetzt für richtig hält. Andererseits aber muss man bedenken und anerkennen, dass ein Gottesdienst damals noch ein öffentliches Ereignis war, an dem fast die ganze Gesellschaft teilnahm.

Hören und sehen

Warum muss eigentlich der prominenteste und programmatischste Kirchenbau des Protestantismus ausgerechnet nach Maria, der Himmelskönigin der Katholiken, benannt sein? Dass der Vorgängerbau schon Frauenkirche hieß, ist noch kein ausreichender Grund, sondern nur eine zufällige Vorgabe. Es gab aber nicht nur eine protestantische Marienkritik, den Kampf gegen die kultische Anbetung einer halbgöttlichen Fürsprecherin, sondern auch eine evangelische Marienverehrung. Diese stellte die Mutter Jesu den Gläubigen als Vorbild dar. Denn so wie die junge Frau Maria die Verheißung des Engels, sie werde einen einzigartigen Sohn gebären, voller Vertrauen aufgenommen und ihr ganzes Leben auf diese Botschaft ausgerichtet hatte, sollten die evangelischen Christen ebenfalls ganz aus dem Hören des Gotteswortes leben. Insofern ist die Frauenkirche mit ihrem katholisch klingenden Namen eine gut protestantische Kirche, in der die Gläubigen keine Madonnenbilder andächtig anschauen, sondern wie Maria sich ganz auf das Hören des Evangeliums konzentrieren.

Ein beliebtes Klischee ordnet die Kirchen der Reformation und der Gegenreformation den beiden wichtigsten menschlichen Sinnen zu: Der Katholizismus ist die Konfession des Sehens, der Protestantismus ist die Konfession des Hörens. Und wie jedes erfolgreiche Klischee trifft auch dieses einen zentralen Punkt und verdrängt dabei interessante Seitenaspekte. So gibt es in der Frauenkirche sehr wohl etwas zu sehen. Sie ist kein Ort des Bildersturms, sondern des Bilderrauschs. Die Augen können einem übergehen, wenn man die Gemälde betrachtet, mit denen ein italienischer Theatermaler die Kuppel ausmalte, oder wenn man das große Altarrelief bestaunt. Doch haben diese Bilder eine andere Funktion als die

Bilder in katholischen Kirchen. Sie sind keine Gegenstände der Verehrung, sondern der Belehrung. Sie verzaubern nicht, sondern sie predigen. So stellt das Altarrelief mitten in den strahlenden Glücksbau der Frauenkirche die Erinnerung daran, dass das Zentrum des evangelischen Glaubens das Kreuz, das Leiden Jesu Christi, bildet. Und so präsentieren die Kuppelgemälde die drei christlichen Tugenden – Glaube, Liebe, Hoffnung – und fügen eine vierte Tugend hinzu, nämlich die Barmherzigkeit – dargestellt als Frau, die einem Bettler Geld gibt. Ein moralpädagogischer Hinweis, der in einer Stadt mit wachsenden sozialen Problemen angebracht war. Auch in der Frauenkirche hat also das Wort über das Bild gesiegt, aber auf eine Weise, die das Bild nicht auslöschte, sondern ihm eine neue Aufgabe zuteilte.

Doch selbst wenn das Bild dem Wort und das Sehen dem Hören untergeordnet ist, muss dies nicht bedeuten, dass es in einer evangelischen Kirche automatisch weniger «sinnlich» zugeht als in einer katholischen. Denn auch das menschliche Gehör ist ein Sinnesorgan. Es kann eine Fülle von äußeren Reizen aufnehmen – fast mehr sogar als das menschliche Auge – und sie direkt ins Innere des Menschen führen. Der sinnliche Eindruck bleibt nicht äußerlich, nicht vor Augen stehen, sondern trifft mitten ins Herz, spricht direkt ins Gewissen, wird ein eigener innerlicher Besitz. So jedenfalls sollte es sein, wenn ein Gottesdienstbesucher eine Predigt hört. Doch so ist es nicht immer. Es ist schwer, Beispiele für die Glückseligkeiten des Hörens zu nennen – anders als für die Freuden des Schauens. Warum ist das so? Warum fällt es so schwer, gut über die Predigt zu sprechen? Warum ist es so viel leichter, über die Prediger zu lästern, als ihre Arbeit verstehend zu würdigen? Das mag damit zu tun haben, dass eine Predigt anders als ein Bildnis bloß ein Werk des Augenblicks ist. Sie ist nicht für die Ewigkeit gemacht, von der sie zeugen soll. Sie lebt nur für den Moment. Wenn sie gelingt, ist sie wie ein geglücktes Gespräch. Inhalt, Stimme und Stimmung klingen zusammen. Bei denen, die sie gehört haben, wirkt sie innerlich nach. Aber die wenigsten wären in der Lage, das Gesagte wörtlich wiederzugeben. Noch weniger könnten sie anderen, die nicht dabei waren, einen lebendigen Eindruck davon vermitteln, was sie während des Predigthörens erlebt haben. So ist es auch kein Zufall, dass sich Predigten nicht zum Nachlesen eignen.

Ein zweiter Grund dafür, dass es so schwierig ist, gut über die Predigt zu sprechen, liegt darin, dass sie so individuell ist. Das unterscheidet sie von einem Ritus. Dieser ist überpersönlich, allgemeingültig. Der Ritus liegt vor, er muss nur vollzogen werden. Die Predigt aber muss selbst geschrieben, selbst gesprochen und selbst verantwortet werden. Hier hängt fast alles von der Person ab, von ihrer Geistesgegenwart und gedanklichen Kraft, ihrer Glaubwürdigkeit und Frömmigkeit, ihrer sprachlichen Begabung und Erzählfreude, dem Volumen ihrer Stimme und der Präzision ihrer Aussprache. All dies und noch viel mehr muss zusammenkommen, damit eine Predigt gelingt.

Die Reformation leitete auch damit eine neue Epoche in der Christentumsgeschichte ein, dass sie die Predigt ins Zentrum stellte. Im Urchristentum beschränkte man sich auf sittliche Ermahnungen im Anschluss an die Lesungen aus den heiligen Schriften. Im Konstantinischen Zeitalter fanden die Prediger zwar Anschluss an die antike Rhetorik und entwickelten die christliche Kunstpredigt, raffinierte Auslegungen und Anwendungen der biblischen Texte, erste intellektuelle und künstlerische Höhepunkte der neuen Weltreligion. Doch gab es hier auch die Gefahr, dass die Predigt zur virtuosen Rhetorik-Vorstellung, zum kirchlichen Wort-Konzert verkam, bei dem die Gemeinde den Prediger beklatschte wie ein Publikum einen Schauspieler, ohne innerlich von ihm berührt oder erbaut worden zu sein. Mit dem Kulturverfall im frühen Mittelalter verkümmerte auch die Predigt. In der Ostkirche wanderte die rhetorische Kraft in die Liturgie, die Predigt wurde hier entbehrlich – und ist es heute noch. Im Westeuropa des Mittelalters entwickelte man die landessprachliche Volkspredigt, um die immer noch heidnischen Germanen zu bekehren, aber für originelle Predigtleistungen fehlte den meisten Priestern die Bildung. Die Bettelmönche bemühten sich, ihre Botschaft dem Volk nahezubringen. Sie predigten auf Straßen und Plätzen, ermahnten und belehrten das Volk, führten es zu einer vertieften, mystischen Frömmigkeit. Doch dass das Heil aus dem Wort kommt, war eine radikal neue Anschauung der Reformation. Für sie ist der Glaube eine Frucht des Hörens. Gott spricht nicht mehr direkt zu den Menschen. Aber er hat es einmal getan, vor allem in Jesus von Nazareth. Darum trägt dieser nicht nur den Ehrentitel «Sohn Gottes», sondern wird auch als leibhaftiges «Wort Gottes» verehrt. Was er getan und gesagt hat, ist in der Bibel überliefert. Doch diese ist für sich genommen nur ein Buch, eine Ansammlung schwer verständlicher Texte, stummer Buchstaben. Ihr Zeugnis muss in lebendige, zu Herzen gehende Sprache übersetzt werden. Das soll in der Predigt geschehen. Die Reformation ist ein historisches Beispiel dafür, dass das Sprechen und Hören von Predigten das Leben einzelner Menschen und ganzer Gesellschaften tatsächlich umkehren kann – wenn es denn begnadete Prediger und aufnahmebereite Hörer gibt.

Betrachtet man aber die Zeit nach der Reformation, fällt wieder auf, wie leicht es ist, die Predigt schlechtzureden. Viel kann man davon lesen, dass die Predigten der altprotestantischen Orthodoxen des 17. Jahrhunderts doktrinär und zänkisch waren, die Kanzelreden der Aufklärer des 18. Jahrhunderts sich in dürrem Moralismus und banaler Lebenshilfe erschöpften, die Pietisten sich in süßlicher Frömmelei ergingen und dabei bunteste Stilblüten hervorbrachten, die Kulturprotestanten des 19. Jahrhunderts vor lauter Liberalität und Bildungsbeflissenheit nicht mehr dazu kamen, vom Glauben zu sprechen, die dialektischen Theologen des frühen 20. Jahrhunderts in ihrem steilen Dogmatismus das wirkliche Leben aus dem Blick verloren, die 68er dann alle alten Glaubensschätze auf dem Altar einer aktualitätssüchtigen Politisierung opferten und schließlich die Prediger heute in der gesellschaftlichen und religiösen Bedeutungslosigkeit gestrandet sind – lauter Negativ-Klischees, aber trotzdem nicht ganz falsch. Und dennoch gab es zu all diesen Zeiten immer auch Predigten, die glückten, in denen ein einzelner so von seinem Glauben öffentlich Rechenschaft ablegte, dass andere sich davon angesprochen, angerührt und aufgerufen fühlten, ihm nachzueifern und es selbst mit dem christlichen Glauben zu versuchen.

Es gibt für das Predigen keine festen Regeln, bis auf eine: Eine Predigt darf nicht zu lang sein. Im 16. und 18. Jahrhundert galt eine volle Stunde als das rechte Maß. Im 17. Jahrhundert zog sich eine normale Predigt zwei Stunden hin. Besondere Predigten, etwa die Leichenreden für berühmte Männer, konnten über drei Stunden dauern. Da wurde es nötig, dass Wächter durch die Gemeindereihen gingen, um mit langen Stöcken Schlafende und Schnarchende aufzuwecken. Noch wichtiger aber war es, gegen allzu redselige Pastoren vorzugehen. In vielen Kirchenordnungen wurde die Predigtlänge reglementiert. Wie es in einer Quelle heißt: «um der Kinder willen, aber auch um die Schwangeren nicht zu beschweren und die schlecht Gekleideten nicht frieren zu lassen» sowie natürlich um die Männer nicht von ihren Berufspflichten abzuhalten. Zur Selbstkontrolle der Prediger wurden Sanduhren an den Kanzeln angebracht. Manchmal mussten sogar Geldstrafen gegen Kanzelredner verhängt werden, die kein Ende fanden. Heute dürfte angesichts veränderter Hörgewohnheiten die Obergrenze für eine Predigt bei zwanzig Minuten liegen.

Doch das Hören als sinnliche Erfahrung bezieht sich in protestantischen Kirchen auch auf Musik. Diese ist das große Gegengewicht und die schöne Ergänzung, mit der gemeinsam erst die Predigt eine Kirche des Hörens stiftet. Deshalb kämpfte Luther erbittert gegen radikale Protestanten, die der Musik kein Wohnrecht in der Kirche gewähren wollten:

> Wer die Musikam verachtet, wie denn alle Schwärmer tun, mit denen bin ich nicht zufrieden. Denn die Musica ist eine Gabe und Geschenk Gottes, nicht ein Menschen-Geschenk. So vertreibt sie auch den Teufel, und machet die Leut fröhlich; man vergisset dabei alles Zorns, Unkeuschheit, Hoffart und anderer Laster. Ich gebe nach der Theologia der Musica die höchste Ehre.

Die Musik kann so viel bewirken, fast jeden Gemütszustand kann sie umwenden:

> Willst du Traurige aufrichten, Fröhliche schrecken, Verzweifelnde beleben, Freche brechen, Liebende beschwichtigen, Hassende besänftigen – wie kannst du das besser als mit Musik?

Welche Bedeutung die Musik für den evangelischen Gottesdienst hat, zeigt die Orgel in der Frauenkirche. Wie eine goldene Krone schwebt sie über allem, über Kanzel und Altar. Die Orgel war natürlich keine Erfindung der Reformation. Schon die Antike kannte eine Vorläuferin, die Wasserorgel. Doch in dieser Frühzeit war die Orgel ein rein weltliches Instrument, ein Vergnügen für die Oberschicht. Die ersten Christen nahmen von ihr keine Notiz. In ihren Gottesdiensten gab es Gesang, aber keine instrumentale Musik oder Liedbegleitung. Mit der Völkerwanderung verschwand im Westen auch die Orgel aus dem Gedächtnis. Im Ostreich blieb sie als Prunkorgel ein beliebtes Spielzeug der Kaiser. Von hier aus kehrte sie im Mittelalter zurück. Mönche übernahmen sie und entwickelten sie zu einem kirchlichen Instrument. Sie waren damals die einzige Gruppe gebildeter und künstlerisch begabter Menschen, die mit solch einem großen und komplizierten Instrument umgehen, es bauen, instand halten und bedienen konnten. Außerdem waren die Kirchen die einzigen großen öffentlichen Gebäude, in denen eine Orgel ihren Klang entfalten konnte. Doch wusste man nicht recht, wie man sie in den Gottesdienst integrieren sollte, und spielte sie deshalb nur zu besonderen Anlässen. In der Reformation schieden sich an ihr die Geister. Die Calvinisten und andere puritanisch Gesinnte verwiesen sie als unbiblischen Luxusgegenstand aus dem Kirchenraum. Aber die Lutheraner schlossen sie ins Herz und gaben ihr Schritt für Schritt einen Ort mitten in ihrem Gottesdienst, machten aus ihr ein wesentliches Element der gemeinsamen Feier. Die virtuosen Vor- und Nachspiele führten in den Gottesdienst hinein und wieder hinaus. Die von der Orgel unterstützten Oratorien führten die Höhepunkte der Heilsgeschichte vor Ohren. Auch hier zeigt sich, welche Triumphe der Schönheit das evangelische Barock bereithielt. Es ist mehr als nur ein Zufall, dass bald nach der Einweihung der Silbermannorgel im November 1736 Johann Sebastian Bach in die Frauenkirche kam, um auf ihr zu spielen. Leider blieb jedoch die Frauenkirche in der Musik hinter ihrer Nachbarin, der Kreuzkirche, zurück. Dass Richard Wagner für sie ein Frühwerk, «Das Liebesmahl der Apostel», komponierte und dort am 6. Juli 1843 uraufführte, ist da kein Trost. Denn es ist ein drittrangiges Stück, auch wenn 1200 männliche Stimmen aufgeboten wurden, um es zu singen.

Die evangelische Orgel stand nicht für sich allein. Die Reformation war auch eine Singe-Bewegung. Sie erreichte und bewegte die Menschen auch über die Choräle, die zuerst Martin Luther und dann viele geistliche Dichter nach ihm schufen, allen voran Paul Gerhardt. Die Gläubigen sollten nicht nur hören, sondern sich auch selbst äußern, indem sie singen und mit ihrem Gesang Gott loben und preisen, ihm danken und ihn anrufen. Auf diesen Gemeindegesang wurde bald die Orgel bezogen. Spätestens seit dem 18. Jahrhundert hatte sie auch die Aufgabe, den Gemeindegesang einzuleiten und zu begleiten. Wie tiefgreifend diese Veränderung war und wie wenig selbstverständlich sie immer noch ist, merkt man erst, wenn man einen orthodoxen Gottesdienst in Osteuropa oder eine katholische Messe in einem romanischen Land besucht. Verwundert stellt man dann fest, dass die Gemeinde gar nicht singt, sondern schweigt und bloß zuschaut.

Dass die Gemeinde selbst singt, gemeinsam mit der Orgel, ist auch ein soziologisch wichtiger Akt. Im gemeinsamen Gesang finden die unterschiedlichsten Menschen zusammen, werden sie eine Gemeinde, haben sie aktiv teil am Vollzug des Gottesdienstes, gewinnen und geben sie eine Ahnung davon, was es heißt, dass in der evangelischen Kirche alle Gläubigen Priester sein sollen. Ein weiteres soziologisch wichtiges Phänomen ist die Kantorei als eigenständige Gruppe, die später in vielen evangelischen Gemeinden entstand: ein Chor aus Laien, die geistliche Werke einstudieren und im Gottesdienst singen. Das hatte es vorher nicht gegeben und gibt es heute in vielen Konfessionen immer noch nicht. Übrigens ist heute die evangelische Kirche einer der ganz wenigen Orte in Westeuropa, an dem Menschen gemeinsam und öffentlich singen, und zwar musikalisch wie gedanklich anspruchsvolle Lieder.

Wer also das alte Klischee weiterhin pflegen möchte, der Protestantismus sei nur eine Konfession des Hörens, der mag dies tun. Allerdings sollte er dann einmal über das Wörtchen «nur» nachdenken. Denn das Hören eröffnet einen ganz eigenen, weiten Kosmos des sinnlichen Erlebens. Deshalb war es den ersten evangelischen Kirchenbauprogrammen so wichtig, dafür zu sorgen, dass man den Prediger gut hören konnte. Die Akustik wird zum ersten Mal in der Geschichte des Kirchenbaus ein echtes Thema – aber nicht nur sie. So schrieb Leonhard Christoph Sturm: «Das aller vornehmste, was in Kirchen geschieht, ist das Predigen, bei dem allezeit eine große Menge des Volks zusammenkommt, welche alle den Prediger nicht nur gerne deutlich hören, sondern auch sehen wollen.» Die Gemeinde soll den Prediger auf der Kanzel also nicht nur gut hören, sondern auch sehen. Das heißt doch wohl, er soll nicht als bloßer beamteter Botschafter einer reinen Lehre auftreten, sondern auch als Mensch kenntlich und als Person zu erkennen sein. Es mag in anderen Konfessionen von geringer Bedeutung sein oder gewesen sein, wer dort vorn am Altar – mit dem Rücken zur Gemeinde oder hinter einer Ikonostase – zelebriert, so lange er nur geweiht ist und die richtigen Formeln spricht. In einer evangelischen Kirche will die Gemeinde ihren Prediger vor Augen haben und ihm in die Augen schauen. Insofern ist der Protestantismus eine Konfession des Hörens und des Sehens.

Auferstanden aus Ruinen

Schon oft wurde diese Geschichte erzählt, doch immer noch kann sie einem Tränen in die Augen treiben – viele Tränen der Trauer und nicht wenige der Freude. In dieser Geschichte zeigen sich das ganze deutsche Grauen im 20. Jahrhundert und zugleich die Hoffnung auf einen neuen Anfang.

Ein Höllensturz. Der Zweite Weltkrieg nahm Dresden fast alles. Die Zerstörung der Frauenkirche riss der Stadt das Herz heraus, der Einsturz der Kuppel hinterließ im Himmel über Dresden ein klaffendes Loch. Am Boden lagen auch die Trümmer eines allzu selbstgewissen deutschen Nationalprotestantismus.

Gerade erst war die Frauenkirche von Grund auf renoviert worden. Von 1938 bis 1942 hatten die aufwendigen Arbeiten gedauert. Sie waren dringend nötig gewesen. Dass sie aber mitten im Krieg getan und bezahlt werden konnten, macht deutlich, wie wichtig dem NS-Regime diese Kirche war. Dabei war die Frauenkirche ihm nicht immer treu gewesen. Zunächst war sie ein Stützpunkt der Bekennenden Kirche gewesen, dann hatten die Deutschen Christen sie übernommen und zum «Dom», zur Vorzeigekirche eines nationalsozialistischen Protestantismus, gemacht. Am Ende

der nationalsozialistischen Schreckensherrschaft ereilte sie die Vernichtung. Diese ist ein Glied in einer langen Kette von Kriegsschrecken. Guernica, Warschau, Rotterdam, Coventry – mit diesen Namen beginnt die fatale Liste der Städte, die von Deutschland angegriffen, mit Bomben beworfen und vernichtet wurden.

Doch als die deutschen Aggressoren in die Defensive gerieten, kam die Reihe an deutsche Städte: Nürnberg, Köln, Hamburg und Lübeck. Dresden wiegte sich lange Zeit in Sicherheit. Schließlich gab es hier keine kriegswichtige Industrie, dafür viele Flüchtlinge.

Doch am 13. Februar 1945 – kurz vor Kriegsende – traf auch Dresden das Unheil. Gegen 22 Uhr kamen die ersten Warnungen über das Radio. Englische Flugzeuge warfen zunächst Sprengbomben auf die wehrlose Stadt. Diese zerstörten Fenster und Dächer. Ihnen folgten Brandbomben, welche die aufgerissenen Häuser anzündeten. Am nächsten Tag gab es zwei weitere Angriffe. Insgesamt fielen mehr als 3000 Tonnen Bomben auf Dresden. Sie verwandelten die Stadt in ein Flammenmeer, entfachten einen Feuersturm mit einer Hitze von bis zu 1000 Grad. Nichts hielt ihm stand. Die Zahl der Opfer lässt sich nur vage schätzen. Man geht heute von etwa 35 000 Toten aus. «Wer das Weinen verlernt hat, der lernt es wieder beim Untergang von Dresden», schrieb Gerhart Hauptmann.

Zwei Tage lang hielt sich die Frauenkirche. Die Bomben schienen ihr nichts anhaben zu können. Doch dann brannte die hölzerne Innenausstattung aus, das Mauerwerk wurde so erhitzt und geschwächt, dass es die herrliche Last nicht mehr tragen konnte. Die Kuppel stürzte ein. Man mag sich nicht vorstellen, wie das geklungen hat. Wer am nächsten Morgen durch die Stadt ging und – wie gewohnt – nach oben schaute, der sah nichts. Dort, wo früher die Kuppel über der Stadt geglänzt hatte, war nichts mehr. Als sich Rauch und Ruß gelegt hatten und die Dresdner durch die Trümmerwüste kletterten, sahen sie, was übrig geblieben war: ein Schuttberg, aus dem zwei Pfeiler wie unheilvolle Riffe, wie geschwärzte Stümpfe ragten.

Lange lag dieser Schuttberg da – wie ein schwarzes Loch mitten in einer vernichteten Stadt. Drumherum planten die kommunistischen Machthaber eine neue Stadt. Aus dem Geist einer totalitären Moderne wollten sie ein anderes Dresden aufbauen. Die Frauenkirche hätte darin keinen Platz gehabt. Doch der Schuttberg blieb. Denkmalschützer sicherten, was erhalten war. Sie sortierten und markierten die Steine, die verwendet werden konnten. Vor allem sammelten sie schriftliche und bildliche Quellen über die Frauenkirche. Das war eine heldenhafte Archivarbeit, denn niemand konnte absehen, wann die Kirche wieder aufgebaut würde – ob es jemals geschehen könnte.

So blieb die Frauenkirche die endlosen, zähen Jahrzehnte der DDR hindurch ein Trümmerhaufen. Doch die Dresdner gaben sie nicht auf. Am 13. Februar 1982, also 37 Jahre nach dem Bombenangriff, wagten sie, dies öffentlich zu zeigen. Von der Kreuzkirche gingen sie nach einem abendlichen Gedenkgottesdienst in einer Prozession hinüber, zogen durch die dunkle Stadt, misstrauisch beäugt von einer kirchenfeindlichen Obrigkeit, bis sie vor der Ruine standen, dann holten sie Kerzen aus ihren Taschen, stellen sie auf, zündeten sie an und schufen so einen kleinen, flackernden Lichtersee – Ausdruck ihrer Sehnsucht nach Frieden, Zeichen ihrer Liebe zu dieser Kirche. Daraus wurde ein alljährliches Ritual.

Dann fiel die Mauer, die DDR brach zusammen. Was sollte nun geschehen? Ein Kreis um den Trompeter Ludwig Güttler übernahm die Initiative. Die Gruppe veröffentlichte am Vorabend des 13. Februars 1990 einen «Ruf aus Dresden», in dem sie Menschen aus beiden Teilen Deutschlands und in der ganzen Welt bat, beim Wiederaufbau der Frauenkirche mitzuhelfen. Ablehnend reagierte darauf die evangelische Kirche in Sachsen. Sie wollte die Ruine als Mahnmal erhalten. Darin wurde sie von vielen Denkmalschützern in Ost- und Westdeutschland unterstützt. Viele ernsthafte Fragen bewogen sie dazu. Wofür sollte eine neue Frauenkirche da sein, wenn sie doch nie mehr eine eigene Gemeinde beherbergen würde? Was sollte ein zeitgenössisches Christentum mit der Nachbildung eines barocken Bauwerks anfangen, das genau genommen doch eine Simulation des Originals, eine Fälschung sein würde? Wäre der Wiederaufbau nicht ein Werk der Unbußfertigkeit, ein fatales Signal, der verlogene Versuch, so zu tun, als wäre alles wieder gut? Und würde dies nicht ungeheuer viel Geld verschlingen, das man besser den Armen geben sollte?

Doch auf eine Frage der Befürworter des Wiederaufbaus hatten die Gegner keine Antwort: Sie hatten keine Vorstellung davon, wozu ein langsam verrottender Trümmerhaufen mitten in einer erneuerten Stadt gut sein sollte. Man konnte doch die Innenstadt nicht neu aufbauen und mitten in ihr einen Schutthügel liegen lassen. Vor allem aber unterschätzten die Gegner die Sehnsucht der Dresdner nach einer Heilung ihrer Stadt und ihrer Silhouette. Sie unterschätzten die Kraft der Bilder, der Bilder des alten Dresden. Diese waren im kollektiven Gedächtnis noch lebendig, und ungezählte Gemälde und Fotografien erneuerten diese Erinnerung. Sie schienen zu beweisen, dass die reale Gegenwart irgendwie falsch sei und nur der Wiederaufbau der Frauenkirche sie wieder richtig machen könne.

So ließ sich die sächsische Landeskirche nach erbitterten, grundsätzlichen Debatten überzeugen. 1991 wurde eine Stiftung gegründet, die Geld für Bau und dauerhaften Unterhalt zusammenbringen sollte. Landeskirchliche Mittel flossen nicht in das Projekt, sie wurden für andere Vorhaben gebraucht. Aber die Kirche blieb Eigentümerin. Das Spendensammeln war überraschend erfolgreich. Insgesamt 125 Millionen Euro wurden von über 100 000 Spendern zusammengetragen. Auch wenn der Hauptteil aus der öffentlichen Hand kam, gaben doch erst die vielen, vielen Kleinspenden dem Projekt das rechte Profil. Ein Rentner, der als Junge den Brand Dresdens erlebt hatte, stand jahrelang mit einer Sammelbüchse Tag für Tag vor der Münchner Frauenkirche. Einzelne Bauteile wurden aus England oder Polen gestiftet. Sogar ein ehemaliger Bomberpilot gab eine Spende.

1993 begannen die Bauarbeiten. Der erste Schritt dazu war die archäologische Enttrümmerung. Was es an Fundstücken noch gab, wurde geborgen, gesichtet, sortiert, nummeriert, katalogisiert und in riesige Regale auf dem Neumarkt eingelagert. So entstand das größte Puzzle der Welt. Anschließend machte man sich an die archäologische Rekonstruktion der Frauenkirche. Sie sollte nichts Neues schaffen, sondern das Original wiederherstellen. Der Architekt sollte wieder George Bähr heißen. Alte Handwerksformen mussten neu belebt und eingeübt werden. Aber ganz ohne technische Neuerungen ging es nicht. Ein modernes Ankersystem war nötig, um die Statik des Baus zu verbessern. Denn auch beim Wiederaufbau stellte die Kuppel die Baumeister vor größte Herausforderungen. Am 30. Juli 2004 war der Außenbau fertig.

Auch der Innenausbau war eine ungeheure Aufgabe. Denn mit Ausnahme des Altars war hier kaum etwas erhalten. Zum Glück aber gab es reiches Bild- und Archivmaterial, das eine originalgetreue Innenausstattung ermöglichte. Aber natürlich mussten auch hier moderne Neuerungen aufgenommen werden: Fluchtwege, Barrierefreiheit für Behinderte, Heizung und Lüftung, Anschlüsse für Fernsehübertragungen. Mit dem Einbau der Orgel im September 2005 waren auch die Innenarbeiten abgeschlossen. Am 30. Oktober konnte die Kirche eingeweiht werden. Die Frauenkirche stand wieder da, das Stadtbild war geheilt. Es war eine architektonische Wiederauferstehung, aber ohne dass die Verbrechen und Verletzungen der Geschichte geleugnet worden wären. Freudig nahmen die Dresdner ihre Kirche wieder in Besitz. Und aus aller Welt kamen Besucher – oder soll man sagen: Pilger? Fünf Millionen Besucher wurden allein in den ersten drei Jahren gezählt, und dies in einem durch staatlichen Zwang entkirchlichten Landstrich. Eigentlich muss es selbst für die schärfsten Skeptiker beglückend gewesen sein, so widerlegt zu werden.

Der Wiederaufbau der Dresdner Frauenkirche ist nichts anderes als ein Wunder. In vielen anderen Städten versuchen seitdem Nachahmer, im Krieg zerbombte oder vom DDR-Regime gesprengte Kirchen wieder aufzubauen, zum Beispiel in Leipzig, Magdeburg oder Potsdam. In Berlin versucht man seit Jahren, das alte Schloss wieder aufzubauen. Es will noch nicht recht gelingen. Es gehört wohl zum Wesen eines Wunders, dass es sich nicht beliebig wiederholen lässt.

Die Hauptkirche St. Nikolai zu Hamburg

8 Die Hauptkirche St. Nikolai zu Hamburg

und der Historismus

Das ungebaute Meisterwerk

Zu den schönsten, genialsten, visionärsten Werken der Architekturgeschichte gehören viele Entwürfe, die nie gebaut wurden. Sie hätten ein eigenes Buch verdient. Dieses könnte «Die ungebauten Meisterwerke» heißen und würde die andere Seite der Architekturgeschichte beleuchten. Es würde von den Mühen und Kämpfen, den Strategien und taktischen Spielchen, den kleinen und großen schmutzigen Tricks erzählen, die nötig sind, um einen Bau nicht nur zu entwerfen, sondern auch zu verwirklichen. Vor allem aber würde es die Vergeblichkeit des Bauens schildern, diese furchtbare Vergeblichkeit, von der auch die bedeutendsten, mächtigsten Architekten bedroht sind, diese stete Gefahr, dass all ihr Einsatz, ihre Arbeitszeit, ihr Geld und ihre Ideen am Ende vergeblich gewesen sind, weil ihre Entwürfe im Papierkorb enden, während andere, viel schlechtere Konzepte den Zuschlag erhalten, gebaut werden und schlussendlich triumphierend dastehen. Von einer dieser Vergeblichkeitsgeschichten soll hier berichtet werden.

Kein Kleinod, sondern im Widerspruch zum angeblichen hanseatischen Understatement entschieden groß geraten: die Hauptkirche St. Nikolai zu Hamburg. Beeindruckend: der fünfthöchste Kirchturm der Welt – respektabel: das konsequent neugotische Design – bezaubernd: die Lage am belebten Hopfenmarkt.

Wieder war es ein Unglück, das den Boden bereitete und frei räumte für ein neues, spektakuläres Bauvorhaben. Am 5. Mai 1842 brach in Hamburg ein großes Feuer aus. Als hätte die Hansestadt in den Jahren zuvor mit mehreren Sturmfluten, Pocken- und Choleraepidemien nicht schon genug Katastrophen zu überstehen gehabt, zog nun eine Feuersbrunst durch die gesamte Innenstadt. Der erste Funke lässt sich nicht mehr zurückverfolgen, aber die vielen Hafenspeicher mit ihren leicht brennbaren Inhalten, eine lange Trockenheit in Verbindung mit starken Winden und natürlich die enge Bebauung verschafften dem Brand eine ungeheure Macht. Schon bald sah man ein, dass man die Flammen nicht mehr löschen, sondern nur mit Notsprengungen eindämmen konnte. In der Hauptkirche St. Nikolai am Hopfenmarkt aber glaubte man sich sicher. Sorglos wurde der Mittagsgottesdienst gefeiert, und der junge Kandidat der Theologie auf der Kanzel hielt ungerührt seine Predigt mit dem Titel «Das Erbe, das uns behalten wird, im Himmel», während einzelne Gottesdienstbesucher schon auf den Turm eilten, um zu löschen. Vergeblich, um 16 Uhr stand der Turm in hellen Flammen und zwei Stunden später war er abgebrannt. Das Feuer raste weiter, durch die ganze Innenstadt, und erlosch erst drei Tage später. Die Stadt war vernichtet, das architektonische Erbe «auf Erden» verloren.

Um seiner Vaterstadt zu helfen, reiste aus Dresden der Architekt Gottfried Semper an. Seine Ideen für den Wiederaufbau zielten auf einen schonenden Umgang mit der alten Stadtstruktur. Die Katastrophe sollte nicht ausgenutzt werden, um eine total neue Stadtplanung ins Werk zu setzen. Das urbane Erbe sollte erhalten und nur behutsam modernisiert werden, um nicht den «ehrwürdigen Charakter des uralten Hamburg für die gehaltlose Modernität neuerer Städte zu vertauschen». In diesem Sinne setzte Semper sich auch dafür ein, die Reste von St. Nikolai zu sichern, zu erhalten und beim Wiederaufbau zu berücksichtigen. Als einer der ersten Architekten verstand Semper sich auch als Denkmalpfleger.

Doch Semper konnte sich nicht durchsetzen. Zu mächtig war der allgemeine Wille, eine neue Kirche zu bauen. Eine regelrechte Bürgerbewegung für St. Nikolai entstand. Sie veranstaltete eine ebenso innovative wie erfolgreiche Spendensammlung. Jede Person in Hamburg sollte einmal in der Woche, nämlich am Mittwoch, einen Schilling geben. Die Einzelhändler dienten dabei als Sammelstellen. Und tatsächlich, zwei Drittel aller Hamburger Haushalte machten mit. Der Staat versprach für die Deckungslücke aufzukommen. So wurde die Ruine abgebrochen, geräumt und 1844 ein Wettbewerb für die neue Nikolai-Kirche ausgeschrieben. Semper beteiligte sich daran. Ihm den Zuschlag zu erteilen, hätte Charme gehabt. Nicht nur als «Hamburger Jung», auch als Protestant und liberaler Republikaner hätte er gut gepasst, wäre da nicht seine «wunderliche und krampfhafte Neigung zum absoluten Widerspruch» gewesen, die sein Freund Richard Wagner an ihm festgestellt hatte.

Dies wäre der erste Preis gewesen. Wäre es mit rechten Dingen zugegangen, hätte Gottfried Semper mit seinem Entwurf für den Neubau von St. Nikolai den Zuschlag und Hamburg seine «Frauenkirche» erhalten: eine herkunftstreue und zugleich zeitgenössische evangelische Predigtkirche

Die Ausschreibung hielt sich mit konkreten Vorgaben zurück. Sie legte lediglich fest, dass die Kirche Raum für 3000 Menschen und 1200 bis 1400 Sitz-

plätze bieten und einen Turm haben sollte. Daraufhin trafen 44 sehr unterschiedliche Entwürfe ein. Der beste stammte von Gottfried Semper. In ihm erwies sich der Architekt als moderner Historist, der zugleich ein gelehriger Schüler aller Epochen der Kirchenbaugeschichte wie ein hellsichtiger Zeitgenosse war. Die Renaissance galt ihm als der zentrale Bezugspunkt, lebte in ihr doch das antike Erbe wieder auf, um sich sogleich mit neuzeitlichen Prinzipien zu verbinden. Sie war zudem dem Protestantismus besonders nah, weil sie uralte Traditionen mit den Glaubensbewegungen der entstehenden Moderne verknüpfte. In seinem Entwurf für St. Nikolai griff Semper auf Renaissance-Muster zurück, füllte sie aber mit romanischen und byzantinischen Stilelementen. Er schöpfte mit beiden Händen aus dem Fundus der Vergangenheit, ahmte sie aber nicht sklavisch nach. Semper wollte keine «Lüge» bauen, sondern ein Monument der Gegenwart, eine Kirche mit Zukunft, die in der christlichen Tradition verwurzelt blieb.

Sempers Nikolai-Kirche war als Zentralbau gedacht, der auf einem kreuzförmigen Grundriss aufruhte. Eine hohe Kuppel sollte sie überwölben, weshalb auf einen Turm verzichtet wurde. Außen- und Innenbau waren konsequent im Rundbogenstil gehalten. Das hatte ästhetische, aber auch praktische Gründe. Denn der runde Bogen erlaubte größere Raumweiten. Und an diesen war Semper auch aus einem konfessionellen Grund gelegen. Den Mittelpunkt einer evangelischen Kirche sollte seiner Auffassung nach ein großer Raum für die Gemeinde bilden. Dieser konnte nur unter einer weiten, runden Kuppel entstehen. Außerdem erlaubte der Rundbogen, dass Emporen eingefügt würden. Mit Spitzbögen dagegen ließen sich weder ein möglichst breites Mittelschiff noch Emporen schaffen. Dieser Stil widersprach also Sempers Verständnis des evangelischen Gemeindeprinzips. So entwarf er einen byzantinischen Kuppelbau aus dem Geist der Renaissance als zeitgenössische protestantische Predigtkirche, der die wichtigsten Vorgaben perfekt erfüllte: im pfeilerlosem Innenraum konnte man von allen 3000 Sitzplätzen die Kanzel gut sehen. Doch sein Entwurf war nicht nur protestantisch und funktional, sondern auch ästhetisch sehr gelungen. Das zeigt sich schon daran, wie harmonisch er sich in die Umgebung, den bezaubernden Platz des alten, nun wieder aufzubauenden Hopfenmarktes, einfügte. Wäre dieser Entwurf gebaut worden, hätte Hamburg ein Gegenstück zur Dresdner Frauenkirche erhalten – eine klug konzipierte und traumhaft schöne Kirche, zeitgemäß und traditionsbewusst, groß und schlank, monumental, aber nicht protzig, in sich geschlossen und doch abwechslungsreich, ein Teil der Nachbarschaft und zugleich eine Kirche für die ganze Stadt.

Sempers Entwurf stach aus den 44 Einsendungen heraus. Es war nur folgerichtig, dass die Preisrichter ihm den ersten Platz zusprachen. Eigentlich hätten nun die Bauarbeiten beginnen können. Doch Semper und die Preisrichter hatten die Rechnung ohne die interessierte Öffentlichkeit gemacht und vor allem die Wirkung eines Bauprojekts im fernen Köln unterschätzt.

Am 4. September 1842, als in Hamburg immer noch einige letzte Reste des Großen Brandes rauchten, legten der Erzbischof und der preußische König in Köln den Grundstein für die Vollendung des Doms. Eine das ganze Volk erfassende Mittelalter-Begeisterung hatte der seit dreihundert Jahren stillgelegten Baustelle endlich neues Leben eingehaucht. Diese Leidenschaft für alles Gotische strahlte weit aus – bis nach Hamburg. Auch hier wollte man jetzt eine gotische

Kathedrale. Als bekannt wurde, dass Semper mit seinem so ganz und gar nicht mittelalterlichen Entwurf den Wettbewerb gewonnen hatte, entbrannte ein öffentlicher Streit. Viele der damaligen Artikel und Flugschriften zeigen, wie sehr die Frage nach der richtigen architektonischen Lösung von politischen Interessen und Ideologien überlagert war. Politisch äußerte sich in der Vorliebe für die Gotik ein junger Nationalismus, der den Glauben propagierte, die Gotik sei ein genuin germanischer Stil und der Spitzbogen «deutscher» als Sempers Rundbogen. Damit verband sich eine kirchliche Erweckungsbewegung, die den Geist der alten Aufklärung aus der evangelischen Kirche vertreiben wollte. Gerade die Gemeinde von St. Nikolai vertrat die Sache eines aggressiven Neuluthertums. Für Sempers vermittelnd-moderne Gedanken hatte sie kein Verständnis. Sie wünschte sich einen mittelalterlichen Dom, als feste Burg gegen alle Versuchungen der Moderne. Deshalb kämpften Erweckungsprediger ebenso wie politische Nationalisten für den konsequent neugotischen Entwurf des jungen, unbekannten Engländers George Gilbert Scott, der im Wettbewerb lediglich auf dem dritten Platz gelandet war. Auch wenn er wesentliche Vorgaben nicht erfüllte, so doch ihre Sehnsucht nach einem Kölner Dom in Hamburg. Welche Wirkung seine Skizzen auf die erregte Öffentlichkeit ausübten, zeigen zeitgenössische Verse:

> Ein Engel musste liebevoll Dich umschweben,
> Als, Meister, Dein Gebild erstand aus schönem Streben
> Das stolz und kühn nun strebet himmelan!
> Mein Hamburg, auf, zum allerschönsten Bunde
> Erbaue solch ein Werk nach schwerer Zeit,
> Dass staunen alle Völker! Weit und breit
> Durchdringe jedes Land die hehre Kunde,
> Dass nun Sanct Nicolaus in lichter Pracht
> Verherrlicht wieder unsers Hamburgs Mauern,
> Dann wird der spät'ste Enkel nimmer trauern
> So lang der Thurm die Vaterstadt bewacht.

Vor allem die vielen Kleinspender machten ihren Anspruch auf Mitbestimmung geltend. Sie seien «größtenteils ärmere Leute, Handwerker etc.», wie Semper brieflich aus Hamburg erfuhr, «und diese hätten sich einmal in den Kopf gesetzt, einen hohen Turm zu haben; ohne einen solchen erkennen sie keine Hauptkirche an. Würde nun ein Riss ohne Turm gewählt, würden sie ihre Beisteuer einstellen und sich benachteiligt glauben. Durch die Ausstellung einer

Zeichnung von einem Engländer (nicht Scott) sei diese fixe Idee entstanden, und bei dem Eigensinn der Leute sei nicht zu hoffen, dass sie davon abgingen.» Dass in dieser Weise das einfache Volk bei der Entscheidung über ein monumentales Bauprojekt mitredete, war das Wetterleuchten einer neuen, demokratischen Zeit. Natürlich war dies ein Fortschritt, allerdings zeigte sich schon hier, wie problematisch es sein kann, wenn «Volkes Stimme» ästhetische Fragen beantwortet.

Dem öffentlichen Druck konnte die Kirchenbaukommission nicht standhalten. Sie schloss sich deshalb dem Urteil der Preisrichter nicht an. Stattdessen bat sie einen externen Gutachter um ein Urteil. Eine salomonische Lösung war dies nicht, denn der Gutachter war als entschiedener Befürworter der Gotik bekannt. Es war Ernst Zwirner, der Dombaumeister aus Köln. Es verwunderte niemanden, als er empfahl, Scott den Zuschlag zu geben. Wahrscheinlich war es bei seinem Gutachten nicht ganz mit rechten Dingen zugegangen, weil er sich – gegen die guten Sitten – mit Scott getroffen und abgesprochen zu haben scheint.

Semper scheint die kirchenpolitische Lage in Hamburg falsch eingeschätzt zu haben. Jedenfalls gelang es ihm als Außenseiter nicht, seinen Argumenten Gehör zu verschaffen. Dabei hatte er alle guten Gründe auf seiner Seite. Vor allem sein Plädoyer für eine Vermittlung von Tradition und Innovation liest sich heute noch überzeugend:

> Unsere Kirchen sollen Kirchen 19ten Jahrhunderts sein. Man soll sie in Zukunft nicht für Werke des 13ten Jahrhunderts halten müssen. Man begeht sonst ein Plagiat an der Vergangenheit und belügt die Zukunft. Am schmählichsten aber behandelt man die Gegenwart; denn man spricht ihr die Existenz ab und beraubt sie der monumentalen Urkunden.

Semper vertrat einen sehr reflektierten Historismus, der bewusst für die Gegenwart bauen, dabei aber nicht willkürlich alles neu machen wollte, sondern sich konstruktiv auf die eigene Bautradition bezog:

> Wenn ein Künstler bei dem Bestreben, seinen Stoff selbständig zu behandeln, nicht in abenteuerliche Willkür verfallen will, muss er durchaus das historische Element seiner Aufgabe, den Typus kennen und respektieren. Aber es ist seinem inneren Schaffen ersprießlicher, wenn er diesen Typus in seinen ersten Keimen beobachtet.

Auch wenn er aus besten Gründen eine «romantisch-antiquarische» Neo-Gotik ablehnte, reichte Semper gegen die eigene Überzeugung einen gotisierenden Entwurf nach. Doch – zum Glück, muss man sagen – wurde dieser nicht berücksichtigt. Scott war der Sieg nicht mehr zu nehmen. Das Echo war geteilt. Die kirchlich konservativen und politisch motivierten Gotik-Befürworter feierten die Entscheidung wie einen Triumph, den sie allerdings bitter bezahlen sollten, denn Scotts Bau sollte sehr, sehr teuer werden. Außerhalb Hamburgs und in Architektenkreisen wurde das Verfahren als Fiasko gewertet.

Vor allem für Semper war diese Geschichte eine Katastrophe. Drei Jahre voller Arbeit, Mühe und innerer Anspannung waren vergeblich gewesen. Seiner Mutter schrieb er: «Ich habe Hamburg, dieses nichtswürdige Sodom, aus meiner Geographie ausgestrichen. Ich vermeide alles, was mich dran erinnern kann, dass es existiert.» Doch sein Entwurf hätte es verdient, in Erinnerung zu bleiben. Denn er steht für all die nicht gebauten Meisterwerke, die genialen Lösungen und erstaunlichen Konzepte, die nie über den Projektstatus hinausgelangten, weil engstirnige Bauherrn, eine unverständige Öffentlichkeit und widrige Umstände es verhinderten.

Historistische Mode, historistische Moderne

Das prominenteste Beispiel der neuen Begeisterung für die alte Gotik war die Vollendung des Kölner Doms. Doch so epochal und spektakulär dieses Vorhaben auch war, die eigentliche Heimat der Neugotik lag nicht in Deutschland, sondern in England. Und hier begann das «gothic revival» nicht erst im 19. Jahrhundert, sondern schon zweihundert Jahre vorher. Man kann sogar darüber streiten, ob es in England überhaupt ein «revival» gab oder ob sich hier nicht eine Traditionslinie über die Stil- und Epochenbrüche hin erhalten hat, die den Kontinent durchzogen. So waren die Universitätsbauten im Oxford des 17. Jahrhunderts wie selbstverständlich im Spitzbogenstil gehalten. Im 18. Jahrhundert blühte eine regelrechte Mode auf, Landhäuser im Stil gotischer Burgen zu bauen, die eigenen Parkanlagen mit mittelalterlichen «Ruinen» zu schmücken, aber auch Schulen und öffentliche Bauten nach diesem Muster zu entwerfen. Im 19. Jahrhundert fand diese Gotik-Konjunktur ihren Höhepunkt im Neubau des englischen Parlamentssitzes, des Palace of Westminster.

Damit die Neugotik auch die englische Sakralarchitektur des 19. Jahrhunderts bestimmen konnte, genügte eine bloße mittelalterlich anmutende Design-Idee nicht. Dafür musste ein Prophet auftreten. Dies war August Welby Pugin. Der Sohn französischer Emigranten und katholische Konvertit war in doppeltem Sinne von der Gotik geradezu besessen. Als Architekt war er von diesem Stil bezaubert, als gläubiger Katholik sah er in ihm den Inbegriff christlichen Bauens. Er war ein moderner Reaktionär, der hoffte, über eine bestimmte Architektur der modernen Welt eine neue Ordnung zu geben, besser gesagt: sie zur guten, alten Ordnung zurückzuführen. Einfluss gewann er weniger über seine eigenen Bauten als über seine Schriften. Denn er war ein begnadeter Architekturpublizist und -propagandist. Als solcher setzte er im allgemeinen Bewusstsein die Gleichung «gotisch = christlich» durch. Er kämpfte sowohl gegen die Baukunst der heidnischen Antike als auch gegen die seelenlosen Bauten der aufkommenden Industriegesellschaft und sah die Rettung von Kirche und Gesellschaft in einer Rückkehr zum spirituellen Bauhandwerk des vorreformatorischen Mittelalters.

Seine Botschaft traf in England auf offene Ohren – besonders bei Vertretern des Oxford-Movements, einer Bewegung, die das Ziel verfolgte, die anglikanische Kirche zu re-katholisieren. Sie sahen in der Neugotik eine Waffe im innerkirchlichen Kampf gegen Protestanten und andere Modernisierer sowie ein Heilmittel gegen Säkularisierung und Religionsverlust. Auch wenn in England viele gelungene Kirchenbauten in gotischer Manier entstehen sollten, lag in dieser kämpferischen Absicht eine große Schwäche. Die ursprüngliche Gotik war nicht polemisch. Sie erwuchs aus neuen technischen Möglichkeiten und lebte aus der Begeisterung für bisher unbekannte ästhetische Horizonte. Sie bezog ihre Kraft nicht aus der Abgrenzung gegen Feinde, sondern aus der Lust an der Innovation. Die Neugotik dagegen war immer in der Gefahr, sich in sektiererischem Hass zu verstricken und in einer kirchenpolitischen Kleinlichkeit zu versinken, die zur gewünschten Größe der eigenen Kirchenbauprojekte in einem hässlichen Kontrast stand.

Die politische Dimension der Neugotik wird besonders deutlich, wenn man vergleicht, in welchen Ländern sie erfolgreich war. Das Ursprungsland der Gotik zeigte gar kein Interesse an ihr. Das revolutionäre Frankreich lehnte diese monarchistisch-klerikale Bauweise ab und bevorzugte einen republikanischen Klassizismus. Das napoleonische Kaiserreich orientierte sich an den Monumentalbauten des imperialen Rom. In England aber und später auch in Deutschland sah man in der Neugotik eine Art antirevolutionären Schutzwall. Mit diesem Stil signalisierte man Widerstand gegen die Unwälzung aller Lebens- und Herrschaftsverhältnisse. Zugleich aber war die Neugotik ein Teil der Moderne, die sie zu verhindern vorgab. Sie wurde nicht nur von sturen Reaktionären vertreten, sondern war auch von höchst innovativen Geistern inspiriert, dem jungen Goethe etwa, der in seiner Sturm und Drang-Phase der Straßburger Kathedrale ein literarisches Denkmal setzte. Ihm folgten romantische Dichter und Denker, deren Sehnsucht nach einem christlichen Europa sich aus einem erträumten Mittelalter speiste. Es war also auch eine geistige und künstlerische Avantgarde, welche die Rückkehr zu den alten Kathedralen propagierte. Die Neugotik zeigt die innere Paradoxie des historistischen Denkens und Fühlens im 19. Jahrhunderts. Man lebte mitten in einer explodierenden Moderne und wirkte an ihr mit, zugleich aber spürte man ein Bedürfnis nach Vergewisserung im Vergangenen, wie es frühere Epochen nicht gekannt haben. Je schneller die Innovationen sich ablösten, umso größer war der Wunsch, in alten Gestaltungen einen Halt zu finden. Bei allen Verwirrungen und ideologisch fragwürdigen Übertreibungen liegt darin das Recht der Neugotik, dass sie versuchte, mit den technischen Mitteln der Gegenwart und den neu erworbenen kunsthistorischen Kenntnissen über die ästhetischen Vorbilder der Vergangenheit so zu bauen, dass sich eine Balance aus Altem und Neuem, Revolution und Tradition einstellte. Doch darf nicht unterschlagen werden, dass viele Neugotiker mit den Teilen der Baugeschichte, die ihnen nicht ins Konzept passten, höchst pietätlos umgingen. Die Neugotik reiht sich ein in ein unseliges Wechselspiel der architektonischen Stile und Moden, das die gesamte neuzeitliche Baugeschichte durchzieht. Mit aller Macht wählt man ein Programm und versucht dies in reiner Konsequenz durchzusetzen. Was sich dem nicht fügt, wird diffamiert und abgerissen. Wo alles aus einem Guss sein muss, können gewachsene Traditionen kein Eigenrecht geltend machen.

Eine besondere Stärke neugotischer Kirchenbauten lag darin, ein Bewusstsein dafür zu schaffen, dass es in der Religion und im Sakralbau vor allem um ein Gefühl des Unendlichen und Erhabenen geht, dass Kirchen Häuser der Ehrfurcht sein müssen. Der Schriftsteller Georg Forster hat dies schön beschrieben, als er von seinem Besuch im Kölner Dom erzählte:

> So oft ich Köln besuche, gehe ich immer wieder in diesen herrlichen Tempel, um die Schauder des Erhabenen zu fühlen. Vor der Kühnheit der Meisterwerke stürzt der Geist voll Erstaunen und Bewunderung zur Erde. Die Pracht des himmelan sich wölbenden Chors hat eine majestätische Einfalt, die alle Vorstellung übertrifft. In

ungeheurer Länge stehen die Gruppen schlanker Säulen da, wie die Bäume eines uralten Forstes; nur am höchsten Gipfel sind sie in eine Krone von Ästen gespalten, die sich mit ihren Nachbarn in spitzen Bögen wölbt, und dem Auge, das ihnen folgen will, fast unerreichbar ist. Lässt sich auch schon das Unermessliche des Weltalls nicht im beschränkten Raum versinnlichen, so liegt gleichwohl in diesem kühnen Emporstreben der Pfeiler und Mauern das Unaufhaltsame, welches die Einbildungskraft so leicht ins Grenzenlose verlängert. Gegen das Ende unseres Aufenthaltes weckte die Dunkelheit in den leeren, einsamen, von den Tritten widerhallenden Gewölben, zwischen den Gräbern der Kurfürsten, Bischöfe und Ritter, die da in Stein gehauen liegen, manches schaurige Bild der Vorzeit in der Seele. In allem Ernste, mit seiner Reizbarkeit und dem in neuen Bildschöpfungen rastlos tätigen Geiste möchte ich die Nacht dort nicht einsam durchwachen.

Die letzten Sätze zeigen sehr schön, wie eng die Ehrfurcht mit dem Gruseln verwandt ist. Dies verweist auf den düsteren Nebenklang des englischen Wortes «gothic», das nicht nur einen Architekturstil, sondern auch eine neue Literaturgattung beschreibt, nämlich die «gothic novel». Der Gruselroman mobilisierte ähnlich wie die neugotische Architektur die dunklen Seiten der Imagination – die Nacht, die Burg, die Ruine, den Wald, den Traum – gegen die Mächte der Aufklärung und des Verstandes. Darin aber war er selbst ein modernes Phänomen, wie man schon äußerlich daran sehen konnte, dass die «gothic novel» – deren Höhepunkt bildete natürlich Mary Shelleys «Frankenstein» – eine verlegerisch höchst erfolgreich betriebene Modewelle war, die noch heute die Unterhaltungsindustrie und manche Subkultur wie die «dark-wave gothics» inspiriert.

Bekannt aus Film und Fernsehen: Cinderella's Castle aus Disney World ist das berühmteste Bauwerk der Neugotik, ein Stil wie gemacht für Märchencomics.

Zu den Paradoxien der Neugotik gehört schließlich, dass sie nicht nur den Sinn für das erhaben Sakrale förderte, sondern umstandslos für reine Profanbauten genutzt werden konnte. Ungezählte Rathäuser, Bahnhöfe, Postämter, Fabriken und Kaufhäuser des 19. Jahrhunderts kleideten sich in Spitzbögen. So wurde aus dem eigentlich für Kirchenbauten entwickelten Stil ein universales, für jede Art von Gebäude nutzbares Muster. Und so trat die Neugotik einen unvergleichlichen Siegeszug durch Länder und Kontinente an. Von England aus eroberte sie Kontinentaleuropa, vor allem Deutschland, und wanderte weiter in die britischen Kolonien sowie die USA. Bis weit ins 20. Jahrhundert hinein blieb sie wirksam. Ihre letzte, jedem Kind auf der Welt bekannte Hervorbringung findet sich in Orlando, Florida. Es ist «Cinderella's Castle», der Mittelpunkt von Disney World.

Eine englische Kathedrale für Hamburg

Beim Neubau der Hauptkirche St. Nikolai kam mit George Gilbert Scott einer der treuesten Jünger Pugins und einer der orthodoxesten Apostel der neugotischen Heilslehre zum Zuge. Aufgewachsen war er in einem anglikanischen Pfarrhaus, in dem eine strenge methodistische Frömmigkeit geherrscht hatte, doch seine eigentliche «Erweckung» – als Christ und Architekt – erlebte er, als er Pugins Schriften las. Seither galt seine Leidenschaft der mittelalterlichen Sakralarchitektur und ihrem «revival». Doch bei seinem Entwurf für St. Nikolai ließ er sich nicht nur von Lektüre-Erlebnissen leiten, sondern er unternahm auch Reisen durch den Kontinent, um die gotischen Kirchen, die er bisher nur aus Büchern kannte, selbst anzuschauen.

Die Bauzeit von St. Nikolai betrug 36 Jahre. Nachdem Scott 1844 den Auftrag erhalten hatte, konnte zwei Jahre später der Grundstein gelegt werden. 1859 wurde Richtfest gefeiert, 1863 die Kirche und 1874 auch der Turm geweiht. 1882 war der Bau endlich vollendet – bis auf die große Orgel, die 1891 fertig gestellt wurde. Es war ein riesiges Unternehmen. Umso mehr erstaunt, wie wenig Scott in seinen Memoiren darüber zu sagen hat – vielleicht weil es kein sehr persönliches Werk ist. Sein größter Vorzug liegt in seiner Stilreinheit. Scott baute streng neugotisch. Das unterschied ihn von historistischer Architektur im schlechten Sinne, die willkürlich aus unterschiedlichsten Epochen und Stilen das auswählt und zusammenbastelt, was ihr gerade gefällt. Scott wollte eine Kirche bauen, die einen geschlossenen Gesamteindruck vermittelte. Dass ihm dies gelang, war eine nicht gering zu schätzende Leistung, vor allem wenn man bedenkt, wie unvollständig damals noch das kunsthistorische Wissen über die Gotik war. Hinzu kamen sein Sinn für gute Materialien und alte Handwerkskunst sowie sein exquisiter Geschmack. All diese Qualitäten wogen zusammengenommen fast den Mangel an Individualität auf.

Ein eifriger Jünger von August Welby Pugin, ein moderner Reaktionär, ein Virtuose der Nachahmung, ein kunstfertiger Baumeister: George Gilbert Scott (1811 – 1878).

Scotts Kirche, der bedeutendste Sakralbau der Neugotik, war eine dreischiffige Basilika mit einer Länge von 86 Metern, einem Querhaus und drei Chorapsiden. Beherrscht wurde sie von einem ebenso monumentalen wie eleganten Turm, der in der Höhe 147,3 Meter misst und immer noch der fünfthöchste Kirchturm der Welt ist. Neben ihm, fast versteckt, war noch eine kleine Taufkapelle angefügt.

Der Innenraum war ganz auf den Altar ausgerichtet – nicht auf die Kanzel. Der kostbare Hochaltar war aus Marmor. Er war umsäumt von Standbildern Jesu Christi und der Apostel, die an den Pfeilern des Altarraums angebracht waren. Der Fußboden war aus Marmormosaiken, darüber lag ein Festteppich, den «Damen der Gemeinde» geknüpft hatten. Die Kanzel am nördlichen Vierungspfeiler war zwar von vielen Plätzen aus schlecht zu sehen, dafür aber aufwendig aus weißem Marmor und farbigen Marmorsäulen gestaltet. Die Fenster der Kirche boten konventionelle Bilder aus dem Leben Jesu. Interessant war aber ein Figurenfries, der außen um die Kirche laufen sollte, aber nur zur Hälfte realisiert wurde. Er sollte nämlich nicht nur Gestalten aus der biblischen Heilsgeschichte, sondern auch

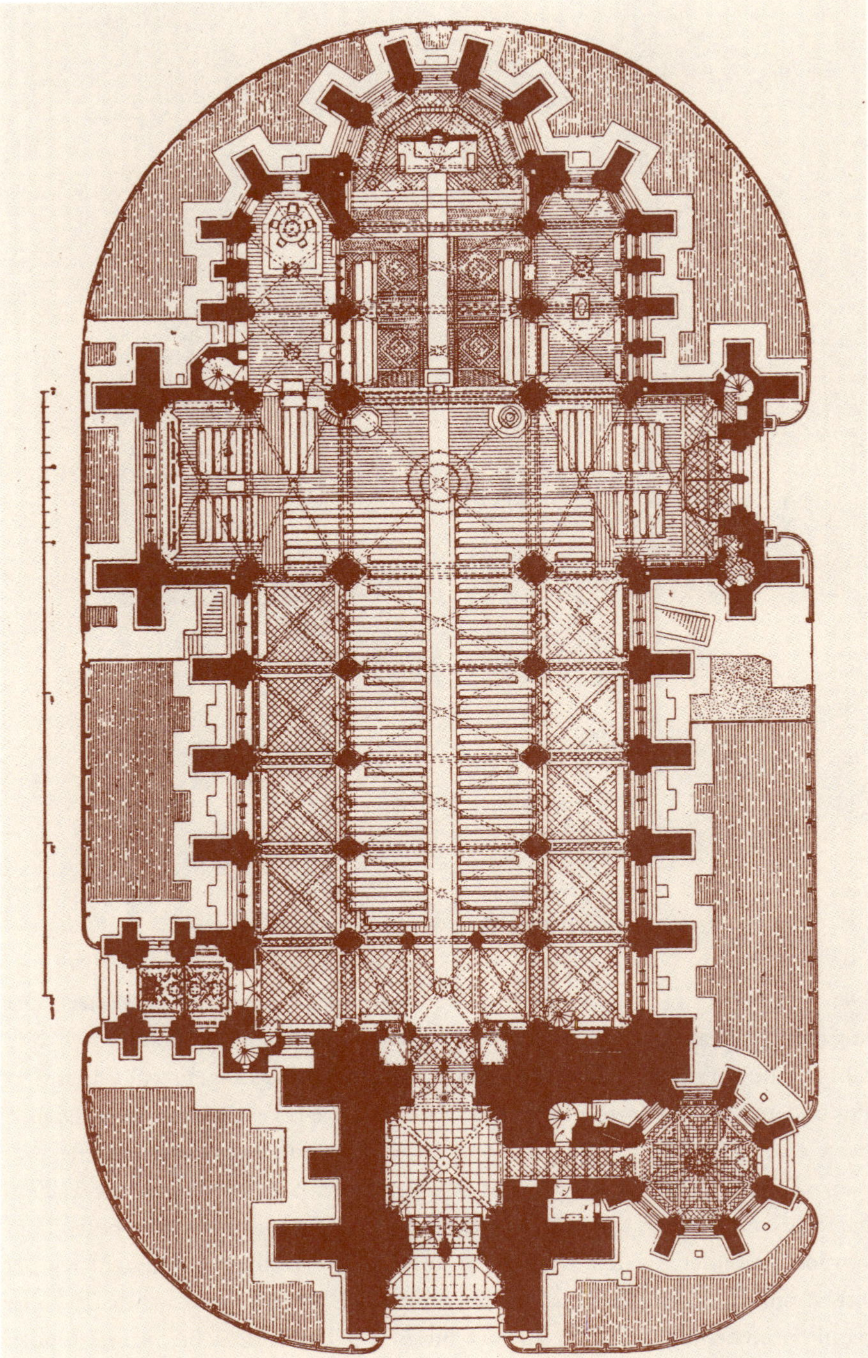

Die Hauptkirche St. Nikolai zu Hamburg

Personen aus der Kirchen- und christlichen Kulturgeschichte vorstellen. Theologen, Wissenschaftler, Erfinder und Künstler wie Martin Luther, Johannes Calvin, Friedrich Schleiermacher, Johannes Kepler, Albrecht Dürer, Johann Sebastian Bach, Georg Friedrich Händel oder Johannes Gutenberg sollten dadurch in den Rang nachbiblischer Apostel erhoben werden. Die Kirche wollte also nach außen hin einen protestantischen Heiligenkalender (im Unterschied zum katholischen Vorbild kamen in ihm übrigens keine Frauen vor) bieten, der eine Ahnung davon vermitteln sollte, wie Heils- und Weltgeschichte sich durchdringen und das von Jesus verkündigte Reich Gottes sich auf dieser Erde ausbreitet. Mit diesem Bildprogramm sollte die Kirche zu einem Erinnerungsort für die ganze Stadt werden. Dadurch rückte sie in große Nähe zu Museen und Denkmälern, ein für das 19. Jahrhundert typisches Phänomen.

«Als Wahrzeichen des Dankes für die Überwindung des großen Brandes 1842 ist die jetzige St. Nikolaikirche unter opferfreudigster Hilfe weiter Kreise in Stadt und Land errichtet worden», heißt es in einer Broschüre von 1926, die auch den Grundriss zeigt. Weiter werden stolz die riesigen Ausmaße beziffert: 84 Meter lang, 31,5 Meter breit, im Querschiff 44,5 Meter, 2380 Quadratmeter bebaute Grundfläche.

Übrigens, so mittelalterlich sich der Kirchenbau auch gab, bot er doch modernen Komfort. Welche gotische Kathedrale hätte über eine Dampfheizung verfügt? In St. Nikolai konnte man nun auch im Winter den Gottesdienst in vergleichsweise behaglicher Wärme genießen. Und die weit verzweigte Lichtanlage – erst mit Gas, später dann mit elektrischem Strom – machte es möglich, dass die Kirche auch abends genutzt wurde.

Doch diese kleinen Fortschritte konnten die großen Nachteile nicht aufwiegen. Zum einen schuf Scotts Bau nur ein Drittel der ursprünglich geforderten Sitzplätze. Das lag auch daran, dass der Spitzbogenstil – wie von Semper beschrieben – keine Emporen zuließ. Auch muss die Akustik sehr schlecht gewesen sein. Zum anderen wurden die Baukosten um das Dreifache überzogen. Statt wie geplant 1 500 000 kostete die neue Nikolai-Kirche 4 630 000 Mark. Scott scheint dies nicht bekümmert zu haben. Nachdem er den Auftrag erhalten hatte, teilte er den Bauherrn mit, dass für diese Kirche «fast unbeschränkte Mittel» benötigt würden. Am schwersten aber wog ein drittes Defizit. Scotts Bau war eine fast lupenreine katholische Kathedrale, bei der nicht deutlich wurde, inwiefern sie auch für eine evangelische Gemeinde sinnvoll und dienlich sein konnte. Als Predigtkirche funktionierte sie nur eingeschränkt, und da sie weder im äußeren Erscheinungsbild noch von der inneren Raumanlage auf die protestantische Kirchenbautradition zurückgriff, vermittelte sie gar keinen Eindruck von dem, was eine evangelische Kirche sein soll.

Doch dies scheint anfangs viele Hamburger nicht gestört zu haben. Der hanseatische Bürgerstolz wollte sich selbst ein Denkmal setzen. Nach dem Großen Brand wollte er die Überlebenskraft der Stadt bekräftigen und feiern. Die ursprüngliche Dankbarkeit, der Katastrophe entronnen zu sein, wurde dabei zusehends überdeckt von einer Großmannssucht, von der auch Kaufmannsstädte nicht frei sind. Ganz Deutschland, ganz Europa sollte sehen, dass Hamburg wieder da war und sogar das katholische Köln mit seinem Dom übertrumpfen konnte. Schade nur, dass Scott sich nicht nur für einen überdimensionierten Bau, sondern auch für einen gelben Stein entschieden hatte: Mit seinem Riesenturm erschütterte die Nikolai-Kirche die Proportionen ihrer Umgebung und wirkte trotzdem mit ihrer vergilbt-senfigen Farbigkeit wenig erhebend. Die Vertreter der neulutherischen Gegenaufklärung stießen sich daran nicht. Sie hatten das Bollwerk gegen eine neuzeitliche Auslegung der Reformation bekommen, für das sie so erbittert gestritten hatten. Mit dieser Kathedrale konnten sie sich als die wahren Erben des mittelalterlichen Christentums präsentieren und eine sehr katholisch anmutende Abendmahlsfrömmigkeit pflegen. So freuten sie sich über einen angeblich genuin deutschen und spezifisch lutherischen Kirchenbau, übersahen aber die offenkundige Ironie dieses Gebäudes, das in einem Stil entworfen war, der in Frankreich erfunden und in England von Vertretern einer Rekatholisierungswelle wiederbelebt worden war. So war die neue Nikolai-Kirche am Ende ein durchaus beeindruckendes Gebäude mit einer mittelalterlich-sakralen Ausstrahlung. Aber sie war aus falschen Motiven, mit falschen Begründungen und aufgrund falscher Berechnungen gebaut worden, stand nun in falschen Proportionen am falschen Ort und wurde von der falschen Glaubensgemeinschaft genutzt – insgesamt also ein schöner, teurer Irrtum.

An dieser Kirche konnten sich die Geister scheiden. Was ist das: eine evangelische Predigt- oder eine katholische Messkirche? Was löst sie aus: heilige Ehrfurcht oder fröstelnde Beklemmung? Worauf zielt sie ab: Anbetung oder Unterwerfung? Blick in das Innere der Hauptkirche St. Nikolai.

An St. Nikolai sollten sich in der Folge noch einige Debatten entzünden. Die Torhüterin der wahren Neogotik, die Zeitschrift «The Ecclesiologist», schäumte, dass ein englischer und eigentlich hochkirchlich eingestellter Architekt ein solches Werk für Häretiker bauen konnte. Scott verteidigte sich wortreich und zeigte sich dabei als ein guter Kenner des konservativen Luthertums. Er wies darauf hin, dass das Neu-Luthertum viel katholischer sei als weite Teile seiner eigenen anglikanischen Kirche. Gerade das machte ihn bei den konservativen Lutheranern so beliebt. Für sie war St. Nikolai das Leitbild des Kirchen-

baus. Dies konnten sie sogar in einer allgemeinen Richtlinie verbindlich festsetzen. Im «Eisenacher Regulativ» von 1861 schrieben sie – in konsequenter Abgrenzung vom evangelischen Kirchenbau des 18. Jahrhunderts – vor, dass die neugotische Kathedrale das Grundmuster einer lutherischen Kirche zu sein habe: Sie sollte ein nach Osten ausgerichtetes, auf einem kreuzförmigen Grundriss aufruhendes Langhaus sein, dessen Altarbereich streng vom Raum der Gemeinde getrennt war. Das innere Zentrum sollte der Altar darstellen, also der Ort, an dem das Abendmahl eingesetzt wird. Gemeinderaum und Kanzel verloren demgegenüber an Bedeutung. Da die besondere Abendmahlsfrömmigkeit des Neu-Luthertums sich in einem neugotischen Sakralbau am ehesten zu Hause fühlte, sollte dieser Stil verbindlich werden: «Die Würde des christlichen Kirchenbaus erfordert Anschluss vorzugsweise an den so genannten germanischen (gotischen) Stil.»

Dieses archaisch anmutende Programm erwies sich in den anbrechenden modernen Zeiten als erstaunlich wirkmächtig. Besonders in England und Deutschland entstanden – vor allem gegen Ende des 19. Jahrhunderts – von der kirchlichen und weltlichen Obrigkeit geförderte Kirchenbauvereine, die solche Kirchen in Serie produzierten. So kam es zu einem regelrechten Sakralbau-Boom, der immer auch das Ziel verfolgte, die massenhaft gewachsene Bevölkerung in den Städten an die alten weltanschaulichen Mächte zu binden und dem Sozialismus abspenstig zu machen. Doch stellte man bald fest, dass die neu-lutherischen, neugotischen Bauten den religiösen und sozialen Bedürfnissen ihrer Zeit nicht gerecht wurden. So regte sich Widerstand gegen die vielen neuen «katholischen Messkirchen». Die Neugotik erschien vielen evangelischen Architekten und Theologen nun als eine Verleugnung der eigenen Konfession. So wurde eine Gegen-Leitlinie geschrieben: das «Wiesbadener Programm» von 1894, welches das «Eisenacher Regulativ» ablösen sollte. Es griff auf Ideen der evangelischen Aufklärung und des Pietismus zurück und stellte wieder Gemeinde und Predigt an Stelle von Altar und Sakrament in den Mittelpunkt. Die Kirche sollte die Form eines Zentralbaus haben, um die Einheit der Gemeinde und das Priestertum aller Gläubigen zu betonen. Einen Hochaltar sollte es nicht mehr geben. Stattdessen stellte man den Altar nun häufig mitten in die Gemeinde. Auf jeden Fall vermied man es, den Altarbereich zu deutlich abzugrenzen. Nach diesen Vorgaben entstanden viele Gemeindekirchen, die sich in der äußeren Formensprache zwar immer noch an traditionelle – frühneuzeitliche, mittelalterliche oder antike – Vorbilder anlehnten, die aber von ihrer Idee her moderne evangelische Kirchen waren.

Die Hauptkirche St. Nikolai zu Hamburg

Dieses Programm setzte sich bald durch. Die neugotischen Kirchen sanken dagegen in der öffentlichen Gunst, wie ein Zeitgenosse anschaulich beschreibt:

> Überall stehen diese unfrohen Gebäude in Deutschland herum. Überall legen sie eine kalte Melancholie auf Vorübergehende und Eintretende, doppelt fremd öffnen sich ihre Pforten, hinter denen es nicht geheimnisvoll dunkel wie in katholischen Kirchen, sondern hinter denen es nur dunkel ist, nachdem sie eine Woche lang frostig und ungebraucht geschlossen waren.

Erstaunlicherweise erfreuen sich viele der historistischen, insbesondere der neugotischen Kirchen des 19. Jahrhundert im beginnenden 21. Jahrhundert einer neuen Beliebtheit – besonders bei Menschen, die der Kirche fern stehen. Sie kennen die innere Problematik dieser Bauten nicht mehr. Für sie ist die Kirche keine klerikale Obrigkeitsmacht mehr, ist es nie gewesen. Deshalb können sie sich diesen Gebäuden unbefangen nähern. Und sie tun es gern – weil es für sie «richtige Kirchen» sind, in denen sie einen erahnten Archetyp wiedererkennen und von denen sie sich eine Beheimatung versprechen, die sie zwar nicht beschreiben können, die sie aber manchmal empfinden möchten. Das ist ein durchaus legitimes Bedürfnis nach Geborgenheit, das viele architektonisch und theologisch «bessere» Kirchenbauten nicht befriedigen. Deshalb ist es so schwer, von heute aus zu sagen, wer eigentlich recht hatte – die «Eisenacher» oder die «Wiesbadener».

In ihrem Streit wird wieder einmal die Spannung sichtbar, die den deutschen Protestantismus durchzieht. Denn er verbindet in sich eine Tendenz zum Sakralen wie zum Profanen, zum Sakrament wie zur Predigt, zum Ritual wie zum Gespräch. Es mag ein Konstruktionsfehler besonders des Luthertums sein, dass ihm die Konsequenz der katholischen Kirche und der reformierten Freikirchen abgeht. Man könnte aber auch sagen, dass in dieser Mischkonfession und ihren architektonischen Debatten und Kompromissen die Grundspannung offenkundig wird, die das Christentum insgesamt und von Anfang an bestimmt – die ewige Spannung zwischen Propheten und Priestern, Gemeinde und Klerus, Hauskirche und Basilika.

Neuer Wein in alten Schläuchen

Während die Arbeiten an der neuen Nikolai-Kirche langsam voranschritten, veränderte sich ihr politisches und soziales Umfeld rasant. Die Modernisierung ließ sich eben nicht durch neugotische Sakralbauten aufhalten oder auch nur verzögern. 1848, vier Jahre nach Baubeginn, brach in Deutschland die erste Revolution aus und wieder zusammen. 1871, drei Jahre vor der Turmweihe, wurde nach dem Sieg über Frankreich die deutsche Einigung gefeiert. In Hamburg fiel 1860, drei Jahre vor der Kirchenweihe, die Torsperre. Die Stadt erweiterte sich um Altona, Wandsbek, St. Georg und Harburg. Sie hatte nun mehrere Zentren. 1888, sechs Jahre nachdem der Kirchenbau endlich abgeschlossen war, wurde der Zollanschluss vollzogen, weite Teile der Altstadt abgerissen, und viele Menschen wurden umgesiedelt. Hamburg verwandelte sich in eine moderne Industrie- und Handelsstadt. Das brachte einige wenige zu großem Reichtum. Weite Bevölkerungsteile jedoch blieben in bitterer Armut. Erschreckend deutlich wurde dies der ganzen Welt, als 1892 die Cholera in Hamburg ausbrach – ein Jahr nachdem die große Orgel eingeweiht worden war. So stand St. Nikolai schließlich da: eine gotische Kathedrale mitten in einer modernen Großstadt, umbrandet von der Hektik des kapitalistischen Wirtschaftens, von stürmischen Streiks und politischen Kämpfen. Die Welt, für die diese Kirche gedacht und erbaut worden war, gab es nicht mehr.

Wie und für was wurde die Nikolai-Kirche nun genutzt? Sicher ist, dass in St. Nikolai – anders als in ihren gotischen Vorbildern – keine prächtigen Festgottesdienste gefeiert wurden, die Pilgermassen angezogen hätten. Auch gab es in ihr kein buntes mittelalterliches Treiben, keine frommen Spiele und unfrommen Spektakel, keine religiösen Ekstasen und keinen Schabernack von Chorknaben. Der Gottesdienstbesuch dürfte übrigens sehr mäßig gewesen sein – unter dem heutigen Niveau. Das lag im Trend der Zeit. Denn nachdem seit dem Ende des 17. Jahrhunderts langsam der Kirchenzwang aufgegeben wurde, hatte der Kirchgang seinen verpflichtenden Charakter verloren – auf dem Land und in der Großstadt allemal. Wer ging, tat dies freiwillig und zu ausgewählten Anlässen, von denen es nicht allzu viele gab.

Doch waren gegen Ende des 19. Jahrhunderts nicht nur Meldungen über den Niedergang der Kirche zu vermelden. Es lassen sich auch zwei Entwicklungen ausmachen, die einen religiösen Aufschwung in Deutschland mit sich brachten. Die eine führte dazu, dass christliches Leben aus der Kirche auszog und in die bürgerliche Welt einwanderte. Der anderen gelang es, neue Formen von Gemeinschaftsleben innerhalb der Kirche zu entwickeln.

Zur ersten Entwicklung: Das Christentum, vor allem in seiner reformatorischen Ausprägung, zielt darauf, das ganze Leben zu durchdringen. Deshalb kann das Kirchgebäude nicht der einzige Ort sein, an dem der Glaube gelebt wird. Genauso wichtig sind die profanen Räume, in denen Christen ihren Alltag verbringen. Im 19. Jahrhundert wurde das bürgerliche Zuhause, in dem das Familienleben stattfand, zu solch einem profan-religiösen Ort. Hier konnte der Glaube freier, aber auch intensiver angeeignet werden als im Kirchraum. Beispielhaft zeigt sich dies in der Geschichte der Taufe im Protestantismus des 19. Jahrhunderts.

Für Martin Luther ist die Heilskraft dieses Sakraments besonders bei der Säuglingstaufe sichtbar gewesen: Gott schenkt seine Gnade ohne Bedingungen. Deshalb kämpfte Luther erbittert gegen radikale Strömungen der Reformation, die nur die Erwachsenentaufe gelten ließen, die von der bewussten Entscheidung mündiger Personen abhing. Was die Praxis aber angeht, so scheint die Taufe eine eher hastige und lieblose Angelegenheit gewesen zu sein. Bis zum Ende des 18. und Anfang des 19. Jahrhunderts war sie keineswegs ein von der Familie feierlich begangenes Glaubensfest – schon aus zeitlichen Gründen nicht. Denn wegen der hohen Kindersterblichkeit und des Aberglaubens, ein ungetauft verstorbenes Kind würde zur Hölle fahren, war höchste Eile geboten. Meist brachte die Hebamme mit den Paten das Kind mitten in der Woche oder im Anschluss an einen Sonntagsgottesdienst zum Pastor in die Kirche. Die Mutter lag da noch im Kindbett. Von einer Anwesenheit des Vaters wird selten berichtet. Erst die verbesserte Hygiene machte es möglich, dass die Taufe mit dem Beginn des 19. Jahrhunderts zu einer Sache der Familie wurde. Dadurch verstärkte sich ein Bedeutungswechsel der Taufe. Sie wurde zu einem «rite de passage», einem rituellen Fest, das eine Lebensschwelle markiert und zu überschreiten hilft: Die Geburt eines neuen Kindes ist für die Familie solch eine Schwelle. Sie dankt Gott und bittet um seinen Segen. Zugleich eröffnet die Taufe einen Erziehungs- und Bildungsweg, an dessen Ende das Kind zum mündigen Glied der christlichen Gemeinschaft wird. Ein solches Fest muss nicht mehr unbedingt in der Kirche stattfinden. Deshalb wurde im 19. Jahrhundert – zumindest bei den bürgerlichen Schichten – die Haustaufe zur Regel. Ein Gegengewicht zu dieser Verbürgerlichung der Taufe stellt die Konfirmation dar. Nach halbherzigen Anfängen in der Reformationszeit wurde sie erst zu Beginn des 19. Jahrhundert flächendeckend durchgesetzt. Sie sollte nachreichen, was in der Säuglingstaufe nicht geschehen konnte: die bewusste Entscheidung des Getauften für den Glauben und seine Anerkennung als vollwertiges Glied der Gemeinschaft. Doch auch die Konfirmation war mehr als ein kirchlicher Akt. Sie war ebenfalls ein «rite de passage», der die Schwelle von der Kindheit zum Erwachsenenleben markierte, und damit wiederum ein Teil der Familiengeschichte.

Nun zu der anderen Entwicklung, die zu neuen Formen des Gemeindelebens führte. In der vormodernen Kirche waren Gemeinde und Gesellschaft weitgehend identisch gewesen. Wer zum politischen Gemeinwesen gehörte, war auch wie selbstverständlich Glied der Kirche. Dies änderte sich seit dem 19. Jahrhundert, vor allem mit der Trennung von Staat und Kirche im 20. Jahrhundert. Zugleich stellte die Industrialisierung die Kirche vor ganz neue Herausforderungen. Die Bevölkerung wuchs und wanderte in die Städte. Die Kirchengemeinden waren darauf nicht vorbereitet. In den Großstädten hatten sie es plötzlich mit unüberschaubaren Menschenmengen zu tun. Nicht wenige hatten nominell über 50000 Glieder, doch nur zu den wenigsten gewannen sie einen Zugang. Der Gottesdienstbesuch war erschreckend niedrig. Die Kirchenbaubewegung der wilhelminischen Zeit entschärfte zwar die Raumnot. Doch wie sollten die vielen neuen Kirchenbauten mit Leben erfüllt und die vielen neuen Stadtbewohner an die Kirche gebunden werden? Abhilfe versprach eine Bewegung, die das kirchliche Leben nach dem Vorbild der bürgerlichen Vereine organisierte. Diese Gemeindebewegung versuchte, der Vereinzelung in der Großstadt dadurch entgegenzuwirken, dass sie Menschen in der Kirche zu regelmäßigen Treffen zusammenbrachte, sie in Gesprächskreisen sammelte, zu missionarischem oder sozialem Engagement anstiftete, ihnen Kulturgenüsse und Gemeinschaftserlebnisse verschaffte, mit ihnen Ausfahrten ins Grüne unternahm, so dass am Übergang vom 19. zum 20. Jahrhundert das entstand, was man heute «Gemeindeleben» nennt und was vorher unbekannt gewesen war. Es war eine große Leistung, Menschen dazu zu motivieren, einen Großteil ihrer Freizeit verbindlich in ihrer Kirchengemeinde zu verbringen. Ein zumindest kleiner Teil der Gemeindeglieder konnte dadurch kirchlich eingebunden werden.

Das neue Gemeindeleben konnte sich nicht in den alten Sakralbauten entfalten. Es brauchte neuartige Räume, ein eigenes Haus: das Gemeindehaus. In vielen Kirchenbauvorhaben der Jahrhundertwende entwickelte sich ein innovativer Gebäudetypus: nicht mehr der Sakral-Solitär, sondern das Ensemble aus Kirchenraum, Pastorat, Mitarbeiterwohnungen, Gemeindesälen, Büros, Sozialstation und Kindergarten. Diesen Gemeindezentren, die unter den Bedingungen der Moderne eine Synthese aus urchristlicher Hauskirche und antiker Basilika versuchten, sollte die Zukunft gehören.

St. Nikolai konnte mit dieser Entwicklung natürlich nicht mithalten. Dennoch entstand auch in dieser Hauptkirche eine «Gemeindepflege». Ihr Ziel – wie es in einer alten Chronik heißt – war es, «auch als Kirchengemeinde außerhalb des Gottesdienstes die in diesem gepredigte Geistesgemeinschaft und Nächstenliebe wirksam werden zu lassen und dazu die guten, heute noch in der Gemeinde oft ungenutzt schlummernden Kräfte heranzuziehen.» Dem dienten allerlei Unterhaltungs- und Bildungsveranstaltungen: abendliche Lichtbildvorträge mit Klavierumrahmung, Lesungen plattdeutscher Erzählungen von Fritz Reuter oder die «Rezitation vaterländischer Gedichte». Hinzu kamen Laienspiele, gemeinschaftliches Musizieren und Turnen. Auch wenn manches etwas ärmlich blieb, erfüllte es den Zweck, Menschen an ihre Gemeinde zu binden. Zudem sollte sich aus diesen bescheidenen Anfängen eine neue Form kirchlicher Arbeit entwickeln, die heute in vielen Innenstadtkirchen mit Erfolg geleistet wird. Sie sind zu «Citykirchen» geworden, die, weil sie auf keine Wohnbevölkerung zurückgreifen können, durch besondere geistlich-kulturelle Angebote eine zum Teil sehr flüssige, zum Teil sehr beständige Gemeinde sammeln und durch Sozialarbeit die Not in der Innenstadt zu lindern versuchen. Wie wichtig insbesondere diese Sozialarbeit war, zeigte sich bei der Cholera-Epidemie, die 1892 gleich nebenan im Gänge-Viertel ausbrach. Der aus Berlin angereiste Virologe Robert Koch erklärte damals: «Ich habe noch nie solche ungesunden Wohnungen, Pesthöhlen und Brutstätten für jeden Ansteckungskeim angetroffen. Ich vergesse, dass ich mich in Europa befinde.» Hier wurde gleich unter dem Turm von St. Nikolai eine Mittelalterlichkeit sichtbar, die so gar nicht den neugotischen Träumen von George Gilbert Scott entsprach.

Die Verbürgerlichung des Christlichen sowie die vereinsmäßige Organisation eines Gemeindelebens, das waren – grob umrissen – zwei wichtige Tendenzen im 19. Jahrhundert, vor allem im deutschen Protestantismus. Doch wäre der Blick auf diese Epoche sehr unvollständig, wenn nicht der eine Tag zumindest genannt würde, an dem beides zusammenkam.

Weihnachten ist bekanntlich kein Fest des Urchristentums. So wie es heute geliebt und gefeiert wird, ist es eine Schöpfung des 19. Jahrhunderts. Das zeigen all die Details, die es ausschmücken. Weihnachtsbäume gab es zwar schon vorher, aber erst jetzt wurde es allgemeiner Brauch, sie im Haus aufzustellen. Die

Krippen waren ein Rest der geistlichen Spiele des Mittelalters. Als man sie gegen Ende des 18. Jahrhunderts aus den Kirchen verbannte, weil sie zu sentimental erschienen, holten viele Menschen sie in ihre Wohnzimmer. Den Adventskranz erfand Johann Hinrich Wichern, der Apostel der «Inneren Mission», 1839 in Hamburg. Diese und andere fromme Accessoires dienten dazu, eine als kalt empfundene Welt für den Traum einer Welt zu öffnen, in der Friede herrschte und allein die Liebe zählte. In einer rational organisierten Gesellschaft war das Bedürfnis nach Wärme, Geborgenheit und Harmonie immens gewachsen, der Wunsch noch einmal einzutauchen in eine Kinderwelt, in der das Wünschen noch geholfen hat.

Die Theologen waren unsicher, wie sie sich zu diesem neuen Kult verhalten sollten. Sie wissen es bis heute nicht recht. Natürlich freute es sie, dass ihre Kirchen an den Festtagen endlich einmal gut gefüllt waren. Aber ganz geheuer konnte ihnen die private, keineswegs kirchlich gesteuerte Weihnachtsfrömmigkeit nicht sein. Wo blieben die schwierigen Themen des Glaubens, der überweltliche Ernst des Christentums: die Sünde, das Böse, das Kreuz, die Auferstehung? Verdrängte Weihnachten nicht Karfreitag und Ostersonntag? Jedenfalls konnte auch die theologische Kritik nicht verhindern, dass im 19. Jahrhundert ein in der christlichen Religionsgeschichte bisher unbekannter und höchst massentauglicher Typ geboren wurde: der Weihnachtschrist. Er belegt, dass das 19. Jahrhundert keineswegs nur eine Zeit von Religionskritik und Säkularisierung, sondern auch eine Phase von höchster religiöser Kreativität war.

Die doppelte Zerstörung

Es war der Turm von St. Nikolai, der den Untergang Hamburgs unfreiwillig einleitete, und es war dieser Turm, der die Zerstörung seltsamerweise überstand. Es ist eine böse Paradoxie, dass dieses höchste Gebäude der Stadt – von einem Engländer gebaut – fast einhundert Jahre nach dem Großen Brand englischen Kriegsflugzeugen als Zielmarke diente. Als sie ihre nächtlichen Angriffe auf Hamburg flogen, wählten sie den Turm von St. Nikolai als Orientierungspunkt. Es sollte die bis dahin schlimmste Bombardierung einer deutschen Stadt werden. Sie nahm das an, was man in Ermangelung anderer Wörter als «biblisches Ausmaß» bezeichnete, und erhielt folgerichtig den Namen «Operation Gomorrha».

Vom 24. bis zum 29. Juli 1943 flog die Royal Air Force in massiven Wellen fünf Nachtangriffe, die von zwei Angriffen am Tage durch die United States Air Forces abgewechselt wurden. Um die deutsche Radarabwehr auszuschalten, ließ sie zunächst Staniolstreifen herabregnen. Es war den Hamburgern, als ob «Schwefel und Feuer» vom Himmel fiele – wie damals in Sodom und Gomorrha. Danach warfen die alliierten Kampfflieger über dem Hafen, der Innenstadt und weiten Wohngebiete – vor allem den Arbeitergebieten östlich der Alster – insgesamt etwa 18 000 Tonnen Bombenmaterial ab. Es war aber nicht die bloße Menge, sondern die fatale Kombination aus Spreng- und Brandbomben, die zu nicht gekannten Verheerungen führte. Zunächst wurden «Blockbuster» eingesetzt, welche die Häuser aufbrachen, anschließend entfachten Phosphorbomben einen Feuersturm, der zeitweilig eine Höhe von 6000 Metern erreichte. Die ganze Stadt wurde zu einem einzigen Vulkan, einem Schlot, einem riesigen Kamin, in dem Orkanwinde die heiße Luft so nach oben trieben, dass am Boden ein Unterdruck entstand, der wiederum Sauerstoff ansaugte und so wie ein Brandbeschleuniger wirkte. Etwa 34 000 Menschen wurden in diesem Feuersturm getötet, viele verbrannten oder erstickten innerhalb weniger Sekunden. Es wurden circa 40 000 Wohnhäuser mit 263 000 Wohnungen zerstört, das heißt, dass etwa die Hälfte aller Hamburger Wohnungen vernichtet worden waren. Vor allem der Osten Hamburgs bestand nur noch aus weiten Todeszonen.

Es ist immer noch kaum zu fassen, wie der hohe, schlanke Turm von St. Nikolai stehen bleiben konnte, obwohl weite Teile des Kirchenschiffs schwer beschädigt wurden.

Als man nach Kriegsende in Hamburg an den Wiederaufbau ging, stellte sich auch die Frage, was mit St. Nikolai geschehen sollte. Denkmalschützer hatten unter schwierigsten Bedingungen die Trümmer gesichert und gesichtet. Doch gegen einen Wiederaufbau dieser Kirche gab es erheblichen Widerstand. Eine um Authentizität bemühte Rekonstruktion vor allem des neugotischen Werksteinschmucks hielt man für unbezahlbar, aber auch ästhetisch und denkmalpflegerisch für unbefriedigend. Wenn Scotts Bau selbst schon ein Rollenspiel gewesen war, wäre dann seine scheinbare Wiederherstellung nicht ein doppelter Mummenschanz?

Folgenreicher aber noch als die Veränderung des Geschmacks war die neue Macht der Stadtplaner, die nach dem Krieg durchschlug. Die Innenstadt sollte nach ihrem Wunsch ein ganz anderes Gesicht bekommen. Sie träumten von einer funktionalen Stadt, in der die Bereiche des Arbeitens, der Dienstleistungen und des Wohnen säuberlich voneinander geschieden waren. Die Menschen sollten nicht mehr in engen, verseuchten Gängevierteln, sondern in der Natur, in lichten, grünen Vororten am Stadtrand leben und nur zur Arbeit oder zum Einkaufen in die Stadt fahren. «Gartenstädte» sollten die «steinernen Städte» als Lebensraum der Menschen ablösen. Doch wo die Ränder aufblühten, musste der Kern verdorren. Das alte Nikolai-Viertel sollte ausgelöscht werden. Die Ost-West-Straße, eine fatale Straßenschlucht, der Albtraum einer autogerechten Stadt, wurde vierspurig durch die historische Mitte Hamburgs geschlagen. Auf St. Michaelis ausgerichtet und dicht an St. Nikolai vorbeiführend sollte diese von hohen Bürohäusern eingerahmte Rennstrecke den Osten und den Westen der Hansestadt verbinden. Für die Nikolai-Kirche war in dieser neuen Hamburger Innenstadt kein Platz mehr.

Es gab nachvollziehbare Gründe, von einem Wiederaufbau von St. Nikolai abzusehen. Aber aus heutiger Sicht betrachtet, verblüfft und verstört die Brutalität, mit der damals Stadtplanung betrieben wurde. Wie ist es zu erklären, dass man so rücksichtslos mit den wenigen Resten des architektonischen Erbes umging? Lag es an den gar nicht so verborgenen Kontinuitäten zur nationalsozialistischen Stadtplanung? Oder gar an einer tief im Hamburger Erbgut angelegten Abrissfreude, die schon im 19. Jahrhundert Schneisen der Verwüstung durch die Stadt geschlagen hatte – angefangen mit dem Abriss des Hamburger Doms (1803 bis 1807), einer der bedeutendsten frühgotischen Kathedralen Norddeutschlands? Oder waren es irrationale Motive: ein Hass auf das bürgerliche Zeitalter des 19. Jahrhunderts und seine Kunst, die Sehnsucht nach einem reinen Anfang, einer «Stunde Null» auch in der Stadtgestaltung, oder eine Art Größenwahn, die Flucht aus den Trümmern in modernistische Machbarkeitsphantasien? Oder wirkten hier schwer zu fassende Nachwirkungen des Bombentraumas, ein geheimer, psychopathologischer Wiederholungszwang? Man wird dieses Knäuel nicht mehr entwirren. Festzuhalten ist aber, dass der Wiederaufbau Hamburgs nicht nur eine beeindruckende Leistung der gesamten Bürgerschaft, sondern in Teilen auch ein höchst aggressiver Neubau war, eine zweite Zerstörung der Stadt. Obwohl genaue Zahlen fehlen, muss man davon ausgehen, dass in Hamburg, wie auch sonst in Deutschland, nach 1945 fast ebenso viele Baudenkmäler zerstört wurden wie durch den Krieg.

Zerstörung auf Raten: Was die Bomben nicht schafften, erledigte die Stadtplanung der Nachkriegszeit. Die Ruine von St. Nikolai nach dem Feuersturm und vor dem Teilabriss der Wiederaufbauzeit. Heute steht fast nur noch der Turm: ein Mahnmal für die Opfer von Krieg und Gewalt in den Jahren 1939 bis 1945.

Eines dieser Wiederaufbau-Opfer war St. Nikolai. Die Kirche stellte insofern einen Sonderfall dar, als sonst große historische Monumente, besonders Kirchen, mit größerer Achtung behandelt wurden. Man bewahrte sie als Inseln der Tradition inmitten eines großen, wachsenden Meeres der Moderne. Die Entscheidung, diese eine Kirche nicht aufzubauen, hat darum eine eigene Qualität. Lange drückten sich die Verantwortlichen in Stadt und Kirche um sie herum. Der Kirchenvorstand schlug vor, die Ruine als ein Mahnmal zu nutzen. Man dachte daran, in den offenen Chorraum eine kleine Kapelle hineinzubauen. Die Stadt begann aber 1951 schon damit, Mauerreste wegzusprengen. «Nachsprengen» nannte man dies. In vielen Anläufen wurden der eigentlich gut erhaltene Chor bis zum Hauptgesims sowie die Querschiff- und Langhausmauern bis zur Fenstersohlbank abgerissen. Regelmäßig flammte die Diskussion wieder auf, doch eine historische oder zumindest eine modernisierende Rekonstruktion zu versuchen. Auch kam der Vorschlag auf, St. Nikolai, diese neugotische «Messkirche», den Katholiken zu übergeben. Doch je mehr Zeit verstrich, umso deutlicher wurde, dass niemand ein echtes Interesse besaß, diese Kirche wieder aufzubauen und einer Gemeinde zur Nutzung zu übergeben. Diesmal blieb – anders als hundert Jahre zuvor – eine Bürgerbewegung zu Gunsten dieser Kirche aus. So wurde St. Nikolai als Kirchengebäude aufgegeben. In einem Briefwechsel zwischen Kirche und Senat fiel sogar das Wort von einer «Endlösung Nikolai». Sie sah vor, dass Ruine und Turm als Mahnmal erhalten blieben. Zunächst war dies nicht mehr als eine «vom Himmel gefallene Verlegenheit in der Mitte Hamburgs».

Inzwischen ist die Nikolai-Ruine aber ein zentraler Ort des Gedenkens für alle Hamburger geworden. Dies ist vor allem dem bürgerschaftlichen Engagement eines Förderkreises zu danken. In der Krypta ist eine Dauerausstellung eingerichtet, wechselnde Ausstellungen und friedenspolitische Veranstaltungen kommen hinzu. Es werden auch regelmäßig Gottesdienste und ökumenische Andachten gefeiert. So haben die Reste der Kirche eine neue, sinnvolle Nutzung gefunden.

Ein nicht geringer Trost war es, dass die Kirchenleitung 1954 beschloss, der Nikolai-Gemeinde einen neuen Ort zu geben. Mitten in Harvestehude, einem belebten Wohnviertel, fand die Gemeinde eine neue Heimat, zunächst in einer Villa, also einer Hauskirche, dann seit 1962 in einem nicht zu großen, aber schönen, zeitgenössischen Kirchenbau von Gerhard Langmaack.

Von Scotts neugotischem Bau ist fast nur der Turm geblieben. Er ist nicht mehr gelblich, sondern vom Feuer geschwärzt, keine Trutzburg einer gegenaufklärerischen Frömmigkeit und kein Monument eines nationalprotestantischen Triumphalismus mehr, sondern der Zeuge eines großen Grauens, ein Mahner für Frieden und Versöhnung. Durch die Katastrophe hindurchgegangen, hat er eine Würde und Wirkung gewonnen, eine Aura, eine Strahlkraft für die ganze Stadt und einen christlichen Sinn empfangen, die er so nicht besaß, als die ganze Kirche noch intakt war.

Die Kathedrale von Brasilia

9. Die Kathedrale von Brasilia

und der moderne Kirchenbau

Das Märchen von der neuen Stadt

Es war einmal ein Architekt, dem ging alles leicht von der Hand. Die herrlichsten und erstaunlichsten Bauten schüttelte er aus dem Handgelenk. Das kam daher, dass er mehr ein Zeichner als ein Baumeister war. Als Kind hatte er ganze Tage lang dagesessen und seinen Finger verträumt durch die Luft fahren lassen. Auf die Frage der Erwachsenen, was er da tue, hatte er geantwortet: «Ich zeichne.» Als erwachsener Mann sollte er es nicht viel anders halten. Er baute, indem er zeichnete und luftige Linien, geschwungene Kurven, heitere Striche auf das Papier warf. Alles, was er anfasste, wurde leicht, schwebte empor, wurde hell und licht, südlich, glich sich der Sonnenhitze seiner Heimat an. Wie gezeichnet, so gebaut. Allerdings wurden seine Skizzen in ein Material gegossen, das keinen guten Ruf hat. Es ist hart, schwer, massig, kalt, rau, grau und billig. Es hat einen schlechten Namen: Beton. Doch dieser Architekt war ein Zauberer. Ihm gelang es, selbst dieses Material so zu formen, dass es Schwung aufnahm. Er konnte sogar Beton zum Singen und Tanzen bringen.

Kein Raumschiff, sondern eine Kirche. Nur, was soll sie darstellen? Einen Dornenkranz, ein Zelt, einen Kelch, eine Flamme, ein Ährenbündel oder einfach nur eine reine Form aus Schwung und Licht? Die Kathedrale von Brasilia steht jenseits simpler symbolischer Deutungen.

Es war einmal ein Präsident, der wollte eine neue Hauptstadt für sein Reich bauen. Wohl alle Präsidenten träumen davon, eine Stadt wie aus dem Nichts zu erschaffen, allein nach den eigenen Vorstellungen, voll von grandiosen Gebäuden, die ihre Visionen verkünden und ihre Macht zementieren, bewohnt ausschließlich von Menschen, die ihren Willen tun. Für die allermeisten Präsidenten bleibt dies ein Traum. Sie müssen sich in die alten Kapitalen einfügen, sich der langen Stadtgeschichte mit ihren erdrückenden Traditionen beugen, die baulichen Gegebenheiten hinnehmen und mit den dort ansässigen und nicht selten aufsässigen Menschen vorlieb nehmen. Höchstens ein oder zwei Monumentalbauten können sie während ihrer Regierungszeit hinzufügen. Der Präsident dieses Märchens aber konnte seinen Traum Wirklichkeit werden lassen. Denn er herrschte über ein junges und riesiges Land, in dem es ungehobene Schätze gab. Bisher war es nur am Rand, der Küste, besiedelt. Im Landesinneren aber gab es noch unendlich viel frisches und freies, unverbrauchtes und unverbautes Land. So gab der Präsident den Befehl, in der leeren Mitte seines Reiches eine neue Stadt zu errichten. Von ihr aus sollte das ganze Land erschlossen werden, ja eine neue Gesellschaft mit neuen Menschen geschaffen werden. Das war ein alter Traum, den viele seiner Vorgänger schon geträumt hatten. Er aber machte ihn jetzt wahr.

Es war einmal ein Stadtplaner, der erhielt den schönsten Auftrag aller Zeiten. Er durfte diese neue Hauptstadt entwerfen. Wie sein Lieblingsarchitekt war er vor allem ein Zeichner. Für den Wettbewerb reichte er nicht mehr ein als einige Blätter mit Skizzen: rhythmische Linien, freie geometrische Figuren und raumgreifende Kreuze. Er bekam den Zuschlag und durfte nun tun, was er wollte. Alles, was er zu brauchen meinte, wurde ihm zur Verfügung gestellt: unbegrenzte Geldmittel, Heerscharen von Arbeitern und uneingeschränkte politische Unterstützung. Mit Lästigkeiten wie detaillierten Bau- und Kostenplanungen musste er sich nicht groß aufhalten. An Vorgaben brauchte er sich nicht zu halten. Er musste auf nichts Rücksicht nehmen: auf kein historisches Stadtbild und keine Denkmäler, keine Verkehrswege und Straßenführungen, keine Bebauungspläne und Besitzverhältnisse, keine Bürgeranliegen und Wohngewohnheiten. Er konnte reinen Tisch machen, ganz von vorn beginnen und alle Spielregeln selbst bestimmen.

Der Architekt hieß Oscar Niemeyer, der Präsident Juscelino Kubitschek de Oliveira, der Stadtplaner Lúcio Costa. Das Land hieß Brasilien, und Brasilia sollte der Name der neuen Stadt sein.

Es muss eine märchenhafte Zeit gewesen sein. Der große Krieg war vorüber. Eine neue Ordnung der Welt schien sich anzukündigen, die vielen unterdrückten und ins Abseits gedrängten Ländern Freiheit und Wohlstand bringen sollte. Die alten Kolonialherrschaften zerbrachen, neue Nationen entstanden und bauten sich neue Hauptstädte, wie in Ghana, Indien oder Bangladesh. Die Idee, das politische Zentrum Brasiliens von der Küste ins Landesinnere zu verlegen, um so die innere Landnahme voranzutreiben und der ganzen Nation einen Innovationsschub zu geben, war schon im 19. Jahrhundert formuliert worden. Aber erst Juscelino Kubitschek, der Kennedy Brasiliens, machte sich an die Umsetzung. Von 1956 bis 1961 hatte er das Amt des Staatspräsidenten inne. Er ging mit einem ungeheueren Willen, einem rasanten Tempo ans Werk. Sein Slogan lautete: «Fünfzig Jahre Fortschritt in fünf.» Gleich im ersten Jahr seiner Regierung begannen die Arbeiten in Brasilia, und schon am 21. April 1960 konnte die neue Stadt eröffnet werden. Fast 50000 Arbeiter waren im Einsatz. Das Geld floss in Strömen, mit dem Ergebnis, dass Kubitschek eine selbst für südamerikanische Verhältnisse erstaunliche Staatsverschuldung hinterließ. Dennoch war es eine grandiose Leistung. Man bedenke nur die Wege, welche die Arbeiter und das Material zurücklegen mussten. Zur nächsten asphaltierten Straße waren es 640 Kilometer, bis nach Rio de Janeiro über 1000 Kilometer. Es muss ein strapaziöses Abenteuer gewesen sein, aber auch eine wunderbare Expedition mitten hinein in die Wildnis, eine erregende Zeit, in der ausnahmsweise alle gleich waren, der Planer, der Architekt, die Bauarbeiter – alle packten mit an.

Brasilia, das war eine in Beton gegossene Utopie, die Stadt eines reinen Anfangs, ohne hinderliche Voraussetzungen, allein nach einem abstrakten Plan gefertigt, wie von einem Gott am Reißbrett entworfen und dann mitten in die Savanne des brasilianischen Hochlandes gesetzt. Diese Stadt strahlte ein eigenes Pathos aus, die Leidenschaft der Stunde Null. Sie wollte das ganze Land verwandeln. Die repressive Ordnung der feudalistischen Städte wollte sie beenden, den kolonialen Stil überwinden, das Chaos aus Armut, Schmutz und Notbehelfen abschaffen, all die Rückständigkeiten beiseite räumen und Platz für eine demokratische Gesellschaft schaffen, für ein effizientes Leben. Wer nur eine Ahnung von der Ungerechtigkeit, der Unfreiheit, der Not hat, die im alten Brasilien herrschten, wird diesen Willen nach Veränderung teilen. Zugleich aber stand Brasilia für eine Demokratisierung von oben, für eine vom Herrscher angeordnete Revolution. Eine Beteiligung der Bürger, die doch befreit und einander gleichgestellt werden sollten, war nicht vorgesehen. Darin steckte nicht nur ein programmatischer Selbstwiderspruch, sondern – trotz allen guten Willens – auch eine Portion Inhumanität. Die Unmenschlichkeit Brasilias zeigt sich auch in ihrem prinzipiellen Antihistorismus. Brasilia war eine Stadt ohne Wurzeln, eine Hauptstadt der Geschichtslosigkeit und Gesichtslosigkeit. So sehr man dieser urbanen Sensation Respekt zollen muss – der Haupteindruck, den diese Stadt hinterlässt, ist Verstörung. Betrachtet man alte, aber auch neue Bilder aus dieser Stadt, ist man verstört angesichts der Leere. Und diese Leere ist weniger der großräumigen Straßen- und Platzgestaltung geschuldet, als der Abwesenheit einer eigenen Geschichte.

Brasilia war ein einzigartiges Projekt, aber auch typisch für ein Jahrhundert, in dem man glaubte, man könne Städte allein mit bau- und sozialtechnischen

Mitteln zu lebenswerten Orten machen. Unter dem Banner einer abstrakten Modernisierung hoffte man, bessere Gesellschaften dadurch zu schaffen, dass man neue Städte baute. Das war eine euphorisierende, aber auch aggressive Idee. Denn die Einwohner mussten, damit sie zu «neuen Menschen» werden konnten, in ihnen fremde Raster gepresst werden. In voller Reinheit ließ sich diese ebenso begeisternde wie bedrohliche Vision einer modernen Stadt nur in der brasilianischen Wildnis umsetzen. Aber Brasilia war kein verrückter Einzelfall, sondern nur das Beispiel einer konsequenten, extremistischen Umsetzung dessen, was man im 20. Jahrhundert ebenfalls in den Fußgängerzonen, Gewerbegebieten und Vorstadtsiedlungen ungezählter Städte Europas und Nordamerikas beobachten konnte.

Der Plan für Brasilia basierte auf einer einfachen Grundidee: Die wichtigsten Lebensfunktionen der Stadt – Wohnen, Arbeiten, Verkehr, Einkaufen und Freizeit – sollten voneinander getrennt werden. In nur 15 Handskizzen – einem genialen Wurf – zeigte Lúcio Costa, wie dies am besten umzusetzen war. Die Grundform seines Plans bildete ein Kreuz – manche sahen in ihm auch ein Flugzeug – aus zwei großen, sich überschneidenden Monumentalachsen. Sie separierten und ordneten die Bereiche und Funktionen der Stadt. Den Schnittpunkt der großen Linien, das Zentrum, bildete der Busbahnhof. Im Osten sollten die großen Regierungsgebäude – Parlament, Regierungssitz, Gericht – stehen. An sie schloss sich die Esplanade der Ministerien an, an denen zwei fünfspurige Straßen vorbeiführten. Im Süden befanden sich die Wohnhäuser. «Superquadras» hießen diese riesigen Wohnmaschinen, in denen auch Läden und Schulen untergebracht waren. Einfamilienhäuser waren in Brasilia nicht vorgesehen, nur am Stadtrand wurden einige geduldet. Das bunte, wimmelige Leben einer Großstadt war säuberlich auf verschiedene Sektoren verteilt.

Eine Hauptstadt vom Reißbrett. Brasilia besteht aus beängstigend geraden Linien und säuberlich getrennten Sektoren. So modern sie ist, ohne eine Kathedrale kommt auch sie nicht aus. Diese findet ihren Ort rechts unten, am unteren Rand des Regierungssektors, am Ende einer langen Reihe von Ministerien.

Trotz ihrer Leere, Stille und Einsamkeit war die Stadt Brasilia beeindruckend schön. Und dies lag an den Bauten von Oscar Niemeyer, lauter elegante, schlanke Architekturherrlichkeiten. Eine seiner schönsten Kreationen ist die Kathedrale von Brasilia. Trotz aller Modernität meinte Costa wohl, dass eine Kirche dazugehörte. Aber in welchem Sektor sollte sie stehen? Gehörte die Kirche ihrer Funktion nach zum Wohnen oder zur Freizeit oder neben die Krankenhäuser? Costa scheint immer noch von staatskirchlichen Vorstellungen geprägt gewesen

zu sein. Denn die Kathedrale wurde der langen Reihe der Ministerien, also dem Regierungssektor, zugeordnet, aber nicht mitten hinein, sondern an dessen Ende gesetzt. Übrigens wurde ihr Bau nicht mit Staatsmitteln, sondern aus Spenden finanziert. Dies führte dazu, dass er viel länger dauerte als der Bau der anderen Monumentalgebäude. Die Kathedrale wurde 1958 entworfen, 1970 eingeweiht, ein Jahr später wurde das Glas eingesetzt und 1977 kam schließlich der Glockenturm dazu. Die Grundidee hat Niemeyer in einem Interview anschaulich erklärt:

> Ich habe eine sehr spezielle Art und Weise zu arbeiten. Ich suche eine Lösung und denke nach, und plötzlich fange ich an zu zeichnen. Schauen Sie, so entstand die Idee zur Kathedrale von Brasilia. (Niemeyer zeichnet ein paar geschwungene Säulen.) Das Gebäude biegt sich zum Himmel. Das hat es noch nie gegeben. Und jetzt (Niemeyer zeichnet eine unterirdische Rampe, die zum Licht führt): Jetzt kommt der Mensch, und sein Blick steigt zum Licht auf. Brasilia kann man lieben oder nicht, aber es ist etwas, das es noch nie gegeben hat. Zum Beispiel die Kathedrale von Brasilia: Es gibt viel schönere Bauten, aber keine, die genau so aussehen. Darauf kommt es an. Auf das Glück, das die Überraschung in dir hervorruft. Das ist Architektur.

Die Idee ist ebenso einfach, wie der Effekt verblüffend ist: Die Kathedrale besteht aus einem Grundelement – einer gekrümmten Betonrippe, die sich wie eine Sichel aus dem Boden gen Himmel schwingt –, das 16 Mal wiederholt und zu einem Kreis geordnet wird, der durch einen Ring oben zusammengehalten und gebündelt wird. So entsteht eine Baustruktur mit einem Durchmesser von 70 Metern, die den Eindruck größtmöglicher Einheitlichkeit erweckt. Denn sie sieht von allen Seiten gleich aus, es gibt kein vorn und hinten und keine Seiten mehr. Hinzu kommt die Anmutung von Schwerelosigkeit. Das Betonskelett gibt die Struktur, großflächiges Glas fügt das Fleisch hinzu. Eine Mauer gibt es nicht, alles ist Dach, aber eben keines der dunklen, drückenden Sorte, sondern eines, das nur aus Schwung, Leichtigkeit und Licht zu bestehen scheint, in dem Himmel und Erde vereint sind.

Eine Kathedrale, nicht nach den Regeln der Tradition konstruiert, aber auch nicht aus der Retorte produziert, sondern frei aus dem Handgelenk entworfen, mit einem fast unverschämt leichten Strich gezeichnet. Eine von Niemeyers Entwurfsskizzen der Kathedrale von Brasilia.

Diese Kathedrale löst viele Assoziationen aus. Man kann in ihr ein Zelt sehen oder eine Feuerflamme, eine Dornenkrone oder einen Abendmahlskelch, einen intergalaktischen Satelliten oder einen umgedrehten Blütenkelch, ein Ährenbündel oder ein abstraktes Symbol für das Gebet. Nur eine Assoziation, die sich sonst bei vielen Bauten von Niemeyer einstellt, fehlt hier: diejenige an eine nackte Frau. Auf die Frage, ob er diese oder ähnliche Bedeutungsanmutungen angestrebt hätte, antwortete Niemeyer:

Nein, überhaupt nicht. Ich wollte nur den Ausdruck des Aufstrebens erreichen, für den Gläubigen die Richtung zum Himmel andeuten. Picasso hat einmal gesagt, neunzig Prozent von dem, was die Kritiker über seine Sachen schreiben, ist reine Erfindung. Deutungen, an die er selbst nie gedacht hat. Die Form ergibt sich, während ich zeichne. Natürlich wollte ich ein architektonisches Schauspiel, denn schließlich ist eine Kathedrale kein Bahnhof.

Die äußere Gestalt ist also rein aus der Form gedacht, aus dem zeichnerischen Schwung der Linien entwickelt worden, das Ergebnis eines freien Spiels, ohne inhaltsschwere Vorüberlegungen. Darin aber ist sie dann doch das Symbol für einen neuen Typus von Kirchen und Gottesdiensten. Kirchen sollen für Niemeyer Häuser der Freiheit ohne klerikales Machtgehabe sein, und Gottesdienste sollen als Freudenfeste ohne mysteriöse Dunkelheiten gefeiert werden. Darum steht die Kathedrale im fernen Brasilia wie ein Leuchtturm für eine aufgeklärte Kirche und helle Gottesdienste.

Dies zeigt sich auch bei der einzigen, direkt symbolischen Idee Niemeyers: dem Eingang. Da die Kathedrale weder Vorder- noch Rückseite, kein Tor und keine Fassade besitzen sollte, dachte sich Niemeyer eine ganz neue Form des Zugangs aus: Der Besucher geht über eine lange Rampe in ein Untergeschoss und steigt dann in die Mitte der Kirche empor. Er vollzieht also einen fast beklemmenden Abstieg, um in einen euphorisierend lichterfüllten Raum zu gelangen. Auf die Frage, warum er diese Lösung gewählt hatte, antwortete Niemeyer: «Weil ich eine Kathedrale wie ein Objekt wollte. Deshalb konnte ich auf eine Fassade verzichten. Ich wollte, dass der Gläubige vom Dunkeln ins Helle geführt würde.» So stimmungsvoll dies auch ist, kann man doch die Rückfrage stellen, ob dies nicht ein etwas vordergründiger Effekt ist. Einleuchtender wird es, wenn man das dahinterliegende Motiv erfährt: «Bei der Kathedrale mied ich die gängigen Lösungen der traditionellen und dunklen Kathedralen, die an Sünde erinnern. Im Gegenteil, der Zugang zur Halle wurde dunkel gehalten, der Innenraum hell leuchtend, farbig, mit bunten Glasfenstern, sich dem Unendlichen zuwendend.» Niemeyer selbst war nicht religiös, wenn man von seinem recht eigentümlichen Kommunismus einmal absieht. Aber er hatte großen Respekt vor einem freien, sozial engagierten Christentum und vor den Erneuerungsversuchen in der brasilianischen Kirche, die sich gegen Ungerechtigkeit, Armut und staatliche Gewalt einzusetzen begann.

Die Kathedrale von Brasilia unterscheidet sich vom Rest der Stadt: Sie ist kein Kubus und längst nicht so riesig wie die Regierungsbauten oder die Superquadras. Anders als die Macht- und Wohnmaschinen, die sie umgeben, ist sie gerade nicht funktional und rational gedacht, eben kein Sakralautomat, sondern ein Stück freier Kunst, eine Skulptur aus Form und Licht. So hebt sie sich auch vom Klischee einer rigiden Architekturmoderne ab. Niemeyer, der bei Le Corbusier gearbeitet und gelernt hatte und auch mit den Geradlinigkeiten der Bauhausvorbilder virtuos umzugehen wusste, gibt hier dem Stahlbeton eine plastische Gestalt und erneuert so das uralte Erbe der antiken Zentralbauten und Gewölbekonstruktion. Wer will, kann in seiner Kathedrale eine moderne Variation der Hagia Sophia sehen:

> Der rechte Winkel zieht mich nicht an; auch nicht die gerade, harte, inflexible Linie, die der Mensch geschaffen hat. Was mich anzieht, ist die freie und sinnliche Kurve. Die Kurve, die ich in den Bergen meines Landes finde, im mäandernden Lauf seiner Flüsse, in den Wolken des Himmels, im Leib der geliebten Frau. Das ganze Universum ist aus Kurven gemacht. Das gekrümmte Universum Einsteins.

Mit dieser architektonischen Haltung hat Niemeyer weit gewirkt. Er glaubte, damit selbst seinen Lehrer le Corbusier angesteckt zu haben, als dieser, ohne Rücksicht auf seine alten Bauhaus-Prinzipien, seine berühmte Kapelle in Ronchamp als Wunderwerk organischer Architektur baute.

Im Vergleich zu ihrer äußeren Gestalt und der reinen Raumwirkung bleibt die Inneneinrichtung recht blass. Es gibt einen offenen, leicht erhöhten Altarbereich, darüber hängen einige Engel von der Decke, die an barocke Vorbilder erinnern, davor stehen ein paar Bänke, auch gibt es künstlerisch unerhebliche Passionsbilder sowie eine kitschige Nachbildung von Michelangelos Pietà. Der eigentümlich leere Kirchenraum bezieht seine ganze Kraft aus seiner runden, zentrierten Form und dem Lichteinfall von oben. Allerdings entspricht die jetzige Verglasung keineswegs Niemeyers Vorstellungen. Das wiederum war die Kehrseite seiner Arbeitsweise, sich nur als Entwurfsarchitekt zu verstehen, der mit seinem kleinen Büro größere Vorhaben nicht selbst umsetzen konnte, die Bauausführung deshalb anderen überlassen und letztlich die Kontrolle abgeben musste. Aber seine wichtigste Idee ist wunderbar umgesetzt worden: Diese Kirche strahlt – innen ist sie von Licht durchflutet, außen wirkt sie

Ein Kreis, ein nur leicht erhöhter Altar, eine Gemeinde unter einem Dach aus Licht und Farbe. Der Kirchensaal der Kathedrale von Brasilia bietet wenig Ablenkung, dafür aber einen Raum für eine freiere, demokratischere Form des Gottesdienstes.

selbst wie ein Strahlenbündel. Doch trotz ihres Leuchtens kann einen beim Betrachten dieser Kirche auch eine Melancholie überkommen. Sie wirkt so verloren, allein mitten in einer weiten Leere. Ein leicht absurd wirkender Glockenturm steht vor ihr, aber wen rufen diese Glocken? Hier wohnt doch keine Menschenseele. Oder dringt das Läuten bis in die Regierungsgebäude hinein? Die Großfiguren davor, welche die vier Evangelisten darstellen, bilden zwar so etwas wie eine fromme Schildwache, aber wirklich über diese Anmutung von Einsamkeit hinwegtrösten können sie nicht.

Es war einmal ein Märchen, das Märchen einer neuen Stadt. Und weil es solch ein großes Märchen war, kamen gleich drei Prinzen in ihm vor: ein Präsident, ein Stadtplaner und ein Architekt, der Architekt aber war der größte unter ihnen. Doch in jedem Märchen gibt es auch eine böse Hexe. In diesem Märchen hieß die böse Hexe «Wirklichkeit». Sie ließ so manchen Traum zerplatzen. Zur damaligen brasilianischen Wirklichkeit gehörten gewaltsame Regierungswechsel.

1964 putschte das Militär, die Vision einer demokratischen Stadt erlosch, das Brasilia-Projekt geriet ins Stocken. Niemeyer floh nach Israel, verschanzte sich für mehrere Monate in einem Hotelzimmer und zeichnete Pläne für eine neue Stadt in der Negev-Wüste, die nie gebaut werden sollte. In Brasilia selbst entwickelten sich die Dinge anders als geplant. Es zeigte sich, dass man eine Stadt eben nur bedingt planen kann und dass es sich rächt, wenn man das Trägheitsmoment «Mensch» nicht mit einrechnet. Vor allem wenn es um sein privates Wohnen geht, verweigert er sich beharrlich den von oben angeordneten Modernisierungen und hält an seinen ganz und gar unavantgardistischen Wohngewohnheiten fest, den alten Möbeln, den Gardinen, dem Gefühl von Gemütlichkeit, dem nachbarschaftlichen Durcheinander. Es erwies sich, dass die funktionalistisch durchgeplanten Superquadras dem brasilianischen Lebensstil einfach nicht entsprachen.

Visionär der brasilianischen Moderne, Meister der klaren Linie, Betonvirtuose, Marxist ganz eigener Prägung: Oscar Niemeyer (geboren 1907). Hier eine Aufnahme von 1958.

Ein kleines Zeichen des stillen Widerstands gegen den Planungswahn sind die vielen Trampelpfade von Brasilia. Die neue Hauptstadt war mit ihren riesigen, menschenleeren Avenuen das Idealbild einer radikal autogerechten Stadt – ein Irrwitz angesichts der bitteren Armut, in der die meisten Brasilianer leben. Sie würden sich nie ein eigenes Auto leisten können und lebenslang Fußgänger bleiben. Da für sie überhaupt keine Bürgersteige vorgesehen waren, suchten sie sich ihre eigenen Wege und zogen ihre Spuren jenseits der offiziell vorgesehenen Verkehrsbahnen und quer durch die gigantischen Grünflächen hindurch. Diese Trampelpfade wirken, aus der Luft betrachtet, wie kostbare Spuren menschlichen Lebens inmitten einer riesigen Wüste. Wie sich am Ende doch der ganz normale Anarchismus des sozialen Lebens durchsetzte, zeigt sich heute auch an der Kathedrale von Brasilia. Sie ist längst nicht mehr der religiöse Mittelpunkt der Stadt, als der sie geplant war. Vielmehr organisiert sich das religiöse Leben, das sich in Brasilien rasant gewandelt hat, viel eher in den ungezählten unscheinbaren, architektonisch ganz und gar unbedeutenden Gemeinschaftshäusern der protestantischen Freikirchen, Pfingstlergemeinden, Sekten und esoterischen Zirkel, die in den vergangenen Jahrzehnten entstanden sind. In ihnen feiert die alte Hauskirche ihre Wiederauferstehung. Das alte katholische Staatskirchentum ist ebenso Vergangenheit wie die Architekturmoderne Oscar Niemeyers. In einem doppelten Sinn ist darum die Kathedrale von Brasilia schon jetzt das immer noch leuchtende Zeugnis einer fast untergegangenen Welt.

Das Jahrhundert des Kirchenbaus

Niemals wurden so viele Kirchen gebaut wie im 20. Jahrhundert. Schon das Vorgängersäkulum hatte sich auf diesem Gebiet als sehr produktiv erwiesen. Doch nun wurde die Sakralraumproduktion in einer erstaunlichen Weise hochgefahren. Weltweit, in den neuen wie den alten Kontinenten, wurden fieberhaft Kirchen errichtet, als gäbe es keine Religionskritik, keine Entzauberung der Welt, keine Entmythologisierung der alten Glaubenssysteme, keine massenhaften Kirchenaustritte. Mit diesem Bauboom ist das gängige Klischee vom Rückzug des Christentums und Niedergang der Kirchlichkeit in der Moderne nicht in Deckung zu bringen. Doch was sich hier abspielte, war nicht einfach ein religionsgeschichtliches Rätsel, sondern hatte eine Reihe von Ursachen. Die wichtigste waren die vielen Zerstörungen, welche der Zweite Weltkrieg angerichtet hatte. Allein die Bombardements in Deutschland und den von Deutschland angegriffenen Ländern hatten ungezählte Kirchen in Schutt und Asche gelegt. Für Deutschland rechnete man nach Kriegsende mit 8000 neu zu errichtenden oder wieder aufzubauenden Kirchen. Nicht zu vergessen sind die vielen Sakralbauten in Osteuropa, vor allem in Russland, die dem aggressiven kommunistischen Staatsatheismus zum Opfer gefallen waren, weshalb sich dort seit 1990, nach dem Ende des Sowjetreiches, eine kirchliche Bautätigkeit entfaltete, wie man sie bisher nur vom Nachkriegsdeutschland kannte. Der Kirchenbau des 20. Jahrhunderts war also auch ein Versuch, die Verwüstungen eines totalen Krieges und zweier totalitärer Systeme wiedergutzumachen. Das schnelle Wachstum und die historisch einmaligen Umschichtungen der Bevölkerungen waren ein zweiter Grund. Nicht nur Krieg und Vertreibung, sondern auch Industrialisierung und Verstädterung hatten dazu geführt, dass viel mehr und sehr viel unterschiedlichere Menschen als früher in den wieder aufgebauten und erweiterten Städten wohnten. Plötzlich gab es größere Gruppen von Protestanten, die in einstmals rein katholischen Gebieten lebten – und umgekehrt. Hinzu kam vielerorts der Wunsch der Kirchenleitungen, überschaubare Gemeinden zu schaffen. In den unübersichtlichen Großstädten sollten die Menschen in ihrer unmittelbaren Nachbarschaft eine geistliche Heimat finden: die fußläufige Gemeinde. Auch dies machte viele Neubauten erforderlich. Möglich war die Konjunktur der Sakralarchitektur in der zweiten Jahrhunderthälfte in Deutschland nur, weil es sehr viel Geld gab. Die hiesigen Kirchen profitierten sehr vom Wirtschaftswunder – auch dies eine Fernwirkung des eigentlich schon untergegangenen Staatskirchentums. Die geschichtlich beispiellosen Kirchensteuereinkünfte, die in keinem Verhältnis zu den steigenden Austrittszahlen standen, machten möglich, wovon Architekten in früheren Epochen nie zu träumen gewagt hätten, nämlich in einmaliger Freiheit eine Vielzahl neuer Kirchen zu bauen. Und der Bau einer Kirche war selbst für die avantgardistischsten Architekten immer noch eine der reizvollsten Aufgaben.

Den Architekten eröffnete sich eine historisch einmalige Chance, ganz von vorn anzufangen, höchst individuelle Lösungen zu erarbeiten und bisher nie Gesehenes zu schaffen. Eine solche Freiheit hatte es noch nicht gegeben. Das war aber nicht nur für die Architekten ein Glück, sondern auch für die Kirchen selbst, konnten sie doch nun mit ihren neuen Bauten zeigen, dass das Christentum kein bloßes Traditionsgut war, sondern dass es eine lebendige Kraft blieb, die sich eine neue Gestalt geben konnte. In dieser Modernität lag aber auch ein aggressives Moment. Mit einer beispiellosen Rücksichtslosigkeit haben Theologen und Kirchenbauarchitekten der Nachkriegszeit das Alte nicht fortzuschreiben, sondern abzuschaffen versucht. Man kann dies heute noch in den Kirchen besichtigen, die in dieser Zeit «renoviert» wurden.

Die Kathedrale von Brasilia

Doch auch wer sich von der Geschichte verabschiedet, muss ihr standhalten. Das gilt besonders für Kirchenbauarchitekten. Denn die großen Werke ihrer Vorgänger sind ja immer noch gegenwärtig, sie stehen mitten in den großen Städten, überall auf dem Land und fordern zum Vergleichen heraus. Ihnen gegenüber muss man beweisen, dass in der eigenen künstlerischen Autonomie eine ähnliche kreative Kraft liegt und dass man sein ästhetisch-liturgisches Programm in eine überzeugende Gestaltung überführen kann. Viele Architekten haben sich dieser Herausforderung gestellt, nicht wenigen ist Erstaunliches gelungen. Man denke nur an das Dreigestirn des modernen Kirchenbaus in Deutschland – Dominikus Böhm, Rudolph Schwarz und Otto Bartning – oder an internationale Größen der modernen Architektur wie Le Corbusier oder eben Oscar Niemeyer. Ihnen sind ungezählte regionale Baumeister gefolgt, die eine mal mehr, mal weniger glückliche Hand hatten. Sie schufen eine kaum überschaubare Fülle an Kirchen und Kapellen, Formen und Gestalten. So viele Architekten tätig waren, so viele Arten von modernem Kirchenbau entstanden auch.

Wie aber verschafft man sich eine gewisse Orientierung über das, was das 20. Jahrhundert an Kirchenbauarchitektur hervorgebracht hat? Am hilfreichsten ist es wohl, bei etwas ganz Handgreiflichem anzusetzen, nämlich bei einem neuen Baustoff, der es erst möglich machte, der inneren Freiheit eine äußere Gestalt zu geben, nämlich dem Stahlbeton. Er ist die folgenreichste bautechnische Erfindung der Moderne, der Inbegriff modernen Bauens überhaupt, also nicht nur ein neues Material, sondern auch ein neues Stilprinzip. Stahlbeton ist ein Verbundwerkstoff aus zwei Bestandteilen. Aus Stahl wird ein Gerüst oder ein Gerippe geformt, und dieses wird dann mit Zement ausgefüllt. Dieses Material verspricht eine außerordentliche Belastbarkeit ebenso wie eine einmalige Formbarkeit. Mit ihm kann man fast alles machen, zumindest ist man nicht mehr an die statischen Grenzen von Naturstein und Holz gebunden. Es war eine Sensation, als 1923 die erste Betonkirche, Eglise Notre-Dame in Le Raincy, einer Arbeiterstadt in der Nähe von Paris, fertiggestellt wurde. Ihr folgte vier Jahre später St. Antonius in Basel, eine durchsichtige Konstruktion, die den Baustoff nicht versteckte, sondern als Sichtbeton präsentierte. Diese beiden Gebäude, denen viele weitere folgen sollten, wollten die Kirche mitten hinein in die Industriegesellschaft stellen. Als Arbeiterkirchen wollten sie keine Sonderwelt sein, sondern die Lebenswelt ihrer Gemeindeglieder teilen. Doch so modern diese Betonkirchen auch waren, ganz entkamen sie der Geschichte nicht. Denn bewusst oder unbewusst verwiesen sie auf die mittelalterliche Gotik: Hier wie dort sollten die konstruktiven

Bauelemente gut sichtbar sein, hier wie dort sollten starre Mauerwerke von feineren Konstruktionen abgelöst werden, von Wandskeletten, die viel größere Fensterflächen möglich machten. Doch die Idee der Betonkirche barg noch ganz andere Chancen. So blieb es nicht beim Konstruktivismus, sondern Niemeyer, Le Corbusier und andere bewiesen, dass man mit Beton nicht nur Kirchen-Burgen und Gottesdienst-Fabriken, sondern auch plastische Formen und organische Skulpturen schaffen konnte.

Eine Kirche hat nicht nur, aber immer auch die Aufgabe, eine geistliche Heimat zu bieten. Kann eine Betonkirche das leisten? Ist Beton nicht ein Symbol der Unbehaustheit und Unwohnlichkeit? Je mehr öffentlichen Raum die moderne Architektur sich eroberte, um so allergischer reagierten viele auf den Beton, dem sie überall – in den Hochhäusern, Kaufhäusern, Parkhäusern, Bahnhöfen, den Waschbeton-Wüsten ihrer unwirtlichen Städte – begegneten. Dieses Problem gewann an Dringlichkeit, je älter die Betonkirchen wurden. Kirchen werden ja für eine lange Dauer gebaut. Es ist deshalb nicht ihre Innovativität, die zählt, sondern ihre Langlebigkeit. Die meiste Zeit ihres Bestehens sind sie alte Gebäude. Fast ist es ihre Aufgabe, den Eindruck zu erwecken, als hätte es sie immer schon gegeben. Das stellt eine besondere Anforderung an den Baustoff. Sie lautet nicht einfach: Hält er lange? Vielmehr heißt die Frage: Wie altert er? Wie sieht er aus, wenn er alt ist? Da ist Beton ein sehr problematisches Material. Er setzt keine Patina an, er wird nur ranzig. Beton altert einfach schlechter als Ziegel, Marmor oder Holz.

Viele Architekten nutzen den Beton, um ihre Kirchen als symbolische Statements zu gestalten. Viele Kirchen sahen aus wie eine Arche oder ein Schiff. Das wichtigste Bausymbol aber wurde das Zelt. Es ist ein Inbild der Ortlosigkeit und steht damit für die damalige Lebens- und Glaubenserfahrung vieler Menschen. Darin liegt etwas Tragisches, aber auch etwas Euphorisierendes. Vom Krieg vertrieben und auf der Flucht, hatten viele keine Heimat mehr. Aber als Wanderer konnten sie unbekannte Welten entdecken. Ebenso die Kirchen: Sie waren aus ihrer alten Machtstellung vertrieben und konnten nicht mehr die Mitte der Stadt für sich reklamieren, aber sie wollten sich auch nicht mehr als «feste Burgen» hinter den Mauern religiöser Selbstgewissheit verschanzen. Sie mussten und sie wollten den Aufbruch wagen, in Bewegung kommen und bleiben. Sie vermieden das Monumentale und Repräsentative, stattdessen versuchten sie, eindrucksvolle architektonische Gestaltungen mit einem Sinn für das menschliche Maß zu verbinden. Am überzeugendsten hat Otto Bartning dieses doppelte Anliegen mit seinen «Notkirchen» umgesetzt. Um den vielen durch den Bombenkrieg obdachlos gewordenen Gemeinden schnell eine gottesdienstliche Bleibe zu verschaffen, hatte er ein Bauprogramm aufgelegt, bei dem mit einer Art Fertigbausatz schnell und preisgünstig überall in Deutschland Modellkirchen errichtet werden konnten. Was aus der Not geboren wurde, bewährte sich erstaunlich lange. Den Gemeinden sind diese wie Zelte wirkenden, aus der Ferne unscheinbaren, bei näherem Hinsehen aber sehr anrührenden Leichtbaukirchen zur dauerhaften Heimat geworden. Wie wenige andere Schöpfungen der modernen Sakralarchitektur scheinen diese Kirchen eine Seele zu haben.

Jeder Kirchenbau in der Moderne muss die Frage beantworten, was eine Kirche überhaupt sein soll. Wofür ist sie da, wofür steht sie ein, was gibt ihr das Recht, da zu sein? Diese Frage sollte nicht nur mit Hilfe eines neuartigen Baumaterials, sondern auch durch innovative Grundrisse beantwortet werden. Weiterhin dominant blieb die Grundform des Längsbaus, die – wie die alte Basilika – den Weg vom Eingang durch den Gemeinderaum hin zum Altar abbildet. Daneben aber wurde der Zentralbau aufgewertet, zunächst in Kreisform, bald aber auch asymmetrisch über Grundrisse mit drei, vier, fünf, sechs, sieben oder acht Eckpunkten, die auf kein klassisches Vorbild mehr verwiesen. Aufgefächert, aufgespalten, aufgerissen, verschachtelt, stufenförmig sich verengend und plötzlich wieder erweiternd wirkten die so geschaffenen Räume zunächst sehr verstörend, entfalteten aber eine eigentümliche Musikalität, eine freie Rhythmik, wie man sie aus dem Jazz kannte.

Diese neuen, geöffneten Bauten wollten Teil der modernen Gesellschaft sein und den Lebensalltag der Gemeindeglieder integrieren. Den Höhepunkt dieses Bestrebens bildeten die Gemeindezentren der siebziger Jahre. Es waren Mehrzweckgebäude, in denen der Gottesdienst nur noch eine Betätigung neben anderen war. Das soziale Engagement, die Stadtteilarbeit, das Vereinsleben der Gemeinde waren ihm gleichgestellt. So entstanden nicht-hierarchische Bauten, in denen alles auf einer Ebene stattfand. Schwellen – wie in den alten Tempeln und Kathedralen – gab es hier nicht mehr. Das Gemeindezentrum öffnete sich mit einem großzügigen Foyer zur Nachbarschaft und lud jeden ein. Ganz ohne Vorbild war dies natürlich nicht. Es stellte eine Rückkehr zum Betsaal der Herrnhuter dar, war aber weniger von Bibelfrömmigkeit als von politisch-diakonischem Engagement erfüllt. Das Gemeindezentrum war die Hauskirche unter den Bedingungen der modernen Großstadtsiedlung. Es sollte einen gemeinsamen Raum schaffen, in dem die Lebensfunktionen miteinander verknüpft waren. Zudem protestierte es gegen den Größenwahn mancher Hochhaussiedlung. Während die Türme des vermeintlich sozialen Wohnungsbaus in die Höhe wuchsen wie früher nur die Kirchtürme, blieben die Gemeindezentren mit ihren Flachdächern bewusst am Boden. Doch so einleuchtend das Konzept des Gemeindezentrums auch war, schon bald begannen die Gemeinden, Widerstand gegen seine nackte Profanität zu leisten. Stück für Stück gaben sie ihm die geraubte Sakralität zurück: Der Hauptraum wurde für Gottesdienste reserviert, ein Altarbereich abgesteckt, der Altar geostet und so weiter. Die Gemeinden hatten ein gutes Gespür dafür, dass die Wahrheit der christlichen Sakralarchitektur in der Mitte zwischen Hauskirche und Kathedrale liegt. Insofern markiert das Gemeindezentrum der siebziger Jahre nicht nur den Höhe-, sondern auch den Endpunkt einer Entwicklung, von dem aus es nicht weiter vorwärts, sondern nur wieder zurück ging.

Das zwanzigste Jahrhundert brachte eine ungeheure Fülle an Möglichkeiten der Sakralarchitektur hervor. Sie war ein Triumph der individuellen Freiheit. Damit verbindet sich ein Problem. Die Frage lautet nicht, ob man moderne Kirchen bauen darf oder nicht. Natürlich darf man das. Alles ist erlaubt, was gelingt. Aber der moderne individualistische Kirchenbau hängt viel stärker von der Begnadung des einzelnen Architekten ab. Auch der vormoderne Kirchenbau lebte von den wenigen einzigartigen Genies. Aber diese standen in einem engen Zusammenhang mit den kleineren Geistern, die sich an ihnen orientieren konnten. In der Vormoderne begründeten die Großen einen Stil, den die Kleinen dann kopierten. Dies endete in der Moderne. Von nun an zählte nur noch das Einzelstück. Für die wenigen Großen bedeutete dies eine herrliche Befreiung, für viele Kleinere aber nicht selten eine Überforderung. Eine Kirche von Niemeyer kann nur eine Kirche von Niemeyer sein. Aus ihr entwickelt sich kein überpersönlicher Stil. Seine Kathedrale in Brasilia ist unnachahmlich in einem doppelten Sinn. Sie ist unvergleichlich schön, aber sie bleibt ein Solitär, also einsam.

Der radikale Individualismus der modernen Architektur ist die Folge einer geschichtlichen Entwicklung, die niemand zurückdrehen kann. Dem Kirchenbau aber beschert sie eine Schwierigkeit. Denn die Kirche ist eine Institution. Sie lebt aus einer langen Geschichte, aus Ämtern, Traditionen, Riten. Selbst der Protestantismus, der dem Individualismus doch so freundlich gegenübersteht, ist dort, wo er Kirchen baut, eine solche Institution. Seine Sakralgebäude sollten deshalb selbst eine Gemeinschaft bilden, etwas allgemein Verbindliches an sich haben, typisch und wiedererkennbar sein. Sie sollen keine singulären Architekturskulpturen sein, sondern öffentliche Orte, die viele Menschen über Generationen hinweg gebrauchen. Das setzt der ästhetischen Selbstverwirklichung des Baukünstlers enge Grenzen. Dieser Widerspruch zwischen dem künstlerischen Individualismus moderner Architektur und dem kirchlichen Bedürfnis nach Typischem ist der tiefere Grund für die oft beklagte Entfremdung zwischen Kunst und Kirche in der Moderne. Es ist nicht einfach die vermeintliche Provinzialität der Kirchenleute oder die angebliche Religionsfeindlichkeit der Architekten, sondern die Tatsache, dass die Grundsignatur der Gegenwart sich nur schwer mit den baulichen Erfordernissen einer religiösen Institution verträgt. Darum ist es kein Zufall, dass einige der besten modernen Sakralbauten überkonfessionelle Meditationsräume sind – wie Mark Rothkos mystische Bilderkapelle in Houston – oder Kapellen für Pilger – wie Ronchamp oder die Wachendorfer Bruder-Klaus-Feldkapelle von Peter Zumthor – und also nicht für den alltäglichen Gebrauch durch eine Gemeinde gedacht.

Gottesdienste in der Demokratie

Im 20. Jahrhundert wurden nicht nur unvergleichlich viele Kirchen gebaut, es wurde auch so intensiv über Kirchenbau nachgedacht und gestritten wie kaum jemals zuvor. Verbunden war dies mit einem ebenfalls beispiellos intensiven Nachdenken über den Gottesdienst. Auch hier gab es einen erheblichen Reflexionsbedarf. Denn so, wie es keineswegs mehr selbstverständlich war, dass man Kirchen errichtete und von welcher Art sie sein sollten, war ebenfalls unklar, was für ein Gottesdienst eigentlich zeitgemäß war. Kein Zeitalter hat in so kurzem Abstand solche Umwälzungen in Politik, Gesellschaft und Kultur erfahren. Nach 1945 erfasste eine explosionsartige Modernisierung die Welt. Man denke beispielsweise nur an die technischen Fortschritte, verbunden mit einem bisher unbekannten Massenwohlstand, die neuartige Medien- und Konsumkultur, das Ende der alten Autoritätskultur und die Demokratisierung aller Lebensbereiche, das gestiegene Bildungsniveau der gesamten Bevölkerung, das gewandelte Verhältnis von Mann und Frau. Das alles sollte vor der Kirchentür bleiben und den Gottesdienst nicht berühren?

Viele Christen hatten schon lange ein Unbehagen an den herkömmlichen Gottesdiensten empfunden. Die besonders Engagierten und religiös Musikalischen hatten sich deshalb seit Beginn des Jahrhunderts in liturgischen Bewegungen gesammelt, die nach anderen Formen des gemeinsamen Betens und Feierns suchten. In ihnen verbanden sich klösterliche Einflüsse mit Motiven der Jugendbewegung. Sie strebten danach, das Heilige selbst zu erleben, jeder für sich und zugleich in einer Gemeinschaft. Darin lagen ein demokratischer und ein ökumenischer Impuls verborgen. Protestanten wie Katholiken teilten den Wunsch nach Gottesdiensten, an denen sie selbst aktiv beteiligt waren. Die Katholiken hatten genug von einem leeren und autoritären Ritualismus, bei dem der Priester allein am Altar eine Sakramentsfeier vollzog, die sie nur aus der Ferne betrachten durften. Die Protestanten waren die Kälte und das bloß Intellektualistische ihrer Predigtgottesdienste leid, in denen sie stumm wie Schüler langatmige Belehrungen über sich ergehen lassen mussten. Um ein intensiveres Erleben und gemeinsames Feiern zu ermöglichen, wurden ungezählte Experimente unternommen. Alte Riten und gregorianische Gesänge wurden wieder belebt, neue Musik – wie Jazz und Blues – wurde importiert, die Sakramente wurden mit größerer Ehrfurcht und häufiger gefeiert, aber auch kontroverse Themen des Tages wurden verhandelt, es gab politische Nachtgebete und Osternächte, das gemeinschaftliche Taufgedächtnis wurde eingeführt und das «Feierabendmahl» in riesigen Messehallen abgehalten, nicht zu vergessen die erfolgreichste neuere Gottesdienstform im westeuropäischen Christentum: der Familiengottesdienst. Auch wenn sich die gottesdienstlichen Erfindungen des 20. Jahrhunderts nicht auf einen einzigen Nenner bringen lassen, das Drängen auf eine aktive Beteiligung aller Mitfeiernden war ihnen gemeinsam.

Das wichtigste kirchengeschichtliche Ereignis, in dem diese liturgischen Bewegungen, Bedürfnisse und Bemühungen zusammenkamen, war die Messreform des Zweiten Vatikanischen Konzils. Dieses Konzil, von Papst Johannes XXIII. einberufen, läutete für die katholische Kirche den Aufbruch in die Moderne ein. Von 1962 bis 1965 wurde unter dem Motto des «Aggiornamento» – der «Verheutigung» oder des «Auf-den-heutigen-Stand-Bringens» – der Eintritt in das demokratische Zeitalter vollzogen. Das zeigte sich an der überfälligen Anerkennung der Menschenwürde und Menschenrechte sowie der Prinzipien des politischen Liberalismus. Vor allem aber wurde dies in der Reform des Gottesdienstes sichtbar, die am 4. Dezember 1963 von einer Liturgiekonstitution eingeleitet wurde.

Die Liturgiekonstitution brachte den katholischen Gottesdienst also «auf den heutigen Stand» und überführte ihn in die Epoche der Demokratie. Es ist keine unzulässige Zuspitzung, zu sagen, dass sie das «Ende des Mittelalters» einläutete. Zumindest überwand sie die Gegenreformation des 16. Jahrhunderts. Diese hatte in der Tridentinischen Messe das durchaus fragwürdige liturgische Erbe des Mittelalters systematisiert und anti-evangelisch ausformuliert. 1570 wurde diese Messe zur allein seligmachenden Gottesdienstform erklärt. Sie stellte eine in sich geschlossene heilige Handlung dar, die ganz auf den Priester ausgerichtet war. Er war so sehr der einzige Hauptakteur, dass man fast meinen konnte, die Anwesenheit einer Gemeinde sei eigentlich gar nicht erforderlich. So konnte es geschehen, dass die frommen Frauen, während der Priester allein am Altar seine heiligen Verrichtungen versah, in ihren Andachtsbüchern lasen oder den Rosenkranz beteten, also private Frömmigkeitsübungen vollzogen, und die weniger frommen Männer zwischendurch vor die Kirchentür traten, um eine Zigarette zu rauchen und über die Geschäfte zu plaudern. Diese Unsitten wollte die Messreform des Zweiten Vatikanischen Konzils beenden und ein gemeinschaftliches Feiern aller ermöglichen. Darin war sie ein epochales Ereignis, das die katholische Kirche umwälzte. Zugleich aber war sie ein ökumenisches Datum, weil sie Tendenzen sichtbar machte, die auch den Protestantismus im 20. Jahrhundert bestimmten. Konnte ein Laie vorher auf einen Blick einen evangelischen von einem katholischen Gottesdienst unterscheiden, so war dies nach dem Zweiten Vatikanum nicht mehr möglich – glücklicherweise, muss man sagen. Denn diese Gottesdienstreform steht für die erfreuliche Konvergenz der ehemals verfeindeten Konfessionssysteme.

Was diese Liturgiereform gebracht und was sie genommen hat, wird schon an der veränderten Innenausstattung der Kirchen sichtbar. Und hier war es natürlich der Altar als der zentrale Einrichtungsgegenstand einer katholischen Kirche, der als erster der veränderten Messform angepasst werden musste. Zunächst verloren die Schranken und Zäune, welche die Gemeinde vom Altar fernhalten sollten, ihre Berechtigung. Nur die kunstgeschichtlich besonders wertvollen Lettner durften bleiben. Ansonsten wurde der Gemeinde jetzt ein freier Zugang zum Altar gewährt. Nicht nur dies, der Altar selbst bewegte sich auf die Gemeinde zu. Wenn nämlich der neue Grundgedanke Wirklichkeit werden sollte, dass die Eucharistie die gemeinsame Feier der ganzen Gemeinde sei, dann musste der Tisch des Herrn in der Mitte des Kirchenraums stehen. So war es einst in der Alten Kirche gewesen. Damals befand sich der Altar am Vorderrand der Apsis. Erst im Mittelalter waren die Altäre an die Rückwand des Chorraums gerückt und hatten sich dort – vor allem im Barock – zu prächtigen Hochaltären ausgewachsen. Jetzt wurde der Altar wieder am vorderen Rand des Chores oder sogar mitten in der Vierung platziert.

Dies war mehr als ein bloßes Tischerücken, sondern ein epochaler Eingriff in die Logik und Ästhetik katholischer Kirchen. Die Kirche der Tridentinischen Messe stellte einen gerichteten Weg vor. Der Altar war hier das Ziel, der Fluchtpunkt des Gebets, die Schwelle zum Jenseits. Darum stand er exzentrisch, nicht in der Mitte, sondern am äußersten Ende. Die Kirche des Zweiten Vatikanums aber war ein zentrierter Raum, der um die aktuelle Feier der Eucharistie am Tisch des Herrn kreiste, welcher folglich die Mitte bilden musste.

Für die Gestaltung der neuen Altäre ergaben sich zwei Bestimmungen. Zum einen mussten sie Tische darstellen. Sie durften schlicht nicht mehr so hoch sein wie ihre Vorgänger, sonst hätten sie ja wie orthodoxe Ikonostasen alles verdeckt. Darum konnten sie auch nicht mehr den Tabernakel enthalten. Dieser Aufbewahrungsort der schon gewandelten Hostien wurde nun vom Altar getrennt und in eine Seitenkapelle abgeschoben. Das war ein herber Bedeutungsverlust. Denn der Tabernakel spielte für die Frömmigkeit des gegenreformatorischen Katholizismus eine so große Rolle, dass man fast meinen konnte, die Anbetung der Hostie sei wichtiger als die Feier der Eucharistie selbst. Seine Degradierung und Entfernung aus dem eigentlichen Gottesdienstraum zeigte nun unmissverständlich, dass die ganze Konzentration dem aktuellen Vollzug der Eucharistie gelten sollte.

Um diese zu befördern, wurde zweitens angeordnet, dass der Altar «umschreitbar» sein müsse, damit der Priester die Messe der Gemeinde zugewandt zelebrieren könne. Sie sollten einander ins Gesicht schauen. Auch sollte die Gemeinde nun sehen und hören, was der Priester am Altar tat. Der Priester der Tridentinischen Messe hatte mit dem Rücken zur Gemeinde mit seinem Körper das heilige Geschehen vor den neugierigen Blicken der Laien abgeschirmt. Er hatte sogar wichtige Formeln so leise gesprochen, dass die Gemeinde sie nicht hören konnte. Mit diesem heimlichen Priesterzauber hatte es nun ein Ende. Die alte protestantische Forderung, dass die Gemeinde den Prediger gut sehen und hören sollte, hatte endlich auch in der katholischen Kirche Berücksichtigung gefunden. Dabei ging jedoch der schöne Hintersinn der alten Sitte verloren, dass der Liturg der Gemeinde nicht wie ein Moderator seinem Publikum entgegentrat, sondern mit ihr in einer gemeinsamen Richtung betete. Wer dies heute noch erleben will, muss in eine der nicht wenigen evangelischen Kirchen gehen, in denen die alten Hochaltäre noch in Gebrauch sind.

Der weniger autoritäre Charakter der Messe zeigte sich auch daran, wie nun die Oblate ausgeteilt wurde. Mit der Entfernung der Altarschranken waren auch die Kniebänke abgeschafft worden. Die Laien können also nicht mehr vor dem Altar verharren, sondern sie gehen nach vorn, empfangen die Oblate im Stehen – besser gesagt: im Gehen – und begeben sich auf ihre Plätze zurück. Diese «Wandelkommunion» hat einen großen symbolischen Nachteil: Die Gemeinde versammelt sich nicht mehr um den Tisch des Herrn, sondern defiliert an ihm vorbei. Die Kommunion ist damit entsinnlicht und eigentümlich ortlos geworden. Dafür aber wurde eine mittelalterliche Unsitte aufgegeben: Aus der Befürchtung heraus, mit ihren schmutzigen Händen könnten die Laien die Hostie verunreinigen, wurde sie den Gläubigen vom Priester direkt in den Mund geschoben beziehungsweise auf die Zunge gelegt. Das hatte sich nicht selten etwas unappetitlich und peinlich gestaltet. Im Zuge der Liturgiereform wurde die Mundkommunion nun durch die einfachere und angemessenere Handkommunion ersetzt.

Mit der Verrückung des Altars holte das zweite Vatikanum etwas nach, was Martin Luther schon 1526 gefordert hatte: «In der rechten Messe unter eitel Christen müsste der Altar nicht so (nämlich an der Endwand der Apsis) bleiben und der Priester sich immer zum Volk kehren, wie ohne Zweifel Christus im Abendmahl getan hat. Nun, das erharre seiner Zeit.» Diese Zeit war jetzt also gekommen, dass die katholische Kirche – in Luthers Sinn – eitel christlich wurde. Doch nicht nur äußerlich – dadurch nämlich, dass sich der Priester nun über den Altar hinweg der Gemeinde zuwandte – näherte sich der katholische dem evangelischen Gottesdienst an, sondern auch innerlich. Denn die Liturgiereform verschob auch die theologischen Akzente der Messe. Eine der Hauptkritikpunkte der Reformatoren an der Papstkirche war der Opfergedanke gewesen. Die Vorstellung, dass der Priester in der Eucharistie vor Gott ein Opfer bringt, war von ihnen heftig angegriffen und als Rückfall in heidnische Kultvorstellungen gegeißelt worden. Umso stärker hatte die Gegenreformation diesen Aspekt hervorgehoben und die Tridentinische Messe konsequent auf den Opfergedanken ausgerichtet. Jetzt wurde dieses Motiv zwar nicht vollständig gelöscht, aber doch deutlich zurückgenommen.

Die Umsetzung der Liturgiereform in der Verortung und Gestaltung des Altars war konsequent und einleuchtend. Sie war in ästhetischer und architektonischer Hinsicht aber auch problematisch. Mit einem Schlag wurden in allen katholischen Kirchen der Welt die Altäre verschoben oder neue Altäre dort aufgestellt, wo vorher nie welche gestanden hatten. Nicht allen Kirchen bekam dies gut. In nicht wenigen wurde die ursprüngliche Raumlogik zerstört. Und man kann nicht behaupten, dass die vielen neuen Tischaltäre – im Design der sechziger und siebziger Jahre gehalten – den gotischen und barocken Hochaltären an Strahlkraft und Bildmacht ebenbürtig gewesen wären, im Gegenteil. Die alten Hochaltäre waren die Hauptleidtragenden der Reform. Von einem Tag auf den anderen waren sie ihrer Lebensberechtigung beraubt. Man schaffte sie zwar nicht fort wie den Tabernakel, aber sie hatten keine Aufgabe mehr. So musste der Gewinn an Transparenz und Kommunikation mit einem Verlust an Zauber und Aura bezahlt werden.

Die Liturgiereform verschob nicht nur den Altar, sondern stellte ihm auch einen zweiten Einrichtungsgegenstand an die Seite, den Ambo. Von diesem Pult aus sollten von nun an die Lesungen und die Predigt gehalten werden. Damit war der Wortverkündigung endlich ein fester und hervorgehobener Ort im Gottesdienst zuerkannt worden. Die Messe ließ sich nicht mehr auf die Feier der Eucharistie reduzieren, sondern sie besaß von nun an zwei Brennpunkte: das Sakrament und das Wort. Altar und Ambo sollten darum in direkter Nachbarschaft stehen. Anders als in den vormodernen katholischen Kirchen, in denen die Kanzeln in der Mitte des Seitenschiffs angebracht waren, so dass die Hälfte der Gemeinde sich zur Predigt umdrehen musste, wenn sie den Prediger sehen wollte, wurde nun von vorn zelebriert, gelesen und gepredigt. Auch damit wurden zwei alte protestantische Anliegen aufgegriffen, nämlich dass Wort und Sakrament mit gleicher Aufmerksamkeit zu behandeln seien und dass man den Prediger wie den Liturgen von allen Orten des Kirchraums aus gleich gut hören und sehen können solle. Opfer dieser Veränderung waren aber die alten Kanzeln. Manche von ihnen besaßen eine lange, ehrwürdige Geschichte und einen hohen künstlerischen Wert. Sie wurden nun wie die alten Altäre ohne Dank außer Dienst gestellt. So stehen sie heute noch dort als verwaiste Kanzeln – ein trauriges Schicksal.

Ebenfalls stillgelegt wurden die Nebenaltäre. Nach dem Willen der Liturgiereform sollte ja die ganze Gemeinde gemeinsam den Gottesdienst feiern. Da konnte es nicht angehen, dass einige während der großen Messe, davor oder danach, in den Seitennischen ihre Privatmessen abhielten. Die Nebenaltäre, die für den Ritualbetrieb der mittelalterlichen und gegenreformatorischen Kirche von zentraler Bedeutung – sowie eine unverzichtbare Einnahmequelle – gewesen waren, hatten ihre Existenzberechtigung verloren. Auch sie wurden nicht aus den alten Kirchen fortgeschafft. Immer noch haben sie ja einen großen kunstgeschichtlichen und touristischen Wert. Gelegentlich werden sie auch von kleineren Andachtsgruppen genutzt. Aber als eigene sakrale Orte von eigener sakraler

Würde hatten sie ausgedient. Auch diese Entscheidung wäre ganz im Sinne Luthers gewesen, hatte er doch oft gegen die «Winkelmessen» polemisiert, die verhinderten, dass sich ein Gemeinde-Bewusstsein bildete.

Wesentliche Fortschritte der Liturgiereform – die Aufwertung der Gemeinde, das gemeinsame Feiern, der Tischaltar und das Zelebrieren mit dem Gesicht zur Gemeinde, die Herabstufung des Opfergedankens, die neue Wertschätzung von Bibel und Predigt, die zentrale Position des Ambo und schließlich die Stilllegung der Nebenaltäre – weisen eine große Nähe zu Grundanliegen der Reformation auf. Das heißt aber nicht, dass sich die katholische Kirche im Zuge des Zweiten Vatikanums «protestantifiziert» hätte. Dazu ist sie zu stolz und zu reich an rituellem Wissen und theologischen Traditionen. Für all die Neuerungen der Liturgiereform gab es eigene katholische Vorbilder, die über die liturgischen Bewegungen weit hinaus bis in die Alte Kirche und die biblische Zeit zurückreichten. Deshalb war das, was man nun einführte, nicht – in einem konfessionellen Sinne – bewusst oder unbewusst evangelisch, sondern einfach bloß christlich.

Besucht man aber heute eine vorkonziliare Kirche, ergeht es einem wie beim Besuch einer uralten Tante, in deren Wohnung sich die Erbstücke der Familie erhalten haben. Überall stehen seltsame Truhen, Sekretäre und Kommoden herum. Schön sind sie anzusehen, nur weiß man nicht, was sie enthalten, wie man sie öffnet und wozu sie dienen. Ein dunkler Geruch von Geschichte weht einen an, man spürt eine leise Ehrfurcht vor längst verschollenen Erinnerungen, aber auch eine Ratlosigkeit darüber, was man mit diesen alten Möbeln eigentlich noch anfangen soll.

Ähnlich unschlüssig steht man heute vor den Bildern in den alten katholischen Kirchen. Seitdem die Nebenaltäre keine Funktion mehr haben, ist auch ihr Sinn und Zweck unklar geworden. Einem beliebten Klischee zufolge unterscheidet sich der Katholizismus vom Protestantismus dadurch, dass er sinnenfroh und bildmächtig sei. Doch das gilt spätestens nach dem Zweiten Vatikanum nicht mehr. Die alten Bilder haben viel von ihrer Seligkeit verloren. Ihr Bann ist gebrochen, das Verhältnis der Gläubigen zu ihnen heikel geworden. Deshalb sind die modernen katholischen Kirchen von einer regelrechten Bilderaskese geprägt. Wenn etwas sie auszeichnet, dann sind es die riesigen leeren Wände und nicht eine Fülle an berauschenden Bildern, wie man dies aus dem Barock kennt. Hinzu kommt, dass die wenigen Bilder, die für die neuen Kirchen geschaffen wurden, häufig keine beseeligende Wirkung auf den Betrachter ausüben. Selten entstand so wenig überzeugende Sakralkunst wie im 20. Jahrhundert. Das ist nicht allein in der mangelnden Begabung der beauftragten Künstler, sondern vor allem in einer epochalen Tendenz begründet. Das Verhältnis von Kirche und Kunst hat sich in der Moderne umgekehrt. Hatte früher die Kunst ihren Ursprung in der Kirche gehabt und von dort aus in die weltliche Kultur ausgestrahlt, so war die Kunst nun aus der Kirche ausgewandert und kehrte nur noch gelegentlich in ihre verlorene Heimat zurück. Viel zu selten nahmen die wirklich bedeutenden Künstler der Gegenwart einen Auftrag an, für die Kirche zu arbeiten. Sie überließen das Feld einem neuen Typus in der Kunstgeschichte, dem Kirchenkünstler. Das ist ein Maler oder Bildhauer, für den es auf dem freien Kunstmarkt nicht gereicht hat und der deshalb in der Kirche sein Auskommen finden muss. Diese unglückliche Mischfigur versucht sich emsig, aber halbherzig an einer Modernität, für die ihm aber der letzte Mut und die entscheidende Prise Originalität fehlen. Natürlich gibt es gelungene moderne Sakralkunst, wer wollte das bestreiten. Aber wer könnte leugnen, dass auch viel Kunsthandwerksexpressionismus und unschöne Pseudoabstraktionismen produziert wurden?

Auch aus Gründen des Geschmacks haben sich in den vergangenen Jahren vermehrt Nostalgiker zu Wort gemeldet und gefordert, an dieser oder jener Stelle die Gottesdienstreform zurückzunehmen. Wo sich dies mit einem kirchenpolitisch reaktionären Unterton verbindet, muss man antworten, dass die Demokratisierung des Gottesdienstes unumkehrbar ist. Zugleich aber wird man zugeben, dass man im ersten Überschwang des Reformierens herbe Verluste an Sakralität billigend in Kauf genommen hat. Deshalb kann die weitere Arbeit an der Kultur des Gottesdienstes nicht darin bestehen, auf dem Weg des Fortschritts weiter schnurgerade nach vorn zu marschieren. Vielmehr gilt es heute, beides miteinander zu verbinden: das Moderne und das Urzeitliche, das Zeitgenössische und das Fremde, das Verständliche und das Geheimnisvolle, die Transparenz und den Zauber, die Kommunikation und die Ehrfurcht, das Einleuchtende und das Verstörende – und dies ohne allzu große Stilbrüche oder falsche Kompromisse. Darin liegt die wichtigste liturgische Aufgabe der Zukunft. Vor ihr stehen die katholische wie die evangelische Kirche gemeinsam.

Die Kathedrale von Brasilia

Was bleibt, was kommt?

Dieses Buch hat in großen Schritten eine lange Geschichte abgeschritten und ist nun an ihrem vorläufigen Ende angekommen. Welche Bilanz ist zu ziehen und welche Prognose zu treffen? Zunächst sei noch einmal an etwas erinnert, das leicht vergessen wird: Die für den Protestantismus wichtigsten Epochen haben keine Kirchen gebaut. Das Urchristentum, die Reformation und die Aufklärung hatten anderes zu tun. Ihnen ging die Klärung des Inhalts vor die Gestaltung der Form. So selbstverständlich, wie es heute scheint, ist das Bauen von festen, großen und schönen Sakralbauten nicht, jedenfalls nicht immer gewesen. Doch folgten den theologisch epochalen, aber architektonisch wenig ehrgeizigen Aufbrüchen unweigerlich Zeiten, in denen dem Inhalt ein angemessener Raum, ein passendes Gebäude geschaffen wurde. Denn wie sonst hätte der Geist des Glaubens einen dauerhaften Ort in der menschlichen Gesellschaft, einen Platz in der Öffentlichkeit, ein Wohnrecht in Stadt und Land gefunden?

Wie wird es nun weitergehen? Was Europa angeht, so muss man kein Prophet sein, um sagen zu können, dass neue monumentale Kirchenbauten nicht mehr zu erwarten sind. Die abnehmende Kirchenbindung, das Ende des Wirtschaftswunderwohlstands, die demographische Entwicklung – der Euphemismus dafür lautet «Entjüngung» –, vor allem jedoch das Ende des Staatskirchentums haben die ideellen wie materiellen Voraussetzungen dafür zunichte gemacht. Was den Bau repräsentativer Sakralbauten angeht, hat das europäische Christentum seine historische Aufgabe erledigt, seine Mission erfüllt. Das muss man nicht betrauern. Es bleibt genug zu tun, wenn man dieses reiche Erbe pflegen will. Dafür ist eine intensive Bildungsarbeit vonnöten, vor allem eine Geistesgegenwart, welche die Kirchen nicht bloß als Museen pflegt, sondern als Räume des eigenen Betens und Feierns lebendig erhält. Das europäische Christentum hat also die Aufgabe, seine gelungenen Kirchenbauten als Kulturerbstücke und zugleich als Orte vitaler Frömmigkeit zu erhalten. Zudem muss es Wege finden, in einer angemessenen Form mit denjenigen Sakralgebäuden umzugehen, die es nicht bewahren kann.

Gilbert Keith Chesterton hat einmal gesagt, die Tradition sei die einzige Demokratie, in der auch die Toten ein Stimmrecht haben. Demnach ist die Kirche eine Gemeinschaft, die über die bloße Gegenwärtigkeit des eigenen Lebens weit hinausreicht, die in eine ganz andere Zukunft ausblickt, aber auch auf eine weite Vergangenheit zurückgreift. Kirchen sind in einem tieferen – nicht musealen Sinne – Häuser der Geschichte. Sie beherbergen, sie bestehen aus unendlichen Darstellungen davon, wie schön der Glaube und wie schrecklich die Kirche sein kann, zu welchen Leistungen und zu welchen Verbrechen Christen in der Lage sind, was sie erleiden mussten und was sie zustande brachten, wie in all dem Gott anwesend und abwesend ist. Kirchen sind Erinnerungsorte, und diese Erinnerung lebt im Erzählen. Nicht nur Bücher können sprechen, auch Kirchenbauten können dies. Sie sind Erzählungen aus Stein, in die man hineingehen kann. Natürlich sind sie keine heiligen Orte, in denen der Glaube sich automatisch einstellte. Aber wo sonst könnte man sich verlässlich und öffentlich gemeinsam erinnern, von der Geschichte Gottes und den Geschichten der Menschen erzählen und sich die Frage stellen, wie das eine mit dem anderen zusammenhängt? Kirchenbauten zu erhalten ist deshalb eine der vordringlichsten Aufgaben der beiden großen Konfessionen hierzulande, die höchste Geistesgegenwart abverlangt. Dies ist aber nicht allein eine Sache des theologischen oder auch staatlichen Denkmalschutzes, sondern muss ein Anliegen der ganzen Gesellschaft sein. Dieses hat übrigens auch eine materielle Seite: Allein der unbeliebten Kirchensteuer ist es zu verdanken, dass all die vielen klassischen und modernen Kirchen bisher erhalten werden konnten. Wer diese Steuer nicht mehr zeitgemäß findet, müsste ein anderes Finanzierungsinstrument vorschlagen, das Vergleichbares leistet. Das könnte eine Kultursteuer sein. Bloßes Spendensammeln aber würde die Kostenlasten nie tragen.

Blickt man über das alte Europa hinaus, erkennt man, dass das Christentum nicht nur ein historisches Erbgut, sondern auch eine Zukunftsmacht ist. Auf der südlichen Erdhalbkugel wächst es rasant. Dieses Christentum ist jung, kommt noch ohne Geschichte und eigene Sakralbauten aus, wenn man von den Missionskirchen der Kolonialzeit einmal absieht. Oft hat es charismatischen Charakter und ist von einem pfingstlerischen Geist erfüllt, der noch wenig von stabilen Institutionen, festen Regeln, gepflegten Traditionen und dauerhaften Gebäuden hält. Je nach Größe und Wohlstand versammeln sich diese Kirchen in ärmlichen Privathäusern und Wellblechhüten, auf kleinen Plätzen oder in Shopping-Malls und Unterhaltungsarenen. All diese Versammlungsorte nehmen kaum noch Bezug auf die europäische Sakralbautradition. Ihr Vorbild sind entweder die alten Hauskirchen oder die technisch hochgerüsteten Fernsehstudios. Dies passt auch zu ihrem evangelikal-charismatischen Profil. Es besteht jedoch die Gefahr, dass sie zu bloßen Filialen des nordamerikanischen TV-Protestantismus werden, der wohl geschmacklosesten Gestalt der Christentumsgeschichte. Kirchen dieser Art sind zumeist bloße Mehrzweckhallen mit großer Bühne. Sie sind zwar mit Event-Technologien neuester Art ausgestattet, haben aber keine eigene Aura und Ästhetik.

Es ist daher zu hoffen, dass es den außereuropäischen Kirchen und Konfessionen gelingt, aus ihrem eigenen Verständnis des Christentums heraus neuartige Kirchenräume zu entwickeln. Man müsste beobachten, ob der stärker interaktive Charakter charismatischer Gottesdienste – das gemeinsame Singen, Beten und Tanzen – andere Raumideen schafft. Vielleicht wird die hohe Wertschätzung der Erwachsenentaufe bei den Baptistengemeinden in Amerika und Afrika dem Taufbassin eine so zentrale Position zuerkennen, wie man sie in der Alten Welt dem Altar reserviert hat. Vielleicht können die asiatischen Hauskirchen, nun da sie aus ihren kleinen verborgenen Unterkünften herauswachsen, etwas von ihrer privaten Atmosphäre in ihre neu zu errichtenden Kirchen hinüberretten. Das alles ist offen, aber fest steht, dass das neue Christentum des Südens vor einer epochalen Herausforderung steht, an der sich schon die ersten christlichen Gemeinden abgearbeitet haben: Es muss dem christlichen Glauben auch architektonisch eine Gestalt geben, die seinem Wesen entspricht und die zugleich künstlerisch überzeugt. Wie es dieses Problem lösen wird, ist noch nicht abzusehen und ganz allein seine eigene Angelegenheit.

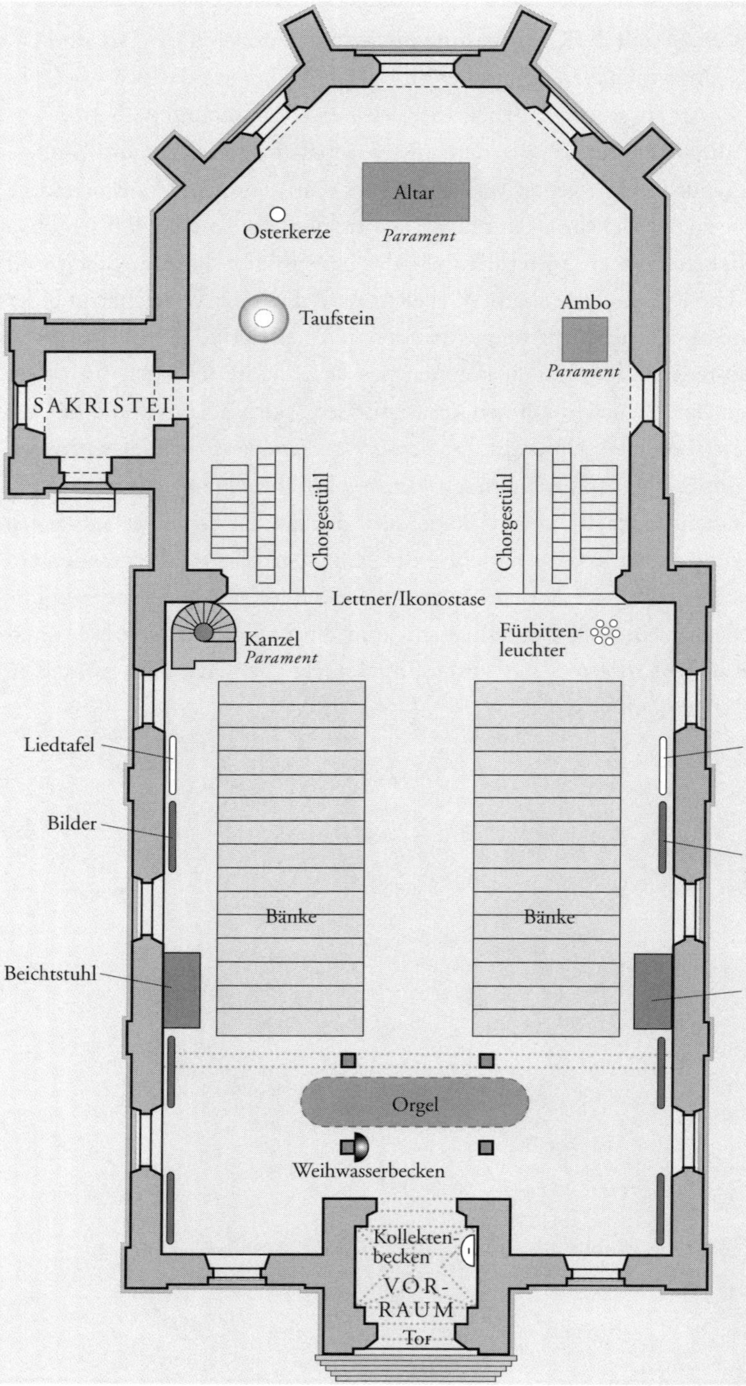

Die Einrichtung einer Kirche

Die Einrichtung einer Kirche

– ein Rundgang

Eine Kirche muss nicht nur gebaut, sondern auch eingerichtet werden, denn erst mit der richtigen Ausstattung kann sie genutzt werden. Nicht nur am äußeren Gehäuse, sondern auch an den heiligen Gebrauchsgegenständen, den liturgischen Instrumenten und Sakralmöbeln kann man den Glauben ablesen, der hier eine Heimat finden soll. Diese Inneneinrichtung kann sehr unterschiedlich ausfallen, je nachdem, wie der christliche Glaube in den verschiedenen Konfessionen ausgelegt und gelebt wird. Der folgende Rundgang durch eine fiktive ökumenische Einheitskirche soll einen Überblick hierüber geben: In ihr ist fast alles versammelt, was die zahlreichen Kirchengemeinschaften im Laufe ihrer Geschichte an Einrichtungsgegenständen entwickelt haben. In Wirklichkeit kann es eine solche Kirche natürlich nicht geben. Sie müsste wegen Überfüllung geschlossen werden. Auch würde sie zu endlosen Streitigkeiten führen, denn die verschiedenen Konfessionen besitzen nicht nur unterschiedliche Einrichtungsstücke. Um die Verwirrung noch zu steigern, stellen sie sogar die Gegenstände, die ihnen gemeinsam sind, häufig an sehr unterschiedliche Orte. Was also gibt es alles in dieser imaginären Einheitskirche, und wo genau gehört es hin?

Eine Kirche, die es nicht gibt: Der Plan zeigt – über die Unterschiede von Epochen und Konfessionen hinweg – die wichtigsten Elemente eines Kirchenraums.

Die Kirche betritt man durch ein großes Tor und gelangt dann in einen Vorraum. Dieser ist immer mehr als ein bloßer Windfang, sondern hat stets auch eine liturgische Aufgabe. In der Alten Kirche war dies der Aufenthaltsort der Taufanwärter und Büßer, die noch nicht ganz zur kirchlichen Gemeinschaft gehörten. Im Mittelalter diente der Vorraum als Herberge für Pilger. Heute werden hier die Gottesdienstbesucher begrüßt oder – wie bei einer Trauung oder Taufe – vom Geistlichen abgeholt, um dann gemeinsam in den eigentlichen Kirchensaal einzuziehen. Der Vorraum ist zudem ein Scharnier zum alltäglichen Gemeindeleben, das im benachbarten Gemeindehaus stattfindet. Darauf weisen allerlei Informationsmaterialien hin, die hier ausgelegt sind. Im Vorraum ist auch ein Einrichtungsstück aufgestellt, auf das keine Kirche verzichten kann: das KOLLEKTENBECKEN oder – altmodisch gesprochen – der Opferstock.

Über dem Vorraum, hoch oben im Turm, sind die GLOCKEN aufgehängt. Sie sind mehr als bloße akustische Signalmaschinen, sie sind regelrechte Musikinstrumente. Die verschiedenen Glocken ergeben gemeinsam einen harmonischen Klang. Eine detaillierte «Läuteordnung» legt fest, zu welchem Anlass welche Glocken in Bewegung gesetzt werden dürfen: So erklingt an Festtagen das volle Geläut, um zum Gottesdienst einzuladen, während tagtäglich kleine Glocken zu bestimmten Stunden an die traditionellen Gebetszeiten erinnern. Am Karfreitag schweigen die Glocken, ebenso wie die Orgel.

Bevor der Rundgang in der Kirche jedoch richtig beginnen kann, sind noch einige Verhaltensfragen zu klären. Zunächst: Wer darf eigentlich hinein? Es ist ja bei Sakralbauten keineswegs selbstverständlich, dass jedem der Eintritt erlaubt wäre. In einer christlichen Kirche aber gilt: Alle Menschen sind willkommen, auch die Angehörigen anderer Glaubensweisen und sogar die Religionslosen. Ganz besonders willkommen aber sind diejenigen, die Jesus von Nazareth zu den «Armen» zählte und denen er vor allen anderen seine Aufmerksamkeit schenkte. Das gilt auch heute noch. Gerade diejenigen Menschen, die sonst in öffentlichen Räumen und Veranstaltungen nicht gern gesehen sind, sind zum Kirchenbesuch und Gottesdienst besonders herzlich eingeladen: Obdachlose, Menschen mit körperlichen oder geistigen Behinderungen und auch Kinder. Letztere tragen natürlich immer auch ein Moment der Störung in die Kirche und in den Gottesdienst hinein. Das ist ihr gutes Recht und hat seinen tieferen Sinn. Es gibt der Gemeinde die Gelegenheit, Rücksicht zu üben. Aber Rücksicht ist ein Geschäft auf Gegenseitigkeit. Das zeigt sich beim immer wieder gern diskutierten Thema «Kinder im Gottesdienst». Es ist die Aufgabe der Eltern, ihre Kinder so in die Kirche und den Gottesdienst einzuführen, dass diese sich wohlfühlen und zugleich nicht zu viel Aufmerksamkeit der anderen auf sich ziehen.

Sodann wäre die Frage zu beantworten: Wie betrete ich eine Kirche? Hier gibt es keine festen Regeln. Sinnvoll ist es, angemessen gekleidet zu sein. Was das im Einzelnen bedeutet, variiert von Ort zu Ort und Konfession zu Konfession. In europäischen Kirchen wurden die zum Teil rigiden Vorschriften der Vergangenheit glücklicherweise gelockert. Doch sollte man als Gast einer Kirche auch mit seiner Kleidung Respekt erweisen. Besonders in südlichen und östlichen Ländern nimmt man Anstoß daran, wenn Touristen in Strandkleidung in eine Kirche gehen. Zu Recht, man sollte bedenken, dass der Besuch einer Kirche zwar in der Freizeit stattfindet, aber keine Freizeitveranstaltung ist. Schön ist es auch, wenn Männer die alte Tradition pflegen, beim Betreten einer Kirche die Kopfbedeckung abzunehmen. Und selbstverständlich sollte das Mobiltelefon ausgeschaltet sein.

Ansonsten gibt es wenig, was man unbedingt tun müsste. Man sollte eine gewisse Ehrfurcht an den Tag legen, dabei aber sich selbst treu bleiben. Man sollte nichts tun, was einem wie ein frommes Spiel vorkäme. Man braucht sich also nicht zu verbeugen, zu knien, sich mit Weihwasser zu bekreuzigen, wenn einem dies nicht entspricht. Wenn man wissen will, was man tun oder lassen sollte, ist es immer noch am hilfreichsten, die anderen zu beobachten und daraus seine Schlüsse zu ziehen – und wenn man unsicher ist, Zurückhaltung zu üben. So sollte man während eines Gottesdienstes nicht herumgehen. Besser ist es, einfach teilzunehmen. Außerhalb der Gottesdienstzeiten kann man in Ruhe fast alle Raumteile besichtigen. Manche, wie die Empore, sind nicht immer frei zugänglich. Da spricht man am besten den Küster oder Ortsgeistlichen an. Wenn man Glück hat, ermöglichen sie einem sogar eine Besteigung des Turms.

Sehr empfehlenswert ist es, in einer Kirche nicht zu fotografieren oder zu filmen. Denn sie ist einer der wenigen Orte, an denen noch so etwas wie Unmittelbarkeit möglich ist. Da ist es gut, einmal zu versuchen, Schönes und Ergreifendes direkt wahrzunehmen und einfach so auf sich wirken zu lassen, also nicht durch ein technisches Gerät vermittelt und mit Verwertungsabsichten belastet. Das mag für viele Zeitgenossen ungewohnt sein, ist aber eine lohnende spirituelle Übung eigener Art. Schauen und hören, was da ist, und spüren, was dies bei einem auslöst. Hoffentlich ein Gefühl von innerer Erhebung, Entlastung und Befreiung.

Frei sollte man sich in einer Kirche fühlen, dabei aber – wie immer, wenn man zu Gast ist – Grenzen beachten. So sollte man nicht alles aus nächster Nähe betrachten oder gar anfassen. Das gilt besonders für den Altarraum. Er ist zwar in evangelischen Kirchen kein heiliger, mit einem besonderen Tabu belegter Raum. Aber die Höflichkeit gebietet es, Abstand zu wahren. Was den Sitzplatz angeht, so herrscht freie Auswahl. Früher saßen Männer und Frauen getrennt: die Männer auf der Nord- und die Frauen auf der Südseite. Das ist Vergangenheit. Doch ein Hinweis ist immer noch sinnvoll. Wenn man seinen Platz gewählt hat, sollte man sich nicht wie im Kino oder Theater sofort hinsetzen, sondern vorher kurz innehalten und – wenn man mag – ein Gebet sprechen. Nachdem dies nun alles geklärt ist, kann der Rundgang beginnen.

Tritt man in den Kirchensaal ein, stößt man auf das katholische WEIHWASSERBECKEN. Es bezeichnet den Übergang in den Raum des Heiligen. Der Gläubige taucht Finger seiner rechten Hand hinein und bekreuzigt sich dann. Dieser Ritus ist der Rest einer rituellen Waschung, wie sie auch Juden und Muslime vor dem Betreten ihrer Kulträume vollziehen. Früher mögen Gläubige darin auch ein Schutzzeichen gegen Dämonen gesehen haben. Heute wird dieses Bekreuzigen auch als eine Form des Taufgedächtnisses verstanden.

Hoch über dem Weihwasserbecken, auf der Empore, befindet sich die ORGEL. Sie gilt als das kirchliche Musikinstrument schlechthin, hat diesen Rang aber erst erstaunlich spät erlangt. In der Antike war sie ein rein profanes Instrument, das im Theater und Zirkus zum Einsatz kam. In den Wirren der Völkerwanderung ging auch dieses Kulturgut in Westeuropa verloren. Im oströmischen Reich aber überlebte es. Dort verschönerte es das kaiserliche Zeremoniell, womit schon eine Nähe zum gottesdienstlichen Leben gegeben war. Über Byzanz kam die Orgel im 8. Jahrhundert zurück nach Westeuropa und dort in ausgewählte Kirchen. Schon im 13. Jahrhundert war sie das wichtigste kirchliche Musikinstrument. Einen Höhepunkt erreichte die geistliche Orgelmusik im 16. und 17. Jahrhundert im Luthertum. Die Reformierten jedoch und die protestantischen Freikirchen hatten die Orgel aus ihren Kirchbauten verbannt, weil sie in ihr ein unfrommes Luxusgut sahen.

Blickt man nun in den Kirchensaal, sieht man BÄNKE, Bänke, Bänke. Ursprünglich hat es nur für die hohe Geistlichkeit Sitzgelegenheiten gegeben. Denn ein Stuhl war vor allem ein Machtsymbol. So stand in der Apsis die KATHEDRA des Bischofs, daneben das CHORGESTÜHL für seinen Klerus. Für den adligen Patron der Kirche gab es eine eigene Loge in der Nähe des Altarraums. Die Gemeinde aber stand, kniete oder ging umher. So ist es in den orthodoxen Kirchen immer noch. Das änderte sich mit der Reformation. Die Gemeinde sollte sitzen, um der Predigt konzentriert folgen zu können. Zugleich waren die Stühle eine wichtige Einnahmequelle, denn sie wurden vermietet. Die Stuhlgebühren waren eine Vorform der Kirchensteuer. Auch in katholischen Kirchen wurde das Gemeindegestühl eingeführt. Im Unterschied zu protestantischen Kirchen aber ist es mit Kniebänken verbunden. Diese fehlen in den evangelischen Kirchen, denn hier ist das Knien – allerdings erst im 19. Jahrhundert – unüblich geworden.

An der linken und rechten Seitenwand befinden sich die BEICHTSTÜHLE. Hier können die katholischen Besucher einem Priester ihre Sünden bekennen und von ihm losgesprochen werden. Der heutige Beichtstuhl entstand in der Barockzeit. Er sieht aus wie ein Schrank und besteht meist aus zwei Kammern. In der einen sitzt der Priester, in der anderen der Gläubige. Durch eine Trennwand hindurch können sie miteinander sprechen. Warum nennt man diesen Schrank «Stuhl»? Ursprünglich kniete der Beichtende einfach vor einem Priester, der auf einem Stuhl saß. Je mehr aber die Einzelbeichte zu einem zentralen Sakrament wurde, desto dringlicher brauchte sie einen eigenen liturgischen Ort, aber auch eine gewisse Diskretion. Beichtstühle gab es anfangs übrigens auch in lutherischen Kirchen. Erst im Zuge der Aufklärung wurden sie abgeschafft. Denn man stieß sich an dem hierarchischen Gefälle, das die Einzelbeichte schafft, sowie an der Vorstellung, man könne sich dadurch eine billige Gnade verschaffen, dass man regelmäßig dieses Ritual vollzog, ohne sich um eine tugendhafte Lebensführung zu bemühen. Deshalb hat die Beichte keinen eigenen Ort und Einrichtungsgegenstand mehr in evangelischen Kirchen. Beichtähnliche Anteile aber gibt es in sehr vielen seelsorgerlichen Gesprächen, die ein Pastor mit seinen Gemeindegliedern führt. Doch sie finden meist im Pfarrzimmer statt und nicht mehr im Kirchenraum. In katholischen Kirchen stehen nach wie vor Beichtstühle, aber sie werden immer weniger genutzt.

Die Wände der Kirche sind mit BILDERN geschmückt. Allerdings gibt es keine NEBENALTÄRE mehr. Die mittelalterliche Sitte, in den Seitennischen Sonderaltäre für private Messfeiern einzurichten, hat zunächst die Reformation, dann für die katholische Kirche das Zweite Vatikanische Konzil abgestellt. An einer Wand findet sich ein katholischer KREUZWEG. Das ist eine vierzehnteilige Bilderserie, welche die wichtigsten Stationen des Leidensweges Jesu darstellt – von seiner Verurteilung über die Kreuzigung bis zum Begräbnis. Sie lädt dazu ein, auf einer eigenen kleinen Pilgerprozession durch die Kirche die Passion Jesu schrittweise nachzuvollziehen. In evangelischen Kirchen hängen LIEDERTAFELN an den Wänden, die den Gläubigen anzeigen, welche Lieder im Gottesdienst gesungen werden.

Weiter vorn findet sich eine Tür, die zur SAKRISTEI führt. Dies ist ein Nebenraum, in dem all das aufbewahrt wird, was man für den Gottesdienst braucht: Abendmahlsgeräte, Brot und Wein, Taufschale, -kanne und -kerzen, gottesdienstliche Bücher, die Gewänder der Geistlichen. Die Sakristei ist aber keine bloße Vorratskammer, sondern selbst ein liturgischer Ort. Denn hier bereiten sich diejenigen, die den Gottesdienst zu zelebrieren haben, innerlich auf ihre Aufgaben vor.

Der Kirchensaal ist ausgerichtet auf den ALTARBEREICH im Osten. Den Übergang zu ihm markieren mehrere Stufen. Früher trennten CHORSCHRANKEN beide Raumteile streng voneinander ab. Der Chorraum war den Geistlichen vorbehalten. Diese Schranken, auch LETTNER genannt, waren aber nicht nur ein Grenzzaun zwischen Priestern und Gemeinde, sondern auch ein liturgischer Ort im eigentlichen Sinn. Denn hier wurden die Lesungen und Predigten gehalten, bevor es Kanzeln gab. In den orthodoxen Kirchen übernimmt die IKONOSTASE die Funktion der Chorschranke. Sie ist eine mit Bildern geschmückte Wand, die das sakramentale Handeln der Priester am Altar vor den Augen der Ungeweihten verbirgt. Diese Wand hat zumeist drei Türen, durch welche die Geistlichen auf- und abtreten.

Gleich vorn im Altarraum steht der TAUFSTEIN. Es hat lange gedauert, bis er diesen Ort gefunden hat. Die ersten Christen tauften in fließenden Gewässern, also unter freiem Himmel. Dabei wurde der Körper des – zumeist erwachsenen – Täuflings ganz untergetaucht. In der Alten Kirche baute man vor oder neben die Kirche Baptisterien, eigene kleine Taufkapellen. Sie enthielten ein Becken, in welchem der Täufling stand und mit Wasser übergossen wurde. Im Mittelalter setzte sich die Kindertaufe durch. Deshalb stellte man an den Eingang zur Kirche einen Taufstein. Er war etwa hüfthoch und hatte oben eine Vertiefung, in die man Wasser gießen bzw. eine Taufschale legen konnte. Als man aus gesundheitlichen Gründen davon Abstand nahm, den Säugling ganz unterzutauchen, und ihn stattdessen nur mit Wasser besprengte, wurden diese Schalen immer flacher. Stolze Adelshäuser und Bürgerfamilien besaßen eigene Taufschalen, denn sie feierten die Taufe zu Hause. Heute wird die Taufe in der Mitte der Gemeinde gefeiert, weshalb der Taufstein auch vorne, in der Nähe von Kanzel und Altar, steht. Diejenigen protestantischen Konfessionen, die wie die Baptisten die Kindertaufe ablehnen und nur religionsmündige Menschen taufen, haben oft ein Taufbecken in ihrem Kirchenraum.

Neben dem Taufstein steht auf einem großen Leuchter die OSTERKERZE. Jedes Jahr wird in der Osternacht zum Zeichen dafür, dass der auferstandene Christus das Licht der Welt ist, eine neue Kerze in die dunkle Kirche getragen. Auf ihr stehen die jeweilige Jahreszahl sowie die griechischen Buchstaben Alpha und Omega. Sie symbolisieren, dass Christus der Anfang und das Ende ist. An der Osterkerze wird bei jeder Taufe eine Kerze für den Täufling entzündet. Seitlich davon steht ein FÜRBITTENLEUCHTER. Auf ihm sind viele Kerzen angebracht, welche die Gläubigen für ihr individuelles Gebet entzünden können.

Gleich an der Grenze zwischen Altar- und Gemeinderaum befindet sich der AMBO. Ursprünglich war dies einfach ein erhöhter Ort, vom dem aus gut hör- und sichtbar aus dem Evangelium gelesen wurde. In der Alten Kirche und im frühen Mittelalter wurde hier auch die Predigt gehalten. Als die Kanzel aufkam, verlor der Ambo an Bedeutung. Erst durch die Liturgiereform nach dem Zweiten Vatikanischen Konzil, welche die katholischen Kanzeln außer Dienst stellte, wurde der Ambo – als aufwendig gestaltetes Pult – wieder aufgewertet. Hier werden in katholischen Gottesdiensten nun wieder die Lesungen und Predigten gehalten. In evangelischen Kirchen entspricht dem das LESEPULT.

Dem Lesepult ist in evangelischen Kirchen die KANZEL sachlich und architektonisch übergeordnet. Vor allem die Bettelorden des Mittelalters hatten dafür gesorgt, dass in Kirchen Kanzeln eingerichtet wurden, von denen sie ihre Predigten halten konnten. Meist waren sie etwa in der Mitte des Kirchenschiffs an einer Säule oder einer der Längsseiten angebracht. Das hatte den Nachteil, dass die Gemeinde sich je nachdem, ob gepredigt oder am Altar zelebriert wurde, umorientieren musste. Die Reformation Martin Luthers steigerte die Bedeutung der Kanzel, denn für sie war die Predigt dem Altarsakrament gleichrangig. Folglich suchte man nach Möglichkeiten, Altar und Kanzel eine gleichrangige Gestalt zu geben. Die Reformierten im Gefolge Johannes Calvins gingen sogar noch weiter. Sie erhoben die Kanzel zum einzigen dauerhaften Kultmöbel. Denn einen festen Altar besaßen sie nicht mehr. Sie behalfen sich mit einem beweglichen Tisch, den sie aufstellten, wenn sie Abendmahl feierten – was selten geschah.

Im Zentrum des Chorraums steht nun der ALTAR. Hier werden die Gebete gesprochen und die Abendmahlsfeiern zelebriert. Zunächst war der Altar ein freistehender Tisch aus Holz – eine Erinnerung an den Tisch, an dem Jesus mit seinen Jüngern am Abend des Gründonnerstag das letzte Mahl einnahm. Später wurde der Altar aus Stein gefertigt, und zwar in Form eines Blocks. Dadurch erinnerte er wieder stärker an heidnische Kultstätten. Auch rückte er aus der Mitte an die hintere Wand der Apsis. Er wurde im Mittelalter und in der frühen Neuzeit mit immer prächtigeren Schauwänden geschmückt, bis hin zu den prächtigen Hochaltären des Barock. Die katholische Liturgiereform rückte ihn im vergangenen Jahrhundert aber wieder in die Mitte und gab ihm die Gestalt eines Tisches zurück. Damit verlor auch ein wesentlicher Bestandteil klassisch katholischer Altäre seine Bedeutung. Das TABERNAKEL, als Aufbewahrungsort der geweihten, aber nicht verspeisten Hostien, wurde in einen Nebenraum verschoben. Trotzdem gibt es in katholischen Kirchen weiterhin ein «ewiges Licht». Es zeigte ursprünglich den Standort des Tabernakels an. Ein solches ewiges Licht gibt es auch in jüdischen Synagogen sowie in orthodoxen Kirchen, wo es vor der Ikonostase aufgestellt ist.

Auch wenn der moderne Tischaltar weniger prächtig ist als die ihm vorausgehenden barocken Hochaltäre, so ist er doch geschmückt und feierlich ausgestattet. Auf ihm stehen ein Kruzifix sowie – als sublimierte Opfergaben – Kerzen und Blumen. An seiner Vorderseite hängen – ebenso wie an Kanzel und Lesepult – die Paramente. Das sind liturgische Textilien, die mit ihren verschiedenen Farben die jeweilige Kirchenjahreszeit anzeigen. In evangelischen Kirchen liegt auf dem Altar meist auch eine große Bibel aus. Das ist wenig sinnvoll, weil die Bibel nicht angeschaut, sondern gelesen, ausgelegt und gehört werden soll. Aber immerhin wird so auf den inneren Zusammenhang von Altar und Kanzel verwiesen.

Eine letzte Frage zum Schluss: Wie verlässt man eine Kirche? Das ist eigentlich ganz einfach. Man geht durch den Kirchsaal zurück zum Ausgang, dreht sich aber noch einmal um und lässt das Ganze des Raums ein letztes Mal auf sich wirken. Dann tritt man hinaus ins Freie. Sinnvoll ist es, sich nicht sofort wieder in den Alltag zu stürzen, sondern für einen Moment den Wechsel von innen und außen, dunkel und hell, sakral und profan auf sich wirken zu lassen und eine Weile darüber nachzudenken, ob man den Aufgaben des Tages, die nun auf einen warten, und den Menschen, die man dabei trifft, anders begegnen wird, als wenn man diese Kirche nicht besucht hätte.

Literatur

Albrecht, Christian: Kasualtheorie. Geschichte, Bedeutung und Gestaltung kirchlicher Amtshandlungen, Tübingen 2006.

Althoff, Gert: Heinrich IV., Darmstadt 2006.

Angenendt, Arnold: Geschichte der Religiosität im Mittelalter, Darmstadt ³2005.

Angenendt, Arnold: Das Frühmittelalter. Die abendländische Christenheit von 400 bis 900, Stuttgart ³2001.

Barock im Vatikan. Kunst und Kultur im Rom der Päpste 1572–1676, 2005.

Brandt, Hartwin: Konstantin der Große. Der erste christliche Kaiser, München 2006.

Brennecke, Hanns Christof: Zwischen Tradition und Moderne. Protestantischer Kirchenbau an der Wende zum 20. Jahrhundert, in: Der deutsche Protestantismus um 1900, hg. von Friedrich Wilhelm Graf und Hans Martin Müller, Gütersloh 1996.

Brooks, Chris: The Gothic Revival, London 1999.

Canossa 1077 – Erschütterung der Welt. Geschichte, Kunst und Kultur am Aufgang der Romanik, Bd. I, Essays, hg. von Christoph Stiegemann und Matthias Wemhoff, München 2006.

Conrad, Dietrich: Kirchenbau im Mittelalter. Bauplanung und Bauausführung, Berlin ⁴1990.

Cowen, Painton: The Rose Window. Splendour and Symbol, London 2005.

Der erste Betsaal der Brüdergemeine Niesky 1756–1875, hg. von Peter Vogt, Herrnhuter Verlag 2006.

Die Frauenkirche zu Dresden. Werden, Wirkung, Wiederaufbau, hg. von der Stiftung Frauenkirche Dresden, Dresden 2005.

Donner, Herbert: Pilgerfahrten ins Heilige Land, Stuttgart ²2002.
Duby, Georges: Die Kunst des Mittelalters. Das Europa der Kathedralen 1140 bis 1280, Stuttgart 1985.
Duby, Georges: Die Zeit der Kathedralen. Kunst und Gesellschaft 980–1420, Frankfurt a. M. 1992.
Duth, Werner / Niels Gutschow: Träume in Trümmern. Planungen zum Wiederaufbau zerstörter Städte im Westen Deutschlands 1940–1950, 2 Bände, Braunschweig/Wiesbaden 1988.
Effenberger, Arne: Frühchristliche Kunst und Kultur. Von den Anfängen bis zum 7. Jahrhundert, München 1986.
von Einem, Herbert: Michelangelo. Bildhauer – Maler – Baumeister, Berlin 1973.
Eisinger, Angelus: Die Stadt der Architekten. Anatomie einer Selbstdemontage, Basel 2006.
Ellwardt, Kathrin: Evangelischer Kirchenbau in Deutschland, Petersberg 2008.
Emminghaus, Johannes H.: Gestaltung des Altarraumes. Der Ort der Verkündigung, in: Bibel und Liturgie 48 (1975), S. 82–101.
Erkens, Franz-Reiner: Herrschersakralität im Mittelalter. Von den Anfängen bis zum Investiturstreit, Stuttgart 2006.
Europäischer Kirchenbau 1950–2000, hg. von Wolfgang Jean Stock, München 2002.
Eusebios: Über das Leben des glückseligen Kaisers Konstantin, hg. und übersetzt von Paul Dräger, Oberhaid 2007.
Faulwasser, Julius: Die St. Nikolai-Kirche in Hamburg, Hamburg 1926.
Fils, Alexander: Brasilia. Moderne Architektur in Brasilien, Düsseldorf 1988.
Forcellino, Antonio: Michelangelo. Eine Biographie, München 2006.
Fossier, Robert: Das Leben im Mittelalter, München und Zürich 2007.
Frank, Bernd: Studien zu der Entwurfsgeschichte des Hopfenmarktes und der Hauptkirche St. Nikolai zu Hamburg, 1842–1845, 3 Bände, Dissertation, Hamburg 1986.
Fried, Johannes: Das Mittelalter. Geschichte und Kultur, München 2008.
Germann, Georg: Neugotik. Geschichte ihrer Architekturtheorie, Stuttgart 1974.
Geschichte des protestantischen Kirchenbaus. Festschrift für Peter Poscharsky, hg. von Klaus Raschzok und Reiner Sörries, Erlangen 1994.
Gottfried Semper 1803–1879. Baumeister zwischen Revolution und Historis-

mus, Ausstellung der staatlichen Kunstsammlungen Dresden, München 1979.
Gretzschel, Matthias: Als Dresden im Feuersturm versank, Hamburg 2004.
Gretzschel, Matthias: Die Dresdner Frauenkirche, Hamburg 1994.
Grodecki, Louis: Architektur der Gotik, Stuttgart / Mailand 1976.
Grünberg, Wolfgang: «Als Feuer vom Himmel fiel...» St. Nikolai als Gedächtnisort, in: Das Gedächtnis der Stadt, hg. von Peter Reichel, Hamburg 1997.
Hartmann-Virnich, Andreas: Was ist Romanik? Geschichte, Formen und Technik des romanischen Kirchbaus, Darmstadt 2004.
Heers, Jacques: Vom Mummenschanz zum Machttheater. Europäische Festkultur im Mittelalter, Frankfurt/Main 1986.
Hipp, Hermann: Der Hamburger Gottfried Semper, in: Gottfried Semper. Dresden und Europa, hg. von Henrik Karge, München 2007.
Hornig, Christian: Oscar Niemeyer. Bauten und Projekte, München 1981.
Imperator Caesar Flavius Constantinus – Konstantinus der Grosse, hg. von Alexander Demandt und Josef Engemann, Mainz 2007.
Jantzen, Hans: Die Hagia Sophia des Kaisers Justinian in Konstantinopel, Köln 1967.
Kähler, Heinz: Die Hagia Sophia, Berlin 1967.
Kahle, Barbara: Deutsche Kirchenbaukunst des 20. Jahrhunderts, Darmstadt 1990.
Kathedralen. Die schönsten Kirchbauten aus 1700 Jahren, hg. von Rolf Toman, Barbara Borngässer (Text), Achim Bednorz (Fotografien), Bath o.J.
Kimpel, Dieter / Robert Suckale: Die gotische Architektur in Frankreich 1130 bis 1270, München 1985.
Kirchen. Handbuch für den Kirchenbau, hg. von Willy Weyres und Otto Bartning, München 1959.
Klauck, Hans-Josef: Hausgemeinde und Hauskirche im frühen Christentum, Stuttgart 1981.
Krautheimer, Richard: Early Christian and Byzantine Architecture, London 1965.
Krüger, Jürgen: Die Grabeskirche zu Jerusalem, Geschichte – Gestalt – Bedeutung, Regensburg 2000.
Kubach, Hans Erich: Architektur der Romanik, Stuttgart 1974.
Kubach, Hans Erich: Der Dom zu Speyer, Darmstadt 1974.
Kurzke, Hermann: Am Scheideweg zwischen Fundamentalismus und Postmo-

derne. Erinnerungen an die alte Liturgie, in: Gottesdienst – Kirche – Gesellschaft. Interdisziplinäre und ökumenische Standortbestimmungen nach 25 Jahren Liturgiereform, hg. von Hansjakob Becker u.a., St. Ottilien 1990, S. 59–76.

Lietzmann, Hans: Geschichte der Alten Kirche, 3 Bde., Berlin / Leipzig [2]1937.

Löffler, Fritz: Das alte Dresden. Geschichte seiner Bauten, Würzburg [8]1987.

Luther und die Folgen für die Kunst, hg. von Werner Hofmann, Ausstellungskatalog der Hamburger Kunsthalle, München 1983.

Macaulay, David: Sie bauten eine Kathedrale, Zürich / München 1974.

Mainstone, Rowland J.: Hagia Sophia. Architecture, Structure and Liturgy of Junstinian's Great Church, London 1988.

Marx, Wolfgang, Die Saalkirche der deutschen Brüdergemeine im 18. Jahrhundert, Leipzig 1931.

Die Münchner Kirchen: Architektur – Kunst – Liturgie, hg. von Andreas Hildmann und Norbert Jocher, Regensburg 2008.

Murray, Stephen: Notre-Dame. Cathedral of Amiens. The Power of Change in Gothic, Cambridge 1996.

Niemeyer, Oscar: The Curves of Time. Memoirs, London 2000.

Oscar Niemeyer. Eine Legende der Moderne, hg. von Andreas Paul, Deutsches Architekturmuseum, Frankfurt a. M. 2003.

Pesch, Otto Hermann: Das Zweite Vatikanische Konzil (1962–1965). Vorgeschichte – Verlauf – Ergebnisse – Nachgeschichte, Würzburg [2]1994.

Philippou, Styliane: Oscar Niemeyer. Curves of Irreverence, New Haven / London 2008.

Poscharsky, Peter: Die Kanzel. Erscheinungsform im Protestantismus bis zum Ende des Barocks, Gütersloh 1963.

Preuß, Hans: Martin Luther. Der Künstler, Bd. 1, Gütersloh 1931.

Richter, Klemens: Kirchenräume und Kirchenträume. Die Bedeutung des Kirchraums für eine lebendige Gemeinde, Freiburg i. Br. 1998.

Schnell, Hugo: Der Kirchenbau des 20. Jahrhunderts in Deutschland, München 1973.

Scott, George Gilbert: Personal and Professional Recollections, Stamford 1995.

von Simson, Otto: Die gotische Kathedrale. Beiträge zu ihrer Entstehung und Bedeutung, Darmstadt 1972.

St. Peter in Rom 1506–2006, hg. von Georg Satzinger und Sebastian Schütze, München 2008.

St. Peter's in the Vatican, hg. von William Tronzo, Cambridge 2005.

Strong, Roy: A Little History of the English Country Church, London 2007.

Suckale, Robert: Thesen zum Bedeutungswandel der gotischen Fensterrose, in: Bauwerk und Bildwerk im Hochmittelalter, hg. v. Karl Clausberg, Gießen 1981.

Tausend Jahre Taufe in Mitteldeutschland. Ausstellungskatalog, hg. von Bettina Seyderhelm, Regensburg 2006.

Totenkult und Wille zur Macht. Die unruhigen Ruhestätten der Päpste in St. Peter, hg. von Horst Bredekamp und Volker Reinhardt, Darmstadt 2004.

Tridentinische Messe: Ein Streitfall. Reaktionen auf das Motu proprio «Summorum Pontificum» Benedikts XVI., hg. von Eckhard Nordhofen, Kevelaer 2008.

Vogt-Göknil, Ulya: Osmanische Bauten. Die Architektur der Türkei, Fotos von Eduard Widmer, München 1965.

von Winterfeld, Dethard: Die Kaiserdome Speyer, Mainz, Worms und ihr romanisches Umland, Würzburg 1993.

Wittmann-Englert, Kerstin: Zelt, Schiff und Wohnung. Kirchenbauten der Nachkriegsmoderne, Lindenberg 2006.

Wölber, Hans-Otto: St. Nikolai. Wegzeichen Hamburgs, Hamburg 1989.

Zimmermann, Harald: Der Canossagang von 1077. Wirkungen und Wirklichkeit, Mainz 1975.

Bildnachweis

16, 124: Norman: Das Haus Gottes, 2005, 11, 149 | **25, 27:** Grabar: Die Kunst des frühen Christentums, 1967, 60 | **43:** Demandt/Engemann: Konstantin der Große, 97 | **51, 53:** Krüger: Die Grabeskirche, 2000, 48, 152 | **54:** Foto John Crook, aus Biddle: Das Grab Christi, 1998, 14 | **62:** Gavin Hellier / Getty Images / Robert Harding World Imagery | **65:** Mainstone: Hagia Sophia, 1988, 22, 31 | **70, 72:** Fossati: Die Hagia Sophia, 1852 | **90:** akg / Bildarchiv Steffens | **96:** Althoff: Heinrich IV., 2006, 232 | **102, 105:** Winterfeld: Die Kaiserdome, 1983, 57, 23 | **109:** Thiebes: Kleines Dombuch, 1980, 8 | **120:** © The Travel Library/LOOK-foto | **127:** Binding, Was ist Gotik? 2000, 138 | **129:** © akg-images/Bildarchiv Monheim | **131:** Kimpel/Suckale: Die gotische Architektur, 1985, 25 | **139:** © The Art Archive/Basilique Saint Denis Paris/Gianni Dagli Orti | **148:** © Robsen/fototalia | **152:** Satzinger/Schütze (Hg.): Sankt Peter, 2008, 211 | **158, 169:** Reinhardt: Der Göttliche, 2010, 2, 285 | **161:** Barock im Vatikan, 2005, 83 | **162:** Hoffmann (Hg.): Luther und die Folgen, 1983, 86 | **176:** © Herb/fototalia | **179:** © Florian Monheim/Bildarchiv Monheim | **184:** © ullstein bild | **188, 203:** Glaser: Die Frauenkirche, 2005, 281, 76, 14 | **191:** : ullstein bild – imagebroker.net / uwe kraft | **208, 222, 225:** Foto: Archiv Hauptkirche St. Nikolai am Klosterstern, Hamburg | **211:** Gottfried Semper, 1979, 287 | **221:** © National Portrait Gallery, London | **235:** Festschrift 800 Jahre Hauptkirche St. Nikolai, 1995 | **238:** © Schapowalow/Huber | **243, 244, 248:** Philippou: Oscar Niemeyer, 2008, 232, 222, 255 | **247:** Niemeyer: The Curves of time, 2000, 153 | **266:** © Peter Palm

Personenregister

A

B

C

D

Ortsregister

JOHANN HINRICH CLAUSSEN, geb. 1964, ist Hauptpastor an der Hauptkirche St. Nikolai am Klosterstern und Propst im Kirchenkreis Hamburg-Ost. Er lehrt als Privatdozent Systematische Theologie an der Universität Hamburg. Mit «Moritz und der liebe Gott» (2004) und «O Gott! Warum und wie wir beten oder auch nicht» (2008) hat er erfolgreiche Bücher für Kinder und Jugendliche vorgelegt. Einer größeren Leserschaft ist er außerdem durch regelmäßige Beiträge in Zeitungen bekannt. Bei C.H.Beck erschien von ihm zuletzt «Die 101 wichtigsten Fragen: Christentum» (3. Aufl. 2007).

Altena
Elverfeld
dorp
Wupper
Solengen
Remscheydt
Nevenberge
Altenberge
Grafschaft Berg
Coelln
lich
Rhein
Siburg
Bonn

J. Michael Schumacher, Peter Hein – Der Kreuzzug des Fischers
Historischer Roman

ISBN 978-3-943886-57-3

3. Auflage 3/2014

Bergischer Verlag
RS Gesellschaft für Informationstechnik mbH & Co. KG
Verleger Arndt Halbach, Martin Czialla
Konrad-Adenauer-Str. 6 / 42853 Remscheid
E-Mail: info@BergischerVerlag.de / www.BergischerVerlag.de

Lektorat: Klaus Söhnel
Umschlagmotiv: Collage von Wandgemälden auf Schloss Burg, Solingen
Gesamtherstellung: Bergischer Verlag, Ernst-Wilhelm Bruchhaus
Druck: AALEXX Buchproduktion